LANA ROTARU

Seven SINS

HOCHMÜTIGES HERZ

IMPRESS

Lana Rotaru lebt zur Zeit mit ihrem Ehemann in Aachen. Der Lesewahnsinn begann bei ihr bereits in früher Jugend, die sie Stunde um Stunde in einer öffentlichen Leihbibliothek verbrachte. Nun füllen Hunderte von Büchern und E-Books ihre Wohnzimmer- und E-Reader-Regale und ein Ende ist nicht in Sicht. Eine Lesepause legt sie nur ein, wenn sie gerade selbst an einem neuen Roman schreibt.

Für Chris –
damit du wenigstens ein einziges Buch deiner Frau liest

TEIL 1

EINS

Die Worte »Du wirst an deinem achtzehnten Geburtstag sterben« versauten einem den Tag. Daher war ich, im Nachhinein betrachtet, froh darüber, dass ich am Montagvormittag noch nichts von meinem Schicksal wusste. Ein solcher Wochenstart wäre echt das Letzte gewesen.

»Ms Harper!« Mrs Fitzpatrick, meine Englischlehrerin, baute sich vor mir auf und stemmte ihre geballten Fäuste in die Seite. Trotz ihrer eins fünfundsechzig Körpergröße und geschätzt gleichen Breite schaffte es die ältere Dame, mich einzuschüchtern. Mit ihren blond gefärbten Haaren, die einen fiesen Gelbstich besaßen, dem strengen Dutt, den viel zu grell geschminkten pinken Lippen und der schwarzen Hornbrille blickte sie funkelnd auf mich herab. »Wie oft soll ich Sie eigentlich noch verwarnen? Sie kennen die Regeln! Hausaufgaben dienen einem gewissen Lernzweck, den Sie jedoch außer Kraft setzen, wenn Sie Mr Hill abschreiben lassen!«

Ich öffnete den Mund, um mich zu verteidigen, als ein leises Lachen neben mir erklang. Ungewollt begannen meine Mundwinkel zu zucken, aber ich versuchte mit aller Macht ein Grinsen zu unterdrücken. Immerhin sollte mich der alte Drache nicht gleich wieder zum Nachsitzen verdonnern. Das hatte Mrs Fitzpatrick nämlich bereits letzte Woche getan, weil ich angeblich einen angebissenen Apfel nach ihr geworfen hatte. Dabei aß ich nicht einmal gern Äpfel. Oder überhaupt Obst. Der einzige angebissene Apfel, den ich in meiner Nähe duldete, war das Firmenlogo auf meinem Notebook.

Doch natürlich waren Mrs Fitzpatrick meine Unschuldsbeteuerungen völlig egal und sie schickte mich zum Direktor, der mir eine Strafpredigt hielt, ehe ich zur Strafstunde schlich. Doch das Glück war mir hold, denn genau an diesem Nachmittag gab es eine Feueralarmübung und wir durften anschließend nach Hause gehen. Als ich am nächsten Tag wieder im Englischunterricht saß, hatte meine Lehrerin ihre Strafe vergessen und ich kam ungeschoren – und tatsächlich unschuldig – davon.

Ein glücklicher Zufall? Vielleicht. Allerdings glaubte ich nicht an Zufälle. Zumindest nicht mehr. Das lag hauptsächlich an Adam, meinem besten Freund. Ich wusste zwar nicht, wie er es geschafft hatte, aber der Probealarm ging auf seine Kappe, da war ich mir sicher. Und da Adam regelmäßig für die wunderlichsten Dinge verantwortlich war, hatte ich nach zwölf Jahren inniger Freundschaft aufgehört, mich über solche Merkwürdigkeiten zu wundern. Auf mein Nachfragen hin erhielt ich sowieso nie eine Antwort. Adam hütete seine Geheimnisse wie der Drache Smaug seinen Schatz.

»Und Sie, Mr Hill!« Mrs Fitzpatrick riss ihren Kopf ruckartig nach rechts zu meinem Sitznachbarn. »Für diesen wiederholten Täuschungsversuch sollte ich Sie beide nachsitzen lassen, und das mindestens für eine Woche!«

Das Gesicht unserer Englischlehrerin nahm mit jedem Wort mehr und mehr die Farbe einer reifen Erdbeere an und ich versuchte mich an meinen letzten Erste-Hilfe-Kurs zu erinnern. Sicher war sicher.

»Das könnten Sie tun, Mrs Fitzpatrick, andererseits würden Sie uns allen drei damit nur den Montag verderben. Und wenn Sie ehrlich zu sich selbst sind, wollen Sie das doch gar nicht, oder?« Adams Stimme klang hell und rein, wie ein Glockenspiel. Sie umschmeichelte einen wie ein feines Seidentuch, bis man unweigerlich vergaß, weshalb man sich eigentlich mit ihm stritt.

Ich kannte diesen Trick und ich hasste ihn abgrundtief. Na gut, das stimmte so nicht. Ich hasste es nur, wenn Adam ihn gegen mich verwendete. Was er glücklicherweise nicht mehr tat, seitdem ich ihn einmal ordentlich zurechtgestutzt hatte. Da uns dieser Psychotrick – ich wusste nicht, wie ich es sonst nennen sollte – jedoch bereits mehrfach Ärger erspart hatte, beschwerte ich mich nicht, wenn Adam ihn anderen gegenüber einsetzte. Lieber nutzte ich die Energie und versuchte immer mal wieder, ihm die Erklärung dieses Geheimnisses aus den Rippen zu leiern. Doch egal, wie viel ich nörgelte, bettelte oder ihn zu bestechen versuchte, Adam grinste nur verschwörerisch, sagte so etwas wie: »Ein Magier verrät nie seine Tricks«, und wechselte anschließend das Thema, bis ich keine Lust mehr hatte, mir noch länger über seine Geheimniskrämerei den Kopf zu zerbrechen.

Die Gesichtsfarbe unserer Lehrerin normalisierte sich wieder und ihre verkniffene Mimik wich einem zarten Lächeln. Einsetzendes Gemurmel zeugte davon, dass der übrige Kurs sich wieder anderen Themen zuwandte.

Mrs Fitzpatrick strich sich über die Jacke ihres dunkelgrauen Nadelstreifen-Hosenanzugs. »Nun ja, da haben Sie wohl recht. Besonders da heute ein so schöner Tag ist, nicht wahr?« Mit glasigem Blick drehte sie sich zur Seite und sah aus dem Fenster.

Als würde ich einem Reflex folgen, sah auch ich hinaus und betrachtete den strahlend blauen Himmel, der sich durch das große, schlecht geputzte Glas präsentierte. *Der alte Besen hat recht.* Heute war tatsächlich traumhaftes Wetter, was jedoch für San Francisco im Monat Mai keine große Besonderheit darstellte. Hier schien die Sonne dreihundertsechzig Tage im Jahr.

»Na sehen Sie.« Adams Stimme riss mich aus meinen Gedanken und lenkte mich zurück in die Realität. »Und wenn ich mich nicht täusche, haben Sie heute Abend ein Date mit Mr Miller, oder?«

Er wackelte mit seinen Augenbrauen, was einerseits völlig unpassend und gleichzeitig megawitzig aussah. Mühsam verkniff ich mir ein Grinsen, obwohl Mrs Fitzpatrick gar nicht zu uns rübersah. Ihr Blick war noch immer verträumt auf die wogende Wiese gerichtet. Wahrscheinlich stellte sie sich gerade vor, wie sie ihrem Date bei einem romantischen Picknick Weintrauben in den Mund schob.

Würg!

Manchmal verabscheute ich meine blühende Fantasie. Außerdem, woher wusste Adam schon wieder von dieser Verabredung? Interessierte er sich ernsthaft für das Privatleben seiner Lehrer? Das wollte ich mir nicht vorstellen! In meiner Welt waren sie nämlich keine echten Menschen, sondern nur irgendwelche Gestalten, die ausschließlich dazu existierten, uns Schüler zu foltern und uns das Leben zu vermiesen, solange wir gesetzlich an diesen grausamen Ort namens »Highschool« gebunden waren. Schließlich mussten all die Ideen für Fantasy-Sci-Fi-Horrorfilme mit Aliens, Dämonen und Geistern ja irgendwo herkommen.

»Ja, Sie haben recht, Mr Hill.« Mrs Fitzpatrick hatte unsere Existenz anscheinend doch nicht vergessen. »Und wenn ich Sie beim Nachsitzen beaufsichtigen muss, verpasse ich meinen Friseurtermin.« Gedankenverloren fuhr sie sich mit den Fingerspitzen über die mit Haarspray verklebten Strähnen.

Angewidert verdrehte ich die Augen. Mit einem Stoß in die Seite wollte ich Adam darauf hinweisen, die Sache mit seinem Hypnosetrick nicht zu übertreiben, als die Schulglocke die Stunde beendete und uns in die Mittagspause entließ.

Als wäre Mrs Fitzpatrick gerade aus einem tiefen Schlaf erwacht, durchfuhr sie ein Zucken und sie blinzelte überrascht. »Ähm, ja. Dann wäre das ja jetzt geklärt. Die Hausaufgaben für heute stehen an der Tafel.«

Ich beugte mich zur Seite, um an ihr vorbei nach vorn auf das grüne Board zu sehen, entdeckte jedoch keine Notizen. Bevor unsere Lehrerin ihr Missgeschick bemerkte und das Versäumnis nachholte, packte ich meinen Kram zusammen, erhob mich von meinem Platz und schulterte meinen Rucksack.

»Gern geschehen.« Adam grinste mich breit an, während er ebenfalls aufstand und sich seine Schultasche umhängte. Da er nie irgendwelche Utensilien wie Bücher, Hefte oder andere Schreibunterlagen dabeihatte, verlor er keine Zeit beim Zusammenpacken.

Von seiner Aussage überrascht lachte ich. »Wofür ›gern geschehen‹? Eine Entschuldigung wäre angebracht, immerhin hast du meine Hausaufgaben geklaut!« Ehe Adam antwortete, gesellten wir uns zu den anderen Schülern, die zielstrebig auf die Tür zusteuerten. »Wenn ich deinetwegen nachsitzen müsste, gäbe es richtig Ärger!«

Ich setzte einen einschüchternden Blick auf, den Adam unbeeindruckt mit einem Grinsen kommentierte. Er kannte diesen Blick und hatte mir einmal gesagt, ich würde damit wie ein angriffswütiger Hamster aussehen. Zur Strafe knuffte ich Adam gegen den Arm, doch auch das ließ ihn völlig kalt.

Wir verließen das Klassenzimmer und traten auf den überfüllten Schulflur.

Sofort umgab uns ein Strom lachender und plappernder Schüler, der uns unaufhaltsam den breiten Gang entlangschob.

»Als ob du jemals meinetwegen Ärger bekommen würdest.«

Adam sah mich an, als hätte ich ihn verletzt, und diesmal lachte ich amüsiert. Ich kannte ihn lange genug, um ihm seine Mimik nicht abzukaufen.

»Deinetwegen gerate ich regelmäßig in Schwierigkeiten!« Ich lachte gut gelaunt. Es war zwar Montag, aber wir hatten tolles Wetter und ein spektakuläres Wochenende lag hinter uns. Okay, eigentlich waren wir nur am Strand gewesen, doch Adam hatte es mal wieder geschafft, einen scheinbar stinklangweiligen Tag in eine Aneinanderreihung von Kuriositäten zu verwandeln. Allein bei der Erinnerung daran war ich kurz davor, in schallendes Gelächter auszubrechen.

Als Adam nichts auf meinen vermeintlichen Vorwurf erwiderte, nahm ich das Gespräch wieder auf, ohne dabei meine Erheiterung zu verbergen. »Du bist wirklich nicht der beste Umgang für mich. Ich weiß gar nicht, weshalb ich überhaupt mit dir befreundet bin.« Im Gehen stupste ich Adam mit meiner Schulter an und grinste frech, als er zu mir runtersah.

»Hey! Ohne mich hättest du bei Weitem nicht so viel Spaß! Denk allein an den Typen zurück, den wir am Samstag getroffen haben.«

Das tat ich und musste gleich laut losprusten. »O mein Gott! Ja! Das war gigantisch! Du wolltest mir noch erzählen, wo du das dressierte Stinktier herhattest!«

In Gedanken kehrte ich zurück zum letzten Samstag.

Adam und ich waren surfen gewesen. Ich erholte mich gerade von einem anstrengenden Wellenritt, während er noch im Wasser war. Irgendwann kam er raus und weckte mich aus einem leichten Dämmerschlaf. Wortlos stupste er mich an und als ich ihn fragend ansah, deutete er auf einen Typen, der sich lasziv mit Öl einrieb und dabei seine Anabolikamuskeln spielen ließ. Zuerst verstand ich nicht, was daran so besonders war, doch dann tauchte einen Moment später ein Stinktier auf. Es lief völlig entspannt auf den Typen zu und machte es sich auf seinem Handtuch bequem. Als der Typ bemerkte, wer sein neuer Freund war, wollte er das arme Tier verscheuchen, aber das hatte nicht vor zu gehen. Wir bekamen einen mehrminütigen Kampf um das Handtuch geboten. Irgendwann gab der Anabolikafanatiker auf und überließ dem Stinktier seinen Platz samt Frottee. Bei der Erinnerung stiegen mir Lachtränen in die Augen.

»Ich weiß nicht, was du meinst. Ich habe mit dem Tier überhaupt nichts zu tun! Es war purer Zufall, dass ich es bemerkt habe. Und ja, okay, vielleicht bin ich tatsächlich ein Magnet für Ärger, trotzdem hast du meinetwegen bisher nie wirklich Stress gehabt, oder?« Adam gab mir keine Chance zu antworten. »Was meinst du wohl, warum du in jeder Situation ohne Strafe davonkommst? Weil du mich hast!« Das Selbstbewusstsein, mit dem er mich ansah, war kaum zu überbieten.

»Ein Zufall, hm? Genauso wie bei dem Löwenbändiger, der im Zirkus auf seinem Stuhl festklebte und sich minutenlang das Gesicht von drei Raubkatzen ablecken lassen musste?«

Ich hatte natürlich keine Beweise, geschweige denn eine Idee, wie Adam das bewerkstelligt hatte, aber meinem Bauchgefühl nach war er an der Sache beteiligt gewesen. Mein Verdacht stützte sich auf die Unterhaltung, die wir geführt hatten, nachdem wir von den erbarmungswürdigen Zuständen der Zirkustierhaltung erfahren hatten. Als wir sahen, in welch winzigen und beengten Käfigen die Tiere hausten, bis sie in die Manege mussten, um dort unwürdige und verachtenswerte Tricks aufzuführen, die man ihnen unter Androhung von Schmerz und Leid beigebracht hatte, beschlossen wir, ab sofort einen riesigen Bogen um solche Veranstaltungen zu machen.

Doch im Nachhinein hatte sich unser Zirkusbesuch als glückliche Fügung entpuppt. So hatten wir miterlebt, wie sich der Löwendompteur und der Zirkusdirektor nach der Vorstellung stritten, bis am Ende das Versprechen gefallen war, die »wilden Bestien« in ein passenderes Zuhause zu entlassen, um das Leben der Zirkusmitarbeiter nicht länger zu gefährden.

Adam erwiderte nichts auf meine Worte, sondern grinste nur verschwörerisch, tippte sich gegen die Nasenspitze und zwinkerte mir anschließend zu.

Das erinnerte mich daran, was wir in all den Jahren, seit wir uns kannten, zusammen erlebt hatten. »Okay, okay, ich nehme alles zurück, Adam! Du bist mein großer Held! Mein Retter in der Not, mein Schutzengel in allen Lagen. Mein Ritter auf dem weißen Ross, mein …«

Während ich die Liste fortführte, peilten wir den Weg zu meinem Spind an. Obwohl Adam seinen eigenen besaß, benutzten wir ausschließlich meinen. Er begründete diesen Umstand mit schierer Faulheit, da sich mein Spind im Erdgeschoss befand, wo auch fast alle unsere Kurse stattfanden. Seiner hingegen war im zweiten Obergeschoss und er hatte keine Lust, nach jeder Stunde hinaufzurennen. Dabei fragte ich mich, was er in seinem Spind überhaupt bunkern würde. Bücher, Schreibunterlagen oder gar Notizen hatte er nie bei sich. In seinem Rucksack befanden sich nur ein iPod, etwas Essbares und eine Sweatshirtjacke, die er nie trug, provisorisch jedoch mitschleppte. *Man weiß ja nie, wann man sie gebrauchen kann,* war seine schlichte Begründung.

»Höre ich da etwa einen Hauch Sarkasmus in Ihrer Stimme, Ms Harper?« Adam unterbrach meine Aufzählung und sah mich fragend an. Beinahe nahm ich ihm seine gespielte Kränkung ab, doch schließlich verrieten die zuckenden Mundwinkel seine Lüge.

Ich hatte gerade meine Bücher, die ich für den Nachmittagsunterricht nicht brauchte, in den Spind gestopft, als ich mich zu Adam umdrehte, der sich mit verschränkten Armen an den Nachbarspind lehnte. »Nur einen Hauch? Dann war ich definitiv zu subtil.« Ich grinste breit. »Zum Glück hab ich dich lieb und wiederhole mich gern für dich.« Mit einem theatralischen Räuspern fuhr ich fort. »Adam, ohne dich wäre ich hoffnungslos aufgeschmissen! Mein Leben wäre leer, einsam und ohne jeglichen Sinn. Bitte, bitte, bitte verlass mich niemals! Ich weiß nicht, was ich sonst mit mir anfangen sollte!« Zum Finale meiner Aufführung warf ich mich an seine breite Brust, krallte meine Finger in sein T-Shirt und vergrub mein Gesicht in dem warmen, duftenden Stoff.

Ich wusste nicht, mit welcher Reaktion ich gerechnet hatte, aber als Adam seine Arme um mich legte und mich sanft zu sich heranzog, war ich ziemlich überrascht. Natürlich war ich es gewohnt, von ihm umarmt zu werden. Wir kuschelten auch hin und wieder miteinander, jedoch taten wir das für gewöhnlich nicht in aller Öffentlichkeit. Besonders nicht in der Schule, mitten auf einem Gang, während unzählige Schüler an uns vorbeiliefen.

Gern hätte ich Adam gefragt, wo sein plötzliches Bedürfnis nach einer Kuscheleinheit herrührte, da beugte er sich bereits zu mir herunter und flüsterte mir etwas ins Ohr. »Tu so, als wären wir beide verliebt und könnten nicht die Finger voneinander lassen. Los!«

Ich hatte keine Ahnung, was das sollte, aber ich vertraute Adam blind. Ohne nachzuhaken, löste ich die Hände aus seinem Shirt, schlang meine Arme um seine Taille und schmiegte meine Wange an seinen trainierten Oberkörper. Um das Bild zu perfektionieren, schloss ich verträumt die Augen und zauberte mir ein verliebtes Lächeln ins Gesicht.

In dieser intimen Pose verharrten wir einige Sekunden, bis eine bekannte Stimme in unserer unmittelbaren Nähe erklang und mich dazu veranlasste, die Lider zu öffnen.

»Wow, also stimmen die Gerüchte, Avery?« David Sinclaire, Schulschwarm Nummer eins, Leadsänger einer angesagten Indieband und Covermodel für einen Unterwäschekatalog, blickte überrascht zwischen Adam und mir hin und her.

»Welche Gerüchte?« Ich löste mich von Adams Brust, ohne ihn loszulassen. Stattdessen schmiegte ich mich eng an seine Seite, meinen Arm um seinen unteren Rücken geschlungen, während Adams Arm locker auf meiner Schulter lag.

Ich sah David neugierig an. Die Frage war ernst gemeint. Ich hatte keine Ahnung, wovon er sprach, auch wenn ich eine ungefähre Richtung erahnte. Dabei verstand ich nicht, weshalb David sich für meinen vermeintlichen Beziehungsstatus überhaupt interessierte. Wir kannten uns kaum und sprachen fast nie miteinander. David und ich lebten in zwei völlig verschiedenen Highschoolwelten, die keine Berührungspunkte besaßen. Er gehörte zu den Beliebten und Angesagten, und ich ... Tja, wie sollte ich die Ansammlung Verrückter bezeichnen, die ich »Freunde« nannte?

»Na, dass du vom Markt bist.« David lachte amüsiert. Seine breite Statur wirkte noch mächtiger, als er lässig die Arme vor der Brust verschränkte und mich mit seinen leuchtend blauen Augen ansah. Dank seiner kurzen schwarzen Haare schien das Blau regelrecht zu strahlen. »Schade eigentlich. Ich dachte, wir beide gehen mal miteinander aus.«

Er zwinkerte mir zu und ich sah ihn sprachlos an. *Meint er das ernst?* Warum in drei Teufels Namen sollte ich …? Doch David ließ mir keine Möglichkeit, meinen Gedanken zu Ende zu führen, geschweige denn etwas zu erwidern.

»Vielleicht überlegst du es dir noch mal. Du kannst mich ja anrufen, wenn du doch Lust bekommen solltest, mit mir und meinen Kumpels abzuhängen.« David verzog seine Lippen zu einem feinen Lächeln, das wohl charmant wirken sollte.

Ich fühlte mich völlig überrumpelt und brachte keinen klaren Gedanken zustande. Er konnte diese schwachsinnige Idee unmöglich ernst meinen. Vermutlich war das nur ein dämlicher Witz oder eine dieser albernen Mutproben, die gerade an unserer Schule »in« waren. Vielleicht hatte er auch einfach keine Lust mehr, das Geplapper seiner hirnlosen Cheerleader-Fanclub-Mitglieder zu ertragen. Wenn das der Fall war, konnte ich es ihm nicht einmal verübeln. Trotzdem war er bei mir an der falschen Adresse. Ich passte ja nicht einmal ansatzweise in die Clubbeschreibung. Anstatt High Heels, Kleidern und Röcken besaß ich nur Jeans, Cargohosen und Chucks. Zudem kannte ich Davids Ruf. Und ich war sicherlich keins dieser Mädchen, die ihre Jungfräulichkeit einem lokalen Popstar vor die Füße warfen, nur weil er mit den Wimpern klimperte.

Ehe ich die Gelegenheit bekam, mir Gedanken über eine schlagfertige Antwort zu machen, übernahm Adam das Gespräch.

»Tja, dann kommst du wohl zu spät, David. Ave ist meine Freundin. Und ich werde sehr gut auf sie aufpassen.«

Verwundert bemerkte ich, dass Adam mich angrinste. Ich wusste nicht, wie ich reagieren sollte, doch ehe es mir möglich war, meiner Irritation verbal Ausdruck zu verleihen, beugte sich mein »Freund« zu mir herunter und hauchte mir einen sanften und zärtlichen Kuss auf die Lippen. Auch wenn die Berührung völlig unschuldig war, spürte ich, wie mir das Blut in die Wangen schoss. *Was ist denn jetzt los?*

Adam lächelte mich kurz an, ehe er eine ausdruckslose Miene aufsetzte und sich David zuwandte. »Sorry, Kumpel. Aber es gibt ja noch genügend andere Frauen, bei denen du es versuchen kannst.« Er zuckte lässig mit der freien Schulter, schlug dabei die Tür meines Spinds zu und schob mich sanft und gleichzeitig bestimmt an dem verdutzten David vorbei, dessen Blick sich in meinen Nacken brannte.

ZWEI

Adam schob mich weiter durch den Gang, vorbei an unzähligen Schülern, die ebenfalls auf dem Weg zur Cafeteria waren. Ich schaffte es, den Mund zu halten, bis wir außer Sicht- und Hörweite waren. Doch sobald wir um die nächste Ecke bogen, wand ich mich aus Adams Griff und stellte mich mit verschränkten Armen vor ihm auf.

»Okay, erklärst du mir jetzt mal, was das gerade war?« Ich wusste nicht, ob ich lachen oder sauer sein sollte.

»Was meinst du?« Adam sah mich ehrlich irritiert an.

»Was ich meine?« Ich entschied mich fürs Lachen, immerhin war es Adam – Knallkopf, bester Freund und so was wie mein selbst ausgewählter Bruder –, mit dem ich hier sprach. »Na ja, fangen wir mit dem ersten Punkt an: Seit wann gehen Gerüchte um, dass ich vom Markt bin?« Ich betonte die letzten drei Worte und malte Anführungszeichen in die Luft. »Dann der zweite und dritte Punkt zusammen: Seit wann interessiert sich David Sinclaire für meinen Beziehungsstatus und wie kommt er auf die bescheuerte Idee, ich würde mit ihm abhängen wollen? Zu Punkt vier und fünf: Was sollte der Spruch mit der Freundin und wie ist der anschließende Kuss zu deuten?« Bei der Erwähnung ebendieses kribbelten meine Lippen und ich fuhr mit dem Handrücken darüber. Auch wenn es nicht der erste Kuss zwischen Adam und mir gewesen war, mochte ich es nicht, wenn er mich derart überrumpelte. Und besonders nicht in der Schule, wo eine solche Showeinlage nicht unbeobachtet blieb.

Adam zog eine Schnute und legte seinen Kopf leicht schräg. »Na ja, also, wenn du eine ehrliche Antwort auf deine Fragen willst …« Er räusperte sich. »Punkt eins: Ich habe mitbekommen, wie Casanova mit seinen Band-Lemmingen nach dem Sport in der Umkleidekabine darüber philosophierte, welches mitleiderregende Geschöpf aus unserer Stufe noch nicht das Vergnügen hatte, eines seiner Privatkonzerte erleben zu dürfen. Dabei fiel auch dein Name. Und da ich ihm diesen Floh gleich aus dem Kopf treiben wollte, habe ich ihm eben gesagt, er solle dich lieber gleich vergessen, sonst werde er es bereuen.« Adam grinste verschlagen. »Als er mich daraufhin fragte, ob zwischen uns beiden etwas läuft, habe ich es nicht abgestritten.«

»Adam!« Ich keuchte und lachte gleichzeitig.

Mein Gegenüber hob abwehrend die Hände. »Hey! Sieh mich nicht so vorwurfsvoll an! David soll gar nicht erst auf diese Art an dich denken! Und da ich generell nicht lüge, das weißt du genau, habe ich eben nichts gesagt.« Adam zuckte unschuldig mit den Schultern.

Die Szene, wie Adam sich vor David aufbaute und ihn bedrohte, erschien bildhaft vor meinem inneren Auge. Auch wenn Adam wie ein wahrer Engel aussah – mit seinen sanften karamellfarbenen Augen, den goldblonden Locken, den hohen Wangenknochen und den vollen Lippen –, wusste ich aus eigener Erfahrung, wie einschüchternd er wirkte, wenn er wirklich sauer war. Zum Glück kam dieser Zustand äußerst selten vor.

»Aber du hast doch gerade gelogen. Du hast gesagt, ich sei deine Freundin!«

»Du bist doch auch meine Freundin. Oder hast du mir die letzten Jahre etwas vorgemacht?« Entrüstet riss er die Augen auf, schob seine Unterlippe vor und verschränkte schmollend die Arme vor der Brust.

Lachend knuffte ich Adam gegen die Brust, damit er mit dieser schlechten Show aufhörte. »Natürlich bin ich deine Freundin! Aber«, ich seufzte leise, »du weißt genau, wie die Sache für David rübergekommen ist.«

Adam hob lässig die Schultern. »Na und? Ist doch nicht unser Problem, wenn der Lackaffe die falschen Schlüsse zieht.«

Mit ernstem Blick durchbohrte ich Adam, der jedoch nicht einmal mit der Wimper zuckte. *Natürlich ist das unser Problem!*, hätte ich gern geschrien, doch ich kam gegen seine Argumentation nicht an und sparte mir deshalb die Mühe.

Ich nickte und ließ abermals einen Seufzer hören. »Schon gut, du hast gewonnen. Was ist mit Punkt zwei bis fünf?«

»Bei Punkt zwei und drei kann ich nur mutmaßen. Ich tippe jedoch darauf, dass Jungs immer das haben wollen, was sie nicht kriegen können. Und da du jetzt vom Markt bist«, Adam imitierte meine Anführungszeichen, »bist du auf einmal wieder interessant. Wie das neue, teure Spielzeug, das ihm ein anderer weggenommen hat.«

Ja, das klingt einleuchtend, wenn auch wenig schmeichelhaft.

»Punkt vier und fünf: Da muss ich nicht viel erklären. Gern geschehen.«

Adam zwinkerte mir zu, was meine Laune hob und mir ein weiteres Lachen und gleichzeitig den Wunsch nach einem erneuten Boxhieb entlockte.

»Gott, Adam. Du bist wirklich unmöglich!«

Auch wenn ich jetzt verstand, weshalb er so gehandelt hatte, behagte mir Davids plötzliches Interesse nicht. Ich mochte mein Leben ganz genau so, wie es war. Und auch wenn ich noch nie einen festen Freund gehabt hatte, war ich nicht wirklich scharf darauf. Wenn ich anderen Mädchen zuhörte, wie sie über Liebeskummer, ungewollte Schwangerschaften und Geschlechtskrankheiten diskutierten, war ich mit meinem Singleleben ganz zufrieden. Doch da jetzt alle dachten, ich würde mit dem unglaublich beliebten und heiß begehrten Adam Hill ausgehen …

Bei der Vorstellung, was das für mich bedeuten konnte, schüttelte es mich. Dabei war mir Adams Beliebtheit ein Rätsel. Er hing ausschließlich mit mir und zwei weiteren Freunden ab, hielt sich von allen Schulteams fern und war auch kein richtiger Partylöwe, obwohl er immer wieder eingeladen wurde. Trotzdem behandelten ihn alle, als wäre er der Quarterback der 49ers. Besonders die Mädels, die nicht gerade David anschmachteten, liefen meinem besten Freund scharenweise hinterher und bettelten förmlich nach einem Date. Ein weiteres Adam-Phänomen, das sich um ihn rankte wie der Mythos um das Ungeheuer von Loch Ness. Aber wie gesagt: Nach jahrelanger Freundschaft hatte ich aufgehört, mich über so etwas zu wundern. Immerhin hinterfragte ich auch nicht die Existenz von Regenbögen und medizinischen Wundern oder wie Uri Geller Gabeln mit bloßer Willenskraft verbog.

»Ich bin nicht unmöglich, Ave. Ich bin nur kreativ. Und jetzt tu nicht so, als ob dir der Kuss nicht gefallen hätte. Du träumst doch jede Nacht davon, das weiß ich genau.«

Adam hatte den Weg zur Cafeteria wieder aufgenommen und ich stolperte ihm verdutzt und immer noch schmunzelnd hinterher.

»Ach, das weißt du?«

»Natürlich! Ich höre ...«

»Was hört unser Lockenkopf?«

Die hohe, piepsige Stimme unserer gemeinsamen Freundin Harmony Jaramango drang zu uns vor, noch bevor ich den zu kurz geratenen Wirbelwind entdecken konnte. Die feurige Latina war vielleicht nur einen Meter sechzig groß, besaß jedoch das Stimmorgan einer übergewichtigen Opernsängerin, was sie bei jeder sich bietenden Gelegenheit unter Beweis stellte.

Einen Wimpernschlag später schlängelte sich der knapp bemessene Tornado zwischen laut protestierenden Mitschülern hindurch und steuerte direkt auf uns zu. Wie immer trug Harmony einen unanständig kurzen Faltenrock, der ihre sportlichen Beine betonte und nur knapp ihren Hintern bedeckte. Ihre weiblichen Rundungen waren in ein violettes Tanktop gehüllt und ihre feuerroten Locken verdeckten zum Teil ihre üppigen Brüste. Obwohl sie sich nie schminkte, stachen ihre dunklen, ausdrucksstarken Augen aus ihrem runden, milchkaffeefarbenen Gesicht hervor.

Ich hörte oft, wie Mitschülerinnen über Harmonys extravagantes und farbenfrohes Aussehen herzogen, doch ich mochte ihren Look und er stand ihr. Ich selbst trug lieber dunkle Töne, weil diese am besten mit meinen blonden Haaren, meiner hellen Haut und meiner Augenfarbe – eine Mischung aus Marineblau und Smaragdgrün, wie Adam sie einmal beschrieben hatte – harmonierten.

»Dass Avery jede Nacht im Schlaf sehnsüchtig meinen Namen stöhnt.«

Adam antwortete auf Harmonys Frage und ich warf ihm einen bösen Blick zu. Es war schlimm genug, wenn er diese dämlichen Anspielungen in meiner Gegenwart machte, jedoch hatte Harmony so ihre Probleme, was Sarkasmus anging. Sie glaubte immer alles, was sie hörte, und schaffte es, aus jeder noch so unbedeutenden Kleinigkeit einen irrsinnigen Trubel zu veranstalten. Bei dem Gedanken, wie sie auf diese vermeintliche Neuigkeit reagieren würde, krampfte sich mir der Magen zusammen.

Ich öffnete bereits den Mund, um lautstark zu protestieren und meine Ehre zu verteidigen, doch Harmony unterbrach mich, ganz wie es ihre einzigartige, liebevolle und manchmal anstrengende Art war. Man konnte ihr allerdings keinen Vorwurf machen, denn sie kannte es nicht anders. In ihrer Familie herrschte das Gesetz der Lautstärke. Wer Gehör finden wollte, musste es sich erkämpfen. Und das tat man, indem man alle anderen übertönte. Das war auch der Grund, weshalb es im Haus der Jaramangos immer sehr lebhaft zuging. Doch genau das mochten Adam und ich an der Familie und wir freuten uns jedes Mal, wenn wir bei ihnen zum Abendessen eingeladen waren.

»Ach das.« Gelangweilt und gleichzeitig enttäuscht verdrehte Harmony die Augen und tänzelte an meine freie Seite, um sich bei mir einzuhaken. »Das ist doch nichts Neues. Das weiß ich schon längst.«

Ich sah meine Freundin mit großen Augen an. »Ist das so? Und woher weißt du das, bitte?« Ich hatte ihr so einen Blödsinn gewiss nicht erzählt.

Wir hatten inzwischen den Schulflur durchquert und die Flügeltür erreicht, hinter der sich die Cafeteria befand. Adam hielt eine Seite für uns auf, damit Harmony mich hindurchziehen konnte. Kaum war ich über die Schwelle getreten, schlug mir eine Wand aus stickiger Luft und ohrenbetäubendem Lärm entgegen. Adam steuerte auf die Essenausgabe zu.

»Woher?« Harmony gelang es problemlos, die dröhnenden Geräusche zu übertönen. »Es ist ein Naturgesetz, Baby. Männer und Frauen können nicht einfach nur befreundet sein. Einer von beiden entwickelt irgendwann unweigerlich Gefühle. Und es ist keine große Überraschung, dass es dich getroffen hat.«

Während sie sprach, steuerte sie unseren Stammtisch an, an dem ich bereits einen vertrauten braunen Haarschopf entdeckte. Der dazugehörige Besitzer kehrte uns den Rücken und hatte sich über etwas gebeugt, das auf dem Tisch lag.

Killian, der Vierte in unserer Chaotenrunde, hatte offenbar das Ende seiner Freistunde nicht mitbekommen. Er war der einzige Mensch, den ich kannte, der sich derart intensiv auf eine Sache konzentrierte, dass er nichts und niemanden um sich herum bemerkte.

Ich wollte nicht auf Harmonys Worte eingehen, um sie nicht zu bestärken, doch meine Lippen öffneten sich von selbst. »Und wieso ist das keine große Überraschung für dich, Mony?«

Harmony warf mir einen Blick zu, der wohl so was wie »Meinst du diese Frage ernst?« bedeuten sollte. Als ich sie nur weiter verständnislos ansah, seufzte sie resigniert, stellte sich mir in den Weg und legte mir ihre Hände auf die Schultern. In ihrer Mimik lag eine Mischung aus Verständnis und Mitleid. »Ach Ave, ich weiß, dir entgehen viele Dinge, die sich direkt vor deiner Nase abspielen, aber dass Adam ein verdammt heißer Kerl ist, müsste selbst dir aufgefallen sein. Immerhin wohnt ihr zusammen und er ist quasi rund um die Uhr an deiner Seite.«

Ich wusste nicht, was ich darauf erwidern sollte. Ja, Adam wohnte bei meiner Mom und mir, weil seine Eltern zu Beginn des Jahres aus beruflichen Gründen nach Mexiko gezogen waren und Adam nicht mitten im Abschluss die Schule wechseln sollte. Aber musste ich gleich in ihn verliebt sein, nur weil er auf andere Frauen attraktiv und begehrenswert wirkte?

Ich erwiderte Harmonys Blick standhaft. Sie war wie ein wandelnder Lügendetektor, bemerkte jede noch so kleine Unsicherheit sofort und biss sich wie ein Bullterrier daran fest. »Und was hat sein vermeintlich tolles Aussehen damit zu tun?« Ich verstand einfach nicht, worauf sie hinauswollte.

Meine Freundin lächelte. »Was denkst du, weshalb die Frauen bei ihm Schlange stehen und er sie abblitzen lässt?« Sie legte den Kopf leicht schräg und betrachtete mich mit liebevollem Blick.

Ich ließ ihre Worte auf mich wirken. Nach einer Weile lachte ich herzhaft. »Gott, Harmony! Ist dir eigentlich klar, was für einen Quatsch du erzählst?« Ich schüttelte grinsend den Kopf. »Adam steht nicht auf mich! Und ich nicht auf ihn! Wir sind wie Geschwister!« Ich nahm ihre Hände von meinen Schultern und drückte sie sanft. »Du bildest dir da etwas ein, Süße. Wirklich!« Als

Harmony den Mund öffnete, um zu widersprechen, kam ich ihr zuvor. »Außerdem lässt er gar nicht alle Frauen abblitzen. Alyssa zum Beispiel ist ihm schon nähergekommen.«

Ich erinnerte mich an die eine oder andere Party, auf der Alyssa Willowglow, ihres Zeichens Schulballkönigin, Schülersprecherin und Redakteurin der Schülerzeitung, mit Adam dabei erwischt worden war, wie sie sich von der feiernden Meute zurückzogen, um allein zu sein. Am nächsten Tag hatte Adam zwar seine Unschuld beteuert – sie hätten sich angeblich nur unterhalten –, doch es fiel mir schwer, ihm das zu glauben. Trotzdem bestand er weiterhin darauf, keine Romanze mit Alyssa gehabt zu haben, und ich hakte nicht weiter nach, selbst wenn ich nicht verstand, weshalb ihm diese Beteuerung so wichtig war. Adam hatte ein Anrecht auf Privatsphäre wie jeder andere auch.

Harmony legte den Kopf noch schräger und musterte mich prüfend. Dann zuckte sie mit den Schultern, drehte mir den Rücken zu und setzte ihren Weg zu unserem Tisch fort. »Wie du meinst. Aber es hätte nur Vorteile, wenn ihr beiden ein Paar wärt!«

»Ach ja? Und welche?«

Mittlerweile hatten wir Killian erreicht. Ich ließ mich auf meinen Platz neben dem strebsamen Musterschüler fallen, während Harmony sich mir schräg gegenüber hinsetzte. Adam stand noch immer an der Essenausgabe, wie ich mit einem Blick über meine Schulter bemerkte.

Gleichzeitig sah ich Alyssa, die sich zu ihm gesellt hatte und sich angeregt mit ihm unterhielt. Dabei berührte sie Adam auffällig oft am Arm. Ihre Freundinnen standen nur wenige Schritte von den beiden entfernt und beobachteten sie interessiert. *Ihr seid ja kein bisschen neugierig.*

»Na, da wären …« Harmony begann die vermeintlichen Vorteile einer Liebesbeziehung zwischen Adam und mir aufzuzählen, als Killian sich einmischte.

»Worüber reden wir?« Das zweite Familienmitglied der Jaramangos schloss geräuschvoll das vor ihm liegende Mathebuch und schob es in seine Tasche. Mit einem gezielten Griff zauberte er eine Getränkedose hervor, deren Label zwei rote Stiere vor einer gelben Sonne präsentierte.

Ich wandte ihm meine Aufmerksamkeit zu. Harmonys Eltern hatten Killian adoptiert, als er acht Jahre alt gewesen war. Adam und ich behaupteten, dass es sein Schicksal war, dem kleinen rothaarigen Teufel begegnet zu sein. Seit sie sich das erste Mal gesehen hatten, waren sie unzertrennlich. Und auch wenn es totaler Blödsinn war, war ich der Meinung, die beiden seien Zwillinge, die man bei der Geburt getrennt hatte.

Während Killian seine Dose mit einem lauten Zischen öffnete und seine Lippen sogleich auf das Metall presste, damit das aufschäumende Getränk nicht überlief, musterte ich sein Outfit. Sosehr Harmony auf Mode und gutes Aussehen achtete, so nebensächlich schien dieses Thema für Killian zu sein. Er war ungefähr einen Meter achtzig groß, hatte strahlend blaue Augen, trug sein mausbraunes Haar kinnlang und verbarg seinen sportlichen Körper hinter schlabberigen T-Shirts mit Comicmotiven. Die meiste Zeit versteckte er sich hinter Büchern oder dem Bildschirm seines Laptops. Selbst wenn wir am Strand waren, hatte er stets ein elektronisches Spielzeug dabei, mit dem er sich die Zeit vertrieb, während wir surften.

Killian bemerkte meinen musternden Blick und hob fragend eine Augenbraue. Er wartete immer noch auf eine Antwort.

Ich überspielte den peinlichen Moment mit einem Augenrollen. »Harmony philosophiert darüber, welche Vorteile es hätte, wenn ich mit Adam zusammen wäre.«

»Ach, stehst du endlich zu deinen Gefühlen? Wurde aber auch echt mal Zeit!«

Ich riss die Augen auf und formte meinen Mund zu einem perfekten O. Waren denn heute alle durchgedreht? »Ich steh nicht auf Adam! Wie kommt ihr nur auf diesen Unsinn?« Doch ich gab Killian keine Möglichkeit, auf meine Worte zu reagieren, sondern wandte mich wieder Harmony zu. Die plapperte unentwegt weiter und hatte offenbar nicht mitbekommen, dass ihr niemand zuhörte.

»... und stell dir nur mal vor, wie viel Zeit ihr für Sex hättet, so selten, wie deine Mom da ist.«

Sex mit Adam? Bei der Vorstellung verzog ich angewidert das Gesicht und ließ den Kopf auf die Arme fallen, die ich verschränkt auf den Tisch gelegt hatte. *Hätte ich sie doch nur weiter ignoriert.*

»Wer hätte Zeit für Sex?«

Adams Stimme ließ mich aufblicken. Hatte er sich so schnell aus Alyssas Fängen befreien können? Das wunderte mich. Sie erschien mir ziemlich besitzergreifend.

Der blonde Lockenkopf ließ sich gerade auf den freien Stuhl mir gegenüber sinken und stellte gleichzeitig sein Tablett ab. Der Gestank des Gemüseauflaufs, oder besser gesagt des ekeligen grünen Glibberzeugs, das diesen Namen trug, brannte mir in der Nase und verdrängte für einen kurzen Augenblick den Ärger über diese sinnlose Unterhaltung. Doch als Killian Adam auf den neuesten Stand brachte, kehrte meine Anspannung mit voller Intensität zurück und ich unterdrückte ein Seufzen. Ich hasste es, wenn sich unsere Gespräche verselbstständigten und ich die Kontrolle darüber verlor. Und noch mehr hasste ich es, wenn ich im Mittelpunkt des Interesses stand.

»Du und Ave.« Killian nippte an seiner Dose und ich warf ihm einen finsteren Blick zu. Konnten wir nicht endlich das Thema wechseln?

»Du willst Sex mit mir, Ave?« Adam sah mich überrascht an.

Ich konzentrierte mich auf seine warm dreinblickenden Augen und spürte förmlich, wie mein Ärger schwand. Es war schwer zu beschreiben, doch bereits Adams bloße Anwesenheit wirkte beruhigend auf mich. Er hatte etwas zutiefst Tröstliches an sich und schaffte es, dieser dämlichen Unterhaltung mit Witz zu begegnen.

»Natürlich. Ich habe nämlich gerade erfahren, dass du heiß bist. Und da ich nicht länger ›die letzte Jungfrau‹ an der Highschool sein will, dachte ich, du wärst ein passendes Objekt für meinen Plan.« Grinsend streckte ich ihm die Zunge raus, was er mit einem zufriedenen Lächeln kommentierte.

Harmony hatte den Sarkasmus in meiner Stimme natürlich nicht bemerkt und seufzte erleichtert. »Endlich siehst du es ein, Ave!« Mit ihren neonorange lackierten Fingernägeln fuhr sie sich durch die leuchtenden Locken, während mich ihre dunklen Augen fokussierten. »Immerhin habt ihr mit eurem

Rumgeknutsche auf dem Flur schon den ersten Schritt in die richtige Richtung getan. Jetzt müsst ihr nur dranbleiben.«

»Woher weißt du das denn schon wieder?« Ich sparte mir die Mühe, ihr zu erklären, dass der Kuss nichts zu bedeuten hatte. Sie würde mir sowieso nicht zuhören, geschweige denn glauben.

»Ich hab euch gesehen.« Meine Freundin klang ehrlich stolz, als hätte sie ein gut gehütetes Geheimnis gelüftet. »Ich war gerade auf dem Weg zu euch, aber ihr saht beschäftigt aus, deshalb bin ich wieder abgehauen. Ich wollte ja nicht stören.«

Ich seufzte hörbar und warf Adam einen bösen Blick zu. *Siehst du! Das hast du jetzt davon!*

Adam lachte herzlich. Dabei wusste ich nicht, ob über Harmonys Schlussfolgerung oder über meinen verzweifelten Gesichtsausdruck. »Sorry, Mony, das war meine Schuld. Ave hat mir nicht ihre Gefühle gestanden. Ich habe sie mit dem Kuss überfallen, um sie vor David Sinclaire zu schützen.« In kurzen Sätzen berichtete Adam, wie es zu der intimen Szene gekommen war. Er schien meine Ehre retten und die Gerüchte aus der Welt schaffen zu wollen.

»David hat ein Auge auf Avery geworfen?« Harmony und Killian stießen ihre Frage synchron aus. Ihre beinahe identisch wirkenden entsetzten Gesichter entschädigten mich und ich grinste.

Adam beantwortete die Frage mit einem Nicken und machte sich emotionslos über sein Essen her. Doch ich kannte meinen besten Freund gut genug. Die Begegnung mit David beschäftigte ihn mehr, als er zugeben wollte, ich verstand einfach nur nicht wieso.

Für einen Moment herrschte Schweigen, ehe Harmony das Gespräch wieder aufnahm. »Na, das passt doch.« Sie kramte eine Haarbürste aus der Tasche und fuhr sich damit durch die Strähnen. Sie konnte einfach nicht ruhig sitzen bleiben und war ständig in Bewegung. Ein Tick, der auf die Dauer ziemlich anstrengend war. »Avery bekommt David und Adam schnappt sich Alyssa. Eure Kinder werden unglaublich süß und dazu auch noch klug sein!« Der Blick, den sie auflegte, hatte etwas Verträumtes.

Unter großer Anstrengung verkniff ich mir ein abfälliges Schnauben.

Adams Reaktion darauf war weniger subtil. Er verschluckte sich an seinem Essen und klopfte sich hustend gegen die Brust. Als er sich wieder gefangen hatte, sah er wütend zu Harmony. »Ganz bestimmt fängt Ave nichts mit David an! Das kann sich dieser Vollpfosten abschminken!« Als er merkte, wie harsch seine Reaktion war, senkte er den Blick wieder auf sein Essen.

Verblüfft starrte ich ihn an. Ich kannte Adams fürsorgliche Seite, aber dieser Spruch ging nun doch etwas zu weit. Immerhin war er nicht ... Mir fiel nicht eine Konstellation ein, die dieses Verhalten rechtfertigen würde.

»Ach ja? Und wieso nicht?« Ich verschränkte die Arme vor der Brust. An David hatte ich überhaupt kein Interesse, aber ich mochte es nicht, wenn mir jemand Vorschriften machte. Das wusste Adam ganz genau!

Mein bester Freund hatte seinen kurzen Ausbruch bereits überwunden, denn als er nun aufsah, grinste er mich feixend an. »Weil er ein Idiot ist und du Besseres verdient hast!«

Ein ironisches Lachen entfloh meinem Mund. »Ja, klar. Prince Charming ist eigentlich ein Frosch und ich habe natürlich Superman verdient.«

Adam öffnete den Mund, um etwas zu erwidern, doch Harmony kam ihm zuvor. »O nein, bitte nicht Superman! Der trägt seine Unterhosen über einer Strumpfhose!« Meine Freundin schüttelte angewidert den Kopf. »Dann doch eher Batman. Der ist so herrlich düster und geheimnisvoll.« Mit glänzendem Blick sah sie in die Luft und lachte leise.

»Von mir aus. Dann eben Batman!« *Solange es nicht Antman sein muss.* Ich kicherte über meine Gedanken.

»Ave braucht keinen Kerl, um glücklich zu sein. Sie hat schließlich mich.«

Adam zwinkerte mir zu und ich schmunzelte. Er hatte recht. Wozu brauchte ich einen Typen, der mir aller Wahrscheinlichkeit nach nur Kummer bereiten würde? Mit Adam an meiner Seite war ich wunschlos glücklich.

Harmony seufzte verträumt und sah zwischen Adam und mir hin und her. »Ach Mensch, wollt ihr es nicht doch mal miteinander versuchen? Ihr wärt wirklich ein tolles Paar.«

Mit einem unterdrückten Seufzen wandte ich mich an meine Freundin. Ich musste endlich ein Machtwort sprechen, damit sie dieses Thema nicht immer wieder ansprach. »Harmony! Eine Beziehung zwischen Ad und mir wäre ungefähr so, als würdest du mit Killian ins Bett gehen!«

Die ungleichen Geschwister keuchten synchron auf und ich grinste. Endlich schienen sie es verstanden zu haben.

»Igitt! Avery! Wie kannst du so was nur aussprechen? Wir sind Bruder und Schwester! Das ist …« Harmony suchte nach einem passenden Wort. »… krank!«

»Ihr seid nur auf dem Papier verwandt. Legal dürftet ihr zusammen sein.« *Glaube ich zumindest.* So sicher war ich mir da nicht, aber um die wahre Beziehung zwischen Adam und mir zu verdeutlichen, musste es reichen.

»Das ist pervers! Wirklich!« Nun mischte sich auch Killian ein und präsentierte dabei einen Gesichtsausdruck, der mich erneut zum Lachen brachte.

»Na, dann wisst ihr ja jetzt endlich, wie es mir geht, wenn ihr mir eine Affäre mit Adam andichten wollt.« Ich ließ ihnen einen Moment Zeit, meine Worte zu verinnerlichen. »Ad ist wie ein Bruder für mich. Oder, Adam?« Fragend suchte ich seinen Blick.

Adam nickte. »Ja, lasst meine kleine Schwester in Ruhe. Sonst darf ich mir den ganzen Nachhauseweg anhören, wie gemein ihr gewesen seid.«

Die Jaramango-Geschwister lachten. Ich stimmte mit einem Kichern ein, griff aber gleichzeitig nach der Haarbürste, die auf dem Tisch lag, und bewarf Adam damit. Jetzt, nachdem alle verstanden hatten, dass zwischen ihm und mir niemals etwas laufen würde, entspannte ich mich und ließ mich von der lockeren Stimmung mitreißen.

»Hey! Ich nehme dich hier in Schutz, Ave! Du solltest mich besser nicht gegen dich aufbringen. Ich kenne all deine peinlichen Geheimnisse. Oder soll ich den anderen erzählen, welchen Song du letzte Woche unter der Dusche gesungen hast?«

Entsetzt sah ich Adam an. *Das hat er nicht gehört, oder?* Ich war mir sicher gewesen, allein im Haus zu sein, während er zum Joggen unterwegs war.

»Das würdest du nicht wagen!«

Unter keinen Umständen durfte das Tratschmaul Harmony von meiner Justin-Bieber-Playlist erfahren, die ich immer dann trällerte, wenn ich allein war. Selbst Adam hätte es niemals mitbekommen sollen. Leider war es dafür offensichtlich zu spät.

»Natürlich würde ich!« Adam lachte und begann die Melodie von »Baby« anzustimmen, als Beweis dafür, dass er nicht bluffte.

Harmony und Killian lachten noch lauter, während ich mir prustend die Hände vor das Gesicht schlug. *Wie peinlich!*

Als Adam sich dann auch noch über den Tisch beugte, meine Hand ergriff und mich auf diese Weise zwang, ihn anzusehen, während er tatsächlich zu singen begann, wandelte sich mein Lachen immer mehr zu einem ausgewachsenen Anfall, bis ich kaum noch Luft bekam. Tränen stiegen mir in die Augen und ich musste mir den Bauch halten.

»O Baby.«

Mit jedem Wort, das Adam sang, verstärkte sich mein Lachen, bis ich zu japsen begann. Ich riss den Mund auf, um nach Luft zu schnappen, doch kein Sauerstoff gelangte in meine Lungen.

Die Heiterkeit, die mich eben noch mitgerissen hatte, erstarb augenblicklich und ich griff mir panisch an die Kehle. Mit einem Ruck hob ich den Kopf.

Ich ersticke!

Hilfe suchend sah ich mich um, aber außer mir war niemand mehr in der Cafeteria. Alle Schüler, Lehrer und Mitarbeiter waren schlagartig verschwunden.

Auch Killian und Harmony.

Sogar Adam.

Mein Herzschlag begann zu rasen und meine Handflächen wurden feucht. Ich wollte um Hilfe schreien, aber mein Mund war völlig ausgetrocknet. Keine Silbe kam über meine Lippen. Meine Sicht begann zu verschwimmen und die Luft in der Cafeteria wurde drückender. Schweiß rann mir über die Schläfen, den Nacken und meinen Rücken. Schwarze Flecken bildeten sich vor meinen Augen und ich rutschte vom Stuhl, während mein Kreislauf zu kollabieren drohte.

Als ich aufschlug, spürte ich den harten Boden unter meinen Knien. Meine Hände hatte ich immer noch um meinen Hals geklammert.

Ich ersticke!

DREI

»Ave? Bist du okay?«

Etwas berührte mich an der Schulter und mit einem Mal war alles wieder gut. Wie aus dem Nichts tauchten Adam und Harmony vor mir auf. Killian saß ebenfalls wieder neben mir und es war seine Berührung, die mich in die Realität zurückholte.

Irritiert blickte ich mich um. Ich saß auf meinem Stuhl, konnte problemlos atmen und scharf sehen. Auch die Geräuschkulisse der Cafeteria nahm ich wahr, ebenso wie all die Menschen, die hier ihre Mittagspause verbrachten.

»Avery? Hörst du mich?« Adam wedelte mit seiner Hand vor meinem Gesicht.

Ich blinzelte ein paar Mal, um meine trägen Gedanken in Schwung zu bringen. *Was ist gerade passiert?*

Als ich Adams besorgtes Gesicht sah, zwang ich mich zu einem leisen Lachen. »Was? Jaja! Alles gut.« Immer noch irritiert wischte ich mir die Hände an der Hose ab. »Ich hatte nur …« Ja, was war das eben gewesen? Ein Tagtraum? Eine Vision? *Oder hatte ich einen Schlaganfall?* Was auch immer es gewesen war, es sollte sich bitte nicht wiederholen. Dafür hatte es sich zu echt angefühlt. »Ach, schon gut.« Ich schüttelte lächelnd den Kopf, um das Thema zu beenden. Was sollte ich den anderen schon erzählen? Ich wusste ja selbst nicht einmal, was gerade passiert war. Nur dass es sich unglaublich real angefühlt hatte.

Killian nahm seine Hand von meiner Schulter. Auch sein Blick zeugte von Sorge. Wie seine Schwester und Adam hatte er die Stirn in Falten gelegt. »Bist du dir sicher, Ave? Erst hast du noch mit uns gelacht, und dann …« Er schnippte mit den Fingern. »Du warst auf einmal wie erstarrt. Als wärst du in Trance.«

Ich schaute jedem meiner Freunde ins Gesicht und entdeckte nichts als Gram, was mich innerlich seufzen ließ. Ich liebte sie alle. Wirklich. Aber wenn sie sich sorgten, waren sie schlimmer als meine Mom. Daher entschied ich mich, ihnen nichts von diesem *was-auch-immer* zu erzählen. Wahrscheinlich war ich unterzuckert, weil ich das Frühstück hatte ausfallen lassen.

»Ja, wirklich. Es ist alles okay.« Ich zauberte mir ein möglichst überzeugendes Lächeln ins Gesicht und wechselte das Thema. »Ach, und Ad? Ich bin dir wirklich dankbar für dein Eingreifen David gegenüber, aber erwarten die anderen jetzt nicht, uns ständig eng umschlungen und knutschend anzutreffen?«

Adam betrachtete mich weiterhin argwöhnisch. Offenbar rechnete er jeden Moment mit meinem Zusammenbruch. Nur langsam schien er sich zu entspannen, doch ich nahm ihm die Unbekümmertheit nicht ab.

»Na und? Selbst wenn sie das erwarten, wen interessiert das?«

Killian und Harmony nickten bestätigend und ich stimmte zögerlich mit ein. Natürlich hatten sie recht, dennoch mochte ich keine Gerüchte mit mir in der Hauptrolle.

Adam musterte mich eingehend, dann nickte auch er. »Ich verstehe, was du meinst. Tut mir leid. Ich wollte nicht, dass du dich unwohl fühlst. Aber mach dir keine Gedanken, ich bieg das wieder hin.«

Er zwinkerte mir aufmunternd zu und der Knoten in meiner Brust lockerte sich. Diesmal war mein Lächeln ehrlich gemeint.

»Danke, Ad.«

»Oh! Habt ihr schon gehört? Alyssa veranstaltet am Wochenende eine Party am Strand.« Harmony hatte ihre Aufmerksamkeit auf ihr Handy gerichtet und schien der Meinung zu sein, dass ein weiterer Themenwechsel angebracht war. Offenbar hatte sie das Interesse an ihrer Verkupplungsmission verloren.

Killian und Adam reagierten auf ihre Worte, während ich den Mund hielt und mich auf meinem Stuhl zurücklehnte. Ich brauchte einen Moment Ruhe, in dem die allgemeine Aufmerksamkeit nicht mir galt.

Mit halbem Ohr folgte ich der Unterhaltung. Harmony und Killian beschwerten sich, weil sie nicht zur Party gehen konnten. Sie flogen dieses Wochenende nach Los Angeles, wo die Hochzeit ihrer Schwester stattfand. Dafür mussten sie bereits am Freitag nach der Schule los. Da diese Information nichts Neues für mich war, ging ich nicht weiter darauf ein. Erst als meine Freunde zu belanglosen und unverfänglichen Themen wie Musik und die aktuellen Kinofilme wechselten, beteiligte ich mich wieder an dem Gespräch. Aber ich war nicht bei der Sache. Stattdessen versuchte ich das Unbehagen zu verdrängen, das in meinem Magen aufkeimte, sobald ich an das eben Geschehene dachte. Das Gefühl und die Angst zu ersticken waren echt gewesen. *Verdammt echt!* Aber egal, wie krampfhaft ich mich von diesen Gedanken zu lösen versuchte, es gelang mir nicht. Ebenso wenig, wie ich Adams besorgten Blick ausblenden konnte, den er mir immer wieder zuwarf.

***

Am nächsten Tag kehrte der übliche Trott wieder ein. Zumindest teilweise. Harmony und Killian verloren kein Wort mehr über meinen kurzen Aussetzer und die potenzielle Liebschaft zwischen Adam und mir. Dafür ließ mein bester Freund mich nicht mehr aus den Augen. Er schien mit einer Wiederholung zu rechnen, die glücklicherweise ausblieb.

Ich hingegen versuchte seinen besorgten Blick nach Möglichkeit zu ignorieren, was mir auch zeitweise gelang. Trotzdem war ich froh, als wir am Dienstagmorgen im Biologieunterricht saßen und Adam seine Aufmerksamkeit auf den Lehrer konzentrieren musste.

Während Mr Hill uns etwas über die anatomische Zusammensetzung des menschlichen Gehirns erzählte, spürte ich ein leichtes Kribbeln in meiner Brust. Es fühlte sich an, als hätte ich eine Hummel verschluckt, die auf der Suche nach einem Weg in die Freiheit immer wieder gegen meine Rippen stieß. Es war kaum mehr als ein Kitzeln und trotzdem stark genug, um es nicht ignorieren zu können.

Unauffällig drehte ich meinen Kopf erst nach links, dann nach rechts, doch die Aufmerksamkeit meiner Mitschüler galt entweder dem Unterricht oder ihren eigenen Gesprächen. Niemand schien mich zu beachten.

»Alles okay?«

Adams warme Finger legten sich auf meinen Unterarm und ich zuckte zusammen. Als ich mich zu ihm umdrehte, blickte ich in sein besorgtes Gesicht.

»Natürlich.« Ich lachte leise und legte meine Hand auf seine. »Jetzt hör auf, mich ständig so komisch anzusehen, Ad. Mir geht's gut. Wirklich!«

Adam lächelte schwach, sah jedoch nicht überzeugt aus, als er sich wieder dem Unterricht zuwandte. Ich unterdrückte ein Seufzen und tat es ihm gleich, während ich weiterhin bemüht war, dieses nervende Kribbeln auszublenden.

Nach der Biologiestunde hatte ich Kunst und Adam Sport. Wir verabschiedeten uns auf dem Flur und ich steuerte meinen Spind an, um meine Sachen zu holen. Da wir ein paar Minuten früher den Unterricht hatten verlassen dürfen, lag der Gang menschenleer vor mir. Entschlossen zückte ich mein Handy, um Harmony zu texten.

Während ich die SMS verschickte, rempelte mich jemand von vorn kommend an der Schulter an. Perplex sah ich auf und murmelte eine Entschuldigung. Doch der unhöfliche Rempler war bereits weitergegangen und ich musste über meine Schulter blicken, um herauszufinden, mit wem ich zusammengestoßen war.

Die einzige Person, die ich entdeckte, lief den Gang in die entgegengesetzte Richtung weiter und beachtete mich zunächst gar nicht. Doch dann drehte der Typ sich um und zwinkerte mir grinsend zu.

Irritiert starrte ich ihn an. *David? Was soll der Mist? Der Flur ist völlig leer! Er hatte genug Platz, um an mir vorbeizukommen!* David musste mich absichtlich angerempelt haben. Am liebsten wäre ich ihm nachgegangen und hätte ihn gefragt, weshalb er auf einmal ein so großes Interesse an mir hatte. Lag das an einer dieser dämlichen Teeniefilm-Wette, die den Abschlussball und meine Jungfräulichkeit beinhaltete? Oder hatte Adam recht und es hatte wirklich etwas mit unserer vermeintlichen Beziehung zu tun? Machte mich dieser Umstand plötzlich begehrenswert? Was auch immer es war, ich hoffte, Adam bekam das wieder hin. David hatte mich jetzt nämlich lang genug *beachtet*! Mit einem Kopfschütteln wandte ich mich ab und setzte meinen Weg fort.

Nachdem ich meine Bücher im Spind verstaut und meine Malsachen herausgekramt hatte, spürte ich wieder dieses Kribbeln in meiner Brust und stöhnte genervt. »Was ist das bloß?«

Ich reckte den Kopf aus dem Spind und blickte den Schulflur in beide Richtungen entlang. Aber er war leer. Weit und breit war niemand zu sehen.

***

Am Mittwochnachmittag wartete ich auf dem Schulparkplatz auf Adam. Der Unterricht war bereits zu Ende, aber mein bester Freund hatte sich in der letzten Stunde Ärger mit unserem Geschichtslehrer eingehandelt und sollte sich nun beim Direktor melden. Normalerweise bedeutete so etwas Nachsitzen, aber ich machte mir keine Sorgen um Adam. So wie ich diesen Charmeur kannte, war er schneller wieder frei, als ich brauchte, um mir die Schuhe zuzubinden.

Leider musste ich allein auf ihn warten, da Harmony und Killian bereits nach Hause gefahren waren, um ihrer Mutter bei den Vorbereitungen für ihren Wochenendausflug zu helfen. Wir vier wollten uns später in der Mall treffen, damit Adam, Killian und ich Harmony bei der Wahl eines neuen Kleides unterstützen konnten. Die kleine Nervensäge hatte heute Morgen spontan beschlossen, »den Fetzen«, den sie bereits vor Monaten für die Hochzeit gekauft hatte, plötzlich doch nicht anziehen zu können. Und da es unsere Schuld war, schließlich hatten wir sie damals zu dem Kleid *überredet*, mussten wir ihr bei der Suche nach einer Alternative helfen.

Ich selbst war kein großer Fan von Shoppingtouren, dennoch bereitete mir der Gedanke, mit Adam durch die Geschäfte zu ziehen, gute Laune. Ich wusste zwar nicht, wie er es immer wieder schaffte, aber er machte aus jedem Ausflug etwas Besonderes – meistens weil wir auf der Flucht waren, nachdem wir etwas Saublödes, aber irrsinnig Witziges angestellt hatten.

Während ich auf dem menschenleeren Parkplatz wartete, las ich die neueste Chatnachricht von Killian. Er beschwerte sich über seine Schwester, die viel zu viele Koffer und Taschen packte, weshalb er sich berechtigte Sorgen machte, den ganzen Mist tragen zu müssen.

Ich wollte ihm gerade mein Mitleid bekunden, als ich abermals dieses Kribbeln in der Brust bemerkte. Dieses Mal war es noch deutlicher zu spüren als in den letzten Tagen.

Ungewollt blickte ich auf. Die Sonne stand hoch am Himmel und blendete mich. Ich musste meine Augen mit einer Hand abschirmen, um etwas erkennen zu können. Doch bis auf eine überschaubare Anzahl Autos, die auf dem Platz verteilt standen, bemerkte ich nichts Ungewöhnliches. Trotzdem krallte sich ein ungutes Gefühl in mir fest. Ich war mir sicher, jemand befand sich in meiner Nähe und beobachtete mich.

Nach einem weiteren kritischen und zugegebenermaßen paranoiden Blick über den leeren Platz schüttelte ich den Kopf, um die alberne Befangenheit zu vertreiben, und konzentrierte mich wieder auf mein Handy.

Der Wind frischte auf und brachte die Blätter zum Rascheln.

»Avery …«

Das Geräusch war leise und hatte große Ähnlichkeit mit dem Pfeifen des Windes, dennoch hob ich den Kopf und zuckte erschrocken zusammen.

Ungefähr fünf Schritte vor mir stand ein Fremder, den ich auf Anfang zwanzig schätzte. Ich hatte nicht mitbekommen, wann er hergekommen war, aber sein überraschendes Auftauchen und der starre Blick, den er mir unverhohlen zuwarf, verstärkten das Kribbeln in meiner Brust.

Um meine übertriebene Reaktion zu überspielen, erwiderte ich seinen Blick und nutzte die Möglichkeit, ihn kurz zu mustern. Er trug schwarze Bikerstiefel, dunkle Jeans, die an den Knien zerrissen waren, ein dunkles T-Shirt und darüber eine schwarze Lederjacke. Seine helle Haut und die dunkelblonden Haare, die zu einem Undercut geschnitten waren – die Seiten kurz rasiert, das Deckhaar lang –, schimmerten in der grellen Sonne. Einige Strähnen fielen ihm seitlich in die Stirn und er strich sie sich mit einer Hand lässig aus dem Gesicht. Mein Blick fiel auf seine fingerlosen Handschuhe. *Strange!*

Sein Outfit war jedoch nicht das Auffälligste an ihm. Noch interessanter waren seine strahlend grünen Augen, die deutlich aus seinem markanten Gesicht hervorstachen. Noch nie hatte ich etwas so Intensives gesehen. Es schien beinahe, als würden sie glühen.

Trägt er farbige Kontaktlinsen?

Sein Anblick erweckte in mir zwiespältige Emotionen. Unbehagen und Faszination. Ein Teil von mir nahm das Raue und Gefährliche wahr, das er unverhohlen ausstrahlte und in mir den Wunsch aufkommen ließ, möglichst viel Abstand zwischen uns zu bringen. Ein anderer Teil jedoch konnte den Blick nicht von diesen Augen abwenden.

Einen Moment lang sahen wir uns stumm an, während ich darüber nachdachte, das Schweigen zu brechen. Ich war sonst nicht der Typ, wildfremde Menschen anzusprechen, besonders keine Männer, die eine derart düstere Ausstrahlung besaßen, aber mein Gegenüber sah mich auffordernd an. Bevor ich mich dazu durchringen konnte, ihn anzusprechen, warf ich einen kurzen Blick über meine Schulter. *Vielleicht meint er gar nicht mich.* Aber der Parkplatz war leer. Wir waren allein.

Als mein Blick wieder auf ihn gerichtet war, erschauderte ich erneut unter seiner intensiven Musterung. Langsam wurde die Situation wirklich unangenehm.

»Ähm, kann ich dir helfen?« Meine Stimme klang dünn und unsicher, was mich ärgerte.

Der Unbekannte antwortete nicht, sondern verzog nur minimal seine Mundwinkel. Das schiefe Grinsen, das er auf diese Weise präsentierte, jagte mir trotz der warmen Sonnenstrahlen einen kalten Schauer über den Rücken und brachte mich zum Frösteln. Ich konnte mich gerade noch zwingen, mir nicht über die Arme zu reiben.

Abwartend erwiderte ich seinen harten Blick, wobei es mir immer schwerer fiel, in diese unnatürlich grünen Augen zu sehen. *Vielleicht hat er mich nicht verstanden?* Ich wollte meine Frage bereits wiederholen, als das Handy in meiner Hand vibrierte. Automatisch senkte ich den Blick auf das Display, konnte jedoch weder einen Anruf noch eine neue Nachricht entdecken. Irritiert kräuselte ich die Stirn. Hatte ich mir das Vibrieren nur eingebildet? Langsam sorgte ich mich um meinen Verstand.

Mit einem schwachen Kopfschütteln vertrieb ich die negativen Gedanken und wollte mich gerade wieder meinem Gegenüber zuwenden, als erneut ein Wispern ertönte, als würde der Wind durch die Bäume fahren und das Laub zum Sprechen bringen.

»Bald, Avery. Bald.«

Ungewollt reagierte mein Körper mit einem weiteren Schaudern und ich blickte auf. Vor mir erstreckte sich ein leerer und verlassener Parkplatz. Perplex sah ich mich nach allen Seiten um, doch zu meiner Überraschung war weit und breit niemand zu sehen.

Der Fremde in der Lederjacke war verschwunden.

***

Die restlichen Schultage verliefen ähnlich wie die beiden vorherigen, jedoch mit einem gravierenden Unterschied: Das nervende Kribbeln in meiner Brust verstärkte sich mit jedem Tag. Bisher hatte ich Adam nichts davon erzählt, aber mittlerweile wusste ich auch nicht mehr, ob ich es überhaupt noch tun sollte.

Seit dem Vorfall am Montag in der Cafeteria beobachtete er mich immer wieder kritisch. *Und dabei habe ich ihm noch nicht einmal von der merkwürdigen Begegnung auf dem Parkplatz erzählt.*

Unter normalen Umständen hätte ich Adam sofort davon berichtet, aber er machte sich auch so schon genug Sorgen. Außerdem wusste ich nicht einmal, was ich ihm erzählen sollte. Ich konnte mir ja selbst nicht erklären, was geschehen war.

War der Typ wirklich da oder habe ich ihn mir nur eingebildet? Diese Frage beschäftigte mich den halben Mittwochnachmittag, ohne dass ich eine Antwort darauf fand. Wenn der Fremde wirklich echt gewesen war, verstand ich nicht, wie er es geschafft hatte, so schnell und lautlos aufzutauchen und anschließend wieder zu verschwinden. *Aber wenn er nicht echt war …* Diesen Gedanken wollte ich lieber nicht zu Ende führen.

Im Hinblick auf mein eigenes Seelenheil entschied ich, diese Begegnung als skurrile Einbildung abzuhaken und sie zu vergessen. Genauso verfuhr ich mit der Erinnerung an das Erstickungsgefühl in der Cafeteria. Da sich keiner der beiden Vorfälle wiederholte, nahm ich an, dass mir mein Verstand einen Streich gespielt hatte, möglicherweise in Verbindung mit der Aufregung rund um meinen kurz bevorstehenden achtzehnten Geburtstag. Doch die moralische Instanz in meinem Kopf zwang mich zu dem Versprechen, meine Mom und Adam einzuweihen, sollte sich eine dieser merkwürdigen Situationen doch noch wiederholen. *Aber erst nach meinem Geburtstag am Sonntag!*

***

Am Freitagnachmittag gingen Adam und ich nach der Schule zum Baker Beach, um eine Runde zu surfen. Harmony und Killian saßen bereits im Flugzeug nach Los Angeles und würden vor Sonntagabend nicht wiederkommen. Noch vor wenigen Wochen war ich wegen dieser Tatsache ziemlich traurig gewesen, aber inzwischen hatte ich mich mit dem Gedanken abgefunden und freute mich sogar, den besonderen Tag allein mit meiner Mom und Adam zu verbringen. Vermutlich lag das an Harmony, die in letzter Zeit noch aufgedrehter und zeitweise anstrengender gewesen war als sonst. Und auch wenn ich sie und ihren Bruder gern um mich hatte, tat mir und meinen angespannten Nerven eine kleine Pause von diesem Wirbelwind sicher gut.

Adam beendete gerade seinen Bericht über eine Hai-Doku, die er vor Kurzem im Fernsehen gesehen hatte, als wir den warmen, feinen Sandstrand erreichten und sogleich unseren Stammplatz ansteuerten. Doch anstatt sofort ins Wasser zu laufen, legten wir unsere Bretter ab und ließen uns auf den Boden sinken. Das war so ein Tick von uns: Bevor wir mit dem Surfen begannen, hielten wir für einen Moment inne und machten uns bewusst, wie grenzenlos diese Welt war.

Adam und ich lehnten uns nach hinten und stützten uns auf unseren Unterarmen ab. Ich vergrub meine nackten Zehen im warmen Sand, während die pralle Sonne auf uns niederschien und ich meinen Gedanken freien Lauf ließ. Ich dachte an mein schlichtes, aber angenehmes Leben. Nicht viele konnten von sich behaupten, das Glück zu haben, mit ihrem besten Freund in einem Haus im Richmond District zu wohnen. Aufgrund der tollen Lage, genau in der Mitte zwischen der George Washington Highschool und dem Strand, erreichten wir zu Fuß sowohl die Schule als auch unseren Surfplatz. Was super war, weil unser Haushalt nur ein Auto besaß, das meine Mom brauchte, um zur Arbeit zu kommen. Und obwohl man bei ihrer Position als Controllerin in einer großen Bank meinen konnte, dass sie genug Geld verdiente, um ein zweites Auto zu kaufen, war sie nach dem Finanzcrash vor ein paar Jahren froh gewesen, ihren Job zu behalten, besonders da sie als Alleinverdienerin für uns drei sorgen musste.

»Avery?« Adam sprach leise und beinahe hätte ich ihn zwischen all den kreischenden Möwen, den schreienden Kindern und den Volleyball spielenden Sportlern kaum gehört.

»Hm?« Mit geschlossenen Augen reckte ich mein Gesicht der Sonne entgegen.

»Am Sonntag ist dein Geburtstag und …«

»Ach, der ist schon übermorgen?« Feixend sah ich ihn an. »Das habe ich ja völlig vergessen.«

Ich beherrschte zwei Sprachen fließend. Englisch und Sarkastisch. Und weil ich mich für ein Wunderkind hielt, vermischte ich beide Sprachen und brachte sie gleichzeitig über die Lippen.

»Haha, witzig.«

Ich schloss meine Augen und genoss die wärmenden Sonnenstrahlen. Dabei grinste ich breit. Adam wusste genau, wie sehr ich Geburtstage liebte. Besonders den kommenden. Er war also selbst schuld, wenn er ein Gespräch auf diese Art begann.

»Hör mir lieber zu, Avery. Ich muss dir nämlich etwas erzählen, das mir echt schwerfällt.«

Adam klang überraschend ernst und ich schluckte hart, ehe ich mich wieder zu ihm wandte. Seine hellbraunen Augen blickten mich eindringlich an.

»Okay, was ist los?« Es gab nur wenige Situationen, in denen Adam nicht der alberne Idiot war, den ich so liebte. Ich kannte zwar auch diese Seite an ihm, aber sie bedeutete selten etwas Gutes.

Adam atmete tief durch. »Das ist jetzt echt nicht leicht, also lass mich bitte ausreden, ja?« Er zog seine Knie an die Brust und umschlang sie mit seinen Armen. »Wir beide kennen uns schon seit dem Kindergarten und haben unglaublich viel zusammen durchgemacht …«

Ich nickte zögerlich, biss mir aber fest auf die Zunge, um ihn nicht zu unterbrechen. In meinem Kopf überschlugen sich die Gedanken. Hatte Harmony etwa doch recht gehabt? Konnten Männer und Frauen nicht einfach miteinander befreundet sein? Wollte Adam mir gerade irgendwelche romantischen Gefühle gestehen? *O Gott, bitte nicht!*

»… wir vertrauen einander wie keinem anderen, nicht wahr?« Er wartete meine Antwort nicht ab. »In all der Zeit musste ich ein Geheimnis wahren. Und jetzt ist es an der Zeit, dir die Wahrheit zu sagen.« Adam drehte seinen Oberkörper zu mir herum und wir saßen nun fast frontal voreinander.

Wieder schluckte ich hart.

O nein! Nein! Nein!

»Avery, ich …«

»Hilfe!«

Der ohrenbetäubende Schrei schrillte durch die Luft. Auf der Suche nach der Ursache des Lärms ließ ich erschrocken meinen Blick schweifen.

Nur ein paar Schritte von uns entfernt saß ein kleines Mädchen mit langen blonden Haaren, die zu zwei Zöpfen geflochten waren. Es trug einen roten Badeanzug und war vielleicht vier oder fünf Jahre alt. Sein zartes Gesicht war vom Weinen gerötet und aufgedunsen. Das Mädchen umklammerte sein Bein. Zwischen seinen Fingern quoll Blut hervor, das wenig später im Sand versickerte.

»Adam, schau mal!« Ich deutete auf das Mädchen, ohne meinen Blick von dem Geschehen zu wenden. »Los! Wir müssen helfen!«

Leider hatte ich keine Ahnung, was ich tun sollte. Allein bei dem Anblick von Blut rebellierte mein Magen. Da sich offenbar niemand sonst verpflichtet fühlte, musste ich meine aufkeimende Übelkeit überwinden.

Als Adam nicht reagierte, sah ich in seine Richtung, aber er starrte nur stumm auf das Meer, als habe er mich gar nicht gehört.

»Adam?« Ich packte seine Schulter und rüttelte ihn, doch offenbar hatte er nicht vor, mich zu beachten. »Hallo? Was ist los?«

War er beleidigt, weil ich ihn unterbrochen hatte? Egal! Jetzt war nicht der richtige Moment, um mir darüber Gedanken zu machen. Schnell sprang ich auf und lief barfuß über den heißen Sand. Meine Sohlen brannten, doch ich nahm es kaum wahr. Adrenalin rauschte durch meine Adern und hielt mich aufrecht, auch wenn mein Magen inzwischen einem Bleiklumpen Konkurrenz machte.

Vor dem Mädchen ließ ich mich auf die Knie fallen. »Hallo.« Meine Stimme bebte, aber ich zwang mich zu einem Lächeln. Die Kleine sollte nicht merken, wie groß meine Angst war. »Was ist denn passiert?« Ich versuchte sie zu beruhigen, denn ihr lautes Weinen nahm mir die Konzentration.

Immer wieder drehte ich mich Hilfe suchend zu den anderen Badegästen um, aber niemand schien uns zu beachten. *Was soll der Mist? Sehen die denn nicht, was hier los ist?*

Ich wandte mich wieder dem Mädchen zu. »Wie heißt du und wo sind deine Eltern? Mit wem bist du hier?«

Die Kleine musste sich verlaufen haben. Wäre ihre Mutter in der Nähe, würde sie das Geschrei ihres Kindes nicht ignorieren können.

Schlagartig hörte sie auf zu weinen und sah mich mit großen pechschwarzen Augen an. Nicht nur ihre Iris war schwarz, nein, das ganze Auge war dunkel. »Du wirst sterben, Avery Marie Harper!«

Unvermittelt ließ ich das Mädchen los und fiel rücklings in den Sand. »Was?« Ich musste mich verhört haben. »Was hast du gesagt?« Wieder bebte meine Stimme und diesmal konnte ich es nicht wie ein Hirngespinst einfach wegwischen.

Die Kleine hob die Hände und hielt sie mir vor das Gesicht, als würde sie mich berühren wollen. Ihre Handflächen waren leuchtend rot und ihre Finger unnatürlich lang und spitz. Als sie den Mund öffnete, um etwas zu sagen, floss Blut heraus und rann ihr über die Lippen. »Du wirst an deinem achtzehnten Geburtstag sterben.« Ihre Stimme klang gar nicht mehr hell und kindlich, sondern tief, dunkel und rau. Zu einem alkoholgeschwängerten

Kettenraucher hätte sie besser gepasst als zu diesem vermeintlichen Kleinkind.

»Das passiert nicht wirklich!« Ich krabbelte rückwärts von dem Mädchen weg. »Das bilde ich mir nur ein!« Mit vor Angst geweiteten Augen kroch ich weiter, aber egal, wie sehr ich mich auch anstrengte, ich kam nicht vom Fleck. Die Distanz zu dem Mädchen änderte sich nicht.

»Bald, Avery! Bald komme ich und hole dich!«

Ich öffnete den Mund. Der Schrei, der sich bereits in meiner Kehle gebildet hatte und nun über meine Lippen drang, war so animalisch wie der eines sterbenden Tieres.

VIER

»Ave? Avery?«

Mein Name drang nur verzerrt in mein Bewusstsein.

»Avery! Was ist los? Bitte beruhige dich. Warum schreist du?«

Ich kannte die Stimme, aber in diesem Augenblick wusste ich nicht, wem sie gehörte. Vor mir sah ich nur dieses blonde Mädchen, wie es mich anstarrte. Mich mit seinem Blick in den Tod locken wollte.

Dabei wollte ich etwas sagen.

Wirklich.

Jedoch hatte ich die Fähigkeit des Sprechens verlernt. Zumindest erschien es mir in diesem Moment so.

Etwas Warmes, Salziges drückte sich auf meinen Mund und dämpfte meinen Schrei. Die Berührung half mir, wieder klar zu denken.

Ich blinzelte ein paarmal. Das Bild von dem Mädchen verblasste, bis ich in Adams vertrautes, aber besorgtes Gesicht sah. Er hatte seine Augen aufgerissen, seine Lippen standen leicht offen und sein Kopf schwebte dicht vor mir. Ich spürte seinen Atem, wie er mir über die Haut strich.

»Ave? Bist du wieder bei mir?«

Adam sprach leise und ich hatte Mühe, ihn zu verstehen, nickte aber zögerlich.

»Gut. Dann nehme ich jetzt die Hand wieder runter?«

Ich nickte abermals.

»Schön. Und wenn du noch einmal vorhast zu kreischen, als würde dich jemand heimtückisch abstechen, dann sagst du mir vorher Bescheid, einverstanden?«

Meine Mundwinkel zuckten ungewollt und ich bestätigte seinen Wunsch mit einem weiteren Nicken.

Auch Adam nickte, ehe er seine Finger von meinen Lippen nahm und die Hand im Zeitlupentempo sinken ließ. Dabei wandte er nicht eine Sekunde lang den Blick von mir. Vermutlich rechnete er jeden Moment mit einem weiteren Schrei. Als ich stumm blieb, seufzte er erleichtert und ließ sich nach hinten in den Sand fallen. »Okay.« Sein Atem kam ihm geräuschvoll über die Lippen. »Kannst du mir jetzt erklären, was passiert ist?«

Sein eindringlicher Blick machte mir erst bewusst, was eben geschehen war. Oder besser gesagt, was meiner Meinung nach geschehen war. Denn als ich wieder zu der vermeintlich unheilvollen Stelle sah, saß dort natürlich kein Mädchen, das gerade verblutete. Auch war der Sand goldgelb und nicht von Blut durchtränkt.

In meinem Hals bildete sich ein tennisballgroßer Kloß. Tränen schossen mir in die Augen. Ich öffnete den Mund, um Adams Frage zu beantworten, aber ich brachte keinen Ton heraus. Ich wusste ja nicht einmal, was ich überhaupt sagen wollte.

Das war nicht echt! Das ist nicht wirklich passiert!

Mit diesem Mantra versuchte ich mich selbst zu beruhigen, jedoch waren die Worte nur Schall und Rauch in meinem Kopf.

Wenn das nicht wirklich passiert ist, weshalb hat es sich dann so verdammt echt angefühlt? Warum bilde ich mir so was überhaupt ein?

Ich hatte keine Antwort auf all diese Fragen, aber mit jeder Sekunde, in der Adrenalin aus meinem Körper wich, kämpfte sich lähmende Angst an die Oberfläche und umhüllte mich wie eine Zwangsjacke. Mein Atem ging flach und die wärmenden Sonnenstrahlen fühlten sich wie brennende Laser an. Meine Sinne waren geschärft und dennoch fühlte ich mich taub und leblos.

»Ave? Ist alles okay?«

Adam strich mit seinen Fingerknöcheln über meine Wange und ich starrte ihn mit geweiteten Augen an.

Nein! Nichts ist okay! Ich werde verrückt! Ich verliere den Verstand! Das alles wollte ich ihm entgegenbrüllen, aber stattdessen schüttelte ich den Kopf. Manisch schwang er stumm von links nach rechts und wieder zurück. Dabei versuchte ich die Tränen wegzublinzeln, die sich aus meinen Augenwinkeln stahlen.

»Ave, bitte weine nicht.« Adam fing mit seinem Daumen eine Träne auf, die sanft über meine empfindliche Haut rann.

»Ich habe Angst, Adam! Was passiert mit mir?« Meine Stimme klang brüchig und rau. Auch wenn ich die Tränen weitestgehend zurückhalten konnte, war ich einem Nervenzusammenbruch nahe.

Adam legte schützend seine Arme um mich und zog mich an seine Brust. Kaum spürte ich seine harten Muskeln und nahm den vertrauten Geruch wahr, hielt mich nichts mehr zurück. Ein Schluchzen drang über meine Lippen und ich erstickte es an seinem T-Shirt, während ein unaufhörlicher Tränenstrom über meine Wangen lief und den Stoff tränkte.

***

Nach einiger Zeit schaffte ich es, mich zu beruhigen. Mein Atem ging wieder gleichmäßiger, das heftige Pochen in meiner Brust fand zu einem harmonischen Rhythmus und das Zittern in meinem Körper hatte nachgelassen. Als aufgrund der unbequemen Haltung meine Rückenmuskeln allmählich zu protestieren begannen, löste ich mich vorsichtig aus Adams liebevoller Umarmung und wischte mir mit den Fingerspitzen die feuchten Spuren von den Wangen. Mir war dieser Ausbruch schrecklich peinlich, aber gleichzeitig war ich froh, meinen besten Freund hier zu haben.

»Geht's wieder?« Adam sah mich mit traurigen Augen an und ich nickte knapp.

»Ich denke schon.«

Die Sorge in seinem Blick schmerzte ungemein und ich wandte meinen Kopf ab. Lieber konzentrierte ich mich auf das grenzenlose Meer vor mir. Das Wasser baute sich zu schäumenden Giganten auf, um am Zenit zu brechen und schließlich in ruhigen Wellen am Ufer zu stranden. Dieser Ablauf hatte etwas zutiefst Beruhigendes.

Adam legte mir eine Hand auf die Schulter und ich zuckte zusammen. Es war keine böse Absicht, aber ich war kein Fan von Umarmungen. Besonders nicht nach einem solchen Zusammenbruch. Schwäche zu zeigen und Nähe zuzulassen waren nicht gerade meine Paradedisziplinen, was ich meinem Erzeuger, James Goose, zuschrieb, der vor mehr als zwölf Jahren über Nacht zum weltberühmten Hollywoodstar avanciert war. Frau und Kind waren ihm nur noch lästiger Ballast gewesen, weshalb er seinen Ruhm und ein paar Klamotten eingepackt und uns in einer Nacht-und-Nebel-Aktion verlassen hatte. Seitdem hatte ich ihn nicht mehr gesehen – die Beiträge und Interviews in den Medien nicht eingerechnet, denn die ignorierte ich gekonnt.

»Erzählst du mir, was los war?« Adam nahm seine Hand herunter und wandte sich ebenfalls dem Meer zu. Ebenso wie ich hatte er die Beine an den Körper gezogen, die Knöchel gekreuzt und seine Arme auf die Knie gelegt. In dieser Position blickten wir gemeinsam in die strahlend blaue Weite.

»Ich weiß nicht, was ich dir sagen soll, Adam. Ich ...« Ein erschöpfter Seufzer drang über meine Lippen. Ich fühlte mich schlapp und ausgelaugt. Genau aus dem Grund weinte ich nur selten und verdammt ungern. Abgesehen davon, dass ich hinterher immer wie ein aufgequollenes Marmeladenbrötchen aussah – rot, pickelig und aufgedunsen –, fühlte ich mich dabei stets schwach und wehrlos. Und so wollte ich mich nicht fühlen.

Nie mehr!

Das hatte ich mir geschworen, nachdem mein Vater abgehauen war.

Ich schüttelte den Kopf, ohne Adam anzusehen. »Ach, vergiss es einfach. Ich hatte wohl einen Blackout.«

Schon wieder.

Adam warf mir einen skeptischen Blick zu und ich zwang mich zu einem leisen Lachen. Das Geräusch kratzte unangenehm in meinen Ohren und klang unglaubwürdig.

»Ave, ich denke ...«

Ich ließ Adam nicht zu Wort kommen. Seinen Drang, immer alles bis ins kleine Detail besprechen zu wollen, ertrug ich gerade nicht. »Bitte, Ad. Lass gut sein.« Ich drehte meinen Kopf zu ihm herum. »Ich will nicht darüber reden, okay?« Auch ohne eine gründliche Psychoanalyse meinte ich den Befund bereits zu kennen: *Ich werde verrückt!*

Adam zog nachdenklich seine Augenbrauen zusammen. »Bist du dir sicher, Avery? Vielleicht hilft es.« Ihm war sein Widerwille deutlich anzuhören.

»Ja, ich bin mir sicher, und nein, ich will wirklich nicht darüber reden. Lass uns heute einfach nur Spaß haben, in Ordnung? Vergessen wir, was passiert ist.«

Mein bester Freund musterte mich eingehend. Ja, ich verlangte viel von ihm, aber Adam hatte schon immer mehr Nachsicht mit mir gehabt als ich mit ihm. Auch wenn es unfair und vielleicht egoistisch war, musste ich diesen Umstand jetzt ausnutzen.

Adam seufzte und seine Schultern sackten herab. »Schön. Okay, wie du möchtest.« Unzufriedenheit schwang in jedem seiner Worte mit, trotzdem lächelte ich dankbar.

Eine Zeit lang saßen wir stumm im Sand und sahen hinaus auf die glitzernde Pracht, die sich vor uns ausbreitete. Auch wenn Adam eingewilligt hatte, mich nicht mehr mit diesem *Blackout* zu nerven, war mir dennoch das zweite Thema bewusst, das im Raum stand. *Hat er sich wirklich in mich verliebt?* Ich wusste nicht, wie ich damit umgehen sollte. Und gerade war ich auch nicht in der Verfassung, mir darüber Gedanken zu machen.

Auch wenn ein Teil von mir innig hoffte, dass es etwas völlig anderes war, worüber Adam mit mir sprechen wollte, schwebte die Sorge wie eine Streitaxt über mir und lähmte meine Empathie. Unter anderen Umständen hätte ich das Thema vielleicht wieder aufgegriffen, damit Adam sich nicht schlecht fühlen musste, aber ich wusste einfach nicht, wie ich darauf reagieren sollte, daher entschied ich mich, den Mund zu halten.

Die Zeit verging, ohne dass Adam etwas sagte. Er starrte einfach nur still vor sich hin, einen traurigen und melancholischen Ausdruck im Gesicht. Sein Anblick schmerzte und es war, als würden sich Tausende Eissplitter in mein Herz bohren und mich innerlich verbluten lassen. Trotzdem war ich zu egoistisch, das Schweigen zu brechen.

Es tut mir leid, Adam.

Als hätte er meine Gedanken gelesen, huschte ein schwaches, bedrücktes Lächeln über seine sanften Lippen. »Sollen wir ins Wasser gehen? Vielleicht hilft dir eine kleine Abkühlung.«

Er stupste mich mit seiner Schulter an und ich seufzte erleichtert. Auch wenn seine Fröhlichkeit gespielt war, war ich dankbar für den Themenwechsel.

»Das ist die erste gute Idee, die heute von dir kommt.« Ich streckte ihm frech die Zunge raus, was er mit einem entsetzten Lachen kommentierte.

»Was? Ich habe nur brillante Ideen!« Mit einer geschmeidigen Bewegung sprang Adam auf die Beine und reichte mir die Hand. »Fordere mich heraus und ich zeige dir, welch grandiosen Einfälle ich dir noch zu bieten habe!«

Dankbar ergriff ich seine Hand und ließ mich von ihm auf die Beine ziehen. »Ich soll dich herausfordern? Wozu? Ich gewinne doch sowieso. Und das, ohne mich auch nur im Geringsten anzustrengen.« Das oberflächliche Geplänkel vertrieb meine düsteren Gedanken und half, die angespannte Stimmung nach und nach zu vertreiben.

Adam begann sich auszuziehen und ich machte es ihm nach. Meine Jeansshorts und mein Tanktop landeten neben meinen Flip-Flops im Sand. Zum Surfen trug ich einen dunkelblauen sportlichen Bikini, der vielleicht nicht so sexy und freizügig war wie diese Triangel-Dinger, die so manche Sonnenanbeterin trug, dafür musste ich mir aber keine Gedanken um meine Brüste machen. Die fielen beim Surfen nämlich gern aus dem Stoff, wenn man nicht aufpasste.

Als wir bereit waren, ins Wasser zu gehen, sah ich ungewollt zu der Stelle, an der vorhin das kleine Mädchen gesessen hatte. Augenblicklich stellten sich die feinen Härchen auf meinen Armen und in meinem Nacken auf.

»Ave? Driftest du wieder ab?« Adam lenkte meine Aufmerksam zurück auf sich. In neongelben Badeshorts stand er vor mir. Der Stoff hing tief auf seinen Hüften und betonte seine gebräunte Haut. Sein muskulöser Oberkörper glänzte im Sonnenlicht und sein hart antrainiertes Sixpack sorgte bei den Frauen hier am Strand für Schnappatmung. Mit den blonden Locken und den treuen Augen war Adam wirklich sehr attraktiv, wie ich völlig objektiv zugeben konnte. Aber er war und blieb Adam.

Um die aufkeimenden negativen Gedanken zu verdrängen, grinste ich breit. »Pah, das hättest du wohl gern, damit du dich wieder als Retter aufspielen kannst.«

Für einen Moment wirkte Adams Miene kummervoll, ehe er sich wieder unter Kontrolle hatte und ebenfalls grinste. »Na, wenn das so ist«, sein Blick glitt über das Meer, »würde ich vorschlagen«, er machte einen tiefen Atemzug, »wer zuletzt im Wasser ist, muss ein Eis spendieren.« Kaum hatte er die Worte ausgesprochen, griff er nach seinem Surfboard und lief mit langen Schritten los.

***

Den restlichen Tag verbrachten wir mit Surfen, schlossen uns zwischendurch einem spontanen Volleyballspiel am Strand an und aßen in einem Imbiss ein Eis – meine eingelöste Wettschuld. Glücklicherweise sprach Adam dieses ernste Thema nicht mehr an, wofür ich ihm unendlich dankbar war. Zu dieser Tagtraum-oder-vielleicht-habe-ich-einen-Gehirntumor-und-werde-verrückt-Sache brauchte ich nicht noch weitere Probleme.

Als wir am Abend körperlich erschöpft, aber glücklich und zufrieden nach Hause kamen, fanden wir einen Zettel, den meine Mom uns hinterlassen hatte.

Bin kurz einkaufen. Wartet nicht mit dem Essen auf mich.

»Worauf hast du Appetit?« Adam hatte sich vor dem geöffneten Kühlschrank postiert, während ich mich auf einen Küchenstuhl fallen ließ. Nach einem Nachmittag am Strand war ich immer völlig k. o.

»Keine Ahnung. Eigentlich hab ich keinen Hunger.« Ich unterdrückte ein Gähnen. »Nach dem riesigen Eis!«

»Ave!« Adam drehte sich zu mir um, eine Hand in die Seite gestemmt. »Du übertreibst. Tatsächlich hast du den ganzen Tag fast nichts gegessen. Wenn du so weitermachst, darfst du dich nicht wundern, wenn dein Kreislauf wieder kollabiert.«

Vielleicht wollte Adam nur lustig sein, aber der Versuch ging nach hinten los. Abermals kam mir das Bild des blonden Mädchens in den Sinn. Der starre Blick, die blutbefleckten Hände und die Stimme, mit der es zu mir gesprochen hatte. Die Worte, die sich in mein Gedächtnis gebrannt hatten, ließen sich nur schwer verdrängen. Eine unangenehme Gänsehaut kroch mir über die Arme.

Adam sah mich immer noch fragend an und ich seufzte. »Sandwiches?« Eins würde ich wohl irgendwie runterkriegen. Ihm zuliebe.

Adam nickte mit einem zufriedenen Lächeln und begann die Zutaten aus dem Kühlschrank zu kramen. Während er mir den Rücken kehrte und sich an die hohe Kunst des Brotezubereitens wagte, versuchte ich mich weiterhin von diesem gruseligen Bild abzulenken. Und was bot mir mein Verstand als Alternative?

Ich wusste, irgendwann würde Adam wieder auf dieses ominöse Thema zu sprechen kommen, das er am Strand bereits angedeutet hatte, und wenn es so weit war, wollte ich vorbereitet sein. Aber wie bereitete man sich auf so etwas vor? Wie reagierte eine Frau, wenn ihr bester Freund womöglich Gefühle für sie entwickelte? Gefühle, die sie nicht erwiderte!

Ich seufzte innerlich und konzentrierte mich auf Adam. Von seinen äußeren Vorteilen abgesehen war er lustig, warmherzig und liebevoll. Er war immer für mich da, auch wenn ich ihn nicht darum bat. Er war klug, talentiert und wusste in jeder Situation, wie er am besten reagierte. Mit niemandem konnte ich mich so herrlich und leidenschaftlich streiten wie mit ihm. Er war nicht nachtragend und selbst wenn er mal recht hatte, rieb er es mir nicht tagelang unter die Nase.

Adam war wirklich ein Engel.

Mit einem Lächeln erinnerte ich mich an den Tag zurück, als ich ihn zum ersten Mal sah.

Es war ein verregneter Mittwochmorgen im Kindergarten. Mein Vater hatte uns erst wenige Tage zuvor verlassen und ich weinte jeden Tag. Stunde um Stunde vergoss ich heiße Tränen. Selbst wenn meine Mom mich zum Kindergarten brachte und die anderen Kinder mich zum Spielen einluden, stellte ich mich nur ans Fenster und starrte so lange schweigend hinaus, bis ich wieder abgeholt wurde. Ich bestrafte mich selbst, weil ich meinte, meinen Vater vergrault zu haben. Ich dachte, er sei abgehauen, weil er mich nicht mehr lieb hatte. Das war auch der Grund, weshalb ich mit niemandem sprach und mich von sämtlichen Aktivitäten fernhielt.

Und dann kam Adam.

Er trug eine braune Cordlatzhose, die seine warmen braunen Augen und die damals dunklen Locken unterstrich. Mit der ihm eigenen Selbstverständlichkeit gesellte er sich zu mir ans Fenster und stellte sich neben mich. Ich ignorierte ihn genauso wie alle anderen, aber er versuchte gar nicht erst, mich zum Spielen einzuladen oder mich in ein Gespräch zu verwickeln. Stattdessen sah er gemeinsam mit mir hinaus in den Regen, der so perfekt zu meiner Laune passte, als hätte Gott extra für mich die Sonne hinter ein Meer aus grauen Wolken geschoben.

Drei Tage lang standen wir schweigend nebeneinander, ohne dass einer den anderen beachtete. Schließlich gewann meine kindliche Neugier. Ich fragte ihn, wer er sei und weshalb er mit mir in den Regen hinausstarre.

Adam antwortete schlicht: »Ich bin dein neuer bester Freund. Und beste Freunde tun so was zusammen.«

Nach der Kindergartenzeit kam die Primary School. Wir halfen uns gegenseitig beim Lernen, standen füreinander ein, wenn es Ärger gab, und deckten einander den Rücken, wenn einer von uns Mist gebaut hatte.

In der Middle School erlebten wir unsere ersten Tanzveranstaltungen, Kinderfeste und unseren ersten Kuss bei einer Runde Flaschendrehen. Ich war zwölf und fand den im Grunde unschuldigen und harmlosen Kuss einfach nur ekelig.

Auf der Highschool standen wir gemeinsam die Pubertät und unsere erste Party durch. Den ersten richtigen Zungenkuss erlebten wir mit vierzehn auf einer Silvesterparty. Gemeinsam mit unseren Freunden zählten wir den Countdown runter. Als um Mitternacht alle um uns herum knutschten und nur wir beide übrig blieben, schlossen wir uns den anderen an. Ich fand es grauenvoll und verstand nicht, weshalb die Leute so was gern machten.

Mit fünfzehn hatten wir unseren ersten gemeinsamen Alkoholrausch. Wieder war es im Rahmen einer Party, die erste ohne erwachsene Aufsichtsperson. An diesem Abend kam ich auf die glorreiche Idee, meine tiefe familiäre Zuneigung für Adam mit romantischen Gefühlen zu verwechseln. Wir saßen im Wohnzimmer auf einer Couch, während um uns herum alle feierten. Auf einmal küssten wir uns und in meinem Magen machte sich ein warmes Gefühl breit. Es fühlte sich an wie *Zuhause*. In diesem Moment war ich mir sicher, in Adam verliebt zu sein. Doch bereits am nächsten Morgen kehrte die Ernüchterung mit dem dazugehörigen Kater – und vier Wochen Hausarrest – ein. Zum Glück verloren wir nie wieder ein Wort über diesen Abend.

Ich musste an Harmonys Worte denken. *Liebe ich Adam? Natürlich!* Aber eben als Bruder. Und es gab nichts auf der Welt, das dieses Gefühl ändern konnte.

»Ave? Bitte sag mir nicht, dass du wieder ...«

Adams Körper tauchte in meinem Blickfeld auf und als er sich vor mich hinkniete und mir ins Gesicht sah, entdeckte ich erneut Kummer in seinen Augen.

»Was? Nein, nein.« Hastig schob ich ein Lächeln hinterher und schüttelte kurz den Kopf. »Sorry, nein, alles okay. Wirklich. Ich war nur in Gedanken.«

Adam betrachtete mich prüfend, ehe er die Lider schloss und erleichtert seufzte. »Moar, mach das nie wieder, haben wir uns verstanden?« Mit einer geschmeidigen Bewegung erhob er sich. »Ich dachte schon, ich müsste einen Exorzisten rufen.«

Ich folgte Adam mit meinem Blick, als er sich zur Küchentheke umdrehte und kurz darauf mit zwei Tellern in den Händen zu mir an den Esstisch kam. Ich lächelte, als ich die liebevoll zubereiteten Thunfischsandwiches sah.

»Aber wo wir gerade beim Thema sind.« Er stellte einen Teller vor mir ab und setzte sich auf seinen Stammplatz mir gegenüber. »Ich denke, jetzt wäre endlich der richtige Augenblick, dir etwas Wichtiges zu beichten.«

Ich hatte mein Sandwich gerade in die Hand genommen, um wenigstens ein paar Bissen zu nehmen, als mich seine Worte erreichten. Mitten in der Bewegung hielt ich inne, ließ das Sandwich wieder auf den Teller sinken und starrte Adam mit großen Augen an. »Jetzt?« Meine Stimme kiekste. Auch wenn dieses Gespräch nichts an unserer Freundschaft oder an meinen Gefühlen für ihn ändern würde, war ich nicht bereit, mich diesem Thema zu widmen. »Können wir das nicht verschieben, Ad?« Ich knibbelte nervös an dem Rand der Toastscheibe. »Heute ist echt kein guter Tag.« *Das muss ihm doch selbst klar sein!*

Als Adam mich bedrückt ansah, die Stirn in Falten gelegt, die Lippen zusammengepresst und die Augen leicht verengt, nutzte ich sein Schweigen und sprach schnell weiter.

»Wahrscheinlich habe ich einen Hitzeschlag oder so. Am besten verbringen wir den Abend gemütlich auf der Couch. Wir gucken einfach einen Film und hängen ein bisschen ab.« Ich sah ihn hoffnungsvoll an. Ja, es mochte unfair erscheinen, mich gegen das Gespräch zu wehren, wo es ihm doch offenbar so wichtig war. Aber dieses Thema erforderte Fingerspitzengefühl und das hatte ich heute eindeutig nicht zu bieten.

Adam erwiderte meinen Blick unnachgiebig. Nach einer Weile seufzte er, zauberte sich ein gezwungenes Lächeln ins Gesicht und nickte. »Klar. Ganz wie du willst. Auf den einen Tag kommt es auch nicht mehr an.« Anschließend fügte er leise hinzu: »Denke ich.«

Seine Körpersprache machte mir deutlich, wie sehr ihm meine Bitte widerstrebte. Trotzdem kam er meinem Wunsch nach, was mir ein dankbares Lächeln entlockte. Adam erwiderte mein Lächeln, ehe er sich schweigsam und deutlich bekümmert über sein extradickes, reich belegtes Sandwich hermachte. Für mich war es immer wieder ein Phänomen, wie er solche Unmengen an Lebensmitteln in sich hineinstopfen konnte, ohne wie ein Hefeteig aufzugehen. Natürlich verbrannte er beim Surfen viele Kalorien. Dann joggte Adam jeden Morgen, lief Parcours und machte Übungen mit dem eigenen Körpergewicht. Dennoch war ich immer wieder über das Volumen seiner Mahlzeiten erstaunt.

Als auch ich mich über mein Abendessen hermachte, verliefen die nächsten Minuten still, aber nicht unangenehm. Gesättigt räumten wir die Küche auf. Kaum hatten wir alle Beweise unseres Mahls beseitigt und es uns auf der Couch bequem gemacht, um fernzusehen, kam meine Mom zur Tür herein.

»Hallo, ihr beiden.« Sie trug einen schicken schwarzen Hosenanzug und schwarze High Heels. Ihre hellbraunen Haare trug sie zu einem Bob und ihr dezentes Make-up ließ sie strahlen.

»Hi, Joleen.« Adam sprang auf, um nach draußen zu eilen und die Einkäufe hereinzutragen.

»Hi, Mom.« Ich winkte ihr erschlagen zu. Adams Elan, den er selbst nach anstrengenden Tagen zur Schau stellte, wunderte mich nicht mehr. Trotzdem ärgerte es mich manchmal, denn ich selbst war nach einem langen Nachmittag am Strand völlig fertig.

»Was habt ihr zwei heute so gemacht? Irgendetwas Besonderes?« Meine Mom verließ das Wohnzimmer und ging in die angrenzende Küche.

Ich quälte mich aus den alten, bequemen Polstern und schlurfte ihr mit müden Gliedmaßen hinterher. »Nein, Mom. Heute ist nichts Besonderes passiert.«

FÜNF

Am nächsten Morgen saß ich mit Adam beim Frühstück. Meine Mom war bereits zu ihrem Sportkurs gefahren, der jeden Samstag stattfand. Während ich lustlos in mein Brötchen biss, das mir mein bester Freund mit strengem Blick vorgesetzt hatte, betrachtete ich ein Selfie, das Harmony von sich und Killian gepostet hatte. Beide standen vor einer Kirche, die Sonne strahlte und sie grinsten glücklich in die Kamera. Die Bildunterschrift lautete: »Ist es schlimm, wenn man heißer aussieht als die Braut? #Geschwisterliebe #ZuHeißFürDieseWelt #JaramangosRockenLA« Das Bild entlockte mir ein kurzes Lächeln, ehe ich weiter durch die Facebook-App auf meinem Handy scrollte. Ich sah mir Bilder und Beiträge von Leuten an, die mir völlig fremd waren. Aber das war wohl das Problem, wenn man über fünfhundert Onlinefreunde hatte, die man gar nicht kannte. Klar, manche gingen mit mir zur Schule und ich hatte sie bereits in dem einen oder anderen Kurs gesehen, aber der Großteil der Profilbilder war mir unbekannt.

Adam kaute ebenfalls still auf seinem Frühstück und hatte den ganzen Morgen nur eine Handvoll Sätze gesagt. Für jemanden, der ansonsten bereits um fünf Uhr morgens das Haus für eine Joggingrunde verließ und nach einer Weile mit übertrieben guter Laune zurückkam, war das ungewohnt. Leider war mir schmerzlich bewusst, woher seine Zurückhaltung kam, und prompt fühlte ich mich schuldig.

»Ave, wenn du noch langsamer isst, verpassen wir das ganze Wochenende!«

Adams nörgelnder Ton ließ mich aufblicken. Er hatte seine Ellbogen auf dem Tisch abgestützt und sein Kinn in die Handflächen gelegt. Dadurch verdeckte er das Comicmotiv auf seinem weißen T-Shirt – ein kiffender Bugs

Bunny. Obwohl Adam mich angrinste, war sein Lächeln nicht aufrichtig. Es erreichte seine Augen nicht.

»Lass mich doch. Oder hast du es etwa eilig?« Ich biss abermals appetitlos in das Backwerk und erwiderte Adams Blick neugierig. Zwar hatte ich keine schlechte Laune, aber ich brauchte morgens etwas länger, um in Fahrt zu kommen. Und das wusste er auch.

»Natürlich! Wir wollten heute zum Fisherman's Wharf, schon vergessen? Und wenn ich mich nicht täusche, war es dein ausdrücklicher Wunsch, endlich einmal Alcatraz und das Aquarium zu besuchen.«

Als Adam wieder auf seine sonst übliche lausbübische Art grinste und damit die eisige Stimmung zwischen uns verscheuchte, atmete ich erleichtert aus. *Gott sei Dank!*

»Stimmt!« Ich nickte aufgeregt. Die gestrigen Ereignisse hatten unsere Pläne für das Wochenende völlig in den Hintergrund gedrängt. Zudem fühlte ich mich seit letzter Nacht irgendwie kränklich. Ermattet. Aber es war eine jahrelange Tradition, den Samstag vor meinem Geburtstag im Hafenviertel zu verbringen. Dort taten wir das, was alle Touristen taten. Wir sahen uns um, machten Fotos, genossen unsere Freizeit. Ich mochte den Brauch und wollte ihn nicht brechen. Besonders nicht nach der Anspannung, die mich gestern Abend begleitet hatte. Während wir nämlich meiner Mom mit den Einkäufen geholfen hatten, sprachen Adam und ich nur oberflächlich über die Schule und unseren Nachmittag am Strand. Dabei hatte er mir immer wieder eindringliche Blicke zugeworfen, die mich dazu animieren sollten, meiner Mom von dem Zwischenfall zu erzählen. Aber das wollte ich auf keinen Fall tun. Sie hatte schon genug Sorgen und sollte nun nicht auch noch Angst haben, dass ihr einziges Kind kurz davor stand, wahnsinnig zu werden.

Leider kannte meine Mom uns beide gut genug, weshalb ihr aufgefallen war, dass etwas nicht stimmte. Doch zum Glück hatte sie nicht weiter nachgehakt, auch wenn ich ihren prüfenden Blick immer wieder aus den Augenwinkeln bemerkte, sobald sie annahm, ich wäre auf den Fernseher konzentriert.

Hinzu kam, dass Adam mir ständig auffordernde Blicke zugeworfen hatte, die ich ebenfalls ignorierte. *Können die beiden mich nicht mal für einen Abend in Ruhe lassen?* So unwohl hatte ich mich zu Hause noch nie gefühlt.

Bei der Erinnerung schauderte ich. Nein, dieser schlechte Start ins Wochenende sollte nicht als Vorzeichen für die freien Tage dienen. Immerhin feierte ich morgen meinen achtzehnten Geburtstag!

»Na dann los! Worauf warten wir noch?« Prickelnde Freude durchströmte mich und ich grinste aufgeregt. Mit Adam am Fisherman's Wharf konnte es nur lustig werden. Dort würde ich bestimmt auch endlich den ganzen Mist vergessen, der mich die Woche über belastet hatte.

***

Wir spazierten durch die Straßen, probierten im Anchorage Square völlig abgedrehte Klamotten und Sonnenbrillen an und schickten Harmony und Killian ein paar Fotos davon, die sie gleich darauf mit Bildern von der Hochzeit kommentierten.

Im Ghirardelli Chocolate Marketplace, dem wohl teuersten, aber auch besten Laden für köstliche Schokolade, erstanden wir einen ganzen Vorrat der sündigen Leckerei und verließen den Laden erst nach einer gefühlten Ewigkeit.

Am Hafen roch es nach Sonne, Zuckerwatte, Popcorn, Eis und salziger Meeresluft. Die Geräusche von glücklichen und zufriedenen Menschen vermischten sich mit dem Kreischen einiger Möwen, die seelenruhig ihre Kreise über unseren Köpfen drehten.

»Hier, dein Geburtstagsgeschenk von Ghirardelli.« Adam freute sich wie ein kleiner Junge und präsentierte mir einen großen, flauschigen Bären mit dunklem Fell und hellbraunen Augen.

»Was? Wo kommt der denn her?« Als wir an der Kasse standen, hatte er nicht auf dem Band gelegen, da war ich mir sicher. Verblüfft sah ich zwischen Adam und dem Bären hin und her, dann fiel der Groschen. Mit aufgerissenen Augen und geöffneten Lippen starrte ich meinen Kumpel an. »Hast du den etwa gerade geklaut?« Ich warf einen ängstlichen Blick über die Schulter. In meinem Kopf hörte ich bereits die Polizeisirenen.

Adam lachte. »Was denkst du von mir, Ave?« Er schüttelte seinen Lockenkopf und drückte mir den Bären gegen die Brust. »Als ob ich das nötig hätte! Besonders nachdem wir eben für fünfundsiebzig Dollar Schokolade gekauft haben.«

Nur zögerlich nahm ich den Bären entgegen. Dabei ließ ich Adam nicht aus den Augen.

»Jetzt guck nicht so, Avery. Das ist ein Geschenk. Was kann ich dafür, dass du so unaufmerksam bist und nicht mitbekommen hast, wie die Verkäuferin ihn mir gegeben hat?« Adam zuckte lässig mit den Schultern und sah mich unschuldig an.

Nach einem letzten kritischen Blick entspannte ich mich und lachte leise. »Du bist wirklich bescheuert, Adam, weißt du das?« Amüsiert schüttelte ich den Kopf. »Aber solange niemand uns hinterherrennt und uns des Ladendiebstahls bezichtigt, tue ich so, als würde ich dir glauben.« Nun schlang ich beide Arme um den warmen, flauschigen Bären und vergrub meine Nase in seinem weichen Fell. »Ich taufe ihn auf den Namen Addy.«

»Addy?« Adam hob fragend eine Augenbraue, grinste dabei aber. Ich meinte, eine Spur Rührung in seinem Blick zu erkennen.

»Ja klar! Ihr habt beide die gleiche Augenfarbe und sein Fell erinnert mich an die Zeit, als du noch die dunklen Locken hattest. Es scheint fast so, als hättest du für den Bären Modell gestanden.« Wieder schmiegte ich meine Wange an das Plüschtier. Addy war unglaublich kuschelig. Die hohe Qualität, die Ghirardelli für ihre Schokolade versprach, verlangten sie offenbar auch für ihre übrigen Produkte.

Adam kommentierte meine Begründung nicht und zuckte nur mit den Schultern, als würden meine Worte ihn nicht weiter interessieren, aber ich sah seine Mundwinkel zucken, ehe er zu sprechen begann.

»Okay. Jetzt, da wir das geklärt haben, geht es weiter. Komm, ich habe eine Idee!«

Er griff nach meinem Arm und zog mich die Straße entlang. Kurz darauf betraten wir einen Laden namens »Pocketme«, in dem man 3D-Figuren von sich selbst erstellen lassen konnte. Der Andrang war groß und bis wir dran waren, vertrieben wir uns die Wartezeit, indem wir uns fertige Figuren von anderen Kunden ansahen und gleichzeitig überlegten, welche Pose wir drei einnehmen wollten. Schließlich sollte Addy unbedingt mit abgebildet werden.

Nach ungefähr einer Viertelstunde waren wir an der Reihe und betraten den Bereich des 3D-Scanners. Hier fotografierten uns siebenundsiebzig Kameras aus allen Winkeln, Perspektiven und Richtungen. Anschließend folgten wir den Wegweisern zu einer Reihe von Monitoren, die uns unsere Bilder präsentierten, damit wir eins auswählen konnten. Das fertige Produkt würde man uns später nach Hause schicken.

Ein Pärchen neben uns erregte meine Aufmerksamkeit. Sie standen eng umschlungen vor einem Bildschirm und schauten sich ihre eigenen Bilder an.

Neugierig, wie ich war, linste ich hinüber und traute meinen Augen kaum. Die Körper und Klamotten der beiden waren identisch mit dem Original, aber ihre Köpfe waren vertauscht worden. So war auf dem Bildschirm der zierliche Körper einer schlanken Frau in einem roten Sommerkleid zu sehen, doch ihr Kopf war der eines rothaarigen Seemanns mit Bart, schwarzer Hipsterbrille und Glatze. Dafür prangte auf der stattlichen Figur des Kerls, samt schwarzen Shorts, dickem Bierbauch und einem Trikot der 49ers, der Kopf einer blassen Brünetten, deren Lippenstift farblich zum Kleid ihres Partners passte.

Das Bild war so absurd, dass ich lauthals lachte und mich an Adam abstützen musste, damit ich nicht ins Taumeln geriet. Ich lachte noch mehr, als ich merkte, dass auch Adam sich köstlich amüsierte.

»Was ist denn hier so witzig?« Die dröhnende Stimme des Bärtigen ließ mich für einen Moment verstummen und ich sah ihn mit tränennassen Augen an.

»Was?« Ich kiekste immer noch. »Na ja, dieser Computerfehler da.« Ich deutete auf den Bildschirm und als ich selbst erneut hinsah, fing ich sofort wieder an zu lachen. Das Bild war einfach eine grausame Abscheulichkeit und gerade deshalb so witzig.

»Welcher Computerfehler denn?« Der Mann klang nun noch wütender.

»Na, sehen Sie doch mal. Das Bild ist grauenvoll! Ich habe noch nie etwas so Lächerliches gesehen.« Ich brachte kaum ein Wort über die Lippen, so sehr bebte mein Körper vor Lachen.

»Ave, ich denke«, Adam zwang sich zur Ruhe, »wir sollten jetzt gehen.«

»Nichts da, Bürschchen. Erst erklärt mir deine Freundin, was an unserem Bild so witzig ist!« Der Hüne verschränkte seine massigen Arme vor der Brust und stierte wutschnaubend auf mich herab. Mittlerweile glich seine Gesichtsfarbe der des Kleides, das er auf dem Bildschirm trug.

»Ähm, das würde sie ja gern, aber«, Adam packte mit einer Hand meinen Unterarm, während er mit der anderen Addy umklammerte, »Sie sollten sich lieber um Ihre Frau kümmern.«

Wie aufs Stichwort begann auf einmal die Brünette zu kreischen, als hätte sie eine Maus, eine Spinne oder Ähnliches entdeckt. Ruckartig drehte sich der Hüne um und wir nutzten die Ablenkung zur Flucht. Hastig liefen wir an den wartenden Kunden vorbei, wichen Ausstellungsvitrinen und Absperrpfosten aus und ignorierten die wütenden Rufe des aufgebrachten Seemanns.

Beim Wegrennen verlor ich den Kontakt zu Adam, aber ich spürte ihn dicht hinter mir. Erst als ich draußen war und mich in einer unscheinbaren Gasse in Sicherheit gebracht hatte, traute ich mich, stehen zu bleiben und Luft zu holen.

Ich war so aus der Puste, dass ich meine Hände auf den Oberschenkeln abstützen und erst einmal wieder zu Atem kommen musste. Mein Kopf kippte haltlos herunter, während ich meine Augen fest zusammenpresste.

»Das war …« Ich bekam kaum ein Wort über die Lippen und doch bildete sich ein weiteres Lachen in meiner Brust. »Aber wie konnte der Typ den Fehler nicht erkennen?« Endlich schaffte ich es, einen halbwegs vollständigen Satz herauszubringen, während mein Puls mir unentwegt in den Ohren pochte und ich nach Luft gierte.

Adam antwortete nicht und ich dachte, er müsste sich auch erst erholen. Doch als sich das Rauschen in meinem Kopf langsam beruhigte und Adam immer noch keinen Mucks von sich gab, richtete ich meinen Oberkörper auf und drehte mich zur Seite, wo ich ihn vermutete.

Aber er war nicht da.

Irritiert sah ich mich um. *Er ist doch eben noch hinter mir gewesen?!*

»Adam?« Ich rief seinen Namen. Meine Stimme klang rau und heiser von der Anstrengung. Es reichte nicht einmal für ein klägliches Echo. »Adam? Wo bist du?«

Aber es war eine sinnlose Frage.

Adam war nicht hier.

Dafür trat jemand anderes Bekanntes aus dem Schatten am Ende der Gasse und musterte mich mit einem schiefen Grinsen und leuchtend grünen Augen.

»O nein, bitte nicht schon wieder!«

Die Worte entflohen meinem Mund, ehe ich es verhindern konnte. Und auch wenn die Distanz zwischen mir und dem Fremden mit der Lederjacke sicherlich sechs oder sieben Meter betrug, taumelte ich zurück, bis ich mit dem Rücken gegen eine Mauer stieß. Ich drückte mich dagegen, in der Hoffnung, mit der Wand hinter mir zu verschmelzen. Inzwischen musste ich mir eingestehen, dass dieser Fremde, ebenso wie gestern das kleine Mädchen am Strand, nur in meinem Kopf existierte. Anders war sein geräuschloses und unbemerktes Auftauchen und Verschwinden nicht zu erklären.

Vielleicht wache ich ja auf, wenn ich meinen Kopf nur hart genug gegen die Steine schlage. Der Gedanke hatte etwas Verlockendes. *Immerhin besser als eine weitere Todesdrohung.*

Während ich überlegte, was ich am besten tun sollte, starrten wir uns schweigend an und ich spürte wieder dieses Beben in meiner Brust. Zumindest konnte ich mir inzwischen dieses Problem erklären. Mein unbändig pochender Herzschlag musste die Ursache sein.

Mir rann Schweiß über die Schläfen und meinen Nacken hinab. Meine kurzen platinblonden Strähnen klebten mir an der Stirn und meine Hände blieben kalt und feucht, egal wie oft ich sie an meinen Jeansshorts abwischte.

Der Blick meines Gegenübers war durchdringend und hart, aber seine Mundwinkel zuckten und deuteten ein herausforderndes Lächeln an, das seine funkelnden Augen betonte. Wieder bemerkte ich, wie dunkel und gefährlich seine Ausstrahlung war. Allein diese Aura lähmte meine Gedanken und paralysierte meinen Körper. Gleichzeitig war ich von seinen Augen fasziniert. Mein Unterbewusstsein gab sich alle Mühe, das musste ich zugeben.

Wie lange wir einander stumm ansahen, wusste ich nicht, aber irgendwann schaffte ich es, meinen Verstand wieder in Gang zu bringen. *Das ist doch lächerlich! Wenn er ein Produkt meiner Fantasie ist und sich das Ganze nur in meinem Kopf abspielt, muss ich doch auch verdammt noch mal die Kontrolle darüber besitzen, oder?*

Diese kleine innere Standpauke half mir, meine immer stärker werdende Panikattacke zu dämpfen, ehe sie ein unkontrollierbares Ausmaß annahm. Mühsam schluckte ich den brennenden Kloß in meinem Hals herunter. Es war an der Zeit, mich meinen Problemen zu stellen. Ich wollte nicht länger ein Spielball meiner *Wahnvorstellungen* sein.

Mit geballten Fäusten straffte ich die Schultern und reckte herausfordernd das Kinn, ehe ich möglichst selbstbewusst einen Schritt auf mein Fantasiegebilde zu machte. »Ich habe keine Angst vor dir! Du bist nicht echt, das weiß ich!« Meine Stimme zitterte und ich verfluchte mich innerlich. Leider war es nicht so einfach, sich selbst zu belügen.

Ich zuckte zusammen, als der Fremde langsam seine Arme hob. Doch er hatte nicht vor, mich anzugreifen. Stattdessen verschränkte er die Arme vor der Brust, wodurch der Stoff seiner Jacke über seinem Bizeps spannte. Er machte einen Schritt auf mich zu und bedachte mich mit einem amüsierten, spottenden Grinsen.

Mein Puls raste, meine Beine bebten und ich musste den Fluchtinstinkt unterdrücken, der meine Gedanken dominierte. Alles in mir wollte weg von diesem Kerl, während mich gleichzeitig das Funkeln in seinen Augen anzulocken schien. *Ich muss tatsächlich verrückt sein.* Anders konnte ich mir diese widersprüchlichen Empfindungen nicht erklären.

Mit einer innerlichen Ohrfeige fokussierte ich meine Konzentration wieder auf die aktuelle Situation. »Du bist nur eine Einbildung! Meinem kaputten Verstand entsprungen!«

Das Vibrieren in meiner Brust verstärkte sich mit jedem Schritt, zu dem ich mich zwang, bis mein gesamter Körper von einem sanften Beben gepeinigt wurde.

Mein Gegenüber bedachte mich mit einem Blick, der sowohl Anerkennung als auch Verachtung und vielleicht auch einen Hauch Belustigung widerspiegelte. Es war unmöglich, es genauer zu bestimmen.

Ich schluckte hart und machte einen weiteren Schritt auf ihn zu. »Wenn du was zu sagen hast, dann sprich dich aus. Und zwar jetzt!« Meine Muskeln hatten die Konsistenz von Wackelpudding und meine Knie drohten einzuknicken. Dennoch zwang ich mich zu einer aufrechten Haltung. Kein weiteres Mal würde ich wie eine hysterische Furie zusammenbrechen.

Mein Fantasiegebilde grinste breit und präsentierte mir perfekte weiße Zähne. So ungern ich es auch zugab, verlieh ihm seine finstere Aura etwas Anziehendes, Magisches.

Blödes Unterbewusstsein! Was willst du mir damit sagen? Habe ich ein verstecktes Rocker- oder Gangsterfaible?

Noch immer schwieg mein Gegenüber. Auch seine Haltung änderte sich nicht. Es schien fast so, als würde er mich zu etwas herausfordern oder gar provozieren wollen. Was ihm erschreckenderweise mühelos gelang.

»Ich habe keine Angst.« Mit jedem Wort verlor meine Stimme an Kraft, während wir uns weiter aufeinander zubewegten, bis wir dicht voreinander stehen blieben und keine dritte Person mehr zwischen uns passte.

Ich musste meinen Kopf anheben, um in sein Gesicht zu sehen. Meine Nerven waren zum Bersten angespannt und mein Instinkt flehte mich an, auf der Stelle umzudrehen und zu flüchten. Aber es war zu spät. Ich hatte in dem schillernden Grün seiner Augen kleine leuchtende Punkte entdeckt, die mich derart faszinierten, als wären nur sie allein der Grund dafür, dass ich wie angewurzelt stehen blieb.

Dieses Hin und Her macht mich noch wahnsinnig!

Auf einmal drehte der Wind und strich mir beinahe zärtlich über die nackten Arme. Im selben Moment nahm ich einen bestialischen Gestank wahr. *Wie Eier, die zu lange in der Sonne gelegen haben.* Mein Würgereflex reagierte prompt und verdrängte für einen kurzen Moment das Beben in meinem Körper. Doch das Gefühl, unter meiner Haut würde eine Ameisenkolonie leben, drängte sich schnell wieder in den Vordergrund.

Der Fremde öffnete den Mund und ich stellte mich auf eine weitere Todesdrohung ein, doch anstatt seiner Stimme hörte ich die von Adam. »Avery? Himmel, da bist du ja endlich!«

Der Ruf ertönte aus der anderen Richtung der Gasse und ich drehte mich nach der Quelle um.

Adam kam auf mich zu und blieb erst stehen, als er direkt vor mir stand. »Wieso rennst du einfach weg? Ich hab schon die halbe Gegend nach dir abgesucht.« Er klang erleichtert und verärgert zugleich.

Perplex starrte ich meinen besten Freund an. »Was? Wovon redest du? Wir sind doch zusammen losgerannt, und dann ...«

Schlagartig fiel mir ein, dass wir nicht allein waren. Hektisch drehte ich mich um und blickte ...

... in eine leere Gasse.

Nur die hoch aufragenden Backsteinmauern, die uns von drei Seiten umgaben, und ein paar Müllcontainer, die vermutlich zu den angrenzenden Läden gehörten, waren zu sehen. Der Typ in der Lederjacke, mein Fantasiegebilde, war verschwunden.

Adam legte mir eine Hand auf die Schulter und ich zuckte zusammen. »Avery? Ist alles okay? Du zitterst ja!« Seine Stimme war angespannt und voller Sorge.

Ich wandte mich ihm zu und war nicht sonderlich überrascht, die zu seiner Stimme passende Mimik zu entdecken. Kummer und Verwirrung standen ihm deutlich ins Gesicht geschrieben und spiegelten meine eigenen Emotionen wider. Da ich aber noch nicht bereit war, mein sorgloses Leben ziehen zu lassen und Adam von meinen Wahnvorstellungen zu erzählen, zauberte ich mir das überzeugendste Lächeln auf die Lippen, das ich in der augenblicklichen Situation zustande brachte. »Ja, klar. Alles super. Ich zittere vor Anstrengung. Du weißt ja, Joggen ist nicht gerade mein größtes Hobby.« Eilig schob ich ein künstliches Lachen hinterher, das selbst in meinen Ohren unangenehm kratzte.

Adam musterte mich kritisch. Er glaubte mir kein Wort. »Avery, was ist ...«

Aber ich ließ ihn nicht ausreden. »Nichts, Adam. Wirklich. Es ist alles bestens. Ich hatte nur schreckliche Panik vor diesem Koloss. Wahrscheinlich bin ich seinetwegen so durch den Wind.« Fahrig strich ich mir die nassen Strähnen aus dem Gesicht und setzte eine gleichgültige Miene auf. »Also? Was machen wir jetzt?«

Nur noch dieses Wochenende! Ich wollte die nächsten beiden Tage genießen, ehe ich Adam und meiner Mom von all dem erzählte.

Offenbar hatte Adam beschlossen, mich nicht weiter zu bedrängen. »Wie du meinst. Der Typ und seine Freundin sind auf jeden Fall weg.«

Ich nickte erleichtert. Zumindest eine gute Nachricht. Oder besser gesagt die zweite, denn auch dieses nervige Vibrieren in meinem Körper war verschwunden. »Klingt gut. Was steht als Nächstes auf dem Plan?« Ich griff nach Addy, den Adam immer noch festhielt, und drückte ihn an meine Brust. Vielleicht schaffte ich es so, die unangenehme Kälte in meinem Inneren zu verdrängen, die bei der Erinnerung an diese unnatürlich grünen Augen immer wieder in mir aufkeimte.

»Alcatraz, das Wachsfigurenkabinett, Ripley's und Pier 39, speziell das Aquarium. Anschließend lade ich dich zum Abendessen ein. Was sagst du?«

Adam bekam von meinem Unbehagen nichts mit, oder, was viel wahrscheinlicher war, er wollte mich nicht weiter bedrängen und tat so, als würde er mir glauben. Um die beklemmende Stimmung zu lockern, wackelte er mit seinen Augenbrauen. Zumindest verfehlte sein Vorhaben nicht die gewünschte Wirkung, denn ich reagierte tatsächlich mit einem zaghaften Lächeln.

»Perfekt!« Endlich hörte ich mich nicht mehr an, als hätte ich einen Stimmenverzerrer verschluckt. Ich hakte mich bei Adam unter und zog ihn die Gasse entlang, zurück auf die Promenade. So schnell wie möglich wollte ich diesen Ort verlassen und ihn am liebsten nie wieder betreten.

»Ach, Ad?«

»Hm?«

»Als du mich eben gefunden hast, da war ich allein, oder?«

»Ja, wieso?« Deutlich klang Skepsis in seinen Worten mit. »War jemand bei dir?«

»Nein, nein. Natürlich nicht.« Ich lachte schwach. »Ich war völlig allein.«

Allein mit meiner Wahnvorstellung.

SECHS

Den restlichen Tag verbrachten wir am Fisherman's Wharf und mit jedem weiteren Lachen, Adams blöden Grimassen und kleinen peinlichen Missgeschicken anderer Personen – die auf Adams Kappe gingen, ohne dass ich es beweisen oder erklären konnte – verflog meine Befangenheit und ich genoss unseren Ausflug wieder in vollen Zügen.

Wir spazierten gerade mit je einer Eistüte in der Hand zurück zur Bushaltestelle, als Adams Handy einen Signalton verlauten ließ. Während er die eingegangene Nachricht checkte, beobachtete ich einige Möwen, die unbeschwert am Himmel kreisten.

»Und? Was Interessantes?«

»Nee. Nur Jamie, der mich an die Strandparty von Alyssa erinnert.« Adam steckte sein Handy wieder ein und widmete sich seinem Eis. Er hatte doppelt so viele Kugeln genommen wie ich und würde trotzdem vor mir fertig werden.

»Gehst du hin?«

»Nicht unbedingt. Willst du denn? Immerhin ist das dein großes Wochenende. Und wie ich Joleen kenne, will sie mit uns in deinen Geburtstag reinfeiern.«

Ich dachte über Adams Worte nach. Er hatte recht, meine Mom würde bestimmt gern den Abend mit mir verbringen, um in Erinnerungen und peinlichen Anekdoten aus meiner Kindheit zu schwelgen. Da wäre eine Strandparty doch eine passende Alternative. Auch wenn ich nicht gern auf solche Veranstaltungen ging, war es der Strand, der mich lockte. Und vielleicht war es gut, mal wieder Zeit mit meinen Mitschülern zu verbringen. Schließlich machten wir in ein paar Wochen unseren Abschluss. Aber konnte ich meine Mom enttäuschen?

Nachdenklich kaute ich auf meiner Lippe, während mir geschmolzenes Eis über die Finger rann. Die Unentschlossenheit, die mich zögern ließ, schob ich auf die Ereignisse der vergangenen Woche und ganz besonders auf die der letzten beiden Tage. Wenn ich wieder einen dieser Anfälle bekam, während die halbe Oberstufe anwesend war, würde das extrem peinlich werden. Noch schlimmer wäre es allerdings, wenn ich in Gegenwart meiner Mom plötzlich zu kreischen begann, als würde mich ein Axtmörder jagen.

Ich traf meine Entscheidung aus dem Bauch heraus. »Wir müssen ja nicht lange bleiben. Und wenn wir vor zwölf zurück sind, kann sich Mom auch nicht beschweren.«

Adam musterte mich nachdenklich. Er kannte meine Abneigung gegen Feiern und gewiss überraschten ihn meine Worte. »Bist du dir sicher? Fühl dich nicht verpflichtet, nur weil du denkst, ich würde dort hingehen wollen.«

Ich seufzte. So war Adam schon immer gewesen. Um mir einen Gefallen zu tun, würde er auf alles verzichten. Aber diesmal war das nicht nötig.

»Nein, keine Angst, Ad. Ich will wirklich hingehen. Eine Strandparty zum Abschied des Teenagerdaseins klingt doch super!«

Adam schien nicht überzeugt zu sein. Er öffnete den Mund, aber ich stoppte seinen Einwand, noch bevor er die Möglichkeit hatte, ihn zu äußern.

»Hey, freu dich doch! Dann siehst du Alyssa wieder.« Ich zwinkerte Adam zu.

»Ich weiß nicht, ob das wirklich eine gute Idee ist, Ave.«

Nun knuffte ich ihn spielerisch in die Seite. »Ach, und wieso nicht? Was soll schon passieren?«

ʌ ʌ ʌ

Da Adam keine Argumente vorzuweisen hatte, weshalb wir nicht auf die Party gehen sollten, erreichten wir zwei Stunden später den Strand. Wir hatten, nachdem ich Addy auf meinem Bett postiert hatte – eigentlich mochte ich keine Plüschtiere, aber dieser Bär war etwas Besonderes, also durfte er bleiben –, kurz geduscht, uns umgezogen und meiner Mom die Chance gegeben, über unsere Abendplanung zu motzen. Als ich ihr jedoch versprach, vor zwölf zurück zu sein, ließ sie uns, wenn auch widerwillig, ziehen.

Am Strand mussten wir die Party nicht lange suchen. Die Sonne ging bereits unter und färbte den Horizont in ein kräftiges Orangerot, weshalb kaum noch Schwimmer oder Urlauber anwesend waren. Stattdessen standen zahlreiche Schüler und Studenten gut gelaunt um ein großes Lagerfeuer, während laute Musik aus einem Auto dröhnte, das verbotenerweise im Sand parkte.

Zielstrebig hielten wir auf die Meute zu, als uns bereits die Ersten entgegenkamen. Sie grüßten Adam, als hätten sie ihn ewig nicht gesehen. Mich hingegen ignorierten sie oder registrierten meine Anwesenheit mit einem knappen Kopfnicken.

Alyssa entdeckte uns, als wir uns dem Lagerfeuer näherten, und tänzelte regelrecht auf Adam zu. Ihre Freundinnen blieben am Lagerfeuer stehen, behielten uns aber im Blick.

»Adam! Du bist gekommen? Wie schön!« Die hübsche Schwarzhaarige hakte sich wie selbstverständlich bei ihm ein und zupfte an seinem weißen Freizeithemd. Mit seinen dunklen Jeansshorts und den verwuschelten Locken war er für die Frauen wie ein Stück Schokokuchen während der Fastenzeit. »Ein paar von uns wollen später schwimmen gehen. Bist du dabei?« Alyssa verzog ihre vollen Lippen zu einem lasziven Lächeln und warf mit einer verführerischen Bewegung ihre langen Haare über die Schulter. Dabei entging mir nicht, wie sie ihren Oberkörper auffällig an Adams Arm rieb.

»Ich habe keine Schwimmsachen dabei und auf nasse Klamotten stehe ich nicht so.« Adam lachte leise und ich verdrehte die Augen. *Komm schon, Ad. Es ist doch offensichtlich, was sie will.* Aber natürlich war mein bester Freund ein viel zu perfekter Gentleman, als dass er auf diesen schamlosen Flirtversuch einging.

»Ich habe auch keinen Bikini dabei. Aber das stört doch niemanden.« Alyssa zwinkerte Adam zu und strich ihm mit ihrem Zeigefinger über die Brust. »Wir warten einfach, bis es dunkel ist, dann sieht uns keiner.«

Ehe Adam die Gelegenheit ergreifen konnte zu reagieren, hauchte Alyssa ihm einen Kuss auf die Wange und wandte sich hüftwackelnd ihrer Clique zu, aus deren Richtung ein leises Kichern zu vernehmen war.

»Wow, das war wirklich subtil!« Amüsiert stupste ich Adam an, der Alyssa belustigt hinterhersah.

»Ja, das war selbst für sie eine Spur zu viel. Sie muss wohl schon einiges getrunken haben.« Grinsend rieb er sich über den Kopf.

»Ach komm schon, Adam! Du glaubst doch nicht ernsthaft, Alyssa würde Alkohol brauchen, um dich anzugraben. Sie steht einfach total auf dich. Genauso wie Nancy, Kim, Louisa und Marika.« Mit einem unauffälligen Fingerzeig deutete ich auf die Mädchen, die Alyssa umringten, als wäre sie ein wertvolles Kunstobjekt, das dringend geschützt werden musste.

»Na und?« Adam zuckte mit den Schultern und machte einen Schritt auf die Versammlung zu. »Ich hab doch dich.« Er grinste über beide Ohren und zog mich mit sich.

Ich schluckte. Wollte er ausgerechnet jetzt dieses Thema ansprechen? Ernsthaft? Nur zu gern wäre ich ihm ausgewichen, aber ich wusste, dass ich mich nicht vor seiner Erklärung verschließen konnte. Vielleicht war es sogar das Beste, wenn wir die Sache an meinem letzten Abend als Teenager ein für alle Mal klärten. In wenigen Stunden wurde ich achtzehn. Erwachsen. Da sollte ich langsam beginnen, mich entsprechend zu benehmen.

Ich atmete tief durch und überlegte fieberhaft, wie ich meine Abfuhr möglichst feinfühlig rüberbringen konnte. Mein Fingerspitzengefühl war noch nie besonders ausgeprägt gewesen. »Adam, du weißt, ich liebe dich. Du bist wie ein Bruder für mich. Aber ich …« Wir waren stehen geblieben und ich hatte meinen Blick auf seine Brust gerichtet, um nicht in seine traurigen Augen sehen zu müssen, doch Adam überraschte mich mit einem herzhaften Lachen.

Er legte Daumen und Zeigefinger seiner rechten Hand an mein Kinn und hob meinen Kopf, bis ich ihm ins Gesicht sah. »Ave, das war doch nur ein Witz. Mach dir keine Gedanken. Ich weiß, dass du keine romantischen Gefühle für mich hast. Ich wollte dich nur aufziehen.« Er hauchte mir einen Kuss auf die Stirn und ließ gleichzeitig mein Gesicht los. Als er mich wieder ansah, funkelten seine Augen schelmisch. Trotzdem meinte ich eine Spur Trauer darin zu erkennen. »Du bist meine beste Freundin. Meine Schwester. Die Frau, der immer ein Ehrenplatz in meinem Herzen gehören wird, egal was auch geschehen mag. Das verspreche ich dir.«

Seine Worte klangen ernster und feierlicher, als sie zu seinem Gesichtsausdruck und der vermeintlich lockeren Stimmung passten, aber ich atmete dennoch erleichtert auf. »Du Blödmann! Und ich dachte wirklich, du hättest vorgehabt, mir irgendwelche Gefühle zu beichten, die ich nicht erwidere!« Ich boxte ihm gegen den Oberarm, eine Geste, die er mit einem breiten Grinsen kommentierte. »Harmony hat mich mit diesem Männer-und-Frauen-können-nicht-befreundet-sein-Schwachsinn total kirre gemacht. Deswegen habe ich mich auch so vor diesem Gespräch gedrückt. Ich wollte deine Gefühle nicht verletzen.«

»Ach Avery!« Adam schlang seine Arme um meine Taille und zog mich an seine Brust. Erleichtert erwiderte ich seine Umarmung. Als er sich vorbeugte, um mir etwas ins Ohr zu flüstern, stellten sich die feinen Härchen auf meinen Armen auf. »Uns beide verbindet mehr, als Worte ausdrücken können. Ich will nur, dass es dir gut geht und dass du glücklich bist. Dann bin auch ich zufrieden.« Er hauchte mir einen Kuss auf den Scheitel und legte seine Wange auf meinen Kopf.

»Wow, wollt ihr euch nicht lieber ein Zimmer nehmen? Oder wenigstens ein Auto, wenn ihr nicht mehr so lange warten wollt?«

Davids Stimme ließ mich zusammenzucken und verdrängte die Frage, die sich gerade in meinem Kopf bildete. *Was will Adam mir dann so dringend erzählen?*

Ich blickte auf und entdeckte David keinen halben Meter von uns entfernt. Mit Jeansshorts bekleidet und nacktem Oberkörper stand er vor uns, einen roten Plastikbecher in der Hand, während seine blauen Augen amüsiert funkelten.

»Das hat sich wohl erledigt.« Adam entließ mich aus seiner Umarmung, hielt eine Hand jedoch weiter auf meinem unteren Rücken. Seine Stimme klang traurig und ich war mir nicht sicher, ob es echt war. »Avery hat einen neuen Typen in ihrem Leben. Ziemlich nett. Vielleicht ein wenig schweigsam und haarig, aber ansonsten ganz cool.«

Wen meint er? Etwa Addy? Überrascht sah ich ihn an.

Adam zwinkerte mir unauffällig zu, ehe er sich wieder David zuwandte. »Tja, wir haben es wohl beide vermasselt, David.«

»Wow, ein neuer Typ? Geht er auf unsere Schule?« David klang ehrlich neugierig und ich musste mich darauf konzentrieren, meine verräterischen Gesichtszüge unter Kontrolle zu bekommen, ehe ich mich dazu äußerte.

»Nein, du kennst ihn nicht. Er geht aufs College.«

Davids Neugier wich und machte etwas anderem Platz, das unmöglich einzuordnen war. Unglaube? Faszination? Bewunderung? »Wow, ein Collegetyp? Dann hab ich wohl wirklich keine Chance mehr, nicht wahr, Avery?!«

Die Art, wie er meinen Namen aussprach, missfiel mir und mein Körper versteifte sich. Adam spürte die Veränderung und strich mir sanft und beruhigend über den Rücken. Ich zwang mich zu einem Lächeln. »Tut mir leid, David. Aber du hast ja auch so genug Fans.« Ich trat auf meinen Mitschüler zu und klopfte ihm gönnerhaft auf den Unterarm. Gleichzeitig warf ich einen kurzen Blick über meine Schulter. Ich wollte mich vergewissern, dass es für Adam okay war, wenn ich ihn und David einfach stehen ließ. Normalerweise tat ich so etwas nicht, aber heute hatte ich schon genug erlebt, da musste ich mir Davids Gehabe nicht auch noch antun.

Adam lächelte warm und nickte mir kaum merklich zu. Ich wertete das als Zeichen der Zustimmung.

Ohne David eines weiteren Blickes zu würdigen, schlängelte ich mich an ihm vorbei und machte ein paar Schritte in Richtung Lagerfeuer, als mir bewusst wurde, dass Adam sein Versprechen tatsächlich gehalten hatte. Er hatte unsere angebliche Beziehung beendet und dafür gesorgt, dass es jemand mit genügend Einfluss mitbekam, sodass bis spätestens Montag die gesamte Highschool davon wusste.

Als ich David hinter mir gelassen hatte, drehte ich mich noch einmal um und hauchte Adam einen Luftkuss zu. Stumm formte ich mit den Lippen: »Du bist der Beste. Tausend Dank!«

Adam zwinkerte mir zu. Er hatte mich verstanden. Dann kümmerte er sich wieder um David, der sich neugierig zu mir umsah.

Ich kehrte den beiden Jungs den Rücken, schlenderte weiter in Richtung des Lagerfeuers und ließ meinen Blick über die feiernde Meute gleiten. Ich kannte einige der Anwesenden, aber es war niemand dabei, mit dem ich mich unbedingt unterhalten wollte. Jetzt wurde mir wieder klar, weshalb ich Partys normalerweise mied. *Warum wollte ich noch mal unbedingt herkommen?* Wenn wenigstens Harmony oder Killian hier gewesen wären. Aber so war ich völlig auf mich allein gestellt, seit ich Adam bei David stehen gelassen hatte, um mich selbst zu retten. Als Dankeschön würde ich ihm ein wenig Zeit mit Alyssa gönnen, bevor ich ihn wieder nach Hause zerrte. Ein paar Stunden mussten doch herumzubekommen sein. Immerhin befand ich mich hier am Strand, dem tollsten Ort auf der Welt.

Ich umrundete das Lagerfeuer und entdeckte auf der anderen Seite den Truck, der für die Musik sorgte. Auf der Ladefläche standen einige Kisten Bier, Flaschen mit härteren Sachen und glücklicherweise auch ein paar Softdrinks. Erleichtert schnappte ich mir eine Dose Cola und suchte mir ein Plätzchen abseits der lauten Stimmen.

Die Sonne war inzwischen fast nicht mehr zu sehen. Nur noch ein schmaler rotpinker Streifen schwebte waagerecht am Horizont und spiegelte sich in dem unruhigen Wasser. Ich entfernte mich ein ganzes Stück von der Party, bis die Geräuschkulisse nur noch leise zu mir drang. Von der Abendstimmung verzaubert ließ ich mich in den Sand fallen, zog die Flip-Flops aus, kreuzte die Beine vor meinem Körper und umschlang sie mit den Armen. Dann öffnete ich zischend mein Getränk und nippte an dem kühlen Metall.

Sonnenuntergänge waren wunderschön, aber nichts überragte den Moment, wenn man zum Sonnenaufgang bereits auf seinem Board lag und ins kühle Nass hinausschwamm.

Während ich den Moment genoss und meine Gedanken schweifen ließ, spürte ich wieder dieses Kribbeln in meiner Brust. Es dehnte sich langsam aus, fuhr meinen Rücken entlang und strahlte mir bis in die Fingerspitzen und Zehen. Nach einer Weile bebte mein gesamter Körper.

O nein! Bitte nicht jetzt!

Laut meiner bisherigen Erfahrung folgte diesem Vibrieren eine weitere Wahnvorstellung, was in der aktuellen Situation einer mittleren Katastrophe gleichkam.

Hastig sah ich mich um. Ich war ein ganzes Stück von der Party entfernt. Selbst wenn ich meine Augen zusammenkniff, sah ich das Lagerfeuer nur als gelborangen Fleck. Einige schwarze Schatten tummelten sich in dessen unmittelbarer Nähe, aber ich registrierte niemand Konkretes.

»Okay, tief durchatmen!« Ich versuchte mich selbst zu beruhigen. Mit zitternden Fingern umklammerte ich die Coladose und erhob mich aus meiner sitzenden Position. Vielleicht schaffte ich es zurück zur Party, ehe ich ... *Ja, was eigentlich?* War es wirklich eine gute Idee, unter Menschen zu sein, wenn ich nicht wusste, auf welche Weise ich diesmal abdrehen würde? Was wäre, wenn ich wieder zu schreien begann oder mit unsichtbaren Menschen sprach? Wenn mich jemand bei so etwas erwischte, konnte ich meinen Geburtstag in der Klapsmühle verbringen.

Trotzdem machte ich ein paar wackelige Schritte über den kühlen Sand und klopfte mir die feinen Körner von der weißen Caprihose. Meine Schuhe ließ ich achtlos liegen. Ganz sicher lag mein Augenmerk nicht auf einem Paar billiger Flip-Flops, die ich in einem Sonderschlussverkauf erstanden hatte.

Mein dunkelgrünes Babydoll-Top bauschte sich in dem aufkommenden Wind und ich begann zu frösteln. Das Vibrieren, das tief aus meinem Inneren zu kommen schien, verstärkte sich mit jedem Schritt, bis ich die Kontrolle über meine Muskeln verlor. Die Coladose rutschte mir aus den Fingern und fiel in den Sand. Ich ignorierte die kalten, klebrigen Spritzer, die meine nackten Füße benetzten. Ebenso verdrängte ich den Schmerz, der durch meine Gelenke schoss, als die Knie einknickten und ich zu Boden ging. Meine gesamte Konzentration war auf den unangenehmen Druck gerichtet, der hinter meinen Augen einsetzte und sich von einem anfänglich zarten Pochen zu einem Gefühl steigerte, als würde mir jemand Zement in den Schädel gießen, bis dieser zum Bersten gefüllt war.

Ich presste mir die zitternden Handballen gegen die geschlossenen Lider, doch der Druck war unbeschreiblich. Ein gedämpfter Schmerzensschrei drang über meine Lippen und bereits einen Moment später hatte ich selbst für diese Art von Klagelaut keine Kraft mehr und brachte nur noch ein leises Gewimmer zustande.

Wie lange ich diese Qualen erlitt, konnte ich unmöglich schätzen, aber irgendwann hörte es genauso überraschend auf, wie es sich gebildet hatte. Mein Puls raste, meine Muskeln zitterten noch immer und meine Kehle war wund und rau.

Ich hatte unbeschreibliche Angst, die Augen zu öffnen, aber ich musste hier weg. Ich musste zu Adam!

Endlich wagte ich es, die Hände von meinem Gesicht zu nehmen und meine Lider aufzuschlagen. Meine Augen brannten, einige heilsame Tränen jedoch linderten die Qual. Nach und nach gewöhnte ich mich wieder an die Dunkelheit und erkannte zumindest verschwommene Schemen. Doch kaum hatte sich mein Blick geschärft, wünschte ich mir den blendenden Schmerz zurück, nur damit ich nicht in diese unnatürlich grünen Augen sehen musste, die mich mit einem feixenden Funkeln betrachteten.

»Nein! Bitte nicht du schon wieder!«

SIEBEN

Ich stützte mich auf meinen Armen ab und stemmte mühsam den Oberkörper hoch. Auf allen vieren im Sand zu kriechen war mehr als erniedrigend, aber im Augenblick hatte ich schwerwiegendere Probleme als ein angeknackstes Ego.

»Was willst du?« Meine Worte waren kaum mehr als ein Flüstern, auch wenn ich innerlich schrie. Mir fehlte die Kraft, lauter zu sprechen, und aufrichten konnte ich mich auch nicht. Nur meinen Kopf bekam ich gerade so weit hoch, dass ich den Typen in der Lederjacke, meine unliebsame Wahnvorstellung, ansehen konnte. Noch immer trug er die Sachen, die er bereits heute Mittag getragen hatte, und ich fragte mich, was mir mein Unterbewusstsein damit sagen wollte.

Der Typ schwieg und sah mit schräg gelegtem Kopf auf mich herab, während seine Mundwinkel zuckten, als würde er sich an meinem Leid ergötzen. Ich erwiderte seinen Blick standhaft und stumm. Mittlerweile hatte ich zwar kein Problem mehr damit, einen netten Plausch mit meinem imaginären Verfolger zu halten, aber wenn mein Körper diesen Weg nutzte, um mir möglicherweise etwas Wichtiges mitzuteilen, dann wollte ich es auch wahrnehmen.

Vielleicht bin ich tatsächlich krank.

Mit einer lässigen Geste steckte der Typ die Hände in die Taschen seiner schwarze Jeans. Er betrachtete mich, als wüsste er nicht genau, ob er etwas sagen oder mich noch länger mit Schweigen strafen sollte.

Inzwischen machte mich die Situation wütend. Es war schlimm genug, dass ich mir diesen Kerl einbildete, aber musste er dabei so ein Arsch sein, dem es offenbar auch noch Spaß machte, mich zu quälen? Was hatte sich mein

Verstand dabei nur gedacht? Und wann würde sich endlich mein pochender Herzschlag beruhigen? Dieses grauenvolle Vibrieren war nervtötend.

Um mich abzulenken, richtete ich meine Aufmerksamkeit wieder auf mein Fantasiegebilde, das mich immer noch schweigend ansah. »Nun sprich schon! Was ist los mit mir? Werde ich verrückt? Habe ich einen Gehirntumor? Einen Schlaganfall? Bin ich auf einem Drogentrip?« Mit jedem Wort von mir und andauernder Stille auf der anderen Seite wuchs mein Zorn. Diese Hilflosigkeit machte mich wahnsinnig. »Los! Sag was!«

Unter Aufwendung all meiner Kraft gelang es mir, mich auf die zitternden Beine zu stemmen und zwei Schritte auf den Typen zuzutaumeln. Doch ihn schien das nicht zu interessieren. Weder sagte er etwas noch kam er näher oder wich zurück. Wie eine Statue stand er eine Armeslänge von mir entfernt und blickte mich amüsiert an. Ja, ich sah regelrecht den Spott in seinen Augen.

Ohne dass ich es bewusst steuerte, ballten sich meine Hände zu Fäusten. »Du …« Ich wusste nicht, was ich sagen sollte, aber mir riss der Geduldsfaden. In mir dominierte das Bedürfnis, auf etwas oder jemanden einzuschlagen. »Du bist ein sadistisches Arschloch, weißt du das?« Dabei war mir bewusst, dass ich mich genau genommen selbst beleidigte. Doch meine aufbrausende Wortwahl entlockte dem Fremden nur ein erheitertes Lächeln, was meine Wut noch weiter anfachte. Das zeugte doch wohl von einer gestörten Psyche, oder?!

»Ave? Avery? Bist du da?«

Adams Stimme dröhnte durch die Dunkelheit und ich war mir im ersten Augenblick nicht sicher, ob ich mich über seine Anwesenheit freuen sollte. Im Grunde wollte ich diesen Kampf allein ausfechten, aber vielleicht war es mit Adam an meiner Seite sicherer. *Er kann mich im Ernstfall gleich ins Krankenhaus bringen, wo ich hoffentlich Medikamente bekomme.*

Nur zu gern wäre ich auf der Stelle zu Adam gelaufen und hätte mich in seine Arme geworfen. Gleichzeitig war es mir jedoch unmöglich, meinen Blick von diesen wahnsinnig grünen Augen abzuwenden. Warum auch immer wollte ich diesmal unbedingt dabei sein, wenn sich der Typ gleich wieder in Luft auflöste. *Als ob ich noch mehr Beweise bräuchte, wie durchgeknallt ich bin.*

»Ich bin hier!« Mein Mund öffnete sich automatisch und die Worte perlten mir über die Lippen, während ich unentwegt in diese leuchtenden Augen starrte. Der Wind erfasst meine dünne Stimme und trug sie in die Nacht hinaus. Ich war mir nicht einmal sicher, ob Adam mich überhaupt hören würde.

Meine Wahnvorstellung verzog die Lippen zu einem noch breiteren Grinsen. Der Typ wirkte zufrieden und diese winzige Änderung in seiner Mimik bescherte mir plötzlich Übelkeit. Schmerzhaft zog sich mein Magen zusammen. *Worüber ist er froh? Und weshalb ist er überhaupt noch hier?* Wachte ich normalerweise nicht an dieser Stelle immer auf? Er verschwand doch für gewöhnlich, sobald mich jemand ansprach? Womöglich, und dieser Gedanke drohte mich erneut zu Boden zu ringen, haute er nie wieder ab und begleitete mich von nun an für den Rest meines Lebens.

Noch ehe ich mir der vollen Konsequenzen meiner Gedanken bewusst wurde, bemerkte ich Adams hellen Lockenkopf in der Dunkelheit. Er kam aus Richtung Lagerfeuer auf mich zu, das sich hinter dem Rücken meines imaginären Verfolgers befand. Erst war es ein lockeres Joggen, doch dann geriet Adam kurz ins Straucheln und sprintete auf einmal los. Nur wenige Sekunden später stand er neben mir. Seine Haare waren nass und klebten ihm am Kopf. Sein Hemd war aufgeknöpft und schmiegte sich stellenweise durchsichtig an seinen Oberkörper. *War er wirklich mit Alyssa schwimmen?* Zumindest hatte einer von uns beiden heute Abend Spaß.

Mit schmerzhaftem Griff an meine Oberarme drehte Adam mich zu sich herum. Seine Augen waren weit aufgerissen und seine Lippen fest zusammengepresst. Blanke Panik stand ihm ins Gesicht geschrieben. »Ave, ist alles okay mit dir? Hat er dir etwas angetan? O Gott, du zitterst ja!«

Adam schlang seine Arme um mich und zog mich fest an seine Brust. Ich war von der Heftigkeit seiner Geste so überrascht, dass ich alles, was er tat, mit mir geschehen ließ. Und das war gut so, denn seine Nähe und die Wärme, die er ausstrahlte, linderten die Kälte in meinem Inneren und spendeten mir Hoffnung. Egal, was mit mir los war, Adam war für mich da.

Als mein Zittern nachgelassen hatte, ließ Adam mich wieder los und hielt mich eine Armlänge von sich gestreckt. Sein Blick glitt suchend über meinen Körper, als wollte er sichergehen, dass ich noch lebte und unversehrt war. Nachdem ich seine Prüfung bestanden hatte, stellte er sich blitzschnell zwischen mich und mein Fantasiegebilde. Schließlich gab er einen Laut von sich, wie ich ihn zuvor noch nie von ihm gehört hatte. Es war eine Mischung aus Knurren, Fluchen und unterdrücktem Schrei. »Ich wusste doch, dass du für diesen Mist verantwortlich bist!«

»Hallo, Bruder. Ja, ich freue mich auch, dich zu sehen. Hast du mich vermisst?« Die unbekannte Stimme konnte nur dem Typen in der Lederjacke gehören.

»Ka-ka-kannst du ihn etwa sehen?« Meine Worte klangen wie ein hohes Pfeifen und schmerzten selbst in meinen Ohren. Ich wusste nicht, ob mich der Gedanke, den ich soeben ausgesprochen hatte, beruhigen sollte oder ob er der letzte Nagel zu meinem psychischen Sarg war.

»Natürlich kann er mich sehen!« Da war sie wieder, diese einladende, schmeichelnde, aber zugleich dröhnend tiefe Stimme, die auf der einen Seite im völligen Widerspruch zu dem Aussehen meines Fantasiegebildes stand und dennoch auf eine tiefe, reine Art perfekt passte.

»Sprich sie nicht an! Und nenn mich nicht ›Bruder‹!« Adam zischte seine Worte voller Abscheu. »Wir haben nichts mehr miteinander zu tun!«

Was auch immer hier gerade zwischen den beiden abging, ich wollte mich nicht hinter Adams Rücken verstecken. Zögerlich, und mit inzwischen wieder stärker bebenden Gliedmaßen, machte ich einen Schritt zur Seite und stellte mich neben Adam, was er mit einem wütenden Funkeln kommentierte. Doch ich ignorierte seinen Blick. Machohaftes und überfürsorgliches Verhalten hatte ich noch nie leiden können, das wusste Adam genau.

Anstatt einen Kommentar abzugeben, griff er grob nach meinem Handgelenk. Befürchtete er, dass ich mich aus dem Staub machte? *Ein reizvoller Gedanke.*

Mein Fantasiegebilde sah Adam amüsiert an. Seine vollen Lippen waren zu diesem feinen Lächeln verzogen, das mich erschaudern ließ. Falls ich jemals auch nur eine Sekunde lang gedacht hatte, dieser Kerl hätte etwas Attraktives an sich, so nahm ich das hiermit offiziell zurück. Er war einfach nur beängstigend. *Trotz seiner faszinierenden Augen!*

»Du bist doch nicht immer noch sauer, oder, Bruder? Nach all den Jahrhunderten? Ich dachte, du hättest mir inzwischen verziehen. Immerhin verband uns mal eine tiefe und innige Freundschaft.« Der Typ in der Lederjacke schüttelte mit traurigem Blick den Kopf. Eine dunkelblonde Strähne fiel ihm in die Stirn, ehe er sie mit einer lässigen Bewegung zurückstrich.

Wieso nannte er Adam seinen Bruder? Adam hatte keine Geschwister! Bis zu seinem fünften Geburtstag war er in einem Kinderheim aufgewachsen, weil seine Eltern kurz nach seiner Geburt gestorben waren. Seine Adoptiveltern hatten ihn mit fünf Jahren zu sich geholt. Und nach Adam hatten sie keine weiteren Kinder mehr haben wollen, das wusste ich genau! Weshalb sollte sich mein Unterbewusstsein einen solchen Unsinn ausdenken? *Aber vielleicht bilde ich mir den Kerl auch gar nicht ein. Immerhin kann Adam ihn ebenfalls sehen.* Zweifel keimten in mir auf und verstärkten mein Unbehagen. *Was hat das alles nur zu bedeuten?*

Adam sagte nichts, sondern funkelte sein Gegenüber wortlos an. Eine mir bisher unbekannte Schärfe lag in seinem Blick. »Das war früher, bevor du zum Verräter wurdest, Nox!«

Ich hatte Adam schon wütend gesehen – wenn man sich über zwölf Jahre lang kannte, wusste man fast alles voneinander –, aber noch nie hatte er einen solchen alles verzehrenden Hass ausgestrahlt.

Einen Augenblick lang starrten sich die beiden an und ich nutzte den Moment, um meine wirren Gedanken auszusprechen. »Was ist hier los, Adam? Wieso kannst du jemanden, der nur in meiner Fantasie existiert, sehen und mit ihm reden?«

Entweder war dieser Typ hier real, was wiederum bedeuten würde, dass er … Okay, den Gedanken wollte ich lieber nicht zu Ende führen. Wenn er jedoch nur in meinem Kopf existierte, Adam aber mit ihm sprechen konnte, besaß mein Wahnsinn größere Ausmaße, als ich mir eingestehen wollte. So oder so, ich hatte ein ernsthaftes Problem.

»Es ist alles gut, Ave. Vertrau mir.« Adam blickte kurz zu mir rüber und versuchte sich an einem Lächeln, was ihm jedoch gehörig misslang. Das war für mich ein deutlicher Beweis dafür, wie ernst die Lage war.

Ich reagierte nicht auf Adams Worte, in meinem Inneren jedoch tobte es.

Nox hingegen war die Ruhe in Person. Er sah lächelnd zu Adam, der seinen Blick voller Abscheu erwiderte. Als würde ich einem spannenden Tennismatch folgen, schaute ich zwischen den beiden hin und her, ohne dass auch nur einer von ihnen ein Wort sprach.

Nach einem langen Moment unterbrach Nox die Stille mit seiner tiefen Stimme. »Erzähl doch mal, Bruder. Wie ist es dir in den letzten Jahrhunderten ergangen? Wir hatten ja ewig nicht mehr das Vergnügen.«

»Nenn mich nicht ›Bruder‹, du Höllenhund! Noch einmal sag ich dir das nicht! Und jetzt verschwinde von hier. Avery hat noch ein paar Stunden, du bist zu früh!«

Nox lachte kurz auf und hob seine Hände als Zeichen des Friedens. »Ich mache nur meinen Job, Goldlöckchen. Genauso wie du die letzten Jahre deinen gemacht hast.«

Ehe mein bester Freund etwas darauf erwidern konnte, mischte ich mich ein. »Was meint er damit, Adam? Von welchem Job spricht er? Und wofür habe ich noch ein paar Stunden? Wer ist dieser Kerl überhaupt?« Dass die beiden sich kannten, war nicht mehr zu leugnen. Ich fragte mich nur woher. Bisher war ich mir sicher gewesen, alle Freunde von Adam zu kennen.

Doch anstelle von ihm antwortete Nox. »Ich muss ehrlich zugeben, ich habe nie verstanden, weshalb ihr Harfenquäler den Seelen nichts von dem Vertrag erzählt. Ihr raubt ihnen wertvolle Zeit. So hat die Kleine nur noch vier Stunden Zeit, ihr Leben zu genießen, bevor sie stirbt. Das ist nicht gerade viel, oder was meinst du?«

Nox' Worte fühlten sich an, als hätte mir jemand einen Eimer Eiswasser über den Kopf gekippt. »Adam? Was meint der Typ hier?« Meine Stimme schrillte eine Oktave höher und ich hatte Angst. Mein Puls hämmerte mir in den Ohren, meine Hände schwitzten und meine Finger zitterten noch mehr als zuvor. »Wieso behauptet er, dass ich in vier Stunden sterben werde? An meinem Geburtstag?«

In diesem Moment fiel mir der Traum mit dem kleinen Mädchen am Strand ein. *Ihre Worte!* Augenblicklich stellten sich die feinen Härchen in meinem Nacken und auf meinen Armen auf. War die Begegnung doch real gewesen? Oder war mein gesamtes Leben inzwischen ein einziger abgedrehter Albtraum?

»Ja, erzähl es ihr, Goldlöckchen. Das möchte ich nicht verpassen. Ich habe dich noch nie live bei der Arbeit erlebt.« Nox grinste amüsiert und verschränkte die Arme vor der Brust.

Doch anstatt zu antworten, warf Adam ihm einen weiteren vor Abscheu triefenden Blick zu, ehe er sich wieder mir zuwandte. »Okay, Ave, ich erklär dir alles, was du wissen willst, aber lass uns bitte zuerst nach Hause gehen. Dort bist du vorübergehend in Sicherheit.«

Er zog an meinem Arm, doch ich weigerte mich mitzugehen.

»Nein, Adam. Erst will ich wissen, was hier läuft!« Vorher würde ich mich keinen Zentimeter von diesem Fleck wegbewegen.

»Sie ist nirgendwo sicher.« Nox grinste, doch als Adam ihm einen vernichtenden Blick zuwarf, wurde er ernst. »Aber das weißt du natürlich selbst, Goldlöckchen.« Nox schnalzte mit der Zunge.

Langsam, aber sicher ging mir der Typ auf den Keks. Da half ihm auch sein gutes Aussahen nicht mehr.

Adam suchte meinen Blick. »Bitte, Avery. Du musst mir vertrauen. Lass uns hier abhauen.«

Er sah mich so herzzerreißend an, dass ich unter anderen Umständen eingeknickt wäre, doch diesmal blieb ich stark. Ich wollte Antworten. Auf der Stelle!

»Nein, Adam. Erst sagst du mir, was mit mir los ist. Werde ich verrückt oder passiert das Ganze hier wirklich?« Nun war ich es, die ihn flehentlich ansah.

Adam seufzte und fuhr sich mit der Hand über die gefurchte Stirn. Ich hatte zuvor noch nie Sorgenfalten in seinem Gesicht gesehen. »Avery, ich weiß nicht, wie ich dir das erklären soll. Du wirst mir sowieso kein Wort glauben. Ich kenn dich doch!« Für einen winzigen Moment huschte ein schwaches Lächeln über seine Lippen und der steinharte Knoten in meiner Brust lockerte sich minimal.

»Sag mir einfach die Wahrheit, Adam. Ich vertraue dir.« Das tat ich wirklich, auch wenn mein Puls gerade schneller schlug als die Flügel eines Kolibris auf LSD.

Adam atmete tief durch. »Okay, aber es ist verdammt wichtig, dass du mir genau zuhörst und mich ausreden lässt. Hast du mich verstanden?« Mit seinen karamellbraunen Augen sah er mich intensiv an. Augen, die ich bereits seit vielen Jahren kannte und die ich bisher noch nie so traurig und verzweifelt erlebt hatte wie in diesem Moment. Überhaupt erinnerte mich Adams Körpersprache eher an einen Drogenjunkie auf Entzug als an den fröhlichen, ausgelassenen Kerl, der er sonst war.

Ich nickte zögerlich. Was auch immer er mir jetzt erzählte, ich würde schon damit klarkommen. *Hoffentlich!*

Adam blies seine Wangen auf und stieß die gesamte Luft mit einem Schwung aus. »Okay, hör zu, Avery. Ich bin ein Engel. Dein Schutzengel, um genau zu sein. Man schickte mich auf diese Welt, um auf dich aufzupassen und für dich da zu sein.«

Er presste die Worte so schnell heraus, als würden sie wie Säure brennen. Trotzdem verstand ich jedes einzelne. Oder zumindest nahm ich an, sie verstanden zu haben. Denn gerade wusste ich nicht, ob ich lachen oder wütend sein sollte.

Ich erwiderte Adams intensiven Blick mit geweiteten Augen. Mein Herz hämmerte in meiner Brust und Blut rauschte in meinen Ohren. Mein Mund öffnete sich wie von selbst und ich stieß Töne hervor. Einzelne Silben, die sich zu Wörtern bildeten und Sätze ergaben, ohne dass ich deren Sinn verstand. »Mein Schutzengel?« Meine Augenbrauen wanderten erst überrascht nach oben, ehe sie wie zwei wütende Raupen herunterschossen und sich angriffswütig zusammenzogen. »Was soll der Mist, Adam? Denkst du wirklich, jetzt ist der richtige Moment, dumme Witze zu machen?« Unbewusst hatte ich mich wohl gegen das Lachen entschieden und funkelte meinen besten Freund stattdessen wütend an. »Das ist echt nicht lustig, Adam! Ich habe Angst, meinen Verstand zu verlieren, und du ziehst mich hier mit so einem Blödsinn auf!« Erbost schüttelte ich den Kopf. »Findest du das witzig?« Ich ließ ihm keine Möglichkeit zu antworten. »Jetzt hör auf mit dem Mist und erzähl mir endlich die Wahrheit. Wer ist dieser Typ und was will er hier?«

Engel?! So ein Unsinn! Fällt ihm nichts Besseres ein? Das zornige Schnauben, das aus mir herauswollte, konnte ich gerade noch zurückhalten.

»Ja, Adam, also wirklich! Engel? So ein Unsinn! Fiel dir nichts Besseres ein?«

Nox klang sichtlich amüsiert und ich drehte ruckartig meinen Kopf in seine Richtung. *Hat er gerade ...?* Meine Gedanken überschlugen sich. »W-w-was hast d-d-u da eben gesagt? Das ...« Ich musste mich verhört haben. Oder es musste ein blöder Zufall gewesen sein. Er konnte doch unmöglich meine ...

O Mann!

»Ja, das waren deine Gedanken.« Nox wedelte gelangweilt mit der Hand. »Buhu, der böse Typ kann meine Gedanken lesen!«

In Erwartung weiterer Äußerungen starrte ich den blonden Kerl an, doch Adam übernahm das Reden. »Nox, hör sofort auf! Du musst ihr nicht noch mehr Angst machen!« Er funkelte unser Gegenüber wütend an, während er meine zitternde Hand fest umklammert hielt.

»Noch mehr?« Nox lachte höhnisch und der Laut ließ mich zusammenfahren. »Die Kleine hat keine Ahnung, was Angst bedeutet. Noch nicht!« Jetzt grinste er wieder breit und sein Gesichtsausdruck erinnerte mich an einen Hai, der im Begriff war, sich genüsslich über eine Babyrobbe herzumachen.

Ich öffnete den Mund. Wie ein Fisch auf dem Land klappte er auf und wieder zu, ohne dass ein Ton herauskam.

»Ave, hör nicht auf den Idioten. Er will dich nur verängstigen.« Adam drückte meine Hand, vermutlich um mich zu beruhigen, aber die Geste verfehlte ihre Wirkung. Ich war mir nicht einmal sicher, ob es in der aktuellen Situation überhaupt etwas gab, das mich noch beruhigen konnte. *Oder das zumindest dieses nervende Vibrieren abstellt.*

»Aber wie …?« Völlig überfordert blickte ich von diesem Nox zu Adam und zurück. Dabei hoffte ich noch immer inständig, dass ich in einem viel zu lebhaften Traum steckte. *Bitte! Bitte! Bitte! Lasst mich endlich aufwachen!*

Nox' schmeichelnde Stimme umwehte mich, als wäre sie ein Windhauch. Ich bildete mir sogar ein, seinen Atem auf meiner Haut zu spüren. »Keine Angst, Kleines. Du wirst noch sehr viel Zeit bekommen, meine Tricks kennenzulernen. Schließlich haben wir die ganze Ewigkeit vor uns.« Er zwinkerte mir zu.

Flirtet der Kerl gerade ernsthaft mit mir?

»Zwinker ihr noch einmal zu, Nox, und ich schicke dich persönlich zurück in den Höllenteil, aus dem du gekommen bist.« Adam knurrte seine Worte und seine Augen loderten gleißend hell auf. Etwas, das absolut nicht normal aussah und mich umgehend ein Paniklevel höher katapultierte.

Erschrocken riss ich meinen Arm aus Adams Griff und taumelte zwei Schritte von ihm weg. Mit weit aufgerissenen Lidern starrte ich meinen besten Freund an, während ich durch meinen geöffneten Mund keuchend einatmete. *Das ist gerade nicht wirklich passiert, oder?* Dabei fragte sich ein kleiner Teil von mir, warum mich so etwas überhaupt noch überraschte. Immerhin hatte ich in den letzten Tagen Dinge erlebt, die weitaus erschreckender waren als das gerade eben. *Aber es ist doch Adam. Mein Freund. Mein Bruder. Ich kenne ihn fast mein gesamtes Leben!*

Ich versuchte meine Gedanken zu sortieren, als Nox mit einem verächtlichen »Tze, tze, tze« den Kopf schüttelte. »Na sieh nur, was du angestellt hast, Goldlöckchen. Jetzt hat die Kleine Angst vor dir.« Er wandte sich mir zu. »Komm mit mir, Kleines. Lassen wir diesen bösen Engel hier allein.«

Er reichte mir auffordernd die Hand und lächelte auf eine Art, die ich zuvor noch nicht an ihm wahrgenommen hatte. Seine Augen funkelten und er wirkte beinahe charmant.

Ehe ich überhaupt realisierte, was gerade von mir verlangt wurde, hatte sich Adam erneut vor mich gestellt. »Fordere mich nicht heraus, Dämon!«

Dämon?!

Nox hob abwehrend die Hände. »Ich will nicht gegen dich kämpfen, Adam.«

Der Dämon – ich weigerte mich, diese Bezeichnung auch nur im Geringsten ernst zu nehmen – klang müde, als er sich ein Blickduell mit Adam lieferte. »Rück einfach die Seele raus, dann geht jeder wieder seiner Wege und du musst mich die nächsten Jahrhunderte nicht wiedersehen. Ich würde dir ja mein Wort geben, aber du würdest mir sowieso nicht glauben.«

Ich sah zwischen den beiden hin und her und wusste nicht, ob ich lachen, schreien oder einfach weglaufen sollte. Ein Gedanke, der mir immer verlockender erschien, je öfter ich ihn durchdachte. *Das ist doch absurd! Das kann gar nicht real sein!* Und dennoch würde es so viele verrückte und »magische« Situationen erklären, die ich mit Adam erlebt hatte.

Als hätte Nox tatsächlich meine Gedanken gelesen, hörte ich seine Stimme plötzlich in meinem Kopf. *»Ich weiß genau, was du gerade denkst, Kleines. Aber vergiss das gleich wieder. Du kannst vor deinem Schicksal nicht fliehen. Ich werde dich überall finden!«*

Ehe ich auf diese Stimme-im-Kopf-Sache reagieren konnte, spürte ich mit einem Mal etwas Weiches, das sich zärtlich und sanft über meine nackte Haut schlängelte und mich für eine Sekunde vor Angst erstarren ließ. Sobald der erste Schreck überwunden war, versuchte ich dieses Etwas abzustreifen. Doch mir gehorchten die Arme nicht. Es war, als hätten mich unsichtbare Fesseln umschlungen. Mein Pulsschlag explodierte und mein Herz trommelte wie ein Presslufthammer gegen meine Brust. Immer wieder zog und zerrte ich an meinen Gliedmaßen, um sie zu bewegen, aber es blieb bei dem Versuch.

»Wieso tust du das? Was willst du von mir?« Ich versuchte stark zu bleiben, doch ich war das reinste Nervenbündel. »Warum kannst du mich nicht einfach in Ruhe lassen?« Ich spürte, wie mir Tränen in die Augen stiegen, aber ich weigerte mich zu weinen. *Nicht hier! Nicht jetzt!*

Wieder erschien Nox' Stimme direkt in meinem Kopf. *»Weil deine Seele Luzifer gehört und ich hier bin, um sie an deinem Geburtstag einzukassieren.«*

ACHT

Das war mehr, als ich ertragen konnte.

Ein hysterisches Lachen drang über meine Lippen. Ich empfand es als schrill und kreischend, es zerriss auf unangenehmste Art das sanfte Rauschen der Wellen.

Adam drehte sich ruckartig zu mir herum und stand mit einem großen Schritt direkt vor mir. Er legte mir seine Hände auf die Schultern und als er kurz die Augen schloss, begann er sanft zu leuchten, als würde ihn ein Scheinwerfer von hinten anstrahlen.

Das Glühen hörte auf, als er die Lider öffnete und seine Hände sinken ließ. Im selben Moment ließ auch das beklemmende Gefühl nach, das mich wie eine Fessel im Griff gehabt hatte. »Besser?«

Mein Kopf antwortete mit einem stummen Nicken, auch wenn mein Bauch anderer Meinung war. *Hier ist überhaupt nichts »besser«!*

Adam nickte ebenfalls und wandte sich von mir ab, um Nox anzusehen. »Ich schwöre dir, Nox, wenn du Avery nicht auf der Stelle in Ruhe lässt, wirst du es bereuen!« Eine Reaktion wartete er nicht ab, sondern drehte sich wieder zu mir herum. In seinem Blick lagen Trauer und Resignation. »Okay, hör zu, Ave. Ich erklär dir alles. Versprochen. Hab aber bitte keine Angst. Nicht vor mir!«

Er sah mich flehend an und mein Kopf nickte erneut, ohne dass ich über seine Bitte nachgedacht hätte. Meine Reaktionen liefen automatisch ab, unbewusst, denn im Grunde war ich mir nicht sicher, ob ich Adam dieses Versprechen tatsächlich geben konnte. *Er hat geleuchtet! Wie ein Alien aus einem dieser ätzenden Sci-Fi-Filme, die er so liebt!* Brauchte ich noch mehr Beweise dafür, dass ich den Verstand verloren hatte?

Adam betrachtete mich eindringlich, dann seufzte er. »Ich weiß, es ist schwer zu verstehen, und mit der Tür ins Haus zu fallen war mit Sicherheit auch nicht die beste Idee, um dir die Sache zu erklären. Aber du musst mir glauben. Ich bin wirklich ein Engel. Und er ...« Er warf einen wütenden Blick über die Schulter, was Nox mit einem verächtlichen Schnauben kommentierte, ehe Adam sich wieder mir zuwandte. »Dein Vater hat einen Pakt mit dem Teufel geschlossen, Avery. Er hat deine Seele verkauft, damit er ein berühmter Schauspieler wird. Auch das ist die Wahrheit.«

Adams Worte hingen bedeutungsschwanger zwischen uns. »Mein Vater hat meine Seele an den Teufel verkauft? Damit er ein berühmter Schauspieler wird?« Selbst als ich seine Aussage wiederholt hatte, wollte sich mir deren Sinn nicht offenbaren. *Ist Adam betrunken? Ach nein! Ich bin es ja, die nicht richtig tickt!*

»Ja.« Adam nickte und fuhr sich mit einer Hand durch die Locken. »Hör zu, Ave. Ich weiß, es ist schwer, das alles zu verstehen, aber es stimmt. Leider. Du warst fünf, als dein Vater den Vertrag abschloss. Im Anschluss bekam er die Zusage für die männliche Hauptrolle in dem Film ›Ein Junggeselle kommt selten allein‹. Es dauerte nicht lange und er war berühmt.«

Ich sah Adam an.

Stumm.

Ohne einen wirklichen Gedanken im Kopf.

Und je länger ich in diese vertrauten Augen blickte, desto schmerzhafter wurde der Bleiklumpen in meinem Magen. Auch wenn sich in mir alles sträubte, wurde mir allmählich bewusst, dass Adam die Wahrheit sagte. Oder zumindest etwas, das er für die Wahrheit hielt.

»Ihr meint das wirklich ernst, oder? Das ist kein dummer, geschmackloser Witz?« Ich blickte zwischen meinem besten Freund und diesem Nox hin und her.

»Glaub mir, Avery. Ich wünschte, es wäre anders, aber es ist wahr.« Adams Blick spiegelte meine eigenen Emotionen wider.

»Du spürst doch dieses Kribbeln, Kleines, oder? Dieses Vibrieren?« Nox forderte mit seinen Worten meine Aufmerksamkeit. Als er sah, dass ich nickte, sprach er weiter. »Das fühle ich auch. Es ist so eine Art Verbindung. Damit spüre ich die Seele auf, die ich als Nächstes holen soll. Sobald ich in deiner Nähe bin, setzt das Kribbeln ein. Und mit jeder Stunde, die dein Geburtstag näher rückt, wird es stärker. Bis …«

… bis ich sterbe.

Der Gedanke traf mich wie ein Blitz und ich bekam weiche Knie. Als ich ins Taumeln geriet, hob Adam seine Arme, um mich zu stützen. Ich nahm seine Fürsorge kaum wahr, denn in meinem Kopf wirbelte ein Tornado an Gedanken. *Ich werde sterben. In wenigen Stunden bin ich tot.*

Ich wollte diesen Quatsch nicht glauben. Aber ich hatte in meinem ganzen Leben niemals irgendjemandem mehr vertraut als Adam. Und er kannte mich gut genug, um zu wissen, wann der Spaß vorbei war. Diese Grenze würde er niemals überschreiten.

Unter diesen Gedanken mischte sich ein weiterer. *Jetzt verstehe ich wenigstens, warum mich Nox' Augen so anziehen. Das liegt an dieser Verbindung.* Auf irgendeine Weise beruhigte mich dieses Wissen ein wenig. Dennoch begann mein Magen zu rebellieren. Ich würde mich gleich übergeben, da war ich mir sicher. Trotzdem hob ich meinen Kopf und sah Adam an. »Ich werde also an meinem Geburtstag, in etwa vier Stunden, sterben?!«

Wieder einmal hatte sich mein Körper selbstständig gemacht und die Frage ausgesprochen, die ich am liebsten für immer aus meinem Verstand verbannt hätte.

Als mir das Ausmaß meiner Worte bewusst wurde, tauchten ungewollt Bilder in meinem Kopf auf. Bilder von all dem, was ich in meinem Leben noch erleben wollte und was ich nun verpassen würde, weil mein erfolgsgeiler Erzeuger mich wie ein Kamel oder eine Ziege verkauft hatte. Wenn ich James Goose früher bereits gehasst hatte, dann war es mir jetzt unmöglich, diesem neuen, brennenden Gefühl in meinem Inneren einen Namen zu geben.

Adam seufzte. »Es ist ein Standardvertrag, der sich an deinem achtzehnten Geburtstag erfüllt.« Der Schmerz in seiner Stimme brachte meinen Herzschlag für einen Moment aus dem Rhythmus und ich senkte den Blick.

Ich musste Adams Worte erst einmal sacken lassen. *Es ist wirklich wahr.*

Anscheinend hatte noch ein letzter kläglicher Rest in mir an einen verfrühten, wenn auch verdammt grausamen Halloweenstreich gedacht. *In wenigen Stunden werde ich sterben.*

Ich wusste nicht, was ich tun oder sagen sollte. Gab es überhaupt eine »richtige Reaktion« auf eine solche Offenbarung? Unweigerlich dachte ich an meine Mom. Es würde ihr das Herz brechen. *Sie hat doch nur noch mich.*

Die Vorstellung, wie sie an meinem Grab stand und um mich trauerte, ließ heftigen Widerwillen in mir aufkommen. »Nein! Das akzeptiere ich nicht!« Wie ein trotziges Kleinkind verschränkte ich die Arme vor der Brust und fixierte erst Adam und anschließend den Kerl in der Lederjacke mit einem entschlossenen Blick. »Außerdem, wieso ist der«, mit einem Kopfnicken deutete ich auf Nox, »jetzt schon hier? Wieso musst du mir die letzten Stunden meines Lebens versauen?« Ich hatte recht gehabt. Er war ein sadistisches Arschloch!

»Wieso jetzt schon? Ich hätte bereits gestern erscheinen sollen, also bleib schön locker, Kleines. Der Vertrag besagt, dass der Seele achtundvierzig Stunden lang die Möglichkeit eingeräumt wird, sich auf die Tauschklausel zu berufen.«

Adam knurrte, noch bevor ich überhaupt realisierte, was Nox soeben gesagt hatte. »Ich kenne den Vertrag und Avery wird diese Tauschklausel nicht in Anspruch nehmen! Also kannst du genauso gut wieder verschwinden!« Er drehte sich zur Seite und ich sah sein Gesicht im Profil. Adam verschränkte ebenfalls die Arme vor dem Körper und sein Bizeps spannte sich unter dem Stoff seines Hemdes. Er blickte voller Hass auf seinen Bruder/Bekannten/Feind – oder welche Beziehung auch immer die beiden verband.

»Das liegt nicht in deinem Ermessen, Goldlöckchen, und das weißt du auch. Nur die Seele entscheidet, wie die Sache für sie ausgeht.« Nox sah an Adam vorbei und richtete seine Aufmerksamkeit auf mich. Als er zu sprechen begann, war jeglicher Spott aus seiner Stimme gewichen. »Hör mal, Kleines. Für mich bist du nur eine weitere Nummer auf meiner Liste. Ein weiterer Job, der erledigt werden muss. Mir persönlich ist es völlig egal, ob du die Klausel in Anspruch nimmst oder nicht. Luzifer bekommt deine Seele so oder so.

Hier geht es nur um ein paar weitere Jahre als Mensch, die du dir erkaufst. Also, wie entscheidest du dich?«

Ich traute diesem Freak nicht über den Weg. Und Adams Reaktion auf diese Tauschklausel war ebenfalls eindeutig. Dennoch bekam ich das Bild von meiner Mom nicht aus dem Kopf. Wenn es eine Möglichkeit gab, mein Leben zu retten, musste ich sie wenigstens kennen. Auch wenn ich mich dafür mit einem Dämon – mir fiel es immer noch schwer, diese Bezeichnung überhaupt zu denken – auseinandersetzen musste.

»Was ist das für eine Tauschklausel?« Ich blickte von Adam zu Nox und zurück.

»Du …« Mein bester Freund wurde jäh unterbrochen.

»Du erkaufst dir ein langes und glückliches Leben voller Reichtum und Macht. Oder welche menschlichen Besonderheiten du dir eben so wünschst.« Nox zuckte gelangweilt mit den Schultern. »Dafür versprichst du Luzifer eine andere Seele, die an deiner Stelle stirbt. Jemand aus deiner Familie oder jemand, der dir nahesteht. Das einzig Wichtige ist eine enge Verbindung zwischen dir und der Tauschseele.«

Ich keuchte entsetzt auf. »Was? Das ist doch nicht dein Ernst!« Mit großen Augen sah ich zu Adam, der meinen Blick stumm erwiderte. Auch wenn er es nicht aussprach, bestätigte seine Mimik den Wahrheitsgehalt in Nox' Worten.

Mit großer Willensanstrengung schaffte ich es, den Typen in der Lederjacke wieder anzusehen. »Das ist krank! Ich kann doch niemanden auswählen, der an meiner Stelle in wenigen Stunden sterben wird! Damit mache ich mich ja zur Mörderin!«

»Du musst niemanden umbringen, Kleines.« Nox lachte amüsiert, als würde ihn der Gedanke erheitern. »Das ist mein Job. Du nennst mir einfach einen Namen und erhältst im Gegenzug deinen Lohn.« Als ich nicht antwortete – sprachlos, bestürzt und angewidert, dass diese Möglichkeit überhaupt bestand –, nahm Nox den Faden wieder auf. »Überleg es dir gut, Kleines. Du kannst dir alle Wünsche erfüllen, die du dir für dein weiteres Leben erhofft hast. Erfolg, eine steile Karriere, alle Männer oder Frauen, die du jemals wolltest. All die Dinge, denen ihr Menschen ein Leben lang nachjagt.«

Fassungslos schloss ich die Augen und presste mir die bebenden Handballen gegen die Schläfen. Es herrschte Schweigen und ich nahm nur das Wellenrauschen wahr, das sich mit dem lauten Pochen meines Herzens mischte. *Wie bin ich nur in diese Situation geraten? Oder wie komme ich hier wieder raus?*

»Ich will dich ja nicht drängen, Kleines, aber dir läuft die Zeit davon. Je schneller du dich entscheidest, desto eher wirst du mich wieder los. Also, wie lautet deine Antwort?«

Entsetzt sah ich auf und ließ meine Arme kraftlos sinken. Meinte er die Frage ernst? Dachte er wirklich, ich würde diese Klausel auch nur in Erwägung ziehen? Gab es Menschen, die so etwas Grausames taten?

Dann fiel der Groschen.

Natürlich!

Meine Augen mussten so groß wie Untertassen sein, als ich Nox verstört ansah. »Mein Vater hat meine Seele durch diese komische Tauschklausel verkauft, oder?« So musste es sein. Alles andere ergab keinen Sinn. *Dieses abscheuliche, niederträchtige Monster!*

»Nein, nicht ganz. Denn dafür hätte seine Seele bereits Luzifer gehören müssen. Das tat sie aber nicht. James hat diese Entscheidung eigenständig getroffen und dementsprechend gehandelt.« Ich musste immer noch wie ein laufendes Fragezeichen aussehen, denn Nox seufzte und lieferte weitere Erklärungen. »Ihr Menschen seid schrecklich einfach gestrickt. Man braucht euch nur ein paar Zweifel in den Kopf zu säen und schon seid ihr mit eurem Leben unzufrieden und strebt nach mehr. Und der alte Goose wollte eben ein berühmter Schauspieler werden. Er hat im Internet nach Möglichkeiten gesucht, um seine Karriere anzufachen, und ist dort auf Luzifers Anzeige gestoßen.« Nox reckte seinen Kopf, was seinem Nacken ein unangenehmes Knacken entlockte.

»Luzifers Anzeige?« Ich lachte hohl. Sarkastisch. »Du meinst, der Teufel bietet seine Dienste im World Wide Web an?« Langsam fragte ich mich, ob wirklich ich diejenige war, die den Verstand verloren hatte.

Nox erwiderte meinen Blick ausdruckslos. »Natürlich. Immerhin ist das die einfachste Methode, an Seelen zu kommen.«

»Du verarschst mich, oder?« Das konnte unmöglich sein Ernst sein!

»Nein, wieso sollte ich? Immerhin habt ihr Menschen euch diesen Weg selbst ausgesucht.« Mir musste mein Unglaube ins Gesicht geschrieben stehen, denn Nox erbarmte sich abermals und mimte den Nachhilfelehrer. Mit einem Seufzen sprach er weiter: »Ihr erfindet Waffen und wundert euch darüber, dass es Kriege gibt. Ihr rottet ganze Spezies, Wälder und Länder aus und beschwert euch anschließend, wie kaputt eure Erde ist – dass sie vor dem Untergang steht. Aber anstatt aus euren Fehlern zu lernen, strebt ihr ständig nach mehr. Niemals seid ihr zufrieden und genießt, was ihr habt. Nichts ist euch genug. Deswegen ist es für Luzifer auch so leicht, an eure Seelen zu kommen. Ihr kreiert eine Technik, die ihr selbst nicht in vollem Umfang begreift, geschweige denn kontrollieren könnt, nutzt sie aber tagtäglich mehrere Stunden lang. Und irgendwann wundert ihr euch, wenn ihr die Kontrolle über euer Leben verliert. Selbstmorde durch Cybermobbing, Hetzkampagnen oder Aufrufe zur Selbstjustiz. All das habt ihr eurem Streben nach Macht und Gier zu verdanken.«

»Das ...« Ich wusste nicht, was ich sagen sollte. Besonders weil seine Worte erschreckend einleuchtend klangen.

»Er hat recht, Avery.« Adam ergriff das Wort und nach der langen Pause, in der er geschwiegen hatte, klang seine Stimme fremd. Ich brauchte einen Moment, bis ich meinen Blick von Nox lösen konnte und Adam ansah. »Alle paar Jahrzehnte kreiert Luzifer eine neue Möglichkeit, um den Menschen ihre Seelen abzukaufen. Im Mittelalter streute er die Angst vor der Kirche, die Sorge, ungerechtfertigt als Hexe beschuldigt zu werden, und die Furcht vor dem Jüngsten Gericht. Luzifer versprach den Menschen, sie vor dem ewigen Fegefeuer zu schützen, wenn sie ihm ihre Seelen anvertrauten. In der Neuzeit habt ihr euch weiterentwickelt. Und es war euer Wunsch nach ständig Neuem, nach Erfolg und Macht, den Luzifer ausnutzte. Das bekannteste Beispiel ist wahrscheinlich Kolumbus, als er Amerika entdeckte.«

Für einen Augenblick starrte ich Adam wortlos an, während in meiner Kehle ein herzhaftes Lachen aufkeimte, das darum bettelte, herausgelassen zu werden. »Kolumbus hat seine Seele verkauft, um Amerika zu entdecken?

Das meinst du nicht ernst, oder?« Doch Adam sah mich ausdruckslos an und ich schluckte das Lachen herunter. *Es ist sein Ernst.*

»Du willst mir also erzählen, dass hinter all den Prominenten, den historischen Geschichten und Erfindungen der Menschheit Luzifer steckt?«

Adam öffnete den Mund, um zu antworten, aber Nox kam ihm zuvor. »Er kann dich nicht anlügen, Kleines. Außerdem, wieso sollte er es tun, selbst wenn er es könnte? Du bist auch jetzt schon völlig verstört, was meine Arbeit nur unnötig erschwert. Aber wenn es dich beruhigt: Nein, Luzifer steckt nicht hinter all diesen Dingen. Trotzdem mischt er sehr viel häufiger mit, als du es dir vorstellen kannst.« Wieder zuckte Nox mit den Schultern. »Ihr Menschen seid eben schrecklich einfallslos und eindimensional. Eure Beweggründe haben sich in den letzten Jahrtausenden nicht geändert und ihr lernt nicht aus den Fehlern der Vergangenheit. Also gib uns nicht die Schuld für das Funktionieren dieses Systems. Ihr habt es euch selbst eingebrockt!«

»Aber wie ist das möglich?« Mit großer Willensanstrengung schaffte ich es, die vielen Informationen, die mir gerade aufgetischt wurden, zu verdrängen. Stattdessen konzentrierte ich mich auf die brennende Frage, die sich mit Gewalt in meinen Verstand drängte. »Okay, vergesst es. Erklärt mir lieber, was mit James passiert. Kommt er mit dieser Tat einfach so durch?«

Adam setzte zur Erklärung an. »In den nächsten Jahren schon. Aber ...«

»Aber seine Seele steht bereits auf meiner Warteliste. Sobald das Schicksal der Meinung ist, dass er genügend Unheil angerichtet hat, werde ich ihn in sein neues Zuhause begleiten.«

Als Nox selbstgefällig grinste, funkelte Adam ihn erbost an. Wie ich es vorhin schon gesehen hatte, blitzten seine hellbraunen Augen gefährlich auf.

»Würdest du endlich aufhören, ständig meine Sätze zu beenden?«

»Nein. Ich tue das, weil du schrecklich langsam bist.« Nox erwiderte Adams Blick ungerührt. »Außerdem hattest du bereits genug Zeit, deinen Job zu erledigen.«

Ich meinte, seine Mundwinkel zucken zu sehen. Ihn schien das Ganze hier tatsächlich zu amüsieren.

»Stopp! Könnt ihr zwei endlich aufhören?« Diese Streiterei war ja nicht auszuhalten. Adam und Nox erinnerten mich stark an ein altes Ehepaar. Seufzend versuchte ich mich auf das Wesentliche zu konzentrieren. Mir blieb nicht mehr viel Zeit und ich wollte meine letzten Stunden nicht mit diesem Kinderkram verbringen. »Das heißt also: Entweder sterbe ich in wenigen Stunden oder ich verurteile jemanden, der mir nahesteht, zu einer Ewigkeit in der Hölle, damit ich noch ein paar Jahre lang mein Leben genießen kann? Als Mörderin?«

Bitte sag Nein!

»Genau.« Nox nickte bestätigend.

Erschöpft schloss ich die Augen und meine Schultern sackten nach vorn. *Worüber denke ich hier eigentlich nach? Diese Option ist keine richtige Wahl!* Niemals würde ich meiner Mom oder meinen Freunden – oder überhaupt irgendjemandem – dieses Leid antun. Die Schuldgefühle würden mich umbringen.

Es tut mir so leid, Mom.

Nach einer längeren Pause räusperte sich Adam. Als er sprach, klang seine Stimme dünn und heiser. »Es gibt da noch eine andere Möglichkeit, Avery.«

NEUN

Verblüfft riss ich die Augen auf. »Was? Welche andere Möglichkeit?« Wieso hatte er das nicht gleich gesagt? Weshalb sprachen wir überhaupt über diese dämliche Tauschklausel?

Adam erwiderte meinen Blick, während er sich mit einer Hand durch die goldblonden Locken fuhr. »In dem Vertrag gibt es einen Paragrafen, welcher der Seele die Option gewährt, um ihre Freiheit zu kämpfen.«

Ein lauter, unmenschlicher Fluch zerriss die kurze Stille, die Adams Worte erzeugt hatten. Überrascht drehte ich mich zu Nox herum, der meinen besten Freund ungläubig anstarrte. Doch er fand die Kontrolle über seine Mimik schnell wieder. »Das schlägst du ihr doch nicht ernsthaft vor, oder?«

Die heftige Wut, die der höllische Kopfgeldjäger jetzt ausstrahlte, beängstigte mich dermaßen, dass ich einen Schritt von ihm weg machte, obwohl er mich gar nicht beachtete.

Auch Adam wandte sich Nox zu. Ich erkannte seine Gesichtszüge nicht, aber seine Stimme klang ruhig, wenn auch ein wenig angespannt. »Doch, das tue ich. Und wenn ich mich nicht täusche, wäre es dein Job gewesen, diese Möglichkeit anzusprechen.«

»Was ist das für eine Option, Adam?« Allein bei dem Gedanken an einen Kampf zog sich mein Magen schmerzhaft zusammen. Ich schaffte es ja kaum, einhundert Meter zu laufen, ohne anschließend ein Sauerstoffzelt zu benötigen. Außerdem beruhten meine einzigen Kampfsporterfahrungen auf einem zweitägigen Workshop, der uns vor Jahren in der Schule angeboten worden war.

Adam seufzte und sah mich traurig an. »Es ist kein Kampf, sondern eine Prüfung.«

»Ja, eine Prüfung, die bisher noch keine Seele bestanden hat.« Nox fluchte abermals lautstark. »Pass auf, Kleines, ich habe nichts gegen dich. Du bist mir genauso egal wie alle anderen Seelen, die ich in den letzten Jahrhunderten einkassiert habe. Aber wenn ich dir einen Rat geben darf: Vergiss die Prüfung, die dieser Vollidiot gerade angesprochen hat. Du hast keine Chance zu gewinnen!«

Nox' Worte entfachten etwas in mir, das die Kälte und Leere verdrängte. Wut kochte in meinen Adern und ich ballte zornig die Hände zu Fäusten, als ich mich zu ihm umdrehte.

»Bekommst du eine Extraprovision für jede Seele, die dir widerstandslos folgt?« *Was für ein riesengroßes Arschloch!* »Es ist mir egal, ob ich gewinnen kann oder nicht. Verloren habe ich doch sowieso schon. Wieso sollte ich es also nicht versuchen?«

Nox' Lippen öffneten sich einen Spalt, aber ich gab ihm keine Chance zu antworten.

»Spar dir den Atem! Ich werde nicht einfach akzeptieren, dass irgendein dahergelaufener ...« Ich verengte meine Augen und musterte Nox. War er wirklich ein Dämon? Mein Bauchgefühl wollte dem nicht beipflichten. Denn auch wenn die Anziehung zwischen uns auf dieser bescheuerten Verbindung beruhte, hatte ich dennoch etwas in seinem Blick gesehen, das mir bekannt und vertraut vorkam. »... was auch immer du eigentlich bist ... darüber entscheidet, was mit meinem Leben geschieht! Also halt einfach die Klappe oder verschwinde gleich.«

Das wäre mir sogar noch lieber. Dann wäre ich nicht länger dieser innerlichen Zerrissenheit ausgesetzt.

Nox' Augen blitzten gefährlich auf und ich presste meine Lippen fest zusammen. Sicherlich war es nicht besonders klug gewesen, ihn zu reizen, aber was hatte ich schon zu verlieren? Außerdem wollte ich mich nicht von einem aufgeblasenen Vollidioten rumschubsen lassen.

Als der Höllendiener überraschenderweise tatsächlich den Mund hielt, wandte ich mich mit einem Seufzen an Adam. »Also? Was ist das für eine Prüfung und was muss ich dafür tun?« In mir tobten die unterschiedlichsten

Gefühle. Dabei hoffte ein winziger Teil in meinem Inneren noch immer, dass Adam jeden Augenblick »Haha, reingelegt!« rief. Aber natürlich tat er das nicht.

»Sie besteht aus acht Stufen. Die ersten sieben Aufgaben beziehen sich jeweils auf eine Todsünde. Die achte und letzte Prüfung ist Luzifer selbst.«

In Adams Blick lagen Trauer und Hoffnungslosigkeit, was meine lodernden Emotionen dämpfte. Wenn er schon nicht an einen Sieg glaubte ...

»Sie wird es gar nicht erst so weit schaffen, Wolkenschläfer, das weißt du genau! Die wenigen Seelen, die so dämlich gewesen sind und diesen Weg eingeschlagen haben, sind bereits an der ersten Aufgabe gescheitert.«

Nox versuchte abermals das Gespräch an sich zu reißen, aber ich ignorierte ihn. Langsam bekam ich Übung darin. Sein Pessimismus, gepaart mit dieser coolen, eingebildeten und unnahbaren Haltung, nervte mich unglaublich. Inzwischen teilte ich Adams Abneigung gegen diesen Mistkerl, ohne ihn richtig zu kennen.

Ich bemühte mich um eine ruhige und klare Stimme. »Was sind das für Aufgaben, Adam?«

Der Angesprochene antwortete nicht sofort und ich hatte genügend Zeit, in seine leblosen und leeren Augen zu blicken. »Das ist uns nicht bekannt, Avery. Nox hat recht. Bisher hat niemand auch nur die erste Prüfung bestanden.«

Adam senkte weder den Kopf noch wandte er den Blick ab. Wie immer war er mein Fels in der Brandung. Daher zuckte er auch nicht zusammen, als ich eine ganze Salve von Flüchen ausspie, die jedem Seefahrer Konkurrenz gemacht hätten. Erst als ich mich beruhigt hatte und meine Lippen andere Silben hervorbrachten als Beschimpfungen, nahm ich das Gespräch wieder auf.

»Okay. Das heißt, ich muss erst sieben unbekannte Prüfungen absolvieren und dann gegen den Teufel persönlich antreten, bevor ich meine Seele wiederbekomme?« Ich stieß ein trockenes, selbstironisches Lachen aus. »Klingt doch easy. Wann fange ich an?« Allein bei der Vorstellung, wer-weiß-was gegen wer-weiß-wen wer-weiß-wo zu unternehmen, vollführte mein Magen eine akrobatische Show, die ihresgleichen suchte. Angstschweiß bildete sich in meinem Nacken und rann mir in dünnen Linien über die Haut, bis meine Kleidung ihn aufsog.

Mom! Der Gedanke schoss mir ungewollt durch den Kopf und ich schaffte es gerade noch, ein Keuchen zu unterdrücken. *Wie soll ich ihr das nur erklären? Sie flippt aus! Oder steckt mich in die Klapse!* Aber mir blieb keine Wahl. Wenn das die einzige Chance war, mein Leben zu retten, musste ich sie ergreifen.

Abermals öffnete Nox den Mund, doch diesmal klang seine Stimme seltsam abgehackt. Als ich ihn ansah, bemerkte ich, wie verzerrt sein Gesicht war. »Überleg es dir gut, Kleines. Keine Seele hat es jemals geschafft.«

Es sah aus, als wollte er etwas Wichtiges sagen, doch er bekam es nicht über die Lippen. Er hatte eindeutig Schmerzen, nur wusste ich nicht wieso. Trotzdem hielt sich mein Mitleid in Grenzen. Schließlich hatte er auch keins mit mir gehabt.

»Hör auf, mich ständig ›Kleines‹ oder ›Seele‹ zu nennen! Ich heiße Avery!«

Nox verengte seine Lider und wieder blitzten seine Augen gefährlich auf. Langsam jedoch verlor dieser Blick an Wirkung. Vielleicht lag es an der Ausweglosigkeit der Situation. Da ich sowieso nichts mehr zu verlieren hatte, gönnte ich mir eine große Portion Wagemut und Risikobereitschaft.

Desinteressiert wandte ich mich von Nox ab. Gewiss würde ich mir von diesem aufgeblasenen Kerl nicht die Entscheidung über mein Leben oder meinen Tod einreden lassen. »Was ist der Haken, Ad? Was passiert, wenn ich verliere?«

»Der Haken ...« Auch Adam verzog mit einem Mal sein Gesicht und keuchte schmerzgepeinigt auf. Er griff sich an die Kehle, als würde er ersticken. Schlagartig färbte sich sein Gesicht dunkelrot. Bläuliche Adern schimmerten deutlich sichtbar unter seiner Haut. »E-e-es gibt keinen!« Nachdem er die Worte qualvoll hervorgepresst hatte, sog er scharf Luft ein. Nach einem Moment klang auch die Röte langsam wieder ab. »Schon gut, schon gut!« Adam warf einen zornigen Blick in den tiefschwarzen Himmel, ehe er mich wieder ansah. Mit einem Seufzen nahm er den Faden erneut auf. »Wenn du verlierst, geht deine Seele an den Teufel. Wenn du gewinnst, bist du frei und kannst dein Leben normal weiterleben. Das ist alles.«

Ich musterte Adam prüfend. Es schien, als würde er mir gern mehr sagen, aber er hielt den Mund. Dafür warf er einen Blick in Nox' Richtung und ich tat es ihm gleich. Auch dessen Gesichtsfarbe neutralisierte sich langsam wieder.

Es war eindeutig. Die beiden verheimlichten mir etwas. Aber wieso erzählte mir Adam dann überhaupt davon? Ich konnte nicht glauben, dass er vorhatte, mich in eine Falle zu locken. Ohne meinen Blick von Nox zu wenden, sprach ich zu Adam. »Bist du dir sicher, Ad? Das ist alles? Es gibt keinen Haken?« Als er nicht antwortete, sah ich ihn doch an. Es behagte mir zwar nicht, den Höllendiener aus dem Blick zu lassen, aber vielleicht fand ich in Adams Augen die Antwort, die er mir nicht geben wollte oder konnte. »Dann kann ich nur gewinnen?«

Adam öffnete den Mund, doch Nox kam ihm zuvor. »Na ja, es gibt einen Unterschied zwischen ...« Unweigerlich sah ich wieder rüber. Seine Lippen waren fest zusammengepresst, aber einzelne Worte drangen dennoch zwischen ihnen hervor. »... der Hölle, wo verkaufte Seelen landen, und ...« Mit jedem Wort fiel es mir schwerer, ihn zu verstehen. Sein Gesicht war inzwischen dunkellila. Seine Augen begannen zu tränen, aber er sprach unbeirrt weiter. »... der Hölle, in die du kommst, wenn du die Prüfungen vergeig...« Weiter kam er nicht. Seine Knie knickten ein, er griff sich an den Hals und riss seinen Mund zu einem stummen Schrei auf. Die Qual, die er durchlitt, musste jenseits meiner Vorstellungskraft liegen, denn bisher war mir Nox nicht als jemand erschienen, den man leicht in die Knie zwang.

Mein Körper war erstarrt. Als hätte sich vor meinen Augen ein grausamer Unfall ereignet, schaffte ich es nicht, meinen Blick von dem Dämon zu wenden. Gleichzeitig überlegte ich fieberhaft, wie ich helfen konnte. Aber ehe meine Gedanken eine Lösung ausspuckten, riss Nox seinen Kopf in den Nacken und rang nach Luft, als würde er nur knapp einem Erstickungstod entkommen.

Automatisch griff ich mir an den Hals. Ich wusste genau, was er gerade durchmachte. Ungewollt rührte sich ein Funken Mitleid. »Ist alles okay mit ihm?« Ich wagte es nicht, Nox selbst anzusprechen.

Adam seufzte, als wäre er unsagbar müde. »Ja, mach dir keine Sorgen um ihn. Er wird wieder.«

Ich nickte schwach, konnte meinen Blick aber nicht von dem Mann am Boden reißen. Nox hatte seine geballten Fäuste vor sich auf den Sand gestemmt und ließ den Kopf kraftlos herunterbaumeln. Seine blonden Strähnen verdeckten sein Gesicht wie ein Vorhang.

Mit großer Willensanstrengung schaffte ich es, meinen Blick von Nox zu wenden und Adam anzusehen. »O-o-okay.« Ich klang wie ein verängstigter Chihuahua. Aber die Furcht vor den ungewissen Aufgaben hielt mich in einem Klammergriff gefangen. Immerhin mussten diese beiden Männer qualvolle Schmerzen erleiden, nur weil sie über die Prüfungen sprachen. »Aber i-i-ich werde trotzdem antreten!«

Ich kratzte all mein Selbstbewusstsein zusammen und versuchte tapfer zu sein. Vielleicht hatte jemand Fremdes mein Schicksal bestimmt, aber es lag an mir zu entscheiden, wie ich damit umging. Wenn Adam die Wahrheit sagte, was ich felsenfest glaubte, konnte ich nichts verlieren, dafür aber alles gewinnen.

»Dann soll es so sein.« Adam sprach die Worte ernst, ja beinahe feierlich aus.

Schlagartig sank die Temperatur um mehrere Grad und ich schlang fröstelnd die Arme um meinen Oberkörper. Jetzt beneidete ich Nox um seine Jacke.

Für einen kurzen Moment schien die Zeit stillzustehen. Das Rauschen der Wellen verstummte, der Wind hatte sich gelegt und die Dunkelheit wirkte düsterer. Doch nur ein paar Sekunden später drehte sich die Welt wie gewohnt weiter.

Irritiert blickte ich zwischen Adam und Nox hin und her. »Und jetzt? Wie geht es weiter?«

»Jetzt …« Nox hatte sich erhoben. Seine Stimme klang noch immer krächzend, dafür war der Blick, den er mir zuwarf, voller Zorn. Tief in meinem

Inneren wusste ich, dass sich sein Groll gegen mich richtete und dass ich ihn verdient hatte. »Jetzt hast du unser aller Todesurteil unterschrieben, Kleines!«

Er fauchte diesen blöden Namen wie eine Beschimpfung und bedachte mich mit einem letzten bedrohlichen Funkeln, ehe er nach Aussprechen dieser kryptischen Worte einfach verschwand. Keine Rauchschwaden, kein Glitzerpulver, nichts, was andeutete, dass vor Adam und mir gerade noch jemand gestanden hatte. Nox hatte sich in Luft aufgelöst und das unangenehme Vibrieren in meiner Brust mitgenommen.

Ich wollte bereits erleichtert aufatmen, als sich eine leise, kaum wahrnehmbare Stimme in meinem Kopf meldete.

»Ich freue mich auf das Spiel, Avery.«

ZEHN

Ungläubig starrte ich auf die Stelle, an der zuvor der Höllendiener gestanden hatte. *Wo ist er hin?*

Dabei wusste ich selbst nicht, weshalb mich sein Abgang so verstörte. Ich sollte mich über sein Verschwinden freuen! Aber sein hasserfüllter Blick und seine Worte hafteten an mir wie eine zweite Haut.

Habe ich die falsche Entscheidung getroffen? Und wessen höhnische Stimme hat gerade zu mir gesprochen? Sie war neu und fremd gewesen, weshalb ich mich damit nicht allzu lange beschäftigen wollte. *Ich habe auch so genug Probleme.*

»Ave?« Adam trat in mein Blickfeld und sah mich besorgt an. »Alles …?« Er beendete die sinnlose Frage nicht, sondern wechselte den Kurs. »Ich denke, wir sollten nach Hause gehen. Es ist spät und …« Nachdenklich legte er seine Stirn in Falten. »Joleen freut sich bestimmt, wenn du den restlichen Abend mit ihr verbringst.«

Obwohl Adam direkt vor mir stand, nahm ich ihn nicht wirklich wahr. Ich sah durch ihn hindurch, bis seine Stimme mich in die Realität zurückholte. Erst nach mehrmaligem Blinzeln registrierte ich ihn. Irritiert sah ich auf seine Hand, die er mir einladend entgegenstreckte. Auch wenn ich tief in meinem Inneren wusste, dass es immer noch derselbe Mann war, den ich seit über zwölf Jahren kannte, der mit mir durch dick und dünn ging und immer für mich da war, konnte ich seine Einladung nicht annehmen. *Mein bester Freund ist ein Engel!* Ein waschechter Himmelsdiener. *Das ist verrückt!*

Adam verstand mich natürlich auch ohne Worte. Er ließ seine Hand sinken und wandte den Blick ab. Dennoch hatte ich die Traurigkeit und den Schmerz darin wahrgenommen. Zu gern hätte ich etwas gesagt oder ihn getröstet, aber das alles war gerade zu viel für mich.

Der nächtliche Wind frischte auf und streifte über meine nackten Arme und Beine. Auch wenn dieses Vibrieren aufgehört hatte, zitterte mein Körper und ich wusste nicht, ob es allein an den Temperaturen lag. Um mich ein wenig zu wärmen, schlang ich die Arme um meinen Oberkörper, doch es half nicht. Die Kälte kam aus meinem Inneren.

»Okay, gehen wir nach Hause. Aber ich habe einige Fragen an dich und fordere Antworten!«

Adam betrachtete mich seufzend und nickte schwach. »Das habe ich mir gedacht.« Ehe wir losgingen, hielt er jedoch kurz inne. »Warte bitte noch einen Moment.« Er drehte sich von mir weg und machte einige wenige Schritte auf das Meer zu. Dann bückte er sich, hob etwas auf, das im Sand lag, und kam wieder zu mir zurück. In den Händen hielt er meine Flip-Flops. »Der Weg könnte sonst ein wenig unangenehm werden.«

Er reichte sie mir mit einem schwachen Lächeln, das ich erwiderte, während ich sie ihm dankbar abnahm. Adams Geste rührte mich. Selbst in all dem Chaos fielen ihm solche Kleinigkeiten auf. *Er beschützt mich einfach immer.*

Ich schlüpfte in die Schuhe und bemerkte aus den Augenwinkeln, wie er seine Hände widerwillig in die Hosentaschen steckte und seinen Blick abwandte. Mir wurde das Herz schwer. *Es tut mir leid, Adam!*

Mit einem Kopfnicken deutete er in Richtung Lagerfeuer. »Bist du bereit?«

Ich folgte seinem Blick und schluckte hart. Unser Nachhauseweg führte uns unweigerlich an der Party vorbei.

»Können wir einen anderen Weg nehmen?« Ich fühlte mich außerstande, irgendjemandem zu begegnen.

»Natürlich.« Adam drehte sich um und machte ein paar Schritte in die entgegengesetzte Richtung, die sich in finsterer Nacht vor uns erstreckte.

Ich folgte ihm und wir liefen stumm nebeneinanderher, ohne uns zu berühren oder einander anzusehen. In Gedanken ging ich alles durch, was ich soeben erfahren hatte. Fragen über Fragen pochten um das Vorrecht auf eine Antwort.

»Was meinte Nox eigentlich damit, dass ich unser aller Todesurteil unterschrieben habe? Er hat damit doch gar nichts zu tun, oder? Wenn es nach mir ginge, wäre ich sogar erleichtert, wenn ich ihn nie wiedersehen müsste. Der Typ ist …« Ich suchte nach einem passenden Wort, aber mir wollte keins einfallen. Er hatte eine sadistische Ader, war ein arroganter Kotzbrocken und ging mir gehörig auf den Keks. Aber für einen kurzen Moment hatte ich auch Angst in seinem Blick lesen können, was ihn in meinen Augen irgendwie menschlicher machte.

Adam antwortete nicht auf meine Frage und starrte stur nach vorn. Dabei hatte er mich genau gehört, sein verkniffener Gesichtsausdruck verriet ihn.

»Adam?« Dass er beharrlich schwieg, war kein gutes Zeichen.

Mit einem Seufzen gab er schließlich nach. »Er ist an die Prüfung gebunden. Genauso wie ich.« Adam sprach leise und beinahe hätten die tosenden Wellen seine Worte verschluckt.

»Was meinst du damit?« Wollte ich wirklich eine Erklärung? Ehrlich gesagt war ich mir dessen nicht mehr sicher.

Wieder vergingen einige Sekunden, ehe Adam mir einen kurzen Blick zuwarf. »Als man vor Tausenden von Jahren die Regeln für diese Verträge und deren Klauseln vereinbarte, forderte Gott eine Möglichkeit, wie eine unschuldige Seele – wie du zum Beispiel – sich aus dem Vertrag befreien konnte. Luzifer weigerte sich anfangs, bot aber nach einigen Diskussionen diesen Prüfungsparagrafen an. Gott war damit einverstanden. Er war der Meinung, eine wahrhaftig aufrichtige und reine Seele sei in der Lage, die Prüfungen zu bestehen. Luzifer hingegen war sich sicher, dass keine Seele den menschlichen Lastern und Sünden widerstehen konnte, weshalb er der Meinung ist, problemlos an seine bereits versprochene Beute zu kommen.«

Auch wenn mir seine Worte eine Gänsehaut bereiteten, hörte ich Adam gebannt zu. Es fiel mir schwer, an die tatsächliche Existenz eines Gottes und seines Widersachers zu glauben, trotz allem, was ich in den letzten Tagen erlebt hatte. »Und was hat das jetzt mit dir und Nox zu tun?«

»Luzifer ist ein Geschäftsmann, Ave. Er würde nicht einfach das Risiko eingehen, eine ihm versprochene Seele zu verlieren, wenn man ihm dafür nicht im Gegenzug einen höheren Gewinn anbieten würde.« Adam hatte seinen Kopf in meine Richtung gedreht und sprach, ohne stehen zu bleiben.

Trotz der Dunkelheit, die uns umgab, sah ich eine Mischung aus Trauer und Resignation in seinem Blick. »Das bedeutet Folgendes: Wenn du verlierst, landet nicht nur deine Seele im Höllenkern, wo sie auf ewig gefoltert und gequält wird, sondern auch die von Nox und mir.«

»Was?« Ich keuchte entsetzt. »Wieso hast du mir das nicht vorher gesagt?« Ein brennendes Knäuel aus Schuldgefühlen bildete sich in meinem Magen und verursachte eine entsetzliche Übelkeit. *Das darf doch nicht wahr sein!* Ich riskierte also in diesem Himmelfahrtskommando nicht nur mein Leben, sondern auch das meines besten Freundes und das eines nervigen und unsensiblen Fremden.

»Weil ich es nicht konnte, Ave. Selbst wenn ich es gewollt hätte. Es ist beiden Seiten streng untersagt, Einfluss auf die Seele zu nehmen. Wir durften dich weder in die eine noch in die andere Richtung manipulieren, auch wenn Nox es versucht hat.«

Ich erinnerte mich an seinen schmerzgepeinigten Gesichtsausdruck und musste schlucken. »Das ist grausam!«

Adam lächelte schwach, aber das Lächeln erreichte seine Augen nicht. »Mach dir keine Gedanken, Avery. Wir werden das schon hinbekommen. Zusammen. Keiner von uns wird in der Hölle landen, das verspreche ich dir.« Im Gehen strich er mir mit seinen Fingerknöcheln über den nackten Arm. Als ich zusammenzuckte, nahm er seine Hand wieder weg und richtete den Blick nach vorn. »Sorry, ich wollte dich nicht bedrängen.« An seinen hängenden Schultern erkannte ich, wie sehr ihn meine Reaktion verletzt haben musste.

»Nein, schon gut. Du hast mich nicht bedrängt. Ich war nur ...« Ich überdachte meine Worte. Was konnte ich sagen, damit er sich nicht derart quälte? »Ach, vergiss es einfach. Ich bin heute nur extrem schreckhaft.« Mein aufgesetztes Lächeln kostete mich Mühe. Das Wissen, dass noch viel mehr an dieser Prüfung hing und dass es sehr wohl etwas zu verlieren gab, schlug mir auf den Magen. Um die angespannte Stimmung zu vertreiben, wechselte ich das Thema. »Wieso kannst du dann jetzt darüber reden? Und woher weißt du das alles? Ich dachte, ihr seid über diese Prüfungen nicht informiert.«

Adam zuckte knapp mit den Schultern. »Du hast deine Wahl getroffen.

Jetzt kann ich dir alles erzählen, was ich weiß – was leider wirklich nicht viel ist. Zu Beginn der Ausbildung brachte man uns nur die groben Rahmenbedingungen bei. Wie die Prüfungen genau aussehen und was auf uns zukommt, wissen wir auch nicht. Aber Nox hat recht. Die bisherige Erfolgsquote beträgt null Prozent.«

Ich nickte knapp und wir setzten unseren Weg schweigend fort. Wie scheinbar ausweglos die ganze Sache war, hatte ich inzwischen begriffen.

Während wir weitergingen, wirbelten neue Fragen und Gesprächsfetzen in meinem Kopf umher und bettelten regelrecht darum, als nächstes Thema angesprochen zu werden.

»Warum hast du mir eigentlich nie von dem Vertrag erzählt?« Die Frage war nicht als Vorwurf gemeint, auch wenn sie sich vielleicht so anhörte.

Adam blieb lange still und ich war mir nicht sicher, überhaupt noch eine Antwort zu erhalten, als seine leise Stimme zu mir vordrang. »Ich wollte es dir erzählen. Oft. Aber dann erinnerte ich mich daran, dass ich dir damit nur deine Unbefangenheit und dein Leben rauben würde.« Adam warf mir einen kurzen Seitenblick zu. »Ich lebe schon seit über zweitausend Jahren auf der Erde, Avery. In der Zeit habe ich unzählige Menschen begleitet. Viele erlebten dasselbe Schicksal wie du, andere wählten den Weg deines Vaters. Aber all die Menschen, so unterschiedlich sie auch waren, hatten eins gemeinsam: Sobald sie von meiner wahren Existenz, von dem Vertrag oder von Luzifers Angebot erfuhren, veränderten sie sich. Manche verfielen in Angst und Depressionen, andere weigerten sich, mir zu glauben. Wieder andere schickten mich weg, weil sie mich für den Feind hielten.« Adam ließ seinen Blick in die Ferne schweifen, wo nichts außer Finsternis zu sehen war. »Viele ließen sich auf die Tauschklausel ein, aber«, nun lachte Adam leise, auch wenn es traurig klang, »aber niemand hat jemals den Prüfungen zugestimmt.« Es entstand eine kleine Pause, ehe er weitersprach. »Im Grunde hat Nox recht. Mein Schweigen war egoistisch. Wenn du nicht diese Entscheidung getroffen hättest – womit du mich ehrlich gesagt sehr überrascht hast –, würdest du in wenigen Stunden sterben, ohne dein Leben richtig genossen zu haben.«

»Adam …« Ich verstummte mitten im Satz. Was wollte ich sagen? Verstand ich sein Handeln? War ich ihm womöglich sogar für sein Schweigen dankbar? Vielleicht ein wenig. Denn wer wusste schon, wie sich mein Leben entwickelt hätte, wenn ich bereits früher von dem Vertrag erfahren hätte. Wäre ich dann überhaupt zu dem Mädchen geworden, das ich jetzt war, oder hätten mich Wut und Zorn über die Jahre verbittert?

»Nein, schon gut, Avery. Ich weiß, dass ich im Unrecht bin. Aber ich wollte dir dieses Schicksal ersparen und dir nichts von deinem sorglosen jungen Leben rauben. Dabei wusste ich, dass ich es dir bald erzählen musste. Achtundvierzig Stunden vor deinem Geburtstag würde ein Höllendiener kommen, so sind die Regeln. Als du dich dann am Montag das erste Mal so merkwürdig verhalten hast, kam mir bereits ein Verdacht.« Adam lachte trocken. Zynisch. »Nur Nox ist so sadistisch und hat Spaß daran, Seelen zu quälen.«

Adam zuzuhören war seltsam. Auch wenn er genauso aussah und sich benahm wie immer, bemerkte ich dennoch einen Unterschied. Er klang erwachsener und reifer als sonst. In seiner Stimme schwangen Erfahrung und Weisheit mit, die er in all den Jahrhunderten erlangt haben musste.

Adam fuhr sich mit seinen Händen durch die Locken. »Nachdem sich das Ganze aber nicht wiederholte, hoffte ich, mich getäuscht zu haben. Himmel, ich war so dämlich! Ich dachte, ich tue das Richtige, wenn ich den Mund halte und dir die letzten Tage deines Lebens gönne. Dabei musstest du meinetwegen diese Ängste durchstehen. Allein für das, was am Freitag passiert ist, könnte ich Nox umbringen!« Zunächst ballte er wütend die Hände zu Fäusten, doch dann entspannte er sich und lachte erneut. Auch diesmal klang es verbittert. »Dabei habe ich ihn sogar bemerkt. Auch wenn er nur für ein paar Sekunden am Strand war, wusste ich, dass er deinetwegen gekommen war. Da war mir klar, dass mir keine Zeit blieb und ich dich einweihen musste, ehe er es tat.« Adam seufzte und ich kämpfte mit den Tränen. Die Selbstvorwürfe, die er sich machte, zerrissen mich innerlich. »Mein Plan hat offenbar perfekt funktioniert, nicht wahr?!«

»Ach Adam!« Ohne nachzudenken, stellte ich mich vor ihn, schlang meine Arme um seine Mitte und drückte mich fest an ihn. »Das ist doch nicht deine Schuld. Ich habe dich ja förmlich angebettelt, den Mund zu halten. Auch wenn ich mit etwas ganz anderem gerechnet hatte, war ich es, die das Gespräch verweigert hat.« Dabei war es nur zu deutlich gewesen, wie sehr er unter seinem Schweigen litt.

Als Adam meine Umarmung erwiderte, erschien mir sein Körper vertraut und das Gefühl versetzte mich zurück in meine Kindheit. Adam hatte recht. Wir hatten bereits viel zusammen durchgemacht, da würden wir die neue Situation ebenfalls meistern. *Wie auch immer.*

»Ich hätte es dir trotzdem sagen müssen, als ich mir sicher war, dass es sich um Nox handelte.« Adam sprach leise, direkt in mein Ohr. »Ich kenne diesen Höllenbastard. Er ist der Einzige, der mit Absicht bis zur letzten Stunde wartet, damit den See… – den Menschen – keine Zeit zum Nachdenken bleibt. Die meisten von ihnen haben bisher panisch reagiert und sich gedankenlos auf die Tauschklausel eingelassen. Aber nicht du!«

Er zog mich enger zu sich heran und ich hatte Schwierigkeiten, Luft zu holen. Trotzdem wehrte ich mich nicht. In diesem Augenblick war ich einfach nur erleichtert, meinen besten Freund nicht verloren zu haben.

Wir hielten uns lange im Arm und ich genoss die Wärme und die Liebe, die Adam mir entgegenbrachte. Doch je mehr ich mich beruhigte, desto unangenehmer wurde dieser Moment. Ein verlegenes Lachen entfloh meinen Lippen.

»Okay, das reicht jetzt aber. Wir haben in letzter Zeit wirklich genug gekuschelt.« Ich wand mich aus seiner Umarmung und brachte ein ehrliches, wenn auch ziemlich wackeliges Lächeln zustande. »Zumindest hatten wir dadurch noch ein paar lustige Momente.«

Bei dem Gedanken, welchen Spaß wir am Hafen gehabt hatten, lockerte sich der harte Knoten in meiner Brust. Gleichzeitig rieb ich mir über die nackten Arme. Ohne Adams Nähe drosch der Wind wie eine gefrorene Peitsche auf meine empfindliche Haut ein. Meine Füße waren bereits schockgefrostet und mit etwas Pech würde ich mir eine dicke Erkältung einfangen. *Ob das als Entschuldigung gilt, um nicht an den Prüfungen teilnehmen zu müssen?* Der Gedanke amüsierte mich, auch wenn es Galgenhumor war, der mir diese Überlegungen bescherte.

Adam musterte mich eindringlich. Er kannte mich zu gut, um mir meine

Coolness abzukaufen. »Ich verstehe, dass du Angst hast, Ave. Das ist völlig normal. Aber ich schwöre dir, ich werde alles dafür tun, damit du diese Prüfungen bestehst. Gemeinsam werden wir es schaffen!«

Er hatte seine Hände auf meine Schultern gelegt und sah mich mit seinen treuen, warmen Augen an, die für mich immer ein Zufluchtsort gewesen waren. Ja, vielleicht war Adam mein auserkorener Schutzengel, aber für mich war er mehr. Und er empfand genauso, das wusste ich. Ich war für ihn nicht nur ein Job. Wir waren Freunde. Eine Familie!

Meine bisher so tapfer unterdrückten Tränen quollen nun hervor und rannen mir über die Wangen. Schnell wischte ich sie weg. »Jetzt reicht es wirklich, Adam! Hör auf mit der Gefühlsduselei. Sonst überlege ich mir das Ganze doch noch mal.« Ich unterstrich meinen Witz mit einem schniefenden Lachen und wechselte wenig galant das Thema. »Erklär mir lieber, wo deine Flügel sind. Und müsstest du nicht so ein weißes Nachthemd tragen?« Bei der Vorstellung perlte ein albernes Kichern über meine Lippen.

Adam lachte ebenfalls. Auch seine Anspannung hatte sich gelockert. Er wirkte weniger verbissen. »Ach, der Gedanke gefällt dir, hm?« Er knuffte mir spielerisch in die Seite und ich quiekte leise. »Tja, tut mir leid, dich enttäuschen zu müssen, aber diese ganze Flügel- und Nachthemdsache habt ihr Menschen euch ausgedacht. Kein Engel läuft so rum. Und da es dir jetzt anscheinend etwas besser geht, erlaubst du mir hoffentlich, dich Frostbeule wieder aufzuwärmen.«

Ohne meine Antwort abzuwarten, zog Adam sein Hemd aus und legte es mir über die Schultern. Es war zwar etwas klamm, wärmte aber angenehm. Dazu stieg mir sein vertrauter Duft nach Treibholz, Meer und Sonne in die Nase und beruhigte meine angespannten Nerven. Trotzdem hatte ich ein schlechtes Gewissen, Adam mit nacktem Oberkörper durch die Straßen laufen zu lassen.

»Ist dir nicht kalt?«

»Nein, mach dir keinen Kopf. Ich kann nackt in der Arktis stehen, ohne zu frieren. Wir haben ein anderes Körperempfinden als Menschen. Ich friere oder schwitze nicht.«

Überrascht legte ich die Stirn in Falten, zog aber gleichzeitig den Stoff des

Hemdes enger um meinen Körper. »Gar nicht? Niemals?« *Warum habe ich das nie bemerkt?*

Adam schüttelte amüsiert den Kopf und wir setzten unseren Nachhauseweg fort.

Ich dachte über seine Worte nach, als mir eine weitere Frage in den Sinn kam. »Gibt es viele Engel auf der Erde? Und wenn ihr keine Flügel habt, heißt das, ihr könnt ohne sie fliegen?« Abrupt blieb ich stehen und griff nach Adams Hand, um ihn ebenfalls anzuhalten. »Moment! Kannst du wirklich fliegen?« Ich wusste nicht, ob das cool oder verdammt gruselig wäre.

Adam lachte herzhaft. »Nein, ich kann nicht fliegen. Also nicht hier auf der Erde. Das kann keiner der hier stationierten Engel. Und es sind mehr, als ich weiß. Jedem Menschen wird bei seiner Geburt ein Schutzengel zugewiesen, doch der Mensch entscheidet, wie lange dieser bei ihm bleibt. Manche bleiben ein Leben lang zusammen, als Freunde oder Partner. Manche Menschen heiraten ihren Schutzengel sogar, aber ...«

»Moment! Was? Manche Menschen heiraten ihren Schutzengel?« Ich sah Adam mit aufgerissenen Augen an. »Heißt das etwa, ihr könnt richtige, also ich meine so *richtige*, Beziehungen führen? Mit allem Drum und Dran?« Blut schoss mir in die Wangen. Wieso mich dieser Gedanke so verstörte, wusste ich selbst nicht.

»Natürlich. Wir verlieben uns genauso wie ihr Menschen. Es kommt zwar selten vor, aber es passiert. Doch nur die wenigsten Engel gehen auch den letzten Schritt und geben ihren Status auf.«

»Was meinst du damit?«

»Na ja, Ave, wir sind unsterblich. Wir altern nicht, werden nicht krank. Wenn sich ein Engel jedoch in seinen Schützling verliebt und ein Leben an dessen Seite verbringen möchte, ist es unausweichlich, dass sich ihre Wege irgendwann trennen, schon wegen der Sterblichkeit des Menschen. Um das zu verhindern, wird uns die Möglichkeit eingeräumt, unseren Dienst als Engel zu quittieren, um als Mensch auf der Erde zu leben.«

Meine Augen weiteten sich mit jedem seiner Worte. »Das klingt ein bisschen wie in dem Film ›Stadt der Engel‹.«

Adam grinste und seine Augen funkelten. »Was denkst du, woher die Idee für den Film kam?« Er zwinkerte mir verschwörerisch zu, wurde jedoch anschließend wieder ernst. »Leider ist das aber auch der Grund dafür, dass nur sehr wenige Engel diesen Schritt wagen. Wenn sie als Mensch auf die Erde kommen, ist ihnen ihr unsterbliches Leben genommen. Sie oder ihr Partner können bereits am nächsten Tag sterben.«

Ich ließ Adams Erklärung auf mich wirken. Die Vorstellung hatte etwas Romantisches, aber auch zutiefst Trauriges.

Um die gedrückte Stimmung zu vertreiben, nahm ich unser Gespräch und auch unseren Nachhauseweg wieder auf. »Bevor ich dich unterbrochen hatte, sagtest du, dass jeder Mensch selbst entscheidet, wie lange ein Engel bei ihm bleibt. Wovon hängt das ab?«

»Davon, ob sich ein Mensch dem Bösen zuwendet. Wenn das der Fall ist, sind wir machtlos und müssen unseren Schützling verlassen.«

Erneut legte sich eine traurige Stille über uns, während ich über Adams Worte nachdachte. »Das heißt, meine Mom hat auch einen Schutzengel?« Der Gedanke hatte etwas Tröstliches. Dann war sie immerhin nicht allein, wenn mir etwas passieren sollte.

»Ja, sie hat einen. Elyon. Aber sie kann ihn nicht sehen.« Auf meinen irritierten Blick hin lächelte Adam einfühlsam. »Joleen ist eine starke, eigenständige Frau. Sie braucht keinen Engel, der stets präsent ist. Er wacht über sie und wenn sie Hilfe braucht, ist er da.«

Ich nickte zögerlich und biss mir gedankenverloren auf die Lippe. »Heißt das, im Gegensatz zu ihr bin ich schutzbedürftig? Ich meine, weil du in mein Leben getreten bist?« *Und immer für mich da bist.* Der Gedanke, auf jemanden – wer auch immer für diese Entscheidungen zuständig war – schwach und schutzbedürftig zu wirken, war mir verhasst, auch wenn ich sehr froh war, Adam an meiner Seite zu wissen.

Er schüttelte seinen Lockenkopf. »Nicht ganz, Avery. Vergiss nicht, du warst fünf, als du mich zum ersten Mal gesehen hast. Du machtest gerade eine sehr schmerzhafte Erfahrung durch. Es war präventiv, um dich von der bösen Seite fernzuhalten. Als du dann im Laufe der Jahre immer eigenständiger und selbstbewusster wurdest, hat mich mein Boss mehrmals abgezogen, aber …« Adam verstummte und ich sah zu ihm rüber. Er hatte seine Lippen zusammengepresst und sein Blick war in die undurchdringliche Schwärze vor ihm gerichtet.

»Aber?« Ich wollte ihn nicht bedrängen, doch meine Neugier gewann die Oberhand.

»Aber ich wollte nicht gehen.« Adam wirkte verlegen, als er antwortete, und mied weiterhin meinen Blick.

»Wieso nicht?« Seine Worte überraschten mich.

»Weil ich mich in all der Zeit noch nie mit einem Schützling so wohlgefühlt habe wie mit dir. Du bist etwas ganz Besonderes, Avery Harper. Das hat auch mein Boss eingesehen und mir erlaubt, bis zu deinem achtzehnten Geburtstag bei dir zu bleiben. Bis zur Erfüllung des Vertrages.«

Verlegen wandte ich den Blick ab, auch wenn Adam mich gar nicht angesehen hatte. Was sollte ich auf eine solche Offenbarung schon sagen? Zum Glück war es dunkel und er konnte meine glühenden Wangen nicht sehen.

»Danke.« Das Wort war kaum mehr als ein Windhauch, aber ich hatte dennoch das Bedürfnis, es auszusprechen. Sein Geständnis bedeutete mir unglaublich viel. Es bestätigte meine Annahme. *Ich bin nicht nur ein Job für ihn.*

Adam antwortete nicht verbal, sondern legte mir einen Arm auf die Schulter, zog mich zu sich heran und hauchte mir einen Kuss aufs Haar.

***

Als wir zu Hause ankamen, war ich ein nervliches Wrack. Inzwischen war es elf Uhr und als ich die Haustür aufschloss, kam uns meine Mom aufgeregt entgegen.

»Ihr seid aber früh zurück.« Offenbar hatte sie sich noch mal umgezogen, denn anstatt der Jogginghose und des Fleecepullovers, den sie getragen hatte, als wir gingen, stand sie jetzt in einer Skinny Jeans und einer transparenten schwarzen Bluse vor uns. Sogar ein dezentes Make-up hatte sie aufgelegt.

»Ja, die Party war nicht so toll.« Ich zwang mich zu einem Lächeln, das sich grauenvoll anfühlte. Von den Tränen, die mir bereits im Hals steckten, ganz zu schweigen. Allein der Gedanke, dies könnten die letzten Augenblicke sein, die ich mit meiner Mom verbrachte, weckte in mir den Wunsch, mich in ihre Arme zu werfen und loszuheulen. Aber ich vertraute Adam. Er hatte gesagt, mit diesem Prüfungs-Dings würde ich weiterleben. Und daran musste ich jetzt fest glauben!

»Tja, das ist wirklich schade für euch.« Ihr Grinsen verriet, wie sehr sie sich freute, uns zu sehen. »Kommt. Setzt euch zu mir. Ich gucke gerade ›Dancing with the Stars‹.« Mom drehte sich um und ging zurück ins Wohnzimmer. Wir folgten ihr schweigend und ziemlich angespannt. »Ich wollte eigentlich ein paar Fotoalben ansehen und in Erinnerungen schwelgen, aber irgendwie sind sie alle verschwunden. Vielleicht liegen sie auch auf dem Dachboden.« Für einen Moment blieb sie stehen und legte nachdenklich den Kopf zur Seite, ehe sie sich schüttelte. »Aber ihr wisst ja, wie groß meine Angst vor Spinnen ist.« Mit einem hellen Lachen setzte sie sich auf die Couch. Ich ließ mich neben sie fallen und kuschelte mich an ihre Seite. Plötzlich hatte ich das Bedürfnis nach Nähe.

»Hm, Joleen, das riecht aber köstlich.« Adam musste den irritierten Blick meiner Mom bemerkt haben und wollte wohl von meinem merkwürdigen Verhalten ablenken.

»Danke, Adam. Ich konnte mir doch nicht die Möglichkeit nehmen lassen, meinem kleinen Mäuschen ihren Lieblingskuchen zu backen.« Sie strich mir über das Haar und drückte mir einen Kuss auf den Scheitel. Ich musste mir fest auf die Zunge beißen, um nicht zu weinen.

»Schoko-Bananen-Kuchen? O Mom, das ist ja lieb, danke!« Ich hatte den Duft bereits wahrgenommen, als wir das Haus betraten.

»Der war eigentlich erst für morgen gedacht, aber wenn ihr wollt, können wir ihn auch gleich um zwölf anschneiden.«

»Nein, lass uns damit bis morgen warten.« Adam sah mich liebevoll an. »Wir werden den Tag ausgiebig und in allen Zügen feiern. Und dazu gehört auch der Kuchen.«

Ich erwiderte Adams Lächeln. Mit seiner auffälligen Betonung des Wortes »morgen« wollte er mir Mut machen. Und zu einem gewissen Teil schaffte er es sogar. Dabei bemerkte ich, dass er seine eigene Anspannung und Nervosität nicht völlig verbergen konnte.

»Ja, Mom, Adam hat recht. Lass uns den Kuchen für morgen aufheben.« Ich quälte mich zu einem überzeugenden Lächeln und kuschelte mich wieder an ihre Seite, während ich auf die Mattscheibe sah, wo gerade ein Mann und eine Frau in grauenvoll bunten Kostümen über das Parkett flogen. »Und jetzt lasst uns den Möchtegern-Promis beim Tanzen zusehen.«

Niemand widersprach meinem Vorschlag, auch wenn meine Mom wahrscheinlich die Einzige war, die der Show wirklich folgte. Ich jedenfalls schaute im Minutentakt auf die große Wanduhr über dem Fernseher und fragte mich, ob die Zeit mich verspotten wollte. Erst verstrich sie unnatürlich langsam, nur um anschließend in einem grauenvollen Tempo weiterzurasen.

Die Sendung endete um Viertel vor zwölf und meine Mom erhob sich, um aus der Küche drei Gläser und eine gekühlte Flasche Sekt zu holen. Auf meinen überraschten Blick hin lächelte sie verschwörerisch. »Eine kleine Ausnahme zur Feier des Tages.« Sie goss uns ein und stellte die Gläser griffbereit auf den Tisch. »So, Liebes, nun sind es nur noch wenige Augenblicke, bis du volljährig wirst. Hast du dir schon überlegt, welche großen Ziele du dir als Erwachsene stecken möchtest? Orte, die du bereisen, oder Kulturen, die du gern erleben würdest?«

Mein Herzschlag beschleunigte sich mit jeder Sekunde. Inzwischen fühlte es sich an, als würde in meinem Inneren ein Bienenschwarm summen. »Nein, ich denke, ich werde erst mal abwarten, wie mein neues Lebensjahr beginnt, bevor ich große Pläne schmiede.«

Während Adam mich mit einem traurigen Blick bedachte, lachte meine Mom über meinen vermeintlichen Witz. »Es ist so weit, Avy.« Aufgeregt sah sie zur Wanduhr und ich folgte ihrem Blick. »Zehn! Neun! Acht! Sieben! Sechs!« Bei jeder Zahl hüpfte meine Mom wie ein kleines Schulmädchen auf und ab. Ich hingegen spürte, wie sich mein Magen mit jeder Sekunde flauer anfühlte. »Fünf! Vier! Drei! Zwei! Eins!«

Mitternacht!

Es war so weit!

Happy Birthday, Avery. Hoffentlich stirbst du jetzt nicht.

ELF

Meine Mom schlang ihre Arme um meinen Hals und drückte mich fest an sich. Ihr Parfüm kribbelte in meiner Nase und ihre Haare kitzelten mein Kinn, aber das alles nahm ich kaum wahr. Wie eine Schaufensterpuppe stand ich vor ihr, in der Bewegung erstarrt, und ließ mich umarmen.

»Herzlichen Glückwunsch zum Geburtstag, mein nicht mehr ganz so kleines Mädchen.« Auf jede Wange drückte sie mir einen dicken Kuss und schließlich noch einen auf den Mund. Ihr Lippenstift klebte ein wenig. »Ich bin so stolz auf dich!« Sie sah mir einen kurzen Moment tief in die Augen, bis sich ihre eigenen mit Tränen füllten. Dann ließ sie mich los und Adam nahm ihren Platz ein. Mein Schutzengel drückte mich ebenfalls fest an sich und nutzte den Moment, mir etwas ins Ohr zu raunen. »Wie fühlst du dich, Ave?«

Ich öffnete den Mund, um reflexhaft zu antworten, schloss ihn aber wortlos wieder. Adam hatte eine ehrliche Antwort verdient. Also schloss ich die Augen und hörte tief in mein Inneres. Fühlte ich mich anders als sonst? Spürte ich irgendwelche Veränderungen? Griff der Tod bereits mit seinen kalten Fingern nach mir? Konzentriert achtete ich auf mein Herz, das zwar schnell, aber rhythmisch schlug. Erleichtert stieß ich die angehaltene Luft aus meinen Lungen. »Mir geht es gut, Adam. Wirklich. Alles okay.« Vor Freude stiegen mir neue Tränen in die Augen, die ich jedoch wegblinzelte, ehe sie sich davonstahlen.

Als Antwort verstärkte Adam seine Umarmung und ich machte mir berechtigte Sorgen um meine Rippen. »Danke!« Seine Stimme klang rau und belegt, trotzdem hörte ich deutlich, wie erleichtert er war. Nachdem er mir ebenfalls einen Kuss auf die Wange gehaucht hatte, gab er mir zwar etwas

Freiraum, um wieder atmen zu können, ließ seine Hände jedoch auf meinen Schultern liegen. Dabei sah er mir tief in die Augen. Reine Herzensfreude spiegelte sich in seinem Blick wider. Seine Lippen waren zu einem jungen, befreiten Lächeln verzogen, das zwei Grübchen aufblitzen ließ. Trotzdem kam mir der karamellfarbene Ton in seiner Iris irgendwie verändert vor. Weniger glänzend. Aber wahrscheinlich bildete ich mir das nur ein.

»Du kannst dir nicht vorstellen, wie glücklich mich diese Worte machen.« Um seine Aussage zu unterstreichen, setzte er mir noch einen Kuss auf die Stirn und ließ seine Arme sinken.

Meine Mom hatte anscheinend nichts von diesem bedeutsamen Moment mitbekommen. Sie hielt ihr Sektglas in der Hand und erwartete von uns, es ihr gleichzutun. Als auch Adam und ich mit jeweils einem Glas ausgerüstet waren, räusperte sie sich. »Auf meinen kleinen Sonnenschein. Mögen dich Liebe, Freundschaft, Glück und Erfolg auf all deinen Wegen begleiten. Mit einem festen Willen und mit treuem Glauben an dich selbst wirst du jede Prüfung in deinem Leben meistern.«

»Auf Avery!« Adam erhob sein Glas.

Mit einem breiten Grinsen stießen wir die Gläser gegeneinander und nippten daran. Ich spürte, wie der Sekt auf meiner Zunge prickelte und meine Euphorie anfeuerte. *Wir haben es geschafft! Ich lebe noch!*

Die letzte Woche war eine Achterbahnfahrt der Gefühle gewesen. Noch nie hatte ich solche Angst und Zweifel verspürt. Dafür wurde ich jetzt mit neuer Hoffnung belohnt.

Egal, was auf uns zukommt, wir werden es zusammen meistern!

***

Am Morgen weckte mich strahlender Sonnenschein. Normalerweise zog ich abends die Vorhänge zu, um wenigstens am Wochenende ein wenig länger schlafen zu können, aber während des nächtlichen Freudentaumels und der anschließenden kleinen Party musste ich das vergessen haben. Nach dem Sekt hatte meine Mom Eis aus der Truhe geholt und wir hatten es uns zu dritt gemütlich gemacht. Dabei hatten wir uns lustige Geschichten aus meiner

Kindheit erzählt und in Erinnerungen geschwelgt. Erst gegen zwei Uhr waren wir ins Bett gegangen.

Ich gähnte herzhaft, ohne meine Augen zu öffnen, und spürte etwas, das mein Kinn kitzelte. Ich brauchte einen Moment, um zu realisieren, was meine untere Gesichtshälfte streifte. Doch als meine Erinnerung langsam aus ihrem Delirium erwachte, huschte ein Lächeln über meine Lippen und ich grapschte träge nach Addy, um den Plüschbären aus meinem Gesicht und an meine Brust zu ziehen. Gemeinsam mit Adams Geschenk wälzte ich mich schläfrig auf die andere Seite, um mich vor den Sonnenstrahlen zu verstecken. Aber kaum hatte ich das Gewicht auf meine linke Schulter verlagert, zuckte ich vor Schmerzen zusammen. Die Seite fühlte sich an, als hätte ich mir über Nacht einen Muskel eingeklemmt. Das überraschende Leid vertrieb meinen Halbschlaf und ich richtete mich seufzend auf. Behutsam dehnte ich meinen angespannten Nacken und die Schulter, aber die Bewegung tat ungewöhnlich weh. Blinzelnd öffnete ich die Augen und sah auf meinen Wecker. Halb acht. Viel zu früh, um aufzustehen. Aber wenn ich schon mal wach war, wollte ich auch nicht wieder einschlafen. *Dann müssen eben fünf Stunden Schlaf reichen.*

Mit schweren Lidern blickte ich mich in meinem Zimmer um. Die buchefarbenen Möbel, die hellblauen Wände, der Berg Klamotten, den ich gestern achtlos auf den Boden geworfen hatte. Alles lag und stand genauso da, wie ich es gewohnt war. Sogar das aufgeschlagene Geschichtsbuch lag noch auf meinem Schreibtisch und erinnerte mich an meine Hausaufgaben. Nichts deutete darauf hin, dass sich letzte Nacht etwas geändert hatte. Und trotzdem war alles anders.

Ohne es genau benennen zu können, spürte ich einen bisher unbekannten Drang. Eine Neugier, die mich aus meinem Bett, aus meinem Zimmer, ja sogar aus dem Haus trieb.

Wozu?

Und wohin überhaupt?

Ich hatte nicht den leisesten Schimmer, was mich erwartete, wenn ich diese geschützten vier Wände verließ. Da ich diesen Drang jedoch nicht ignorieren konnte, schlug ich meine Decke zurück.

Als ich aus dem Bett klettern wollte, öffnete sich meine Tür einen Spalt und meine Mom streckte ihren Kopf herein. Als sie sah, dass ich wach war, stieß sie die Tür auf und rief über ihre Schulter: »Showtime!« Einen Moment später traten sie und Adam mit dem angekündigten Geburtstagskuchen in mein Zimmer und sangen das übliche »Happy Birthday«. Mit dem Tablett in den Händen setzten sich die beiden zu mir aufs Bett und beendeten ihr Ständchen.

Scheinbar war ich die Letzte, die aufgewacht war, denn sowohl meine Mom als auch Adam waren bereits angezogen. Sie trug ein dunkelgrünes Sommerkleid, dessen luftiger Stoff sich um ihren Körper schmiegte. Adam hingegen war praktisch angezogen. Mit dunkelgrauen Shorts aus Sweatshirtstoff und einem weißen Motiv-T-Shirt hätte er genauso gut gleich seine morgendliche Laufrunde beginnen können.

»Kuchen im Bett?« Ich grinste wie ein kleines Kind an Weihnachten und nahm das Tablett freudig entgegen. Der Kuchen war in Herzform gebacken und mit dunkler Schokolade überzogen. Kleine rosa Herzen aus Esspapier verliehen ihm eine besondere Note. In der Mitte waren zwei brennende Zahlenkerzen platziert.

»Vergiss nicht, dir etwas zu wünschen.« Adam grinste mich an und ich nickte. Dann beugte ich mich über die Flammen und pustete sie mit geschlossenen Augen aus, während ich im Kopf einen Wunsch formulierte. Als ich meine Lider wieder öffnete, stellte ich erleichtert fest, dass kein ekeliges Wachs auf die Köstlichkeit gekleckert war.

»Alles Gute zum Geburtstag, mein Liebling!« Mom drückte mir einen dicken Kuss auf die Wange und überreichte mir eine kleine rote Schachtel mit einer weißen Schleife.

Irritiert sah ich auf das Geschenk. »Danke, Mom. Was ist das?« Neugierig schüttelte ich die Schachtel und lauschte dem Klackern darin. »Ich wollte doch keine Geschenke!« Zum einen weil ich keine materiellen Wünsche hatte und zum anderen weil meine Collegewahl ziemlich kostspielig war und ich nicht wusste, ob ich ein Stipendium bekommen würde.

»Halt die Klappe, Ave, und pack es einfach aus.« Adam verdrehte die Augen und grinste mich breit an. Seine glücklich-fröhliche Miene stand im deutlichen Kontrast zu der düsteren Stimmung, die noch vor wenigen Stunden geherrscht hatte.

»Hör auf deinen Freund, Avery!«

Die gespielte Strenge in der Stimme meiner Mom weckte meine Neugier und ich tat, wie man mir befahl. Mit einer geschickten Bewegung öffnete ich die Schleife und hob den Deckel an.

»Was ist das?« In der Schachtel lag ein kleines schwarzes Etwas. Ungläubig sah ich erst meine Mom an, dann drehte ich mich zu Adam und blickte anschließend zurück auf den Inhalt. Sie hatte doch nicht ...

»Das ist dein Geburtstagsgeschenk, meine Kleine. Du sollst nicht länger auf Busse und Straßenbahnen angewiesen sein, jetzt, da du offiziell ohne Sperrstunde die Straßen unsicher machen darfst.« Mom wischte sich mit den Fingerspitzen ein paar Tränen aus den Augenwinkeln. Doch die Mühe war vergebens. Ihre zitternde Stimme hatte sie bereits verraten.

»O Mom! Das war doch nicht nötig!« Vor Dankbarkeit und Freude fiel ich ihr um den Hals. »Was ist es denn?« Am liebsten wäre ich sofort nach unten gelaufen, um nachzusehen, aber es war gerade so gemütlich und der Kuchen duftete unglaublich lecker.

»Das kannst du gleich selbst herausfinden, aber vorher packst du noch mein Geschenk aus.« Adam zauberte einen rechteckigen Karton hinter seinem Rücken hervor und reichte ihn mir. Als ich ihn entgegennahm, bemerkte ich, wie überraschend schwer er in meiner Hand lag. Das Geschenk war in wunderschönes hellblaues Papier gewickelt, das mit goldenen Herzen verziert war und eine dazu passend goldene Schleife in der Mitte trug.

Verwirrt blickte ich Adam an. Wieso hatte er ein Geschenk für mich, wenn er bis vor wenigen Stunden noch davon ausgegangen war, dass ich diesen Tag nicht erleben würde?

Mal wieder wusste er genau, was ich dachte, denn er lächelte mich auf diese spezielle liebevolle Art an, die mir sagte: »Vertrau mir, Ave, ich pass auf dich auf.«

Ich nickte lächelnd und wandte mich neugierig dem Paket zu. Ungeduldig riss ich das Papier herunter und legte das darunter liegende Präsent frei. Als ich registrierte, was ich in den Händen hielt, verstand ich sofort. Das Geschenk war anfangs gar nicht für mich gedacht gewesen.

Mit zitternden Fingern strich ich über den glatten Einband. Unter meinen Fingerspitzen befand sich ein Fotoalbum, dessen Deckel ein Foto von mir als kleines Mädchen zierte. Unter dem Bild stand in großen goldenen Buchstaben mein Name geschrieben: Avery Marie Harper.

Zögerlich klappte ich das Album auf und sah als Erstes ein Foto von mir als Säugling im Krankenhaus. Darunter standen in einer wunderschönen, ordentlichen Handschrift mein Geburtstag, meine Größe und mein Gewicht geschrieben. Auf der gegenüberliegenden Seite klebte ein kleiner Briefumschlag. Als ich die Lasche öffnete, entdeckte ich eine meiner damals hellbraunen Haarsträhnen. Mit feuchten Augen blätterte ich weiter und fand Fotos von mir als kleines Kind. Auf manchen war ich mit meiner Mom zu sehen, auf anderen leistete mir meine inzwischen verstorbene Oma Gesellschaft. Ein paar Seiten später kamen Bilder von Adam und mir. Doch auf keinem einzigen war James Goose zu sehen.

»Adam, das ist wunderschön! Danke!« Ehrfurchtsvoll klappte ich das Buch zu und legte es zur Seite. Mit tränenverschleiertem Blick drückte ich ihn fest an mich. Dabei berührte mich besonders der Gedanke, der dahintersteckte. Adam hatte mit diesem Geschenk den Schmerz meiner Mom lindern wollen, nachdem sie von meinem Tod erfahren hätte. Und sie hätte seinen Trost dringend gebraucht. *Außer mir hat sie doch niemanden mehr.*

Nachdem mein Erzeuger uns damals verlassen hatte, war es ein langer Weg gewesen, bis sie wieder zu dieser starken, fröhlichen und lebenslustigen Person geworden war, als die sie sich heute präsentierte. Mein Tod hätte sie wieder in dieses dunkle Nichts geworfen, aus dem sie sich so qualvoll hervorgekämpft hatte.

»Für dich immer wieder, Ave.« Adam flüsterte die Worte in mein Ohr. Seine Lippen berührten sanft meine Wange und er strich mir übers Haar. Als er mich schließlich ansah, glänzten seine Augen. »Aber jetzt lass uns runtergehen.« Mit seinen Worten vertrieb er die bedrückte Stimmung und zwinkerte mir zu. »Ich weiß doch genau, dass du es kaum noch aushältst.«

Ich lachte ertappt. »Du kennst mich einfach zu gut.« Gerade wollte ich meine Beine über den Bettrand schwingen, als mir der Kuchen einfiel. Ich wollte nicht undankbar erscheinen und unsere gemütliche Runde auflösen. Doch meine Mom hatte sich bereits mit dem Tablett in der Hand erhoben.

»Los, geh schon! Ich decke den Tisch in der Küche.« Sie lachte. »Und über die verschwundenen Fotoalben reden wir noch, Adam.« Sie versuchte gar nicht erst, Strenge vorzutäuschen.

Sobald der Weg frei war, sprang ich aus dem Bett, drückte meiner Mom noch einen Kuss auf die Wange und hastete aus meinem Zimmer hinaus auf den Flur. Dass ich nichts als ein XXL-Schlafshirt mit Snoopy darauf trug, war mir in diesem Augenblick völlig egal. Adam kannte meine Garderobe und sollte mich ein Nachbar auf der Straße beobachten, würde ich ihm einfach ein Stück Kuchen als Entschädigung vorbeibringen.

Meine nackten Füße machten klatschende Geräusche, als ich über die Holztreppe ins Erdgeschoss lief. Auf den weißen Fliesen im Flur rutschte ich beinahe aus, konnte mich aber gerade noch aufrecht halten. Ohne Pause setzte ich meinen Weg fort.

»Wenn du so weiterrennst, wird deine erste Fahrt auf dem Beifahrersitz in Richtung Krankenhaus enden.« Adam war mir dicht auf den Fersen und ich hörte sein amüsiertes Lachen.

Vielleicht hatte er recht, aber ich war einfach so gespannt, dass ich mein Tempo beibehielt, unwirsch die Haustür aufriss und die Einfahrt absuchte.

Dort stand es.

Mein erstes eigenes Auto.

Gedankenverloren lief ich die Stufen hinunter und stand kurz darauf ehrfürchtig vor dem dunkelblauen Hyundai Sonata, der mit einer dicken weißen Schleife vorn auf der Motorhaube auf mich wartete. Der Anblick war berauschend. Ich spürte nicht einmal die kleinen spitzen Steine unter meinen nackten Fußsohlen oder den frischen Morgenwind, der mich umwehte.

»Gefällt er dir?«

Die Stimme meiner Mom ließ mich zur Seite blicken. Sie stand im Türrahmen und beobachtete mich mit einem breiten Lächeln.

»Er ist perfekt! Danke!« Wie ein aufgedrehtes Eichhörnchen lief ich die Stufen zurück zum Haus und warf mich ihr in die Arme. »Danke! Danke! Danke!« Ich überschüttete meine Mom mit Küssen, während sie meinen Überfall mit einem Lachen und dem Versuch einer Umarmung erwiderte. Leider war ich viel zu aufgeregt und torpedierte ihre Bemühungen.

»Den hast du dir verdient.« Sie gab den Versuch auf und hielt mich stattdessen eine Armeslänge von sich entfernt. Ihre Augen schimmerten feucht, was meine überschwängliche Euphorie ein wenig dämpfte und Rührseligkeit aufkommen ließ. Offenbar empfand sie ebenso, denn sie zwang sich zu einem tapferen Lächeln, schniefte leise und blinzelte die aufsteigenden Tränen fort, ehe sie die Hände von mir nahm. »Jetzt lasse ich dich aber zu deinem Auto.« Mit einem Schmunzeln wollte Mom sich abwenden, hielt jedoch inne und sah mich mit vorgetäuschter Strenge an. »Und wehe, ihr zwei verschwindet zu einer kleinen Spritztour. Ich habe den Kuchen in meiner Gewalt.« Mit einem Zwinkern strich sie mir kurz über den Arm und ging dann zurück ins Haus.

Ich wartete noch, bis die Haustür ins Schloss fiel, ehe ich mich wieder Adam und meinem Wagen zuwandte. Immer noch ungläubig bestaunte ich den glänzenden Lack. Das zufriedene Grinsen meines besten Freundes ignorierte ich. Diesen Moment wollte ich mir von niemandem kaputt machen lassen.

Langsam hob ich meine Hand und legte sie in Zeitlupentempo auf das Autodach. Ich wollte jede noch so winzige Sekunde dieses einmaligen Moments genießen. Das Metall fühlte sich glatt und kühl an und ich schloss verträumt die Augen. Ich konnte nicht glauben, dass dieser Augenblick Wirklichkeit war. Schon so lange hatte ich mir ein eigenes Auto gewünscht und dabei immer Verständnis dafür gehabt, dass wir uns kein zweites leisten konnten. Deshalb war die Überraschung jetzt umso größer.

»Netter Wagen! Wobei ich Schwarz favorisiert hätte.«

Wie aus dem Nichts ertönte Nox' Stimme und ließ mich erschrocken zusammenfahren. Hastig sah ich mich um und entdeckte den unwillkommenen Besucher mit in den Hosentaschen verstauten Händen lässig hinter der Nachbarstreppe hervortreten.

Schlagartig verging mir die gute Laune. Dennoch fiel mir auf, dass trotz Nox' Anwesenheit kein Vibrieren in meiner Brust zu spüren war. Auch der unterschwellige Drang, vor dem Höllendiener zu flüchten, war erloschen. Dennoch vermied ich es, ihm in die Augen zu sehen.

»Was machst du hier?« Adam kam mir mit seiner Frage zuvor. Mir lagen dieselben Worte auf der Zunge.

»Geburtstag feiern.« Nox näherte sich uns wie ein sich anpirschendes Raubtier. »Glückwünsche sind wohl angebracht, nicht wahr, Kleines?«

»Nenn mich nicht ›Kleines‹! Und wenn du mir eine Freude machen willst, haust du wieder ab. Du bist nämlich nicht willkommen!« Mit einem möglichst abweisenden Blick verschränkte ich die Arme vor der Brust. Ich konnte mir an meinem Geburtstagsmorgen schönere Gesellschaft vorstellen als Nox, der nichts als Probleme bedeutete. Hatte ich nicht einen freien Tag verdient, an dem mich kein ungehobelter Idiot belästigte? Nach den Ereignissen der letzten Woche war das doch nicht zu viel verlangt, oder?

»Charmant, ja wirklich. Aber glaub mir, Kleines, wenn es eine Möglichkeit gegeben hätte, diesen Besuch zu vermeiden, hätte ich es getan. Ich bin nämlich ebenso wenig scharf darauf, hier zu sein, wie du überraschenderweise darauf, mich als Gast zu begrüßen.« Mittlerweile stand Nox direkt vor uns. Er musterte mich von Kopf bis Fuß und als sein Blick wieder in meinem Gesicht ankam, zuckten seine Mundwinkel.

Verdammt! Er war die letzte Person auf Erden, die mich in diesem Outfit sehen sollte. Automatisch zog ich den Saum meines Shirts etwas runter, um meine Oberschenkel zu verdecken.

»Und welchem unglückseligen Umstand haben wir dann deinen Besuch zu verdanken?« Adam gab sich keine Mühe, seine Antipathie zu verbergen.

»Tja, wenn du das nicht weißt, habe ich bereits die Antwort auf meine Frage. Dir ist wohl in der ganzen Geburtstagfreude eine gravierende Änderung entgangen, oder, Goldlöckchen?«

Adam sah Nox mit genervtem Blick an, ging auf dessen Provokation jedoch nicht ein.

Nox verzog seine Lippen zu einem Haifisch-Grinsen. Er genoss Adams

Verwirrung sichtlich und ließ sich Zeit, ehe er antwortete. »Wende doch mal eine deiner Fähigkeiten an, Engelchen. Egal welche. Du hast die freie Wahl.« Selbstgefälligkeit triefte ihm aus jeder Pore.

»Was meint er, Adam?« Ich wandte mich meinem besten Freund zu, aber der antwortete nicht. Mein Blick huschte wieder zu Nox. Es gefiel mir nicht, ihn lange aus den Augen zu lassen. Ich vertraute ihm nicht. Oder besser gesagt, ich traute ihm zu viel zu. Zum Beispiel, dass er mich eigenhändig umbrachte, nur damit er an meine Seele heran- und gleichzeitig aus der Verpflichtung der Prüfungen herauskam.

Adam starrte währenddessen Nox an. Er hatte seine Lippen fest zusammengepresst und die Augen verengt. Seine Nasenflügel waren gebläht. »Verdammt! Das ist nicht wahr, oder?«

Ich hatte Adam noch nie fluchen hören. Der Laut ließ mich zusammenfahren.

»Doch. Heute um Punkt Mitternacht ist es passiert. Genau zu der Zeit, als ich gerade mit einer Frau beschäftigt war.« Nox strich sich einige Strähnen aus der Stirn und erst jetzt bemerkte ich seine handschuhlosen Hände. »Noch ätzender war es, von der State University zu Fuß hierher zu latschen. Ich habe fast zwei Stunden für den Weg gebraucht.«

Nox' Worten folgte eine angespannte Stille. Adam sah sein Gegenüber weiterhin an, während ich mich zu ihm drehte, in der Hoffnung, eine Erklärung zu erhalten. Endlich wandte er sich mir zu. Sein Seufzen, gepaart mit seinem hilflosen Blick, verstärkte mein Unbehagen. »Nox hat mich gerade darauf hingewiesen, dass wir unsere Fähigkeiten verloren haben. Was uns natürlich für die Erfüllung der Prüfungen einen großen Stein in den Weg wirft.«

Nox schnaubte verächtlich. »Was uns einen großen Stein in den Weg wirft? Du meinst eher, was uns unsere Arme und Beine bricht, uns zudem die Augen aussticht und uns die Zunge rausreißt. Wir sind jetzt fast so was wie Menschen!«

Das letzte Wort spie der Dämon aus, als wäre es eine Beleidigung. Ich warf ihm einen wütenden Blick zu, ehe ich mich wieder an Adam wandte.

»Okay, und jetzt bitte dasselbe noch mal im Klartext für die Unwissenden!« Mit jeder Minute, die wir hier am Rand der Straße standen, spannten sich meine Nerven weiter an. Mein Magen knurrte, meine nackten Füße schmerzten und die Freude über meinen achtzehnten Geburtstag war mit Nox' Auftauchen von mir gewichen.

Adam wollte antworten, aber der Höllendiener kam ihm zuvor. »Das bedeutet, Kleines, dass wir dank dir auf unsere Tricks verzichten müssen. Falls also einer von uns vorher auch nur einen Funken Hoffnung besaß, diese Prüfungen zu bestehen, so hat sich das spätestens jetzt erledigt.«

ZWÖLF

Nox' Worte schmerzten wie eine Ohrfeige, aber ich ließ es mir nicht anmerken. So gleichgültig wie möglich richtete ich meine Aufmerksamkeit auf Adam. »Stimmt das, was er sagt?«

Mein bester Freund nickte. »Ja, leider. Ich habe es gerade versucht. Tatsächlich kann ich keine meiner Fähigkeiten mehr anwenden.«

Nox schnaubte und bedachte Adam mit einem verächtlichen Blick. »Hast du etwa gedacht, ich lüge?« Er schickte ein sarkastisches Lachen hinterher.

Adam hatte keinen Sinn für Nox' Kommentare. »Sei still! Ich muss nachdenken!« Er schaute sich um. »Ich hatte bereits heute Morgen das Gefühl, dass etwas anders ist, aber ich konnte es nicht sofort ausmachen. Und da ich heute noch nicht die Notwendigkeit sah, meine Fähigkeiten einzusetzen, habe ich es nicht bemerkt.« Er presste seine Lippen zusammen und fuhr sich mit beiden Händen durch die Locken. »Verdammt! Verdammt! Verdammt!«

Ich sah ihn verblüfft an. Für einen Engel fluchte er ziemlich viel. »Kann mir bitte mal jemand sagen, welche Tricks ihr meint? Ihr redet die ganze Zeit von irgendwelchen Fähigkeiten, aber worauf müsst ihr denn jetzt verzichten?« Mir war das Ausmaß der vermeintlichen Katastrophe nicht bewusst.

»Wozu, Kleines?« Nox ergriff wieder das Wort und ich drehte mich widerwillig zu ihm herum. »Das ist verschwendete Zeit. Wir können die Fähigkeiten doch sowieso nicht nutzen.«

Ich öffnete den Mund, um Nox zum wiederholten Male zu sagen, er solle mich nicht ständig »Kleines« nennen, aber Adam lenkte meine Aufmerksamkeit auf sich.

»Jeder Engel wird, wenn er einem neuen Schützling zugeteilt wird, mit drei Fähigkeiten ausgestattet. Diese werden je nach Bedarf laufend angepasst.« Adam machte eine kleine Pause und atmete tief durch. Ich sah, wie viel Mühe es ihn kostete, ruhig zu bleiben. »Als ich zu dir geschickt wurde, bekam ich folgende Fähigkeiten: die Engelszunge, die Verwandlung und die Illusion.«

Ich nickte, ohne auch nur ein Wort verstanden zu haben. »Super, das klingt ganz wunderbar, Ad, aber ich kann damit nichts anfangen. Was bedeutet das alles?« Schweiß bildete sich auf meinen Handflächen und mein Herzschlag beschleunigte sich. Mussten wir dieses Gespräch am frühen Morgen führen? Hier draußen? Aber welche Alternative blieb uns? Wir konnten unmöglich ins Haus gehen. Abgesehen von meiner Mom, die von diesem Irrsinn nichts mitbekommen durfte, wollte ich Nox nicht noch tiefer in mein Leben einbinden. Ich hätte nichts dagegen, wenn wir unsere gemeinsame Zeit auf ein Minimum beschränkten.

Adams Mundwinkel zuckten schwach, seine Augen wurden eine Spur dunkler und seine Wangen nahmen einen zarten Roséton an. »Na ja, vielleicht ist es dir schon aufgefallen, Ave, aber Menschen widersprechen mir für gewöhnlich nicht. Zumindest nicht, wenn ich es nicht will. Das liegt an meiner Engelszunge. Ich kann sehr überzeugend sein, wenn ich es darauf anlege.«

Schlagartig ploppten in meinem Kopf Erinnerungsfetzen auf. Bilder von Situationen, in denen wir aus heiterem Himmel von Ärger und Strafe verschont geblieben waren, weil es Adam gewesen war, der die Gespräche führte. Natürlich hatte ich mich immer wieder gefragt, wie er das hinbekam, aber naiv, wie ich gewesen war, hatte ich es auf seinen Charme und sein Charisma geschoben. *Gott! Ich war so dämlich!*

Kopfschüttelnd verdrängte ich den Ärger über meine Dummheit und konzentrierte mich wieder auf die Gegenwart. Adams Worte waren ein harter Schlag. »Mist! Diese Fähigkeit hätten wir sicher gut gebrauchen können.« Ich kaute nachdenklich auf meiner Lippe und sah Adam ebenfalls nicken. »Okay, und weiter?«

»Die Illusion ist eine mentale Fähigkeit. Damit kann ich Menschen für eine gewisse Zeit Dinge sehen lassen, die es gar nicht gibt. So habe ich dir damals auch meine Eltern präsentiert.«

Erschrocken riss ich die Augen auf und keuchte entsetzt. »Was? Deine Eltern existieren gar nicht?« Ich war mir nicht sicher, was mich mehr schockierte – der Umstand, dass Adam mich in einem weiteren Punkt jahrelang belogen hatte, oder dass das liebenswerte Paar, das ich als Ginger und Alfred Hill kannte, eine Illusion war.

Erinnerungen von witzigen und heimeligen Momenten tauchten vor meinem inneren Auge auf. Feiertage wie Weihnachten und Thanksgiving, die wir zusammen verbracht hatten. Geburtstagsfeiern und Grillpartys im Garten. All das sollte nur Einbildung gewesen sein? Fiktionen, die Adam mir in den Kopf gepflanzt hatte? Hatte ich etwa die ganze Zeit bei mir im Zimmer gesessen, während Adam mich hypnotisierte? Ich senkte den Blick. Mein Körper reagierte mit einer schmerzhaften Gänsehaut, die meine Arme und Beine überzog. Ein unangenehmer Schauer jagte mir über die Wirbelsäule und mein Magen drehte sich um die eigene Achse. *Mir ist schlecht.*

»Es tut mir leid, Ave, aber ich hatte keine Wahl.« Adam klang ehrlich betroffen. »Ich konnte unmöglich bei echten Menschen leben, das musst du verstehen.«

Immer noch verstört von dieser Offenbarung hob ich den Kopf und blickte in Adams trauriges Gesicht.

»Es hätte ihnen das Herz gebrochen, wenn ich von heute auf morgen einfach verschwunden wäre. Meine Zeit hier auf der Erde war begrenzt, das habe ich dir erklärt. Niemand wusste, wie lange du mich brauchen würdest.« Nun senkte Adam den Blick und seine Schultern sackten herab. Er wirkte wie ein getretener Hund. »Mir gefiel das selbst nicht, aber es war die einfachste Lösung für alle.«

Ich nickte zögerlich, auch wenn Adam mich nicht ansah. Natürlich verstand ich seine Argumente, dennoch fühlte ich mich verraten. Doch jetzt war nicht der richtige Moment, mich damit zu beschäftigen, daher schob ich meine verletzten Gefühle in den Hintergrund und fokussierte mich wieder auf die aktuelle Situation. »Und was ist diese dritte Sache?«

Adam atmete tief durch und sah mich mit gesenktem Kopf durch seine dichten Wimpern an. Die Schuld in seinem Blick zerriss mir das Herz. »Die

Verwandlung ist ähnlich wie die Illusion. Nur findet sie nicht in den Köpfen der Menschen statt, sondern an mir. Ich kann, oder konnte vielmehr, mein äußeres Erscheinungsbild ändern, wie ich es gerade benötigte. So lernte ich dich als Fünfjähriger kennen und wuchs gemeinsam mit dir auf. Nach und nach passte ich mein Aussehen an und wurde zusammen mit dir erwachsen.«

Auch ich atmete jetzt tief durch. Nach dem vorherigen Geständnis trafen mich die letzten Worte nicht mehr so stark. Immerhin hatte ich mir selbst bereits ein paar Gedanken gemacht, als Adam mir erzählte, er sei unsterblich, würde nicht altern und nicht krank werden. »Das heißt, du hast dir dieses Aussehen hier selbst ausgesucht?« Ich wedelte mit der Hand vor seinem Körper. *Super Idee, Ad. Du hast den Geschmack vieler Frauen getroffen.*

Schmunzelnd hob Adam den Kopf. Meine Frage musste ihn amüsieren. »Nein. So wie ich jetzt aussehe, erschuf man mich und schickte mich auf die Erde.« Er wurde wieder ernst. »Die ständige Nutzung einer oder mehrerer Fähigkeiten ist auf Dauer ziemlich anstrengend und fordert einiges an Energie. Daher habe ich nach und nach mein äußeres Erscheinungsbild angepasst, bis es mit meinem jetzigen Aussehen harmoniert.«

Ich nickte verstehend und dachte über seine Worte nach, als ich Nox leise schnauben hörte. Doch ich ignorierte ihn, denn wenn ich mich auf seine Provokation einließ, würden wir hier nicht weiterkommen. Und ich wollte unbedingt begreifen, was das alles zu bedeuten hatte. »Aber wenn deine Eltern gar nicht existieren, wieso mussten sie dann nach Mexiko?« Ich stockte und seufzte leise, als mir die Antwort selbst einfiel. »Du hast sie nach Mexiko ziehen lassen, um deine Gabe nicht immer wieder einsetzen zu müssen.« *Natürlich!*

Adam nickte ernst. »Ja, das war am einfachsten. So hatte ich einen Grund, um bei euch einzuziehen und die letzten Monate mit dir zu verbringen.«

Seine Stimme klang belegt und seine Augen wirkten betrübt. Am liebsten hätte ich ihn in den Arm genommen, aber Nox ergriff das Wort und hielt mich von meinem Vorhaben ab.

»Ich unterbreche euer Liebesgeplänkel ja nur ungern, aber können wir uns wieder auf das Wesentliche konzentrieren?«

Schnaufend drehte ich mich zu der Nervensäge um. »Schön! Und das wäre?« Ehe Nox die Möglichkeit hatte zu antworten, erinnerte ich mich daran, dass auch er auf bisherige Fähigkeiten verzichten musste. »Nein, erzähl mir erst mal, welche ach so tollen Tricks du jetzt meinetwegen nicht mehr nutzen kannst.« Demonstrativ verschränkte ich die Arme vor der Brust und setzte einen feindseligen Blick auf. Es war schlimm genug, dass dieser Blödmann ebenfalls an die Prüfungen gebunden war und deshalb unweigerlich Zeit mit uns verbringen musste. Aber ganz sicher würde ich mich nicht von ihm herumkommandieren lassen. Und schon gar nicht heute! *Nicht mit mir, Dämon!*

Nox' Lippen deuteten ein feines Lächeln an, das mein Blut in eine zähflüssige, kalte Masse verwandelte und mich frösteln ließ. »Reicht dir nicht, dass ich vor deinen Augen verschwinden und wieder auftauchen, deine Gedanken lesen und dich Dinge sehen und fühlen lassen kann? Dazu kommen mein unglaublich gutes Aussehen, mein Charme und meine Fähigkeiten als Liebhaber.« Sein arrogantes Lächeln wandelte sich zu einem anzüglichen Grinsen und als Krönung zwinkerte er mir auch noch zu. Ich unterdrückte ein Würgegeräusch, als ungewollte Bilder in meinem Kopf auftauchten.

»Wow, an Selbstvertrauen und einem gesunden Ego mangelt es dir offenbar nicht.« Ich rollte mit den Augen. Dann erinnerte ich mich jedoch wieder an den Moment, als mich diese unsichtbaren Fesseln umschlungen hatten. Sie waren fühlbar gewesen und ich spürte ihr Kratzen selbst jetzt noch auf meiner Haut. Auch die Situation in der Cafeteria, als ich dachte, ich würde ersticken, oder das Zusammentreffen mit diesem Psychomädchen am Strand waren so real gewesen, dass ich die Bilder und Empfindungen nie wieder vergessen würde. *All das hat er mir angetan?* Ich wusste nicht, weshalb mir das erst jetzt bewusst wurde, aber meine Abneigung gegen den Dämon steigerte sich weiter. *Dieses abscheuliche Monster!*

Nox zuckte desinteressiert mit den Schultern. »Bescheidenheit ist etwas für unsichere Menschen, die nie erfahren, welches Potenzial tatsächlich in ihnen steckt. Außerdem kommt man mit Bescheidenheit nicht weit. Ich hingegen bekomme immer, was ich will.«

Vielleicht bildete ich mir die Doppeldeutigkeit in seinen Worten nur ein, aber sie veranlassten mich, Nox das erste Mal am heutigen Morgen in die Augen zu sehen. Sofort verkeilten sich unsere Blicke. Obwohl das Grün nicht mehr so übertrieben strahlte wie die letzten Male, leuchtete es dennoch intensiv und anziehend. *Verdammt! Ich dachte, dieser Quatsch hätte aufgehört!* Besaßen wir etwa immer noch diese abartige Verbindung? Aber wieso war dann dieses nervtötende Vibrieren verschwunden? Zu gern hätte ich Nox danach gefragt, doch ich hatte keine Lust, eine weitere anzügliche Antwort zu kassieren.

Adam, der entweder von unserem kurzen Schlagabtausch nichts mitbekommen hatte oder ihn einfach ignorierte, setzte mich ins Bild. »Nox' Paradedisziplin ist das Manipulieren der Zeit. Er konnte sie verlangsamen oder beschleunigen, sie sogar bis zu einem gewissen Punkt zurückdrehen.«

Der Dämon versuchte, sich ein amüsiertes Grinsen zu verkneifen. »Spielverderber. Ich wollte die Kleine noch ein wenig zappeln lassen.«

Verblüfft sah ich zwischen Nox und Adam hin und her. *Wow! Solche Fähigkeiten zu besitzen muss toll sein!* Endlich verstand ich, weshalb die beiden über den Verlust ihrer Gaben so ungehalten waren. Mit diesen Tricks hätten wir tatsächlich einen Vorteil gehabt. Dennoch wollte ich nicht die Flinte ins Korn werfen. Möglichst selbstbewusst reckte ich das Kinn. »Schön, dann bestehen wir die Prüfungen eben ohne eure Fähigkeiten. Ich wusste ja bis eben nicht einmal, dass ihr so etwas überhaupt besitzt.«

Nox schnaufte und verdrehte die Augen, als er sich genervt in der Gegend umsah. »Zur Hölle, Kleines! Du hast keine Ahnung, was du da …«

Seine Worte entfachten meinen Zorn und ich ließ ihn nicht ausreden. »Was ist eigentlich dein verdammtes Problem, Blödmann? Es tut mir leid, wenn ich dein Leben ungewollt in Gefahr gebracht habe. Aber leider wusste ich nichts von den Regeln, als ich mich darauf einließ. Und selbst wenn, ich hätte mich nicht anders entschieden.« Mit jedem seiner Worte schwoll meine Stimme weiter an. Brennende Wut verdrängte meine Sorgen. »Also hast du jetzt zwei Möglichkeiten: Entweder hilfst du mir und Adam, die Sache zu überleben, oder du hältst die Klappe und verschwindest. Wir kommen auch sehr gut ohne dich zurecht!« *Wahrscheinlich sogar besser.*

Nox hatte sich zu mir gedreht und erwiderte meinen Blick unnachgiebig. Er hatte ebenfalls die Arme vor der Brust verschränkt und zog immer wieder seine Unterlippe zwischen die Zähne. Als er sprach, beugte er sich ein Stück zu mir vor und seine Stimme war kaum mehr als ein Zischen. »Das würde dir so passen, nicht wahr, Kleines? Aber leider muss ich dich enttäuschen. Ganz sicher werde ich mein Leben nicht in die zarten Hände eines Harfenquälers und seiner kleinen menschlichen Freundin legen.« Der Dämon richtete sich auf und straffte die Schultern, bis sich der Stoff seiner Lederjacke spannte. Als er weitersprach, hörte ich seine Stimme wieder in ihrer normalen Lautstärke. »Außerdem seid ihr ohne mich aufgeschmissen. Ich kenne jede noch so bösartige, abgrundtief verachtenswerte und grausame Seite der Menschheit. Verlorene Seelen erkenne ich auf mehrere Meilen Entfernung.«

»Er hat recht, Avery.« Adam warf Nox einen kurzen, nicht zu deutenden Blick zu, ehe er sich wieder mir zuwandte. »Auch wenn ich es nicht gern zugebe, aber wir brauchen ihn.«

In mir brodelte es und ich presste die Lippen fest zusammen. Konnte der Tag noch schlimmer werden? Immer wieder sah ich zwischen dem arroganten Blödmann und Adam hin und her.

»Schön! Dann sind wir eben ein Team! Trotzdem will ich, dass er jetzt abhaut! Heute werden die Prüfungen wohl nicht beginnen, oder? Immerhin habe ich Geburtstag! Und diesen Tag möchte ich mit meiner Familie verbringen.« Ich betonte das Wort »Familie«, als ich Nox ansah, um ihm auch den letzten Funken Zweifel auszutreiben. Ihm sollte unmissverständlich klar sein, dass er definitiv nicht dazugehörte.

Nox kommentierte meine Worte nicht. Stattdessen sah er sich mit einem gleichgültigen Blick in der Straße um.

Als er keine Anstalten machte zu gehen, atmete ich tief durch und versuchte meine angespannten Nerven zu beruhigen. Obwohl es mir unendlich schwerfiel, würde ich mein Bestes geben, um mich wie eine Erwachsene zu verhalten. Wenn wir schon zusammenarbeiten mussten, sollte es nicht an mir scheitern. »Hast du eine Telefonnummer oder eine Adresse, wo wir dich erreichen können?«

Nox lachte trocken und drehte sich wieder zu mir herum. »Ein Telefon? Eine Adresse? Verdammt, Kleines, du hast echt Ideen! Bis heute Morgen brauchte ich nichts von beidem!« Er schüttelte grinsend den Kopf und eine Haarsträhne fiel ihm in die Stirn. Mit einer lässigen Handbewegung strich er sie zurück.

Ehrlich überrascht purzelten die nächsten Worte aus meinem Mund. »Und wo hast du gewohnt oder zumindest geschlafen?« Er lebte doch nicht auf der Straße, oder? Für einen Obdachlosen sah er zu gut aus. *Zu gepflegt!* Hastig korrigierte ich meine Gedanken. *Für einen Obdachlosen sieht er zu gepflegt aus!*

»Geschlafen?« Wieder lachte Nox. Es war ein tiefer, ehrlicher Ton, der etwas in meinem Innersten berührte. »Ich musste in all der Zeit weder schlafen noch essen noch sonst einem menschlichen Bedürfnis nachgehen. Doch seit uns unsere Fähigkeiten abhandengekommen sind, gehe ich in dieser Hitze ein und könnte bereits jetzt eine ordentliche Portion Schlaf gebrauchen.« Um seine Worte zu unterstreichen, wischte er sich mit dem Ärmel seiner Jacke über die Stirn. Erst jetzt bemerkte ich den feinen Schweißfilm auf seinem Gesicht. »Man könnte denken, ihr Menschen lebt in einer Sauna.«

Ich wusste nicht, was ich sagen sollte. Einerseits tat er mir leid, immerhin hatte ich ihn in diese Lage gebracht. Andererseits, was konnte ich schon an seiner Situation ändern? Es war unmöglich, dass er hierblieb. Ich wollte ihn nicht in meiner Nähe haben und meine Mom würde einen Fremden niemals ins Haus lassen.

Eine unangenehme Stille machte sich breit, bis Adam mich ansprach. »Ave, geh zurück ins Haus, bevor deine Mom noch mal herauskommt und uns sucht. Ich bringe Nox derweil nach Hause. Dort kann er duschen und schlafen. Ein paar Klamotten von mir müssten auch noch da sein.« Adam wirkte nicht glücklich bei der Vorstellung, aber anscheinend hatte er denselben Gedanken wie ich. »Ich werde eine Zeit lang bei ihm bleiben, damit wir uns alle an die neuen Gegebenheiten gewöhnen können.«

»Nach Hause? Wo soll das sein? Du wohnst hier.« Ich deutete auf das Gebäude neben uns. Nach seinen heutigen Erzählungen hatte ich angenommen, dass alles, was mit Adams früherem Leben zu tun hatte, eine Illusion war. Mir widerstrebte der Gedanke, ihn mit Nox allein ziehen zu lassen. Wer wusste schon, was dieser Höllendiener vorhatte?

»Ich meine das Haus, in dem ich gelebt habe, bis ich zu euch zog. Wie ich bereits erwähnte, ist die ständige Nutzung unserer Kräfte auf Dauer sehr anstrengend. Daher war es wichtig, einen Rückzugsort zu besitzen, an dem ich mich regenerieren konnte. Derzeit steht das Haus leer. Wir könnten dort unsere Basis aufschlagen, ohne uns um Joleen sorgen zu müssen.«

Nach und nach wurde mir bewusst, was Adam da sagte, und ich nickte verstehend. »Also war das Haus keine Illusion? Das gehört tatsächlich dir. Wer bezahlt denn die Rechnungen? Und was ist mit der koreanischen Familie, die dort zur Miete wohnt, solange deine Eltern ...« Ich verstummte mitten im Satz. »Vergiss es. Das Haus steht leer. Schon verstanden. Auch nur eine Illusion, nicht wahr?« Meine Stimme klang pampig. Ich hasste es, angelogen zu werden. Und dafür, dass Adam stets betonte, niemals zu lügen, hatte er mir all die Zeit eindeutig zu viel vorgemacht.

Als hätte er meine Gedanken erraten, legte er mir sanft eine Hand auf die Schulter. Als ich ihn ansah, lag Reue in seinem Blick. »Es tut mir leid, Avery. Ich hatte keine Wahl.«

Mit einem erzwungenen Lächeln legte ich meine Hand auf seine. Im Grunde war ich nicht wirklich sauer. Ich verstand sein Handeln. Trotzdem musste ich die folgenschweren Enthüllungen erst einmal sacken lassen. Vielleicht war es sogar besser, etwas Zeit mit meiner Mom allein zu verbringen.

»Okay. Fahrt nach Hause. Ich komme später dorthin.« Widerwillig reichte ich Adam meinen Wagenschlüssel. Eine Busfahrt würde mehr als eine halbe Stunde dauern und einen Linienwechsel beinhalten. Auch wenn mir Nox völlig egal war, wollte ich Adam diese Tortur nicht zumuten.

Mit einem dankbaren Lächeln griff Adam nach dem Schlüssel. »Ich passe gut auf den Wagen auf, versprochen.«

Schulterzuckend sah ich zur Seite. »Jaja, schon gut.« Ich schob ein »Ich vertraue dir« hinterher. Adam war schließlich nicht allein an meiner schlechten Laune schuld.

Ich wollte gerade ins Haus gehen, als ich innehielt. »Und was erzähle ich Mom, wenn ich allein wieder reinkomme?«

Ja, ich hasste es, angelogen zu werden. Aber noch mehr hasste ich es, selbst lügen zu müssen. Besonders in Gegenwart meiner Mom. *Leider wird das in Zukunft wohl noch oft vorkommen.* Der Gedanke gefiel mir absolut nicht.

Nox antwortete für Adam. »Sag ihr doch die Wahrheit. Dann ist sie wenigstens vorbereitet, wenn du von jetzt auf gleich einfach stirbst. Und dein Engelchen hier ebenfalls.« Sein hämisches Grinsen weckte in mir das Bedürfnis, ihm eine reinzuhauen.

Adam ignorierte Nox' Worte ebenso wie ich. »Sag ihr ...« Mit einem Seufzen rieb er sich über das Gesicht. Ich sah ihm seine Verzweiflung deutlich an. »... dass mein Halbbruder aus Nevada aufgetaucht ist. Er hat erst nach dem Tod seiner Mutter von mir erfahren und gleich darauf beschlossen, mich zu suchen.«

»Ach, jetzt auf einmal bin ich dein Bruder?« Nox schnaubte. Wieder ging weder Adam noch ich auf seine Frage ein. Langsam sollte er sich daran gewöhnen.

»Ja, okay. Und du wirst ein paar Tage bei ihm wohnen. Alles klar. Das bekomme ich hin.« *Hoffe ich.*

Mit gesenktem Blick wandte ich mich wieder der Haustür zu, als jemand nach meinem Handgelenk griff und mich zurückhielt. Da es sich um eine sanfte, zärtliche Geste handelte, musste es Adam sein. Mit einem schwachen Lächeln drehte ich mich zu ihm um.

»Avery, bitte pass auf dich auf. Ab jetzt sind die Prüfungen offiziell eröffnet und ich weiß nicht, was auf uns zukommt. Sei bitte auf der Hut. Es geht mir gegen den Strich, dich jetzt allein lassen zu müssen, aber wir haben keine Wahl.« Adam sah mich eindringlich an.

»Mach dir keinen Kopf, Ad. Mir wird schon nichts passieren.« Um ihm ein wenig die Sorgen zu nehmen, beugte ich mich vor und hauchte ihm einen Kuss auf die Wange. Anschließend sah ich zu Nox, der uns mit interessierter Miene beobachtete.

Kurzerhand entriss ich Adam meine Hand und ging auf den Dämon zu. Er war einen Kopf größer als ich und wirkte ziemlich einschüchternd. Trotzdem straffte ich selbstbewusst die Schultern, reckte ihm herausfordernd mein Kinn entgegen und erwiderte seinen überraschten Blick mit einem angriffslustigen Funkeln. »Und dir rate ich, endlich zu akzeptieren, dass wir drei ab sofort zusammenarbeiten. Ich habe nämlich nicht vor, kampflos aufzugeben. Und solltest du uns im Weg stehen oder etwas Krummes planen, dann wirst du mich von einer ganz anderen Seite kennenlernen! Haben wir uns verstanden?«

Für eine kleine Ewigkeit sahen wir uns schweigend in die Augen. Die Luft um uns herum war spannungsgeladen. Mit jedem Herzschlag, den mein Gegenüber nicht reagierte, beschleunigte sich mein Puls. Es war sicherlich nicht die klügste Idee gewesen, diesem Idioten zu drohen, aber er sollte nicht meinen, mir oder Adam auf der Nase herumtanzen zu können. Wir waren ein Team. *Wohl oder übel.*

Nox schwieg weiter und ich rechnete jeden Augenblick mit einem Ausbruch. Doch stattdessen verzog er nach einer Weile seine Lippen zu einem feinen, herausfordernden Lächeln. »Hört sich gut an, Kleines. Ich kann es kaum erwarten, deine Krallen zu spüren.«

DREIZEHN

Mit einem mulmigen Gefühl sah ich Adam und Nox hinterher, die gerade in meinem Geburtstagsgeschenk davonfuhren. War es richtig, die beiden allein zu lassen? Wie ich Nox bisher erlebt hatte, würde es mich nicht wundern, wenn Adam ihm aus einer überschäumenden Emotion heraus den Kopf abriss. Was schade wäre, weil er mir dadurch dieses Privileg rauben würde.

Als die beiden um die Ecke bogen und somit aus meinem Blickfeld verschwanden, ging ich seufzend ins Haus. Hoffentlich würde mich meine Mom später zu Adam fahren. Sein Haus lag in Parkmerced und ich hatte keine Lust, an meinem Geburtstag den Bus zu nehmen.

Mom saß mit dem Rücken zur Tür am Küchentisch und begann bereits zu sprechen, als sie die Haustür zufallen hörte. »Ich dachte schon, ihr zwei seid durchgebrannt, um in Vegas zu heiraten.« Lachend drehte sie sich um, verstummte aber sofort, als sie nur mich entdeckte. »Wo ist denn Adam?«

Anstatt zu antworten, setzte ich mich auf meinen Platz ihr gegenüber. Der Tag hatte so schön begonnen, doch jetzt fühlte ich mich schlapp und wäre am liebsten gleich wieder ins Bett gekrochen. »Der ist weggefahren.« Ich schnappte mir eine Scheibe Toast und begann, sie mit Butter zu bestreichen. »Und wieso sollte ich mit Adam nach Vegas durchbrennen? Du weißt, wir sind nur Freunde!« Auf die Butter kam ein großer Löffel Marmelade. Ich brauchte die Extraportion Zucker.

Mom bedachte mich mit diesem speziellen Mütterblick, der wohl so viel bedeuten sollte wie: »Ich bin vielleicht nicht mehr die Jüngste, aber ich bin auch nicht blind.« Als sie das Wort ergriff, klang sie verständnisvoll und zugleich autoritär. Eine Mischung, die sie perfekt beherrschte. »Ich weiß, dass ihr beiden kein Paar seid. Immerhin ist das auch der Grund, weshalb

Adam hier wohnen darf. Aber ihr benehmt euch manchmal, als würdet ihr füreinander Gefühle empfinden, die über eine einfache Freundschaft hinausgehen.«

Mit einem innerlichen Stöhnen senkte ich den Blick und konzentrierte mich auf mein Frühstück. Auf dieses Thema hatte ich keine Lust. Außerdem, was sollte ich schon dazu sagen? Ja, Adam und ich pflegten eine ganz besondere Beziehung. Aber wieso glaubten deswegen gleich alle, wir wären ineinander verliebt?

Als ich nichts erwiderte, nahm meine Mom den Faden wieder auf. Diesmal klang sie einfühlsamer. »Hattet ihr Streit, Mäuschen?«

Verblüfft über die Frage hob ich meinen Kopf und sah sie irritiert an. Die Sorge in ihrem Blick ließ mich seufzen. »Nein. Nichts in die Richtung, Mom.« Ich legte den Toast wieder auf meinen Teller und klebte mir ein künstliches Lächeln ins Gesicht. Als meine Mom ihre Kaffeetasse zum Mund führte, sprach ich weiter. »Adam hat einen Halbbruder, der seit ein paar Tagen in der Stadt ist. Die beiden wollten den Tag zusammen verbringen, also habe ich ihm mein Auto gegeben.« Meine Stimme hatte einen zickigen Ton angenommen.

Mom verschluckte sich an ihrem Getränk und prustete einen Teil der schwarzen Flüssigkeit wieder aus. »Was? Adam hat einen Halbbruder? Seit wann? Also, seit wann weiß er es?« Ich reichte ihr eine Serviette, mit der sie sich über das Kinn wischte, ohne mich aus dem Blick zu lassen. Ihr Kleid hatte ebenfalls ein paar Flecken abbekommen, aber das schien sie nicht zu stören.

»Erst seit er in der Stadt ist, denke ich.« Gedankenverloren kräuselte ich die Stirn. »So genau weiß ich es ehrlich gesagt nicht. Er hat mir nie von einem Halbbruder erzählt. Ich denke, Nox' Auftauchen war für Adam ebenfalls eine Überraschung.«

»Nox?« Mom machte große Augen und kniff missbilligend die Lippen zusammen. »Ist das ein Spitzname?«

Betont gleichgültig zuckte ich mit den Schultern. »Keine Ahnung. Ich habe ihn nur kurz gesehen.« Je länger wir über dieses Thema sprachen, desto unwohler fühlte ich mich. »Deswegen möchte ich nach dem Frühstück auch zu ihnen, wenn du nichts dagegen hast. Wir wollen Nox die Stadt zeigen.«

Mom bemühte sich, ihre Mimik unter Kontrolle zu bringen, und trank einen weiteren Schluck Kaffee. »Natürlich. Es ist dein Geburtstag. Du darfst dich treffen, mit wem du willst.«

Auch wenn sie ungezwungen klingen wollte, sah ich ihr die Enttäuschung an. Leider hatte ich keine Wahl. Ich wollte Adam nicht unnötig lange mit diesem Quälgeist allein lassen.

»Danke.« Mehr brachte ich im Augenblick nicht zustande, weshalb ich mir die Frage verkniff, ob sie mich hinfahren würde.

Meine Mom lächelte schwach und konzentrierte sich wieder auf ihr Frühstück.

Die Stille zwischen uns wurde immer ungemütlicher und gerade als ich drauf und dran war aufzuspringen und das Haus zu verlassen, nahm sie den Gesprächsfaden wieder auf. »Es ist natürlich deine Sache, was du mit deinem Auto machst, aber es wundert mich, dass du es Adam so bereitwillig überlassen hast.« Die Enttäuschung in ihrer Stimme war einer gewissen Gereiztheit gewichen.

Auch wenn mich die Schärfe traf, ließ ich es mir nicht anmerken. »Na ja, was sollte ich denn tun? Sie mit dem Bus fahren lassen? Nox hatte bereits eine lange Anreise. Ich fühle mich den beiden irgendwie verpflichtet.« Mir war unbehaglich zumute, weil ich nicht aufrichtig war, nicht sein konnte. Als meine Mom dann auch noch ihren sorgenvollen Blick auflegte, räusperte ich mich und zwang mich zu einem unbekümmerten Tonfall. »Außerdem vertraue ich Adam. Ich weiß, dass er gut auf mein Baby aufpassen wird.«

Entschlossen biss ich in mein Frühstück, auch wenn mir der Appetit vergangen war. Bei dem Gedanken, dass die beiden mit meinem Auto unterwegs waren, krampfte sich mein Magen zusammen. *Hat Adam überhaupt einen Führerschein?* Ich konnte mich nicht daran erinnern, ihn jemals hinter einem Steuer gesehen zu haben. Aber er hatte sehr souverän gewirkt, als er davongefahren war.

Mom stellte seufzend ihre Tasse ab. »Ich vertraue Adam doch auch. Aber

Nox? Wirklich?« Sie schüttelte den Kopf. »Ich möchte einfach nicht, dass Adam betrogen wird. Wer weiß, was dieser Kerl von ihm will. Und vielleicht ist er auch gar nicht Adams Halbbruder. Womöglich gibt er sich nur für einen Verwandten aus. Man hört immer wieder von solchen Geschichten.«

Ihre Worte machten mir das Herz schwer und ich lächelte traurig. Meine wundervolle Mom machte sich Sorgen, weil sie dachte, Nox könnte ein Verbrecher sein. Dabei war die Wahrheit viel beängstigender.

»Nein, Mom, mach dir keine Gedanken. Die Ähnlichkeit zwischen den beiden ist nicht von der Hand zu weisen.«

»Trotzdem, ich will nicht …« Die Türklingel unterbrach unsere Unterhaltung und wir horchten überrascht auf. »Erwartest du Besuch?«

Ich erstarrte auf meinem Stuhl und war in erhöhter Alarmbereitschaft. Wer konnte das sein? Wir bekamen selten Besuch. Besonders am Wochenende kam niemand hierher, weil wir meistens unterwegs waren. Adam besaß einen Schlüssel. War es Nox? War Adam etwas passiert? Oder stand gerade wer-auch-immer vor der Tür, um mich zu der ersten Prüfung abzuholen? Meine Gedanken überschlugen sich, während meine Gliedmaßen wie gelähmt schienen.

Als ich nicht reagierte, sah meine Mom mich irritiert an. »Das heißt dann wohl ›nein‹.« Sie erhob sich und ich zuckte zusammen, als die Stuhlbeine geräuschvoll über den Fußboden schrammten.

Ehe ich reagieren konnte, hatte sie die Küche verlassen, um die Tür zu öffnen. Ich sah ihr mit geweiteten Augen nach und überlegte fieberhaft, was ich tun sollte. Aufspringen und ihr hinterherrennen oder Flucht in den Garten? Während ich mich zu einer Entscheidung durchrang, hörte ich leise gesprochene Worte, ein Rascheln und anschließend das Geräusch der zufallenden Haustür.

Mom kam zurück in die Küche und ich atmete erleichtert auf. *Wenn das so weitergeht, bin ich spätestens am Ende der Woche ein nervliches Wrack.*

»Guck mal, was gerade geliefert wurde.« Sie präsentierte mir einen gigantischen Blumenstrauß, der von einer durchsichtigen Folie umhüllt war. Meine Kenntnisse über Blumen hielten sich in Grenzen, aber diese weißen und cremefarbenen Blüten erkannte ich sofort. Callas und Rosen. *Moms Lieblingsblumen.*

»Vom wem?« Ich staunte Bauklötze und vergaß für einen kurzen Moment alle anderen Gedanken. Damit hatte ich nicht gerechnet. Hatte sie einen Verehrer, von dem ich nichts wusste?

Mom legte den Strauß behutsam auf den Tisch und zückte einen kleinen weißen Umschlag, der an der Folie befestigt gewesen war. Mit ruhigen Bewegungen öffnete sie das Kuvert und zog eine edel aussehende Karte heraus. Ihr Blick huschte über das Papier und ihre Augen weiteten sich schlagartig. »Der Strauß kommt von deinem Vater.« Ihre Stimme klang dünn und ihre Hand zitterte. »Da steht: Liebe Joleen. Es tut mir leid, was passiert ist. Ich habe das alles nicht gewollt. In Gedanken bin ich immer bei dir. In ewiger Liebe, James.« Als sie die Karte samt Umschlag sinken ließ und mich mit ihren großen blauen Augen ansah, bemerkte ich, wie blass sie auf einmal war. Sie kämpfte mit aufsteigenden Tränen.

Und ich mit brodelnder Wut.

Dieses Arschloch! Natürlich hatte er heute mit meinem Tod gerechnet. Und da fiel ihm nichts Besseres ein, als einen billigen Blumenstrauß und eine Karte zu schicken? Ich verbarg meine Hände unter dem Tisch, damit meine Mom meine zitternden Fäuste nicht sah.

»Ich weiß nicht, was ich sagen soll.« Mom ließ sich schwer auf ihren Stuhl fallen. Dabei hielt sie die Karte noch immer in der Hand und sah von dem Papier zu dem opulenten Blumenstrauß und anschließend zu mir.

»Ich weiß, was du sagen sollst. ›Der blöde Arsch soll in der Hölle verrotten!‹ Dann schmeißt du die Blumen samt Karte in den Müll und vergisst diesen Mist sofort wieder.« Es fiel mir unsäglich schwer, meinen Zorn zu bändigen. Nur zu gern hätte ich all dies selbst erledigt, aber mir war klar, dass meine Mom diesen Schritt selbst gehen musste.

Was ist das nur für ein armseliger Feigling?!

»Avery! Vergiss nicht, über wen du hier sprichst! Er ist immer noch dein Vater! Egal, was er getan hat!« Mit weit aufgerissenen Augen sah sie mich an.

Ich glaubte – nein, ich hoffte! –, mich verhört zu haben. »Mein Vater? Dieser egoistische, erfolgsgeile Bastard?« Ich sprang von meinem Stuhl, der mit einem lauten Knall umfiel. »Er ist nicht mein Vater! Ich habe keinen Vater! Und wenn ich könnte, wenn es auch nur die geringste Möglichkeit gäbe, würde ich jedes einzelne Stück DNA, das mich mit ihm verbindet, austauschen! Ich will nichts, und ich meine wirklich rein gar nichts, mit diesem Loser zu tun haben!« Wutschnaubend stützte ich mich auf dem Küchentisch ab. Mein Groll brachte mich zum Beben und ich war kurz davor auszuflippen. »Und du solltest das Gleiche wollen! Auch wenn du die Vergangenheit offenbar vergessen hast, ich kann mich noch sehr genau daran erinnern! Wie du monatelang geweint und dich in den Alkohol geflüchtet hast, um diesen Mistkerl zu vergessen, nachdem er uns verlassen hatte. Wie du Extraschichten und einen Zweitjob annehmen musstest, um die Hypothek auf das Haus abzulösen, weil er sich weigerte, Unterhalt zu zahlen! Wie du depressiv, ja beinahe zombiehaft durch die Gegend gelaufen bist.«

»Avery Marie Harper!« Mom unterbrach mich mit entsetztem Tonfall. Zumindest hatte sie wieder Farbe im Gesicht. Ein knalliges Zornrot. Nun erhob auch sie sich. »Du bist jetzt vielleicht volljährig, aber du bist immer noch mein Kind. Und als solches solltest du aufpassen, auf welche Weise du mit mir redest!«

Für einen Moment sahen wir einander wütend an. Mein Magen begann zu rebellieren. Stritten wir uns jetzt ernsthaft wegen dieses Heuchlers? Wie hatte er es aus der Ferne geschafft, mich und meine Mom gegeneinander aufzuhetzen? Und die wohl wichtigste Frage war: Wieso nahm sie dieses Monster auch noch in Schutz? Nach all dem, was sie durchgemacht hatte. Was er mir angetan hatte!

Wenn ich ihr doch nur die ganze kranke Wahrheit erzählen könnte! Dass ich wegen dieses Wahnsinnigen womöglich niemals meinen nächsten Geburtstag erleben würde, weil ich in übernatürlichen Prüfungen um mein Leben kämpfen musste! Natürlich durfte ich ihr nichts davon erzählen. Sie würde es mir wahrscheinlich auch nicht glauben, und wenn doch, vor Angst und Sorge durchdrehen. Beides waren keine akzeptablen Optionen. Nein, dieses auch für mich noch neue Wissen musste ich für mich behalten, so schwer es mir in dieser Situation auch fiel.

Als mir das alles bewusste wurde, verpuffte meine Wut und machte kalter Leere Platz. Ich sollte gehen, bevor der Streit eskalierte und einer von uns beiden Dinge sagte, die wir hinterher bereuten.

»Danke für den Wagen und den Kuchen, Mom. Ich gehe jetzt zu Adam und Nox. Wir sehen uns heute Abend.«

Ohne eine Reaktion abzuwarten, verließ ich die Küche und ging hinauf in mein Zimmer, um mich anzuziehen.

***

Ich schloss leise die Tür und warf mich auf mein Bett. Mit geschlossenen Augen presste ich das Gesicht in mein Kissen. Unweigerlich tauchte das Bild von James Goose in meinem Kopf auf, aber ich verdrängte es, ehe mir Details bewusst wurden. Ich hatte auch so bereits Mühe, meine erneut aufkochende Wut zu bändigen. Doch je mehr ich mich um Ruhe bemühte, desto drängender kämpfte meine Wut darum, lautstark in die Welt hinausgelassen zu werden. Als ich den Schrei nicht mehr zurückhalten konnte, dämpften glücklicherweise die Daunen das Geräusch. Zumindest half mir dieser Ausraster, die Reste meiner überschäumenden Emotionen zu verarbeiten. *Ich kann nicht fassen, dass dieser ... Mann* – mir fielen keine weiteren Schimpfworte mehr für meinen Vater ein – *als Reaktion auf den Tod seines einzigen Kindes nur einen Strauß Blumen und eine läppische Karte schickt!* Dabei befand ich mich doch nur seinetwegen in dieser Situation!

Unweigerlich kamen mir verschiedene Fragen in den Sinn. *Wie reagiert er wohl, wenn er von meinem Überleben erfährt? Will er Kontakt aufnehmen und mit mir darüber reden? Und wenn ja, würde ich das überhaupt zulassen wollen?*

Diese Gedanken machten mich jetzt schon wahnsinnig und ich drehte mich mit einem frustrierten Seufzen auf den Rücken. Ein scharfer Schmerz durchfuhr meine linke Schulter und ließ mich keuchend zusammenzucken. Ruckartig setzte ich mich auf. Der Hass auf meinen Erzeuger war schlagartig vergessen.

Ich hob den rechten Arm und glitt mit den Fingerspitzen tastend unter den Stoff meines Schlaf-T-Shirts. Ich wusste nicht, was ich suchte, aber irgendeinen Ursprung musste diese Qual ja haben. Es dauerte einen Moment, bis meine Fingerkuppen eine Unebenheit berührten, die sich rau und wund anfühlte und mir einen weiteren schmerzhaften Stich versetzte. *Was ist das?*

Ich sprang vom Bett, zog mir vorsichtig das Shirt über den Kopf und drehte mich mit dem Rücken zu dem kleinen ovalen Wandspiegel, der hinter meiner Zimmertür hing.

Nein!

Nein!

Nein!

O mein Gott! Wo kommt das her?

Auf meiner Haut prangte ein Tattoo. Ein verdammtes Tattoo! Und es war nicht sonderlich klein, eher in der Größe meiner Handfläche. Auf einer wunderschönen blauen Gerbera saß eine Fee, die zu einer Mondsichel aufblickte. Ihre Flügel waren filigran ausgearbeitet und erweckten den Eindruck, als würden sie sich bewegen. In der Hand hielt die kleine Fee eine Blume. Das daumengroße Wesen zupfte an den Blüten und eins der rosafarbenen Blätter war für alle Ewigkeit in der Luft erstarrt. *Wo kommt das her?* Ganz sicher hatte ich mich letzte Nacht nicht tätowieren lassen. Oder sonst jemals!

Ich muss sofort mit Adam reden. Vielleicht hatte er eine Idee, was das zu bedeuten hatte. Von Panik ergriffen hastete ich zu meinem Kleiderschrank und riss die Holztüren auf. Mode und Styling waren mir noch nie wichtig gewesen, was man meiner Garderobe ansah, die von dunklen Stoffen und sportlichen Schnitten dominiert wurde. Und nach dem heutigen Morgen war es mir noch unwichtiger als sonst, in welchen Klamotten ich das Haus verließ.

Blind griff ich nach dem Erstbesten, was mir in die Hände fiel. Die Freude über meinen Geburtstag war längst vergessen. Dabei wusste ich nicht einmal, welche der Katastrophen an diesem Morgen die schlimmste gewesen war. Nox' Auftauchen? Die nicht mehr existenten Fähigkeiten der Jungs? Adams Auszug auf Zeit? Die Dreistigkeit meines Erzeugers? Oder das verdammte Tattoo?

Während ich in zerrissene Jeansshorts und mein schwarzes Tanktop mit dem Strassstein-Totenkopf schlüpfte, versuchte ich eine Prioritätenrangfolge zu erstellen. Erfolglos.

Hektisch stieg ich in meine ausgelatschten Sneakers, die meinen Gammlerlook vervollständigten. Ein Blick auf meine kurzen platinblonden Haare ließ mich nach meiner Bürste greifen. Mit diesem Vogelnest auf dem Kopf würde mich kein Fahrer in seinen Bus steigen lassen.

Mühevoll entwirrte ich die Strähnen. Normalerweise müssten jetzt Gel und Haarspray herhalten, aber ich entschied mich für den einfacheren Weg und zog mir mein 49ers-Cappy über den Kopf. Für mein Vorhaben musste das reichen. Wen interessierte es schon, wie ich aussah?

Missmutig verließ ich mein Zimmer und trampelte die Stufen ins Erdgeschoss hinunter. Unten im Flur entdeckte ich auf einer Kommode eine Plastikdose mit einem Zettel.

Für euch! Guten Hunger!

Ich brauchte die Dose nicht zu öffnen, um zu wissen, was sich darin befand. Meine Mom hatte uns etwas von dem Kuchen eingepackt, damit wir meinen Geburtstag feierten, notfalls auch ohne sie.

Schuldgefühle verdrängten für einen Augenblick mein Tattoo-Problem. Meine Mom war eine herzensgute, liebevolle und aufopferungsvolle Frau. Sie hatte es nicht verdient, so behandelt zu werden. Weder von ihrem Ex-Mann noch von mir.

Voller Reue schlich ich zurück in die Küche, um mich zu entschuldigen, traf sie dort aber nicht an. Ich warf einen kurzen Blick ins Wohnzimmer und in den Garten, aber auch dort war sie nicht. Sie musste nach oben in ihr Schlafzimmer gegangen sein, um ihren Zorn zu verarbeiten. Ein sicheres Zeichen dafür, dass sie nicht gestört werden wollte.

Und jetzt wusste ich auch, wer an der Spitze der »Arschloch des Tages«-Liste stand: James Goose. Er war der ungekrönte König. Immerhin hatte er es heute gleich auf mehrfache Art geschafft, mir den Tag zu versauen.

Mit einem unbeschreiblichen Ärger im Bauch griff ich nach der Dose, legte den Zettel zurück auf die Kommode, angelte mir einen Kuli aus einer der Schubladen und schrieb ebenfalls eine Nachricht.

Danke, Mom. Es tut mir leid. Hab dich lieb.

Aus dem Schrank im Flur holte ich meine Umhängetasche, legte die Dose mit dem Kuchen, mein Handy und das Portemonnaie hinein, griff nach meinem Schlüssel und verließ das Haus.

Die nächste Bushaltestelle lag links, aber ich bog rechts ab. Ein paar Schritte zu Fuß würden mir und meiner miesen Laune guttun. *Was für ein toller Geburtstag.*

VIERZEHN

Knapp zwei Stunden später kam ich durchgeschwitzt, müde, aber etwas entspannter bei Adams ehemaligem Zuhause an. Das Haus war ähnlich wie unseres, eines in einer Kette aneinandergereihter Gebäude, nur farblich von seinen Nachbarn zu unterscheiden. In San Francisco war es üblich, lindgrüne Fassaden zwischen rosafarbenen, sonnengelben oder babyblauen zu entdecken.

»Wow, du siehst fertig aus, Ave!« Adam begrüßte mich auf seine eigene liebenswerte Art, als er die Tür öffnete und zur Seite ging, damit ich eintreten konnte.

»Ich bin zu Fuß gekommen.« Schnaufend durchquerte ich das Wohnzimmer, das direkt an die Haustür grenzte, und ließ mich auf die Couch fallen. Ich nahm das Cappy ab und fuhr mir durch die verschwitzten Haare. Meine Kopfhaut juckte, meine Kleidung klebte an meinem Körper und meine Schulter brannte an der Stelle, wo der enge Stoff über das Tattoo gerieben hatte. Es war eine dämliche Idee gewesen, auf den Bus zu verzichten. Andererseits hatte es unglaublich gutgetan, meinen Groll mit körperlicher Bewegung abzubauen. Mit jeder Meile, die ich zurückgelegt hatte, war das Problem »James Goose« ein Stück mehr verblasst. Auch das Tattoo-Fiasko kam mir nicht mehr ganz so grauenvoll vor. Das Bild war wirklich wunderschön. Es hätte mich also schlimmer treffen können. Dafür erinnerte ich mich gar nicht mehr so recht an den Weg, den ich genommen hatte. Ich war völlig in Gedanken vertieft durch die Straßen gewandert und hatte kaum auf meine Umgebung geachtet.

»Wieso hast du nicht angerufen? Ich hätte dich abgeholt.« Adam setzte sich neben mich auf das dunkelgraue Sofa und sah mich klagend und zugleich schuldbewusst an. »Immerhin haben wir dein Auto genommen.«

Anstatt zu antworten, sah ich mich in dem vertrauten Zimmer um. Seit meinem letzten Besuch vor ein paar Monaten hatte sich nichts geändert. Es standen noch immer die gleichen Wohnzimmermöbel aus dunklem Holz an den Wänden, während die Couch und zwei Sessel mittig im Zimmer angeordnet waren. Die Tapete war in einem hellen Grau gehalten und mit den dunkelgrauen Polstermöbeln wirkte alles irgendwie klar und geradlinig. Dennoch fühlte man sich hier gleich wohl. Ich bemerkte den alten Röhrenfernseher, auf dessen Mattscheibe irgendeine Comedyserie lief. Der Ton war ausgeschaltet, als würde das Bild nur aus Dekorationsgründen laufen.

»Ich hatte Stress mit Mom und wollte mich abreagieren.« Das erinnerte mich an den Kuchen in meiner Tasche. Hoffentlich hatte er den Weg überstanden. Ich war nicht gerade zimperlich mit meinen Sachen umgegangen. Mit einer trägen Bewegung öffnete ich den Verschluss und holte die Dose heraus, um sie Adam zu reichen. »Hier. Sie hat etwas von dem Kuchen für uns eingepackt.«

Desinteressiert nahm er die Dose entgegen und stellte sie auf den Couchtisch. Sofort richtete er seine Aufmerksamkeit wieder auf mich. »Wieso habt ihr euch gestritten?«

Ich senkte den Blick und sah auf meine Finger, die unbewusst mit dem Gurt meiner Tasche spielten. »Als ihr weg wart, hat es an der Tür geklingelt. Mom hat aufgemacht und kam mit einem riesigen Strauß Blumen zurück. Weiße Callas und Rosen.«

Adams Gesichtsausdruck veränderte sich. Nach und nach wich die Verwirrung und machte Kummer Platz. Er ahnte wohl, in welche Richtung diese Geschichte führte.

»Ja, James hat von sich hören lassen.« Ein freudloses Lachen ertönte. »Er entschuldigt sich für das, was passiert ist. Es tut ihm leid und er ist in Gedanken bei Mom.« Bei der Erinnerung an die Situation in der Küche und die Dreistigkeit, die mein Erzeuger an den Tag legte, drohte mich erneut die Wut zu übermannen. »Kannst du dir das vorstellen, Ad? Dieser elende Scheißkerl verkauft meine Seele für eine Musterkarriere, lässt uns mit den Schulden für das Haus zurück, ohne auch nur einen müden Penny Unterhalt zu zahlen, und dann, nach jahrelanger Funkstille, schickt er einen jämmerlichen Blumenstrauß, um seine Ex-Frau über den Tod der gemeinsamen Tochter hinwegzutrösten? Einen Tod, den letztendlich er selbst herbeigeführt hat?« Schnaufend umklammerte ich den Stoffgurt und biss die Zähne fest zusammen. All die Dinge noch einmal laut auszusprechen machte das Ganze nur surrealer und demütigender. Hass war keine annähernd passende Beschreibung, wie tief und brennend meine Abscheu gegen diesen Mann war.

»Der Typ hat Humor, das muss man ihm lassen.«

Anstatt Adams Stimme ertönte die von Nox. Überrumpelt drehte ich mich herum, bis ich ihn im Durchgang zur Küche entdeckte. Er hatte ein Handtuch um seine Hüften geschwungen, von seinen Haaren tropfte Wasser auf seinen nackten Oberkörper und er hatte wieder dieses provozierende Lächeln aufgelegt.

»Halt die Klappe, du Idiot!«

Das kam von Adam, der versuchte, dem Quälgeist Einhalt zu gebieten, während ich weiter stumm zu Nox starrte. Bisher hatte ich Adams was-auch-immer nur in seinem Standardoutfit gesehen und mir nie groß Gedanken über sein Aussehen oder seinen Körper gemacht. Dabei verbarg er, wie ich jetzt erkannte, unter der Lederjacke eine muskulöse und breite Statur. Seine Körpergröße von geschätzt einem Meter neunzig war auch ohne die Bikerstiefel beeindruckend. Er hatte lange, trainierte Beine, deren Oberschenkel nur knapp bis zur Hälfte von dem Handtuch bedeckt waren. Seine Haut war nicht so hell, wie ich anfangs gedacht hatte. Eher war sie von einer gesunden, natürlichen Bräune. Seine nassen Haare wirkten dunkler, aber das Blond war dennoch klar zu erkennen, und seine Augen funkelten intensiv.

»Wow, Kleines, ich muss nicht einmal deine Gedanken lesen können, um zu wissen, wie scharf du mich findest. Das steht dir deutlich auf die Stirn geschrieben.«

Ein tiefes, belustigtes Lachen ertönte und mein Gesicht glühte, als hätte ich Fieber. Ruckartig wandte ich meinen Blick zum Fernseher und beobachtete mit gespieltem Interesse einen Mann und eine Frau, die sich gestenreich stritten, während mir klar war, wie dringend sie eigentlich andere Dinge mit den Händen und ihren Mündern tun wollten.

»Wieso hast du nicht die Sachen angezogen, die ich dir ins Bad gelegt habe?« Adam, der Nox prüfend ansah, klang wie ein genervter Vater, der seinen schlecht erzogenen Sohn maßregeln wollte.

»Erstens sehen die Sachen grauenvoll aus – trägst du diesen Mist wirklich selbst? Und zweitens passen sie nicht. Ich habe nicht so einen schmächtigen Körper wie du, Goldlöckchen.«

Ich hörte Nox' schwere Schritte, als er ins Zimmer kam und sich auf den Sessel zu meiner Linken fallen ließ. Ich sah weiterhin starr auf den Fernseher. Mein Unbehagen begründete sich nicht auf Nox oder seine Worte. Vielmehr hatte es mit dem Umstand zu tun, dass ich es hasste, wenn mich andere verletzlich und emotional erlebten, wie gerade eben. Nur bei Adam konnte ich völlig offen und ich selbst sein. Da wir jedoch nicht mehr allein waren, musste ich in Zukunft besser aufpassen, wie ich mich verhielt. Ich hatte nämlich keine Lust, von Nox aufgezogen zu werden, weil ich in seinen Augen ein verweichlichtes Sensibelchen war. Und am besten sollte er sich auch gleich den Mist aus dem Kopf schlagen, dass ich auf ihn stand. Denn außer seiner äußerlichen Attraktivität hatte er nichts zu bieten. Es sei denn, man rechnete seine Arroganz, sein übertrieben aufgedunsenes Ego und seine Arschlochallüren mit hinzu.

Mit seinem tiefen Bariton unterbrach Nox die Stille. »Und, Kleines? Hattest du bis jetzt einen tollen Geburtstag? So richtig schön mit Kuchen, Geschenken und Partyhüten?« Die Worte trieften vor Spott und Hohn.

»Nox!« Adam knurrte wütend, aber ich nahm es kaum wahr. Der Zorn, den ich mir auf dem Weg hierher abtrainiert hatte, kam schlagartig und in voller Intensität zurück. Wie brennende Lava durchströmte er mich und verbrannte all meine rationalen Gedanken.

Blitzschnell sprang ich von der Couch auf und stellte mich vor Nox. Ich beugte mich vor und stützte meine Arme auf den Sessellehnen ab. Mein Gesicht schwebte nur knapp über seinem. Ich spürte, wie sein Atem über meine Haut strich. Sein Shampooduft nach Minze und Zitrone stieg mir in die

Nase. Aber das alles verdrängte ich und konzentrierte mich nur auf diese intensiv glänzenden grünen Augen, die mich in ihr Fadenkreuz genommen hatten.

»Weißt du was, Kleiner?« Ich verwendete den mir zugedachten albernen Spitznamen. »Wenn du denkst, du könntest mich provozieren, verletzen oder sonst irgendwie treffen, dann täuschst du dich! Ich bin kein dummes, schwaches Highschoolpüppchen, das sich von dir einschüchtern lässt! Also spar dir die Energie. Du wirst sie nämlich noch brauchen, um dein jämmerliches Leben zu retten, wenn diese verdammten Prüfungen beginnen!«

Nox sah mich ausdruckslos an. Zumindest meinte ich das, denn bis auf seine Augen erkannte ich nichts von seiner Mimik. Umso genauer hingegen wäre ich in der Lage gewesen, den Grünton seiner Iris zu bestimmen, wenn er mich in diesem Moment interessiert hätte. Doch gerade hatte ich alle Mühe, meine Wut unter Kontrolle zu halten. Die letzte Woche war schon ätzend und verdammt anstrengend gewesen, aber es war einfach nicht fair, dass dieser Volldepp im Begriff war, mir meinen Geburtstag zu versauen.

»Nox, wolltest du dich nach dem Duschen nicht schlafen legen?« Adams Stimme erklang hinter meinem Rücken. Sein Tonfall war nur schwer zu bestimmen. Oberflächlich betrachtet wirkte er genervt und drängend, aber ich meinte, auch einen dezenten Unterton zu hören, der fast amüsiert klang.

Nox schien nicht antworten zu wollen. Stattdessen fixierte mich sein durchdringender Blick, als würde er mir bis auf den Grund meiner noch vorhandenen Seele blicken wollen. Normalerweise war das der Moment, in dem ich mich verlegen abwandte und mich mit glühenden Wangen verkroch. Aber Nox würde das wieder nur als Schwäche und Bestätigung seines vermeintlich tollen Aussehens verbuchen. Und den Gefallen wollte ich ihm nicht tun.

Noch eine Weile blickten wir uns schweigend an und mit jedem Herzschlag beschleunigte sich mein Puls. Ungewollt registrierte ich sämtliche Farbnuancen in seiner Iris. Jede Grünschattierung, die von einem sonnenbeschienenen Smaragdgrün bis zu einem tiefen, dunklen Meeresgrün reichte.

Und dann geschah es.

Ehe ich überhaupt verstand, was gerade passierte, schossen Nox' Hände hervor, packten meine Oberarme und stießen mich nach hinten. Ich taumelte und rechnete damit, unsanft hinzufallen, doch Nox hielt mich immer noch gepackt. Grob, fest und schmerzhaft. Er hatte sich in einer geschmeidigen Bewegung vom Sessel erhoben und stand jetzt dicht vor mir. Der Duft aus Minze und Zitrone verstärkte sich, vermischte sich aber mit dem Geruch von Rauch und verbranntem Holz. Unweigerlich musste ich an die Winterzeit denken, wenn ich mit Adam und meiner Mom vor dem brennenden Kamin saß.

Mein Blick war auf Nox' Brust gerichtet. Erschrocken legte ich den Kopf in den Nacken, um in sein Gesicht zu sehen. Seine Augen waren starr auf mich geheftet und er präsentierte wieder dieses feine, arrogante Lächeln. Dann öffnete er den Mund, schloss ihn aber gleich wieder, um kurz darauf noch breiter zu grinsen, als ich es von ihm kannte. Schließlich ließ er mich unvermittelt los.

»Weck mich, wenn es etwas Spannendes zu berichten gibt, Brüderchen.« Nox sah über meine Schulter in Adams Richtung. Seine Stimme klang gelangweilt, aber das letzte Wort betonte er feindselig und abstoßend. Die Kälte und Abscheu, die darin mitschwangen, waren nicht zu überhören. Er wartete Adams Antwort nicht ab, sondern drehte sich zur Seite und verließ, ohne sich noch einmal umzudrehen, das Wohnzimmer.

Erstarrt blieb ich stehen. Erst als ich sicher sein konnte, dass Nox weg war, stieß ich die angehaltene Luft aus.

»Avery, ist alles okay?« Adam stand hinter mir, was ich an seinen Händen auf meinen Schultern bemerkte. Seine Berührung war sanft, zärtlich und liebevoll. Völlig anders als eben noch bei Nox. Dennoch wäre es verlogen, die kribbelnden Stellen, die er zuvor berührt hatte, zu leugnen.

»Jaja. Alles okay.« Ich setzte ein künstliches Lächeln auf und drehte mich zu Adam um, nur um prompt in seine besorgten Augen zu blicken.

»Bist du sicher?« Mit seinen Fingerknöcheln strich er mir sanft über die Wangen.

»Ja, natürlich. Wieso auch nicht?« Betont gleichgültig zuckte ich mit den Schultern. »Ich lasse mich doch nicht von diesem Idioten einschüchtern.« Mir waren diese Nähe und Zärtlichkeit zu viel und ich wollte am liebsten einen großen Schritt von Adam weg machen. Doch damit würde ich ihn nur vor den Kopf stoßen und das wäre unfair. Schließlich war er derjenige, der am wenigsten mit meinem Gefühlschaos zu tun hatte.

Adam lächelte zaghaft, aber es war ein trauriges, mitleidvolles Lächeln. »Ich rede hier nicht von Nox. Immerhin ist das eine seiner wenigen guten Eigenschaften. Er ist egoistisch und will diese Prüfungen unbedingt überleben. Daher würde er dir niemals etwas antun. Bei ihm bist du also genauso sicher wie bei mir.« Adam lachte trocken und kehlig. »O Mann, ich hätte nicht gedacht, diese Worte jemals laut auszusprechen.«

Ich sah Adam lange schweigend an und er erwiderte meinen Blick voller Liebe. Wäre ich nicht ich, sondern eins dieser gefühlsduseligen Mädchen, hätte ich mich jetzt an seine Brust geworfen, um mich in seinem Shirt zu verkriechen. Dann hätte er mich den ganzen Tag bemitleiden können. Aber so war ich nicht. Noch nie gewesen. Und ich weigerte mich, irgendjemandem das Recht einzuräumen, mich zu ändern.

»Lass uns nicht über heute Morgen reden, Ad. Das bekomme ich schon wieder hin. Erzähl mir lieber, was ihr beiden gemacht habt, als ich weg war. Habt ihr euch gegenseitig die Fingernägel lackiert?« Nun war mein Grinsen fast schon echt.

Ich trat einen Schritt von Adam weg und er verstand den Wink. Anstatt sofort zu antworten, ging er zur Couch und ließ sich auf die Polster sinken. Ich folgte ihm und setzte mich ans andere Ende. Mein Blick fiel auf die Dose mit dem Kuchen und mir wurde das Herz schwer. Ich hasste es, mich mit meiner Mom zu streiten. Besonders an meinem Geburtstag. Und dann auch noch aus einem so abscheulichen Grund!

Adam nahm den Faden wieder auf und löste damit endgültig die angespannte Stimmung. »Ja, haben wir. Anschließend haben wir uns gegenseitig Zöpfe geflochten und einander die Füße massiert.«

Die Vorstellung war absurd und lächerlich, weshalb ich in ein herzhaftes und tiefes Lachen verfiel.

Adam grinste, anscheinend froh darüber, mich aufgeheitert zu haben.

Dann stand er auf und ging in die Küche. Doch ehe ich fragen konnte, was er dort wollte, kam er bereits mit zwei Gabeln, Tellern und einer Flasche frischer Milch zurück. Irritiert beobachtete ich, wie er alles auf den Tisch stellte und sich anschließend wieder zu mir setzte.

»Wart ihr einkaufen?« Anders konnte ich mir nicht erklären, woher plötzlich die Milch kommen sollte.

»Nur kurz im Trader Joe's, damit wir nicht gleich am ersten Tag verhungern.« Adam zwinkerte mir zu und wechselte gleichzeitig das Thema. »Und jetzt feiern wir endlich deinen Geburtstag, Ave!« Er öffnete die Dose und hob jeweils ein großes Stück Kuchen auf unsere beiden Teller, steckte Gabeln hinein und reichte mir eins dieser Werke.

»Danke.« Mit hungrigem Blick und knurrendem Magen nahm ich den Teller entgegen. »Aber jetzt mal im Ernst. Wieso meinst du, ich wäre bei Nox sicher? Ich traue ihm nicht. Was sollte ihn davon abhalten, mich einfach selbst umzubringen? Dann besteht doch gar nicht erst die Gefahr, die Prüfungen zu versauen.« Fragend sah ich Adam an, während ich mir ein Stück des köstlich duftenden Kuchens in den Mund schob. Sofort reagierten meine Geschmacksknospen und sangen ein fröhliches Halleluja.

Adam, der sich ebenfalls ein Stück Kuchen in den Mund geschoben hatte, kaute erst manierlich, ehe er mir antwortete. »Dein Misstrauen ist völlig berechtigt und wären wir nicht in dieser heiklen Situation, würde ich Nox nicht einmal in deine Nähe lassen. Aber wie ich dir bereits gesagt habe, hängt auch unser Leben von dem Erfolg oder Misserfolg der Prüfungen ab. Und das ist leider nicht alles.«

Adam griff nach der Milchflasche, schraubte den Deckel ab und nahm einen großen Schluck. Meine Mom hasste es, wenn er so etwas tat. Ich hingegen hatte mir diesen Tick über die Jahre ebenfalls angewöhnt. Deshalb nahm ich die Flasche entgegen, als Adam sie mir anbot, und trank daraus.

»Die Regeln besagen, dass der Tod der Seele die Prüfungen beendet. Leider bist du damit nicht mehr allein gemeint, Ave. Inzwischen betrifft es auch Nox und mich. Sollte also einer von uns die Prüfungen nicht überleben, sind wir alle drei für immer verloren.«

FÜNFZEHN

Ich sah Adam mit aufgerissenen Lidern und offenem Mund an. »Bist du dir sicher?«

Er nickte stumm.

»Aber wie kann das sein? Ich dachte, ihr seid unsterblich?!«

In meinem Kopf überschlugen sich die Gedanken. Das wurde ja immer schlimmer. Jetzt war nicht nur ich eine wandelnde Zielscheibe, die beiden waren es ebenfalls. *O Gott! Was habe ich nur getan?*

Ohne eine Miene zu verziehen, aß Adam weiter. »Nein, nicht mehr. Mit dem Verlust unserer Fähigkeiten haben wir auch unsere Übernatürlichkeit eingebüßt.« Er zuckte desinteressiert mit den Schultern und ich verstand nicht, weshalb er so locker blieb.

»Das ist eine Katastrophe, Adam! Wie kannst du hier so ruhig sitzen und Kuchen essen?« Ich blickte auf meinen eigenen Teller. Mir war der Appetit vergangen.

»Warum nicht? Erstens können wir sowieso nichts ändern. Zweitens kennen Nox und ich die Regeln. Wir wussten, was auf uns zukommt, als du den Prüfungen zugestimmt hast. Nur das mit den geraubten Fähigkeiten war mir neu.« Demonstrativ schob er sich einen weiteren Bissen in den Mund und kaute übertrieben, was mich unter normalen Umständen zum Lachen gebracht hätte.

»Und drittens?« Es musste ein Drittens geben. Etwas, das mir ebenfalls Zuversicht und Hoffnung gab. Etwas, das erklärte, weshalb er so ruhig weiteraß.

»Und drittens ...« Adam kaute genüsslich und ich atmete erleichtert auf. *Es gibt ein Drittens!* »Joleens Kuchen schmeckt viel zu gut, um ihn zu verschmähen.« Er grinste und zwinkerte mir zu.

Für einen Augenblick sah ich ihn sprachlos an. Ich wusste nicht, ob ich lachen oder ihn schlagen wollte. »Das ist dein Ernst, oder? Du machst dir wirklich keine Gedanken? Du hast keine Angst?« Sollte ich Adam um diese Sorglosigkeit beneiden oder war es ein Grund, ihn zu hassen?

Er ließ die Gabel, die er gerade zum Mund geführt hatte, wieder sinken. »Doch, natürlich habe ich Angst, Ave.« Nun passte seine Stimme zu der ernsten Lage. »Ich lebe seit über zweitausend Jahren mit meinen Fähigkeiten und dem Wissen der Unsterblichkeit. Jetzt …« Er presste seine Lippen fest zusammen, eher er sich wieder entspannte. »Jetzt bin ich fast ein Mensch. Eine Situation, die ich niemals freiwillig gewählt hätte. Dennoch macht es mir nichts aus. Und weißt du wieso?«

Ich schüttelte den Kopf. Für eine verbale Antwort sah ich mich außerstande.

»Weil ich durch dieses Opfer dein Leben und deine Seele retten kann. Und das ist es mir wert.« Adam lächelte mich aufmunternd an. »Ich meinte es ernst, als ich sagte, du wärst etwas Besonderes, Avery. Deswegen werde ich alles dafür tun, um dich zu befreien.«

Ich sah ihn mit tränenfeuchten Augen an. Er wusste wirklich immer, was er sagen musste, um mich aufzuheitern. Dennoch wollte ich nicht wieder diese schwere, melancholische Stimmung zwischen uns aufkommen lassen. Tapfer schluckte ich den Kloß in meinem Hals herunter, blinzelte die Tränen weg und setzte ebenfalls eine fröhliche Miene auf. »Okay, okay, Ad. Packen wir die Kitschkiste bitte wieder ein. Sag mir lieber, was das alles bedeutet. Heißt das, ihr seid jetzt ganz normale Sterbliche? So Nullachtfünfzehn-Menschen?« Mit einem frechen Grinsen linste ich zu ihm hinüber, während ich mir nun doch ein Stück Kuchen in den Mund schob. Er hatte recht. Das Backwerk war einfach zu köstlich, um nicht gegessen zu werden.

»Na ja, so weit würde ich nicht gehen. Wir haben zwar unsere individuellen Fähigkeiten verloren, aber wir können immer noch ein paar Dinge, die uns von den Menschen abheben.«

»Ach ja? Und die wären?«

»Zum einen können wir sehr gut in der Dunkelheit sehen. Wir rennen übernatürlich schnell und ich höre immer noch deinen viel zu hastigen Herzschlag.« Adam grinste amüsiert und auch ich lächelte zaghaft.

»Also sind wir nicht völlig aufgeschmissen?« Ich traute mich beinahe wieder so etwas wie Hoffnung zu verspüren.

»Ja, es ist besser als nichts. Trotzdem müssen wir auf der Hut sein. Wir wissen nicht, was es mit den Prüfungen auf sich hat und wann es mit der ersten losgeht.« Adam hatte seinen Kuchen aufgegessen und stellte den leeren Teller zurück auf den Tisch. Anschließend griff er nach der Milchflasche, die in meinem Schoß stand.

»Gut, und was machen wir bis dahin?« Ich aß ebenfalls den letzten Krümel auf und stellte meinen Teller zu seinem.

Adam zuckte mit den Schultern. »Was sollen wir schon machen? Wir tun so, als wäre alles normal, und genießen unser menschliches Leben. Dazu gehören Geburtstagsgeschenke, die noch ausgepackt werden wollen.« Gut gelaunt sprang er von der Couch und lief zu einer Kommode, die neben dem Fernseher stand. Er öffnete die oberste Schublade und holte etwas daraus hervor, was er jedoch zunächst mit seiner breiten Statur verdeckte. »Bist du bereit?« Mit einer dramatischen Geste und imitiertem Trommelwirbel drehte er sich wieder zu mir herum. Er hielt ein rechteckiges Päckchen in den Händen, das mit rosa Papier umwickelt war.

»Was ist das?« Er hatte mir sein Geschenk doch bereits gegeben.

Adam kam zurück zur Couch und überreichte mir grinsend das rosa Ungetüm. Das Papier war zerknittert, als hätte es mehrerer Versuche bedurft, das Geschenk einzupacken. Auch die leuchtend pinke Schleife in der Mitte hatte bereits bessere Tage gesehen. *Hat das ein dreijähriges Kind verpackt?*

»Das ist von Harmony und Killian. Ich sollte es verstecken, damit sie es dir heute Abend selbst überreichen können. Und da ich dieses kreativ eingepackte Päckchen nicht in meinem Zimmer haben wollte, wo du oder Joleen es zufällig finden konntet, habe ich es hier aufgehoben.« Adam ließ sich zurück in die Polster fallen, während ich ihn mit geweiteten Augen und geöffneten Lippen anstarrte.

»Harmony! Killian! O mein Gott! Die habe ich total vergessen!«

Adam zuckte mit den Schultern. »Nicht schlimm. Ich verrate dich nicht. Außerdem haben sie vorhin getextet. Irgendwas ist mit ihrer Oma und sie bleiben noch ein paar Tage länger in L.A.«

Ich sah von dem überraschend leichten Päckchen in meiner Hand zu Adam. Mit einem Mal kehrte mein Unbehagen zurück. »Was soll ich denen nur erzählen? Die glauben mir diese Engel-Teufel-verkaufte-Seele-Sache doch niemals.« Ich kämpfte ja selbst noch damit, das Ganze zu glauben.

»Hey!« Adam legte mir eine Hand auf den Arm und ich blickte auf. Meine Sicht war von aufsteigenden Tränen verschleiert. »Du musst ihnen gar nichts erzählen, okay? Genauso wie Joleen werden sie nichts davon erfahren. Wir halten uns an den Plan. Solange wir nicht wissen, was auf uns zukommt, bleibt alles beim Alten. Wenn wir etwas über die Prüfungen herausgefunden haben, können wir immer noch entscheiden, wie es weitergehen soll.« Er bedachte mich mit einem aufmunternden Lächeln.

Ich nickte schwach und richtete meinen Blick wieder auf das rosa Papier. Es sah so grauenvoll aus, dass es schon wieder lustig war.

Vermutlich hat Adam recht. Es wäre das Beste, wenn wir erst einmal selbst die neue Situation verinnerlichten.

Adam unterbrach meine Grübeleien mit einem lockeren Tonfall. »Und jetzt pack endlich das Geschenk aus. Ich habe Mony versprochen, Bilder zu schicken, die dokumentieren, wie du es auspackst.«

Irritiert hob ich den Kopf und blickte in Adams Handykamera, die er mir direkt vor die Nase hielt. Ein leises Lachen drang über meine Lippen. »Du drehst aber kein Video, oder?«

Ich hasste es, wie meine Stimme bei elektronischen Aufnahmen klang. *Völlig verzerrt und unmenschlich.*

»Ich tue nur das, was Harmony von mir verlangt.« Adam hielt das Telefon ungerührt auf mich gerichtet. »Sorry, Ave, ich liebe dich, aber ich lehne mich nicht gegen Admiral Feuerfeger auf.«

Adam lachte und ich seufzte leise. Ich konnte ihn verstehen. Wenn Harmony diesen Moment verpasste, würde sie uns damit ewig in den Ohren liegen.

»Wieso eigentlich haben sie dir geschrieben und nicht mir?« Während ich die Frage stellte, zerriss ich das Papier und legte einen Schuhkarton frei. Die Pappe war abgegriffen und verschrammt. Sicherlich hatte Harmony eins ihrer geliebten Schuhpaare dafür ausquartiert.

»Wahrscheinlich haben sie das und du hast es nur nicht gemerkt. Bei dem ganzen Stress heute Morgen kann dir das niemand verübeln. Und jetzt zeig schon, was in dem Paket ist.« Adam klang neugierig, als er versuchte, einen Blick auf mein Geschenk zu erhaschen.

Vermutlich hatte er recht. Seit ich das Haus verlassen hatte, lag mein Handy unbeachtet in meiner Tasche. Aber jetzt wollte ich mich nicht darum kümmern. Im Augenblick galt meine gesamte Aufmerksamkeit dem Karton auf meinem Schoß.

In einer schwungvollen Handschrift stand »Happy Birthday, Ave. Viel Spaß beim ›Fahren‹« auf dem Deckel. Direkt darunter prangte in einer zweiten, wesentlich krakeligeren Schrift: »Das war Monys Idee. Sorry!«

Ich schluckte und sah von dem Karton zu Adam, der süffisant grinste, als wüsste er, was sich im Inneren befand.

»Ich will das nicht öffnen!« Wenn Killian sich bereits vorab entschuldigte, würde mir der Inhalt unmöglich gefallen.

»Du musst, Ave. Du weißt doch, wie Harmony ist. Sie steckt dir das Geschenk sowieso wieder zu. Und wer weiß, in welcher Gesellschaft du dich dann befindest.«

Ich sah nur Teile von Adams Gesicht, hörte aber deutlich ein unterdrücktes Lachen in seiner Stimme. Leider hatte er recht. Ich konnte von Glück reden, diesen Moment in halbwegs sicherer Umgebung durchzustehen.

»Schön. Du hast gewonnen.« Seufzend öffnete ich den Karton. »Oh.« Schlagartig schoss mir das Blut in die Wangen und ein verlegenes Lachen kam aus meinem Mund. »Kreativ ist sie ja, das muss ich zugeben.«

»Was ist drin?« Adam hielt noch immer das Handy auf mich gerichtet, versuchte dabei aber erneut, einen Blick ins Innere des Kartons zu erhaschen.

Mit einem verlegenen Kichern hob ich ihn an und kippte ihn, bis die Öffnung in die Kamera zeigte.

»Ist das …?« Er lachte laut und anhaltend. »Meint sie das ernst?«

Ich zuckte mit den Schultern und stellte den Karton wieder auf meinen Schoß, um das Geschenk herauszuholen. Jetzt wollte ich es auch in voller Pracht bewundern. Vorsichtig griff ich hinein. Bei all der Mühe, die Harmony sich mit dem Geschenk gemacht hatte, wollte ich es nicht aus Versehen kaputt machen.

Adam lachte noch immer und steckte mich damit an. »Das ist Kunst, Ave. Du solltest es auf den Kaminsims stellen, damit du dich jeden Tag daran erfreuen kannst. Oder Joleen.«

Nachdem der erste Schock überwunden war, konnte ich der Überraschung auch etwas Witziges abgewinnen – was sicherlich nicht in Harmonys Sinn war. Immerhin wusste ich, wie sie über das Thema dachte und wie ernst ihr dieses Geschenk war. Doch für mich war es nichts anderes als ein albernes Präsent, das man seinen Freunden eben zum achtzehnten Geburtstag machte.

Zögerlich stelle ich das *Ding* neben unsere Teller auf den Couchtisch und betrachtete es, als wäre es tatsächlich ein Kunstobjekt.

»Also, ich finde es schick.« Adam giggelte noch immer und ich nickte bestätigend.

»Ja, es ist einzigartig.« Ich stimmte in sein Lachen ein und musterte den rosafarbenen Dildo, der jeweils an der Spitze und am Ende mit zwei Kondomen bestückt war. Das Ganze sollte wohl ein Auto darstellen, denn der »Fahrer« war eine männliche Puppe in Polizeiuniform, die Harmony obenauf drapiert hatte. Um deren Hals hingen rosafarbene Plüschhandschellen. Im Karton befand sich eine Postkarte mit dem Spruch: »Kein Geld für Benzin? Batterien sind günstiger. Gute Fahrt.« Auch wenn ich das Geschenk sehr lustig fand, würde ich es unter keinen Umständen mit nach Hause nehmen.

Aus den Augen, aus dem Sinn. Sollen doch Adam oder Nox damit spielen. Der Gedanke brachte mich zum Grinsen, ließ mich jedoch gleich darauf angewidert das Gesicht verziehen. *Ih!*

»Siehst du, Ave. Und genau das werden wir auch weiterhin tun.«

Ich war völlig in meine Gedanken vertieft und brauchte einen Moment, bis ich verstand, worauf Adam anspielte. Als ich den Blick hob, lächelte er sanft. »Normalität? Denkst du, das geht wirklich?«

»Das werden wir herausfinden müssen. Aber ich bin der Meinung, einen Versuch ist es wert, oder?«

Ich nickte schwach. Ja, einen Versuch war es allemal wert. Auch wenn der Gedanke etwas Beruhigendes und zugleich Abstoßendes hatte. Ich wusste einfach nicht, wie ich nach all den Geschehnissen der letzten Tage wieder ein normales Leben führen sollte. Manche Dinge konnte ich nicht einfach ignorieren. Wie zum Beispiel das Tattoo, das sich immer wieder mit einem leichten Jucken in mein Bewusstsein drängte. Oder Nox.

»Und was machen wir mit deinem Bruder?« Bei dem letzten Wort verzog ich das Gesicht. Ich wollte diese Nervensäge nicht einmal im Spaß als Teil von Adams Familie bezeichnen. »Wir können ihn ja schlecht mit zur Schule nehmen. Er sieht wie ein Collegestudent aus.« Während ich Adam mit fragendem Blick betrachtete, lümmelte ich mich in meine Couchecke, zog mir ein Kissen vor die Brust und umklammerte es, als würde es mir Schutz bieten. Als meine Schulter mit dem Polster in Berührung kam, durchfuhr mich ein Schmerz und ich sog scharf die Luft ein. Mir war bewusst, dass ich Adam und Nox von dem Tattoo erzählen musste, aber gerade waren andere Themen wichtiger.

Adam bemerkte meine Reaktion, sprach mich jedoch nicht darauf an. Stattdessen beantwortete er meine Frage. »Nein, Nox bleibt hier im Haus. Oder von mir aus soll er sich auf den Straßen die Zeit vertreiben. Aber er braucht keinen Babysitter. Er ist klug genug, sich nicht in Schwierigkeiten zu bringen. Auch wenn er die letzten Jahrhunderte nicht mehr auf menschliche Art gelebt hat, hat er dennoch genug mitbekommen, um zurechtzukommen.«

Ich nickte. Nicht weil ich Adam recht gab, sondern weil ich ihm vertraute. Wenn er der Meinung war, Nox würde uns keine Probleme bereiten, musste ich mich auf sein Wort verlassen.

Nachdem wir eine Weile unseren Gedanken nachgegangen waren, wagte ich mich an die nächste Frage. »Erzählst du mir, was Nox ist? Ist er tatsächlich ein Dämon?« Ohne es genau benennen zu können, war ich mir sicher, dass der Seelenjäger ein anderes Geheimnis verbarg. »Ich meine, wenn er wirklich aus der Hölle kommt, wieso gibt es dann so viele Parallelen zwischen euch? Und weshalb hasst du ihn dermaßen? Was ist zwischen euch vorgefallen?« Es musste etwas Gravierendes sein. Adam war wirklich nicht nachtragend. Bei einer ehrlich gemeinten Entschuldigung verzieh er einem für gewöhnlich.

Augenblicklich verdüsterte sich Adams Miene. Offenbar hatte ich das falsche Thema angeschnitten. »Das ist eine lange Geschichte, Avery, und gerade ist nicht der richtige Moment, um Horrorgeschichten aus der Versenkung zu holen. Aber du hast recht: Zwischen uns bestehen viele Parallelen. Merk dir daher einfach Folgendes: All das, was du über mich erfährst, trifft auch auf ihn zu. Und umgekehrt.«

Mit diesen Worten wandte er sich dem immer noch stummen Fernsehprogramm zu und ich verstand den Wink. Wenn er nicht darüber reden wollte, würde ich seine Privatsphäre respektieren und ihn nicht drängen. Solange es nichts mit den Prüfungen zu tun hatte, ging es mich auch nichts an.

Um die aufkommende Anspannung zu vertreiben, ehe sie erneut Besitz von uns ergriff, wechselte ich das Thema. »Hast du Lust auf einen Film? Vielleicht finden wir was im Fernsehen. Sonst können wir uns auch eine DVD ausleihen. Online werden wir mit diesem alten Kasten wohl nichts sehen können, oder?« Betont lässig drehte ich mich zu Adam um, der mich mit einem frechen Grinsen ansah.

»Ein Film? Klar, wie sollte man den achtzehnten Geburtstag seiner besten Freundin sonst verbringen wollen?«

»Blödmann! Hast du eine bessere Idee? Wir können ja nicht einfach an den Strand fahren und deinen Nox hierlassen, oder?«

Adam zuckte gelassen mit den Schultern. Offenbar hatte er nichts gegen den Vorschlag einzuwenden. »Wir könnten schon. Immerhin weiß er, wo Geld liegt, er kann ein Telefon bedienen und in der Küche liegen unzählige Flyer von Lieferdiensten. Für ein warmes Mittagessen wäre also gesorgt. Aber ich befürchte, er könnte aus Langeweile auf die glorreiche Idee kommen und uns suchen. Oder – und das wäre noch schlimmer als Nox in der Nähe von halb nackten Frauen – er lädt ebendiese hier ins Haus ein und stellt mit ihnen Dinge an, die ich gar nicht so genau wissen will.« Für einen Moment versank Adam in seinen Gedanken und schüttelte sich angewidert. »Vielleicht sollten wir also doch lieber hierbleiben und ein Auge auf ihn haben.«

Ich nickte bestätigend. Dank Nox würde ich sowieso nie wieder unschuldig an den Strand gehen können. Die Bilder dieses kleinen blonden Mädchens hatten sich für immer in meinen Verstand gebrannt.

Um mich von der Erinnerung abzulenken, schnitt ich ein anderes Thema an, das mir schon eine Weile in meinem Kopf herumspukte. »Einverstanden. Aber jetzt, da du es gerade ansprichst: Woher hast du eigentlich das Geld? Wer bezahlt das Haus, die Rechnungen und all das? Ich dachte immer, deine Eltern würden dir etwas schicken, aber ...«

Adam lachte leise. »Wenn ich sagen würde, es ist ein Gottesgeschenk, wäre das zu einfach, oder?«

Ich nickte.

»Okay, dann eben die Wahrheit.« Adam blies seine Wangen auf und stieß geräuschvoll die eingeatmete Luft aus. »Es gibt Institutionen, Vereine, Organisationen, die ... Wie sag ich es am besten?!« Er blickte hinauf zur Decke und dachte über seine Worte nach. »Die uns finanziell unterstützen und im Gegenzug die eine oder andere Hilfe unsererseits erhalten.«

Fragend hob ich eine Augenbraue. Ich wusste nicht, ob er absichtlich so kryptisch sprach, damit ich die Bedeutung des Gesagten nicht begriff, oder ob er es nicht besser erklären konnte. So oder so, ich wollte nicht nachfragen. Solange Adams Leben funktionierte und er nichts Illegales tat, würde ich nicht nachhaken. Immerhin gab es vieles, das ich selbst erst noch verstehen musste und das im Zusammenhang mit den Prüfungen stand. Außerdem gab es auch Dinge, die mich nichts angingen, egal, wie neugierig ich war.

»Gut, dann lass uns heute einfach nur die Ruhe genießen, solange sie anhält.« Ich nahm die Fernbedienung vom Tisch und sah Adam fragend an. »Worauf hast du Lust?«

»Keine Ahnung, such du was aus. Ich glaube eh nicht, dass wir einen ganzen Film sehen können. Denn wenn Nox aufwacht, ist es mit der Ruhe vorbei.«

***

Schließlich waren wir beim dritten Film angelangt, als Nox verschlafen und mit einer abgeschnittenen Jogginghose bekleidet ins Wohnzimmer tapste. Wir hatten seine Abwesenheit genutzt und zur Feier des Tages Pizza bestellt. Da wir nicht wussten, wie lange Nox schlafen würde, hatten wir mit dem Essen nicht auf ihn gewartet und unsere Pizzen bereits verschlungen. Der geöffnete Karton, der auf dem Stapel ganz oben lag, präsentierte einen dunklen und von Öl durchtränkten Boden, ein paar Krümel und ein letztes, längst erkaltetes Teigstück, das keinen Platz mehr in meinem Bauch gefunden hatte. Adam hatte seine Pizza komplett aufgegessen und mir sogar noch ein wenig mit meiner geholfen.

Nox umrundete die Couch und steuerte auf den Sessel zu, den er bereits vor seinem Nickerchen besetzt hatte, während er uns neugierig musterte. Offenbar verwunderte es ihn, Adam und mich aneinandergekuschelt auf der Couch liegen zu sehen. Doch zu meiner Überraschung behielt er den Kommentar, der bereits auf seinen Lippen hing, für sich.

Ich sah ihm zu, wie er sich in den Sessel fallen ließ und seine Aufmerksamkeit auf den Couchtisch lenkte. Dabei wechselte sein Blick von Neugier zu Überraschung. Seine Augen weiteten sich eine Spur und seine Lippen kräuselten sich zu einem breiten Grinsen, während er auf die Kartons blickte. Ich verstand nicht, was an dem Pappstapel so witzig war, wollte aber auch nicht nachfragen und ihm damit das Gefühl geben, an einer Unterhaltung interessiert zu sein. Stattdessen konzentrierte ich mich wieder auf den Actionfilm, der gerade lief.

Wortlos beugte sich Nox über den Tisch und legte den obersten Karton zur Seite, um die anderen beiden auf ihren Inhalt zu prüfen. Dabei offenbarte er den Grund für sein Grinsen.

Harmonys Geburtstagsgeschenk.

Verdammt! Das hatte ich völlig vergessen. Als das Essen kam, hatten wir die Kartons achtlos auf den Tisch gestellt, ohne dieses pinke Desaster wegzuräumen. Nach unserer Mahlzeit hatte ich keinen weiteren Gedanken daran verschwendet und mich gemeinsam mit Adam auf die Couch gelümmelt. Dank des Kartonstapels hatte ich dieses blöde Ding auch nicht mehr gesehen.

Ungewollt sah ich zu Nox, der meinen Blick erwiderte. Augenblicklich schoss mir das Blut in die Wangen und mein Puls beschleunigte sich. Gab es etwas noch Peinlicheres?

Als Nox den Mund öffnete, um etwas zu sagen, starrte ich schnell wieder auf den Fernseher. Dennoch nahm ich aus den Augenwinkeln wahr, wie er mich weiter ungerührt angrinste. Wütend presste ich meine Lippen fest zusammen und versuchte meine brodelnden Emotionen zu unterdrücken. Dabei musste ich mich am Riemen reißen, meinen Blick nicht erneut auf Nox zu richten.

Jeden Moment rechnete ich mit einem dummen Spruch, aber zu meiner Überraschung kam es nicht dazu. Stattdessen zog der Dämon den Karton aus dem Stapel, der die übrig gebliebene Pizza beinhaltete, und legte ihn auf seinen Schoß. Daran, dass das Essen längst kalt war, schien er sich nicht zu stören. Schweigend, und den Blick endlich auch auf den Fernseher gerichtet, machte er sich über die Teigstücke her und spülte mit der Cola nach, die der Lieferant als Dankeschön für unsere Bestellung mitgebracht hatte.

Auch ich wollte mich wieder auf den Film konzentrieren, aber wegen Nox' Pizzakartonumbaumaßnahme war Harmonys Geschenk nun ständig in meinem Blickfeld. Ich dachte kurz darüber nach, das Ding wegzuräumen, doch damit würde ich Nox womöglich zu einem blöden Spruch animieren. Aus diesem Grund beschloss ich, alles beim Alten zu lassen und die Ruhe zu genießen.

***

Der Film ging zu Ende und der nächste begann. Wir schwiegen weiterhin, jedoch war es eine zerbrechliche Stille, die jeden Moment enden konnte. Deswegen kostete es mich große Mühe, den Mund zu halten, da ich das Gefühl hatte, als wollte Nox mich um jeden Preis provozieren. Immer wieder bemerkte ich, wie er mir unverhohlen musternde Blicke zuwarf, die, sobald ich sie widerwillig erwiderte, zu Harmonys Geschenk glitten, ehe er seine Aufmerksamkeit wieder dem Fernsehprogramm widmete. Das Ganze geschah vier Mal und ich wusste nicht, ob Adam etwas von diesen stummen Blickduellen mitbekam, denn er rührte sich nicht ein einziges Mal. Zwischendurch überzeugte ich mich davon, dass er nicht eingeschlafen war, doch als sich unsere Blicke trafen, lächelte er mich liebevoll an, als wäre alles in bester Ordnung.

Gegen acht Uhr hielt ich es nicht mehr aus. Entweder verließ ich jetzt das Haus oder ich würde Nox anmotzen müssen. Das wiederum würde unweigerlich zu einer Eskalation führen.

»Ich sollte langsam nach Hause fahren. Mom wartet sicher schon auf mich.« Ich quälte mich von der gemütlichen Couch hoch und strich mir über die längst getrockneten, aber müffelnden Klamotten. Zu Hause würde ich als Erstes duschen und mich umziehen. Ich nahm mir vor, nie wieder zu Fuß hierherzukommen oder wenigstens Ersatzklamotten dabeizuhaben.

»Ja, gute Idee. Außerdem ist morgen wieder Schule.« Adam stand ebenfalls auf und wandte sich an Nox. »Ich fahre mit Avery. Kommst du allein klar? Meine Handynummer hängt neben dem Telefon, falls was sein sollte.«

Überrascht sah ich zu Adam. Ich dachte, er würde bei Nox bleiben, aber offensichtlich hielt er es ebenfalls nicht länger mit ihm aus.

Nox, der gemütlich im Sessel lümmelte und dabei seinen rechten Fußknöchel auf seinem linken Knie platzierte, sah Adam mit weit aufgerissenen Augen an. »Was? Ihr wollt mich allein lassen? Hier in dem großen Haus? Verdammt, was soll ich nur ohne euch tun?« Zur Unterstreichung seiner schlechten Schauspielkünste bebte seine Unterlippe.

Adam spannte seine Muskeln an und ballte die Hände zu Fäusten. Nur mit Mühe konnte er sich zurückhalten. »Vergiss einfach, dass ich gefragt habe. Wir sehen uns morgen.« Mit einem Knurren wandte er sich ab und ging in Richtung Haustür.

Unschlüssig stand ich vor der Couch und musterte Nox. Mal wieder wusste ich nicht, ob ich lachen oder den Dämon für seinen Spruch maßregeln sollte. Unter normalen Umständen wäre seine Reaktion witzig gewesen, in unserer Situation jedoch verfehlte sie ihre Wirkung.

»Was ist, Kleines? Worauf wartest du? Oder willst du doch hier bei mir bleiben?« Nox grinste mich breit an und ich meinte, erneut diesen unterschwelligen Ton in seiner Stimme gehört zu haben. Eine deutliche Einladung, auf seine Provokation einzugehen.

»Lieber würde ich mit Ratten unter einer Brücke schlafen.« Ich bedachte ihn mit einem sarkastischen Lächeln und wandte ihm schließlich den Rücken zu, um Adam zu folgen.

»Das könnte aber sehr ungemütlich werden. Ganz im Gegensatz zu Adams Bett oben im Schlafzimmer.«

Leise und sinnlich drangen Nox' Worte direkt in mein Ohr. Überrascht blieb ich stehen. Als ich mich im selben Moment umdrehte, sah ich wieder auf seine nackte Brust, die sich direkt vor meiner Nasenspitze befand. Ich hob meinen Blick und sah Nox' amüsiertes Grinsen. »Was ist? Du willst doch nicht ernsthaft mitkommen, oder?«

Nox lachte. »Zum Teufel, nein! Aber das da«, er zeigte in Richtung der Haustür, »ist der einzige Weg aus dem Haus. Und ich hatte nicht vor, meinen ersten Abend als Sterblicher allein zu verbringen.« Er zwinkerte und ich verdrehte die Augen. »Es sei denn, du bleibst hier und leistest mir Gesellschaft.« Kurz zuckte sein Blick zum Couchtisch, wo Harmonys Geschenk wie auf dem Präsentierteller stand. Dann richtete er seine Aufmerksamkeit wieder auf mich.

Ungewollt spürte ich, wie mein Gesicht zu glühen begann und mein Puls sich beschleunigte. *Dieser eingebildete, arrogante …* Niemals und unter keinen Umständen würde ich auf eine solche Einladung eingehen. Und erst recht nicht, wenn sie von ihm kam.

Ehe ich die Möglichkeit hatte, meine stummen Gedanken laut auszusprechen, kam mir Adam zuvor. »Was hast du vor?« Blanker Argwohn schwang in seiner Stimme mit.

»Was soll ich schon vorhaben? Ich gehe raus und lerne ein paar Leute kennen. Es wird eine interessante Erfahrung werden, Frauen auf herkömmliche Art zu beglücken.«

Während er sprach, sah er mich durchdringend an und auf seinen Lippen lag wieder dieses feine Lächeln, das ich so hasste. Wenn dieser Blick auf mir ruhte, kam ich mir vor, als stände ich nackt auf einer Bühne und alle Scheinwerfer wären auf mich gerichtet.

»Gott, du hältst dich wirklich für unwiderstehlich, oder?« Ich verschränkte meine Arme vor der Brust.

»Falsche Abteilung, Kleines. Aber ja, du hast recht. Was jedoch nicht allein an meinem atemberaubenden Aussehen liegt. Auch diese ganze Übernatürlichkeit trägt ihren Teil dazu bei, was ich jedoch nur ungern zugebe.«

»Du bist wirklich …« Ich rang um Worte.

»Bezaubernd? Faszinierend? Verführerisch?«

Sein Blick weckte in mir den Wunsch, ihn zu schlagen. Mal wieder.

»Brechreizverursachend!«

Nox riss seine Augen auf und sah mich überrascht an, aber seine Lippen zeigten weiterhin ein Lächeln. »Das meinst du …«

»Komm, Ave. Lass uns gehen, solange ich mich noch beherrschen kann.« Adam hatte bereits die Tür geöffnet. Frische, kühle Abendluft wehte ins Haus und half mir, die wirbelnden Gedanken zu sortieren.

Ein letztes Mal funkelte ich Nox erbost an. Er sollte bloß nicht denken, ich würde auf seine arrogante Tour hereinfallen. Mit Sicherheit gab es genug Frauen, die auf so was standen. Sollte er sich doch mit denen vergnügen.

Selbstbewusst kehrte ich dem Blödmann den Rücken und durchquerte das Wohnzimmer. Ich lief an Adam vorbei aus dem Haus und entdeckte mein Auto, das brav am Straßenrand auf mich wartete. Auf dem Hinweg war ich völlig in meine Gedanken vertieft gewesen und hatte gar nicht registriert, wo es geparkt war.

Adam folgte mir. Er warf mir den Wagenschlüssel zu, den ich geschickt auffing, um sogleich per Tastendruck die Türen zu öffnen. Mit einem unterdrückten Seufzen glitt ich auf den Fahrersitz und sah mich um. Die Polster waren dunkelgrau und rochen schwach nach einer Mischung aus Zigarettenqualm und Zitronenduftbäumchen. Ein moderner CD-Player schien nachträglich eingebaut worden zu sein. Der Wagen hatte elektrische Fensterheber und sogar eine Klimaanlage. Ich war im siebten Wagenhimmel.

»Ist alles okay, Avery?« Adam hatte es sich auf dem Beifahrersitz bequem gemacht.

Überrascht sah ich ihn an. »Ja klar, wieso?« Es war beängstigend, wie oft er mir diese Frage in den letzten Tagen gestellt hatte. Entweder konnte Adam trotz der nicht mehr existierenden Fähigkeiten Gedanken lesen oder ich musste besser auf meine Mimik aufpassen.

Anstatt zu antworten, warf Adam einen Blick über seine Schulter. Ich machte es ihm mit einem Umweg über den Rückspiegel nach. Auf dem Bürgersteig stand Nox, die Arme lässig vor der Brust verschränkt und einen nachdenklichen Ausdruck im Gesicht.

»Nur so.« Adam seufzte ermüdet. »Komm, lass uns nach Hause fahren.«

SECHZEHN

Am nächsten Morgen saß ich wieder mit Adam im Auto. Auf dem Weg zur Schule herrschte angenehmes Schweigen und ich dachte an den gestrigen Abend zurück.

Als wir zu Hause angekommen waren, erwartete uns meine Mom bereits im Flur und wir fielen uns wortlos in die Arme. Keiner von uns beiden entschuldigte sich und dennoch wussten wir, wie leid es dem jeweils anderen tat. Das war das Besondere an unserer Mutter-Tochter-Beziehung. Wir verstanden uns ohne Worte.

Anschließend quetschte meine Mom uns bei einem weiteren Stück Schoko-Bananen-Kuchen aus. Sie wollte wissen, was wir den ganzen Tag mit Nox – Adam beruhigte sie, Nox sei nur ein Spitzname von Nicholas, was mir ein überraschtes Husten entlockte. Nicholas? *Ernsthaft?* – gemacht hatten. Adam hatte mir auf der Fahrt nach Hause erklärt, dass er Unwahrheiten nicht über die Lippen bringen konnte, dass seine aufgezeigten Illusionen jedoch keine richtigen Lügen waren. Weil auch ich es bevorzugte, die Wahrheit zu sagen, wichen wir Moms Fragen mit knappen, ungenauen Antworten aus und wechselten anschließend das Thema, bis sie keine Lust mehr hatte, ihre Fragen ständig zu wiederholen.

Den restlichen Abend verbrachten wir vor dem Fernseher. Während meine Mom und Adam sich einen alten Krimi ansahen, kramte ich mein Handy raus. Harmony und Killian hatten mir tatsächlich bereits am Morgen geschrieben und mir zum Geburtstag gratuliert. Sie waren beide traurig, »diesen besonderen Tag« nicht gemeinsam mit mir verbringen zu können, hofften aber, dass mir ihr Geschenk gefiel. Dieser Zusatz stand natürlich nur in Harmonys SMS und allein bei dem Gedanken daran bekam ich gleich wieder heiße Wangen. Dabei lag das weniger an dem Präsent selbst, sondern vielmehr an Nox' anzüglichem Grinsen, als wir das Haus verlassen wollten.

Nachdem ich den beiden gedankt und Killian erklärt hatte, dass ich tatsächlich nicht sauer war und die Idee sogar ganz witzig fand, zog ich mir meinen Laptop auf den Schoß und versuchte, etwas Hilfreiches über die sieben Todsünden herauszufinden. Leider fand ich nur ein paar uninteressante Wikipedia-Artikel, Internetseiten, auf denen stand, wie man Dämonen oder einen Teufel beschwor.

O mein Gott! Wenn das wirklich funktioniert, ist mir klar, weshalb die Welt vor dem Untergang steht.

Immerhin wusste ich jetzt, was die Todsünden bedeuteten, und kannte ihre Namen: Superbia, Avaritia, Luxuria, Ira, Gula, Invidia und Acedia. Oder anders gesagt: Hochmut, Geiz, Wollust, Zorn, Völlerei, Neid und Faulheit. Leider brachte mich das der Bewältigung unserer Prüfungen kein Stück weiter.

Als ich auf den Schulparkplatz fuhr, schweiften meine Gedanken zu Nox. Adam hatte gestern Abend und heute Morgen mehrmals versucht, ihn telefonisch zu erreichen, aber er war nicht rangegangen. Nicht dass ich mir Sorgen machte, aber es ärgerte mich, wie Nox sich benahm. Dabei gab Adam sich wirklich Mühe mit diesem Idioten. Unweigerlich fragte ich mich, weshalb Adam sich für Nox verantwortlich fühlte. Lag es tatsächlich nur an den Prüfungen oder hatte es etwas mit ihrer gemeinsamen Vergangenheit zu tun?

»Woran denkst du gerade?« Adams Stimme überrumpelte mich und ich antwortete reflexartig.

»An Nox.« Erst als ich Adams fragenden Blick bemerkte, registrierte ich, wie das womöglich bei ihm ankommen musste. »Ich habe mich gefragt, wo er gestern Abend noch war. Welchen Mist er womöglich angestellt hat und welche arme Frau so erbärmlich sein konnte, sich tatsächlich auf ihn einzulassen.« Ich parkte meinen Wagen, zog die Handbremse an und machte den Motor aus, ehe ich mich abschnallte.

»Ehrlich gesagt will ich mir das gar nicht vorstellen. Wahrscheinlich muss ich umziehen, nachdem das alles vorbei ist.« Adam schüttelte sich angewidert und ich lachte leise.

»Na ja, diese ganzen Organisationen, Vereine oder was auch immer werden wohl ein Zuhause für dich finden, wenn du ihnen erklärst, warum das Haus am besten gleich komplett abgerissen werden muss.«

Adam stimmte in mein Lachen ein, wirkte jedoch traurig. »Ja, wahrscheinlich. Aber lass uns nicht weiter über das Ende der Prüfungen reden. Bis dahin haben wir einen weiten Weg vor uns und wir sollten uns zunächst auf die aktuelle Situation konzentrieren.«

Ich nickte schweigend. Auch Adam blieb einen Moment still, ehe er den Faden wieder aufnahm. »Und glaub mir, ich will Nox nicht in Schutz nehmen, aber in diesem speziellen Fall kann er nichts für seine Anziehungskraft bei Frauen. Es liegt nicht allein an ihm. Menschen reagieren instinktiv auf uns. Ihr spürt unsere übernatürliche Macht und Stärke, was euch unweigerlich anlockt. Dabei ist das Aussehen nur von zweitrangiger Bedeutung. Ihr könnt nicht einmal genau sagen, was euch an uns fasziniert. Es ist einfach so. Deswegen ...« Adam senkte verlegen den Blick und ein zartes Rosé bildete sich auf seinen Wangen.

»Deswegen stehen all die Frauen auf dich.«

Natürlich! Das erklärte ein weiteres von Adams Phänomenen. Ich musste mich zwingen, mir nicht die Hand vor die Stirn zu schlagen. Wieso war ich da nicht früher drauf gekommen? Immerhin erklärte das diese blöde Anziehung, wenn ich Nox in die Augen sah.

»Es ist wie bei der Motte und dem Licht. Unweigerlich werdet ihr von uns angezogen.« Meinem besten Freund schien diese Tatsache unangenehm zu sein.

»Tja, Adam.« Ich grinste amüsiert. »Nach zweitausend Jahren solltest du dich aber langsam daran gewöhnt haben, ein umschwärmter Frauenheld zu sein. Nox ist es offenbar gelungen.« Seinen Namen ein weiteres Mal laut auszusprechen versetzte meiner guten Laune einen Dämpfer.

»Und genau das unterscheidet uns voneinander. Er hat keine Skrupel, diese Anziehung auszunutzen.«

Nachdenklich kaute ich auf meiner Lippe. »Aber heißt das, er … na ja, es geschieht doch einvernehmlich, oder?« Auch wenn ich nicht besonders viel von Adams Scheinbruder hielt, wäre diese Offenbarung mehr, als ich ertragen konnte.

Adam lachte leise. »O Gott, ja! Er vergewaltigt sie nicht und zwingt sie auch zu nichts. Er tut ihnen sogar irgendwie einen Gefallen, denke ich.« Auch Adam zog nun nachdenklich die Stirn in Falten. »Du musst es dir wie bei einem umschwärmten Popstar vorstellen. All die Groupies, die sich um ihn versammeln, sind nicht wirklich in ihn verliebt. Sie werden von dem Ruhm, dem Ambiente und lediglich zu einem kleinen Teil von seinem Aussehen angezogen. Sie denken nur, sie seien verliebt. Und wenn es dann tatsächlich einmal zu einem Treffen kommt, spielen ihre Hormone verrückt. In diesem Moment sind sie in ihrem eigenen kleinen Himmel. Aber die Gefühle, das Verlangen, das ist nicht echt.«

Ich dachte über Adams Worte nach. »Okay, das mag ja alles stimmen, dennoch kann ich mir nicht vorstellen, warum die Frauen auf Nox fliegen. Auf mich hat er keine solche Anziehung.« *Zumindest nicht so stark, dass ich auf seine Einladungen eingehen würde.* »Und du übrigens auch nicht, ehrlich gesagt.« Das stimmte. Bei Adam hatte ich diese Spannung noch nie wahrgenommen, egal, wie oft und wie lange ich ihm in die Augen gesehen hatte.

Er lachte leise und nickte dabei, als wären meine Worte für ihn keine Neuigkeit. »Ich weiß. Denn wie ich dir bereits sagte, Ave: Du bist etwas Besonderes. Und das ist unter anderem ein Grund dafür.«

»Jaja, schon klar.« Lachend rollte ich die Augen. »Bringen diesen Spruch nicht Typen, wenn sie nicht mit einer Frau schlafen wollen? ›Du bist etwas ganz Besonderes, deswegen kann ich nicht mit dir zusammen sein!‹« Ich imitierte die Stimme irgendeines ungehobelten Machos aus einem dieser nervigen Teenie-Filme.

Adam lachte nun ebenfalls. »Ja, du hast recht. Das klingt wirklich abgedroschen. Aber es ist die einzige Erklärung, die ich habe. Tut mir leid.«

Mit einem Schulterzucken tat ich seine Sorge ab. »Ist ja auch egal. Ich bin nur froh, dass es so ist. Stell dir vor, einer von uns hätte tatsächlich Gefühle für den anderen. Oder noch schlimmer, wir wären ein Paar.« Allein bei der Vorstellung wollte ich am liebsten lachen und mich gleichzeitig angewidert schütteln.

Adam sah mich überrascht an. »Noch schlimmer? Was wäre denn daran so katastrophal? Also, abgesehen von den Problemen, von denen ich dir am Samstag erzählt habe.«

Nun lag es an mir, mein Gegenüber verblüfft anzusehen. »Meinst du die Frage ernst?«

Adam nickte.

»Abgesehen davon, dass wir uns seit dem Kindergarten kennen und so ziemlich alles voneinander wissen, würden Gefühle unsere Mission nur verkomplizieren, meinst du nicht? Wie sollten wir uns denn auf die Prüfungen konzentrieren, wenn wir ständig knutschen oder kuscheln würden und Sex hätten?« Unweigerlich kam mir Harmonys Geschenk in den Sinn und ich nahm mir vor, dieses blöde Ding sofort zu entsorgen, sobald ich das nächste Mal bei Adam war. Ich war wirklich nicht prüde, aber mit ihm über gemeinsamen Sex zu reden ließ meine Wangen wie Feuerwehrlicht leuchten, wie ich mit einem kurzen Blick in den Rückspiegel feststellte.

Adam schüttelte knapp den Kopf, ehe er mich wieder ernst ansah. »Nein, Ave, das siehst du falsch. Liebe gibt uns Kraft, Mut, Hoffnung und Stärke. Wahre Liebe findet sich nicht nur in körperlichen Dingen. Sie ist eine Verbindung zweier Seelen, die für immer zusammengehören. Die in jeder Lebenslage füreinander einstehen, sich Halt und Zuversicht spenden. Genauso wie du und deine Mom. Und genauso wie wir beide. Das ist Liebe, Avery. Wir müssen nicht ineinander verliebt sein oder romantische Gefühle entwickeln. Trotzdem lieben und vertrauen wir einander. Und genau das ist es, was uns über Luzifer siegen lassen wird.«

Ich sah Adam mit großen Augen an. Ein dicker Kloß hatte sich in meinem Hals gebildet und das Innere des Wagens kam mir auf einmal viel kleiner vor. Dennoch fühlte ich mich nicht unwohl. Ganz im Gegenteil. Adam hatte mir wieder vor Augen geführt, wie stark wir waren, solange wir zusammenhielten. Und dass es egal war, welche Meinung andere über unsere Freundschaft hatten. Wir würden füreinander bis ans Ende der Welt gehen. Weil wir uns liebten. Wie eine Familie.

»Jetzt sollten wir lieber aussteigen, bevor du mir wieder vorwirfst, ich würde dich zum Weinen bringen.« Adam lächelte mich frech an und knuffte mich in die Seite.

»Haha, du Blödmann.« Ich blinzelte die rührseligen Tränen weg und schluckte den Kloß in meinem Hals herunter. »Aber sicherlich weiß sowieso jeder, der am Samstag am Strand war, dass wir beide nicht mehr zusammen sind. Wenn ich jetzt also heulend durch die Flure laufe, wirft das nur ein schlechtes Licht auf dich.« Ich streckte Adam die Zunge raus und stieg mit einem Hauch Melancholie aus dem Auto.

Er stieg ebenfalls aus. »Hm, gar keine schlechte Idee. Vielleicht sollte ich den verlassenen, am Boden zerstörten Ex-Freund mimen, damit die Frauen Mitleid mit mir haben.«

Er nahm unsere Rucksäcke von der Rückbank und reichte mir meinen. Doch sobald ich die schwere Tasche auf den Rücken hievte, protestierte meine Schulter, als würde sie mich stumm an meine Beichte erinnern wollen. Eigentlich hatte ich gestern Abend noch vorgehabt, ihnen von dem Tattoo zu erzählen, doch dann war ich wegen meiner Recherchen abgelenkt gewesen und hatte es verdrängt. Aber ich sah auch keine große Eile darin. Immerhin würde es nicht wieder verschwinden. Probleme lösten sich nicht einfach so in Luft auf. *Leider.*

Adams Worte entlockten mir ein amüsiertes Lachen. »Wofür willst du Mitleid kassieren? Du kannst dich doch auch so kaum vor schmachtenden Mädels retten. Besonders Alyssa und ihre Clique haben einen Narren an dir gefressen.« Wir verließen den Parkplatz und schlenderten in Richtung des Schulgebäudes. »Außerdem scheinst du auch nicht ganz abgeneigt zu sein. Immerhin warst du am Samstagabend mit ihnen schwimmen.« Grinsend stieß ich Adam mit meiner Schulter an.

»Das, na ja, okay, aber …« Adam begann zu stammeln und ich sah ihn perplex an.

»Adam Jacob Hill!« Mit einer schnellen Bewegung stellte ich mich vor ihn und zwang ihn auf diese Weise, ebenfalls stehen zu bleiben. »Seit wann wirst du so verlegen, wenn wir über Alyssa reden?« Als sich eine dezente Röte über seine Wangen ausbreitete, traute ich meinen Augen kaum. »O mein Gott! Du magst sie wirklich, oder?« Bisher hatte er nie auch nur etwas in diese Richtung angedeutet.

»Es ist nicht so, wie du denkst.« Adam hatte zu seiner sonst üblichen Souveränität zurückgefunden und legte mir schmunzelnd seine Hände auf die Schultern. »Sie ist anders, als du vermutest, und die Sache komplizierter, als es aussieht.«

»Was genau bedeutet das nun wieder? Und wieso hast du mir nie davon erzählt?« Dachte er, ich wäre eifersüchtig oder ich würde ihm sein Glück nicht gönnen? Vielleicht waren Alyssa und ich nicht die besten Freundinnen, aber wir kannten uns auch kaum. Womöglich würden wir uns sogar ganz gut verstehen.

»Wie ich sagte, es ist kompliziert. Außerdem gibt es überhaupt nichts zu erzählen. Wir sehen uns nur in der Schule oder eben auf Partys. Wir haben keine Dates oder so.«

»Okay. Wenn du es mir nicht verraten willst, finde ich es eben selbst heraus.« Mit zusammengezogenen Augenbrauen legte ich einen Arm vor meine Brust und tippte mit dem Zeigefinger der freien Hand gegen das Kinn, während Adam mich amüsiert beobachtete. »Sie ist Single, soweit ich weiß. Also kann es sich nicht um eine dieser Highschooldramen handeln, in denen sich zwei Typen um ein Mädchen prügeln. Abgesehen davon würdest du bei so was nie mitmachen.« Einen Moment grübelte ich weiter. »Ich weiß nichts über ihre Familie, aber religiös scheint sie nicht zu sein. Und diese Klischeeregel ›Keine Dates vor dem Abschluss‹ schließe ich ebenfalls aus. Wobei«, ich lachte leise, »wenn es um das Thema Religion ginge, wärst du der perfekte Freund.«

Adam schüttelte lachend den Kopf. »Avery, du wirst nicht darauf kommen. Egal, wie lange du überlegst. Spar dir also die Mühe.« Mit einem Kopfnicken deutete er zum Schulgebäude. »Aber wir riskieren es, zu spät zum Unterricht zu kommen, wenn du weiter Sherlock Holmes spielst.« Adam stupste seinen

Zeigefinger gegen meine Stirn und grinste breit. »Vorschlag: Wenn es jemals etwas zu berichten geben sollte, bist du die Erste, die es erfährt. Einverstanden?«

Ich seufzte und nickte ergeben. »Das ist ja auch das Mindeste, was ich verlangen kann!«

Blöde Geheimniskrämerei.

»Gut. Und jetzt lass uns reingehen.« Als Adam mir seinen Arm um die Schulter legte, zuckte ich zusammen. Überrascht nahm er ihn wieder weg. »Was ist? Hab ich dir wehgetan?«

Einen besseren Moment, ihm von dem Tattoo zu erzählen, gab es nicht, aber wenn ich jetzt darüber sprach, würde er es sehen wollen und ich konnte unmöglich mitten auf dem Schulparkplatz mein T-Shirt ausziehen.

»Nein, nein, schon gut. Ich muss mir während des Schlafens einen Nerv eingeklemmt haben.« Ganz bestimmt würde ich Adam nach der Schule davon erzählen. Am besten, wenn Nox dabei war, dann sparte ich mir einen Bericht.

Adam musterte mich skeptisch. Anscheinend glaubte er mir nicht, zum Glück hakte er aber auch nicht nach, als wir unseren Weg ins Schulgebäude fortsetzten.

Die Flure waren noch ziemlich leer, als wir meinen Spind ansteuerten, damit ich die Bücher für den Unterricht rausholen konnte. Adam überlegte gerade laut, wie sich seine verloren gegangenen Fähigkeiten wohl auf den Unterricht, speziell auf seine nicht vorhandenen Hausaufgaben, auswirken mochten, als mir ein paar Meter abseits eine Mitschülerin auffiel, die mit dem Rücken zu uns stand. Sie unterhielt sich mit drei Jungs, die die Mannschaftsjacken des Schulfootballteams trugen. Ich bildete mir gar nicht ein, jedes Mädchen an der Schule zu kennen, aber dieses wäre mir sicherlich im Gedächtnis geblieben, wenn ich es schon einmal gesehen hätte. Dafür war es zu auffällig.

»Wow, wer ist das denn?«

Das Mädchen war ungefähr so groß wie ich, hatte eine zierliche Figur und trug ein weißes, sommerliches Leinenkleid, das gerade eben den Po bedeckte.

Der tiefe Rückenausschnitt präsentierte eine helle, ebenmäßige Porzellanhaut, die von keinem BH verdeckt wurde. Aber das Auffälligste waren die Haare des Mädchens. In dicken, perfekt sitzenden Korkenzieherlocken fielen die glänzenden Strähnen bis knapp über die Schultern. Dabei schimmerten sie in einem kräftigen Aquamarinblau und ich schaffte es kaum, meinen Mund zu schließen. Nur mit großer Willensanstrengung gelang es mir, meinen Blick von dem zauberhaften Wesen zu reißen und Adam anzusehen.

»Wen meinst du?« Sein Blick glitt über den Flur und ich fragte mich, weshalb er überhaupt diese Frage stellte. Über wen ich sprach, war mehr als offensichtlich.

»Hallo? Bist du blind? Ich meine die da vorn. Die mit dem weißen Kleid und den blauen Haaren.« Unauffällig deutete ich in die Richtung des Mädchens, das uns gar nicht beachtete.

»Was?« Adam lachte amüsiert. »Ave, du willst mir doch nicht ernsthaft weismachen, du hättest Alyssa nicht erkannt.« Er verstummte, kaum dass die Worte ausgesprochen waren. »Moment! Was sagtest du gerade? Du kannst ihre blauen Haare sehen?«

Verwirrt runzelte ich die Stirn. »Ähm, ja, natürlich?! Es ist unmöglich, ihre neue Haarfarbe zu übersehen. Weshalb hat sie die Farbe überhaupt gewechselt? Das Schwarz stand ihr toll und sah wesentlich natürlicher aus. Ich meine«, schnell warf ich einen Blick über meine Schulter, »allein mit dem Kleid fällt sie doch schon genug auf.« Der weiße Stoff war beinahe durchsichtig und schmiegte sich reizvoll an ihre Kurven.

Als Alyssa ihr Gespräch beendet hatte und sich zu uns umdrehte, sah ich schnell wieder zu Adam, der mich mit ernstem Blick ansah. »Avery, seit wann kannst du …?« Doch er verstummte, als eine unbekannte, überraschend hohe und sehr einladende Stimme erklang.

»Hallo, Adam.« Alyssa tauchte in meinem Blickfeld auf. Mich beachtete sie gar nicht, dafür begrüßte sie meinen Kumpel mit einem feinen Lächeln. »Ich hab dich am Samstag nach unserer kleinen Schwimmparty vermisst. Wieso bist du denn so schnell abgehauen?« Sie schnurrte die Worte wie eine zufriedene Katze und ihr Blick präsentierte all das, was unausgesprochen zwischen den beiden in der Luft hing. Aber das war nicht der Grund, weshalb ich Alyssa anstarrte. Ich konnte neidlos eingestehen, dass sie mit ihren vollen Lippen und den ausdrucksstarken grauen Augen schon immer sehr attraktiv gewesen war. Doch das war kein Vergleich zu ihrer heutigen Ausstrahlung. Ihre Haut schimmerte perlmuttfarben, ihre Iris glänzte wie flüssiges Silber und die Farbe ihrer Lippen erinnerte an reife Himbeeren. Aus ihren blauen Haaren blitzten kleine weiße Ecken hervor, die mir irgendwie bekannt vorkamen. Leider lenkte mich ihre gesamte Erscheinung ab, sodass ich mich nicht weiter auf dieses Detail konzentrieren konnte.

»Ähm, ja, tut mir leid, es gab eine kleine Planänderung.« Adam lachte verlegen und schob seine Hände in die Taschen seiner Jeans. »Aber wir finden sicherlich eine Gelegenheit, das zu wiederholen.«

»Das hoffe ich sehr, mein Engel.« Alyssa lächelte aufreizend und keineswegs wirkte es billig, sondern sexy und selbstbewusst. Dann hob sie eine Hand, hauchte einen Kuss auf die Fingerspitzen und strich damit über Adams Wange. Als sie an ihm vorbeiging, berührten ihre Brüste seinen Arm.

Ich folgte ihr mit meinem Blick und leerem Kopf. Ihr strahlendes Aussehen hypnotisierte mich.

»Avery, seit wann kannst du Alyssas wahres Erscheinungsbild sehen?«

Adams Stimme riss mich aus meiner Trance und ich blinzelte ein paarmal, ehe ich mich wieder ihm zuwandte. »Was? Was hast du gesagt?«

Hatte er mir eine Frage gestellt? Zumindest sah er mich mit einem ernsten und zugleich fragenden Blick an. Seine Stirn zeigte tiefe Furchen und seine Augenbrauen waren so fest zusammengezogen, dass seine Haut über dem Nasenrücken eine Falte bildete.

»Ich habe dich gefragt, seit wann du Feen sehen kannst?!«

TEIL 2

SIEBZEHN

»Was? Alyssa ist eine *Fee?*« Flüsternd brachte ich das letzte Wort über meine Lippen, während ich in die Richtung sah, in der sie verschwunden war. Ich hatte zwar schon Feen und andere magische Wesen gesehen, aber auf einer Kinoleinwand oder in Büchern.

Meine Gedanken schlugen Purzelbäume. *Alyssa ist eine Fee. Es gibt sie wirklich. Hier unter uns Menschen.*

Das musste ich erst mal sacken lassen. Langsam drehte ich meinen Kopf zurück zu Adam, der mich immer noch mit ernster Miene ansah.

»Ja, und nicht nur eine einfache Fee. Sie ist ...« Er verstummte und musterte mich nachdenklich, ehe er schwach den Kopf schüttelte. »Ach, schon gut. Das ist jetzt nicht wichtig.«

Ich musterte ihn und wusste nicht, was ich darauf erwidern sollte. *Das ist nicht wahr! Oder?* Zumindest bot es eine Erklärung für ihr übernatürlich schönes Aussehen. *Und die kleinen weißen Ecken! Natürlich! Das sind ihre Ohren!* Deswegen waren sie mir so bekannt vorgekommen!

Adams Blick wurde eindringlicher. Er kräuselte die Stirn und beugte sich ein Stück zu mir herunter, um uns etwas Privatsphäre zu verschaffen. »Also? Seit wann kannst du sie sehen?«

Ich warf einen schnellen Blick über meine Schulter. Da sich allmählich weitere Schüler auf dem Gang einfanden, wollte ich sichergehen, dass uns niemand zuhörte. Mit einem Schulterzucken wandte ich mich wieder an Adam. »Keine Ahnung! Am Samstag sah sie noch normal aus. Und gestern hab ich sie nicht ...« Ein plötzlich aufkommender Gedanke ließ mich verstummen. Ich riss sowohl Augen als auch Mund erschrocken auf. »O Gott, Adam! Das ist es!« Ich keuchte, als mir klar wurde, was ich längst hätte erkennen müssen.

»Das muss an dem Tattoo liegen! Das ist auch eine Fee!« Ich griff mir an die Stirn. »Natürlich! Hochmut! Ich habe doch gestern etwas darüber gelesen!« Aufgeregt begann ich von einem Bein aufs andere zu wippen, während ich fieberhaft versuchte, mich an den Artikel zu erinnern. Dabei blickte ich konzentriert auf den Boden und ließ meinen Gedanken freien Lauf. »Hochmut, Eitelkeit, Stolz. So werden Feen charakterisiert. Das kann kein Zufall sein! Es muss sich um die erste Prüfung handeln. Die Todsünde Hochmut! Natür…«

Adam packte meine Oberarme und ich verstummte. Als ich aufsah, bemerkte ich seine angespannte Miene. Seine Lippen waren zu einer harten Linie zusammengepresst. »Avery! Jetzt beruhige dich und sieh mich an!« Er sprach eindringlich. Verwirrung war in seiner Stimme zu hören. »Wovon redest du? Welches Tattoo? Welche Fee? Und was soll das alles mit der Todsünde Hochmut zu tun haben?«

Sein Blick zuckte hektisch über mein Gesicht und ich musste ein albernes Kichern unterdrücken. Seine Irritation stachelte meine prickelnde Aufregung weiter an, ich schaffte es aber, mein Zappeln zu beenden.

»Tut mir leid.« Ich schloss kurz meine Augen und atmete tief durch, ehe ich meine Lider wieder öffnete.

Adams Miene blieb angespannt, aber meine Atemübung musste auch ihn etwas beruhigt haben. Er ließ meine Arme los und verschränkte seine eigenen vor der Brust.

»Gestern, an meinem Geburtstag, wachte ich mit Schmerzen in meiner linken Schulter auf. Zuerst dachte ich, ich hätte mir nur einen Nerv eingeklemmt, aber dann sah ich es im Spiegel, Adam. Ein Tattoo. Ein richtiges, handgroßes Tattoo! Auf meiner Schulter. Und das Motiv ist eine Fee. Sie sitzt auf einer Blüte und schaut hinauf zu einer Mondsichel. Dabei zupft sie an einer Blume.«

Hatte Adam zunächst noch irritiert gewirkt, blitzten seine Augen im nächsten Moment überrascht auf, um mich schließlich verärgert anzusehen. »Und wieso in Herrgotts Namen hast du mir das nicht bereits gestern erzählt?«

Er war jetzt so wütend, dass seine Augen hell aufleuchteten. Da ich diese

Reaktion bereits kannte, schockierte sie mich nicht mehr so sehr wie noch am Samstagabend. Trotzdem war es noch immer gespenstisch. Um seine zitternden Fäuste vor mir zu verbergen, steckte Adam die Hände in die Hosentaschen. Aber die Mühe hätte er sich sparen können. Groll triefte ihm aus allen Poren.

Seine plötzliche Wut traf mich. Er tat ja gerade so, als hätte ich ihn belogen oder mit Absicht unwissend gelassen.

»Tut mir leid! Aber wir hatten auch so genug Dinge zu besprechen.« Ungewollt ging ich in die Defensive. »Und sorry, wenn ich nicht gleich daran gedacht habe, dass auf der Erde irgendwelche Fabelwesen rumlaufen und dieses blöde Tattoo irgendeine Bedeutung haben könnte.«

Auch ich verschränkte nun meine Arme vor der Brust und senkte den Blick. Ein Streit mit Adam war das Letzte, wonach mir der Sinn stand.

Er gab ein gedämpftes Stöhnen von sich. Auch ohne hinzusehen wusste ich, dass er sich mit den Händen über das Gesicht fuhr. Das tat er immer, wenn seine Wut nach dem ersten Ausbruch verraucht war und er sich allmählich wieder beruhigte.

»Okay. Tut mir leid, Ave. Ich wollte dich nicht anmotzen. Aber solche Dinge darfst du mir in Zukunft nicht mehr verschweigen, hast du mich verstanden? Das ist lebenswichtig! Vielleicht hätten wir bereits gestern diese Verbindung herstellen können.«

Seine Entschuldigung dämpfte meine eigene Wut und ich blickte wieder auf. Adam sah mich resigniert an und ich ließ erschöpft die Arme sinken. »Mir tut es auch leid. Du hast ja recht. Ich hätte euch gleich davon berichten sollen. Aber neben all den anderen Dingen kam mir das Tattoo irgendwie unbedeutend vor. Woher hätte ich denn wissen sollen, dass es eine Rolle spielt?« Meine Gedankenlosigkeit ärgerte mich. Zumindest Adam hätte ich sofort davon erzählen müssen. »Aber im Endeffekt ändert es doch nichts, oder? Ich meine, wir wissen auch jetzt nicht, was das alles zu bedeuten hat.« Ehe ich es zurückhalten konnte, kämpfte sich ein leises Lachen tapfer aus meiner Kehle hervor. »Abgesehen davon, dass eine meiner Mitschülerinnen eine Fee ist.«

Trotz der ernsten Lage amüsierte mich dieser Gedanke. *Mein bester Freund ist ein Engel und meine Klassenkameradin eine Fee. Vielleicht ist Nox dann ein Vampir?*

Bevor ich alberne Überlegung weiterspinnen konnte, unterbrach Adam die Stille. »Nicht nur eine, Ave. Hier an der Schule gibt es knapp dreißig Feen. Und in ganz San Francisco kenne ich ungefähr fünfundsiebzig. Tatsächlich sind es viel mehr.«

Sofort verstummte mein Lachen und ich sah Adam mit großen Augen an. »Was? So viele?« Ich schluckte. *Wo kommen die alle her?*

Er nickte. »Ja, deswegen müssen wir auch unbedingt herausfinden, ob du nur eine spezielle Art sehen kannst oder alle.« Er senkte den Blick. Als er mich durch seine dichten hellen Wimpern ansah, wusste ich, dass gleich etwas kommen würde, was mir nicht gefiel. Ich kannte diese Geste. »Siehst du eigentlich nur Feen oder auch andere Wesen?«

Was? Meine innere Warnleuchte drehte durch. »Andere Wesen? Welche meinst du?« Vielleicht war mein Gedanke an Vampire gar nicht so abwegig gewesen. Ich meine, wenn es auch schon Engel, Dämonen und Feen gab. Sofort breitete sich eine unangenehme Gänsehaut auf meinen Armen aus und in meinem Kopf erschienen Bilder von Gnomen, Zwergen, Einhörnern und Drachen.

Adam schüttelte den Kopf und richtete sich auf. In normaler Lautstärke sprach er weiter. »Ach, schon gut. Vergiss die Frage einfach.« Mit den Händen in den Hosentaschen sah er sich betont beiläufig um. Doch ich würde mich nicht so leicht abspeisen lassen.

»O nein, Adam! Ich vergesse die Frage bestimmt nicht einfach so! Von welchen Wesen reden wir hier?« Auch ich sah mich auf dem Gang um, konnte jedoch nichts Außergewöhnliches entdecken.

Adam gab mir keine Antwort und sein Schweigen machte mich immer nervöser. Worauf musste ich mich noch gefasst machen? Orks, Greife und Phönixe?

»Adam?« Langsam wurde ich ungehalten. Sein Schweigen war die reinste Qual. Es ließ unglaublich viel Spielraum für Spekulationen.

Ich stieß Adam meinen Zeigefinger gegen die Schulter, um ihn zu einer Antwort zu animieren. Die Geste half, denn er sah mit einem tiefen Seufzen auf.

»Es tut mir leid, Avery. Ich darf es dir nicht sagen. Selbst wenn ich wollte, könnte ich es nicht. Ich würde nur wieder ...« Er verzog das Gesicht, verdrehte die Augen und begann zu röcheln. Trotz der schlechten Showeinlage verstand ich, was er mir sagen wollte. Das letzte Mal, als er mir etwas erzählen wollte, worüber er nicht sprechen durfte, wäre er beinahe an seinen Worten erstickt.

Ich hob abwehrend die Hände und schüttelte den Kopf. »Nein, schon okay. Sag nichts. Du sollst nicht wieder Schmerzen leiden müssen.« Auch ich seufzte ergeben und sah mich stattdessen erneut auf dem inzwischen gut gefüllten Flur um. Die erste Unterrichtsstunde würde bald beginnen. »Bisher ist mir nur Alyssa aufgefallen.«

Widerstrebend wandte ich mich erneut an Adam. Diese Geheimniskrämerei begann mich zu nerven. *Wieso darf er mir nicht sagen, was er weiß? Ich habe den Prüfungen doch schon zugestimmt. Es gibt kein Zurück mehr. Warum muss das Ganze so kompliziert sein?*

Adam öffnete den Mund, um etwas zu sagen, aber ich kam ihm zuvor. »Schon gut, Ad. Ich weiß, du kannst nichts dafür.« *Es ist nicht seine Schuld.* »Am besten sage ich dir Bescheid, wenn ich *etwas* sehe, in Ordnung?« Allein die Vorstellung, jeden Moment könnte irgendein übernatürliches Wesen überraschend auftauchen, verursachte mir einen bleischweren Klumpen im Magen.

Adam nickte knapp. Ihm war deutlich anzusehen, wie wenig ihm dieser Kompromiss gefiel. »Ja, vermutlich ist das die beste Lösung.«

Auch ich bestätigte mit einem Nicken und verdrängte dabei das kalte Gefühl in meinem Inneren. Es würde nicht leicht werden, mich an die neue Situation zu gewöhnen.

Für einen Moment herrschte Schweigen, bis Adam den Faden wieder aufnahm. Neugier hatte seine Anspannung verdrängt und schwang deutlich in seiner Stimme mit. »Kannst du mir das Tattoo vielleicht zeigen?«

Ich erwiderte seinen Blick, wenn auch weniger enthusiastisch. Dabei verstand ich sein Interesse sehr wohl. Wären unsere Rollen anders verteilt gewesen, hätte ich es bei ihm ebenfalls sehen wollen. Das Problem war nur, mein T-Shirt saß so eng am Körper, dass ich den Halsausschnitt nicht tief genug runterziehen konnte, um Adam problemlos einen Blick zu ermöglichen. Stattdessen musste ich den Stoff über meinen Kopf ziehen, was jedoch aus offensichtlichen Gründen unmöglich war. Auf die Mädchentoilette konnte ich Adam ebenfalls nicht mitnehmen.

Während ich über eine praktikable Lösung nachdachte, sah ich mich suchend um. Mein Blick fiel auf eine schlichte Klassenzimmertür am Ende des Flurs. »Okay, komm mit.« Ich schlug meine Spindtür zu, griff nach Adams Hand und zog ihn den Flur entlang, seine verwirrten Äußerungen ignorierend.

Unterwegs begegneten wir einigen Schülern, doch für mich sahen sie alle normal aus. Ich verdrängte den Gedanken, ob sie wohl magische Wesen waren, und zog Adam hinter mir her, bis wir die Tür erreichten.

»Was wollen wir denn hier?« Er gab sich keine Mühe, seine Skepsis zu verbergen.

»Ich dachte, wir üben unsere Choreografie für das Cheerleadervortanzen nächste Woche.« Ich rollte mit den Augen und drückte gleichzeitig die Klinke herunter. Als sich die Tür öffnete, atmete ich erleichtert auf. Mit einem zufriedenen Grinsen stieß ich sie auf und zeigte auf einige alte Rechner und Bildschirme. »Du weißt doch, dass hier im Computerraum keine Kurse mehr stattfinden.«

Früher war dieser Raum von Schülern genutzt worden, die in den Pausen im Internet surfen wollten. Doch jetzt nutzten alle ihre Smartphones, weshalb das Angebot und der Raum in Vergessenheit geraten waren.

Adam sah mich anerkennend an. »Nicht schlecht, Ave!«

Ich kommentierte sein fragwürdiges Kompliment mit einem sarkastischen Grinsen. »Danke. Und jetzt rein mit dir!«

Ich schlüpfte mit Adam an der Hand hinein und schloss die Tür hinter uns. Augenblicklich umfing uns Zwielicht. Nur vage Schemen waren zu erkennen.

Meine Finger tasteten über die Wand, bis sie den Lichtschalter fanden und die grellen Neonröhren flackernd zum Leben erweckten. Auch ohne mich umzusehen, wusste ich genau, wie der Raum aussah. An drei der vier Wände waren in u-Form ein Dutzend Computerarbeitsplätze angeordnet. Die gegenüberliegende Wand fasste vier Fenster, die auf einen Innenhof hinausgingen, der von allen Seiten von hohen Gebäuden umgeben war und deshalb kaum Licht erhielt.

Alte, abgestandene Luft erfüllte den Raum und erschwerte das Atmen, als mein Blick nun doch über das Inventar glitt. Eine dicke Staubschicht lag auf Monitoren und Tastaturen. Offenbar hielt es niemand für nötig, einen Raum zu reinigen, den niemand mehr nutzte.

Um keine Zeit zu verschwenden und damit Gefahr zu laufen, doch noch von irgendjemandem erwischt zu werden, ließ ich meine Tasche von den Schultern gleiten und drehte Adam den Rücken zu. In einer schnellen und zugleich vorsichtigen Bewegung streifte ich den dunkelroten Stoff über meinen Oberkörper. Die Baumwolle strich über das Tattoo und entlockte mir einen Schmerzenslaut, den ich mit einem scharfen Zischen zum Ausdruck brachte. Noch immer war die kleinste Berührung qualvoll. »Und? Was sagst du?«

Adam trat dicht hinter mich. Seine kühlen Fingerspitzen legten sich sanft und zärtlich auf meine empfindliche Haut und linderten augenblicklich den Schmerz.

»Es ist wunderschön.« Sein ehrfürchtiger Ton ließ mich schmunzeln. »Es sieht so echt aus. Fast als würde die Fee leben. Ich kann beinahe sehen, wie sie mit ihren Flügeln schlägt. Und ...« Adam verstummte.

Ich drehte meinen Kopf zur Seite. »Was ist los, Ad?«

Er antwortete nicht und sein Schweigen machte mich nervös. Ich wollte mich ganz zu ihm herumdrehen, aber er packte meine Oberarme und hielt mich fest. »Warte doch mal!«

Widerwillig drehte ich meinen Kopf wieder nach vorn. Einen steifen Nacken konnte ich nicht auch noch gebrauchen.

Wieder entstand eine angespannte Stille, in der ich nur mein schnell schlagendes Herz und Adams Atem wahrnahm. Mein bester Freund stieß einen zischenden Fluch aus und ich zuckte erschrocken zusammen. »Verdammt, Ave! Ich glaube es nicht! Die Fee *ist* lebendig! Die Blüte, die sie abgezupft hat, fällt zu Boden. Das ist ... Keine Ahnung! Aber ich sehe es deutlich!«

Diesmal ließ er es zu, dass ich mich zu ihm umdrehte. Gleichzeitig zog ich mein T-Shirt wieder herunter. Adams Worte hatten mich überrumpelt und meine Bewegung war grob und unbedacht. Diese Unachtsamkeit rächte sich prompt, als der Baumwollstoff über das empfindliche Tattoo rieb. Doch ich schenkte dem plötzlich auftretenden heißen Pochen keine Beachtung. Meine Konzentration war auf Adam gerichtet.

»Okay, jetzt noch mal, bitte. Was hast du gesagt?« Ich musste mich verhört haben. »Die Fee soll lebendig sein? Dir ist aber schon klar, wie lächerlich das klingt, Ad, oder? Das ist nur ein Tattoo. Farbige Tinte unter der Haut. Ein ewiges Standbild. Da lebt überhaupt nichts.«

»Doch, glaub mir, Avery. Meine Augen sind wesentlich besser entwickelt als die eines Menschen. Und selbst mir ist es kaum aufgefallen. Aber ich bin mir sicher: Die Fee lebt. Und sie bewegt sich. Das Blütenblatt, das sie abgezupft hat, hängt zwar noch in der Luft, aber es fällt langsam zu Boden. Und vor ihren Füßen liegt bereits eins.« Adam sah mich eindringlich an und ich versuchte ihm zu glauben.

Das ist verrückt! Aber hat er nicht gerade gesagt, dass bereits eins der Blütenblätter auf dem Boden liegt? Gestern lag keins auf dem Boden. Oder? *Verdammt!* Ich war mir nicht mehr sicher.

Mit einem Kopfschütteln versuchte ich meine Gedanken zu sortieren. »Mal angenommen, du hättest recht und sie wäre wirklich lebendig. Was bedeutet das?«

Die Vorstellung, dass sich eine lebende Fee auf meiner Schulter befand, war zwar beunruhigend, aber auch nicht abgedrehter, als einen Engel als besten Freund oder einen vermeintlichen Dämon als Weggefährten zu haben.

Adam nahm seine Unterlippe zwischen Daumen und Zeigefinger. Während er nachdachte, zog er immer wieder daran, was ein schmatzendes Geräusch verursachte.

»Ich weiß es nicht genau. Ich habe zwar eine Vermutung, aber sie wird dir nicht gefallen. Und es ist auch nur eine Theorie, also flipp nicht gleich aus, wenn ich dir davon erzähle, in Ordnung?« Er sah mich bittend an und ich nickte zögerlich. »Na ja, wenn du also das Tattoo seit gestern hast und auf dem Boden vor der Fee ein rosafarbenes Blütenblatt liegt, dann könnte das ein Zeichen dafür sein, dass wir unter Zeitdruck stehen.«

Ich überdachte Adams Worte. *Ist das möglich?* Ganz abwegig war der Gedanke nicht, das musste ich zugeben, dennoch wollte ich es nicht wahrhaben. Jetzt ärgerte ich mich noch mehr, Adam nicht bereits gestern von dem Tattoo erzählt zu haben. Er hätte sich daran erinnert, ob von Anfang an eins der Blütenblätter auf dem Boden gelegen hatte.

Geräuschvoll stieß ich meinen Atem hervor und ließ die Schultern kraftlos herabsinken. »Okay, schön. Wir sollten das beobachten. Wenn morgen ein weiteres Blatt auf dem Boden liegt, wirst du wohl recht haben.«

Adam nickte bestätigend, auch wenn ich ihm deutlich ansah, wie sehr er hoffte, mit dieser Theorie falschzuliegen. »Ja, das machen wir. Und gleichzeitig sollten wir schnellstmöglich herausfinden, worin die erste Prüfung besteht. Ich habe da so einen Verdacht, was geschehen könnte, falls die Zeit abläuft, bevor wir erfolgreich waren.«

ACHTZEHN

Adam und ich verließen den Computerraum, als es zum Unterricht klingelte. Wir wollten am Nachmittag zu Nox fahren, um ihm von dem Tattoo und von Adams Theorie zu erzählen. Wobei zumindest von meiner Seite aus von Wollen nicht die Rede sein konnte. Adam hatte mich dazu überredet. Ich selbst konnte mir tausend Dinge vorstellen, die ich weitaus lieber tun würde, als freiwillig den Höllendiener aufzusuchen. Zum Beispiel eine Wurzelbehandlung ohne Betäubung. Leider war Adams Gegenargument ausschlaggebend.

»Er hat Kontakt mit anderen Dämonen, die so was vielleicht schon mal mitbekommen haben.«

Während des Vormittagsunterrichts sah ich mich immer wieder verstohlen um, konnte jedoch außer mindestens zwei Feen in jedem Kurs keine fremden Wesen erkennen. Ich bemühte mich, sie nicht offensichtlich anzustarren, aber ihre neongelben, -pinken oder -blauen Haare, die in allen möglichen Längen und Formen um ihre Gesichter fielen, zogen meinen Blick immer wieder magisch an. Dabei entging mir nicht, dass sie weniger glänzten als Alyssas seidige Strähnen. Auch die Haut und die Augen der anderen Feen wirkten im Vergleich zu denen der Schülersprecherin weniger spektakulär, selbst wenn sie immer noch ekelerregend schön waren und von ihren menschlichen Mitschülern mit bewundernden Blicken überhäuft wurden.

Zur Mittagspause schlossen wir uns dem Schülerstrom in Richtung Cafeteria an. Obwohl wir Mitte Mai hatten und draußen herrlichster Frühsommer herrschte, gab es nun mal nur im Schulgebäude eine warme Mahlzeit, weshalb wir den überfüllten und stickigen Raum bevorzugten.

Adam und ich standen gerade in der Schlange an der Essenausgabe. Mit halbem Ohr lauschte ich, wie er mir etwas über ein neues Surfbrett erzählte, das er sich vielleicht zulegen wollte. Ich reagierte nicht auf seine Überlegungen, sondern betrachtete ein Mädchen, das mit seinen bonbonrosafarbenen Haaren meine Aufmerksamkeit auf sich zog. Ihre Strähnen waren zu einem kinnlangen Bob geschnitten und ihre helle, perlmuttfarbene Haut war so ebenmäßig und strahlend wie die von Alyssa. Sie trug ein moorgrünes Kleid aus Leinen und ihre Augen blitzten in einem schillernden Orange.

»Louisa ist auch eine Fee?« Unauffällig deutete ich in die Richtung des Mädchens, auch wenn meine Frage rhetorischer Natur war. Ihr extravaganter Stil war bereits ein deutlicher Hinweis, aber die spitzen Ohren, die zwischen den Strähnen hervorlugten, bestätigten meine Überlegungen.

Adam folgte meinem Blick und nickte stumm.

Ich sah wieder zu Louisa, die zu Alyssas besten Freundinnen gehörte, sprach jedoch in Adams Richtung. »Irgendwie beruhigt mich der Gedanke, dass es auch unter Feen Unterschiede gibt.« Nun drehte ich mich wieder zu ihm um und bemerkte seinen fragenden Blick. »Na ja, ich meine, schau dir mal Alyssa und Louisa an. Die beiden sehen aus wie Topmodels, in Feenverhältnissen, meine ich. Aber Mayke und Lisa aus meinem Geschichtskurs wirken im Vergleich zu ihnen irgendwie matt und unscheinbar.« Ich zuckte mit den Schultern. »Es ist ein tröstlicher Gedanke, dass nicht alle Feen solche Überschönheiten sind.«

Normalerweise verglich ich mich nicht mit anderen Frauen, da ich mit meinem Aussehen zufrieden war, aber ich konnte auch nicht leugnen, wie gravierend der Unterschied zwischen Alyssa und einem Großteil ihrer Mitschülerinnen war. Demnach war es kein Wunder, dass ihr jeder Typ mit großen Augen und Sabberfaden am Mund nachhechelte.

»Dir ist der Unterschied aufgefallen?« Adam wartete meine Antwort nicht ab. »Gut zu wissen. Das bedeutet, du kannst alle Feen sehen. Allerdings bringt uns diese Erkenntnis nicht weiter.«

Ehe ich ihn fragen konnte, was er mit »alle Feen« meinte, waren wir an der Reihe, unser Essen zu bestellen. Adam entschied sich für Kartoffelpüree und

Fischstäbchen, während ich einen kleinen Salat, einen Kakao und eine Tüte M&M's wählte. Ich hatte keinen Appetit, konnte die Schokolade aber für meine Nerven gebrauchen.

Auf der Suche nach einem freien Platz nahm ich den Faden unseres Gesprächs wieder auf. »Ich habe jetzt ungefähr zwölf Feen gesehen. Du sprachst von dreißig. Wo sind die alle?«

Adam zuckte mit den Schultern. »Wie ich bereits sagte, schwankt die Anzahl täglich. Das hat gewisse Gründe. Aber davon erzähle ich dir ein anderes Mal. Und die Jungs aus dem Footballteam sind wahrscheinlich noch beim Training und ...«

»Die Jungs aus dem Footballteam?« Mein Mund blieb vor Überraschung offen stehen und ich sah Adam ungläubig an. Bisher hatte ich nur weibliche Feen gesehen und keinen Gedanken daran verschwendet, dass es auch männliche geben könnte.

Adam erwiderte meinen Blick überrascht, dann lachte er leise und präsentierte dabei zwei markante Grübchen, auf die jede Frau stand, die ihm begegnete. »Was ist, Avery? Hast du etwa gedacht, es gäbe nur weibliche Feen?«

Ich antwortete reflexhaft. »Nein, natürlich nicht!«

Adam lachte erneut, diesmal weil ich so schlecht log.

»Hör auf zu lachen! Bisher musste ich mir noch nie Gedanken über das Thema Geschlechter bei Feen machen. Das ist neu für mich.« Auch meine Mundwinkel zuckten.

Adam verstummte, jedoch verriet sein Grinsen, wie sehr ihn meine Reaktion amüsierte.

Um das Thema zu beenden, sah ich mich wieder nach einem leeren Tisch um. Dabei wurde mein Blick erneut von Alyssa und Louisa angezogen, zu denen sich inzwischen drei weitere Feen gesellt hatten. Eine besaß einen lindgrünen Fischgrätenzopf, der ihr bis zum Po reichte. Einer anderen fielen weiß-silbrig schimmernde weiche Locken über die Schultern. Die letzte hatte einen feuerroten Schopf, der den Eindruck vermittelte, als stände ihr Kopf in Flammen.

Alyssa, Louisa, Nancy, Kim und Marika. Die High Society der Highschool.

Sie allesamt waren wunderschöne, schillernde Feen. *Wieso wundert mich das nicht?*

»Los, komm, da wird gerade ein Tisch frei.« Adam deutete schräg nach links und machte sich auf den Weg. Ich folgte ihm stumm, ohne zu wissen, wie er in dem Gewusel etwas erkennen konnte, das sich weiter als zwei Meter vor uns ereignete. Aber er hatte mir ja bereits erklärt, dass seine Augen wesentlich besser funktionierten als die eines Menschen. Ebenso wie seine Ohren. Auch gehörte übernatürlich schnelles Rennen zu seinen besonderen Fähigkeiten, die er trotz geraubter Gaben und nicht mehr vorhandener Unsterblichkeit noch besaß.

Auf dem Weg zu dem freien Tisch sprach Adam weiter. »Außerdem habe ich nicht über dich gelacht. Ich finde deine Reaktion einfach süß. Ich durfte noch nie miterleben, wie ein Mensch von der Existenz des Lichten Volks erfährt. Aber mach dir keinen Kopf, Ave, man gewöhnt sich schnell an ihr Dasein. Im Grunde sind sie nicht viel anders als wir.«

»Nicht viel anders als *ihr* oder *wir*?« Es war verrückt, dass ich neuerdings zwischen Adam und mir unterscheiden musste. *Immerhin habe ich noch zwei andere, menschliche Freunde, die mich* … Ich unterbrach meine Gedanken. Verdammt! Ich hatte Harmony und Killian vergessen! Wie sollte ich mich den beiden gegenüber verhalten? Adam und ich hatten zwar gestern beschlossen, erst einmal niemandem von dem Vertrag und den Prüfungen zu erzählen, aber da hatte ich ja auch noch nichts von den Feen gewusst, die mit uns zur Schule gingen. Zum Glück waren die Jaramango-Geschwister noch in Los Angeles und würden erst am Ende der Woche zurückkommen.

»… sind unsterblich. Aber wie gesagt, im Grunde …«

In meine eigenen Gedanken versunken hatte ich Adams Erklärung nicht mitbekommen und wollte gerade um eine Wiederholung bitten, als Alyssa vor uns auftauchte. Mit einem verführerischen Lächeln sah sie Adam an und ignorierte mich völlig. Da ich von ihr nichts anderes gewohnt war, kümmerte mich diese Unhöflichkeit nicht weiter. Stattdessen nutzte ich die Gelegenheit und musterte Alyssa interessiert. Auch wenn ich sie bereits heute Morgen gesehen hatte, verschlug mir ihr Anblick erneut die Sprache. Ihre aquamarinfarbenen Haare schimmerten im Licht der Neonröhren und erinnerten mich an die kleinen Nagellackflaschen aus dem Drogeriemarkt. Ihre Haut war rein und ebenmäßig wie Porzellan. Ihre Augen blitzten wie flüssiges Silber und ich konnte kaum meinen Blick von ihr wenden. Sie verlieh dem Begriff »Schönheit« eine ganz neue Bedeutung.

»Adam, mein Engel. Wieso setzt du dich nicht zu uns?« Alyssa legte ihm eine Hand auf den Unterarm und warf mit der anderen ihre Haare über die Schulter. Ihr Auftreten strotzte vor Selbstbewusstsein und wirkte kein bisschen billig oder ordinär. *Bewundernswert.*

Während ich Alyssa unverhohlen anschmachtete, fragte ich mich, ob sie wusste, dass Adam kein Mensch war, und deshalb diesen vermeintlichen Kosenamen benutzte. Oder war es Zufall? *Können sich übernatürliche Wesen gegenseitig erkennen?*

Adam lächelte höflich, griff nach Alyssas Hand und löste sie von seinem Arm. »Tut mir leid, Ally. Aber das geht heute nicht. Ein anderes Mal vielleicht.«

Seine Worte brachten meine Gedanken wieder in Schwung und ich sah überrascht von Alyssa zu Adam. *Ally? Das ist neu.*

Mein bester Freund wollte sich an ihr vorbeidrängen, doch die Fee hatte nicht vor, uns so einfach davonkommen zu lassen. Sie trat einen Schritt zur Seite und schnitt Adam den Weg ab. Dabei zog sie einen Schmollmund, der unglaublich sexy wirkte.

»Das ist wirklich schade, Adam, Darling. Aber natürlich respektiere ich deinen Wunsch.« Ihre Stimme klang süß und lieblich, dennoch blitzte etwas in ihrem Blick auf, das ihre Worte Lügen strafte. »Dann werde ich mir die Zeit wohl mit deinem verboten gut aussehenden Bruder versüßen müssen.«

Was? Nein! Ich habe mich verhört! Ich muss mich verhört haben! Das kann nicht …

Meine Hoffnungen zerplatzten wie ein zu prall gefüllter Luftballon, als eine bekannte, aber wenig willkommene Stimme hinter meinem Rücken erklang.

»Hallo, Brüderchen. Na, Kleines.«

In einer ruckartigen Bewegung drehte ich mich herum und hoffte inständig, Fortuna spielte mir nur einen üblen Streich. Mein Tablett stieß gegen etwas Hartes, das ich als Nox' Oberkörper erkannte. Offenbar war er einkaufen gewesen, denn das schwarze T-Shirt, das er trug, sah neu aus, ebenso wie die dunklen Bermuda-Shorts, die ihm knapp über die Knie reichten und mit einigen Taschen an den Seiten bedeckt waren. Seine Haare wirkten eine Spur dunkler als gewohnt und ohne genauer hinzusehen, konnte ich nicht sagen, ob die Strähnen nass oder gegelt waren.

Nox hatte nach meinem Tablett gegriffen und umklammerte nicht nur das Hartplastik, sondern auch zum Teil meine Finger.

»Woohooo, Kleines, nicht so stürmisch! Oder freust du dich so sehr, mich zu sehen? Tja, dann hättest du letzte Nacht eben nicht weggehen sollen. Ich habe es dir angeboten. Wir hätten sicherlich noch ein Plätzchen im Bett für dich gefunden.« Seine Stimme hatte wieder diesen doppeldeutigen Unterton.

»Ehe ich auf eins deiner Angebote eingehe, wächst mir ein zweiter Kopf.« Unweigerlich sah ich in seine Augen. Das Grün darin funkelte amüsiert und ich spürte wieder diesen Sog, der mich in seinen Bann zu ziehen drohte. Es fühlte sich wie ein Magnet an, der in meiner Brust lag und mich zu dem Höllendiener zog, sobald ich ihm in die Augen sah. *In diese wunderschönen, schimmernden grünen ...*

Mit einer innerlichen Ohrfeige rief ich meine Gedanken zurück. Das war ein weiterer Grund, weshalb ich den Dämon nicht vermisst hatte. Diese dämliche Anziehung, die er ausstrahlte und auf die ich ungewünscht reagierte. Dabei erging es nicht nur mir so. Jede Frau fühlte sich von Nox und Adam angezogen. Das lag an ihrer Übernatürlichkeit. Adam hatte mir erklärt, alle Menschen reagierten darauf. Dieses Wissen war zwar nur ein kleiner Trost, aber ich nahm, was ich kriegen konnte.

Nox erwiderte nichts auf meine Worte, sondern grinste auf seine typische überhebliche Art. Ich verstand nicht, welchen Grund er dafür hatte, aber bei dem Höllendiener gab es einiges, das ich nicht verstand.

»Was willst du überhaupt hier?« Ich gab mir keine Mühe, meinen Unmut zu verbergen. Sein ständiges Auftauchen an Orten, an denen er nichts zu suchen hatte, ging mir allmählich auf den Keks.

Nox zuckte mit den Schultern und ließ seinen Blick lässig durch die Cafeteria schweifen, ehe er mich wieder ansah. »Ich wollte dich besuchen.« Sein Grinsen wurde eine Spur breiter und seine Stimme etwas dunkler. »Ich muss mich doch davon überzeugen, dass du in Sicherheit bist. Immerhin hängt mein Leben an deinem.«

Die Art, wie er die Worte aussprach, verursachte mir eine Gänsehaut. Dabei wusste ich nicht, ob es an der Vorstellung lag, was uns erwartete, wenn wir bei den Prüfungen versagten, oder ob es dem Gedanken geschuldet war, dass sich Nox womöglich um mich sorgte.

Der Höllendiener hielt noch immer mein Tablett fest, ebenso wie meine Finger, und ich konnte den Abstand zwischen uns nicht vergrößern. Daher begnügte ich mich damit, mit den Augen zu rollen, um ihm zu verdeutlichen, dass diese Art von Sprüchen keinerlei Wirkung auf mich hatte.

Unser Blickduell wurde von Adams genervter Stimme unterbrochen. »Witzig, Nox. Wirklich. Aber mal im Ernst. Was machst du hier? Ist etwas passiert?«

Nox seufzte geschlagen, als hätte man ihm einen glorreichen Streich vermasselt, und drehte sich zu Adam um. Dabei ließ er endlich seine Hände sinken. »Nein, mir war nur langweilig. Ist das so überraschend?« Er verschränkte die Arme vor der Brust und setzte eine finstere Miene auf. »Die Unterhaltungsmöglichkeiten als Mensch sind ziemlich begrenzt. Nachdem ich ausgeschlafen und meine Übernachtungsgäste aus dem Haus geworfen hatte, war ich in der Stadt, hab mir was zum Anziehen gekauft und bin essen gegangen. Aber diesen Mist kann man auch nur eine gewisse Zeit ertragen.« Damit war das Thema für ihn beendet und er lenkte seinen Blick wieder in meine Richtung, wo er kurz verharrte, ehe er einen Punkt über meiner rechten Schulter fokussierte. »Wieso hast du mir gestern eigentlich nicht erzählt, dass es hier so interessante Frauen gibt?«

Nox sah zu Adam. Seine Mimik war ausdruckslos, aber seine Stimme hatte einen neuen, mir bisher unbekannten Tonfall angenommen. War es Anspannung? Verwunderung? Sorge? Ich konnte es unmöglich einordnen.

Adam verstand, worauf Nox anspielte, seufzte, fuhr sich mit einer Hand durch die blonden Locken und sah in die Richtung, in die Nox zuvor geblickt hatte, ehe er sich wieder seinem Gegenüber zuwandte. »Avery weiß, dass Alyssa eine Fee ist. Wir hatten heute Morgen bereits ein sehr interessantes Gespräch darüber.«

Nachdenklich kaute Adam auf seiner Unterlippe und ich warf einen kurzen Blick über meine Schulter. Wie ich vermutet hatte, war Alyssa gegangen.

Mit einem tiefen Seufzer sprach Adam weiter. »Vielleicht ist es sogar ganz gut, dass du hier bist. Dann verschwenden wir zumindest keine Zeit damit, dich irgendwo in der Stadt zu suchen.« Er deutete mit einem Kopfnicken nach links. »Kommt, setzen wir uns. Es gibt einiges zu klären.«

Adam wandte sich von uns ab und wollte in die angedeutete Richtung gehen, doch Nox hatte nicht vor, ihm zu folgen. »Ich werde mich wohl mit der kleinen Kratzbürste hier allein unterhalten müssen, Goldlöckchen. Ich habe der Prinzessin versprochen, du würdest dich bei ihr und ihren Freundinnen blicken lassen.« Nox sah mir in die Augen, während er weitersprach. Dabei wusste ich nicht, ob die folgenden Worte an mich oder an Adam gerichtet waren. »Und ich halte stets meine Versprechen.«

Nox' Blick war so intensiv, dass sich die feinen Härchen auf meinen Armen aufstellten. Ein Umstand, der mich ärgerte.

»Wirklich?« Ich versuchte, möglichst kindlich und unschuldig zu klingen. »Das ist ja jetzt blöd, nicht wahr? Was sollen wir denn nun machen?« Ich setzte ein sarkastisches Lächeln auf und sprach mit normaler Stimme weiter. »Ich habe eine Idee! Was hältst du davon, wenn du dich zu Alyssa und ihrem Fanclub begibst, während Adam und ich in Ruhe essen und unsere Pause genießen? So hat jeder von uns gewonnen.«

Ich schenkte Nox einen lieblichen Augenaufschlag, drehte ihm würdevoll den Rücken zu und stiefelte den schmalen Gang zwischen den besetzten Tischen entlang. Entweder fand ich den leeren Platz, den Adam zuvor gesehen hatte, oder ich würde mich einfach zu jemand anderem setzen. Im Augenblick war mir alles lieber, als bei Nox zu bleiben.

Tatsächlich war mir das Glück hold, denn ich entdeckte den freien Tisch. Mit einem unnötig lauten Knall stellte ich das Tablett darauf ab und ließ mich genervt auf einen der Stühle sinken. Eigentlich war es ein Wunder, wie Nox es immer wieder schaffte, allein durch seine Anwesenheit meine gute Laune in Konfetti zu verwandeln, um diese anschließend in alle Himmelsrichtungen zu verstreuen. Dabei ärgerte ich mich besonders über mich selbst. Sosehr ich mir auch vornahm, den Höllendiener zu ignorieren oder nicht länger auf seine Provokationen einzugehen, war es mir, sobald er tatsächlich vor mir stand, scheinbar unmöglich, mein Vorhaben in die Tat umzusetzen. *Erwachsenes Verhalten sieht anders aus, Avery!*

Mit einem unzufriedenen Grummeln griff ich nach meiner Gabel. Ich wollte den Salat nicht einfach stehen lassen. Kaum hatte ich mir eine Gurkenscheibe in den Mund geschoben, trat Adam an den Tisch, dicht gefolgt von Nox. Während mein bester Freund auf dem Stuhl neben mir Platz nahm, setzte sich der Höllendiener mir gegenüber. Ich ignorierte ihr Auftauchen und konzentrierte mich stattdessen auf mein Essen. *Neue Chance! Diesmal werde ich mich nicht von Nox provozieren lassen!*

»Na gut, Kleines. Du hast gewonnen. Hier bin ich. Was gibt es so Spannendes?« Der Höllendiener klang gelangweilt und tat so, als wäre er nur hier, um mir einen persönlichen Gefallen zu tun.

Ich sah auf, um ihm sachlich die neusten Erkenntnisse des Tages zu verkünden, als mir seine Haltung auffiel. Er hatte seine Arme lässig vor der Brust verschränkt und sich auf dem Stuhl nach hinten gelehnt. Aus verengten Augen musterte er mich. Er führte sich wie ein Kriegsgeneral auf, der einen Lagebericht seiner Fußsoldaten erwartet.

Nicht aufregen, Avery, du bist besser als er!

Um meine Vorsätze nicht gleich wieder über Bord zu werfen, schob ich mir eine Cocktailtomate in den Mund. Alles in mir sträubte sich, sein unverschämtes Machogehabe mit einer Antwort zu honorieren. Zu meiner Überraschung übernahm Adam die Erklärung, während ich kaute. Auch wenn er es geschafft hatte, seine Emotionen unter Kontrolle zu bringen, sah ich ihm an, wie sehr auch ihn Nox' Gehabe nervte.

»Avery kann Feen sehen. Alle. Wahrscheinlich bereits seit gestern. Denn ebenfalls seit gestern prangt ein Tattoo auf ihrer Schulter. Und rate mal, was es darstellt.«

»Ein Tattoo?« Interessiert hob Nox eine Augenbraue. »Wow, Kleines. Das habe ich dir gar nicht zugetraut. Zeigst du es mir?«

Sein Blick wanderte über meinen Oberkörper, obwohl Adam bereits verkündet hatte, wo sich meine unfreiwillige Körperkunst befand. Ich spürte ihn beinahe wie eine zärtliche Berührung, was mich schaudern ließ. Ich zwang mich, seinen Blick ungerührt zu erwidern. Diese Art Aufmerksamkeit von Männern war ich nicht gewohnt. Und auch wenn ein Teil von mir genau wusste, dass Nox es nicht ernst meinte und er mich nur ärgern wollte, gab es diesen anderen Teil in mir, der sich wie ein vernachlässigtes Blümchen in den Strahlen der Aufmerksamkeit sonnte.

Adam knurrte leise. »Nox! Hör auf mit dem Mist! Das Tattoo ist ...«

»Snoopy. Schon klar.« Nox hatte seinen Blick nicht eine Sekunde von meinem gelöst. »Ich weiß doch, wie sehr unsere Kleine hier auf den Comic-Hund steht.« Er verzog seine Lippen zu einem feinen Lächeln und sein Blick intensivierte sich.

Als mir bewusst wurde, worauf er anspielte, begann mein Gesicht zu glühen und ich musste meine Lippen zusammenpressen, um nicht das Erstbeste zu sagen, was mir auf der Zunge lag. Dafür hatte ich mit einem Mal neue Ideen, was man alles mit einer Gabel anstellen konnte.

Adam gab abermals ein Geräusch von sich, doch diesmal hatte es eine vage Ähnlichkeit mit einem Schnauben. »Nein, du Idiot! Es ist eine Fee! Deswegen denken wir, die erste Prüfung ...«

»... dem Hochmut gehört.« Nox ließ Adam nicht ausreden. »Ich weiß.«

NEUNZEHN

»Was?« Ich verschluckte mich an meinem Gemüse und schaffte es gerade noch, ein Husten zu unterdrücken. »Das weißt du? Woher?« Hatte Nox uns etwas vorgemacht? Wusste er, worin die Prüfungen bestanden? Das konnte und wollte ich mir nicht vorstellen. Auch wenn ich den Höllendiener nicht mochte und ihm vieles zutraute, lag das außerhalb dieser Grenzen. *So bösartig kann er nicht sein! Oder?*

Bevor Nox antwortete, verschränkte er die Finger beider Hände ineinander und legte seine Unterarme auf den Tisch. Er beugte sich zu mir vor, als wollte er mir ein Geheimnis verraten, dabei fiel ihm eine Haarsträhne ins Gesicht und verdeckte zum Teil sein rechtes Auge. Seine Stimme war so leise, dass auch ich mich vorbeugen musste, um ihn verstehen zu können.

»Feen sind kleine, nervtötende Quälgeister. Kein Wesen auf der Welt ist so arrogant und hochnäsig wie diese Kreaturen. Sie sind der Hochmut in Person, Kleines.« Nox kam noch ein Stück näher und ich musste mich zwingen, nicht zurückzuweichen. »Als unser Goldlöckchen gerade sagte, du könntest das Lichte Volk sehen, war mir sofort klar, dass es sich nur um diese Todsünde handeln kann.«

Für einen Moment sah ich Nox sprachlos an. Er tat gerade so, als wäre diese Verbindung das Offensichtlichste der Welt. Dabei war ich ungemein stolz gewesen, als mir diese Erkenntnis gekommen war.

Ich ignorierte meinen verletzten Stolz und konzentrierte mich stattdessen auf seine Worte. Mit einem betont unschuldigen Lächeln legte ich meinen Kopf schräg und musterte Nox neugierig. »Wow, das wusste ich gar nicht. Aber das erklärt natürlich einiges. Dann bist also auch eine Fee? Ich meine, wo ihr diesen Charakterzug doch gemeinsam habt.«

Nox' Lächeln erstarrte, ehe seine Mundwinkel auftauten und sich zu einem breiten, amüsierten Grinsen verzogen. »Gar nicht so schlecht, Kleines. Leider liegst du daneben.« Er verschränkte wieder die Arme vor der Brust und lehnte sich auf seinem Stuhl zurück. Erneut sah er mich mit diesem herausfordernden Blick an. »Auch wenn ich einige Eigenschaften mit dem Lichten Volk teile, bin ich zum Glück keine dieser Nervensägen.«

»Ach nein? Und welche Art von Nervensäge bist du dann?«

Langsam fand ich Gefallen an dieser Art von Gespräch. Wenn ich Nox schon nicht ignorieren konnte – dafür fehlte mir dann doch die nötige Reife –, wollte ich zumindest versuchen, ihm die Stirn zu bieten.

»Du stellst ganz schön viele Fragen, ist dir das klar? Aber ich will mal nicht so sein.« Nox' Augen wurden noch schmaler und sein Lächeln feiner. Sein Anblick erinnerte mich an einen Wolf, der kurz davor war, ein Schaf zu reißen. »Wenn dich mein Geheimnis derart interessiert, erzähle ich es dir gern. Du musst mich nur lieb bitten.«

Das Grün seiner Iris begann zu funkeln und in meinem Kopf bildeten sich Gedankenfragmente, was er mit diesem »lieb bitten« wirklich gemeint haben konnte.

»Danke, ich verzichte. So wichtig ist mir das auch nicht.«

Okay, das war gelogen. Natürlich wollte ich herausfinden, welches Geheimnis ihn umgab, aber das würde ich auf anderem Wege tun müssen. Auf keinen Fall würde ich nach diesem offensichtlichen Köder schnappen. »Erklär mir lieber, was dich zu einem solchen Feen-Experten macht.«

Jetzt verschränkte auch ich die Arme vor der Brust, lehnte mich auf meinem Stuhl zurück und hob fragend eine Augenbraue.

Nox zuckte mit den Schultern. »Erfahrungen. Wenn du erst mal die eine oder andere Fee im Bett hattest, bekommst du recht schnell einen Eindruck davon, wie sie ticken.«

Bei seinen Worten verzog ich den Mund. Ich wollte nicht wissen, wen Nox bereits alles im Bett gehabt hatte. Doch kaum hatte er die Worte ausgesprochen, drängten sich mir eindeutige Bilder auf. Besonders nachdem ich den Höllendiener gestern halb nackt und nur in ein Duschtuch gewickelt gesehen hatte.

Er musterte mich eingehend, dann lachte er laut auf. »Zum Teufel, Kleines, bist du echt so verklemmt? Was denkst du, wie ich mir die Zeit vertreibe, während ich auf eine Seele warte? Mit Teetrinken und Crocketspielen?« Er schüttelte immer noch lachend den Kopf. Erneut fiel ihm eine Strähne in die Stirn, die er lässig nach oben strich.

Aha, er hat also auch einen Tick. Ich wusste zwar nicht, was ich mit dieser Gewissheit anfangen sollte, aber es machte ihn irgendwie realer und greifbarer.

Adam hatte offenbar genug von unserer Zankerei und übernahm das Gespräch. »Nox hat recht, Avery. Feen sind der personifizierte Hochmut. Ihr Stolz und ihre Eitelkeit kennen keine Grenzen. Bereits ein falsches Wort kann Kriege auslösen. ›Gnade‹ oder ›Menschlichkeit‹ sind Fremdworte für sie. Deswegen ist es auch so gefährlich, mit ihnen zu verkehren.«

Er sah mich eindringlich an und ich verstand, worauf er anspielte. *Deshalb streitet er ab, etwas für Alyssa zu empfinden.*

Nox unterbrach meine Gedanken. »Genau so ist es. Und die kleine Prinzessin dort drüben ist von allen die Gefährlichste. Und deswegen auch die Schärfste.«

Seine Stimme war voller Bewunderung, was mir ein weiteres Augenverdrehen entlockte. Was hatten Männer nur mit dieser Art von Frauen? War es wirklich das, worauf sie standen?

»Hast du eigentlich für jeden einen blöden Spitznamen parat?« Ich konnte mir den bissigen Kommentar nicht verkneifen.

Nox lachte. Tief und aufrichtig. Das Geräusch weckte widersprüchliche Gefühle in mir. »Natürlich. Das ist wesentlich einfacher, als mir irgendwelche Namen zu merken, wenn die dazugehörigen Personen sowieso nicht lange leben. Aber sei nicht eifersüchtig, Kleines. Bei der Feenprinzessin dort drüben ist es kein Spitzname, sondern ihr Titel, den ich nutze. Wobei«, Nox warf einen kurzen Blick zu Alyssa, die inmitten ihrer Freundinnen ein paar Tische weiter saß, »mir sicherlich ein toller Name für sie einfallen würde.«

Ich überhörte die Anzüglichkeit seines Nachsatzes und konzentrierte mich allein auf seine übrigen Worte. »Alyssa hat einen Titel?« Wollte mir Nox etwa gerade weismachen, dass …

Der Höllendiener drehte sich wieder zu mir um. Er sah irritiert aus. »Was? Das weißt du nicht?« Wut verdrängte seine Verwirrung und er wandte sich Adam zu. »Du hast es ihr nicht gesagt? Verdammt, bist du wahnsinnig geworden, Goldlöckchen? Worüber redet ihr zwei den ganzen Tag? Oder hast du es ihr absichtlich verschwiegen? Willst du wirklich so dringend sterben?«

Die Heftigkeit in Nox' Stimme überraschte mich, jedoch nicht so sehr wie der Gedanke, dass Adam etwas derart Wichtiges für sich behalten hatte. *Wieso hat er das getan? Und das, nachdem er heute Morgen so wütend war, weil ich ihm nichts von dem Tattoo erzählt habe.*

Ich sah ebenfalls zu Adam, der uns jedoch nicht beachtete, sondern hochkonzentriert auf die Plastikflasche in seinen Händen starrte. Es hatte nicht den Anschein, als würde er sich an diesem Gespräch beteiligen wollen.

»Adam?! Wer ist Alyssa?« Ich hatte Mühe, meine Stimme ruhig zu halten, wusste aber, dass ein Streit uns nichts bringen würde. Sicherlich hatte er eine logische Erklärung für sein Schweigen.

Anstatt mir zu antworten, hob Adam die Flasche an seine Lippen und nahm einen langen Schluck.

»Verdammt, Adam, wenn du es ihr nicht erzählst, übernehme ich das!«

Dass Nox Adam bei seinem richtigen Namen nannte, war ein deutliches Zeichen dafür, wie ernst die Lage war. Das musste auch Adam klar geworden sein, denn er stellte ruckartig die Flasche auf dem Tisch ab. Mit zusammengepressten Lippen und geblähten Nasenflügeln erwiderte er Nox' wütenden Blick. »Vergiss es! Du wirst Avery gar nichts erzählen!« Zur Bekräftigung seiner Worte schlug er mit seiner Faust so stark auf die Tischplatte, dass ein Teil seines Getränks überschwappte und auf seinem Kartoffelpüree landete. Die bernsteinfarbene Pfütze bildete einen harmonischen Kontrast zu dem hellgelben Brei auf dem Teller.

Die beiden Männer lieferten sich ein stummes Blickduell. Würden wir uns in einem dieser albernen Comicfilme befinden, könnte ich grelle Blitze zwischen ihnen hin und her zischen sehen. Weshalb mir dieser blöde Gedanke in den Sinn kam, wusste ich nicht, aber vermutlich versuchte mein Unterbewusstsein auf diese Weise das Gefühl von Verrat zu verdrängen. *Wieso hat Ad mir nicht die Wahrheit gesagt? Vertraut er mir nicht?*

Die Stille am Tisch wurde mit jeder Sekunde unerträglicher. Nox und Adam starrten sich mit offensichtlichem Groll an, während ich fieberhaft überlegte, was ich tun sollte. In meinem Kopf rangen zwei Empfindungen, die sich nur schwer in Einklang bringen ließen: der Schmerz über Adams Vertrauensbruch und der gleichzeitige Wunsch, eine Erklärung für sein Verhalten zu finden.

Als ich das heftige Pochen in meiner Brust und die explosive Stimmung am Tisch nicht länger ertrug, legte ich meine Hand auf Adams Unterarm und forderte so seine Aufmerksamkeit. Er wandte sich mir zu. In seinem Blick lag nichts als Zorn. Doch dieser wich umgehend, als ihm bewusst wurde, wer vor ihm saß. Mit einem Mal wirkte er traurig und erschöpft. Geräuschvoll stieß er die Luft aus seinen Lungen und seine Schultern sackten kraftlos nach vorn. »Alyssa ist keine normale Fee, Ave. Sie ist König Oberons und Königin Titanias Tochter.«

Seine Worte hingen bedeutungsschwer zwischen uns, während mein Verstand versuchte, das Gesagte zu verarbeiten. Nur langsam drangen die Informationsbrocken in mein Bewusstsein.

»Du meinst, *der* König Oberon und *die* Königin Titania? Aus dem Stück ›Ein Sommernachtstraum‹?« Meine Stimme quiekte wie nach einem gescheiterten Experiment mit einer Heliumflasche. *Die gibt es wirklich?*

Adam nickte schwerfällig, als hätte er gerade einen Mord gestanden. Ich konnte nicht anders, ich musste ihn weiter ungläubig anstarren. Unweigerlich kam mir unser Gespräch heute Morgen auf dem Parkplatz in den Sinn. *Sie ist anders, als du vermutest, und die ganze Sache komplizierter, als es aussieht.* Jetzt verstand ich seine kryptische Andeutung und weshalb er mir nichts von Alyssas Herkunft erzählt hatte. *Das macht die Sache natürlich um Längen komplizierter, Ad!*

Nox' tiefe, dröhnende Stimme durchbrach die Stille und ließ mich erschrocken zusammenfahren. Von Adams Beichte war ich derart schockiert, dass ich den Höllendiener für einen kurzen Moment vergessen hatte. »Okay, was läuft hier? Was verschweigt ihr mir?« Wie ich aus den Augenwinkeln wahrnahm, huschte sein prüfender Blick zwischen Adam und mir hin und her.

Adam öffnete den Mund, um etwas zu sagen, aber ich kam ihm zuvor und handelte damit rein instinktiv. Wenn er mir schon nichts von seinen Gefühlen für Alyssa erzählen wollte, sollte Nox erst recht nichts davon erfahren.

»Die beiden sind Laborpartner.« Mit einem schnellen Ruck drehte ich den Kopf zu dem Höllendiener und ignorierte Adams überraschte Miene.

»Die beiden sind Laborpartner?« Nox' Mimik und seine Stimme machten deutlich, wie wenig er mir glaubte.

Ich nickte. »Genau.«

Sein Blick wurde prüfender. »Und?«

»Nichts ›und‹. Das war es.« Ich zuckte mit den Schultern, um die Unwichtigkeit meiner Worte zu unterstreichen. »Ich dachte nur, wenn die Prüfungen etwas mit Feen zu tun haben, kann Alyssa uns vielleicht helfen.« Der Gedanke war mir zwar gerade erst in den Sinn gekommen, aber so abwegig war die Idee gar nicht. Vielleicht konnte Adam Alyssa tatsächlich um Hilfe bitten. *Für irgendwas muss ihre heimliche Turtelei doch gut sein!*

»Nein, vergiss es, Avery!« Adam hatte sich energisch zu mir herumgedreht und sah mich mit weit aufgerissenen Augen an. »Wir werden Alyssa auf keinen Fall mit hineinziehen.«

»Ach, und wieso nicht?« Ich verschränkte die Arme vor der Brust und erwiderte seinen Blick unnachgiebig. »Immerhin ist sie *unsere Mitschülerin*.« Ich betonte die letzten beiden Worte und sah Adam bedeutungsvoll an. »Meinst du nicht, dass sie uns *gern* hilft?!« Es widerstrebte mir, die Gefühle, die die beiden füreinander empfanden, zu missbrauchen, aber wir befanden uns in einer heiklen Situation und bisher war Alyssa unsere einzige Spur. Zudem ging mir Adams Theorie von heute Morgen nicht aus dem Kopf. Wenn er recht hatte, blieb uns nicht unbegrenzt Zeit, um die Prüfungen zu bestehen.

»Goldlöckchen hat recht, Kleines. Dein Plan ist Mist. Selbst wenn die Prinzessin von den Prüfungen weiß – was ich nicht glaube –, würde sie uns wohl kaum einfach so helfen. Feen sind nicht gerade für ihre Nächstenliebe bekannt. Entweder hast du etwas in petto, was du ihr im Gegenzug für ihre Hilfe anbieten kannst, oder du überlegst dir gleich einen anderen Plan.«

Nox klang überraschend sachlich. Widerstrebend wandte ich mich ihm zu und musterte ihn kurz. »Das ist der erste sinnvolle und hilfreiche Beitrag, den du jemals in meiner Gegenwart hervorgebracht hast, Nox.« Ich war mehr als erstaunt, dass er zu so etwas überhaupt in der Lage war. Vielleicht waren seine Erfahrungen mit diesen sensiblen Wesen doch von Vorteil. »Und was sollen wir deiner Meinung nach unternehmen?«

Nox' Lippen verzogen sich zu einem feinen, herausfordernden Lächeln und seine Augen blitzten auf. »Ich kümmere mich um die Informationsbeschaffung.«

Die Anziehung, der ich bisher widerstanden hatte, flammte erneut in voller Intensität auf. Mir kam der Verdacht, die Stärke könnte etwas mit den Launen des Höllendieners zu tun haben. War er aufgebracht oder in ernster Stimmung, fiel es mir leichter, ihm in die Augen zu sehen. Doch wenn er, wie jetzt, etwas eindeutig Doppeldeutiges im Sinn hatte, war der Sog kraftvoller.

Ehe ich angesichts dieser Gedanken angewidert das Gesicht verziehen konnte, kam Adam mir zuvor. »Vergiss es, Nox! Du triffst dich auf keinen Fall mit Alyssa!« Erneut hatte er seine Hände zu Fäusten geballt. Sein Gesicht hatte eine dunkelrote Farbe angenommen und die Sehnen an seinem Hals traten deutlich hervor.

Ich warf Adam einen kurzen Blick zu, reagierte jedoch nicht auf seinen erneuten Ausbruch. Er hatte seinen Standpunkt deutlich gemacht. Leider befanden wir uns gerade nicht in der Lage, auf seine Wünsche Rücksicht zu nehmen. Zumindest mussten wir alle praktikablen Möglichkeiten durchsprechen, auch wenn ich Nox' Vorschlag nicht dazuzählte.

Betont ruhig antwortete ich dem Höllendiener. »Und wie soll *uns* dein Engagement bei Alyssa helfen?« Mir persönlich war es egal, mit wem sich dieser Idiot traf. Ich war mir sogar sicher, die zwei würden ein tolles Pärchen abgeben – beide übernatürlich, von sich selbst überzeugt und arrogant bis in die Haarspitzen –, aber Adam sollte nicht verletzt werden.

Nox' Grinsen wurde raubtierhaft und wieder verstärkte sich der Sog der

Anziehung. Inzwischen kostete es mich einiges an Kraft, ihr zu widerstehen. »Ganz einfach, Kleines. Um Antworten und Informationen zu bekommen, brauche ich nicht Goldlöckchens Engelszunge. Ich verschaffe sie mir auf meine ganz spezielle Art.«

»Kannst du auch an etwas anderes denken als an Sex? Und wenn nicht, musst du deine Umwelt, die das gar nicht interessiert, daran teilhaben lassen?« Ungefragt hatte sich mein Mund selbstständig gemacht und den ersten Gedanken herausgelassen, der meinem Verstand entsprungen war. Dabei hatte ich das gar nicht sagen wollen. Und erst recht nicht in diesem zickigen Tonfall.

Nox grinste mich amüsiert an und setzte bereits zu einer Antwort an, doch Adam kam ihm zuvor. »Ich sage es noch einmal: Keiner von euch beiden wird mit Alyssa reden! Habt ihr mich verstanden?« Er klang nicht mehr wütend oder aufgebracht, sondern kalt, drohend und keinen Widerspruch duldend. Ein Ton, der mir einen unangenehmen Schauder über den Rücken jagte.

Nox hob eine Augenbraue und sah Adam abschätzig an. »Ach ja? Und warum nicht? Du weißt, Frauen können mir nicht widerstehen.« Erneut präsentierte er dieses arrogante Lächeln und sein Blick huschte für einen winzigen Moment in meine Richtung, ehe er wieder Adam fokussierte. »Egal welche Spezies.«

Was auch immer Nox gerade andeuten wollte, Adam ging nicht darauf ein. »Alyssa ist kein schlichter Höfling, du Höllenhund! Sie ist eine verdammte Sidhe!«

Wie eine angriffswütige Kobra zischte er seine Worte und ich rechnete jeden Moment mit einem weiteren Ausbruch, der nicht nur wegen der überfüllten Cafeteria mehr als unpassend gewesen wäre. Nein, wenn Adam so weitermachte, würde er sich noch verraten. Und was Nox mit dieser Information anstellen würde, wollte ich mir gar nicht erst vorstellen.

Um die Wogen zu glätten, oder zumindest die Prügelei zu verhindern, die sich bereits andeutete, als Nox sich provozierend nach vorn beugte, mischte ich mich ein. »Gut, Adam. Wenn du nicht willst, dass wir mit Alyssa reden, musst du dich darum kümmern.«

Nox schnaubte beleidigt. »Die Idee ist ja noch schlimmer als deine erste, Kleines.«

Ich ignorierte seinen eingeschnappten Ton. »Und wieso, wenn ich fragen darf? Du sagst doch selbst, dass Alyssa uns nicht einfach so helfen wird. Wir brauchen etwas, das wir ihr anbieten können. Und um herauszufinden, worum es sich dabei handeln könnte, ist Adam genau der Richtige.« Ich zuckte mit den Schultern. »Er hat einfach mehr Fingerspitzengefühl als du.«

Die letzte Silbe war noch nicht über meine Lippen gekommen, als Nox bereits aufgestanden war, den Tisch umrundet, meine Arme gepackt und mich auf die Beine gezogen hatte. Das alles war innerhalb eines Wimpernschlags geschehen und ich hatte nicht einmal die Möglichkeit, einen überraschten Laut auszustoßen. Wir standen dicht beieinander und unsere Körper berührten sich. Ich spürte seine Knie an meinen Oberschenkeln, seine Hüfte an meinem unteren Bauch und ich blickte genau auf die Mulde, die sich unterhalb seines Halses zwischen seinen Schlüsselbeinen befand.

Nox hielt meine Oberarme umklammert, aber der Griff war überraschend sanft. Als ich hochsah, blickte ich zudem nicht wie sonst in starre, intensive Augen, sondern in ein warmes, weiches Lächeln. Seine Augen glänzten auf eine bisher unbekannte Art und mit der Intensität einer explodierenden Bombe traf mich seine Anziehung.

Der Höllendiener ließ einen meiner Arme los und legte mir zärtlich die Fingerspitzen der freien Hand auf die Wange. Mein Körper reagierte mit einem warmen Schauder. Nox beugte sich ein Stück zu mir herunter, bis sich unsere Nasenspitzen fast berührten. Sein Duft nach verbranntem Holz und Rauch stieg mir in die Nase und erinnerte mich an gemütliche Winterabende vor einem brennenden Kamin. Das Gefühl umnebelte meine inzwischen trägen Gedanken und als er seine Lippen öffnete, um etwas zu sagen, liebkoste mich sein Atem und raubte mir meinen eigenen.

»Du hast keine Ahnung, wozu ich in der Lage bin, Kleines.« Er senkte sein Gesicht noch ein Stück weiter und das Grün seiner Iris verstärkte sich. »Überhaupt keine Ahnung.«

ZWANZIG

Meine Lider begannen zu flattern und ich musste mich zwingen, meine Augen offen zu halten, als Nox' Finger über meine Haut strichen. Langsam wanderten sie von meiner Wange zu meinem Kinn, glitten weiter über meinen Hals, bis sich seine Hand um meinen Nacken legte und einen weiteren elektrischen Schlag durch meinen zitternden Körper jagte. Ich fragte mich, warum ich noch stand, wenn sich mein gesamter Körper doch wie Wackelpudding anfühlte.

»Nox! Es reicht.«

Adams wütende Ermahnung brachte mich zurück in die Gegenwart und erinnerte mich daran, wo wir uns befanden, in wessen Armen ich lag und in welcher grenzenlos peinlichen Lage er mich sah. Doch das Grauenvollste an der Situation war, dass sich ein Teil von mir nach dieser Berührung sehnte. Ich wollte nicht, dass Nox mich losließ, dass diese Zärtlichkeit und dieser liebevolle Blick endeten.

Geh nicht. Verlass mich nicht.

Auch wenn ich nicht wusste, woher diese Worte kamen oder was sie aussagen sollten, spürte ich, wie wichtig und bedeutend sie waren.

Nox folgte Adams Befehl und ließ mich los. Dabei sahen wir uns weiterhin in die Augen und ich meinte für einen kurzen Moment so etwas wie Verwirrung in seinem Blick aufblitzen zu sehen. Doch ehe ich mir sicher sein konnte, verblasste der Eindruck und wurde schon bald von diesem herausfordernden Funkeln ersetzt, das zu seinem standardmäßigen Repertoire gehörte. Der Höllendiener machte einen Schritt von mir weg und wirkte selbstzufrieden. Dieser Eindruck wurde durch den Spott in seiner Stimme verstärkt. »Alles klar bei dir, Kleines, oder brauchst du Hilfe? Du bist ziemlich wackelig auf den Beinen.«

Es dauerte einen Moment, bis seine Worte mein Bewusstsein durchdrangen und mir klarmachten, was gerade passiert war und welches Bild ich abgeben musste.

Schlagartig fühlte ich mich gedemütigt.

Beschämt.

Und wütend!

Unsagbar wütend!

Dabei wusste ich nicht einmal, auf wen ich wütender war – auf Nox oder auf mich selbst.

Ohne nachzudenken, hob ich die Hand. Ich wusste nicht, was ich vorhatte. Vielleicht wollte ich Nox schlagen, vielleicht wollte ich mir aber auch eigenhändig die Augen auskratzen, um nie wieder sein überhebliches Grinsen ertragen zu müssen. Ich wusste es wirklich nicht. Aber ehe sich mir die Möglichkeit bot herauszufinden, was mein Unterbewusstsein vorhatte, schnellte Nox' Hand hervor und packte überraschend sanft, aber bestimmt mein Handgelenk.

»Na, na, na, Kleines. Du willst doch nichts anfangen, was du nicht bereit bist zu beenden, oder?« Seine Stimme war nur ein leises, sinnliches Raunen und seine Lippen deuteten das schiefe Lächeln an, das ich damals in der Gasse zum ersten Mal bei ihm gesehen hatte. Dabei unterbrach er nicht eine Sekunde lang unseren Blickkontakt, was meine Scham verstärkte und meine Wut noch heißer kochen ließ.

Wie lange wir so dastanden und uns anstierten, konnte ich unmöglich sagen, aber irgendwann zerriss Adam die Stille zwischen uns. »Nox! Ich sagte, es reicht! Sie ist nicht ...«

Und dann ging alles ganz schnell.

Nox ließ meine Hand los, als hätte er sich verbrannt. Gleichzeitig huschte sein Blick zu einem Punkt hinter meiner Schulter. Vermutlich fokussierte er Adam. »Sprich ihren Namen nicht aus!« Er zischte seine Worte und die Schärfe, die darin mitschwang, war beängstigender als alles, was ich jemals zuvor von dem Höllendiener gehört hatte.

Mein Herz pochte schmerzhaft in meiner Brust und das Rauschen in meinen Ohren ließ nur langsam nach. Meine Wut jedoch war schlagartig verpufft. Ich wusste nicht, was gerade geschehen war, aber mir war der Schmerz in Nox' Blick nicht entgangen. *Was hat das zu bedeuten?*

Als er mich das nächste Mal ansah, war seine Miene hart und kalt. Selbst das herausfordernde Funkeln in seinen Augen war erloschen. Sie erinnerten mich an wunderschön glänzende, aber leblose Edelsteine. Mit einem leisen Knurren wandte er sich von Adam und mir ab und verließ wortlos die Cafeteria.

Sprachlos sah ich Nox hinterher, selbst dann noch, als er längst aus meinem Blick verschwunden war. Erst als die Schulglocke das Ende der Pause verkündete, erwachte ich blinzelnd aus meiner Trance.

Adam erhob sich geräuschlos und nahm sein Tablett. Er wollte sich dem Strom der Schüler anschließen, aber ich griff nach seinem Arm. So einfach würde er mir nicht davonkommen.

»Adam, was war das gerade? Was wolltest du sagen, ehe Nox dich unterbrach?«

Adam sah mich stumm an. Seine Lippen bildeten eine gerade Linie und seine Augenbrauen waren zusammengezogen. Über seinem Nasenrücken war eine schmale Falte erschienen und seine Augen zeigten eine Härte, die ich zuvor noch nie bei ihm gesehen hatte.

»Ich will nicht darüber reden!« Er riss sich aus meinem Griff los und steuerte wieder den Geschirrwagen an.

Einen Moment lang sah ich auch ihm fassungslos hinterher. Dann besann ich mich, schnappte mir mein eigenes Tablett und folgte ihm. »O nein, Adam! Du lässt mich nicht einfach so stehen. Ich will jetzt wissen, was das gerade war. Warum ist Nox abgehauen? Was wolltest du sagen? Hat es etwas mit eurer gemeinsamen Vergangenheit zu tun?«

Adam antwortete nicht und starrte nur stur geradeaus. Als wir den Geschirrwagen erreichten, schob er das gelbe Hartplastik in eine leere Schiene und marschierte wortlos durch die Glastüren.

Wie ein Bluthund heftete ich mich an seine Fersen, nachdem ich mein Tablett ebenfalls verstaut hatte. »Adam! Rede mit mir! Sonst …« Mir fiel nichts ein, womit ich ihm drohen konnte, also spie ich das Erstbeste aus, was mir in den Sinn kam. »Sonst frage ich Nox!«

Meine Worte klangen wie ein Peitschenknall und veranlassten Adam, auf der Stelle stehen zu bleiben. Mit einer hastigen Bewegung drehte er sich zu mir herum und packte, ebenso wie Nox zuvor, meine Oberarme. Sein Griff war im Vergleich zu dem des Höllendieners überraschend grob und schmerzhaft. Aber das war nicht der Grund für das kalte Gefühl in meinem Inneren. Adams Blick verursachte mir weitaus mehr Sorge. Schmerz, Wut und Angst bildeten eine beängstigende Mischung, die mich erschaudern ließ.

»Avery, du musst mir unbedingt zwei Dinge versprechen.« Die Dringlichkeit in seiner Stimme war nicht zu überhören.

»Und was?« Auch wenn ich mir bereits denken konnte, was Adam von mir verlangen würde, sollte er es aussprechen. Vielleicht würde es mir helfen, sein untypisches Verhalten zu verstehen.

Adam verstärkte seinen Griff und auch sein Blick wurde intensiver. »Du darfst weder Nox noch mich jemals wieder auf dieses Thema oder unsere Vergangenheit ansprechen. Das ist unglaublich wichtig. Hast du mich verstanden, Avery? Niemals!«

Ich brachte ein zögerliches Nicken zustande. »Ich verspreche es dir. Und die zweite Sache?« Darunter konnte ich mir beim besten Willen nichts vorstellen.

Adam seufzte, seine Schultern sackten herab und es schien, als würde er eine ungeheure Last tragen. »Das zweite Versprechen, das ich von dir hören muss, ist, dass du dich auf keinen Fall in Nox verlieben wirst!«

Ich sah Adam verblüfft an. *Was?* Damit hatte ich unter keinen Umständen gerechnet. Dabei wusste ich nicht einmal genau, ob ich lachen oder Adams Kopf nach einer Verletzung absuchen sollte. Diese Bitte musste ein schlechter Witz sein. Er konnte seine Worte unmöglich ernst meinen. Genauso gut hätte er mich bitten können, niemals mit einem imaginären Einhorn auf dem Planeten Pluto eine Tierarztpraxis zu eröffnen. Beide Szenarien waren ungefähr gleich wahrscheinlich.

»Ad, ernsthaft? Wie kommst du ...«

Er unterbrach mich unerbittlich. »Bitte, Ave! Versprich es mir! Ich kenne Nox. Er ist …« Seufzend fuhr er sich mit einer Hand durch die Locken. »Er wird alles daransetzen, dich rumzubekommen. Je mehr du ihm Kontra gibst, desto mehr forderst du ihn heraus. Für ihn ist das nur ein Spiel, Ave, aber er wird dir das Herz brechen. Und ich meine damit nicht diese romantische Herzschmerz-Art, die euch Menschen zwei Tage lang mit Eis, Süßigkeiten und Filmen ans Bett bindet. Ehrliche und aufrichtige Liebe zu einem übernatürlichen Wesen ist wesentlich stärker und verzehrender als jedes Gefühl, das ihr Menschen kennt. Wird diese Liebe nicht erwidert, oder wird sie ausgenutzt, wie Nox es tun wird, zerstört die Intensität des Schmerzes den Menschen.« Wieder seufzte Adam und sein Blick wurde endlos traurig. »Wenn du dich in ihn verliebst, Ave, wirst du daran zugrunde gehen.«

Ich hörte ihm wachsam zu und fand seine Sorge wirklich rührend und sehr liebevoll, dennoch war sie unbegründet und unnötig. Niemals und unter keinen Umständen würde ich mich in Nox verlieben. Dieses Versprechen konnte ich ihm ohne Schwierigkeiten geben.

»Okay, Ad. Ich verspreche es dir. Ich werde mich nicht in Nox verlieben.« Bei den Worten bildete sich ein albernes Kichern in meiner Brust. Nie zuvor hätte ich gedacht, diese Worte aussprechen zu müssen.

Adam blickte mich prüfend an, wahrscheinlich um sicherzugehen, ob ich es ernst meinte. Als ich seinen Test bestand, atmete er erleichtert aus und nickte bedächtig. »Danke.« Seine Mundwinkel zuckten und ich bemerkte ein schwaches Lächeln.

Auch ich nickte zögerlich, aber sein Lächeln konnte ich nicht erwidern. Mich nahm das gerade Erlebte zu sehr mit.

Was ist nur zwischen den beiden vorgefallen? Was hat Adam so verletzt?

Stumm setzten wir unseren Weg zum Unterricht fort. Jeder hing seinen Gedanken nach und dennoch warf ich Adam immer wieder irritierte Seitenblicke zu. *Glaubt er wirklich, ich könnte mich jemals in Nox verlieben? Das ist absurd! Aber wenn er nicht daran glaubt, wieso fordert er dann dieses Versprechen?* Ich verstand nicht, wie er auf diesen abwegigen Gedanken kam.

Während wir uns durch die vollen Gänge schoben, dachte ich über Nox und sein Auftauchen in meinem Leben nach. Seit ich ihn kannte, gab es keinen Moment, in dem ich etwas anderes als Gereiztheit, Abscheu oder Gleichgültigkeit für ihn empfunden hatte. Doch im selben Moment blitzte ein Gedanke in meinem Kopf auf, der von Melancholie begleitet wurde.

Geh nicht. Verlass mich nicht.

Auch dieses Mal wusste ich nicht, was diese albernen Worte zu bedeuten hatten, deshalb drängte ich sie in einen dunklen, verstaubten Winkel meines Verstandes. Im Augenblick hatte ich weder Zeit noch die Muße, mich damit zu beschäftigen. Außerdem lag es bestimmt an dieser blöden übernatürlichen Anziehung. Das hatte überhaupt nichts zu bedeuten. *Oder?*

***

Die nächsten Tage verliefen schweigsam. Auch wenn augenscheinlich alles beim Alten war, hatte sich etwas zwischen Adam und mir verändert. Die Geschehnisse am Montag hatten eine Kluft zwischen uns geschlagen und ich wusste nicht, wie ich mich verhalten sollte, ohne mein Versprechen zu brechen oder einen weiteren Streit zu riskieren, der den Schaden zwischen uns womöglich vergrößerte. Daher vermied ich Gespräche, die sich um Alyssa oder die Prüfungen drehten, auch wenn es mich große Überwindung kostete.

Jeden Morgen betrachtete ich meine Schulter im Spiegel und stellte mit stetig wachsendem Unbehagen fest, dass die kleine, zierliche Fee über Nacht ein weiteres rosa Blütenblatt abgezupft und in die Luft geworfen hatte, damit dieses bis zum Ende des Tages zu Boden sank.

Adam hat recht! Wir stehen unter Zeitdruck! Mit dieser Gewissheit wuchs der Klumpen Eis in meinem Magen exponentiell mit jedem weiteren Blütenblatt, das sich auf dem Boden einfand.

Am Donnerstagmorgen hielt ich die Anspannung und das Schweigen nicht mehr aus und fasste einen Entschluss. Die Eskalation in der Cafeteria am Montag war ein Wendepunkt gewesen und es war an der Zeit, einen neuen Weg einzuschlagen. Die Frage war nur, ob ich unterwegs meinen besten Freund wiederfand, wie er gewesen war, bevor Nox in unser Leben trat, oder ob ich nicht nur Adam, sondern auch mich selbst dabei für immer verlor.

***

Nach der letzten Unterrichtsstunde steuerten Adam und ich den Schulparkplatz an und mit jedem Schritt wurde das beklemmende Gefühl in meiner Brust größer. Bisher hatte ich es vermieden, Adam von meinem Vorhaben zu erzählen, aber nun hatte ich keine Wahl mehr.

»Ich fahre jetzt nicht nach Hause, Ad. Ich will zu Nox.« Ich presste die Worte hervor, bevor ich es mir anders überlegen konnte. *Als wenn man ein Pflaster mit einem Ruck abzieht. Dann tut es weniger weh.*

Adam strauchelte kurz, als er mich von der Seite ansah. »Was? Was willst du bei Nox?«

Ich wusste nicht, was mich mehr ärgerte: die sinnlose Frage oder der Argwohn in seiner Stimme.

»Strip-Poker spielen.« Ich verdrehte die Augen. »Was denkst du denn, was ich bei ihm will? Reden natürlich!«

Jetzt, als ich die Worte laut ausgesprochen hatte, wurde mir erst bewusst, was ich eigentlich vorhatte. *Bin ich verrückt geworden?* Wie kam ich auf die bescheuerte Idee, freiwillig mit Nox reden zu wollen? Doch im Grunde blieb mir nichts anderes übrig, zumal ich Antworten suchte. Auch wenn mich der Gedanke verletzte, wusste ich mit Sicherheit, dass ich von Nox nichts als die schonungslose Wahrheit erfahren würde. Nur eben mit blöden, doppeldeutigen und anzüglichen Kommentaren gespickt. Aber er würde mich nicht aus Freundschaft oder Liebe schützen wollen, wie Adam es tat. Und diesen Umstand musste ich nutzen.

Inzwischen hatten wir mein Auto erreicht. Mit verschränkten Armen stellte Adam sich vor die Fahrertür und verwehrte mir den Einstieg. »Worüber willst du mit ihm reden?«

»Wie er zu der aktuellen Präsidentenwahl steht.« Ich unterstrich meinen sarkastischen Kommentar mit einem dazu passenden Lächeln.

Adam verzog keine Miene und stierte mich weiterhin ernst an. »Avery, hör auf …«

»Nein, Adam. Du solltest aufhören. Deine hohlen Fragen sind nichts als Zeitschinderei. Zeit, die wir nicht haben. Das weißt du genau. Aber ich habe keine Lust mehr, auf Zehenspitzen um dieses heikle Thema herumzutänzeln. Ich will endlich Antworten.« Auch ich verschränkte die Arme vor der Brust, um meine zitternden Hände zu verbergen. Ich hasste es, auf diese Art mit Adam zu reden, aber er ließ mir keine Wahl.

»Dann rede mit mir. Frag mich, was du wissen willst. Ich sage es dir. Versprochen.« Adam klang hilflos und flehend, aber ich konnte nicht von meinem Plan abweichen.

»Das ist genau das Problem. Du würdest mir auf alles antworten, was ich dich frage. Aber ich weiß nicht, welche Fragen ich stellen muss. Ich bin darauf angewiesen, dass du mir von dir aus alles erzählst. Jedoch weiß ich nicht, ob ich dir in diesem Punkt trauen kann.« Meine Stimme war belegt und das Gefühl von Enge in meiner Brust verstärkte sich. »Es tut mir leid, Ad, aber ich fahre zu Nox. Ob du mitkommst oder nicht.«

Adam erwiderte meinen Blick unnachgiebig. In seinen Augen spiegelten sich die unterschiedlichsten Emotionen und ich fragte mich, für welche er sich entscheiden würde. Zorn? Traurigkeit? Schmerz? Verständnis?

»Fein. Dann komme ich eben mit! Ganz bestimmt lasse ich dich nicht mit ihm allein.« Eine Mischung aus Groll und Starrsinn hatte das Rennen gemacht.

Ich nickte. »Gut. Dann lass uns fahren.«

***

Als Adam und ich das Haus betraten, in dem er früher gewohnt hatte und das er sich nun mit Nox teilte, wusste ich nicht, womit ich gerechnet hatte, aber sicherlich nicht mit dem Anblick, der uns erwartete. Nox saß auf der Couch und sah sich eine Zeichentrickserie an. Die Möbel standen alle noch an derselben Stelle wie beim letzten Mal und ich konnte weder Frauenkleidung oder Essensverpackungen noch sonstiges Chaos entdecken. Die Situation verstörte und beruhigte mich zu gleichen Teilen.

Geräuschvoll ließ Adam seinen Rucksack auf den Boden fallen, doch Nox reagierte immer noch nicht. Auch auf das zuvor in den Raum geworfene »Hallo« hatte der Höllendiener nichts erwidert.

»Willst du was trinken?« Adam sah mich fragend an. Als ich mit einem Kopfschütteln antwortete, nickte er knapp, drehte sich um und verließ das Wohnzimmer. Ich sah ihm noch einen Moment nach, unschlüssig, was ich jetzt tun sollte.

»Was ist, Kleines? Hast du Angst, mit mir allein in einem Raum zu sein? Keine Sorge, dein Schutzengel ist jeden Augenblick zurück.« Nox hatte seinen Kopf in meine Richtung gedreht und grinste mich auf bekannte und nervende Art an.

Mein erster Impuls war, ihm ebenso wie Adam heute Nachmittag mit einem sarkastischen Kommentar zu begegnen, aber das daraus resultierende wortreiche Gefecht war nicht der Grund meines Besuchs und würde uns nicht weiterbringen.

Ich atmete tief durch, ließ meinen Rucksack neben Adams fallen und steuerte die Zimmermitte an. Als Zeichen des guten Willens hätte ich mich neben Nox auf die Couch setzen können, aber das war dann doch mehr, als ich mir zumuten wollte. Stattdessen ließ ich mich auf den Sessel fallen, der Nox am nächsten stand. »Ich habe weder Angst vor dir noch brauche ich einen Beschützer.«

Der Höllendiener warf ein kurzes, amüsiertes Lächeln in meine Richtung, ehe er sich wieder dem Fernseher widmete. »Von wegen. Ich höre deinen beschleunigten Puls.«

Mist! Ich hatte sein viel zu gutes Gehör verdrängt. Mit warmen Wangen widmete ich mich ebenfalls der Mattscheibe, auf der irgendwelche Figuren mit asymmetrischen Körperformen durchs Bild liefen. Unweigerlich fragte ich mich, weshalb er ausgerechnet diesen Kanal gewählt hatte.

Wir schauten gerade zu, wie sich ein grünes Schnabeltier in einen Geheimagenten verwandelte, als Adam mit einer Flasche Wasser und drei Gläsern zurückkam. Er stellte alles auf dem niedrigen Couchtisch ab, machte es sich auf dem anderen Sessel gemütlich und sah ebenfalls zum Fernseher. Er hatte während der gesamten Autofahrt geschwiegen und würde damit jetzt weitermachen. Das war seine Strafe für meinen Wunsch, hierherzukommen.

Du bist selbst schuld, Adam! Hättest du mir gleich die ganze Wahrheit über Alyssa erzählt, müsste ich nicht an dir zweifeln. Du lässt mir keine Wahl!

Dennoch betrachtete ich meinen besten Freund wehmütig. Wann hatten wir das letzte Mal einfach nur rumgealbert und Spaß gehabt? Das musste eine Ewigkeit her sein.

Die nervigen Töne der Kinderserie machten unser eigenes Schweigen überdeutlich. Mit einem leisen Räuspern wandte ich mich an Nox, der sich mit erhobener Augenbraue zu mir drehte.

»Wir sind hier, um über die Prüfungen zu reden. Am Montag hat sich herausgestellt, dass ihr Wissen besitzt, das mir fehlt, das ich aber dringend benötige.« Meine Worte klangen extrem förmlich, aber die Situation erinnerte mich an ein Jobinterview. »Ich meine, ich muss erfahren, was ihr alles über das Lichte Volk wisst. Bei unserem letzten Treffen hast du einige interessante Dinge angesprochen, bevor …«

Ich überlegte, wie ich die Situation in der Cafeteria benennen sollte, ohne einen Begriff zu wählen, der negativ oder beleidigend klang.

»Bevor du meinem Charme verfallen bist und alles um dich herum vergessen hast?« Nox half mir grinsend auf die Sprünge und ich kommentierte seine Bemerkung mit einem sarkastischen Lächeln, ehe ich wieder ernst wurde.

»So ungefähr.« Sein blöder Spruch nahm mir ein wenig von dem beklemmenden Gefühl in meiner Brust. Zumindest benahm sich der Höllendiener wie immer, was mir ein Gefühl von Sicherheit und Kontrolle verlieh. *Nox gibt mir ein Gefühl von Sicherheit? Jetzt habe ich endgültig den Verstand verloren.*

Ich verdrängte meine Gedanken und konzentrierte mich wieder auf die aktuelle Situation. »Am besten starten wir an der Stelle, an der wir am Montag unterbrochen wurden.«

Nox erwiderte meinen Blick mit einem gewissen Funkeln und seine Mundwinkel zuckten amüsiert. »Hat unser Goldlöckchen keine Lust gehabt, dir Rede und Antwort zu stehen, oder hast du mich vermisst und schiebst diese Ausrede vor, weil du mich wiedersehen wolltest? Du kannst ruhig ehrlich sein, Kleines. Ich kenne die Wahrheit ohnehin.«

Mit einem anzüglichen Augenzwinkern beendete er seine Rede und ich musste mich zusammenreißen, um nicht aufzustöhnen. Ich hatte gewusst, worauf ich mich einließ, und durfte mich jetzt nicht beschweren.

»Bitte, Nox. Wir …« Ich warf Adam einen kurzen Blick zu. Der jedoch sah zum Fernseher und strafte mich mit Ignoranz. Mit einem traurigen Seufzen korrigierte ich mich. »*Ich* brauche deine Hilfe.«

Die Überraschung stand dem Höllendiener deutlich ins Gesicht geschrieben. Ich rechnete bereits mit weiteren höhnischen und anzüglichen Kommentaren, doch stattdessen warf Nox einen kurzen Blick über seine Schulter in Adams Richtung und wandte sich anschließend wieder mir zu. Als er sprach, klang er ernst und sachlich.

»Wie ich schon sagte, wird uns die kleine Prinzessin nicht einfach so helfen. Wir sollten also keine Zeit mit ihr verschwenden, sondern uns gleich den Hinweisen zuwenden, die wir haben. Vielleicht können wir auf diese Art etwas herausfinden.«

Seine plötzliche Kooperationsbereitschaft weckte meinen Argwohn, aber ich schob ihn beiseite. Mir war bewusst, dass seine Hilfe nicht auf reiner Nächstenliebe basierte. Immerhin hatte er bestätigt, dass er einige Eigenschaften mit dem Lichten Volk gemeinsam hatte. Er war jedoch im Augenblick meine einzige Möglichkeit, an Informationen zu gelangen. Da nahm ich auch in Kauf, ständig wachsam sein zu müssen.

»Welche Hinweise haben wir denn?«

Nox verschränkte die Finger beider Hände ineinander und stützte seine Unterarme auf den Knien ab. Dabei lehnte er sich leicht nach vorn. »Hat dir unser Goldlöckchen eigentlich schon *irgendetwas* über das Lichte Volk erzählt oder brauchst du einen Crashkurs?«

»Ich habe ihr nichts erzählt. Bis vor wenigen Tagen dachte ich nicht einmal, dass dieses Gespräch jemals notwendig sein würde.« Adam sah immer noch zum Fernseher und bemerkte deswegen auch nicht meinen bösen Blick.

Ach, mit Nox redest du, aber mit mir nicht?

Der Höllendiener grinste amüsiert, als wüsste er, was gerade zwischen Adam und mir los war. »Gut. Dann also eine kurze Geschichtsstunde.« Geräuschvoll lehnte sich der Höllendiener zurück in die Polster, seine Arme locker vor der Brust verschränkt. »Früher war das Feenreich – Galoai – ein wildes, unbeherrschtes Land. Es gab keine Regeln, Gesetze oder Herrscher. Das Lichte Volk lebte glücklich und in einem zufriedenen Miteinander.«

Ich wusste nicht, ob Nox seine Erzählung absichtlich wie ein Kindermärchen klingen ließ, aber seine Worte entlockten mir ein unfreiwilliges Lächeln.

»Doch wie in jedem Land gab es natürlich auch dort ein paar Leute, die immer wieder Ärger und Probleme verursachten. Sie forderten den Frieden heraus, stifteten Unruhe und entfachten ein immer größeres Chaos, je mehr sie wurden. Um diesen abtrünnigen Feen Einhalt zu gebieten, beschloss das Volk, einen Herrscher zu benennen, der Galoai schützen sollte. Natürlich wollte jede mächtige Fee diese Rolle übernehmen und so gab es gleich zu Beginn einen gewaltigen Aufstand, in dem es darum ging, wer die richtige Wahl für diesen Posten war. Zum Glück gab es für das Problem eine einfache Lösung: Alle Anwärter begaben sich in einen Kampf auf Leben und Tod und der letzte Überlebende sollte der König oder die Königin über Galoai werden. Die ersten Runden waren schnell entschieden und schließlich blieben nur noch Oberon und Mab übrig. Die beiden kämpften tage- und nächtelang, ohne dass einer von ihnen gewann oder auch nur deutlich genug vorn lag. Deshalb entschieden sie nach einiger Zeit, das Feenreich aufzuteilen. Und zwar in den Sommer- und den Winterhof. Das funktionierte viele Jahrhunderte lang. Aber wie ich dir bereits sagte, sind Feen hinterhältige, bösartige Kreaturen. Sie trauen niemandem, halten sich stets für etwas Besseres und sehen in allem und jedem den Feind. Deswegen wunderte es niemanden, dass sowohl Mab als auch Oberon schon recht bald unzufrieden mit der Regierung des jeweils anderen Hofes waren. Beide glaubten, als alleiniger Herrscher in Galoai mehr bewirken zu können. Also begannen sie einen weiteren Krieg, um diese Frage ein für alle Mal zu klären.«

Nox machte eine kurze Pause, ehe er weitersprach. »Du musst wissen, das Feenreich wurde früher von drei Dryaden geschützt, die in besonders großen und alten Laubbäumen, sogenannten *Lebensbäume*, lebten. Ihre Aufgabe war es, die Magie, die in Galoai herrscht, zu regulieren und aufrechtzuerhalten. Denn sollte die empfindliche Zusammensetzung dieser Magie aus dem

Gleichgewicht geraten, wird ganz Galoai zerstört und alle dort lebenden Feen werden sterben.«

Ich schluckte hart. Es war ein beängstigender Gedanke, dass die Existenz eines ganzen Reiches von drei einzelnen Baumgeistern abhing. Dabei war mir nicht entgangen, dass Nox in der Vergangenheitsform über die Dryaden gesprochen hatte.

»Was ist mit den Baumgeistern geschehen?«

»Durch den Krieg, den Oberon und Mab angezettelt hatten, wurden zwei der drei Lebensbäume zerstört und die darin lebenden Dryaden getötet.«

Ich bemühte mich um eine ausdruckslose Miene, dennoch verriet mein beschleunigter Puls meinen wahren Gemütszustand. *Die Zukunft des gesamten Feenreichs und aller Feen hängt jetzt an einer einzelnen Dryade?* Ich konnte mir die Last dieser Verantwortung kaum vorstellen.

Nox musste meine erhöhte Herzfrequenz bemerkt haben, denn er nickte knapp. »Das tatsächliche Problem ist jedoch das folgende: Eine der beiden Dryaden, die älteste und mächtigste von ihnen, war die Hüterin des Jahreszeitenzepters und durch ihren Tod verlor der Schutz um das Zepter seine Wirkung.«

Jetzt kam ich nicht mehr mit. All die Begriffe und Namen waren mir zu viel. »Okay, bitte noch mal für Unwissende. Was ist das Jahreszeitenzepter? Und was ist damit passiert, nachdem die Dryade starb und der Schutz nicht mehr wirkte?«

»Das Zepter ist das wichtigste Insignium der Feen. Es erhält seine Macht durch einen sehr seltenen und unglaublich mächtigen Welo-Opal, dessen Kraft die Magie in Galoai verstärkt, was wiederum …«

»… das Feenreich schützt.« Ich nickte verstehend.

Auch Nox nickte. »Genau. Aber das Zepter verstärkt nicht nur die Magie in Galoai, es würde auch die Fee, die es in ihren Händen hält, zu einem unglaublich mächtigen und unbezwingbaren Wesen machen.«

Ich ließ die Worte auf mich wirken und versuchte meine wirren Gedanken zu sortieren. »Aber wo befindet sich das Zepter jetzt?« Ich wollte lieber nicht daran denken, was mit dem Feenreich geschah, wenn diese Macht in falsche Hände geriet.

Nox zuckte mit den Schultern. »Das weiß niemand genau. Es ist in dem Kriegschaos verschwunden und wurde seitdem nie wieder gesehen.«

»Das heißt, die Prüfung könnte möglicherweise darin bestehen, dieses Zepter zu finden und ... was damit zu machen? Es Alyssa überreichen? Oberon oder Mab?« Ich konnte mir nicht vorstellen, dass wir einer Fee dabei helfen sollten, zum mächtigsten Wesen des Feenreichs zu werden. Und selbst wenn es so wäre, woher sollten wir wissen, wer die richtige Wahl war? Und was würde geschehen, wenn wir falsch entschieden? Bei dem Gedanken durchfuhr mich ein eisiges Gefühl und meine Arme wurden von einer schmerzhaften Gänsehaut überzogen.

Nox unterbrach meine Überlegungen. »Diesen Gedanken hatte ich auch schon. Aber das erklärt immer noch nicht, was die Prinzessin hier in der Menschenwelt macht. Immerhin ist sie keine Eximilierte.«

Wieder fiel ein Begriff, den ich noch nie zuvor gehört hatte. »Eine *Eximilierte*? Was bedeutet das?«

»So werden Feen genannt, die aus dem Feenreich verbannt wurden. Sie sollen hier in der Menschenwelt ihr Dasein fristen, bis sie qualvoll und elendig zugrunde gehen.«

EINUNDZWANZIG

»Sie werden zum Sterben hierhergeschickt?« Ich versuchte gar nicht erst, meine Fassungslosigkeit zu verbergen. »Das ist grausam!«

Nox lachte leise, aber es war kein fröhlicher oder amüsierter Ton. »Hörst du denn nicht zu, Kleines? Ich habe doch gesagt, Feen sind abscheuliche Kreaturen. Sie töten zum Spaß, quälen und jagen Menschen, wenn ihnen langweilig ist, und würden wirklich alles und jeden verraten, wenn sie dadurch auch nur den geringsten Vorteil anderen gegenüber erhalten.«

Noch immer starrte ich Nox an. In solchen Dimensionen der Grausamkeit hatte ich nicht gedacht. Bei dem Gedanken daran, dass so viele dieser Kreaturen bei uns auf die Schule gingen, wurde mir ganz anders zumute.

Adam unterbrach die entstandene Stille und ich zuckte zusammen. Ich war auf Nox' Erzählungen konzentriert und hatte Adam fast vergessen. »Ich weiß, was du jetzt denkst, Ave. Aber mach dir keine Sorgen. Eximilierte Feen haben andere Sorgen, als ihren Grausamkeiten nachzugehen.«

»Ach ja? Und welche?« Meine Stimme klang angespannt und dünn.

»Überleben.« Das kam von Nox und ich wandte meine Aufmerksamkeit wieder ihm zu. »Goldlöckchen hat dir sicherlich von dem Glanz erzählt, der alle übernatürlichen Wesen umgibt, nicht wahr?«

»Nein, Adam erwähnte nur eure besondere Anziehung auf Menschen.« Dieses Thema ausgerechnet mit Nox zu besprechen war mir unangenehm und meine glühenden Wangen verrieten meine Verlegenheit. Doch jetzt war nicht der richtige Moment, um auf solche Befindlichkeiten zu achten, und ich überspielte mein Unbehagen, indem ich eine betont ausdruckslose Miene aufsetzte.

Nox quittierte meine Reaktion mit einem amüsierten Grinsen, ging jedoch dankenswerterweise nicht weiter darauf ein. »Genau, das meine ich. Jedes nichtmenschliche Wesen besitzt diesen Glanz. Es ist eine Art Lockmittel und wirkt sich anziehend und hypnotisierend auf euch Menschen aus.«

Ich nickte verstehend. Genau das hatte Adam mir bereits erzählt.

Auch Nox nickte. »Und jetzt stell dir vor, durch diese magische Anziehung würden ehrliche Gefühle entstehen. Es beginnt mit einer unschuldigen Schwärmerei, dann entwickeln sich ernste Verliebtheitsgefühle, und je stärker diese Emotionen werden, desto kraftvoller entwickelt sich die Magie.«

Mein verständnisloser Blick animierte Nox dazu, tiefer ins Detail zu gehen. »Ihr Menschen beschreibt eure romantischen Gefühle immer mit Magie. In Songtexten, Gedichten und Geschichten. Das kommt nicht von ungefähr. Emotionen, die ein Mensch einem übernatürlichen Wesen entgegenbringt, produzieren Magie, die wir nutzen können. Sie macht Engel stärker, Feen hingegen benötigen sie als Nahrung.« Nox sah mich fragend an. Er wollte sich vergewissern, dass ich ihm folgen konnte, und ich nickte zögerlich. »Dank der Geschichten, Lieder und Literatur, die man über das Lichte Volk verfasst hat, wird so viel Magie produziert, dass das Feenreich geschützt ist und alle dort lebenden Feen in Sicherheit sind. Zumindest solange die letzte Dryade lebt.« Nox machte eine kurze Pause, in der er sich weiter zu mir herumdrehte, ein Bein auf die Couch zog und es unter den Oberschenkel des anderen Beines schob. Er wandte Adam nun fast komplett den Rücken zu. »Shakespeare hat in besonderem Maße zu ihrer Unsterblichkeit beigetragen. Aber Feen, die in die Menschenwelt verbannt wurden, unterstehen nicht länger diesem Schutz. Eure Welt ist voller Eisen und Technik. Reines Gift für Feen. Dieses beginnt nach und nach den Glanz einer Fee zu zersetzen, bis er ganz verschwunden ist und die Fee irgendwann verhungert. Deswegen bleiben Feen, wenn sie freiwillig in die Menschenwelt kommen, um irgendwelchen Geschäften nachzugehen, nie länger als ein paar Stunden, maximal jedoch wenige Tage. Dann ziehen sie sich in den Schutz des Feenreichs zurück.«

Ich schluckte und biss mir gleichzeitig auf die Zunge. Mein Entsetzen über diese Grausamkeit auszusprechen würde mir nur einen weiteren amüsierten

Blick des Höllendieners einhandeln. Stattdessen versuchte ich das Gesagte zu verdauen.

»Wie lange dauert es normalerweise, bis …« Ich brachte den Rest des Satzes nicht über die Lippen.

»Bis der Glanz verschwunden ist und die Fee stirbt?« Nox zuckte mit den Schultern, als würde ihn das Schicksal der verbannten Feen nicht weiter berühren. »Das ist unterschiedlich. Normalerweise nur wenige Monate, maximal ein Jahr.«

Ich wusste nicht, was ich dazu sagen sollte. Ich hatte das Gefühl, als hätte sich unser Gespräch verselbstständigt und nichts mehr mit der ursprünglichen Frage zu tun. Meine Gedanken überschlugen sich und ich musste mich krampfhaft darauf konzentrieren, den Faden wieder aufzunehmen.

»Aber das kann nicht sein. Ich meine, ich kenne Alyssa und ihre Freundinnen seit Beginn der Highschool. Das ist drei Jahre her.«

Nox nickte bestätigend. »Genau, Kleines. Und da hast du auch den Beweis, dass die Prinzessin und ihr Hofstaat nicht verbannt wurden, sondern aus anderen Gründen hier in der Menschenwelt leben. Wahrscheinlich pendeln sie zwischen beiden Welten hin und her, um ihren Glanz immer wieder zu stabilisieren. Die Frage ist nur, weshalb Alyssa überhaupt jedes Mal zurückkommt. Was will sie hier?«

Ich dachte über Nox' Worte nach. *Was macht Alyssa in der Menschenwelt, wenn sie nicht verbannt wurde? Ist sie vielleicht abgehauen? Geht das überhaupt? Besteht unsere Aufgabe womöglich darin, sie zurückzubringen? Oder ist sie hier, um das Zepter zu suchen? Sollten wir ihr dabei helfen? Oder sie davon abhalten?* Mit jeder weiteren Möglichkeit gerieten meine Gedanken immer mehr durcheinander, bis mir schwindelig wurde. Um mich wieder besser konzentrieren zu können, machte ich einen Versuch, das Thema zu wechseln.

»Was passiert mit Feen, wenn sie sterben?« Unweigerlich tauchten Bilder von leblosen Körpern in meinem Kopf auf, die mit schillernden Haaren und kleinen spitzen Ohren ausgemergelt und klapperdürr in Särgen lagen. Bei der Vorstellung begann mein Magen zu rebellieren.

Nox zuckte abermals lässig mit den Schultern. »Durch den Glanz erhalten

Feen ihre Farben. Doch mit seinem Schwinden verlieren sie auch diese. Nach und nach werden sie zu Schwarz-Weiß-Kopien ihres früheren Selbst. Ab diesem Punkt ist ihr Ende absehbar. Nach maximal einer Woche beginnen sie an Substanz zu verlieren, bis sie immer durchsichtiger werden und irgendwann einfach verschwinden.«

Ich schluckte hart. Die Vorstellung war noch schlimmer als der Gedanke an meine Fantasieleichen. Gleichzeitig überkam mich unbändige Wut, die meinen Herzschlag zum Rasen brachte. Immerhin half mir der brodelnde Zorn, den Nebel in meinem Kopf, den Nox' Stimme ausgelöst hatte, zu vertreiben. »Das ist abscheulich! Und grausam! Welche entsetzliche Tat muss eine Fee begangen haben, um ein so lebensverachtendes Schicksal zu verdienen?«

Nox lachte trocken auf. »Welche entsetzliche Tat? Zum Teufel, Kleines, es reicht bereits, wenn sie das Königspaar beleidigen. Oder sich mit dem verfeindeten Hof oder einem anderen Lebewesen, das keine Fee ist, einlassen. Ja sogar wenn Titania das Outfit nicht gefällt, das eine Fee trägt.« Nox schüttelte amüsiert den Kopf und murmelte ein leises, erheitertes »Welche entsetzliche Tat ...«.

Ich ging nicht auf seinen Nachsatz ein. Seine letzte Aussage hatte sich wie ätzende Säure in mein Innerstes gebrannt. Ungewollt glitt mein Blick zu Adam, der immer noch auf den Fernseher starrte. Aber er konnte mir nichts vormachen. An seinem angespannten Gesichtsausdruck erkannte ich, dass er uns sehr wohl zugehört hatte und genau wusste, was gerade in mir vorging.

Ohne meinen Blick von Adam zu wenden, stellte ich die Frage, die meinen Magen in ein Essigbad verwandelte. »Mal angenommen, Alyssa würde sich tatsächlich auf ein anderes Wesen einlassen. Würde man sie auch verbannen? Obwohl sie die Sommerhofprinzessin ist?« Nur mit großer Mühe schaffte ich es, meinen Blick auf Nox zu lenken. Er sollte auf keinen Fall merken, weshalb ich diese Frage stellte.

»Natürlich. Die Gesetze in Galoai sind verdammt hart. Es gibt keine Ausnahme oder Gnade.«

»Und was würde mit dem anderen Wesen passieren?« Meine Stimme wurde mit jedem Wort dünner und brüchiger. Ich wollte die Antwort gar nicht wissen und dennoch musste ich sie erfahren. Die Ungewissheit würde mich sonst um den Verstand bringen.

Nox lachte amüsiert. »Wieso fragst du, Kleines? Hattest du etwa vor, dich auf die Prinzessin einzulassen?« Sein anzügliches Grinsen wurde breiter. »Nicht dass ich etwas dagegen hätte. Das wäre sogar ziemlich heiß.«

Ich ignorierte seine Worte. Im Augenblick konnte ich mich auf nichts anderes als eine gleichmäßige Atmung konzentrieren. Ich musste wissen, wie groß die Gefahr war, in der Adam sich befand. »Beantworte einfach nur die Frage, Nox. Bitte!«

»Es wird hingerichtet.«

Das war nicht Nox' Stimme, sondern Adams.

Ohne dass sich mein Kopf bewegte, huschte mein Blick zu meinem besten Freund, der mich mit unbewegter Miene, aber aus traurigen Augen ansah. Da er nur meine schlimmsten Befürchtungen bestätigte, schaffte ich es, ein entsetztes Keuchen zu unterdrücken. Aber der Klumpen in meinem Magen, der sich zuvor wie ein nasser Sack Zement angefühlt hatte, veränderte sich und wurde zu einer medizinballgroßen Kugel aus Stacheldraht.

Nox sprach weiter, diesmal ernster. »Was denkst du, weshalb ich ausgeflippt bin, als Goldlöckchen dich nicht sofort eingeweiht hat?« Er verlagerte sein Gewicht und stützte seine Ellbogen auf den Beinen ab. »Deswegen ist es so wichtig, sich von der Feenprinzessin fernzuhalten. Ein falsches Wort kann deinen, und jetzt auch unseren, Tod bedeuten.«

Nox' Worte echoten in meinem Verstand, während ich mich weiterhin um eine ausdruckslose Miene bemühte. Natürlich hatte ich mir bereits gedacht, dass es einen Grund gab, weshalb Adam ein solches Geheimnis um seine Gefühle für Alyssa machte. Aber musste es dabei gleich um Leben und Tod gehen?

Ich versuchte zu schlucken, doch mein Mund und mein Hals waren ausgetrocknet und meine Zunge fühlte sich an, als wäre sie mit Sandpapier umwickelt. Um meine wirren Gedanken zu sortieren, musste ich sie laut aussprechen.

»Aber wenn du das Risiko kennst, warum wolltest du dann Alyssa verführen?« Es fiel mir unglaublich schwer, mich auf ihn zu konzentrieren. Am liebsten hätte ich stattdessen Adam zur Rede gestellt. *Wie kann er sich nur auf so ein gefährliches Spiel einlassen?*

Nox lachte. Es war ein tiefer, ehrlicher Ton und passte so gar nicht zu der angespannten Stimmung, die Adam und mich beherrschte. »Erstens wäre ich nicht mit ihr ins Bett gegangen. So lebensmüde bin ich nicht, Kleines. Aber es freut mich, dass dich der Gedanke dermaßen verstört.« Er wurde wieder ernst. Zumindest für seine Verhältnisse. »Ein guter Flirt reicht meistens schon aus, um an einige hilfreiche Informationen zu gelangen. Und für Feen ist Flirten wie Atmen. Wie gesagt, sie ernähren sich von den Gefühlen, die ihnen verliebte Wesen entgegenbringen. Und solange die Prinzessin diese Grenze nicht überschreitet, ist sie nicht in Gefahr.«

Ich nickte und versuchte das tosende Chaos in meinem Kopf zu bändigen, als Adam sich ein weiteres Mal dazu bequemte, sich an dem Gespräch zu beteiligen.

»Das Problem bei Alyssa ist jedoch, Nox, sie ist der Meinung, die Regeln würden für sie nicht gelten.« Seufzend fuhr er sich mit einer Hand durch die Haare und wartete, bis der Höllendiener sich ihm zugewandt hatte. »Sie unterschätzt das Risiko. Sie ist so hochmütig und denkt, entweder nicht erwischt zu werden oder um eine Verbannung herumzukommen. Zudem glaubt sie, weil sie schon so lange in der Menschenwelt zurechtkommt, auch als Eximilierte überleben zu können.«

»Wow, ihr scheint ja einen spannenden Chemieunterricht zu haben, wenn sie dir das alles aus freien Stücken erzählt hat.« Auch wenn ich Nox' Mimik nicht sehen konnte, hörte ich ihm seine Skepsis über unsere vorherige Ausrede an. Adams angespannter Gesichtsausdruck bestätigte diesen Gedanken.

»Es ist egal, woher ich das alles weiß, Nox. Es geht darum, *dass* ich es weiß. Und deswegen müssen wir in Alyssas Gegenwart äußerst vorsichtig sein. Sie ist sehr besitzergreifend. Und du weißt selbst, wie töricht es ist, eine Fee zu verärgern.« Auch Adams Stimme wurde mit jedem Wort angespannter und ich sah bereits, wie dieses Gespräch ebenfalls auf eine Eskalation zusteuerte.

»Okay, Jungs. Können wir uns bitte wieder auf das Wesentliche konzentrieren?«

Mit einem geräuschvollen Durchatmen drehte sich Nox zu mir herum und ich entspannte mich ein wenig. So ungern ich im Fokus seiner Aufmerksamkeit war, konnte ich auf diese Art wenigstens versuchen, die Kontrolle über die Situation zu behalten.

Als Nox mich auffordernd ansah, nahm ich den Gesprächsfaden wieder auf. »Wir wissen also, es gibt irgendwo dieses Zepter und alle Feen sind auf der Suche danach, richtig?«

Nox nickte und auch Adam bewegte seinen Kopf auf eine Weise, die ich mit viel Fantasie als Bestätigung wertete.

»Wir wissen auch, Alyssa lebt seit ungewöhnlich langer Zeit in der Menschenwelt, ohne verbannt worden zu sein, richtig?«

Wieder wurde bestätigend genickt.

»Aber allein mit diesen Informationen kommen wir nicht weiter. Es gibt zu viele Möglichkeiten. Und unsere Zeit ist begrenzt. Wenn wir einen falschen Weg einschlagen, haben wir schon verloren.«

Diesmal blieb das Nicken aus, dafür runzelte Nox die Stirn und sah mich irritiert an. »Wieso denkst du, dass wir nur begrenzt Zeit für die Erfüllung der Prüfung haben?«

Verdammt! Das hatte ich vergessen. Nox wusste ja noch nichts von meinem lebendigen Tattoo. Hilfe suchend sah ich zu Adam, doch der hatte sich wieder in sein inneres Schneckenhaus verkrochen und starrte gedankenverloren vor sich hin. Ich nahm mir vor, ihm später ordentlich in den Hintern zu treten. Doch jetzt musste ich Nox fairerweise aufklären.

»Das Tattoo auf meiner Schulter, die Fee, sie ist lebendig, sagt Adam. Sie bewegt sich. Sie zupft an einer Blume und nach und nach fallen die Blütenblätter zu Boden. Daher denken wir ...«

Nox zog seine Augenbrauen zusammen, was ihm einen gefährlichen Ausdruck verlieh. Ich sah ihm den Zorn deutlich an. »Und das wolltet ihr mir wann erzählen?« Seine Hände ballten sich zu Fäusten und seine zusammengepressten Lippen betonten seinen angespannten Kiefer. »Ich will es sehen. Sofort!« In einer fließenden Bewegung war er auf den Beinen und blieb vor mir stehen.

Sein harscher Befehl traf mich und im ersten Moment wollte ich die Arme vor der Brust verschränken und mich wie ein bockiges Kind weigern. Vielleicht hätte ich das sogar getan, wenn ich nicht das Gefühl gehabt hätte, als wäre ich im Augenblick die einzige Erwachsene im Raum – und das, obwohl zwei jahrhundertalte übernatürliche Wesen anwesend waren.

So selbstbewusst ich konnte, erhob ich mich ebenfalls aus meinem Sitz. Nox stand unangenehm dicht vor mir und hatte nicht vor zurückzuweichen. Um dem Höllendiener ins Gesicht sehen zu können, musste ich meinen Rücken zu einem Hohlkreuz verbiegen, aber auch das war für ihn offenbar kein Zeichen, mir etwas Raum zu geben. Stattdessen verschränkte er die Arme vor der Brust und stierte mich wutschnaubend an.

»So kann ich mich nicht bewegen, Nox.« Ich bemühte mich um einen sachlichen Ton. Mir entging nicht die hochexplosive Atmosphäre und ich wollte verhindern, dass einer von uns austickte und die beiden anderen mit in den Abgrund riss.

Nox presste seine Lippen noch fester zusammen, trat aber einen winzigen, kaum hilfreichen Schritt zurück. *Immerhin.*

Mit wild pochendem Herzen drehte ich ihm den Rücken zu. Es behagte mir überhaupt nicht, mich vor ihm auszuziehen. Auch wenn es nur mein T-Shirt war, das ich anheben musste. Dennoch tat ich genau das. Behutsam zog ich den Baumwollstoff über meine Haut. Für Außenstehende hätte es womöglich nach einer sexy Show ausgesehen, doch ich hatte keine Lust, den bereits bekannten Schmerz ein weiteres Mal heraufzubeschwören.

»Verdammte Dämonenseuche!« Nox' Fluch brachte mich zum Grinsen. Ich konnte mir gut vorstellen, welchen Gesichtsausdruck er gerade präsentierte. »Goldlöckchen hat recht. Die Fee ist echt.« Er legte seine Fingerspitzen auf das Tattoo und ich zuckte überrascht zusammen. Ich hatte nicht mit einer Berührung gerechnet. Besonders nicht nach dem Zwischenfall am Montag in der Cafeteria.

Mit einem Mal war wieder alles präsent. Seine Berührung, seine Zärtlichkeit, sein Blick.

Meine wirren Gedanken.

Ruckartig drehte ich mich wieder zu ihm herum und zog mir gleichzeitig das T-Shirt über den Körper. Soweit es mein Rücken zuließ, lehnte ich mich nach hinten. Nox sollte mich nicht berühren. Und es sollte sich nicht so vertraut anfühlen.

Der Höllendiener sah mich perplex an, sagte jedoch nichts zu meiner übereilten Reaktion. Stattdessen verengte er seine Augen eine Spur. Für einen Moment sah er auf diese Art zu mir herunter, ehe er sich von mir abwandte und zur Couch ging. Schwer ließ er seinen Körper in die Polster fallen.

»Okay, gibt es noch etwas, das ich wissen sollte? Irgendwelche Verträge mit Pixies? Freunde oder Verwandte, die dem Lichten Volk angehören? Versprechen, die ihr einer Fee gegeben habt?« Nox sah von mir zu Adam und wieder zurück. Als keiner von uns etwas erwiderte, nickte er. »Gut. Dann sind wir ja jetzt alle auf dem gleichen Stand, nicht wahr?«

Ungewollt sah ich zu Adam, der meinen Blick stumm erwiderte.

Nein, Nox, das sind wir nicht. Und wir werden es auch nie sein können.

ZWEIUNDZWANZIG

Kurz nach meinem Striptease verabschiedeten Adam und ich uns von Nox. Heute würden wir sowieso nicht mehr weiterkommen und die Gefahr, den zerbrechlichen Frieden zu kippen und uns erneut in ein Krisengebiet zu verwandeln, war sehr groß. Zudem hatte ich noch ein reales Leben, um das ich mich kümmern musste. Immerhin wollte ich diese Prüfungen bestehen, damit ich mein bisheriges Leben weiterführen konnte und nicht anschließend als obdachlose Schulabbrecherin auf der Straße saß. Ich hegte den vagen Verdacht, meine Lehrer würden fehlende Hausaufgaben nicht mit einer Ausrede à la »Ich musste übernatürliche Prüfungen bestehen, um meine an den Teufel verkaufte Seele zu retten« akzeptieren.

Die ersten Minuten der Heimfahrt verbrachten Adam und ich schweigend. Nur das gleichmäßige Surren der Reifen auf dem Asphalt war zu hören. Es wurde von den bekannten Großstadtgeräuschen begleitet, die zum Feierabendverkehr gehörten.

Seit wir das Haus verlassen hatten, war es mir gelungen, meinen Zorn auf Adam zu unterdrücken. Doch bereits nach den ersten Meilen hielt ich die Stille nicht mehr aus und musste meinen Emotionen Raum schaffen.

»Ausgerechnet eine Feenprinzessin, Adam? Ernsthaft? Bei allen Frauen, die dir reihenweise zu Füßen liegen, musstest du dich für Alyssa entscheiden?«

Adam seufzte und ich sah aus dem Augenwinkel, wie seine Schultern herabsackten, als hätte er keine Kraft mehr, aufrecht sitzen zu bleiben. »Du hast erstaunlich lange durchgehalten, Ave. Ich bin beeindruckt.«

Als ich ihn ansah, bemerkte ich ein schwaches Lächeln, das ich mit einem Augenverdrehen kommentierte. Adam seufzte erneut, als ihm klar wurde, dass sein Ablenkungsmanöver nicht funktionierte.

»Es tut mir leid, okay?! Ich weiß, ich hätte dir sofort von Alyssa erzählen sollen.« Eine kurze Gesprächspause entstand, ehe Adam den Faden wieder aufnahm. »Aber bitte glaub mir, Ave, du brauchst dir wirklich keine Sorgen zu machen. Das zwischen Alyssa und mir ist nicht so ernst, wie du vermutlich denkst. Im Grunde genommen läuft da überhaupt nichts. Wir reden nur miteinander und flirten hin und wieder auf Partys. Aber es ist noch nie etwas Körperliches passiert. Und dazu wird es auch nicht kommen. Das verspreche ich dir.« Ein kurzes, trockenes Lachen folgte seinen Worten. »Auch wenn Nox vielleicht anders darüber denkt, bin ich nicht lebensmüde.«

Seine letzten Worte entlockten mir, wenn auch widerwillig, ein kurzes Lächeln. Es war unfair, aber ich konnte auf Adam nie lange sauer sein. Trotzdem würde ich ihn nicht so einfach davonkommen lassen.

Immer noch voller Zorn sah ich in Adams sanfte karamellfarbene Augen, die mich zum ersten Mal seit einer gefühlten Ewigkeit mit ihrem vertrauten Funkeln neckisch anblickten. Es schien fast so, als hätte er die lethargische Hülle, die ihn seit dem abrupten Ende unseres Treffens am Montag in der Cafeteria wie eine zweite Haut umgeben hatte, abgestreift und in seinem alten Haus gelassen.

Ich fokussierte mich wieder auf meine Wut, die ungewollt an Intensität verlor, und richtete meine Aufmerksamkeit auf die Straße. »Schön, aber dir ist trotzdem klar, dass du mit dem Feuer spielst, oder? Wie du bereits selbst gesagt hast, ist Alyssa ziemlich besitzergreifend.«

Adam atmete geräuschvoll aus. »Ja, natürlich weiß ich das, aber genau das ist der Knackpunkt, Ave. Es ist sicherer, wenn ich mich mit Ally abgebe und sie sich auf mich konzentriert anstatt auf dich oder Nox.« Bei der Erwähnung des Höllendieners verzog er verärgert die Lippen.

»Deine Aufopferungsbereitschaft in allen Ehren, Ad, aber mal ehrlich: Du bist auch nur ein Kerl und Alyssa ist verdammt sexy. Ich bemerke doch, wie du sie ansiehst. Und ich mache dir auch keinen Vorwurf deswegen.« Als ich den Blinker setzte und gleich darauf die Fahrspur wechselte, handelte ich mir ein wütendes Hupkonzert der anderen Straßenverkehrsteilnehmer ein, ohne zu wissen wieso. »Ich will einfach nicht, dass du dich in

Gefahr begibst, nur weil du denkst, es sei der einzige Weg. Immerhin haben du und Nox mehrfach betont, wie linkisch Feen sind. Woher willst du wissen, dass die Informationen, die Alyssa dir womöglich gibt, nicht gelogen sind?«

Adam schüttelte vehement den Kopf. »Nein, so funktioniert das nicht, Ave. Feen stammen zur Hälfte von Engeln und zur anderen Hälfte von Dämonen ab. Und ebenso wie uns Engel hindert sie das göttliche Blut daran zu lügen.« Etwas leiser fügte er murmelnd hinzu: »Das ist eine ihrer wenigen guten Eigenschaften.« Adam richtete seinen Blick auf die Straße und als er weitersprach, hatte seine Stimme wieder eine normale Lautstärke und den altbekannten frechen und selbstbewussten Ton angenommen. »Vertrau mir einfach. Ich habe alles unter Kontrolle.«

Diese letzten Worte vertrieben auch den kläglichen Rest meiner Wut und hinterließen das wärmende Gefühl, das einzig und allein Adam in mir auslösen konnte.

»O Mann, Ad! Du kannst dir nicht vorstellen, wie sehr ich diesen Blödsinn von dir vermisst habe!« Am liebsten hätte ich ihn umarmt, doch da das während des Fahrens nicht möglich war, beschränkte ich mich darauf, Adam in die Seite zu knuffen.

»Hey! Wofür war das?« Er lachte und rieb sich über den Rippenbogen.

»Wofür? Willst du wirklich eine Liste haben?« Doch ich gab ihm keine Chance zu antworten, sondern begann sogleich mit meiner Aufzählung. »Der war für dein Schweigen über Alyssas wahre Identität.« Ich setzte einen zweiten, spielerischen Schlag gegen seinen Arm. »Der war dafür, dass du Idiot dich in eine solch gefährliche Situation gebracht und mich zur Komplizin gemacht hast.« Einen Moment lang dachte ich nach. »Eigentlich hättest du dafür sogar zwei verdient. Aber weiter im Text.« Auch wenn Adam halbherzig versuchte, mich zu bremsen, gelang mir ein weiterer Treffer. »Deinetwegen muss ich Nox anlügen, obwohl du genau weißt, wie sehr ich so was hasse. Und …« Adam hob abwehrend seine Arme, aber ich war nicht wählerisch und setzte zwei schnelle Hiebe gegen seinen Oberschenkel. »Die waren dafür, dass ich mir die gesamte Feenchronik von Mr Unwiderstehlich anhören musste anstatt von dir. Und zum finalen Abschluss hast du mich noch nicht einmal davor bewahrt, mich vor Nox ausziehen zu müssen.«

Adam lachte leise und rieb sich Arm und Oberschenkel, während ich das Kribbeln ignorierte, das Nox' Berührung zwischen meinen Schulterblättern ausgelöst hatte und das ich immer noch spürte.

»Es tut mir leid, Ave. Wirklich. Ich verspreche dir, das kommt nicht wieder vor.« Adam präsentierte mir sein breitestes Lausbubengrinsen und ich verdrehte schmunzelnd die Augen.

»Schon okay, du Blödmann. Ich verzeihe dir. Aber da ich so großzügig zu dir bin, musst du mir auch eine Frage erlauben, obwohl ich dir versprochen habe, das Thema nicht mehr anzuschneiden.«

Schlagartig herrschte Stille im Auto. Adams Lachen war verstummt und es schien, als hätte es sämtliche Geräusche der Welt mit sich genommen. Verwundert warf ich einen Blick zur Seite. Meine Forderung konnte Adam unmöglich derart aus der Bahn geworfen haben. Doch als ich zu ihm rübersah, entdeckte ich, wie er mit zusammengepressten Lippen und verärgertem Gesichtsausdruck nach vorn starrte.

»Ad?« War ich doch zu weit gegangen?

»Ave, du hast verspr...«

»Ich weiß, und ich verspreche dir auch, es ist nur eine Ausnahme. Nach dieser Frage werde ich nie wieder davon anfangen. Ehrlich! Aber das schuldest du mir einfach.«

Es dauerte einen langen Moment, ehe Adam sein Schweigen mit einem ergebenen Seufzen beendete. »Ich gewähre dir die Frage, behalte mir jedoch das Recht vor, die Antwort zu verweigern.«

Zähneknirschend gab ich nach. »Abgemacht.« Eine günstigere Gelegenheit würde ich nie wieder erhalten. Auch war es mir wirklich wichtig zu verstehen, weshalb Adam sich so untypisch verhielt, seit Nox in unser Leben getreten war.

Adam klang angespannt. »Okay. Was willst du wissen?«

Schlagartig begann mein Herz zu rasen und meine Hände wurden feucht. Ich hatte nur diese eine Chance, um etwas über Adams und Nox' Vergangenheit zu erfahren. Also war es wichtig, dass ich meine Frage so formulierte, dass mein Kumpel nicht gleich von seinem Vetorecht Gebrauch machte und ich das Thema für immer begraben musste.

Ich atmete tief durch. Jetzt war Fingerspitzengefühl gefragt und ich war mir nicht sicher, ob ich das in diesem Ausmaß besaß. Zudem hatte ich Angst. Nicht unbedingt vor der Frage, eher vor der Antwort. Und davor, was es bedeuten würde, wenn Adam mir die Antwort verweigerte.

»Am Montag in der Cafeteria hast du zu Nox gesagt, ich sei nicht *sie*. Erst danach hat er mich in Ruhe gelassen und ist fluchtartig verschwunden. Als ich dich darauf ansprechen wollte, hast du mir dieses aberwitzige Versprechen abgenommen, ich dürfe mich auf keinen Fall in Nox verlieben. Und ...«

»Und jetzt fragst du dich, ob sich genau dieses Szenario bereits einmal ereignet hat und ob das der Grund ist, weshalb ich Nox hasse?« Adam klang überraschend sachlich, auch wenn deutlich Resignation in seiner Stimme mitschwang. Zum Glück konnte ich keine Spur von Wut oder Ablehnung ausmachen.

Meinen Blick starr auf den Verkehr vor mir gerichtet nickte ich zögerlich. Ich traute mich kaum zu atmen, aus Sorge, meine Chance auf eine Antwort zu schmälern.

Lange Zeit blieb es still und ich hörte nichts anderes als Adams ruhiges und gleichmäßiges Atmen, das von den leisen Verkehrsgeräuschen um uns herum begleitet wurde. Nach einigen Minuten hatte ich mich schon damit abgefunden, keine Antwort zu erhalten, als Adams Stimme die Stille durchbrach.

»Ich weiß, du warst sehr jung, als dein Vater euch verlassen hat, aber vielleicht erinnerst du dich noch an die Zeit, als Joleen den ersten Schock überwunden hatte und beschloss, Bilder und persönliche Dinge zu vernichten.«

Adams Worte trafen mich überraschend, unvorbereitet und schmerzhaft. Natürlich konnte ich mich an die Zeit erinnern. Wie sollte ich sie jemals wieder vergessen? Damals hatte meine Mom mit dem Trinken angefangen, hatte sich jede Nacht in den Schlaf geweint und manchmal stundenlang apathisch auf der Couch gesessen, ohne mich zu beachten. Ganz egal, was ich auch anstellte.

Als wir eine rote Ampel erreichten, brachte ich den Wagen zum Stehen. Ich wusste nicht, ob Adam eine Reaktion von mir erwartete, aber ich presste ein paar Silben hervor, die ich nicht länger im Mund halten konnte, ohne daran zu ersticken. »Was hat das mit meiner Frage zu tun?«

Wieder antwortete Adam nicht sofort, aber ich sah aus dem Augenwinkel, wie er mit traurigem Blick aus dem Fenster sah, als würde er sich gerade ebenfalls an die Zeit erinnern.

»Sicherlich weißt du, dass Joleen mit dieser Reinigungsaktion die Erinnerungen an James verbannen wollte. Sie ertrug seinen Anblick nicht mehr. Eine verständliche und nachvollziehbare Reaktion. Aber egal, wie gründlich sie auch war, es gelang ihr nicht, jede einzelne Erinnerung an ihn zu vernichten. Wie denn auch, wenn sie einen Teil von ihm jeden Tag in dir sah?!«

Ich stutzte und lockerte den Griff meiner Hände, die das Kunstleder des Lenkrades umklammerten. Daran hatte ich überhaupt nicht gedacht, aber natürlich hatte Adam recht.

Mit ruhiger und sanfter Stimme fuhr er fort. »Und selbst wenn man die äußerliche Ähnlichkeit außer Acht lässt, wird Joleen unweigerlich jedes Mal, wenn sie dich sieht, an eure gemeinsamen Jahre erinnert. Die Höhen und Tiefen, die wundervollen, prächtigen Feste, aber auch die vielen kleinen Alltagssituationen. Es ist also im Endeffekt egal, wie sehr sie sich auch bemüht. Solange Joleen dich ansieht, wird sie James niemals vergessen können.«

Adams Worte hätten unter anderen Umständen sicherlich meine Wut entfacht, aber ich wusste, dass er dieses Thema nicht ohne Grund ansprach. Er wählte seine Worte stets mit Bedacht und wenn ich an die Melancholie in seiner Stimme dachte, konnte ich mir denken, warum er diese Art als Antwort gewählt hatte.

»Ergeht es dir so, wenn du Nox siehst?«

Adam nickte schlicht. »Nur ist es in meinem Fall so, dass ich nicht nur von Nox, sondern auch von *ihr* verraten wurde.« Er wandte seinen Blick zum Seitenfenster hinaus. Ein deutliches Zeichen, dass für ihn das Gespräch beendet war.

Mehr brauchte nicht gesagt zu werden. Ich wusste genau, wie er sich fühlte. Oder zumindest konnte ich es mir sehr gut vorstellen. Meine Mom wäre an ihrem Kummer zerbrochen, wenn sie nicht nur James, sondern auch mich verlassen hätte.

Die Ampel sprang auf Grün und ich schloss mich dem Verkehr an. Ich konnte immer noch nicht richtig fassen, dass ich in meinem ersten eigenen Auto unterwegs war. Ein besseres Geburtstagsgeschenk hätte meine Mom mir nicht machen können. Die damit verbundene Freiheit war unbeschreiblich. Besonders in der jetzigen Situation.

Während wir durch die Dämmerung fuhren, jeder in seine Gedanken versunken, keimte in mir das Bedürfnis auf, etwas zu sagen. Und auch wenn ich wusste, dass meine Worte seinen Schmerz nicht heilen konnten, wollte ich Adam das Gefühl geben, dass ich ihn verstand und für ihn da war. Ebenso wie er es immer für mich war.

»Es tut mir leid, dass du das durchmachen musstest, Ad.«

Meine Worte waren so leise gesprochen, dass sie sich im gleichmäßigen Brummen des Motors verloren. Dennoch wusste ich, dass Adam sie gehört hatte.

Er sah zu mir und ein Lächeln lag auf seinen Lippen. »Schon gut. Ich verstehe, weshalb du unbedingt nachbohren musstest.« Für einen Moment legte er mir eine Hand auf den Oberschenkel und drückte ihn schwach.

Wir verbrachten weitere Minuten schweigend und auch wenn augenscheinlich alles wieder in Ordnung war, konnte ich das schwere, belastende Gefühl auf meiner Brust nicht länger ertragen. Ich fühlte mich schuldig, weil ich alte und schmerzhafte Wunden aufgerissen hatte. Um jedoch nicht weiter auf diesem Thema herumzureiten, lenkte ich das Gespräch in eine andere Richtung.

»Ich habe mir übrigens Gedanken gemacht. Wenn Alyssa wirklich so gefährlich ist und so viel Macht und Einfluss besitzt, wäre es dann nicht sinnvoller, wenn wir sie vergessen und uns die Hilfe einer anderen Fee suchen? Ich meine, es gibt doch genug davon in San Francisco. Bestimmt finden wir eine, die sich auf einen Deal einlässt.«

Das musste das falsche Thema sein, denn Adam riss ruckartig seinen Kopf in meine Richtung und sah mich an, als hätte ich ihm eine Lebertransplantation ohne Narkose vorgeschlagen.

»Nein! Auf keinen Fall! Ave! Du weißt nicht, wovon du sprichst. Niemals, und ich meine wirklich unter keinen Umständen, darfst du einen Deal mit einer Fee eingehen. Dabei kannst du nur verlieren!«

Seine harsche Reaktion ließ mich zusammenzucken. »J-j-ja, schon gut. Tut mir leid.« Perplex warf ich Adam immer wieder kurze Seitenblicke zu, bis er sich langsam beruhigte.

Ein erschöpfter Seufzer signalisierte mir Entwarnung. »Tut mir leid, ich wollte dich nicht so anfahren. Aber du weißt wirklich nicht, wie link das Lichte Volk ist. Ein unbedachtes Wort ...«

»Ich hab's verstanden. Ein unbedachtes Wort kann meinen Tod bedeuten.«

Adam schüttelte den Kopf. »Ja, aber das meinte ich nicht. Es gibt Schicksale, die sind schlimmer als der Tod, Avery. Ein unbedachtes Wort kann dich in Situationen bringen, in denen du dir den Tod als Erlösung wünschst.«

Wenn Adam mir mit seinen Worten Angst einjagen wollte, war ihm das gelungen. Ein unangenehmer Schauder durchfuhr meinen Körper und ich klammerte mich an das Lenkrad.

Wir versanken in Schweigen, bis Adam den Faden wieder aufnahm. »Außerdem ist es unmöglich, dass eine eximilierte Fee etwas über die Prüfungen weiß. Denn wie du selbst bereits sagtest, spielt das Jahreszeitenzepter eine bedeutende Rolle, und dieses befindet sich irgendwo im Feenreich. Dort haben eximilierte Feen jedoch keinen Zugang mehr. Nur eine Sidhe kann eins der Tore öffnen. Aber keine adelige Fee würde so etwas tun.«

Ich war so erleichtert, dass Adam ein unverfänglicheres Thema angeschnitten hatte, und sagte das Erste, was mir in den Sinn kam: »Woher wisst ihr eigentlich, dass das Zepter im Feenreich ist? Nox sprach doch davon, dass es verschwunden ist. Vielleicht befindet es sich ja hier in der Menschenwelt und Alyssa ist auf der Suche danach.«

Adam schüttelte ernst den Kopf. »Nein, das kann nicht sein. Wenn der Welo-Opal das Feenreich verlassen hätte, wäre das nicht unbemerkt geblieben.« Auf meinen verwirrten Blick hin erklärte er: »Der Welo-Opal verstärkt nicht nur die Magie des Feenreichs, er stabilisiert sie auch. Wenn der Stein verschwunden oder zerstört worden wäre, wäre der Schutz des gesamten Feenreichs zusammengebrochen und alle dort lebenden Feen würden nicht mehr leben.«

DREIUNDZWANZIG

In dieser Nacht schlief ich unglaublich schlecht. Was womöglich an dem Albtraum lag, der mich die ganze Zeit quälte. Darin wurden Nox und ich immer wieder von schwarz-weißen Zombie-Feen mit spitzen Ohren und langen, krallenähnlichen Klauen gejagt, die uns umbringen wollten, während Adam mit Alyssa knutschte und uns unablässig anfeuerte, damit wir schneller liefen. Mein Wecker klingelte gerade in dem Moment, als ich von zwei dieser Zombie-Feen an Armen und Beinen festgehalten wurde, während eine dritte versuchte, meinen Bauch mit ihren Krallen aufzuschlitzen.

Der schrille Weckton ging mir durch Mark und Bein und brachte mich dazu, mich im Bett aufzusetzen. Dennoch war ich froh, aus diesem Albtraum erwacht zu sein. Müde, verschwitzt und mit pochendem Herzen strich ich mir über das Gesicht. Da meine Mom um diese Zeit für gewöhnlich in der Küche saß und frühstückte, während Adam entweder noch seine Joggingrunde drehte oder ihr bereits Gesellschaft leistete, hatte ich die obere Etage für mich.

Mit einem Seufzen fuhr ich mir durch die kurzen platinblonden Strähnen, die mir feucht im Nacken und an der Stirn klebten. Auch mein Schlafshirt fühlte sich klamm an und lag wie eine zweite Haut an meinem Körper an. Ich fühlte mich gerädert und wünschte mir nichts sehnlicher als eine lange, heiße Dusche.

Mit schweren Lidern und trägen Muskeln tastete ich nach dem Handy, doch ehe ich es ausmachen konnte, fiel es auf den Boden und schrillte munter weiter. Mit einem genervten Stöhnen schlug ich die Decke zurück und schwang die Beine aus dem Bett. Meine nackten Fußsohlen traten nicht wie gewohnt auf den kühlen, harten Holzboden, sondern auf etwas Weiches,

Flauschiges. Ein Schreck fuhr mir durch den Körper und schlagartig war ich wach. Adrenalin zirkulierte wie brodelnde Lava durch meine Adern, dennoch brauchte ich einen Moment, um zu erkennen, was das dunkelbraune Etwas war, das mir einen solchen Schock verursacht hatte.

Addy!

Der Plüschbär, den Adam mir zum Geburtstag geschenkt hatte, musste aus dem Bett gefallen sein, während ich mich im Schlaf unruhig hin und her gewälzt hatte.

Ich griff nach dem Handy und dem Bären. Nachdem ich den Wecker ausgestellt hatte, betrachtete ich wehmütig das Plüschtier. Auch wenn ich Addy erst vor sechs Tagen bekommen hatte, fühlte es sich an, als käme er aus einem ganz anderen Leben. Ich vermisste die unbeschwerte Zeit, aus der er stammte. Obwohl Adam gestern Abend alles darangesetzt hatte, so zu tun, als wäre alles beim Alten, wusste ich genau, dass es nie wieder so werden würde. *Manche Brüche verheilen nie ganz.*

Melancholisch dachte ich an die Tage zurück, in denen mein größtes Problem darin bestanden hatte, Harmony davon zu überzeugen, dass ich kein schwarzes Mini-Lederkleid auf den Abschlussball anziehen würde, egal wie gut es mir angeblich stand.

Harmony.

Bei dem Gedanken an meine Freundin wurde mir das Herz schwer. Gestern Abend hatte sie mir noch eine SMS geschickt, in der sie euphorisch ein paar Dinge erwähnte, die sie am letzten Wochenende während der Hochzeit ihrer Schwester in L.A. erlebt hatte und von denen sie mir später unbedingt erzählen wollte. Natürlich konnte sie nicht wissen, was während ihrer Abwesenheit hier bei uns geschehen war. Und leider würde sie es auch niemals erfahren dürfen. Ebenso wenig wie meine Mom, der ich zumindest in den letzten Tagen erfolgreich aus dem Weg gegangen war. Immer öfter ging sie nach der Arbeit mit ein paar Kollegen aus und kam erst spät am Abend zurück. Meist wollte ich gerade ins Bett gehen und wir unterhielten uns nur kurz oder ich bekam ihre Rückkehr gar nicht mit und sah sie erst am nächsten Morgen beim Frühstück, wo sie mit schweren Lidern über ihrer Kaffeetasse hing.

Doch lange würde ich mich nicht mehr verstecken können. Spätestens heute in der Schule musste ich mich Harmony und Killian stellen. Und später am Abend meiner Mom, die darauf bestand, mal wieder einen Abend mit mir und Adam zu verbringen, weil sie das Gefühl hatte, uns vernachlässigt zu haben. Dabei hatte ich keine Ahnung, wie ich mich ihr und den Jaramango-Geschwistern gegenüber verhalten sollte. »Normal« war in meinem Fall eher ein dehnbarer Begriff und ich hatte das Gefühl, als stände mir die Wahrheit in Großbuchstaben auf die Stirn tätowiert. »Mädchen mit verkaufter Seele kämpft mit Engel und einem Nox gegen betrügerische Feen!« Na, wenn das kein toller Titel für meine Autobiografie war.

Mit der Motivation eines zum Tode Verurteilten auf dem Weg zum Galgen schlich ich zum Badezimmer am Ende des Flurs. Vielleicht würde mir eine heiße Dusche helfen, meine trägen Gedanken in Schwung zu bekommen.

Die hohe Luftfeuchtigkeit, die mir entgegenschlug, als ich die Tür zum Badezimmer öffnete, überraschte mich. Irritiert richtete ich meinen Blick in den Raum und entdeckte Adam, der am Waschbecken stand und mit geschmeidigen Bewegungen einen Rasierer über seine Wange zog. Seine Haare waren nass vom Duschen und die schweren goldblonden Locken reichten ihm in diesem Zustand bis fast auf die Schultern. Immerhin hatte er sich schon Boxershorts angezogen und stand nicht völlig nackt vor dem Spiegel. Wobei auch ein solcher Anblick für mich nichts Neues gewesen wäre.

»Guten Morgen, Sonnenschein.« Adam begrüßte mich auf seine stets fröhliche Art, ohne mich dabei anzusehen.

»Morgen.« Meine Stimme passte perfekt zu meinem Gemütszustand. Aus Gewohnheit tapste ich ins Bad und schloss die Tür hinter mir. »Ich wollte eigentlich duschen.«

Schwerfällig schleifte ich meinen ermatteten Körper zum Rand der Badewanne und ließ mich darauf nieder. Normalerweise hätte mich Adams Anwesenheit nicht vom Duschen abgehalten – wenn man sich seit seiner Kindheit kannte und fast wie Geschwister aufgewachsen war, lag die Hemmschwelle sehr viel niedriger als bei normalen Freunden –, aber der Wasserdampf würde dazu führen, dass der Spiegel beschlug, den Adam zum Rasieren nutzte.

»Sorry. Ich beeil mich.« Adam hatte seinen Mund zu einer Fratze verzogen, um an alle Stellen heranzukommen, die noch mit Rasierschaum bedeckt waren. Dabei ertönten seine Worte verzerrt, was mich zum Schmunzeln brachte. Adam hielt in der Bewegung inne und warf mir im Spiegel einen prüfenden Blick zu. »Du siehst fertig aus, Ave. Schlecht geschlafen?« In einer fließenden Bewegung drehte er sich zu mir herum und lehnte sich mit dem Po gegen das Waschbecken.

Um seine gute Laune nicht gleich mit meinen Problemen zu belasten, zuckte ich mit den Schultern. »Nur ein Albtraum. Nichts, was eine heiße Dusche nicht ändern könnte.« Ich streckte ihm keck die Zunge raus, um meinen Hinweis, dass er sich beeilen solle, zu unterstreichen.

Adam hatte meinen Wink verstanden und wandte sich wieder seinem Spiegelbild zu. »Schon gut, ich bin ja fast fertig.«

Einen Moment lang beobachtete ich ihn beim Rasieren, bis mein Blick über seinen Rücken glitt. Seine Haut war ebenmäßig, glatt und von einer sommerlichen Bräune. Er hatte breite Schultern und eine schmale Taille. Seine Muskeln bewegten sich geschmeidig und ich verstand, dass ihn die Frauen attraktiv fanden. Trotzdem fragte ich mich, weshalb es keine äußerlichen Merkmale für seine Herkunft gab. Er hatte schließlich nicht immer auf der Erde gelebt, wenn ich ihn richtig verstanden hatte. Und besaßen Engel im Himmel keine Flügel? Oder hatte er früher welche gehabt? Aber wo waren sie dann jetzt? Jedenfalls konnte ich keine Narben entdecken.

»Ave? Wieso starrst du mich so an?« Adam, der mit dem Rasieren fertig war und sich mit einem Handtuch über das Gesicht wischte, riss mich aus meinen Gedanken.

»Ich habe mich gerade gefragt, warum du keine Flügel hast.«

Mich erstaunte, wie neutral die Frage klang. Noch vor wenigen Tagen wäre mir so etwas nicht ohne ein Lachen oder einen sarkastischen Unterton über die Lippen gekommen. *Tja, es hat sich einiges geändert.*

Dafür lachte Adam nun leise. Es war ein heller, freudiger Ton, der ein wenig den morgendlichen Nebel in meinem Kopf lichtete. »Darüber denkst du nach, wenn du mich ansiehst?« Amüsiert schüttelte er den Kopf. »Hast du nichts Wichtigeres, das dich beschäftigt? Aber wenn du es unbedingt willst und da ich deine armen grauen Gehirnzellen nicht unnötig strapazieren möchte, erkläre ich es dir.«

Adam warf das Handtuch in den Wäschekorb und setzte sich neben mich auf den Badewannenrand. Sein Arm berührte meinen und mir fiel auf, wie warm und weich seine Haut war. Zudem roch er nach Minze und frischer Meeresluft.

»Wie ich dir bereits sagte, haben Engel, die hier auf der Erde stationiert sind, keine Flügel. Das hat verschiedene Gründe. Zum einen könnten wir damit hier gar nicht fliegen. Die Distanz zum Himmel ist zu groß, als dass wir in der Lage wären, die Magie in Anspruch zu nehmen, die dafür nötig wäre. Zum anderen würden sie nur stören. Ihre Größe überragt ihren Träger in Höhe und Breite. Sie schillern in einem Weiß, das Ungeübte – also Menschen – erblinden lassen würde.« Er stieß mich spielerisch mit seiner Schulter an. »Und wenn ihr schon wilde Raubtiere erlegt, nur um an ihre Zähne oder ihr Fell zu gelangen, was würdet ihr dann erst dafür geben, um eine himmlische Feder zu erhalten?!«

Ich nickte verstehend. Adam hatte recht. Die Gier der Menschen war unbeschreiblich und sie würden alles daransetzen, um an Engelsflügel zu kommen. Ein Krieg würde entfachen und ich wusste genau, wer diesen gewinnen würde. Trotzdem hatte ich weitere Fragen.

»Aber früher hattest du welche, oder? Ich meine, als du noch im Himmel warst. Was ist mit ihnen?« Ich konnte mir nicht vorstellen, dass man sie so einfach abnahm, ohne Spuren zu hinterlassen.

Adam lächelte mich warm an. »Im Himmel hat jeder Engel Flügel. Und dort warten sie auf uns, bis wir zurückkommen.«

Seine Worte entlockten mir ein Lächeln. Zumindest für einen kurzen Moment. »Das heißt, du bekommst sie zurück, wenn deine Arbeit hier irgendwann erledigt ist und du wieder gehen musst?« Dieser Gedanke, der mir ungewollt in den Sinn gekommen war, brachte wieder diese große Kugel aus Stacheldraht mit, die sich inzwischen in meinem Magen heimisch eingerichtet hatte. Allein die Vorstellung, dass Adam mich jemals verlassen würde, bereitete mir eine solche Übelkeit, dass ich mich auf der Stelle übergeben wollte.

Er schien meine Empfindung zu teilen, denn ein trauriger Ausdruck huschte über sein Gesicht, den er erfolglos mit einem Lächeln zu verbergen versuchte. »Mach dir über diese Dinge keine Gedanken, Avery. Ich verspreche dir, dass ich alles erhalte, was mir zusteht, sobald ich wieder in den Himmel gerufen werde.« Mit diesen kryptischen Worten hauchte er mir einen liebevollen Kuss auf die Stirn und erhob sich gleichzeitig. Als er erneut das Wort an mich richtete, klang er wieder normal, dennoch hörte ich eine Spur Melancholie in seiner Stimme. »Und jetzt geh unter die Dusche, sonst kommen wir noch zu spät und müssen nachsitzen. Denn falls du es vergessen hast: Ich kann uns nicht mehr so einfach rausboxen.« Adam zwinkerte mir zu und ich verdrehte seufzend die Augen.

Mist, das habe ich ganz vergessen!

Adam lachte leise, als hätte er meine Gedanken erraten, und wandte sich der Badezimmertür zu. Nach zwei Schritten blieb er stehen, ohne sich umzudrehen. »Ave?«

»Hm?« Gedankenverloren blickte ich auf. Ungefragt war in meinem Kopf ein Bild von Adam mit strahlendem Heiligenschein und langem weißen Nachthemd entstanden. Er saß auf einer weichen Wattewolke und spielte auf einer goldenen Harfe. Blöde Hollywoodklischees!

Adam drehte sich um und sah mich an. »Es gibt da etwas, das ich dir schon die ganze Woche erzählen wollte. Bisher habe ich es nicht übers Herz gebracht, doch nun läuft mir die Zeit davon und es wäre besser, wenn du es von mir erfährst. Wenigstens dieses eine Mal.«

Ich schluckte hart. Seine Worte und der dazu passende ernste Gesichtsausdruck verhießen nichts Gutes. »O-o-okay. Worum geht es?«

Adam antwortete nicht sofort, was meine Panik weiter schürte. »Um Harmony.«

VIERUNDZWANZIG

Die nächsten neunzig Minuten waren die gefühlt längsten in meinem bisherigen Leben. Nach dem Gespräch mit Adam zwang ich mich unter die Dusche, in der Hoffnung, dass der viel zu heiß eingestellte Wasserstrahl die Kälte in meinem Inneren vertreiben würde. Aber natürlich blieb das Wunschdenken und ich verließ das Badezimmer trotz leichter Verbrühungen immer noch zitternd.

Beim Frühstück achtete ich darauf, mir nichts von meinem erschütterten Gemütszustand anmerken zu lassen. Dabei hätte ich mir die Mühe sparen können. Meine Mom war offenbar noch erschöpfter als in den letzten Tagen und schenkte Adam und mir nur wenig Aufmerksamkeit. Vielleicht hatte ich Glück und sie würde unsere Verabredung heute Abend ausfallen lassen, um früh ins Bett zu gehen.

Während der Autofahrt konzentrierte ich mich auf den Straßenverkehr, um mich von Adams Beichte abzulenken. Dennoch huschten meine Gedanken immer wieder zu dem Gespräch im Badezimmer, was beinahe einen Zusammenprall mit einem anderen Wagen und einem Radfahrer zur Folge hatte.

Als wir endlich die Schule erreichten, war ich das reinste Nervenbündel, aber ich versuchte mir nichts anmerken zu lassen. Möglichst selbstbewusst betrat ich vor Adam das Schulgebäude und blieb augenblicklich mitten im Gang stehen. Ich traute meinen Augen kaum. Mit einem Mal sah ich nur noch bunt leuchtende Haarschöpfe, spitze kleine Ohren und unnatürlich schöne Schüler, die mich anstarrten, als wäre ich ein unwillkommener Eindringling. Es schien, als wäre fast jeder Zweite über Nacht zur Fee geworden. Oder als wäre ich im Feenreich aufgewacht.

Adam, der meine plötzliche Anspannung bemerkte, legte mir seine Hände an die Hüften. Mit einem sanften, aber bestimmten Schubs lenkte er mich vorwärts und führte mich an den Rand eines Flurs, wo wir niemandem im Weg standen. Als ich mich gegen eine Wand lehnte, stellte Adam sich schützend vor mich, seine Hände immer noch an meinen Seiten. Er ging ein Stück in die Hocke, um mir ins Gesicht sehen zu können. »Avery, beruhige dich. Du zitterst.«

Er hatte recht. Mein Körper bebte, als hätte ich Muskelkrämpfe. Nur mit Mühe konnte ich mich auf den Beinen halten. *Ein falsches Wort kann deinen, und jetzt auch unseren, Tod bedeuten.* Beim Anblick all der Feen waren mir Nox' Worte ins Bewusstsein geströmt und hatten diese Panikattacke ausgelöst.

»Tut mir leid.« Ich zwang mich zu einigen tiefen Atemzügen und hob den Kopf, um Adams Blick zu erwidern. In seinem Gesicht sah ich nichts als Sorge. »Es geht schon wieder.«

Ich legte meine Hände an seine Brust, um ihm zu signalisieren, dass er mich freilassen konnte, doch er bewegte sich keinen Millimeter.

»Bist du dir sicher, Avery? Wir können einen Moment rausgehen. An die frische Luft. Vielleicht hilft dir das.«

Als Antwort schüttelte ich den Kopf und genehmigte mir einen weiteren tiefen und beruhigenden Atemzug. »Nein, wirklich, es geht schon wieder. Ich hatte nur ...« Ich setzte ein kurzes Lächeln auf. »Es geht schon wieder. Ich war nur etwas überrumpelt, wie viele Feen es tatsächlich sind.«

Nachdenklich zog Adam seine Augenbrauen zusammen, ohne seine Hände von mir zu lösen. »Sie können dir nichts tun, Ave. Ich bin bei dir und werde auf dich aufpassen. Das verspreche ich dir. Du brauchst keine Angst zu haben.«

Ich erwiderte Adams Blick standhaft, auch wenn es mir schwerfiel. Immer wenn er mich so intensiv ansah, berührte er etwas tief in meinem Inneren, das mich wieder in ein kleines, wehrloses Mädchen verwandeln wollte. Und es kostete mich jedes Mal große Anstrengung, dieses Gefühl zu vergraben. »Das weiß ich. Und ich habe keine Angst.« *Keine große zumindest.* Ich verstärkte den Druck meiner Hände gegen Adams muskulöse Brust. »Und jetzt gib mir bitte etwas Freiraum. Sonst denken die anderen, wir wären doch wieder ein Paar.« Mit einem künstlichen Lachen versuchte ich die ernste Stimmung zu lockern.

Endlich gab Adam nach. Er nahm seine Hände von meinem Körper und trat einen Schritt zurück, wirkte jedoch nicht überzeugt. »Wie du meinst. Aber vergiss nicht, worum ich dich gebeten habe. Killian weiß nichts von uns und dabei muss es unbedingt bleiben. So schwer es dir auch fallen mag.«

Ich verdrehte genervt die Augen. Zwar verstand ich die Wichtigkeit seiner Worte, doch hatte ich seiner Bitte bereits heute Morgen zugestimmt. »Ja, ich weiß. Keine Sorge, ich werde mein bestes ›Alles ist wie immer‹-Gesicht aufsetzen und gute Miene zum bösen Spiel machen.« *Noch eine Lüge mehr oder weniger macht den Kohl auch nicht fett!*

Ehe Adam die Chance hatte, etwas zu erwidern, schlängelte ich mich an ihm vorbei und mischte mich unter die vorbeigehenden Schüler, um zu meinem Spind zu gelangen. Dort würde ich hoffentlich einen Moment Ruhe finden.

Mein Spind war der erste in einer langen Reihe von Metallschränken, die wie Soldaten aneinandergereiht an einer Wand standen. Die Türen waren mit altmodischen Zahlenschlössern gesichert und man musste wie bei einem antiken Safe an einem eingebauten Rädchen drehen, um den Code einzugeben. Ich hatte meinen Rucksack auf den Boden gestellt und mich dicht vor meinem Spind positioniert, um niemandem im Weg zu stehen, während ich mich an dem Schloss zu schaffen machte.

»Ich weiß, wie hart das für dich ist, Ave.« Adam hatte mich eingeholt und lehnte nun wie immer mit der Schulter am Nachbarspind, während er seine Arme vor der Brust verschränkte. Die gleiche Rede hatte er bereits heute Morgen gehalten, weshalb ich ihm jetzt keine Beachtung schenkte. Auf eine Wiederholung dieser Hiobsbotschaft konnte ich gut und gern verzichten.

Inzwischen hatte ich die Tür entriegelt, geöffnet und mich auf den Boden gekniet, um die Bücher aus meinem Rucksack mit denen im Spind zu tauschen. Dafür steckte ich meinen Rumpf bis zu den Schultern in den schmalen Metallschrank. *Bitte, Adam, gib mir nur ein paar Minuten. Ich brauche Ruhe!*

Natürlich konnte er meine Gedanken nicht hören und so sprach er weiter. »... durchstehen. Wie immer. Wir halten zusammen.«

Ich hörte ihn kaum, verstehen konnte ich ihn schon gar nicht. Aber ich registrierte, wann er seinen Monolog beendete, und seufzte erleichtert auf. Ja, es war unfair, Adam so zu behandeln, immerhin konnte er nichts für die Grausamkeit der Situation. Aber er war die einzige Person, der ich nichts vormachen musste. Er wusste genau, wie ich mich gerade fühlte, und er verstand auch, dass meine Distanziertheit nicht gegen ihn gerichtet war. So ging ich nun mal mit Horrornachrichten um. *Leugnen, verdrängen und ignorieren, bis mir eine Lösung einfällt.* Bisher hatte diese Problembewältigung bestens funktioniert und ich hatte nicht vor, meine Strategie zu ändern.

Mechanisch, ohne über meine Handlung nachzudenken, tauschte ich meine Bücher aus und ließ mir dabei extra viel Zeit. Ich wusste, dass ich in der ersten Stunde Harmony und Killian entgegentreten musste. Und noch war ich nicht dazu bereit.

»Da seid ihr ja endlich! Ich dachte schon, ihr kommt heute gar nicht mehr. Killian und ich sind extra früh gekommen, um euch zu sehen.«

Es ertönte genau die vertraute Stimme, vor der ich mich gerade zu verstecken versuchte.

»Tut mir leid, Mony. Ave hat heute Morgen besonders lange im Bad gebraucht.« Adam lachte leise. Er klang wie immer, was mich einerseits erleichterte und gleichzeitig wütend machte. Für ihn war vielleicht alles beim Alten, aber meine Welt würde einen weiteren Knacks erlangen, sobald ich mich aus meinem Versteck wagte.

»Ich hoffe, es hat sich gelohnt, Ave. Du weißt, wie wichtig es ist, gut auszusehen. Sonst wirst du nie einen Kerl abkriegen und endest tatsächlich noch als alte Jungfer.«

Harmony betonte ihre Rede mit der gleichen Ernsthaftigkeit wie immer, wenn es um dieses Thema ging. Zumindest konnte ich inzwischen verstehen, warum es ihr so wichtig erschien.

»Oder ist es in die Hose gegangen und du versteckst dich deswegen vor uns?«

Den ganzen Morgen hatte ich mich vor genau diesem Moment gefürchtet, doch jetzt war es so weit, es gab kein Zurück mehr.

Zögernd kroch ich aus meinem Spind. Als Erstes sah ich Adams Turnschuhe direkt neben mir. Daneben befand sich ein anderes Paar, das der Größe nach zu urteilen wohl Killian gehören musste. Ich richtete mich auf, heftete meinen Blick jedoch weiter auf den Boden. Natürlich konnte ich den Moment nicht ewig hinauszögern, aber ich reizte es aus, solange es ging.

»Da bist du ja endlich! Ich dachte schon, du wärst da drin eingeschlafen.« Killian grinste, als ich ihn ansah. Er hatte sich seit unserem letzten Treffen kein bisschen verändert, wie ich erleichtert feststellte. Seine braunen Haare fielen wie gewohnt glatt herunter und reichten ihm bis zum Kinn. Seine blauen Augen strahlten gewohnt kindlich und trotz seiner dominanten Schwester, für die Karl Lagerfeld ein Modegott war, war er in ein labberiges T-Shirt und eine ausgebeulte Skaterjeans gekleidet.

Ehe ich reagieren konnte, schloss Killian seine Arme um mich und drückte mich kurz und unbeholfen an sich. Er war ebenso wie ich kein großer Fan von öffentlicher Zuneigungsbekundung.

Bevor ich jedoch die Chance hatte, seine Umarmung zu erwidern, drängelte sich Harmony zwischen ihren Bruder und mich und schlang stürmisch ihre Arme um meine Mitte. »Ich kann kaum glauben, dass ich dich wirklich im Arm halte!«

Killian lachte und trat einen Schritt zurück, um seine Schwester nicht zu zerquetschen. »Gott, Mony. Du übertreibst!« Er schüttelte den Kopf und sah von ihr zu mir und wieder zurück. »Sie war das ganze Wochenende total down, weil wir wegmussten. Sie wollte unbedingt mit dir Geburtstag feiern. Erst als du dich am Sonntagabend gemeldet hast, war sie wieder die Alte. Und dann ging sie mir gestern den ganzen Tag auf den Keks, weil sie unbedingt zu dir wollte, sobald wir gelandet waren. Was dann ungefähr um halb zwölf in der Nacht gewesen wäre.« Killian lachte herzlich. »Du hast es unserer Mom zu verdanken, dass du von diesem nächtlichen Überfall verschont geblieben bist.«

Harmony erlöste mich aus ihrem Klammergriff und trat einen Schritt zurück. »Lass mich doch. Ich habe eben meine Freundin vermisst!« Sie warf ihrem Bruder einen bösen Blick zu, ehe sie mich wieder anstrahlte, als wäre ich der Weihnachtsmann oder einer ihrer Lieblingsdesigner.

Ich hingegen erwiderte ihren Blick möglichst emotionslos und versuchte mir nichts von meinem Kummer anmerken zu lassen. *Es ist alles wie sonst auch! Harmony ist immer noch dieselbe!* Doch selbst wenn ich mir die Worte in ewiger Wiederholung wie ein Mantra aufsagte, konnte ich das Gefühl der Leere und Trauer nicht ignorieren, das in mir wie ein Geschwür heranwuchs und gedieh, je länger ich meine Freundin ansah. Denn obwohl Adam mich bereits auf den Anblick vorbereitet hatte, war die Realität doch weitaus grausamer und schockierender als seine Worte.

Es war wie bei einem schrecklichen Unfall. Ich musste hinsehen, obwohl ich ihren Anblick kaum ertrug. Ich musste das Grauen in allen Details wahrnehmen. Anstatt Harmonys gewohnter feuerroter Lockenpracht umschmeichelten lange, glatte schwarze Strähnen ihr rundes Gesicht. Ihre Haut besaß nicht mehr diesen warmen Milchkaffeeton, sondern war blass und hatte einen deutlichen Graustich, der sie krank aussehen ließ. Ihre dunklen Augen wirkten tiefschwarz und ihre Lippen nicht rosig, sondern dunkelgrau. Ihr neonpinkes Sommerkleid ließ sie noch farbloser und kränklicher erscheinen.

Wenn ich es nicht besser gewusst hätte, wäre ich davon ausgegangen, dass sie sich für eine extravagante Halloweenparty kostümiert hatte. Doch leider kannte ich die traurige Wahrheit. Harmony war eine eximilierte Fee und hatte keine drei Wochen mehr zu leben.

»Hey, Killian, hattet ihr Zeit, die Filmstudios zu besichtigen?« Adam legte seinem Kumpel einen Arm um die Schulter und drehte sich dabei so zur Seite, dass er ihn dazu zwang, uns ebenfalls den Rücken zuzuwenden. »Ich hatte nämlich überlegt, mal mit Ave dorthin zu fahren, aber ich weiß nicht, ob sich das lohnt.« Beim Sprechen schob Adam Killian unauffällig von uns weg.

Harmony wartete genau so lange, bis sie sich sicher sein konnte, dass die beiden aus menschlicher Hörweite waren, ehe sie sich abermals auf mich stürzte und mich umarmte. »Ich kann nicht fassen, dass du tatsächlich noch lebst, Ave! Als Adam mir am Sonntag schrieb, wollte ich es zuerst nicht glauben. Aber dann hat er mir das Video geschickt, in dem du unser Geschenk auspackst, und da wusste ich, dass es wahr sein musste.« Nach einer Weile löste sie sich von mir und erneut lag in ihrem Blick nichts als Begeisterung. »Du kannst dir nicht vorstellen, wie glücklich ich bin, dass du noch lebst.« Mit der letzten Silbe wurde sie schlagartig ernst. »Aber gleichzeitig bin ich auch total sauer auf dich!« Um ihren Stimmungsumschwung zu betonen, versetzte sie mir einen leichten Boxhieb gegen den Arm. »Warum hast du den Prüfungen zugestimmt? Bist du verrückt geworden? Weißt du denn nicht, was du damit angerichtet hast? Du hast nicht nur dein Schicksal für immer verändert, sondern auch das von Adam!«

Ihre Schimpftirade half mir, meine Gedanken und Emotionen zu sortieren, und ich erwachte aus meiner Lethargie. Auch ich hatte ein Recht darauf, wütend zu sein.

»Nein, das weiß ich nicht, Harmony. Aber es ist mir auch egal. Und soll ich dir sagen wieso? Weil ich keine Wahl hatte! Da du offenbar über die Prüfungen und alles andere informiert bist, wird dir klar sein, dass ich jetzt tot wäre, wenn ich nicht zugestimmt hätte!« Ich musste zwar leise sprechen, damit uns niemand hörte, aber mein angespannter Körper und meine gezischten Worte waren ein deutliches Zeichen.

Harmony sah mich überrascht an. Anscheinend hatte sie nicht damit gerechnet, dass unser Wiedersehen so ablaufen würde. Ich ehrlich gesagt auch nicht, aber ich hatte den Gedanken an diesen Moment auch bestmöglich verdrängt.

Ihre Verblüffung dämpfte meine Wut. Mit einem Seufzen sprach ich etwas ruhiger weiter. »Außerdem ist es sowieso zu spät. Es kann nicht mehr rückgängig gemacht werden. Deswegen sollten wir uns jetzt lieber auf das vorliegende Problem beschränken.« Ich erschauderte vor Harmonys bizarrem Anblick. »Ich meine, du bist eine eximilierte Fee und du wirst ...« Ein Kloß bildete sich in meinem Hals und ich konnte das letzte, entscheidende Wort unmöglich aussprechen.

»Ich werde verschwinden.« Harmony lächelte traurig und nickte. »Das weiß ich, Avery. Es ist okay. Ich meine, jeder muss irgendwann sterben und ich habe bereits wesentlich länger in dieser Welt überlebt, als es je eine andere Fee geschafft hat.«

Die Endgültigkeit und Schlichtheit ihrer Worte war zu viel für mich. Den ganzen Morgen hatte ich es geschafft, die Tragweite dieser Nachricht zu verdrängen, aber jetzt blitzte sie wie ein Feuerwerk in meinem Verstand auf und trieb mir verhasste Tränen in die Augen. Ich konnte nicht einmal den Versuch wagen, sie wegzublinzeln, ehe sie sich aus den Augenwinkeln stahlen und mir über die Wangen flossen.

»Gibt es denn keinen Weg, dich zu retten?« Meine Stimme war kaum mehr als ein heiseres Flüstern, aber ich ertrug den Gedanken nicht, meine Freundin zu verlieren. Für mich symbolisierten Harmony und Adam die Verbindung zwischen meinem alten, gewöhnlichen und meinem neuen chaotischen Leben. Und wenn sie *verschwand*, ohne dass ich es verhindern konnte, wurde ich das Gefühl nicht los, dass Adam dasselbe Schicksal ereilen konnte.

Harmony schüttelte traurig, aber entschieden den Kopf. »Nein, Avery. Für eine eximilierte Fee gibt es keinen Weg zurück. Mein Schicksal ist besiegelt.«

Ihre Worte schmerzten mehr als Salz in einer frischen Wunde und ich schüttelte den Kopf, wehrte mich gegen ihre Aussage. Ich wollte und würde diesen Gedanken nicht akzeptieren.

»Nein! Das kann nicht das Ende sein! Es muss einen Weg geben! Ich meine, du hast schon so lange durchgehalten! Wie hast du das geschafft? Vielleicht gibt es einen Trick? Wir ...«

Harmony lächelte schwach und legte mir ihre Hände auf die Unterarme. »Avery, je eher du das Unausweichliche akzeptierst, desto mehr Zeit bleibt uns, die wir gemeinsam verbringen können. Und nein, es gibt keinen Trick. Meine Geschichte ist anders als die anderer Feen. Aber sie ist vor allem lang und wir haben jetzt keine Zeit dafür.« Sie löste ihre Hände von mir und strich ihr Kleid glatt. »Wir müssen zum Unterricht. Ad und Killian wundern sich bestimmt schon, wo wir bleiben.«

Harmony wollte sich bereits von mir abwenden, aber ich griff nach ihrer Schulter und hielt sie zurück. Als sie sich verblüfft zu mir umdrehte, sah ich sie ernst und unnachgiebig an. »Heute nach der Schule wirst du mir alles erzählen. Das bist du mir schuldig!«

Die Worte schmeckten bitter und verursachten mir Magenschmerzen. Aber sie hatte recht: Wenn es keine Möglichkeit gab, ihr Schicksal abzuwenden, musste ich mich damit abfinden. Doch so weit war es noch lange nicht.

Harmony sah mich mit großen, runden Augen an, ehe sie die Stirn runzelte und den Kopf senkte, was sie noch trauriger wirken ließ. »Ich habe noch nie mit jemandem darüber gesprochen, Ave. Nicht einmal Adam kennt die ganze Wahrheit.« Sie sah auf, ohne den Kopf zu heben, und blickte mich durch ihre langen, dichten Wimpern an. Sie kam mir so klein und hilflos vor.

Brüllend erwachte mein Beschützerinstinkt zum Leben. Pulsierender Tatendrang gespickt mit Adrenalin und unbeugsamem Willen toste durch meine Adern und zauberte mir ein herausforderndes Lächeln ins Gesicht. »Dann wird es Zeit, das zu ändern!«

FÜNFUNDZWANZIG

Der Vormittagsunterricht war anstrengend und verlangte mir einiges an Kraft ab. Abgesehen davon, dass mich Harmonys Anblick immer noch verstörte und es mir schwerfiel, sie anzusehen, musste ich Killians ständige Nachfragen über meinen Gesundheitszustand ertragen. Er war der Meinung, dass ich ungesund blass aussah und lieber zur Schulkrankenschwester gehen sollte, ehe ich hier zusammenbrach wie vor zwei Wochen in der Cafeteria. Ich fand seine Sorge wirklich rührend, aber im Vergleich zu seiner Schwester sah ich wie das blühende Leben aus. Auch wenn ich mich nicht danach fühlte.

Mit überspitzten sarkastischen Kommentaren zog ich seine Fragen ins Lächerliche und lenkte meine Aufmerksamkeit anschließend auf Adam, um ihm von meiner Nachmittagsverabredung mit Harmony zu erzählen. Da die Jaramango-Geschwister jedoch nicht vorhatten, uns allein zu lassen, und uns jede unterrichtsfreie Minute umzingelten, gelang es mir erst in der Mittagspause, Adam zur Seite zu nehmen und mit ihm zu reden, während wir so taten, als würden wir den heutigen Speiseplan studieren.

»Harmony will dir von ihrer Vergangenheit erzählen?« Mit geweiteten Augen sah Adam mich ungläubig, ja fast ein wenig verstört an.

Ich nickte zögerlich. Sein Gesichtsausdruck irritierte mich. »Ja?! Wieso?« Ich verstand nicht, was ihn daran so überraschte. Ich hatte nicht den Eindruck, dass sie sich sonderlich gegen meinen Wunsch gewehrt hatte. Im Gegenteil, es schien fast so, als wäre sie froh, endlich jemandem ihre Geschichte anvertrauen zu dürfen.

Adam warf einen stummen Blick über seine Schulter in Richtung Harmony und Killian, die an einem Tisch saßen und auf uns warteten. Dabei kaute er nachdenklich auf seiner Unterlippe. »Das ist …« Er beendete den Satz nicht.

Als er wieder zu mir sah, schüttelte er kurz den Kopf und setzte ein schwaches Lächeln auf. »Nein, schon gut. Alles okay.« Er wurde wieder ernst und verschränkte seine Arme vor der Brust. Bei ihm wirkte diese Geste nicht abweisend oder herausfordernd wie bei Nox. Es war einfach Adams Pose, wenn er über etwas nachdachte. »Aber ich will dabei sein. Und Nox sollte dieses Gespräch ebenfalls mitbekommen.«

Nun war ich es, die verblüfft die Augen weitete. »Nox auch?«

Ich wusste nicht, was ich davon halten sollte. Harmony wollte mit *mir* reden. Sie hatte es zwar nicht explizit angesprochen, aber ich war mir nicht sicher, ob sie es guthieß, wenn ich einfach wildfremde Höllendiener zu unserer Verabredung einlud. Ich wusste ja nicht einmal, ob sie Adam dabeihaben wollte.

»Muss das sein, Ad? Kann ich mich nicht allein mit ihr treffen und euch anschließend davon berichten?« Auch wenn ich zugeben musste, dass Nox sich gestern überraschend kooperativ gezeigt hatte, war ich mir dennoch sicher, dass dies eine einmalige Sache gewesen war. Außerdem hatte ich ein ungutes Gefühl bei dem Gedanken, dass Nox und Harmony sich kennenlernten. Dabei konnte ich unmöglich sagen, was mir mehr Unbehagen bereitete: der Gedanke, dass sie sich nicht verstehen, oder der, dass sie sich zu gut verstehen könnten.

Adam lächelte verständnisvoll, als wüsste er, was mich beschäftigte. »Nein, tut mir leid, Ave. Ich lasse dich nicht allein dorthin. Und auch wenn es mir schwerfällt, es zuzugeben, wäre es gut, wenn Nox heute dabei ist. Er könnte wichtig sein.«

Adams Worte erweckten meinen Argwohn. Ich verengte die Augen zu einem schmalen Spalt und verschränkte nun selbst die Arme vor der Brust. Mit skeptisch erhobener Augenbraue musterte ich mein Gegenüber. »Er könnte wichtig sein? Und wieso das?« Zugegeben, ich war auf Adams Erklärung gespannt. Ich konnte mir kein Szenario vorstellen, das Nox überhaupt jemals wichtig erscheinen ließ.

Adam klang ernst, als er antwortete und dabei meinen Blick standhaft erwiderte. »Er kennt Harmony nicht. Deshalb ist er unparteiisch und unvoreingenommen. Das könnte von Vorteil sein. Außerdem hat er mindestens genauso viel Erfahrung mit Feen wie ich. Aber er hat einen siebten Sinn für ihre *nicht göttliche* Seite.«

Bedeutungsschwer sah Adam mich an und ich musste mir ein albernes Kichern verkneifen. Daher wehte der Wind?

»Meinst du das ernst, Ad?« Nun entfuhr mir doch ein amüsiertes Lachen. »Du vertraust ihr nicht?« Ich konnte gerade noch ein Kopfschütteln verhindern. *Das ist bestimmt nur ein blöder Witz!*

Doch zu meiner Überraschung erwiderte Adam nichts auf meine Worte und zuckte nur schwach mit den Schultern, ohne seinen Blick von mir abzuwenden.

Das war Antwort genug.

Es ist sein Ernst.

Meine Erheiterung erstarb auf der Stelle, ebenso wie mein Lachen. Einen Moment lang sah ich Adam fest in die Augen, um vielleicht doch noch ein verräterisches Anzeichen dafür zu entdecken, dass er mich auf den Arm nehmen wollte. Doch er blieb ernst.

Ich stieß geräuschvoll die Luft aus und verdrehte die Augen. »Mann, Adam, hörst du dir eigentlich selbst zu?« Nun musste ich doch wieder lachen. Dieses Gespräch war einfach absurd. »Du hast eindeutig zu viel Zeit mit Nox verbracht und bist schon genauso paranoid wie er.« Ich löste meine Arme und legte Adam eine Hand auf den Unterarm. Er sollte nicht das Gefühl haben, dass ich ihn oder seine Sorgen nicht ernst nahm. Mit versöhnlicherem Tonfall sprach ich weiter. »Ich verstehe, weshalb du skeptisch bist, Ad. Ja, sie ist eine Fee, und ich glaube euch auch, dass diese Wesen linkisch und betrügerisch sind. Aber wir reden hier von Harmony. H-a-r-m-o-n-y! Wir kennen sie seit Jahren. Sie ist unsere Freundin und braucht Hilfe. Und keinen Detektiv oder Scharfrichter.«

Adam öffnete den Mund, um etwas zu erwidern, sah mir dann einen Moment lang in die Augen und schloss ihn tonlos wieder. Stattdessen schenkte er mir ein sanftes Lächeln. »Ja, du hast vermutlich recht. Sorry. Wahrscheinlich übertreibe ich wirklich. Aber ich will einfach kein Risiko eingehen. Nicht, wenn es um dich geht.« Adams Lächeln nahm einen liebevollen Zug an.

Dann wurde sein Blick bittend. Er wusste genau, dass ich ihm, wenn er so guckte, keinen Wunsch abschlagen konnte. Und genau deshalb hatte er diesen unfairen Schachzug gewählt.

Mit einem lauten Seufzen gab ich nach. »Schön, du hast gewonnen. Sag Nox, er soll …« Ich überdachte unsere Möglichkeiten. Ein Treffen in aller Öffentlichkeit war sicherlich keine gute Idee, aber welche Alternativen blieben uns? Unter keinen Umständen konnten wir uns bei mir zu Hause treffen. Meine Mom durfte nicht mit in die Sache hineingezogen werden.

Adam unterbrach meine Gedanken. »Am besten kommst du mit Mony nach der Schule zu mir nach Hause. Dort können wir in Ruhe reden.« Seine Mundwinkel verzogen sich zu einem geheimnisvollen Lächeln. »Und damit das Ganze cooler klingt, geben wir unserem Hauptquartier einen Namen. So etwas wie *Elysium* oder *Nimbus*.«

Sein plötzlicher Themenwechsel und die kindliche Freude in seiner Stimme trafen mich unvorbereitet und vertrieben das unangenehme Gefühl in meinem Inneren. »Du willst unserem Hauptquartier einen Namen geben? Warum? Bis eben wusste ich nicht einmal, dass wir so etwas überhaupt besitzen.«

Adam zuckte lässig mit den Schultern. »Wieso nicht? Es wird in Zukunft sicherlich noch einige Situationen geben, in denen wir einen Rückzugsort benötigen. Und mein Haus ist perfekt dafür. Oder willst du, dass wir uns bei dir zu Hause treffen und Nox Joleen kennenlernt?« Adam sprach genau meine eigenen Überlegungen an.

»Nein! Natürlich nicht!« Vehement schüttelte ich den Kopf. Eben das versuchte ich mit allen Mitteln zu verhindern! Dennoch kamen mir einige Fragen in den Sinn. *Wie wird Mom wohl auf Nox reagieren? Wird sie seine dunkle und gefährliche Aura spüren, so wie ich bei unserer ersten Begegnung? Oder fühlt sie sich ebenfalls von ihm angezo…*

Ich unterbrach den Gedanken, ehe er sich zu Ende formen konnte. Doch es war zu spät. Die Vorstellung hatte sich wie eine Zecke festgebissen und zerrte nun an meinen Nerven. Fröstelnd rieb ich mir über die Arme, aber die unangenehme Gänsehaut wollte nicht verschwinden.

Adam lächelte triumphierend. Wahrscheinlich wusste er, was ich gerade dachte. »Also?«

»Na gut! Schön! Dann fahren wir eben nach der Schule zu deinem alten Haus.« Ich weigerte mich, das Wort »Hauptquartier« zu benutzen. Wenn wir überhaupt einen Namen dafür wählen würden, dann eher so etwas wie »Vorhölle« oder »Inferno«. *Das passt wenigstens.*

»Gut, dann ist das abgemacht. Aber du und Mony müsst allein kommen. Ich habe vorher noch etwas zu erledigen.«

Ich nickte schlicht. Auch wenn Adam es nicht explizit aussprach, wusste ich, dass er zu Nox fuhr, um ihn auf unser Treffen vorzubereiten. Allein der Umstand, dass das überhaupt nötig war, versetzte meiner inzwischen ohnehin nicht besonders guten Laune einen weiteren Dämpfer.

Wortlos griff ich nach meinem Schlüsselbund und reichte ihn Adam. »Hier, nimm mein Auto. Dann brauchst du nicht den Bus zu nehmen. Ich fahre mit Mony.« Ich hatte das Gefühl, es ihm schuldig zu sein. Immerhin tat er mir damit einen Gefallen. Zumindest indirekt. *Glaube ich.*

Adam ließ sich nicht zweimal bitten und griff nach dem Schlüssel. »Danke, Ave. Ich verspreche dir, vorsichtig zu sein.« Er drückte mir einen Kuss auf die Wange und winkte mir zum Abschied zu.

Ich erwiderte seine Geste nicht annähernd so begeistert und sah ihm nach, bis er aus meinem Sichtfeld verschwand. Dabei fragte ich mich, ob dieses Treffen heute Nachmittag tatsächlich so eine gute Idee war.

***

Die letzte Unterrichtsstunde fand ihr Ende und ich verließ gemeinsam mit den Jaramango-Geschwistern das Schulgebäude. Auf dem Parkplatz verabschiedete sich Killian zu seinem Mathe-College-Vorkurs, den er gemeinsam mit anderen angehenden Genies von verschiedenen Highschools an zwei Tagen in der Woche besuchte. In dieses besondere Programm wurden nur Schüler mit überragenden Leistungen im naturwissenschaftlichen Bereich aufgenommen. Für Killian, der sowohl mit Bestnoten als auch mit einer schwindelerregenden Punktezahl im College-Eignungstest brilliert hatte, war damit ein Traum wahr geworden.

»Viel Spaß mit den anderen Nerds, Brüderchen.« Harmony winkte Killian nach, obwohl er uns bereits den Rücken zugewandt hatte und uns gar nicht mehr hörte. Anschließend schloss sie den Wagen auf und setzte sich hinters Steuer. Ich machte es mir auf dem Beifahrersitz gemütlich.

Kaum hatte ich die Tür geschlossen und den Sicherheitsgurt angelegt, sah Harmony mich mit großen Augen an. »Und jetzt erzählst du mir endlich ganz genau, was passiert ist, seit Killian und ich weggefahren sind!« Ihr neugieriger Blick entlockte mir ein Kichern. Obwohl sie wie ein lebendiges Zeitungsfoto aussah, hatte sich nichts an ihrem Wesen geändert, was mich ungemein beruhigte und es mir erleichterte, sie wie immer zu behandeln.

»Okay, ich erzähl dir alles. Aber fahr endlich los. Adam und Nox warten sicherlich schon auf uns.«

Widerstrebend startete sie den Motor. Als ich ihr nach der Mittagspause berichtet hatte, dass Adam und sein vermeintlicher Halbbruder Nox an dem Gespräch teilnehmen wollten, hatte sie nichts dagegen gehabt. Sie meinte schlicht, dass es womöglich sogar besser sei, die beiden dabeizuhaben. Was sie damit meinte, wollte sie mir jedoch nicht erklären und ich hatte keine Lust nachzuhaken.

Während Harmony ausparkte, begann ich meine Geschichte. »Alles fing letzten Montag an, als wir mittags in der Cafeteria saßen.« Ich berichtete sämtliche ungeschönte Einzelheiten, die sich in der vorherigen Woche ergeben hatten und seitdem mein Leben auf den Kopf stellten.

Harmony hörte mir schweigend zu und gab nur hin und wieder einen verstehenden oder entsetzten Laut von sich, ehe sie am Ende meiner Erzählung das Gesagte zusammenfasste. »Dieser Nox ist ein Arsch!«

Ich nickte bestätigend und grinste amüsiert. Es schien ewig lang her zu sein, dass ich das letzte Mal allein mit meiner Freundin unterwegs gewesen war und wir ungestört hatten lästern können. Ich hatte ganz vergessen, wie erfrischend direkt und ehrlich sie die Dinge beim Namen nannte. Völlig anders als Adam, der jedes Wort stets sorgfältig wählte und überdachte.

»Ja, Nox ist etwas Besonderes.«

Harmony warf mir einen irritierten Seitenblick zu, konzentrierte sich jedoch gleich daraufwieder auf den Verkehr. »Etwas Besonderes? Was meinst du damit? Ich dachte, er ist ein Seelensammler. Ein Dämon.«

Ich verdrehte die Augen. Leider hatte ich auch vergessen, dass sie jedes Wort auf die Goldwaage legte und Sarkasmus für eine Krankheit hielt, gegen die sie immun war.

»Ja, ist er auch. Glaube ich zumindest. Adam bezeichnet ihn auf jeden Fall so. Aber irgendwie ...« Ich lehnte meinen Kopf gegen die Nackenstütze und dachte über den nagenden Zweifel in meinem Inneren nach. *Irgendwie glaube ich nicht, dass er ein Dämon ist.* Leider vermochte ich beim besten Willen nicht zu erklären, warum ich das infrage stellte. Adam konnte nicht lügen. Wieso sollte er also Nox so bezeichnen, wenn es nicht stimmte? Und dennoch ...

Mit einem verlegenen Lachen beendete ich meine Grübeleien, als ich bemerkte, dass Harmony mich immer wieder fragend ansah, da sie keine Antwort erhielt. »Ach, vergiss es einfach. Ich weiß auch nicht.«

Harmony warf mir einen letzten Blick zu, ehe sie desinteressiert mit den Schultern zuckte und sich wieder auf den Straßenverkehr fokussierte. »Dämon hin oder her. Ist ja auch egal. Sag mir lieber, ob er wenigstens gut aussieht oder ob ich mich auf einen Nachmittag mit einem hässlichen und stinkenden Seelenfänger einstellen muss.«

Ich lachte trocken auf. »Wieso fragst du? Du hast doch gerade selbst gesagt, dass er ein Arsch ist. Sein Aussehen sollte dann ja wohl egal sein.«

Harmony schüttelte den Kopf und ihre langen Strähnen wogten um ihr Gesicht. »Natürlich ist sein Aussehen wichtig! Es ist ein großer Unterschied, ob man von einem attraktiven Arsch schlecht behandelt wird oder von einem hässlichen.«

Ich musterte sie von der Seite und verschränkte die Arme vor der Brust. »Ach ja? Und wieso ist das ein Unterschied?« In ihrer Welt mochte das vielleicht so sein, aber ganz bestimmt nicht in meiner. *Noch eine Person, bei der ich unterscheiden muss.*

Wir erreichten eine rote Ampel, die Harmony nutzte, um sich mir zuzuwenden. »Überleg doch mal, Avery. Gemein ist er so oder so. Aber denkst du nicht, du könntest seine blöden Sprüche besser ertragen, wenn du dabei etwas Hübsches zum Ansehen hättest? Stell dir nur mal vor, er wäre fies und dabei auch noch hässlich.« Sie verzog das Gesicht und schüttelte sich angewidert.

Ich sah meine Freundin sprachlos an. Das konnte nicht ihr Ernst sein! Doch anstatt mich über ihre Worte zu ärgern, verfiel ich in ein albernes, unpassendes Lachen. Ja, es war unfair, sie auszulachen, besonders da Harmony ihre Aussage todernst meinte. Aber genau das amüsierte mich so sehr. Auch wenn ich ihre Beweggründe zu diesem Thema inzwischen verstand, teilte ich ihre Meinung nicht im Geringsten.

»Nein, Mony, für mich bedeutet das keinen Unterschied. Sein tolles Aussehen berechtigt ihn nicht dazu, sich so aufzuführen! Nox ist und bleibt ein Arsch!«

Die Ampel sprang auf Grün und Harmony musste sich wieder dem Verkehr widmen. Dennoch hatte ich das aufgeregte Glänzen in ihren Augen bemerkt. »Also sieht er wirklich toll aus? Wie heiß ist er? Auf einer Skala von Channing Tatum bis Liam Hemsworth.«

Ich biss mir fest auf die Lippe, um den Fluch, der mir bereits auf der Zunge lag, wieder herunterzuschlucken. *Verdammt!* Wie hatte mir dieses blöde Wort nur herausrutschen können? Am liebsten hätte ich mich selbst geohrfeigt. Doch stattdessen hielt ich konsequent den Mund und konzentrierte mich auf die vorbeiziehende Landschaft. Auf diese blöde Frage würde ich ihr ganz gewiss nicht antworten.

Während ich schmollend nach draußen blickte, schlich sich immer wieder Nox in meinen Verstand. Unweigerlich erinnerte ich mich an unser erstes Treffen auf dem Schulparkplatz. Auch die Begegnung in der Gasse, sein Auftauchen am Strand und an meinem Geburtstag in unserer Einfahrt kamen mir in den Sinn. Sogar sein Auftritt in Adams Wohnzimmer, während er nichts als dieses blöde Duschtuch trug, ploppte vor meinem geistigen Auge auf und trieb mir das Blut in die Wangen. Bei der Erinnerung musste ich mich besonders darauf konzentrieren, nicht an seine funkelnden grünen Augen zu denken, die sich mir in den Verstand gebrannt hatten und mich seitdem in meinen nächtlichen Träumen heimsuchten.

Ja, objektiv betrachtet mochte Nox gut aussehen. *Vielleicht ist er sogar sexy.* Aber diese Empfindung beruhte allein auf diesem übernatürlichen Glanz, der ihn umgab, und hatte überhaupt nichts mit ihm selbst oder meiner persönlichen Meinung zu tun. Es waren nicht meine eigenen Gefühle, die mich so denken ließen. Es war wie eine Gehirnwäsche. *Ganz im Gegenteil zu seinem arroganten und unverschämten Verhalten.* Das war nämlich das einzig Echte an ihm – was es auch so schwer machte, ihn zu mögen, selbst wenn man es versuchte.

»Also?« Meine Freundin wartete immer noch auf eine Antwort, was mich innerlich aufstöhnen ließ.

»Keine Ahnung, Harmony.« Ich zuckte mit den Schultern und sah weiterhin aus dem Seitenfenster. Nox' Aussehen war wirklich nichts, worüber ich nachdenken, geschweige denn reden wollte. »Ich kann das nicht beurteilen. Ich stehe nicht auf diesen Lederjacken tragenden, arroganten Macho-Typ von Mann.«

Für einen Moment herrschte Schweigen, ehe Harmony die Stille mit einem hellen, amüsierten Lachen durchbrach. »Wow, Avery! Er muss wirklich verdammt heiß sein, wenn du so pampig reagierst.«

Ich biss fest die Zähne zusammen, meinen Blick auf die Straße geheftet. *Blöde Kuh!*

***

Lächelnd öffnete Adam uns die Haustür und bat uns mit einer wortlosen Geste einzutreten. Sobald wir das Wohnzimmer betreten hatten, schloss er die Tür hinter uns. »Setzt euch schon mal. Ich bin gleich fertig.«

Während Harmony sich neugierig im Zimmer umsah, blickte ich fragend in Adams Richtung. Sein formeller Ton und sein steifes Verhalten überraschten mich. Als Adam meinen Blick bemerkte und ihn mit einem schelmischen Funkeln erwiderte, verzogen sich seine Lippen zu einem verschwörerischen Lächeln und er wandte sich mit einem Zwinkern ab, ehe er in Richtung Küche ging.

Irritiert sah ich ihm hinterher. Ich hatte keine Ahnung, wie ich sein Verhalten einschätzen sollte. Signalisierte er mir damit, dass alles gut werden würde? Dass ich mir umsonst Sorgen über den Verlauf dieses Treffens machte? Dass er alles unter Kontrolle hatte? Oder war er betrunken und hatte den Ernst der Lage verdrängt?

»Hübsch hat er es hier.«

Harmonys Stimme riss mich aus meinen Gedanken. Ich entdeckte meine Freundin auf einem der Sessel in der Mitte des Raums. Sie hatte ihre Füße auf das Polster gezogen, die Beine mit ihren Armen umschlungen und ihr Kinn auf die Knie gelegt. Ich sparte mir eine Antwort und folgte ebenfalls Adams Aufforderung, es uns bequem zu machen.

Vor der Couch entdeckte ich den niedrigen Glastisch, der bereits mit Getränken und Knabbersachen bestückt war. Offenbar war Adam doch nicht früher nach Hause gefahren, um mit Nox zu reden. Dabei wusste ich nicht, ob mich diese Tatsache beruhigte oder mein Unbehagen weiter anfachte. Hatte dieses Gespräch nicht stattgefunden, weil Adam Nox zutraute, sich zu benehmen, oder weil Adam wusste, dass er sich die Mühe sparen konnte, weil es vergebene Liebesmüh war?

Mit einem nervösen Kribbeln im Bauch ließ ich mich auf die Couch plumpsen und griff sogleich nach der Schale mit den Schokolinsen. Ich hoffte, dass der Zucker darin meine flatternden Nerven beruhigen würde.

»Und Adam wohnt hier mit diesem Nox, obwohl sie sich gegenseitig nicht leiden können?« Harmony nahm wie immer kein Blatt vor den Mund. Feingefühl war noch nie ihre Stärke gewesen. Aber da ich sie nicht anders kannte, nahm ich solche Eigenschaften kaum noch wahr. Ich konnte nur hoffen, dass ihre direkte Art uns keinen Ärger bereiten würde, wenn Nox auftauchte. Wer wusste schon, wie die beiden aufeinander reagieren würden.

Schulterzuckend schob ich mir ein paar der sündigen Leckereien in den Mund. »Ja, irgendwie schon.« Im Grunde wusste ich selbst nicht, wo Adam nun eigentlich wohnte. Er hatte zwar gesagt, dass er für ein paar Wochen hier im Haus bei Nox bleiben wollte, um ihn an die neue Situation zu gewöhnen, dennoch verbrachte er jede Nacht bei meiner Mom und mir im Haus. Natürlich hatte ich mich anfangs darüber gewundert, aber ich würde mich sicherlich nicht beschweren. Mit ihm in meiner Nähe fühlte ich mich sicherer.

Harmony nickte schlicht. Es war schwer zu sagen, ob sie die Antwort auf die Frage wirklich interessierte oder ob sie sich verpflichtet gefühlt hatte, etwas zu sagen. Denn auch wenn sie sich locker gab, wusste ich, wie angespannt und nervös sie in Wirklichkeit war.

»Und wo treibt sich dieser verboten gut aussehende Macho jetzt rum? Ich dachte, er würde auch dabei sein.« Harmony beugte sich zu dem Tisch vor und griff nach den Chips. Besitzergreifend bunkerte sie die Schale in ihrem Schoß. Sie liebte Salziges und Pikantes, weshalb immer die Süßigkeiten für mich übrig blieben. Besonders um Schokolade machte sie einen großen Bogen, was ich nie richtig verstanden hatte.

Ich setzte gerade zu einer Antwort an, die in etwa so geklungen hätte: »Von mir aus kann er wegbleiben. Ohne ihn wird es eh viel gemütlicher.« Aber mir kam eine männliche Stimme zuvor.

»Wie ich höre, eilt mir mein Ruf voraus.«

Nox' amüsiertes Lachen ertönte direkt hinter mir und ließ mich erschrocken zusammenfahren. Es war gespenstisch, wie lautlos er sich trotz seines muskulösen Körpers bewegen konnte.

Ehe ich mich zu dem Höllendiener umdrehen konnte, tauchte er bereits in meinem Blickfeld auf und ließ sich schwerfällig neben mir auf die Couch sinken. Wie schon gestern trug er ein schwarzes T-Shirt und Shorts. Auch seine blonden Strähnen waren wie beim letzten Mal nach hinten gestrichen, was die kurz rasierten Seiten betonte.

»Na, Kleines.« Nox zwinkerte mir zu, als sich unsere Blicke trafen. »Willst du mir nicht deine Freundin vorstellen? Immerhin hast du ihr auch einiges über mich erzählt, wie ich gerade erfahren durfte.«

Seine Worte und die unterschwellige Andeutung darin entlockten mir ein Augenverdrehen. Es war mir ein Rätsel, wie man so verdammt anstrengend und nervig sein konnte.

Bevor es mir möglich war, auf seine Worte zu reagieren, übernahm meine Freundin das Gespräch. »Ich bin Harmony. Und du bist dann wohl der heiße

Macho, der Avery so verrückt macht.« Die Fee lächelte Nox charmant an, wie ich bemerkte, als ich mich fassungslos zu ihr umdrehte.

Nox lachte und der sonore Ton berührte etwas tief in meinem Inneren, was ich jedoch nach bester Manier gekonnt ignorierte. »Ich mache unsere Kleine hier also verrückt, hm?«

Ich spürte seinen Blick im Nacken, drehte mich aber nicht zu ihm herum. Sein selbstgefälliges Grinsen wollte ich mir ersparen. Ebenso die Mühe, ihn aufzuklären, dass in diesem Zusammenhang das Wort »verrückt« mit dem Synonym »wahnsinnig« gleichzusetzen war. Aber wie ich den Höllendiener inzwischen kannte, glaubte er mir sowieso nicht. Womöglich würde meine Erklärung nur sein übergroßes Ego weiter anschwellen lassen.

Meinen Blick stur auf Harmony gerichtet sah ich, wie sie ernst nickte. »Ja, wir haben während der ganzen Autofahrt über dich gesprochen.«

Mit jedem Wort, das Harmony sagte, weiteten sich meine Augen und meine Lippen öffneten sich vor Unglauben. *Flirtet sie etwa gerade mit ihm?* Das war schwer zu sagen, da sie solche unbedachten Aussagen auch stets in Gegenwart von Adam und Killian brachte. So war sie einfach.

Apropos Adam. Wo versteckte der sich eigentlich? Er konnte mit seinem Supergehör dieses Gespräch unmöglich verpassen. Warum kam er mir nicht zu Hilfe?

Nox genoss die Situation hörbar. »Ist das so?« Er schnurrte die Frage regelrecht und mich durchlief ein ungewollter Schauder. Trotzdem lenkte ich meine Aufmerksamkeit nicht von Harmony weg und musste feststellen, dass sie mich gar nicht beachtete, sondern Nox betrachtete, als wäre er ein wunderschönes, seltenes Tier. »Dann hoffe ich, dass ihr die passenden Worte eingefallen sind. Ich habe nämlich die unvergleichliche Wirkung, unsere Kleine hier sprachlos zu machen.«

Das reicht!

In einer ruckartigen Bewegung drehte ich mich zu Nox herum, nur um augenblicklich in sein anzüglich grinsendes Gesicht zu blicken. »O Gott, Nox! Hörst du endlich damit auf?!« Ich konnte mir diese Show unmöglich noch länger antun.

Nox' Augen weiteten sich und sein Mund formte ein überraschtes O. »Wow, Kleines, meinst du nicht, dass diese Worte etwas unpassend sind? Ich meine, wir können nach oben ins Schlafzimmer gehen. Dort gebe ich dir einen Grund, diesen Satz zu wiederholen. Aber hier? Vor deiner Freundin?«

Als mir klar wurde, wie Nox meine Worte aufgefasst beziehungsweise für seine Zwecke interpretiert hatte, konnte ich ihn nur stumm anstarren. Der Peinlichkeit geschuldet war mein Kopf leer, während mein Gesicht glühte, als hätte ich Fieber.

»Avery!« Harmony klang so erschüttert und vorwurfsvoll, dass ihr Ausruf mir half, die ungewollte Starre zu durchbrechen. »Wieso hast du mir nicht gesagt, dass ihr beiden zusammen seid?!«

»Was?« Mein Kopf ruckte zurück zu meiner Freundin und ich spürte bereits meinen protestierenden Nacken. »Wir sind nicht zusammen, Harmony!« Ich stöhnte innerlich. Dieses Treffen begann noch schlimmer, als ich befürchtet hatte. »Sicher wirst du dich daran erinnern, dass ich dir im Auto erzählt habe, was für ein arroganter Kotzbrocken Nox ist und dass ich ihn nicht leiden kann.« Ich warf dem soeben Genannten einen vernichtenden Blick zu, damit er wusste, wie ernst ich meine Worte meinte.

Nox erwiderte nichts darauf, sondern grinste unablässig. Ich wollte gar nicht wissen, welche absurden Gedanken er sich gerade zurechtspann.

»O Ave! Tut mir leid!« Harmony keuchte geräuschvoll auf. »Ja, du hast recht. Das ist falsch rübergekommen.« Sie klang ehrlich betrübt, was mich dazu veranlasste, mich von Nox abzuwenden und sie wieder anzusehen.

»Schon gut.« Ich zwang mich zu einem Lächeln, um die angespannte Stimmung etwas zu lockern. Lange konnte ich Harmony nicht böse sein. Immerhin kannte ich ihre eigenwillige Art und war dennoch mit ihr befreundet. Mir hätte klar sein müssen, dass so etwas passieren konnte, wenn ich sie und Nox miteinander bekannt machte.

»Harmony. Mony.« Nox lachte und wieder durchfuhr mich bei dem Geräusch ein unbekanntes Kribbeln. »Ach, deswegen kam mir dein Name so bekannt vor. Du bist die Freundin mit dem interessanten Geburtstagsgeschenk.«

Jedes seiner Worte triefte vor Erheiterung, während ich am liebsten auf der Stelle tot umgefallen wäre.

Das habe ich völlig vergessen!

»Ja!« Harmony nickte stolz und ihre Augen blitzten glücklich auf. Sie liebte Komplimente. »Aber eigentlich war das Geschenk nur ein Alibi für meinen Bruder. Ich hatte nicht damit gerechnet, dass Avery ihren Geburtstag tatsächlich erlebt. Killian durfte das natürlich nicht wissen und wenn wir Avery nichts geschenkt hätten, wäre er misstrauisch geworden.«

Ich schmunzelte. Es war schön zu sehen, wie sich Harmony mit jedem Wort ein Stück mehr entspannte. Ich griff den Themenwechsel dankbar auf und lenkte das Gespräch zurück auf den eigentlichen Grund unseres Zusammentreffens. »Da du es gerade ansprichst, Mony: Wie kommt es eigentlich, dass du dein Geheimnis so lange vor Killian verbergen konntest?«

»Na ja, das ist ...«

»Ach Kleines, sei nicht so eine Spielverderberin. Lass uns doch lieber weiter über den kreativen Geschmack deiner Feen-Freundin sprechen.« Wieder ertönte Nox' amüsiertes Lachen und brachte mich tief in meinem Inneren zum Vibrieren. »Alternativ höre ich mir auch gern an, was du ihr noch so Schönes über mich erzählt hast.« Seine Stimme wurde zu einem leisen, verführerischen Wispern. Dennoch konnte ich ihn viel zu gut verstehen. Gleichzeitig spürte ich seinen Atem in meinem Nacken.

Reflexartig drehte ich mich zu Nox herum und sah in seine strahlend grünen Augen, die unsagbar dicht vor mir schwebten. Der Höllendiener war unbemerkt näher an mich herangerutscht und lächelte mich nun raubtierhaft an. Ich hingegen wehrte mich gegen diesen ätzenden Sog, der mich erneut intensiv in seinen Bann zu ziehen versuchte.

»Ich bin für Averys Themenvorschlag.« Wie aus dem Nichts ertönte Adam betont laut und zerriss damit den ungewollten Zauber, der meine Gedanken nahezu lahmgelegt hatte. Eine Sekunde später trat er mit einem Teller frisch gebackener, köstlich duftender Kekse ins Zimmer. Er stellte das Backwerk zu den anderen Sachen auf den Tisch und machte es sich auf dem freien Sessel gemütlich.

Ich war so dankbar für die Unterbrechung und die Unterstützung, dass ich mich überschwänglich Adam zuwandte, der mit gerunzelter Stirn in die Runde blickte. Von dem herrlichen Duft angelockt griff ich nach einem der Plätzchen und schob es mir in den Mund. Es war noch warm und die Schokosplitter im Inneren herrlich geschmolzen. Als meine Geschmacksknospen die köstliche Zusammensetzung erschmeckten, konnte ich mir ein leises Stöhnen nicht verkneifen. »Gott, sind die gut! Woher hast du das Rezept, Adam?«

Mein Kumpel sah mich mit geweiteten Augen an, presste seine Lippen jedoch fest zusammen, anstatt mir zu antworten.

Überraschenderweise übernahm Nox das Sprechen. »Nicht Goldlöckchen hat sie gebacken, sondern ich.« Mit einem selbstzufriedenen Grinsen lehnte er sich zurück und verschränkte seine Arme hinter dem Kopf. »Aber es freut mich, dass sie dir schmecken. Du solltest jedoch nicht zu viele davon essen, Kleines. Das ist ungesund.«

Der Höllendiener zwinkerte mir frech zu, aber ich registrierte es kaum. Seine Worte hatten mich überrumpelt und ich musste aufpassen, mich nicht an den Krümeln zu verschlucken. »Was? Du ...« *... kannst backen?,* hätte ich fast gesagt, doch ich verkniff es mir. Und auch wenn ich wusste, dass Nox nicht lügen konnte, sah ich Bestätigung suchend zu Adam, der kaum merklich nickte und schließlich an dem Glas nippte, das er gerade mit dem bereitstehenden Wasser gefüllt hatte. Dabei fiel mir der dünne Verband an seiner linken Hand auf. *Hat er sich geschnitten oder am Blech verbrannt?*

Ich verdrängte die irrelevante Frage aus meinem Kopf und konzentrierte mich aufs Kauen. Mit einem Mal kam mir der Keks dreimal so groß vor und ich hatte das Gefühl, als würde er sämtliche Flüssigkeit aus meinem Mund aufsaugen. Um den trockenen Klumpen hinunterzuspülen, griff ich nach einem der Gläser, die auf dem Tisch standen, und füllte es mit Wasser.

Adam hatte seine Mimik wieder unter Kontrolle und unterbrach die peinliche Situation mit einem Räuspern, ehe er sich an Harmony wandte. »Avery sagte, du wolltest uns deine Geschichte erzählen, Mony?« Erneut fiel mir auf, wie formell und gestelzt er sprach.

Harmony griff ebenfalls nach einem Keks und begann daran zu knabbern. »Na ja, Ad, von Wollen kann nicht die Rede sein. Aber ich werde nicht mehr lange leben und will nicht, dass die Wahrheit mit mir stirbt.«

Wieder ließ mich die Direktheit ihrer Worte zusammenfahren. Es war kein schönes Gefühl, seine Freundin so sachlich und entschlossen über ihren eigenen Tod sprechen zu hören.

»Dann erzähl uns deine Geschichte, Fee.« Nox hatte mal wieder das Einfühlungsvermögen einer Dampfwalze. »Wieso wurdest du verbannt und wie konntest du so lange in der Menschenwelt überleben?«

SECHSUNDZWANZIG

Wenn Nox' harscher Ton meine Freundin traf, so ließ sie es sich nicht anmerken. Harmony seufzte nur leise, lehnte sich ebenfalls auf ihrem Sessel zurück und schloss die Augen. Sie wirkte entspannt, wie sie dasaß und ihren Keks kaute. Doch als sie zu sprechen begann, strafte ihre Stimme ihre augenscheinliche Gelassenheit Lügen.

»Mein Vater war einer von Königin Mabs Leibwächtern. Ein sogenannter Winterritter. Eines Nachts wurde er mit einigen anderen Soldaten in den Finsterwald geschickt, um eine Horde Trolle zu töten, die gefährlich nah an die Grenzen des Winterreichs gekommen waren. Der Kampf eskalierte und alle Kameraden meines Vaters ließen dabei ihr Leben. Auch er war schwer verwundet, konnte sich jedoch rechtzeitig in Sicherheit bringen. Er schaffte es bis zum Waldrand, ehe ihn die Kräfte verließen. Drei Tage und drei Nächte lag er dort und wartete auf den Tod. Doch dann wurde er gefunden. Von meiner Mutter. Sie war eine von Königin Titanias Zofen und man hatte sie in den Finsterwald geschickt, um Nachtblumen zu sammeln, die die Königin zum nächsten Jahreszeitenball tragen wollte. Als meine Mutter den Winterritter entdeckte, war sie sich sicher, dass er bereits tot sei. Doch als sie an ihm vorbei in den Wald gehen wollte, hörte sie sein schweres Atmen und das leise, gequälte Stöhnen. Ohne nachzudenken, begann sie Blumen, Blätter und Wurzeln zu sammeln, um daraus eine Medizin zu schaffen, die dem Winterritter das Leben retten sollte. Da es den Höflingen vom Sommerhof strengstens verboten ist, mit einer Sidhe zu sprechen, konnte meine Mutter nicht lange genug bleiben, um nachzusehen, ob die Medizin auch tatsächlich wirkte. Hätte man sie erwischt, wäre sie auf der Stelle hingerichtet worden. Es dauerte zwei Tage, bis die Medizin wirkte und mein Vater genügend Kraft besaß, um an den Winterhof zurückzukehren. Dabei gelang es ihm nicht, meine Mutter zu vergessen. Tage später fand der Frühjahrsball statt und alle Winterfeen reisten an den Sommerhof, um der Feierlichkeit beizuwohnen, die zu Ehren des Friedens in Galoai veranstaltet wurde. Während alle tanzten und sich an dem zerbrechlichen Frieden erfreuten, machte sich mein Vater auf die Suche nach meiner Mutter. Er wollte sie zur Rede stellen, weshalb sie ihm das Leben gerettet und dabei ihr eigenes riskiert hatte. Es dauerte nicht lange, bis er sie an einem Bach fand, wo sie gerade Beeren wusch. Als sie ihn erkannte, erschrak sie so heftig, dass sie taumelte und ins Wasser fiel. Sie wäre ertrunken, wenn mein Vater sie nicht gerettet hätte. An diesem Tag verliebten sich die beiden ineinander.«

Harmony öffnete die Augen und in ihrem Blick lagen so viel Schmerz und Kummer, dass mein Herz sich qualvoll zusammenzog. Ich wollte den Mund öffnen und etwas Tröstendes sagen, doch ich war unfähig, auch nur einen Gedanken zu bilden. Wie betäubt saß ich da und starrte meine Freundin an, von der ich immer gedacht hatte, alles über sie zu wissen. Dabei war ich im Grunde ahnungslos.

Adam unterbrach die entstandene Stille mit einfühlsamer Stimme. »Eine Verbindung zu einer Fee vom verfeindeten Hof wird mit dem Tode bestraft. Das mussten deine Eltern doch wissen, Harmony.«

Meine Freundin nickte betrübt und griff Trost suchend nach einem weiteren Keks. Ich hatte nicht mitbekommen, wann sie den ersten aufgegessen hatte. »Sie wussten es, Ad. Aber selbst wir sind gegen unsere Gefühle machtlos. Obwohl ihre Liebe unter einem tragischen Stern geboren war, wollten sie einander nicht aufgeben. Lieber nahmen sie ihr Schicksal in Kauf, als ohne den anderen weiterleben zu müssen.« Harmony biss in den Keks und kaute mit gesenktem Blick. Sie kam mir so verloren und klein vor.

Wie tragisch! Das ist ja wie bei Romeo und Julia.

»Was ist dann passiert? Wie sind sie entdeckt worden?« Die Frage kam von Nox. Er klang nicht annähernd so einfühlsam wie Adam zuvor, dennoch fehlte in seinen Worten die sonst übliche Provokation.

Harmony sah auf und blickte zwischen den beiden Männern hin und her, als wüsste sie nicht recht, auf wen sie sich beim Sprechen konzentrieren sollte. Letztendlich entschied sie sich überraschenderweise für Nox. »Meine Eltern konnten ihre Liebe bis zum Sommerball geheim halten. Sie trafen sich stets im Finsterwald oder im Wilden Land. Da diese Orte keinem der Königreiche gehörten und nur von wilden Bestien und Kreaturen bewohnt wurden, dachten sie, dort ungestört und in Sicherheit zu sein. Doch das war eine blinde und dumme Annahme. Auf dem Sommerball berichtete man König Oberon und Königin Mab von dem Verrat. Beide Herrscher waren sich einig, dass die gerechte Strafe für diesen Gesetzesbruch in einer sofortigen Hinrichtung bestand. Während der Urteilsverkündung fiel mein Vater vor König Oberon auf die Knie und flehte um Gnade für meine Mutter, die zu dieser Zeit bereits mit mir schwanger war. Als Königin Mab sah, wie einer ihrer Winterritter vor dem Feind im Dreck kroch, forderte sie seine Verbannung. Eine schnelle Hinrichtung reichte ihr nicht mehr. Sie wollte ihn leiden sehen. In diesem Moment bot Königin Titania ihr eine Alternative an, die angeblich noch grausamer war als die Verbannung. Königin Mab traute Königin Titania nicht, aber sie war so auf Rache aus, dass sie sich Titanias Vorschlag anhörte und diesem schließlich zustimmte. Worin auch immer diese Bestrafung bestand, erfuhr erst einmal niemand. Ohne Erklärung sperrte man meine Mutter in das Verlies des Sommerhofs und meinen Vater in das des Winterhofs.«

Wieder machte Harmony eine kurze Erzählpause und griff nach einem weiteren Keks. Die Chips auf ihrem Schoß hatte sie vergessen. »Tage, Wochen, ja Monate vergingen, in denen keiner der beiden wusste, wie es dem anderen erging oder ob er überhaupt noch lebte. Nach sechzehn Monaten kam ich dann endlich zur Welt. Man veranstaltete ein großes Fest, zu dem beide Höfe zusammengerufen wurden. Es wurde getanzt, gelacht und die ganze Nacht gefeiert. Ich war erst wenige Stunden alt, aber man reichte mich herum wie eine Kuriosität. Eine Abscheulichkeit. In ihren Augen war ich ein Bastard. Die erste Fee, die sowohl vom Sommer- als auch vom Winterhof abstammte. Nicht mehr wert als der Schlamm im Finsterwald.«

Harmony klang verletzt und wütend. Doch sie hatte sich schnell wieder unter Kontrolle, denn als sie weitersprach, erschien sie mir so sachlich und emotionslos wie zuvor. »Als die Feier ihren Höhepunkt erreichte, ließ man meine Eltern aus ihren Verliesen holen und erlaubte ihnen für einen kurzen Moment gemeinsam ihr Kind in den Händen zu halten. Vielleicht wussten die beiden, dass es eine Falle war, ignorierten diese jedoch. Womöglich hatte ihnen die lange Zeit der Gefangenschaft auch den Verstand vernebelt. So oder so, sie ließen alle Vorsicht außer Acht und liefen aufeinander zu, nur von dem Wunsch getragen, sich ein letztes Mal in den Armen zu liegen. Doch ehe sie sich berührten, wurde meine Mutter getötet.«

Ich hatte meiner Freundin so gebannt gelauscht, dass mir ungewollt ein entsetzter Aufschrei entfuhr. Harmony sah mich an, aber ihr Blick hatte etwas Leeres, Abwesendes. Dann wandte sie sich Nox zu und sprach weiter, als hätte es die kurze Unterbrechung gar nicht gegeben.

»Königin Mab hatte sie mitten in der Bewegung einfrieren lassen, während Königin Titania zu allen Sommerfeen sprach. Sie sagte, dass jedem Bewohner in Galoai dasselbe Schicksal blühte, der es ebenfalls wagte, gegen das Gesetz zu verstoßen. Dann rief Königin Mab zwei Eisgreife zu sich, die sogleich die gefrorene Skulptur meiner Mutter in die Lüfte hoben und sie aus schwindelerregender Höhe fallen ließen.«

Erneut wollte sich ein lautes Keuchen über meine Lippen stehlen, doch diesmal war ich so geistesgegenwärtig und schlug mir eine Hand vor den Mund, die den Laut dämpfte.

»Ihr Körper zerschellte in Abermillionen winzige Splitter, die so fein wie Schneeflocken waren. Königin Mab richtete schließlich das Wort an meinen Vater, der den Tod seiner geliebten Frau hatte mit ansehen müssen. Sie erklärte ihm, er sei schuld an ihrem Unglück und dies sei seine gerechte Strafe. Fortan sollte er dabei zusehen, wie sein einziges Kind für alle Ewigkeit aus Galoai verbannt wurde. Man öffnete das Tor zur Menschenwelt und ich wurde hinausgebracht. Keine zwölf Stunden hatte ich gelebt, ehe man mich zum Tode verurteilte und mich in ebendiesen schickte.« Harmony beendete ihre Geschichte und blinzelte ein paarmal, als würde sie aus einer Art Hypnose erwachen. Als sie in meine Richtung blickte, lächelte sie traurig. »Tut mir leid, Ave, ich wollte dir keine Angst machen.«

Ich brauchte einen Moment, um zu verstehen, was sie meinte. Meine Augen waren weit aufgerissen und mein Körper war von einer Gänsehaut überzogen. Ich zitterte leicht, was wohl die Reaktion auf die Tränen war, die mir unaufhörlich aus den Augen rannen. Eben noch hatte ich eine sanfte, warme Berührung am Rücken gespürt und es hatte angenehm gekribbelt. Doch in diesem Moment, als Harmony zu mir sprach, verebbte das tröstende Gefühl.

Eine drückende Stille legte sich über den Raum und wurde mit jedem Herzschlag schlimmer, bis Nox das Gespräch wieder aufnahm. »Du kamst bereits als Säugling in die Menschenwelt? Wie konntest du hier so lange überleben?«

Unter Aufbietung all meiner Kraft schaffte ich es, meinen Blick von Harmony zu lösen und Nox anzusehen, der auf meine Freundin konzentriert war. Ein ernster Ausdruck lag in seinen Blick. Ohne den ewigen Spott und das herausfordernde Lächeln in seinen Gesichtszügen erschien er mir älter, weiser und *reiner.* Ich wusste nicht, wie ich auf diesen Begriff kam, aber er beschrieb den Eindruck perfekt.

»Das weiß ich selbst nicht genau, aber ich habe mir über die Jahre Gedanken gemacht und eine mögliche Erklärung gefunden.« Harmony seufzte und nahm sich einen weiteren Keks. Inzwischen hatte sie den halben Teller leer gegessen. »Meine menschlichen Eltern haben mir erzählt, dass sie mich eines Sonntagmorgens in einer Kirche fanden. Es war an einem verschneiten Sonntag in Argentinien und der Gottesdienst war wegen des überraschenden Unwetters abgesagt worden. Da meine Eltern sehr christlich sind, gingen sie dennoch zum Gotteshaus, um zu beten. Als sie mich unter dem Jesuskreuz entdeckten, waren sie sich sicher, dass es Gott war, der mich zu ihnen geschickt hatte, um ihre kriselnde Ehe zu retten. Sie nahmen mich bei sich auf, gaben mir den Namen Harmony und zogen mich mit Liebe, Wärme und Herzlichkeit auf. Sie behandelten mich, als wäre ich ihr leibliches Kind. Daher denke ich, dass diese Liebe und Zuneigung mich während der ersten Jahre vor dem für uns Feen so schädlichen Kontakt mit Eisen rettete, bis ich eine Art Immunität entwickeln konnte. Doch je älter ich wurde, desto weniger

Aufmerksamkeit schenkten mir die beiden und ich spürte, wie ich immer schwächer wurde. Ohne Killian hätte ich niemals so lange überleben können. Aber auch seine Liebe zu mir hat sich in den letzten Jahren verändert. Er ist inzwischen ein junger Mann und sehnt sich nach der Zuneigung einer Partnerin. Seine Schwester allein reicht ihm nicht mehr.«

Harmony klang traurig, ja fast resigniert, aber keineswegs verbittert oder zynisch. Sie gab niemandem die Schuld an ihrem Los. Sie hatte ihr Schicksal akzeptiert.

»O Mony!« Ihr Anblick zerriss mir das Herz. »Gibt es denn nichts, was wir tun können?« Es war so unfair. Man konnte sie doch nicht für etwas bestrafen, was sie gar nicht verbrochen hatte. Sie war unschuldig!

Sanft und einfühlsam unterbrach Adam die Stille. »Wieso hast du mir nie davon erzählt, Mony? Du weißt, ich ...«

Harmony lachte leise. »Warum hätte ich das tun sollen, Ad? Wir wissen beide, dass selbst deine Beziehungen dafür nicht ausgereicht hätten. Auch Alyssa kann mein Schicksal nicht umkehren. Das kann nur Königin Mab. Immerhin war sie es, die mich verbannte.«

Ihre ruhige und zugleich ernste Stimme half mir, meinen Tränenfluss unter Kontrolle zu bringen. Wenn Harmony in dieser Situation stark sein konnte, hatte ich erst recht keinen Grund, weinerlich und emotional zu sein. Trotzdem traf mich der Gedanke, meine Freundin zu verlieren.

Ich wischte mir über die feuchten Wangen und atmete tief durch. Ich musste mich auf die Gegenwart konzentrieren und durfte mich nicht der nagenden Frage hingeben, ob ich mir die tröstende Berührung, die eindeutig von Nox gekommen sein musste, nur eingebildet hatte oder ob er tatsächlich für einen kurzen Moment so etwas wie Menschlichkeit gezeigt hatte.

»Okay, das alles klingt sehr interessant, aber mir stellt sich dennoch die Frage, woher du diese Geschichte kennst.«

Nox hatte seine vorübergehende Empathie in eine dunkle Ecke verbannt und war wieder zu dem argwöhnischen Blödmann geworden, den er auch sonst immer präsentierte.

Wieder griff Harmony nach einem Keks und biss davon ab, anstatt zu antworten. »Diese Geschichte ist in Galoai zur Volkssage geworden. Jede Fee kennt sie. Entweder weil sie selbst dabei gewesen sind oder weil man ihnen davon berichtet hat.«

Nox nickte bestätigend. »Das weiß ich. Aber du hast meine Frage nicht beantwortet.« Seine Stimme klang scharf und als ich mich erbost zu ihm umdrehte, sah ich wieder dieses herausfordernde Funkeln in seinen Augen sowie das schiefe, spöttische Lächeln.

Harmony nahm sich den letzten Keks und verspeiste ihn gedankenlos. Es mussten zehn oder fünfzehn Stück gewesen sein, die sie gegessen hatte. Bei ihrer Geschichte war es verständlich, dass sie den Zuckerschub brauchte.

»Du bist ziemlich klug, Dämon.« Sie lachte. Tiefer und rauer, als ich es von ihr gewohnt war. Auch wurde mir jetzt erst bewusst, dass sie irgendwie anders sprach. Sie klang zwar so wie immer, aber ihre Wortwahl schien mir kultivierter, gewählter. Ja, beinahe gefühlskalt.

Nox verzog keine Miene. »Und du weichst meiner Frage immer noch aus. Also: Woher kennst du die Geschichte? Ich meine, wenn du doch mit unserem Goldlöckchen und der kleinen Kratzbürste hier befreundet bist, dürfte die Antwort ja kein Geheimnis sein, oder?«

Harmony betrachtete den leeren Keksteller. »Natürlich nicht.« Als sie aufsah, lag ein Glanz in ihrem Blick, den ich zuvor noch nie gesehen hatte. Sie lächelte Nox auf eine bizarre Art an. Als könnte sie sich nicht zwischen spottend und verführerisch entscheiden. »Es gibt in Galoai eine Gruppe von Feen, die sich zusammengeschlossen hat, nachdem man sie von den Höfen verstieß. Man hat sie nicht verbannt, ihnen aber die Wahl gelassen zwischen einem Leben im Wilden Land oder dem sofortigen Tod.«

»Und mit diesen Feen stehst du in Kontakt?« Nox versuchte gar nicht erst, seine Skepsis zu verbergen.

Harmony nickte stumm.

»Wieso?« Nox ließ nicht locker. »Feen, die in Galoai leben, ist es untersagt, mit Eximilierten in Kontakt zu treten. Auch wenn sie keinem der Höfe mehr angehören. Damit riskieren sie ebenfalls eine Verbannung.«

Harmony seufzte und verdrehte theatralisch die Augen. »Das weiß ich.

Und sie wissen es auch. Wir alle kennen das Risiko. Du musst mir nicht die Gesetze meiner Heimat erklären, Dämon.«

Nox ging nicht auf ihre harschen Worte ein, sondern sah Harmony weiterhin fragend an. »Wenn sie das Risiko kennen, warum gehen sie es dann ein? Was erhoffen sie sich dadurch?«

Harmony seufzte erneut. Alles in ihr strahlte pure Genervtheit aus. »Sie wollen Frieden, Dämon. Echten Frieden. Nicht diesen trügerischen Schein, der im Augenblick herrscht und jeden Tag zu zerplatzen droht. Doch der kann nur herbeigeführt werden, wenn das Jahreszeitenzepter wieder an seinen ursprünglichen Platz gelangt. Im Schutz der letzten Dryade.«

Nox verschränkte die Arme vor der Brust und zog seine Augenbrauen weiter zusammen. Die Falte über seinem Nasenrücken vertiefte sich. »Tja, das ist natürlich blöd, wenn man bedenkt, dass das Zepter ein längst vergessenes Relikt aus alten Zeiten ist und niemand weiß, wo es sich befindet.«

Auf Harmonys grauen Lippen erschien ein verschwörerisches Lächeln. Ihre Mimik wirkte selbstgefällig und als sie antwortete, klang ihre Stimme unschuldig und schmeichelnd. »Arroganz sollte man sich nur leisten können, wenn man besser informiert ist, Dämon. Denn du irrst dich. Es gibt sehr wohl eine Fee, die weiß, wo sich das Zepter befindet.« Sie fokussierte den Höllendiener mit verengten Augen. »Leider war bisher niemand in der Lage, das Zepter zur Dryade zu bringen. Die Macht im Welo-Opal ist zu mächtig.«

Ehe Nox den anstrengenden Schlagabtausch weiterführen konnte, wandte ich mich an Harmony. »Du weißt, wo das Jahreszeitenzepter ist?« Meine Stimme klang rau vom Weinen und dem anschließenden Schweigen, dennoch schrillte sie unangenehm in meinen Ohren und kratzte schmerzhaft in meiner Kehle. »Warum erzählst du Oberon oder Mab nicht davon? Bestimmt würden sie dich für dieses Wissen begnadigen und du könntest nach Hause zurückkehren.« *Du müsstest nicht sterben!*

Harmonys Blick glitt von Nox zu mir und wurde schlagartig wieder warm und liebevoll. Ebenso wie ihr Lächeln. »Ja, das würden sie sicherlich. Daher ist es auch besser, dass ich dieses Wissen nicht besitze. Die Versuchung wäre groß, ebenso wie die Konsequenz, wenn man dieser erliegen würde. Du musst wissen, dass der Besitzer des Zepters zur mächtigsten Fee in ganz Galoai wird. Sollten Königin Mab oder König Oberon es also in ihre Gewalt bringen, wären alle Feen, die nicht an ihren Hof gehören, zum Tode verurteilt.« Harmonys Blick wurde intensiver, als sie sich in meine Richtung vorbeugte. »Das Galoai, wie man es kennt, wäre für immer verloren!«

Ihre Worte hingen bedeutungsschwer in der Luft und erzeugten eine bedrückende Stille, in der ich nichts als meinen zu schnellen Herzschlag hörte.

»Das heißt, du und diese Gruppe wollt das Zepter zur Dryade bringen?« Adam hatte seine Sprache wiedergefunden, auch wenn er skeptisch klang. Zu meiner Schande musste ich mir eingestehen, dass ich meinen besten Freund fast vergessen hatte, so still und ruhig, wie er sich bisher verhalten hatte.

Harmony lächelte sanft. »Marron sagt, das sei der einzige Weg, um Galoai zu retten. Solange die Höfe darauf hoffen, das Zepter zu finden, oder mit der Sorge leben müssen, dass der gegnerische Hof es vor ihnen schaffen könnte, ist eine Zusammenführung beider Höfe undenkbar. Doch genau diese Spaltung wird irgendwann Galoais Untergang bedeuten.«

Ich dachte über ihre Worte nach, ohne mir sicher zu sein, sie richtig verstanden zu haben. In meinem Kopf herrschte das reinste Chaos und ich versuchte meine Gedanken zu ordnen, indem ich das Erste sagte, was mir auf der Zunge lag. »Aber wie kamst du mit dieser Gruppe Rebellen«, mir fiel kein passenderer Begriff ein, »überhaupt in Verbindung? Woher kennt ihr euch?«

Mit einem verlegenen Lächeln senkte Harmony den Blick. »Marron, die Anführerin, fand mich. Sie sagte, sie suche bereits seit Jahren nach mir. Sie ist der Überzeugung, dass ich neben König Oberon und Königin Mab die einzige Fee bin, die das Zepter berühren und es zur Dryade bringen kann. Ich bin ihre letzte Hoffnung. Ohne mich ist Galoai verloren.«

SIEBENUNDZWANZIG

Meine Mom sagte immer, man solle den Tag nicht vor dem Abend loben. Schließlich wisse man nicht, was noch passieren werde. Ich hatte diesen Spruch noch nie gemocht und warum ich ausgerechnet jetzt an diese Weisheit dachte, wusste ich nicht. Aber in der drückenden Stille, die Harmonys Worte erweckt hatten, musste ich unweigerlich daran denken. Vielleicht weil sie im Augenblick so gut passte. Denn nach Adams Beichte heute Morgen im Badezimmer war ich mir sicher, dass es nichts gab, was den heutigen Tag noch schlimmer machen konnte. Aber siehe da, nur wenige Stunden später war ich eines Besseren belehrt worden.

»Du meinst, wenn du stirbst, ist das Feenreich dem Untergang geweiht?« Ich musste sicherheitshalber nachfragen. Bei meinen wirbelnden und tosenden Gedankenfetzen, die versuchten, den Inhalt unseres Gesprächs zu ordnen und zu begreifen, war ich mir nicht sicher, ob ich sie wirklich richtig verstanden hatte.

Harmony nickte traurig.

»Das dürfen wir nicht zulassen! Ihr müsst das Zepter vor Oberon und Mab retten und zur Dryade bringen!« Ich rutschte auf der Couch ein Stück nach vorn und neigte mich Harmony entgegen. Unbändiger Tatendrang vertrieb die Schwere, die mich schon den ganzen Tag begleitete. Mit einem Mal sah ich alles ganz klar vor mir. Worin die Prüfung bestand. Was Harmonys und unsere Aufgabe darin war. Was wir tun mussten.

Meine Freundin lachte leise und sah auf. »Aber genau darin liegt das Problem, Ave. Ohne eine Sidhe komme ich nicht ins Feenreich. Und König Oberon oder Königin Mab würden mich niemals hineinlassen. Sie dürfen ja nicht einmal erfahren, dass ich noch lebe und von der Existenz des Zepters weiß. Wenn sie von unserem Vorhaben erfahren, sind wir alle auf der Stelle tot.«

»Aber ...« Ich rang um Worte. Das Karussell in meinem Kopf hatte sich zu einer Achterbahn entwickelt, die mir auf den Magen schlug und mir das Denken erschwerte.

Nox nutzte mein Schweigen. »Wieso sollen wir dir vertrauen, Fee? Wer sagt uns denn, dass du das Zepter nicht für dich willst?« Er bedachte Harmony mit einem künstlichen Lächeln. »Nichts für ungut, aber ich vertraue von Natur aus niemandem. Und erst recht nicht jemandem vom Lichten Hof.«

Harmony erwiderte Nox' Geste, indem sie ihn nachahmte, und ich verdrehte die Augen. Es war wirklich schwer zu sagen, was schlimmer war. Als sie sich gegen mich verbündet hatten oder die greifbare negative Spannung, die jetzt zwischen ihnen herrschte. Dabei konnte ich meiner Freundin keinen Vorwurf machen. Nox hatte eine Art an sich, die es unmöglich machte, ihn zu mögen.

»Deine Frage ist berechtigt, Dämon. Aber du weißt, dass wir nicht lügen können. Also musst du mir glauben, wenn ich dir sage, dass ich niemals den Wunsch gehegt habe, das Zepter in meinen Besitz zu bringen. Ich will nur, dass Galoai wieder zu seinem alten Glanz findet und meine Brüder und Schwestern das Leben führen können, das sie verdienen.«

Nox öffnete bereits den Mund, um etwas zu erwidern, doch Adam kam ihm mit seiner Frage zuvor. »Aber wieso ausgerechnet du, Harmony? Warum kam diese Marron auf dich zu?« Er hatte sich in seinem Sessel aufgerichtet, die Finger ineinander verschränkt und die Unterarme auf seine Knie gestützt.

»Weil ich die einzige Fee bin, die sowohl vom Sommer- als auch vom Winterhof abstammt. Selbst wenn eine andere Fee das Zepter berühren könnte, wäre ich die Einzige, die den Schutzzauber der Dryade durchdringen kann.« Auf unsere verwirrten Blicke hin lächelte Harmony. »Ihr müsst wissen, dass nach dem letzten Krieg, als die anderen beiden Lebensbäume vernichtet wurden und nur dieser letzte überlebte, König Oberon und Königin Mab beschlossen, einen Schutzzauber um die Dryade zu errichten, damit nie wieder eine Fee, egal ob vom Sommer- oder Winterhof, ob Sidhe oder Höfling, in der Lage war, dem letzten Wächter zu schaden und damit Galoai in Gefahr zu bringen. Sogar die Herrscher selbst können den Zauber nicht durchschreiten oder ihn allein brechen. Nur gemeinsam ist es ihnen möglich, ihn zu deaktivieren. Was sie jedoch niemals tun würden.« Harmony zuckte mit den Schultern. »Zumindest ist das die offizielle Version. Aber eigentlich taten König Oberon und Königin Mab das nur, damit niemand die Möglichkeit hat, das Zepter wieder in den Schutz der Dryade und damit für alle Zeit außerhalb ihrer Reichweite zu bringen. Denn sollte es erst wieder unter dem Schutz des Baumgeistes sein, müsste die Dryade vernichtet werden, um an das Zepter zu kommen. Mit diesem Tod wäre aber auch das Feenreich verloren.«

Als mir bewusst wurde, in welchem Teufelskreis wir uns befanden, entfloh mir ein verzweifeltes Stöhnen. »Na super! Das Feenreich steht kurz vor dem Untergang, doch anstatt das Unheil abzuwenden, indem sie das Zepter zur Dryade bringen lassen, gieren die Herrscher nach noch mehr Macht.« Irgendwie erinnerte mich diese Geschichte an Vorfälle aus der Vergangenheit, die wir irgendwann mal im Schulunterricht besprochen hatten.

Niemand erwiderte etwas auf meine Worte und wieder breitete sich Stille zwischen uns aus. Nach einiger Zeit erhob sich Harmony von ihrem Sessel und strich sich das Kleid glatt. »Es tut mir leid, dass ich euch jetzt allein lasse, aber ich muss gehen. Ich habe Killian versprochen, ihn von seinem Kurs abzuholen. Wir sind heute mit der Zubereitung des Abendessens dran und wenn er mit dem Bus fährt, ist er ewig unterwegs und ich muss alles allein machen.«

Adam nickte und erhob sich ebenfalls aus seinem Sessel. »Danke, dass du gekommen bist, Mony. Komm, ich bring dich noch zu deinem Wagen.«

Ganz der perfekte Gastgeber, deutete Adam zur Haustür und Harmony folgte dem Wink. Gedankenverloren sah ich den beiden nach, bis sie durch die Tür verschwanden und diese sich mit einem leisen Klicken schloss. Ich stieß geräuschvoll die Luft aus meinen Lungen und sackte erschöpft in mich zusammen. Mir war nicht bewusst gewesen, wie stark ich meine Muskeln angespannt hatte. Doch jetzt spürte ich die Verspannungen und ließ mich wieder in die Polster sinken. Dabei sah ich ungewollt zu Nox, der mit gefurchter Stirn auf den Tisch vor sich starrte und mich offenbar gar nicht wahrnahm. Immer wieder zog er seine Unterlippe zwischen die Zähne und verursachte damit ein schmatzendes Geräusch.

Er hat fast den gleichen Tick mit der Lippe wie Adam. Der Gedanke kam mir unbewusst und brachte mich zum Lächeln. Als mir meine Reaktion bewusst wurde, verdrängte ich den Gedanken und musterte den Höllendiener. Unser Gespräch war anders verlaufen, als ich es erwartet hatte. Dabei konnte ich nur schwer einschätzen, ob es eine positive oder negative Wendung genommen hatte. Auf der einen Seite hatten wir viele Informationen erhalten und ich war mir inzwischen sicher zu wissen, worin die Prüfung bestand. Doch auf der anderen Seite wusste ich nicht, wie ich das alles einordnen sollte. Harmony hatte sich ganz anders benommen, als ich sie kannte. Adam war überraschend ruhig gewesen und hatte Nox das Gespräch führen lassen, der wiederum eine ganz neue Seite von sich gezeigt hatte. Ich war mir sicher, seine Hand auf meinem Rücken gespürt zu haben. Das Kribbeln nahm ich selbst jetzt noch wahr. Aber ich konnte mir einfach nicht erklären, weshalb er das getan hatte. *Wollte er mich wirklich trösten?*

Je länger ich darüber nachdachte, desto verwirrter wurde ich, bis mein Kopf fast zu platzen drohte. Um meiner Qual ein Ende zu setzen, verdrängte ich die Gedanken an Nox und konzentrierte mich auf die aktuellen Probleme, die weitaus wichtiger waren als Nox' widersprüchliches Verhalten.

Gerade als ich vorhatte, die Stille zu unterbrechen, öffnete sich die Haustür und Adam kam zurück. »Was hältst du von der Sache, Nox?« Er ließ sich auf seinen Sessel fallen und fokussierte den Höllendiener. Meinem Blick hingegen wich er weiterhin aus.

Nox strich sich mit einer Hand durch die Haare. »Ich weiß es nicht. Sie hat auf jeden Fall die Wahrheit gesagt. Diese Geschichte kannte ich bereits. Genau so. In jedem Detail. Nur dachte ich nicht, dass die Mischlingsfee tatsächlich überlebt hat.« In inzwischen gewohnter Weise verschränkte er seine Arme vor der Brust. »Auch ihre Erklärung, wie sie so lange überleben konnte und was den Schutz um die Dryade und das Zepter angeht, klingt einleuchtend. Trotzdem erscheint mir die Sache merkwürdig.«

Ich musste Nox' Gedanken leider zustimmen. Tatsächlich hatte Harmony sich merkwürdig verhalten. Doch das war nicht der einzige Punkt, der mir in seiner Antwort auf Adams Frage aufgefallen war.

»Warum betonst du, dass Harmony die Wahrheit gesagt hat, Nox? Ihr habt oft genug gesagt, dass Feen nicht lügen können.«

Der Höllendiener sah mich ernst an. »Das stimmt. Aber nur weil sie nicht lügen können, heißt das nicht, dass sie die Wahrheit sagen müssen.«

Jetzt verstand ich gar nichts mehr. Und das musste man mir ansehen, denn Nox seufzte. »Feen können keine direkten Lügen aussprechen. Aber sie können Details verschweigen, Andeutungen machen, dir Interpretationsspielraum lassen oder Aussagen so interpretieren, dass du dir wünschst, gar nicht erst den Mund aufgemacht zu haben.«

Das kam mir bekannt vor. Adam hatte mich bereits vor den fiesen Tricks des Lichten Volks gewarnt. Dennoch verspürte ich den Drang, meine Freundin in Schutz zu nehmen. »Aber das alles hat Harmony nicht getan, oder?«

Nox schüttelte widerstrebend den Kopf, was mich in meinem Vertrauen Harmony gegenüber bestärkte. »Nein, das hat sie nicht. Trotzdem stört mich etwas an der Geschichte.« Er verlor sich in seinen Gedanken und seine Mimik wurde nachdenklich. Immer wieder zog er seine Unterlippe zwischen die Zähne und starrte auf den Tisch vor sich.

Da Nox sich offensichtlich Mühe gab, dem Rätsel auf den Grund zu gehen, wollte ich wenigstens versuchen, seine natürliche Skepsis Harmony gegenüber abzubauen. »Vielleicht irritiert dich nicht der Inhalt ihrer Worte, sondern die Art, wie sie gesprochen hat.« Ich wandte mich an Adam. »Ist dir auch aufgefallen, dass sie irgendwie anders klang, als sie die Geschichte erzählte? Ich meine, sie hörte sich zwar genauso an wie immer, aber ...« Wie sollte ich das, was ich fühlte, in Worte fassen? Rein äußerlich hatte es sich um Harmony gehandelt und doch sagte irgendetwas in mir, dass dort eben nicht meine Freundin gesessen hatte. So hochnäsig, wie sie sich präsentiert hatte, war Harmony nicht.

Adam antwortete nicht, aber sein Blick huschte von mir zu Nox und wieder zurück. Es war nur der Bruchteil einer Sekunde, doch die Betroffenheit, die in seinen Augen lag, entging mir nicht.

»Ad? Ich kenne diesen Blick. Was ist hier los?«

Wieder sah Adam zu Nox, der nicht reagierte. Der Höllendiener war in seine eigenen Gedanken vertieft, was mir ganz recht war. Er hatte heute wahrhaftig genug geredet.

Adam seufzte ergeben, weil er von Nox keine Hilfe zu erwarten hatte. »Harmonys verändertes Verhalten hat einen Grund.« Er knetete seine Finger und ich sah ihm an, wie nervös er war, was wiederum mein eigenes Unbehagen beflügelte. »Die Kekse, die sie gegessen hat, waren keine gewöhnlichen Kekse. Sie beinhalteten einen gewissen Zusatz.«

»Was? Die Kekse waren präpariert?« Ich musste mich verhört haben. Oder Adam hatte sich unglücklich ausgedrückt. Niemals würde er so etwas tun. Und auch wenn Nox gesagt hatte, er hätte sie gebacken, würde Adam niemals zulassen, dass der Höllendiener etwas Unmoralisches mit dem Gebäck anstellte. Trotzdem bildete sich ein unangenehmer Schauder in meinem Nacken und rann wie ein Eiswürfel meine Wirbelsäule hinab. *Adam drückt sich niemals unglücklich aus.* Er wählte seine Worte immer mit Bedacht.

Ich verengte die Augen und ballte meine Hände zu Fäusten, als mir das bewusst wurde. Es wollte mir nicht einleuchten, dass die beiden so etwas getan hatten. Fassungslos und mit Wut im Bauch zischte ich meine Worte. »Was habt ihr da reingetan? Drogen?« Meine Sorge verdreifachte sich schlagartig, als mir klar wurde, dass auch ich einen der Kekse gegessen hatte. Ich fasste mir an den Bauch. Wie konnte Adam so etwas nur tun?

»Keine Panik, Kleines. Deiner Freundin passiert nichts.« Nox' Denkermiene verwandelte sich in ein freches Grinsen. »Du kannst die Wirkung der Kekse mit der von Alkohol vergleichen. Wahrscheinlich wird sie morgen einen leichten Kater und Kopfschmerzen haben, mehr aber nicht.«

Ich konnte nicht glauben, was ich gerade gehört hatte. Und dann auch noch ausgerechnet von Nox. »Ich will wissen, was ihr da reingetan habt!« Mit jeder Sekunde, die die beiden sich nicht offenbarten, steigerte sich die Wut in meinem Bauch. Gleichzeitig mischten sich Trauer und Verrat dazu und mir wurde übel.

Mein Blick huschte von Nox zu meinem besten Freund, der mich immer noch betroffen ansah. »Ich kann nicht glauben, dass du so etwas zugelassen hast, Adam.« Der Zorn in meiner Stimme war bloßem Schmerz gewichen.

»Wir hatten keine Wahl, Avery. Auch wenn Harmony unsere Freundin ist und ich ihr vertraue, ist sie dennoch eine Fee. Ich wollte einfach kein Risiko eingehen. Nicht, wenn es um dein Leben geht.«

Nox gab einen Laut von sich, der nach einer Mischung aus Schnauben und Lachen klang. Doch ich ignorierte ihn. Wenn er klug war, würde er den Mund halten und meinen Zorn nicht auf sich lenken.

»Aber wieso?« Ich schüttelte ungläubig den Kopf. »Woher kommt deine Skepsis? Ich meine, sie hat mir doch freiwillig angeboten, ihre Geschichte zu erzählen. Ich habe sie nicht dazu gezwungen! Wie kommst du darauf, dass sie uns reinlegen wollte?

»Ich dachte nicht, dass sie uns reinlegen wollte.« Adam sprach mit Nachdruck. Dann seufzte er. »Mich hat es nur gewundert, dass sie dir so bereitwillig dieses Angebot gemacht hat, während sie mir bei diesem Thema stets aus dem Weg gegangen ist.«

»Aber Drogen, Adam? Ernsthaft? Du redest von Vertrauen und setzt deine Freunde einem Rausch aus, um an Informationen zu kommen?!« Meine Entrüstung kannte keine Grenzen. *Was fällt ihm ein?* Diese Handlung war nicht nur untypisch für ihn, sie war auch widersprüchlich. Nox hätte ich so was zugetraut, aber Adam doch nicht!

Adam schwieg betreten und ich sparte mir den Rest meiner Standpauke. Jetzt war es sowieso zu spät und wir hatten Wichtigeres zu besprechen. Später, wenn ich allein in meinem Bett lag, würde ich mir darüber Gedanken machen.

Mit einem tiefen Atemzug versuchte ich meinen aufgeregten Pulsschlag zu beruhigen, ehe ich den Faden wieder aufnahm. »Können wir Harmonys Erzählung jetzt überhaupt noch ernst nehmen? Auch wenn Nox meint, dass sie die Wahrheit gesagt hat?« Ich verstummte. Das schlechte Gewissen ließ sich nicht so leicht verdrängen, wie ich es mir wünschte. Dabei hatte ich mit dieser Aktion nicht im Geringsten etwas zu tun. Im Grunde war ich sogar selbst ein Opfer.

Adam wollte mir antworten, doch Nox kam ihm zuvor. »Sei nicht sauer auf unser Goldlöckchen, Kleines. Es war meine Idee. Ich habe ihn dazu überredet.«

Er lächelte, als ich meinen Blick mit geweiteten Augen zu ihm lenkte. Hatte er Adam gerade ernsthaft vor mir in Schutz genommen? Erneut war da dieser kurze Moment, in dem der Höllendiener bewies, dass er auch eine andere, weniger anstrengende und ätzende Seite besaß. *Wieso zeigt er sie nur so selten?*

»Außerdem regst du dich grundlos auf. Wir haben der Fee nichts verabreicht, das ihr Verhalten oder ihr Wesen verändern würde. Wenn man es genau nimmt, haben wir nur etwas tief Vergrabenes wieder freigelegt.« Nox zuckte lässig mit den Schultern. »So wie sich deine Freundin vorhin benommen hat, ist das natürliche Verhalten des Lichten Volks. Jede Fee, Pixie oder Nymphe benimmt sich so. Nur Eximilierte verändern sich mit der Zeit. Das liegt an ihrem immer schwächer werdenden Glanz. Mit seinem Schwinden verlieren sie ihre Erinnerungen und alles, was sie früher als Person ausgemacht hat. Nach und nach werden sie zu sprechenden Schaufensterpuppen und ihr Charakter bleibt auf der Strecke.«

Mit leicht geöffneten Lippen und großen Augen starrte ich Nox an. *Ist das wahr?* Zumindest würde es erklären, weshalb Harmony resistent gegen Sarkasmus, Ironie und Empathie war.

Der Höllendiener grinste über meine Sprachlosigkeit und nutzte die Chance, seine Erklärung weiterzuführen. »Du solltest uns sogar dankbar sein. Immerhin hatte deine Freundin durch uns noch einmal die Möglichkeit, vor ihrem Tod göttlichen Glanz schmecken zu können.«

Göttlicher Glanz? Ich wollte Nox gerade fragen, was er damit meinte, als mir ein Gedanke kam. Mein Blick huschte zu Adams Hand. Der weiße Verband, der sich um seine gebräunte Haut schmiegte, verursachte mir erneute Übelkeit.

»Nein!« Entsetzt keuchte ich auf und riss meinen Blick von dem unschuldigen Baumwollstoff, nur damit er hektisch zwischen Adam und Nox hin und her zucken konnte. »Das habt ihr nicht!« Ich schüttelte den Kopf, um die neueste Erkenntnis aus meinem Verstand zu verbannen, die mich wie ein Giftpfeil getroffen hatte und mich nun von innen heraus zu vergiften versuchte. *Nein, das ist nicht wahr! Das haben sie nicht getan!* Doch egal, wie sehr ich mir auch wünschte, dass das alles nur ein grauenvoller Streich in einem abartigen Horrorkabinett war, wusste ich, dass ich mich nicht täuschte.

Adam beeilte sich, mich zu beruhigen. »Ave, es tut mir leid! Wirklich! Ich wollte dich davon abhalten, den Keks zu essen, aber du warst zu schnell. Und ich konnte nichts sagen, weil Harmony dann misstrauisch geworden wäre.«

Mein Kopf hob sich ohne mein Zutun und ich sah Adam ungewollt an. Reue spiegelte sich in seinem Blick. Gern hätte ich etwas gesagt, aber ich hatte Sorge, dass, sobald ich den Mund öffnete, andere Dinge als Worte und Silben über meine Lippen dringen würden.

Als ich schwieg, sprach Adam hektisch weiter. »Du brauchst dir aber keine Gedanken zu machen. Es ist alles okay. Wirklich. Es waren nur ein paar Tropfen und du hast auch nur einen Keks gegessen. Auf dich hat das also überhaupt keine Auswirkungen.«

Mit jedem weiteren Wort, mit dem Adam mich zu beruhigen versuchte, verstärkte sich meine Übelkeit. Jeden Moment würde ich mich übergeben müssen. Um mir die Peinlichkeit zu ersparen und gleichzeitig mein Leid zu lindern, presste ich eine Faust gegen meine Lippen, schloss die Augen und konzentrierte mich auf meine Atmung. Nach einigen Atemzügen ging es mir tatsächlich etwas besser und ich wagte es, meine Augen wieder zu öffnen. Adam sah mich zutiefst betrübt an und auch Nox schien zum ersten Mal der Ernst der Lage bewusst zu sein, denn er blickte mit ernster Miene in meine Richtung und verkniff sich seine blöden Kommentare.

»Reden wir bitte nicht mehr darüber. Nie wieder! Verstanden?!« Ich fixierte sowohl Adam als auch Nox mit einem eindringlichen Blick. Wenn ich nicht weiter darüber nachdachte und die Wahrheit verdrängte, würde ich mir hoffentlich einreden können, dass es ganz normale Schokokekse gewesen waren und nicht …

Ein Schauder durchfuhr mich und überzog meinen gesamten Körper mit einer unangenehmen Gänsehaut. So leicht war es offenbar nicht, mich selbst zu belügen. Trotzdem versuchte ich mich auf die aktuelle Situation zu konzentrieren.

Nach einem Räuspern und einem weiteren tiefen Atemzug nahm ich das Gespräch wieder auf. »Lasst uns lieber überlegen, was wir jetzt tun können. Worin die Prüfung besteht, ist eindeutig. Wir müssen dafür sorgen, dass Harmony ins Feenreich gelangt, damit sie das Zepter zur Dryade bringen kann.«

Adam schwieg beharrlich, was ich seinem schlechten Gewissen zuschrieb, auch wenn seine Mimik eher düster und verschlossen als reumütig und betroffen wirkte.

Nox hingegen nickte knapp. »Super. Jetzt wissen wir zwar, worin die Prüfung besteht, aber gleichzeitig haben wir die Bestätigung, dass es keine Chance gibt, sie zu bestehen.«

Mit einem trockenen Lachen lehnte sich der Dämon – inzwischen konnte ich nicht mehr leugnen, dass er einer war, wenn selbst Harmony ihn so bezeichnete – nach hinten und grinste mich sarkastisch an. Seine pessimistische Einstellung reizte mich bis aufs Blut. »Ach ja? Und wieso haben wir keine Chance?«

»Weil, und ich weiß nicht, wie oft ich dir das bereits gesagt habe, nur eine Sidhe das Tor ins Feenreich öffnen kann. Und davon laufen hier in der Menschenwelt nicht gerade viele herum. Außerdem …«

Ich erwiderte Nox' Blick unnachgiebig und gab ihm keine Möglichkeit, seinen Satz zu beenden. »Wie gut, dass wir nicht viele brauchen. Uns reicht eine. Und wow, was für ein Zufall, wir kennen sogar eine persönlich.« Mit Sarkasmus kannte ich mich aus. Wenn Nox also auf diese Tour spielen wollte …

Der Höllendiener lachte nur und verdrehte amüsiert die Augen. Adam hingegen hatte sein vermeintliches Schweigegelübde abgelegt und dazu gleich den Antrieb für seine Nackenmuskulatur angeschmissen, denn er schüttelte derart hektisch und wild den Kopf, dass ich Sorge hatte, dieser könnte jeden Moment von seinen Schultern fliegen.

»Vergiss es, Avery. Ich habe dir schon mal gesagt, dass wir Alyssa auf keinen Fall in die Sache hineinziehen werden!«

Ich unterdrückte ein Stöhnen, auch wenn es sich mit aller Macht an die Oberfläche drängen wollte. Mir wollte einfach nicht aufgehen, wie Adam in der aktuellen Lage ernsthaft denken konnte, dass ich noch auf ihn hören würde. Nach all dem, was in dieser Woche passiert war.

»Und warum nicht?« Ich gab mir Mühe, meine Gereiztheit nicht offenkundig zu präsentieren. »Wir brauchen eine Sidhe. Alyssa ist eine.« Ich klatschte laut in die Hände. »Fall gelöst!«

Nun schüttelte auch Nox den Kopf, auch wenn es bei ihm nur ein schwaches Hin-und-her-Schwenken war und ich deutlich die Erheiterung in seiner Mimik erkennen konnte. »Verdammt, Kleines. Bist du so vergesslich oder hörst du mir einfach nicht zu? Die Prinzessin wird uns nicht helfen. Nicht ohne Bezahlung. Und glaub mir, keiner von uns ist bereit, ihren Preis zu zahlen. Worin auch immer er bestehen mag.«

Nox' überhebliche Art, mich wie ein kleines Kind zu behandeln, war in diesem Augenblick das Letzte, was mir noch zu meinem Glück fehlte. Mit geballten Fäusten wandte ich mich ihm zu und legte all meine brodelnde Wut in den Blick. »Ich höre dir leider viel zu gut zu.« Jedes meiner Worte war kaum mehr als ein Zischen. »Aber es interessiert mich nicht, was du zu sagen hast. Ebenso wie Adam hast du dein Recht auf Aufmerksamkeit verspielt. Offenbar bin ich nämlich die Einzige, die hier noch alle Latten am Zaun hat. Deswegen werde ab sofort ich die Entscheidungen treffen. Und ich will wissen, was Alyssa für die Öffnung des Tores nach Galoai verlangt.«

ACHTUNDZWANZIG

Am Samstagvormittag wollten Adam und ich uns mit Killian und Harmony am Strand treffen. Am liebsten hätte ich unsere Verabredung abgesagt, aber mir fiel keine überzeugende Begründung ein, ohne mir etwas ausdenken zu müssen. Und »Sorry, ich kann heute leider nicht. Mir wird immer noch übel bei dem Gedanken, dass ich gestern Adams Engelsblut zu mir genommen habe« erschien mir unpassend. Besonders weil ich es um den Zusatz »Außerdem bringt mich mein schlechtes Gewissen um, weil ich zugelassen habe, dass Harmony gleich ein ganzes Dutzend der präparierten Kekse gefuttert hat« hätte ergänzen müssen. Nein, ich musste mich den Jaramango-Geschwistern stellen. Und ehrlich gesagt war ich auch ein wenig neugierig, wie es Harmony ging. Adam hatte mir zwar den ganzen Abend versichert, wie leid es ihm tue und dass es weder für Harmony noch für mich ernsthaft gefährlich sei, doch ich nahm ihm übel, dass er es überhaupt so weit hatte kommen lassen. Und weil ich an ihm keine echte Reue wahrnahm, fiel es mir schwer, ihm zu verzeihen.

Auf meine SMS, die ich Harmony heute Morgen geschickt hatte, hatte sie noch nicht geantwortet und damit meine Sorge weiter angestachelt. Immerhin war meine Freundin dafür bekannt, dass sie regelrecht mit ihrem Handy verschmolzen war.

Der Vormittag zog sich und ich schwankte zwischen Angst und Neugier. Doch sobald die kleine Schwarz-Weiß-Fee gemeinsam mit ihrem Bruder in mein Blickfeld trat und uns mit einem ungewohnt schüchternen Winken begrüßte, wich meine Neugier einem brennenden Ball aus Schuldgefühlen.

»Mony? Geht's dir gut?« Die Frage entfloh meinen Lippen, ehe ich sie zurückhalten konnte. Ich hatte mir vorgenommen, so zu tun, als wäre nichts

Besonderes gewesen, doch ihre blasse Haut, die steifen Bewegungen und ihr gequälter Gesichtsausdruck machten mein Vorhaben augenblicklich zunichte.

Harmony lächelte gezwungen. »Ja, klar. Mir geht's super. Nur ein bisschen Kopfweh.«

Killian schnaubte verächtlich. »Von wegen nur ein bisschen Kopfweh. Sie hat sich letzte Nacht die Seele aus dem Leib gekotzt und dabei wirres Zeug geredet. Ich wollte schon einen Exorzisten rufen.« Mit einem dumpfen Geräusch ließ er sich auf sein eben ausgebreitetes Strandtuch fallen. »Ich wollte daher, dass sie heute zu Hause bleibt, aber ihr kennt sie ja.« Er bedachte seine Schwester mit einem bösen Blick.

Harmony rollte stöhnend die Augen und setzte sich neben ihn auf das Frottee. »Killian, ich habe dir bereits gesagt, dass mir das Abendessen nicht bekommen ist. Der Fisch hat irgendwie komisch geschmeckt. Und wenn ich mich recht erinnere, roch er auch faulig.« Harmony verzog angewidert das Gesicht und mein schlechtes Gewissen verstärkte sich. Ich musste mich zusammenreißen, um Adam keinen bösen Blick zuzuwerfen. Doch vermutlich hätte das nichts gebracht, so entspannt, wie er neben mir saß und amüsiert der Kabbelei seiner Freunde lauschte. Zum ersten Mal konnte ich nicht einschätzen, ob seine Miene ernst gemeint war oder ob sie nur eine perfekte Maske darstellte.

»Ach ja? Und wieso bist du die Einzige, die darauf so heftig reagiert hat? Niemand anderes ...«

Harmony unterbrach ihren Bruder. »Mein Magen ist eben sensibler als eurer.« Nonchalant zuckte sie mit den Schultern. »Wenn du nicht so ein Allesfresser wärst, wäre es dir vielleicht auch aufgefallen.«

Killian kommentierte Harmonys Worte mit einem erbosten Funkeln, sparte sich jedoch eine Erwiderung. Wir alle wussten, dass man gegen sie nicht ankam. Auf alles hatte sie eine Antwort parat, auch wenn keine angebracht war.

»Wieso bist du nicht zu Hause geblieben, Mony?« Meine Stimme klang rau und ich war mir sicher, dass mir in dicken Buchstaben auf der Stirn stand, was gestern passiert war.

»Wozu? Frische Luft ist gesund. Außerdem wollte ich dich unbedingt sehen.«

Der Blick, den Harmony mir zuwarf, ließ mir das Blut in den Adern gefrieren. Ihre dunklen, glänzenden Augen fokussierten mich und ich war mir sicher, jeden Moment unter ihrer intensiven Musterung nachzugeben und alles zu gestehen. Doch ich hatte Adam versprechen müssen, den Mund zu halten.

Die Atmosphäre zwischen uns wurde immer angespannter und ich überlegte fieberhaft, was ich sagen konnte, um die Stimmung zu lockern, doch mir fiel nichts ein.

»Ich weiß ja nicht, was ihr vorhabt, aber ich brauche dringend eine Abkühlung.« Adam sprang von seinem Handtuch auf und sah fragend in die Runde. Da wir vor Killian und Harmony gekommen waren, hatten wir uns bereits umgezogen und nun stand Adam in himmelblauen Badeshorts vor uns. Die Sonnenstrahlen ließen seine braune Haut glänzen und seine goldblonden Locken wehten sacht im Wind. Rein äußerlich verkörperte er das perfekte Bild eines Engels. Leider hatte ich inzwischen berechtigte Zweifel, ob sein Inneres dazu passte.

»Abkühlung klingt super.« Killian stand ebenfalls auf und zog sich sein hellgraues T-Shirt mit dem Motiv eines Star-Wars-Roboters über den Kopf. Seine schlichte schwarze Badehose hatte er bereits an.

»Geht ihr zwei doch schon mal vor. Ich muss Ave unbedingt noch von dem süßen Paar Riemchensandalen erzählen, das ich mir in Los Angeles gekauft habe.« Harmony sah zu ihrem Bruder auf und musste gegen die grellen Sonnenstrahlen anblinzeln.

»O nein, das muss ich mir nicht noch einmal anhören. Dreimal reicht vollkommen.« Killian schüttelte vehement den Kopf. »Komm, Ad. Lass uns gehen. Glaub mir, das willst du dir nicht antun. Mony schafft es ernsthaft, eine Stunde lang über nichts anderes als den Farbton dieser Dinger zu referieren.« Er stieß seinen Kumpel mit der Schulter an und Adam lachte leise.

»O bitte nicht! Ich habe noch ihren neunzigminütigen Vortrag darüber im Ohr, weshalb man eine schwarze Hose nicht mit braunen Schuhen kombinieren darf.«

Killian stimmte in Adams Lachen ein und die beiden wandten sich dem Ufer zu. Ohne sich noch einmal umzudrehen und dabei meinen bösen Blick zu bemerken, schlenderten sie zum Wasser.

Ich konnte es nicht fassen, dass Adam mich jetzt einfach allein ließ. War das die Rache dafür, dass ich ihn damals bei David zurückgelassen hatte? Nein, das konnte ich mir nicht vorstellen. Das war nicht Adams Art. Sein Handeln hatte stets einen Grund. Nur blieb mir dieser in den meisten Fällen verborgen.

Während ich den Jungs nachsah, bemerkte ich aus den Augenwinkeln, wie Harmony nachdenklich und mit gefurchter Stirn auf ihre lackierten Zehennägel blickte. Nach einer Weile wehte ihre dünne, leise Stimme zu mir herüber und wäre beinahe vom Rauschen heranrollender Wellen, von kreischenden Möwen und schreienden Kindern übertönt worden. »Ich muss mich bei dir entschuldigen, Ave.«

Verblüfft über ihre Worte wandte ich mich Harmony zu, die ihren Blick hob und mich traurig ansah.

»Ich weiß auch nicht, was gestern los war. Irgendwie war ich nicht ich selbst. Das soll keine Ausrede sein, denn natürlich war ich das. Aber irgendwie …« Harmony schüttelte schwach den Kopf, als wüsste sie nicht, was sie sagen sollte. »Keine Ahnung. Ich habe mich wie ein Biest benommen. Fast so schlimm wie Alyssa.« Die Falten auf ihrer Stirn glätteten sich, als sie leise und verlegen lachte. Doch sie verstummte augenblicklich, als ich nicht mit einstimmte. »Na ja, auf jeden Fall tut es mir ganz schrecklich leid. Bitte sei mir nicht allzu böse.« Sie hatte den Kopf wieder gesenkt und sah mich durch ihre dichten Wimpern an.

Ich wusste nicht, was ich darauf erwidern sollte. Das schlechte Gewissen schnürte mir die Kehle zu. »Du brauchst dich nicht zu entschuldigen.« Meine Stimme krächzte und ich räusperte mich, ehe ich weitersprach. »Du hast nichts falsch gemacht.« Nur mit Mühe schaffte ich es, meinen Nachsatz unausgesprochen zu lassen. *Im Gegensatz zu Adam und Nox!* Ihnen hatte ich es zu verdanken, dass ich in dieser leidvollen Situation steckte.

»Natürlich muss ich mich entschuldigen. Allein wie ich mich deinem

Freund gegenüber verhalten habe.« Harmony schüttelte den Kopf, als wollte sie die unangenehme Erinnerung aus ihren Gedanken vertreiben.

Meinem Freund? Ich brauchte eine Sekunde, bis mir klar wurde, dass sie damit nicht Adam meinte. Ich war dankbar für den überraschenden Themenwechsel. Augenblicklich entspannten sich meine Muskeln. »Harmony, ich sagte dir doch schon, dass ich nicht mit Nox zusammen bin!« *Wie kommt sie nur auf diesen Blödsinn?*

Meine Freundin hob den Kopf und sah mich auf ihre gewohnte Art eindringlich an. »Wirklich nicht?« Auf mein schnelles Kopfschütteln hin seufzte sie erleichtert. »Puh! Dann ist es doch noch nicht zu spät. Denn so wie ihr euch ständig angesehen habt, wenn es der andere nicht mitbekommen hat, war ich mir sicher, dass er sein Ziel bereits erreicht hat. Aber dazu darf es niemals kommen, Ave! Auf keinen Fall darfst du dich auf Nox einlassen! Dämonen sind …« Sie rang um Worte, aber ich sah in ihrem Blick, wie wichtig ihr das Thema war. »Sie sind grausame Wesen. Sie gelten als verschlagen und nur auf ihren eigenen Vorteil bedacht. Um ihr Ziel zu erreichen, würden sie dir alles versprechen. Und«, ihre Augen wurden feucht, »ich ertrage den Gedanken nicht, dass meine beste Freundin so ein grausames Schicksal ereilt und ich nicht mehr da sein werde, um sie zu beschützen.«

Bei ihren Worten wurde mir das Herz schwer. Wir hatten nie intensiver über die Art unserer Freundschaft gesprochen, daher verwunderte es mich, dass sie mich als ihre beste Freundin betrachtete. Doch irgendwie war es auch einleuchtend. Harmony hatte früher oft versucht, Freundschaften mit anderen Mädchen zu schließen, war aber wegen ihrer eigentümlichen Art stets abgewiesen worden. Erst bei Adam und mir hatte sie Anklang gefunden und war regelrecht aufgeblüht. Dabei hatte ich des Öfteren den Gedanken gehegt, dass sie unter meinem mangelnden Interesse an Themen wie Mode, Jungs und Partys litt. Doch Harmony gelang es mit Leichtigkeit, meinen fehlenden Part in diesen Bereichen für uns beide auszuleben, sodass wir im Laufe der Zeit zu wirklich guten Freundinnen geworden waren. Und mit Adam und Killian wurden wir sogar fast zu einer kleinen, wenn auch kuriosen Familie. *Ein Engel, eine Fee und zwei Menschen. Was für ein Gespann!*

»Bitte versprich mir, dass du auf dich aufpasst, okay?! Ich meine, wenn ich nicht mehr da bin und ...« Harmony brach ab und senkte den Blick. Erneut hatten sich Trauer und Resignation in ihre Stimme geschlichen.

Ich seufzte. Am liebsten hätte ich ihr auf der Stelle gebeichtet, was gestern Nachmittag noch geschehen war, nachdem sie uns verlassen hatte, doch es war eine von Adams Bedingungen gewesen, dass ich den Mund hielt, wenn ich auf meinem Willen beharrte. Nach einer längeren Diskussion hatte ich es nämlich tatsächlich geschafft, Adam davon zu überzeugen, dass Alyssa unsere einzige Hoffnung auf Erfolg war. Zwar wäre ein Gespräch mit ihr immer noch kein Garant dafür, dass sie uns half oder wir die Prüfungen bestanden, aber zumindest würden wir auf diese Weise einen Schritt weiterkommen. Seine zweite Bedingung bestand darin, dass er allein sich um Alyssa kümmern würde. Nox und ich sollten uns möglichst weit von der Feenprinzessin fernhalten.

Ich verdrängte die Gedanken an den gestrigen Tag und konzentrierte mich wieder auf meine Freundin, die wie ein getretener Hund vor mir saß. »Ach Mony. Du musst dich nicht entschuldigen. Wirklich nicht! Und ich bin dir auch kein bisschen böse.« Um meine Worte zu unterstreichen und das kalte Gefühl in meinen Adern zu vertreiben, schenkte ich meiner Freundin eine meiner seltenen Umarmungen.

»Ach Ave. Du bist die Beste!« Harmony schlang mit einer euphorischen Geste ihre dünnen Arme um mich und raubte mir damit fast den Atem. Als wir uns voneinander lösten, lächelte sie wieder aufrichtig und voller Wärme. »Und jetzt muss ich dir wirklich von diesen Schuhen erzählen. Sie sind unglaublich! Sie schimmern ...«

***

Der Verlauf der nächsten Tage erinnerte mich an Treibsand. Augenscheinlich ruhig, unscheinbar und harmlos, gleichzeitig aber kräfteraubend, verschlingend und tödlich. Abgesehen von der erschreckend hohen Anzahl Feen, die sich an unserer Schule tummelten und denen ich nach bester Manier aus dem Weg ging, um nicht durch eine unbedachte Aussage Gefahr heraufzubeschwören, beunruhigte mich zudem das Tattoo auf meiner Schulter. Jeden

Morgen nach dem Duschen stellte ich mich vor den Spiegel, betrachtete das wunderschöne Bild auf meiner Haut und registrierte ein weiteres der rosafarbenen Blütenblätter vor den Füßen der kleinen Fee. Dass Adam mit seiner Theorie recht gehabt hatte, war uns bereits zwei Tage später klar geworden. Dennoch machte es die Tatsache nicht weniger beängstigend.

Dabei waren das noch nicht einmal meine größten Sorgen, obwohl sie die einzigen waren, über die ich reden konnte. Denn die anderen hatte ich mir selbst eingehandelt und musste jetzt damit klarkommen. Was bedeutete, dass ich ruhig bleiben musste, wenn ich Adam dabei beobachtete, wie er Zeit mit Alyssa verbrachte.

Viel Zeit.

Gleich am Montagmorgen machte er sich zu seiner Mission auf und fing Alyssa noch vor dem Unterricht ab. Sie stand gerade mit ihren Freundinnen – Adam hatte mir erklärt, dass diese in Galoai ihre Zofen waren – in einer Ecke des Eingangsbereichs und unterhielt sich angeregt. Als sie Adam auf sich zukommen sah, hellte sich ihre Miene auf und sie begrüßte meinen besten Freund überschwänglich mit zwei Küssen auf die Wange. Ich stand ein Stück abseits und versuchte das Gespräch zu belauschen, aber die Geräuschkulisse um mich herum war so laut, dass es mir nicht gelang. Doch das, was ich sah, reichte im Grunde schon. Immer wieder berührte die Feenprinzessin Adams Arm und legte ihm eine Hand auf die Brust, während sie lachend den Kopf in den Nacken legte. Es war eindeutig: Sie flirtete mit ihm! Erst zum Schulklingeln verabschiedeten sich die beiden mit einer innigen Umarmung und erneuten Küssen auf die Wange.

Angewidert verzog ich das Gesicht. Nein, ich war nicht eifersüchtig und ich missgönnte Adam sein Glück auch nicht. Doch seit ich wusste, wer Alyssa wirklich war und welche Gefahr es bedeutete, sich mit ihr abzugeben, wäre es mir lieber gewesen, wenn Adam sich nicht so gut mit ihr verstanden hätte. Dabei war mir sehr wohl bewusst, dass ich ihn mehr oder weniger zu diesem Manöver gedrängt hatte.

»Und? Was hat sie gesagt?« Sobald Adam in meiner Hörweite war, konnte ich die Frage nicht mehr zurückhalten.

Er blieb stumm und seine Mimik ausdruckslos. Lässig, als hätte er mich gar nicht gehört, schlenderte er an mir vorbei und steuerte unseren Kursraum an. Verblüfft sah ich ihm nach, berappelte mich jedoch und folgte ihm mit eiligen Schritten. »Adam? Hallo?« Ich griff nach seiner Hand. »Ignorierst du mich?«

Adam blieb nicht stehen, drehte seinen Kopf jedoch in meine Richtung und präsentierte mir sein typisches Lausbubenlächeln. Dabei funkelten seine Augen schelmisch. »Vielleicht ein wenig.«

Auch wenn ich mich freute, dass er offensichtlich gute Laune hatte, mochte ich seine Stimmung nicht teilen. *Noch nicht* zumindest, wie ich hoffte.

»Also? Was hat sie gesagt? Wird sie uns helfen? Wird sie das Tor öffnen?«

Adam blieb stehen und wurde mit einem Mal ernst. Sein Grinsen verschwand und er stieß hörbar Luft aus. »Ich habe sie nicht gefragt, Ave.« Er kam meiner nächsten Frage zuvor. »Es war noch nicht der richtige Zeitpunkt dafür. Wenn ich Alyssa mit dieser Frage überfalle, wird sie uns auf keinen Fall helfen. Es ist ein heikles Thema, bei dem Fingerspitzengefühl gefragt ist. Aber ich verspreche dir, ich kümmere mich darum. Vertrau mir einfach. Ich habe alles im Griff.« Mit einem Zwinkern und einem breiten Grinsen setzte Adam den Weg zum Kursraum fort.

***

In den kommenden Tagen formte sich ein Gedanke in meinem Kopf, der mich nicht mehr losließ, egal, wie sehr ich ihn auch zu verdrängen versuchte: *Ich vermisse meinen besten Freund!* Es war verrückt, dass ich so empfand. Schließlich sah ich Adam jeden Tag. Dennoch hatte ich das Gefühl, als würde er sich immer weiter von mir entfernen. Vermutlich lag das an unserem neuen Tagesablauf, der sich seit dem Gespräch zwischen Alyssa und Adam eingeschlichen hatte. Als es mir auffiel, war es leider zu spät, um den Mund aufzumachen.

Daher begann der Donnerstagmorgen genauso wie jeder andere Tag in dieser Woche auch: Ich saß allein in der Küche und aß appetitlos meine Cornflakes. Meine Mom war bereits bei der Arbeit und Adam war ... Tja, das war die große Frage. Wobei, nein, das stimmte nicht. Natürlich wusste ich, wo er war. Ich verstand nur nicht, weshalb er »dort« und nicht hier war.

»Dort« war in diesem Fall sein altes Haus. Unser »Hauptquartier«, wie Adam es beharrlich nannte. Er fuhr jeden Abend nach dem Essen dorthin, um kurz nach Nox zu sehen. Im Grunde genommen befürwortete ich die Idee. Ich hatte den Höllendiener nämlich seit dem verhängnisvollen »Black-Cookie-Friday«, wie ich diesen Tag insgeheim nannte, nicht mehr zu Gesicht bekommen und das verunsicherte mich mehr, als ich zugeben wollte. Dabei hielt sich meine Sehnsucht nach dem Idioten in Grenzen. Es lag eher an meinem Bauchgefühl, das mich in dem Gedanken bestärkte, dass es kein gutes Zeichen sein konnte, wenn Nox zu beschäftigt war, um uns zu nerven. Außerdem hoffte ich, dass die beiden ihre Probleme aus der Welt schaffen konnten, wenn Adam mehr Zeit mit dem Höllendiener verbrachte. Vielleicht würde das wiederum Nox umgänglicher werden lassen. Die Hoffnung starb bekanntlich zuletzt.

Trotz dieser Hoffnungen ärgerte ich mich jedes Mal aufs Neue, wenn Adam mir morgens eine SMS schrieb und mich bat, ohne ihn zur Schule zu fahren. Wir würden uns dort sehen. Leider bot sich mir deshalb keine Gelegenheit, ihn zu fragen, weshalb er die Nächte bei Nox verbrachte. Erst pünktlich mit der Schulglocke kam Adam in den Raum und die Pausen oder Freistunden verbrachte er in Alyssas Gegenwart. Jeder, der die beiden sah, wurde unweigerlich Zeuge, wie gut sie sich verstanden. Dabei waren das offensichtliche Flirten, die unnötig langen und intimen Umarmungen und Begrüßungs- beziehungsweise Abschiedsküsse noch das kleinste Übel. Denn wenn ich den Gerüchten, die an der Schule umgingen, Glauben schenken durfte, waren die beiden dabei gesehen worden, wie sie sich in einen leeren Klassenraum gestohlen hatten, um sich darin »noch besser« zu verstehen.

»Adam Hill und Alyssa Willowglow – die neuen Favoriten für die Krönung zum Abschlussballkönigspaar.« Diese Schlagzeile in der Schülerzeitung hatte mir am Mittwoch den Appetit gekostet, den ich noch immer nicht wiedererlangt hatte. Am liebsten hätte ich mich zu Hause in meinem Zimmer eingesperrt, nur um diese Show nicht mit ansehen zu müssen. Denn genau das war es: eine Show. Das wusste ich sehr wohl, dennoch bereitete mir der Anblick der beiden immer wieder Übelkeit und Kopfschmerzen. Und auch wenn ich wusste, weshalb Adam das alles tat, war ich machtlos gegen meine Empfindungen. Seit ich wusste, wie gefährlich Alyssa war, konnte ich meine Sorge und Angst um Adam nicht mehr unterdrücken. Einzig meine Hoffnung auf seine Stärke und seine Willenskraft brachte mich durch den Tag. Er verfügte über eine Lebenserfahrung von mehr als zweitausend Jahren. Das musste doch für etwas gut sein, oder?

Killian und Harmony hingegen waren sich sicher, dass meine stetig schlechter werdende Laune einer grenzenlosen Eifersucht geschuldet war. Ihrer Meinung nach war mir endlich bewusst geworden, dass ich doch in Adam verliebt sei, und ich litt jetzt unter Herzschmerz. Ich sparte mir die Mühe, ihnen zu widersprechen. Da ich zumindest Killian sowieso nicht die Wahrheit sagen durfte, war es müßig, alles abzustreiten. Besonders weil ich mich dadurch in seinen Augen noch verdächtiger gemacht hätte. Außerdem waren wir da auch gleich bei meinem nächsten Problem: Killian und Harmony.

Besonders Harmony.

Es war schlimm genug, dass die beiden nach Schulschluss jede Minute an unserer Seite klebten, als würden sie absichtlich verhindern wollen, dass Adam und ich allein Zeit miteinander verbrachten. Doch das wurde von Harmonys immer bedrohlicher werdenden physischem Zustand in den Schatten gestellt. Seit dem »Black-Cookie-Friday« hatte ich mit bloßem Auge zugesehen, wie es Harmony immer schlechter ging. Ihre Konturen waren schwammiger geworden und erinnerten an einen Blick durch diese blöden Spaßbrillen, die ihren Träger die Umgebung unscharf sehen ließen, so als wäre er betrunken. Und jedes Mal, wenn ich sie betrachtete, konnte ich nur an eins denken: *Uns läuft die Zeit davon!*

Trotz alledem schaffte ich es hin und wieder, Adam für kurze Zeit unter vier Augen zu sprechen. Diese rar gesäten Momente nutzte ich, um ihn nach seinen Fortschritten bei Alyssa auszufragen. Jedoch erhielt ich jedes Mal dieselbe Antwort: »Dräng mich nicht, Ave. Ich arbeite daran. Du musst mir vertrauen.«

Obwohl sich seine knappen Erklärungen wie Ohrfeigen anfühlten und meinen Magen mit frischer, ätzender Säure füllten, vertraute ich Adam.

Wirklich.

Er weiß schon, was er tut!

***

Am Donnerstagmorgen hielt ich das Abwarten und Hände-in-den-Schoß-Legen nicht länger aus und beschloss, Adam nach der Schule zu konfrontieren. Schließlich konnte er mir nicht ewig aus dem Weg gehen.

»Ich habe heute beim Sport mitbekommen, wie Alyssa mit ihrem Hofstaat über dich gesprochen hat.«

Mittags saßen Adam und ich bei mir zu Hause am Küchentisch und genossen die leckere Lasagne, die wir gemeinsam zubereitet hatten. Damit ich etwas Zeit mit Adam verbringen konnte, hatte ich Harmony und Killian davon überzeugen können, uns nicht wie verabredet am Nachmittag zu treffen. Natürlich waren die beiden meinem Wunsch mit einem breiten und vor allem eindeutigen Grinsen nachgekommen. Und wieder einmal hatte ich ihnen ihre Fantasie gelassen, anstatt ihnen zu erklären, dass ich mit diesem Essen zu zweit andere Absichten verfolgte, als sie annahmen.

Adam reagierte nicht auf meine Worte, deshalb sprach ich weiter. »Sie erzählte sehr detailliert, wie gut ihr zwei euch zurzeit versteht.« Ich ließ meine Worte bedeutungsvoll nachklingen, während ich mir ein Stück Lasagne in den Mund schob und genüsslich kaute. Es war beneidenswert, wie Adam jedes Mal aufs Neue die perfekte Lasagne hinbekam. Bei ihm war der Käse immer herrlich geschmolzen. Das Hackfleisch und die Soße waren würzig und die Nudelplatten al dente. Ein aromatischer Duft nach Oregano erfüllte die Küche. Mein bescheidener Beitrag bestand wie immer im Beilagensalat.

Adam versteifte sich augenblicklich und eine verräterische Röte zog sich über seine Wangen. Auch wenn er sich Mühe gab, beiläufig zu klingen, verriet ihn seine dünne Stimme.

»Echt?« Mit einem Räuspern hatte er sich wieder unter Kontrolle. »Na ja, das war doch der Plan, nicht wahr?« Er zuckte lässig mit den Schultern und schob sich einen großen Bissen der Lasagne in den Mund.

Ich ließ mich von seiner vorgetäuschten Coolness nicht irritieren. »Na ja, eigentlich war der Plan, dass du Alyssa um die Öffnung des Tores bittest, und das schnellstmöglich. Nachdem sie uns geholfen hat, dürft ihr zwei alles machen, was ihr wollt.« *Auch wenn du mir versprochen hast, dass nichts zwischen euch läuft. Das ist nämlich lebensgefährlich!*

Adam konzentrierte sich auf sein Essen und mied meinen Blick. Dennoch bemerkte ich seine Verlegenheit. »Ich habe dir doch gesagt, dass ich daran arbeite, Ave. Wenn ich Ally jetzt darauf anspreche, wird sie sich von mir abwenden und wir können unser Vorhaben vergessen. Ich habe nur diese eine Chance, und selbst die ist sehr gering.« Er seufzte und sah mich mit einem resignierten Blick an. »Ich brauche einfach noch etwas Zeit, Avery. Vertrau mir bitte. Ich kümmere mich darum. Versprochen!«

Auch wenn ich seine Argumentation verstand, konnte ich mir ein trockenes Lachen nicht verkneifen. Die letzten Tage waren sehr nervenzerreibend gewesen und es fiel mir schwer, meine Emotionen zu kontrollieren.

»Zeit, Adam? Wir haben alles außer Zeit. Die Blume auf meiner Schulter hat nur noch sieben Blütenblätter. Sieben! Heute ist der achte Tag, und der ist zur Hälfte rum! Uns bleibt also nur noch eine Woche, um die Prüfung zu bestehen. Denkst du wirklich, das reicht?«

Adam erwiderte meinen Blick, hielt kurz inne und legte schließlich sein Besteck auf den leer gegessenen Teller. »Ich weiß, dass es wenig Zeit ist, Ave, aber …«

Ich ließ ihn seinen Satz nicht beenden. »Wenig Zeit? Was für eine Untertreibung! Eine Woche ist quasi nichts! Wir wissen ja nicht einmal, ob die Prüfung bereits bestanden ist, wenn Harmony ins Feenreich gelangt ist, oder ob sie das Zepter bis zur Dryade bringen muss. Ich kenne mich mit dem Feenreich nicht aus, aber wenn ich an die ›Herr der Ringe‹-Filme denke, bin ich mir sicher, dass Frodo mehr als eine Woche für seine Reise gebraucht hat. Und die Woche hätte Harmony auch nur, wenn sie schon morgen in Galoai wäre. Aber wir wissen noch nicht einmal, ob Alyssa uns überhaupt helfen wird.« Ich hatte mich derart in Rage geredet, dass meine Stimme am Ende des Satzes brach.

Adam sah mich verblüfft an und legte mir beruhigend eine Hand auf den Unterarm. »Ich verspreche dir, ich werde alles dafür tun, damit Alyssa das Tor öffnet, okay?! Und wenn es dich beruhigt«, er zog seine Hand zurück und stützte sich mit den Unterarmen auf der Tischplatte ab, »die Zeit in Galoai vergeht anders als hier. Die genaue Umrechnung kenne ich nicht, aber ... es ist auf jeden Fall länger.«

Seine Worte beruhigten mich tatsächlich ein wenig, auch wenn sie mir im Grunde nichts sagten.

Das heißt, Harmony hat im schlimmsten Fall einen kleinen Puffer, um die Aufgabe zu bestehen. Dafür beschlich mich eine andere Sorge. *Wenn sie nicht vorher verschwindet.* Adam hatte mir zwar erklärt, dass es Harmony sofort besser gehen würde, wenn sie das Feenreich betrat, da die erhöhte Konzentration der Magie ihr Schwinden unverzüglich stoppen und sie nach und nach wieder aufbauen würde, dennoch verstärkte sich meine Furcht mit jedem weiteren Tag.

Bitte, Harmony! Halte durch! Nur noch wenige Tage. Wir schaffen das nicht ohne dich! Wir brauchen dich!

***

Am Freitagmorgen wachte ich mit einem unguten Gefühl auf. Ich konnte es nicht genau erklären, aber meiner Intuition zufolge war heute ein entscheidender Tag. Ich wusste nur nicht, ob es eine positive oder negative Entscheidung bedeutete.

Zum ersten Mal genoss ich die morgendliche Einsamkeit. Zumindest musste ich niemandem etwas vormachen und konnte meine Anspannung und die damit einhergehenden Gedanken in vollen Zügen ausleben. Ich ließ das Frühstück ausfallen und beeilte mich, zur Schule zu kommen. Vielleicht hatte ich Glück und würde Adam finden, bevor er sich in Alyssas Fänge begab.

Der Parkplatz war noch ziemlich leer und ich wählte eine Lücke in einer der vorderen Reihen. Mein Blick glitt über eine größere Gruppe von Schülern.

Leider entdeckte ich in der bunt gemischten Menschen- und Feengruppe keinen bekannten blonden Lockenkopf. Auch auf dem Weg zum Schulgebäude konnte ich Adam nirgends finden und so steuerte ich gewohnheitsmäßig meinen Spind an. Als ich um die Ecke bog, sah ich Killian, der mit dem Rücken an meine Spindtür lehnte, seine Nase in einer seiner Computer-Fachzeitschriften versteckte und dabei einen Apfel aß. Für einen winzigen Moment war ich enttäuscht, dass er es war, doch dann ärgerte ich mich über meine Gedanken und setzte ein extrabreites Lächeln auf.

»Morgen. Wo hast du Mony gelassen?« Man bekam die Jaramango-Geschwister nur selten getrennt zu Gesicht.

Als Killian keine Anstalten machte, auf meine Frage zu antworten oder zumindest meinen Spind freizugeben, half ich mit einem sanften Schubs nach.

»Hey!« Killian warf mir einen überraschten und zugleich verärgerten Blick zu. Offenbar war er so in seine Lektüre vertieft gewesen, dass er mich gar nicht registriert hatte. »Was hast du gesagt?« Er steckte seinen Apfel zwischen die Zähne, klappte das Heftchen zu, rollte es mit zwei Händen zusammen und schob es in seine hintere Hosentasche.

»Ich fragte, wo du deine nettere, hübschere und intelligentere zweite Hälfte verloren hast.« Während ich die Zahlenkombination eingab, mit der sich mein Spind öffnete, bedachte ich Killian mit einem frechen Grinsen. Im Gegensatz zu seiner Schwester war er ein Freund und Verfechter von witzigen Kabbeleien.

»Das Gleiche wollte ich dich gerade fragen.« Killian erwiderte mein Grinsen und das beklemmende Gefühl, das mir seit dem Aufstehen die Brust verengt hatte, ließ nach. Wenn Killian gute Laune hatte, konnte es Harmony nicht schlecht gehen, oder?!

Ich öffnete die Metalltür und stellte meinen Rucksack auf den Boden. Während Killian mir antwortete, begann ich in meinen Sachen zu kramen.

»Mony ist heute zu Hause geblieben. Sie fühlt sich nicht wohl und sieht auch ziemlich blass aus. Laut Mom hat sie Fieber und Schüttelfrost.« Er zuckte mit den Schultern, als wäre das keine große Sache. »Wahrscheinlich dieser

Virus, der gerade die Runde macht.« Er führte den angebissenen Apfel an seinen Mund und biss herzhaft hinein, während ich ihn mit geweiteten Augen ansah.

»Sie ist krank?« Sofort stellten sich die feinen Härchen in meinem Nacken auf und das Unbehagen kehrte mit voller Wucht zurück. Wenn selbst Killian bemerkte, dass Harmony blass aussah, musste sich ihr Zustand über Nacht drastisch verschlimmert haben. »Hat sie mir was ausrichten lassen?«

Ich hatte ihr das Versprechen abgenommen, mich anzurufen, wenn sie spürte, dass es ihr schlechter ging. *Wieso hat sie mir nicht wenigstens geschrieben? Geht es ihr so schlecht?* Den Gedanken konnte und wollte ich nicht zulassen.

Killian schüttelte den Kopf und biss erneut in das knackige rote Obst, was ein unangenehmes Schmatzgeräusch verursachte. »Nee. Aber sie hat auch geschlafen, als ich nach ihr sah.«

»Oh, okay.« Unter Aufbietung all meiner Kraft schaffte ich es, ein schwaches Lächeln hervorzubringen, während in meinem Kopf eine ganze Flut an Fragen, Gedanken und Sorgen herrschte. »Ich ruf sie später mal an.«

Killian nickte knapp und widmete sich dem Rest seines Apfels. Natürlich wusste er nicht, wie ernst die Lage war, und ich konnte ihm keinen Vorwurf machen. Aber ich hatte jetzt auch keine Nerven, mir seinen analytischen Bericht über die letzte Folge von »Game of Thrones« anzuhören, zu dem er gerade ansetzte, während ich verzweifelt nach einer bestimmten Person Ausschau hielt.

Adam, wo bist du?

***

Killian hatte in der ersten Stunde Geschichte, ich Mathe. Und obwohl ich immer wieder versuchte, mich aus dem Gespräch zu winden, schaffte er es jedes Mal, mich erneut einzuwickeln, sodass mir nichts anderes übrig blieb, als bis kurz vor dem Klingeln bei ihm zu bleiben. Natürlich hätte ich einfach gehen können, doch wie hätte ich dieses zutiefst merkwürdige Verhalten erklären sollen?

Als der Schulgong ertönte, verabschiedeten Killian und ich uns voneinander und ich trollte mich widerwillig zum Unterricht. Da Nachsitzen das Letzte war, was ich zu meinem aktuellen Glück brauchte, widerstand ich dem Wunsch, den Unterricht zu schwänzen und zu Harmony zu fahren. Mrs Jaramango würde so ein Verhalten nicht gutheißen und mich nicht nur bei meiner Mom und meinen Lehrern verpetzen, nein, sie würde mich zur Strafe auch nicht zu Harmony lassen.

Im Kursraum hatten sich bereits zahlreiche Schüler eingefunden. Sie unterhielten sich oder lungerten an fremden Tischen herum. Solange der Lehrer nicht eingetroffen war, herrschte Narrenfreiheit.

Mein Blick glitt suchend über die bunte, sich unentwegt bewegende Masse, doch auch hier war Adam nicht. Mit einem verzweifelten Stöhnen begab ich mich zu meinem Platz in die hinterste Reihe und musste auf dem Weg dorthin an zwei männlichen Feen vorbei. Ich hatte mich zwar inzwischen daran gewöhnt, dass sie in meinem Mathekurs waren, trotzdem fiel es mir schwer, sie mit ihren mattgrünen Haaren und den spitzen Ohren, die unter den Strähnen hervorlugten, nicht anzustarren. Wenn ich Adams Erklärungen richtig verstanden hatte, war ihre fehlende Leuchtkraft ein Indiz dafür, dass sie ebenfalls Eximilierte waren und nicht mehr lange in der Menschenwelt leben würden. Eigentlich hatte ich vorgehabt, ihn zu fragen, ob es für Feen ein Äquivalent zum Himmel gab, aber im Grunde wollte ich nicht allzu detailliert über das Verschwinden von Feenwesen nachdenken.

Es dauerte nicht lange und unser Lehrer Mr Phil betrat den Raum. Ehe er die Tür schließen konnte und damit signalisierte, dass der Unterricht begann und jeder Nachzügler zu spät kam und damit nachsitzen musste, schlich sich Adam durch den Spalt. Er ignorierte Mr Phils strengen Blick und suchte stattdessen den meinen. Seine Mimik war ernst und sein Blick eindringlich.

Das ist kein gutes Zeichen!

Die Sekunden, die Adam brauchte, bis er seinen Platz neben mir erreicht hatte, kamen mir ewig vor. Doch sobald er sich hingesetzt hatte und Mr Phil seine Aufmerksamkeit auf etwas anderes richtete als auf uns, lehnte ich mich zu Adam rüber. »Was ist los? Warum guckst du so? Und wo warst du heute Morgen?« Ich zischte meine Fragen leise, gab mir jedoch keine Mühe, meine Anspannung zu verbergen. Adams Anblick hatte mich zwei Stresslevel höher katapultiert.

»Tut mir leid. Erst bin ich zu spät gekommen und dann habe ich eben noch Killian auf dem Flur getroffen. Er hat mir von Harmony berichtet.«

Auch Adam klang ziemlich angespannt, was mich selbst etwas beruhigte. Immerhin konnte ich mir Erklärungen sparen. Er war bereits im Bilde.

»Gut, dann weißt du ja, wie dringend wir endlich mit Alyssa reden müssen. Also? Was machen wir jetzt? Was gibt es Neues an der Front?«

Adam seufzte leise. »Leider noch nichts. Aber ich bin auf dem besten Weg. Ehrlich! Sie hat mir gestern erzählt, dass heute Abend am Strand eine Party stattfindet, zu der sie gern mit mir gehen möchte.«

»Eine Strandparty?« Ich konnte mir gerade noch ein sarkastisches Lachen verkneifen. »Hey, super! Das freut mich für euch. Genießt euer Date. Ich werde mir in der Zwischenzeit Mühe geben, meine Freundin, das Feenreich und unser aller Leben zu retten.«

Adam sah mich verärgert an. Offensichtlich war er nicht in der Stimmung für Sarkasmus. »Hör auf mit dem Mist, Ave! Ich weiß selbst, wie ernst die Lage ist. Aber es ist kompliziert.« Seine Wut verrauchte und er seufzte ergeben. »Pass auf. Ich habe bereits gestern versucht, Ally auf das Thema anzusprechen. Als ich jedoch Harmonys Namen erwähnte, unterbrach sie mich sofort. Sie meinte, sie wolle ihre Zeit nicht mit einer Eximilierten verschwenden, auch wenn es nur in einem Gespräch sei.«

»Sie hat *was* gesagt?« Ich starrte Adam an. *Dieses herzlose Miststück!* Wie konnte sie nur so kalt und engstirnig sein? Verstand sie denn nicht, was auf dem Spiel stand? Und damit meinte ich nicht einmal ausschließlich die Zukunft ihrer Heimat, sondern auch Adams Leben. Wenn sie uns nicht half, würde er in einer Woche sterben. War ihr das egal? Ich dachte, er bedeute ihr ebenfalls etwas, so wie sie sich benahm.

»Ja, aber sie hat die Party nicht ohne Grund erwähnt. Ich denke, sie hat mich nur wegen ihrer Anhängerschaft unterbrochen. Aber heute Abend auf der Party hätten wir Zeit, uns zu unterhalten, ohne dass es jemand mitbekommt.«

Ich dachte über seine Worte nach. Er könnte recht haben. Wenn Alyssas Hofstaat mitbekam, wie seine Prinzessin mit Adam über Harmony sprach, würde Alyssa nur ihre eigene Verbannung riskieren. Und genau das versuchten wir zu verhindern.

»Okay, gut.« Ich nickte entschlossen und genoss das Gefühl, das mich durchströmte. Der Tatendrang, der mich befallen hatte, linderte das beklemmende Gefühl in meinem Magen und verlieh mir neue Zuversicht. »Dann treffen wir uns heute Abend mit Alyssa und reden mit ihr.«

Adam schüttelte vehement den Kopf. »Nein, vergiss es, Avery! Wir haben abgemacht, dass ich allein mit Ally rede. Du kommst auf keinen Fall mit!«

Er unterstrich seine leise gezischten Worte mit einem eindringlichen, unbeugsamen Blick, den ich ebenso erwiderte. Keiner von uns beiden würde in diesem Punkt nachgeben wollen, das wusste ich genau.

»O doch, Adam Hill! Ich komme auf jeden Fall mit! Erstens bin ich daran schuld, dass wir uns in dieser Lage befinden, und zweitens geht es hier nicht nur um Harmony und um die Zukunft des Feenreichs, sondern auch um unser Leben.«

Sosehr ich Adam auch vertraute, wollte ich es nicht verpassen, wenn Alyssa ihre Forderungen stellte. In diesem Punkt würde ich mich seinem Wunsch nicht beugen.

Adams Augen blitzten wütend auf, doch ich ließ mich davon nicht beeindrucken. Ebenso wenig wie von seinen zusammengepressten Lippen, die eine harte Linie bildeten, oder von seinen zu Fäusten geballten Händen.

Nach einem sekundenlangen Blickduell, das keiner von uns beiden für sich entschied, unterbrach Adam zähneknirschend die Stille. »Gut. Du kannst mit. Aber nur unter den folgenden Bedingungen. Erstens: Ich rede zunächst allein mit Alyssa und rufe dich, wenn du dazukommen kannst. Und zweitens: Nox kommt mit und du bleibst solange bei ihm!«

Ich war mir sicher, dass Adam mich nur ärgern wollte, und versuchte daher gar nicht erst, mein amüsiertes Kichern zu unterdrücken, das leise über meine Lippen drang. Doch Adam behielt seinen ernsten Gesichtsausdruck bei. Nein, er machte keine Witze und er würde auch nicht von seinen Worten abweichen.

Augenblicklich verstummte ich und sah Adam ungläubig an. »Nox soll meinen Babysitter spielen? Wieso? Hast du Angst, dass ich mich nicht benehme oder mich aus Langeweile im Meer ertränke?«

»Natürlich nicht. Aber ich werde auf der Party keine Möglichkeit haben, auf dich aufzupassen, und es gibt da ein paar Personen, die ein ungesundes Interesse an dir entwickelt haben. Diese sind im Übrigen nicht menschlich.« Adam warf mir einen bedeutungsvollen Blick zu.

Ich schauderte. Er hatte zwar angedeutet, dass es noch andere Wesen auf der Erde gab, aber bisher wusste ich nicht, wer oder was sie waren. Aber da er mir sowieso nichts darüber erzählen durfte, sparte ich mir den Atem, ihn nach Einzelheiten zu fragen. Dennoch missfiel mir der Gedanke, mit Nox als Aufpasser auf eine Party gehen zu müssen. Zwar war meine Abneigung gegen den Höllendiener nicht mehr so stark wie kurz nach unserem unfreiwilligen Kennenlernen, ich war aber auch kein Fan von ihm. Außerdem wusste ich immer noch nicht, wie ich seine widersprüchlichen Gesten einschätzen sollte.

Aber was blieb mir übrig? Adam würde mich nicht ohne Bodyguard mitnehmen. Und ich wollte ihn unter keinen Umständen mit einer zickigen und unberechenbaren Feenprinzessin allein lassen.

Mit einem Seufzen ergab ich mich meinem Schicksal. »Schön, dann sag Nox, dass wir morgen ein Date haben.«

Adam nickte knapp, schien jedoch seinen Triumph kein bisschen zu genießen. Wahrscheinlich stellte er sich gerade dieselbe Frage wie ich.

Lohnt sich der ganze Ärger oder ist eine Ewigkeit in der Hölle vielleicht doch keine so schlechte Alternative?

NEUNUNDZWANZIG

Gegen acht Uhr am Abend stand ich in meinem Zimmer und starrte in den Spiegel, der hinter der Tür hing, ohne mein Gegenüber wirklich wahrzunehmen. Immer wieder drängte sich der Besuch im Haus der Jaramangos in meinen Verstand und ich durchlebte das Szenario zum wiederholten Male.

Nach der Schule war ich mit Killian zu ihm nach Hause gefahren, um mich von Harmonys Gesundheitszustand zu überzeugen. Adam konnte leider nicht mitkommen, da er dringend mit Nox reden wollte. Ich war mir sicher, dass er den Höllendiener auf seine heutige Aufgabe vorbereiten wollte, daher beschwerte ich mich nur kurz und reichte ihm widerwillig meinen Wagenschlüssel. Adam versprach, vorsichtig zu fahren und pünktlich zurückzukommen, um mich abzuholen. Doch darüber machte ich mir die geringsten Sorgen. Den ganzen Vormittag über hatte ich versucht, Harmony zu erreichen, aber sie war nicht ans Handy gegangen. Selbst meine SMS hatte sie ignoriert.

Killian hingegen schien das Verhalten seiner Schwester weniger zu kümmern. Für ihn war es keine große Sache und deshalb war er der Einzige, der während der Fahrt sprach. Während er fröhlich und ausgelassen Geschichten aus seinem College-Begabtenkurs erzählte, konzentrierte ich mich mühsam auf seine Worte, um wenigstens Interesse zu heucheln. Doch das war schwieriger als gedacht, denn ich konnte das ungute Gefühl in meinem Magen nicht länger ignorieren. Als würde mein Körper mich darauf vorbereiten, dass mich im Haus der Jaramangos etwas Schreckliches erwartete.

Und mal wieder ließ mich meine Intuition nicht im Stich. Kaum hatte Killian die Haustür geöffnet und war eingetreten, kam uns bereits eine in Tränen aufgelöste Mrs Jaramango entgegen. Ihr rundliches, vom Alter gezeichnetes Gesicht war rot gefleckt und ihre dunkelbraunen Augen aufgequollen. Ihre schwarzen Haare, die sonst immer in einem streng geflochtenen Zopf über ihre Schulter fielen, umrahmten ihr Gesicht und sahen nicht so aus, als hätten sie heute bereits Kontakt mit einer Haarbürste gehabt.

»¡No!« Mrs Jaramango schüttelte vehement den Kopf und kam mit ausgestreckten Händen auf mich zu, als würde sie mich persönlich daran hindern wollen, auch nur einen Schritt über die Schwelle zu treten. »Nicht heute, Avery! Harmony ist viel zu schwach für Besuch. Sie muss sich schonen. Geh! Bitte!« Und als ich – erstarrt wegen dieser untypischen und harschen Begrüßung – mich nicht einen Zentimeter bewegte, schlug mir die ältere Dame tatsächlich die Tür vor der Nase zu, während sie ein paar Worte auf Spanisch murmelte, die ich nicht verstand, aber aufgrund des Rhythmus für ein hastig gesprochenes Gebet hielt.

Ich war so perplex, dass ich keinen Gedanken zustande bekam, ehe sich die Haustür wieder öffnete und ein blass aussehender Killian herausschlüpfte. Er sah mich mit geweiteten Augen an, blieb jedoch still.

Ich sparte mir die Frage, was passiert war. *Harmony geht es noch schlechter.*

Der Gedanke schnürte mir die Kehle zu und ich brachte kein Wort heraus, als Killian sich von mir abwandte und zu seinem Wagen zurückging, um mich nach Hause zu fahren.

Die Fahrt verlief schweigsam und es dauerte lange, bis Killian sich wieder unter Kontrolle hatte. »Mom sagte, Monys Fieber hat sich weiter erhöht. Und wenn es nicht besser wird, muss sie ins Krankenhaus.«

Der Schmerz und die Angst in seiner Stimme ließen mir das Blut in den Adern gefrieren. Ich wusste genau, woran er dachte, und ich teilte seine Sorge. Die Krankenhausbilanz der Jaramangos sprach für sich. Als wäre die Familie verflucht, hatte bisher keiner von ihren Verwandten einen Krankenhausaufenthalt überlebt. Und meine Intuition sagte mir, dass Harmony diese makabre Tradition nicht brechen würde.

Uns läuft die Zeit davon! Im besten Fall hatten wir noch den heutigen Tag. Es konnte aber auch schon in wenigen Stunden vorbei sein.

Mit diesem Gedanken fand ich zurück in die Gegenwart. Ich warf einen

Blick auf mein Handy, das stumm auf meinem Schreibtisch lag. Killian hatte mir versprochen, sich zu melden, sobald es etwas Neues gab. Egal, ob positiv oder negativ. Und solange ich nichts von ihm hörte, klammerte ich mich weiter an die Hoffnung, dass wir es noch schaffen konnten.

Um mich abzulenken, konzentrierte ich mich erneut auf mein Spiegelbild. Die Person, die mir entgegenblickte, hatte zwar eine gewisse Ähnlichkeit mit mir, sah aber anders aus, als ich sie sonst kannte. Normalerweise hatte ich blasse Haut und einige wenige Sommersprossen auf der Nase. Meine blaugrünen Augen waren von hellen Wimpern umrandet und meine blassrosa Lippen waren dünn. Meine kurzen platinblonden Haare fielen mir entweder glatt in die Stirn und lagen eng am Kopf an oder sie standen mir an ganz besonders gemeinen Bad-Hair-Days wirr vom Kopf ab. Doch heute waren meine Augen von dunklen, getuschten Wimpern umrandet, meine Wangen strahlten in einem zarten Rosé und die Lippen wirkten voller, weil ich farbigen Lipgloss aufgetragen hatte. Meine kurzen Haare waren nach hinten gegelt, was mein Gesicht offener und freundlicher wirken ließ. Dazu hatte ich mir eins der wenigen T-Shirts rausgekramt, die wohl unter die Kategorie »Girlie« fielen. Der Stoff war dunkelblau und ihn zierten große bunte Blumenprints. Der Bund lag eng am Bauch an, aber der obere Bereich des Shirts war so groß, dass Adam mit hineingepasst hätte. Der weite Halsausschnitt fiel mir über die rechte Schulter und zeigte mehr freie Haut, als ich es sonst zuließ. Nur der dunkelblaue Träger meines BHs war zu sehen. Da ich keinen trägerlosen BH besaß, hatte ich den einzigen gewählt, der nicht weiß war. Harmony hatte mich irgendwann mal zu dem Kauf dieses dunkelblauen Spitzendings überredet, da sie der Meinung gewesen war, meine schlichten Baumwoll-BHs würden mir nie zu einem Kerl verhelfen. Meinen Einwand, dass kein Kerl außer Adam mich jemals im BH zu Gesicht bekommen würde, hatte sie ignoriert.

Nun stand ich hier und zupfte zum wiederholten Male an den engen Körbchen, weil die Spitze kratzte und mich daran erinnerte, weshalb ich das Ding eigentlich gar nicht hatte kaufen wollen. Zumindest waren die alten, abgetragenen Jeansshorts bequem, die ich dazu kombiniert hatte. Auch wenn sie recht knapp saßen und mehr an Hotpants erinnerten, fühlte ich mich mit meinen geliebten Chucks in dem Outfit ganz wohl. Und das, obwohl es mich zwei Stunden und vier Nervenzusammenbrüche gekostet hatte und ich mehrfach beschlossen hatte, alles abzublasen und zu Hause zu bleiben. Doch jedes Mal war mir wieder eingefallen, dass ich Adam unmöglich allein zur Party gehen lassen konnte.

Blieb nur die Frage, weshalb ich mir den Ärger mit dem Make-up, den Klamotten und den Haaren überhaupt angetan hatte. Die offensichtlichste Begründung war, dass ich mich ablenken wollte, bis Adam endlich kam und wir zur Tat schreiten konnten. Eine andere Möglichkeit war, dass ich mich neben all den schillernden und wunderschönen Feen, die sich seit knapp zwei Wochen ständig in meiner Nähe befanden, wie ein alter, dreckiger Waschlappen fühlte, der monatelang im Keller gelegen hatte und nun von Spinnweben und Staub bedeckt war.

So oder so, heute Abend hatte ich offenbar meine weibliche Seite entdeckt. Und für einen ersten Versuch war ich auch recht zufrieden. Doch je länger ich in den Spiegel sah, desto unsicherer wurde ich. Da war nämlich auch die Sorge, dass Nox auf die dämliche Idee kam, dass ich mich für ihn so rausgeputzt hatte.

Gerade als ich darüber nachdachte, alles rückgängig zu machen, klopfte es an der Tür.

»Darf ich reinkommen?« Mom streckte zögerlich den Kopf durch den Türspalt und sah mich fragend an.

»Klar, was gibt's?« Um sie nicht ansehen zu müssen und damit meine angespannte Stimmung zu verraten, widmete ich mich wieder meinen Haaren, in denen so viel Haarspray und Gel haftete, dass sie einen Orkan überstehen würden.

Sie kam herein und ich lehnte die Tür wieder so weit an, dass ich mich im Spiegel betrachten konnte und gleichzeitig hörte, wenn Adam nach Hause kam.

Nachdem sich meine Mom auf mein Bett gesetzt hatte, sah sie sich in meinem Zimmer um. Als sie nichts entdeckte, was ihre Aufmerksamkeit erregte, wandte sie sich wieder in meine Richtung, wie ich im Spiegel sehen konnte.

»Nichts. Ich wollte nur fragen, ob zwischen dir und Adam alles okay ist. Mir ist aufgefallen, dass er in letzter Zeit wenig hier ist. Und ich dachte …« Sie gab sich Mühe, ihre Worte beiläufig klingen zu lassen, dennoch hörte ich die Sorge in ihrer Stimme. Ihr Blick unterstrich diese Ahnung. »Na ja, ob ihr euch vielleicht gestritten habt.«

Ich seufzte verstohlen. Natürlich war Adams Abwesenheit nicht unbemerkt geblieben. Manchmal war ich überrascht, wie viel meine Mom mitbekam, obwohl sie so viel arbeitete. Mit einem künstlichen Lächeln drehte ich mich zu ihr herum. »Nein, wir hatten keinen Streit, Mom. Ich hab dir doch schon gesagt, dass es wegen No… Nicholas ist.« Es fiel mir immer noch schwer, Nox mit einem so harmlosen und christlichen Namen zu betiteln. Aber ich hoffte, meiner Mom damit ein wenig die Anspannung zu nehmen. »Die beiden verbringen im Moment einfach viel Zeit miteinander. Bruderbeziehung aufbauen und so.«

Sie nickte, schien jedoch nicht überzeugt. »Ja, ich weiß. Das sagtest du wirklich bereits. Aber … Ach, ich weiß auch nicht. Ich fühle mich eben für Adam verantwortlich. Für mich ist er wie mein eigenes Kind, und das, obwohl er inzwischen volljährig ist und sich für sein Alter sehr reif benimmt.« Sie lachte leise und schüttelte den Kopf. »Vermutlich bilde ich mir sein verändertes Verhalten auch nur ein. Immerhin reden wir hier von Adam, den ich kenne, seit ihr beiden euch im Kindergarten zum ersten Mal begegnet seid. In all den Jahren gab es so viele Situationen, in denen ich das Gefühl hatte, dass er sich erwachsener benahm als ich.« Mom kicherte amüsiert und ich stimmte mit ein. Diesmal war es sogar ehrlich gemeint.

»Adam ist aber nicht der Einzige, der sich verändert hat.« Ich betrachtete meine Mom mit einem prüfenden Blick. Sie war schon immer sehr schön gewesen, aber in den letzten Wochen schien sie regelrecht zu strahlen. Ihre Wangen waren rosiger und ihre Augen glänzten. »Du lachst viel mehr und bist immer öfter lange weg. Gibt es etwas, was du mir sagen willst, Mom?« Ich verschränkte meine Arme vor der Brust und sah sie mit gespielt strengem Blick an. Die Situation hatte etwas Surreales. *Wann haben wir die Rollen getauscht?*

Meine Mom lachte hell und das Geräusch ließ mich erneut lächeln. Es war schön, sie so glücklich zu sehen, auch wenn mir der Grund bisher unbekannt war.

»Nur dass ich dich sehr lieb habe, meine kleine, junge, erwachsene Frau.« Sie erhob sich von meinem Bett, kam auf mich zu und nahm mich in den Arm.

Da ich kein großer Fan von Umarmungen war, erwiderte ich die Geste nur kurz, aber herzlich. Doch meine Mom wollte mich nicht so schnell loslassen. Sie verstärkte ihren Griff und drückte dabei fest auf meine linke Schulter. Das Tattoo, das seit Tagen nicht mehr geschmerzt hatte, protestierte umgehend und mir entfloh ein Zischlaut. Grob wand ich mich aus ihrer Umarmung.

Mom sah mich überrascht an. »Hab ich dir wehgetan?«

»Nein, nein. Schon gut.« Ich beeilte mich, den Kopf zu schütteln. »Es ist nur, ich habe einen steifen Nacken. Schlecht geschlafen.« Automatisch trat ich einen Schritt zurück, um mich aus ihrer Reichweite zu bringen. Nicht dass sie noch auf die Idee kam und mir eine ihrer Nackenmassagen anbot.

»Bist du sich…« Mitten im Satz verstummte sie. Ihr Blick glitt an meinem Gesicht vorbei zu einem Punkt, der hinter meinem Rücken lag. Ihre Augen weiteten sich und sie wurde schlagartig kreidebleich, ehe sich ihr Gesicht mit hektischen Stressflecken überzog. »Avery Marie Harper! Was ist das da auf deiner Schulter?« Mit ihrer ausgestreckten Hand und zitterndem Zeigefinger zeigte sie auf einen Punkt, den ich nicht sehen konnte.

Irritiert von ihrem plötzlichen Stimmungswandel drehte ich meinen Kopf zur Seite, bis ich den Grund für ihren überraschenden Tobsuchtsanfall entdeckte.

Verdammt! Verdammt! Verdammt!

Mein blödes T-Shirt musste während der Umarmung verrutscht sein und präsentierte jetzt nicht mehr die nackte, unschuldige rechte Schulter, sondern die tätowierte linke.

Während ich verzweifelt nach einer guten Ausrede suchte, hatte meine Mom bereits selbst eine Erklärung parat und ließ mir keine Möglichkeit, etwas zu erwidern. »Du bist gerade einmal zwei Wochen volljährig und schon legst du dir ein Tattoo zu? Was kommt als Nächstes? Ein Brustwarzenpiercing und ein neuer Name wie Destiny oder Honey?« Entrüstet schüttelte sie den Kopf. »Das bist doch gar nicht du, Avery! Make-up und Tattoos! Du bist keins von diesen Mädchen, die so etwas nötig haben! Oder ist es wegen eines Jungen? Ist Adam deswegen so komisch? Hast du neue Freunde, die dich dazu überredet haben?«

Ich stöhnte, rollte mit den Augen und ließ erschöpft meine Schultern herabfallen. Für diese Art von Gespräch hatte ich heute wirklich keine Nerven. »Mom! Es reicht! Das ist nur ein Tattoo. Nichts Besonderes. Und das Make-up lässt sich abwaschen, versprochen. Aber wie du bereits sagtest, ich bin volljährig und das ist mein Körper!« Ich verstummte, kaum dass die letzte Silbe über meine Lippen gekommen war, und verfluchte mich selbst. Manchmal beneidete ich Adam um die Kunst, erst nachzudenken und dann zu reden. Denn meine Worte hatten denselben Effekt, als hätte ich versucht, einen Waldbrand mit einer Flasche Whisky zu löschen.

»Nur ein Tattoo? Dein Körper? Das Make-up lässt sich abwaschen?« Mom schnappte hörbar nach Luft. »Wie redest du eigentlich mit mir?«

Sie hatte recht. Meine Wortwahl und auch mein Ton waren unangebracht. Immerhin konnte sie nichts für die Situation, in der ich mich gerade befand, und es war nicht fair, meine Ängste und Sorgen in einem blöden Streit an ihr auszulassen.

Ich öffnete den Mund, um mich zu entschuldigen, als sich geräuschvoll die Haustür öffnete und eine zutiefst unwillkommene Stimme zu uns nach oben vordrang.

»... ich doch. Wenn deine kleine Prinzessin nicht mit dir reden will, kümmere ich mich darum.«

Das war eindeutig Nox. Wenn ich es nicht an der tiefen Stimme erkannt hätte, wären es die Worte gewesen, die er gewählt hatte.

Mist! Eigentlich hatte ich draußen auf die beiden warten wollen. Denn ich wollte um jeden Preis vermeiden, dass Nox und meine Mom sich begegneten.

Adams wütendes Knurren war bis in mein Zimmer zu hören. »Ich sage es dir ein letztes Mal. Sie ist nicht meine kleine Prinzessin und du wirst sie auch nicht ansprechen. Halt dich einfach an den Plan und pass auf Avery auf.«

Hektisch sah ich von der Tür zu meiner Mom und zurück. Ich musste so schnell wie möglich runter, ehe die beiden noch etwas sagten, was sie auf keinen Fall hören durfte.

»Es tut mir leid, Mom, aber ich muss jetzt los. Adam und Nox sind da. Und wir …« Ich schloss die Augen und seufzte leise. Ich hasste es, sie anzulügen. Und egal, was ich jetzt sagte, es konnte sich dabei nur um eine Lüge handeln. »Lass uns morgen weiterreden, okay? Dann darfst du mich auch so viel anschreien, wie du möchtest.«

Ehe sie die Chance hatte zu antworten, schnappte ich mir mein Handy, schob es in die Tasche meiner Jeansshorts und verließ fluchtartig mein Zimmer, den überraschten Ausruf meiner Mom ignorierend.

»Schon gut, Goldlöckchen, ich kümmere mich um die Klei…«

Nox verstummte, als sich unsere Blicke trafen. Für einen Moment hielt ich in der Bewegung inne. Ich hatte erst die Hälfte der Wendeltreppe hinter mich gebracht und fühlte mich mit einem Mal wie in einem dieser klischeehaften Teeniefilme, in denen die Hauptdarstellerin am Ende des Films in einem viel zu opulenten Kleid die Stufen hinabstieg, um zu ihrem Angebeteten zu kommen, der gemeinsam mit ihren Eltern am Fuße der Treppe sehnsüchtig wartete, weil er sie zum Abschlussball begleiten wollte. Doch das waren fiktive Geschichten, ausgedacht, um alberne Träume zu erschaffen und Schulmädchenherzen schneller schlagen zu lassen. Ich jedoch befand mich in der Realität.

Als Unterstützung meiner Gedanken hörte ich laute Schritte über mir, während meine Mom ebenfalls mein Zimmer verließ und mir die Stufen hinab folgte. Schnell senkte ich den Blick und brachte den Rest des Weges hinter mich. *Es war ein Fehler, mich zu schminken. Mom hat recht. Das bin gar nicht ich.*

Der Irrsinn meiner Aktion wurde mir umso bewusster, als ich vor den Jungs stand und diese kurz musterte. Adam trug wie bereits in der Schule Jeansshorts und ein T-Shirt, dessen dunkelgrüner Stoff die Farbe seiner Augen betonte. Nox hatte, wie ich es von ihm gewohnt war, seine zerrissene schwarze Jeans an und ein – ich traute meinen Augen kaum – weißes T-Shirt, das sich eng um seinen Körper spannte. Über seiner rechten Schulter hing seine Lederjacke.

»Wow, Avery! Du siehst klasse aus! Für wen hast du dich denn so schick gemacht?« Adam schien beeindruckt und musterte mich unverhohlen.

Ich beantwortete seine Frage mit einem finsteren Blick. Auch wenn er seine Worte lieb meinte, unterstrich er damit nur den Unterschied zu meinem sonstigen Auftreten und verstärkte die Peinlichkeit der Situation.

Adam, der heute überraschend wenig Empathie besaß, ging nicht auf meine Reaktion ein. »Wollen wir? Oder brauchst du noch einen Moment?« Ehe ich antworten konnte, entdeckte er meine Mom. »Oh, hallo, Joleen. Hast du Ave zu diesem Outfit überreden können?«

Ich sparte mir einen weiteren erbosten Blick in Adams Richtung und drehte mich stattdessen kurz um. Meine Mom stand genau dort, wo ich selbst soeben innegehalten hatte. Das Treppengeländer reichte ihr bis zur Hüfte und sie stützte sich mit ihren Armen auf dem schwarzen Metall ab, während sie mit gefurchter Stirn und sorgenvollem Blick stumm zu uns herabsah. Mein Plan, dass sie und Nox sich niemals treffen sollten, hatte sich gerade eben erledigt. Jetzt blieb mir nichts anderes übrig, als für Schadensbegrenzung zu sorgen.

Mit wild pochendem Herzen wandte ich mich von ihr ab. Der Abend begann katastrophal. »Nein, hat sie nicht.« Ohne die Jungs anzusehen, schnappte ich mir meine Umhängetasche, die schon bereitlag, und deutete mit einem Kopfnicken zur immer noch geöffneten Haustür. »Los. Gehen wir. Wir haben keine Zeit zu verlieren.«

DREISSIG

Die Fahrt verlief schweigend, nur das Radio spielte leise alte Popsongs, die ich gar nicht registrierte. Immer wieder ging ich in Gedanken den Streit mit meiner Mom durch. Mir war bewusst gewesen, dass ich das Tattoo nicht ewig vor ihr verheimlichen konnte, doch in meiner Vorstellung war das Gespräch anders verlaufen. Ich hatte ihr freiwillig davon berichtet, ihr erklärt, wie es dazu gekommen war. Natürlich war das nur Wunschdenken meinerseits gewesen und wäre niemals so geschehen. *Aber so, wie es geschehen ist, hätte es auch nicht ablaufen sollen!*

Ich seufzte leise und verstärkte den Griff um das Lenkrad, während ich die Blicke meiner beiden Mitfahrer zu ignorieren versuchte. Adam sah immer wieder irritiert zu mir rüber, verkniff sich jedoch jeglichen Kommentar, wofür ich ihm dankbar war. Ich hatte jetzt wirklich keine Lust, die kritische Spannung zwischen meiner Mom und mir zu erklären. Besonders nicht, wenn Nox dabei war, der mich mit seinem stechenden Blick zu durchbohren schien. Zu gern hätte ich gewusst, was in dem Kopf des Höllendieners vor sich ging, aber eher biss ich mir die Zunge ab, als ihn zu fragen.

Da ich die Befürchtung hegte, einer der beiden könnte die Stille im Wagen doch noch unterbrechen, beeilte ich mich, zum Strand zu kommen.

Wenige Minuten später fuhr ich auf den fast leeren Parkplatz und stellte meinen Wagen neben einem roten Honda ab. Ich überlegte, ob ich meine Handtasche mitnehmen sollte, entschied mich jedoch dagegen und ließ sie im Fußraum der Beifahrerseite liegen.

Keiner von uns verlor ein Wort, als wir ausstiegen und den Weg zum Strand einschlugen. Erst als ich leise Rockmusik hörte, die vermutlich wieder aus einem verkehrswidrig abgestellten Fahrzeug dröhnte, richtete Adam das

Wort an mich. »Ich mache mich sofort auf die Suche nach Alyssa. Du hältst dich währenddessen an unsere Abmachung, verstanden?«

Ich nickte knapp, ohne Adam anzusehen oder auf seinen harschen Befehlston einzugehen. Im Augenblick war ich zu angespannt, um mich darüber zu ärgern oder ihn mit einer flapsigen Antwort auf sein Fehlverhalten hinzuweisen.

»Keine Angst, Goldlöckchen. Ich habe alles unter Kontrolle. Lass dir ruhig Zeit. Immerhin ist das hier eine Party. Wir sollten uns etwas amüsieren, bevor uns deine kleine Feenprinzessin ins Gras beißen lässt.«

Ich verdrehte genervt die Augen. Nox schien das jedoch nicht mitzubekommen, da seine Aufmerksamkeit auf zwei Frauen gerichtet war, die ein paar Meter vor uns denselben Weg einschlugen und offenbar ebenfalls zur Strandparty wollten.

Auch Adam überging Nox' Kommentar und schüttelte nur stumm den Kopf, während wir weiter über den weichen Sand liefen. Der Untergrund war so uneben, dass meine Beine schon bald müde und die Schritte immer unkoordinierter wurden. Wenn ich nicht aufpasste, würde ich noch stolpern und mir sicherlich ein paar Knochen brechen. Zumindest hätte ich dann einen Grund, auf die laute und schrille Sirene in meinem Kopf zu hören, die mich bereits den ganzen Abend von meinem Vorhaben abzuhalten versuchte.

Aber das war unmöglich.

Wir konnten nicht einfach umkehren, nach Hause fahren und so tun, als ob alles wie immer war.

Nichts war mehr wie früher.

Alles hatte sich geändert.

Um meine düsteren Gedanken zu verdrängen, konzentrierte ich mich auf die musikalische Geräuschkulisse, die von Gelächter, lauten, amüsierten Rufen und tosendem Meeresrauschen unterstrichen wurde. Auch die warme Abendluft, die von dem salzigen Duft nach Meer und der rauchigen Note von verbranntem Holz durchsetzt war, half mir, meine immer stärker werdende Angst unter Kontrolle zu halten.

Nach einigen Minuten hatte Adam Alyssa entdeckt. »Da ist sie!« Er zeigte nach rechts auf eine Gruppe Frauen, die trotz der Abenddämmerung mit ihren bunten Haaren und den knappen Outfits deutlich zu erkennen waren. Als Adam sich wieder mir und Nox zuwandte, stand ihm seine Unentschlossenheit deutlich ins Gesicht geschrieben. »Kann ich euch beide allein lassen?«

»Klar!« Das kam von Nox.

»Nein!« Das war meine Erwiderung.

Wir hatten beide gleichzeitig gesprochen und damit einen dieser peinlicheren Filmmomente kreiert, den es in fast jeder romantischen Komödie gab. Das allein war auch der Grund, weshalb meine Mundwinkel zuckten, als ich zu Nox rübersah, der mich unverhohlen angrinste. Schnell brachte ich meine verräterische Miene unter Kontrolle und widmete meine Aufmerksamkeit Adam, der uns mit gerunzelter Stirn betrachtete. »Los, geh schon, Ad. Wir kommen zurecht.« Um meine Worte zu unterstreichen, knuffte ich ihn in die Seite und lächelte auffordernd.

Adam erwiderte mein Lächeln nur zaghaft, ehe er Nox einen letzten warnenden Blick zuwarf, sich umdrehte und zu Alyssa ging.

Ich sah Adam mit vor Aufregung kribbelnden Gliedmaßen hinterher. Am liebsten wäre ich ihm gefolgt, hätte ihn gepackt, nach Hause gezerrt und uns dort beide eingesperrt, bis ... ja, bis wann eigentlich? Es gab kein »bis alles von allein wieder gut werden würde«. Nicht in diesem Fall. Nicht für uns.

Kopfschüttelnd ärgerte ich mich über mich selbst. Ich war sonst wirklich kein Angsthase. Aber diese ständig mitschwingende Gefahr hatte mein Nervenkostüm ordentlich strapaziert. Was vermutlich auch der Grund war, weshalb meine Intuition, auf die ich mich für gewöhnlich verlassen konnte, derart Alarm schlug. Was war schon das Schlimmste, was heute passieren konnte? Alyssa würde uns ihre Hilfe verweigern und wir würden sterben. So konnten wir zumindest sagen, dass wir alles versucht hatten.

Nox unterbrach meine schwarzmalerischen Gedanken mit einem leisen Räuspern. Als ich ihn ansah, nickte er in Richtung Party, als würde er mich daran erinnern wollen, dass wir noch nicht am Ziel waren. Ich erwiderte sein Nicken seufzend und ging weiter auf das Lagerfeuer zu, das sich von der immer dunkler werdenden Umgebung deutlich abhob. Auch ohne mich umzudrehen, spürte ich Nox dicht hinter mir und musste mir eingestehen, dass ich mich aufgrund seiner Anwesenheit sicherer fühlte.

Als ich die Party erreicht hatte, steuerte ich einen der Holzstämme an, die in einem groben Kreis um das prasselnde Feuer als Sitzplätze dienten. Noch war nicht sehr viel los, aber das würde sich sicherlich ändern, sobald die Sonne am Horizont verschwunden war.

Ich setzte mich auf einen der Stämme, zog meine Knie an und legte meine verschränkten Arme darauf ab. Mein Blick glitt zu den lodernden Flammen, die in warmen Gelb-, Orange- und Rottönen leuchteten. Kleine Funken fanden einen Weg heraus, verglühten jedoch, ehe sie auf den Boden fielen. Das Knistern der brennenden Holzscheite hatte etwas Beruhigendes und je länger ich in die Flammen sah, desto mehr entspannte ich mich.

Kurz nach mir erreichte auch Nox das Lagerfeuer und setzte sich neben mich. Und zwar so nah, dass sein Arm meinen berührte. Ohne den Blick von den Flammen zu nehmen, rutschte ich ein Stück von ihm weg. Es war keine bewusste Handlung, eher ein Reflex, und hatte ausnahmsweise nicht einmal etwas mit dem Höllendiener zu tun.

»Wow, selbst das ist dir schon zu viel, Kleines? Du musst wirklich große Angst haben.« Nox lachte tief und kehlig. Ein Geräusch, das mich erschaudern ließ.

Widerstrebend wandte ich mich ihm zu. »Ich habe keine Angst.« Das war eine gigantische Lüge, aber ich wollte nicht, dass der Höllendiener das herausfand. Immerhin war diese ganze Alyssa-Sache meine Idee gewesen und ich hatte Adam und Nox lange bearbeiten müssen, bis sie zustimmten. Und wenn ich wollte, dass die beiden mich in Zukunft ernst nahmen, musste ich mich jetzt behaupten. Mit meinen nächsten Worten wandte ich mich wieder den brennenden Holzscheiten zu und ließ mich von ihrem Anblick hypnotisieren. »Ich vertraue Adam. Er weiß, was er tut. Wenn es jemand schaffen kann, Alyssa zu überzeugen, dann er.«

Als Nox nichts darauf erwiderte, sah ich kurz zu ihm hin.

»Das meinte ich nicht, Kleines.« Schlagartig war die Verwirrung einem feinen, selbstgefälligen Grinsen gewichen. »Sondern dass du Angst vor deinen eigenen Gefühlen und Gedanken hast.«

Ich betrachtete sein vom Feuer beschienenes Gesicht. Das Lichtspiel verlieh seinen Gesichtszügen etwas zutiefst Widersprüchliches. Seine Wangenknochen und die Kinnpartie wirkten härter und kantiger, während seine Augen auf eine Art schimmerten, die ich bisher erst ein einziges Mal bei ihm gesehen hatte.

Geh nicht. Verlass mich nicht.

Bei der Erinnerung an diesen intimen Moment in der Cafeteria begann mein Herz zu rasen und mein Mund wurde trocken. Meine Gedanken spielten Pingpong, ehe sie sich im tödlichen Nebel dieser magischen Anziehung verloren.

Meine Stimme klang rau und heiser, als ich es endlich schaffte, etwas zu erwidern. »Ich habe überhaupt keine Ahnung, wovon du redest.«

Nox' Lächeln wurde breiter. Er glaubte mir kein Wort. »Ach ja? Und warum musst du dann seit unserem Treffen neulich in der Schule immer wieder an mich denken? Weshalb beschleunigt sich dein Herzschlag, wenn du mich siehst? Warum wünschst du dir meine Nähe? Wünschst dir, dass ich dich berühre und küsse?«

Beim Sprechen hatte sich Nox weiter vorgebeugt, bis sein Gesicht nur noch wenige Zentimeter von meinem entfernt war. Ich wollte zurückweichen, Abstand zwischen uns bringen, aber es war mir unmöglich. Ich war wie hypnotisiert. Eine zappelnde Fliege im Spinnennetz. Auch wenn mein Verstand noch zur Erteilung elementarer Funktionen wie atmen, blinzeln und Blut durch meine Adern pumpen imstande war, reichte es nicht mehr für einen Fluchtimpuls.

Nox' Lippen teilten sich und entließen seinen warmen Atem, während seine Stimme wie ein raues Wispern zu mir vordrang.

»Und all das macht dir Angst. Du weißt nicht, wie du mit diesem Verlangen umgehen sollst, weil du dir immer noch einredest, dass du mich nicht magst. Dabei wissen wir beide, dass das nicht stimmt.«

Ich öffnete den Mund, um zu protestieren. Ich wollte ihn mit einer schlagfertigen Antwort in seine Schranken weisen, aber ein Teil von mir musste sich eingestehen, dass er recht hatte. Seit der Situation in der Cafeteria erwischte ich mich tatsächlich hin und wieder dabei, wie meine Gedanken zu Nox drifteten. Ich konnte nicht vergessen, wie er mich an dem Tag angesehen hatte und wie zärtlich seine Berührungen gewesen waren. Dabei war es kein Verlangen, das mich an die Erinnerung fesselte, sondern Neugier. Mich reizte sein Geheimnis, seine Vergangenheit, seine Geschichte. Der Grund, weshalb er sich so große Mühe gab, jeden davon zu überzeugen, dass er ein arroganter Blödmann war, wenn er doch eindeutig auch eine andere Seite hatte. Doch das konnte ich unmöglich zugeben. Zum einen würde Nox sich meine Worte so zurechtdrehen, wie sie ihm am besten passten, zum anderen war ich noch nicht bereit, mich selbst mit diesen verwirrenden Gedanken auseinanderzusetzen.

Um nicht zuzugeben, dass der Höllendiener einen Nerv getroffen hatte, räusperte ich mich und versuchte meinen Blick von seinem zu reißen. »Selbst wenn du recht haben solltest, weißt du genau, dass es nichts zu bedeuten hat. Dieses Verlangen, wie du es nennst, basiert nicht auf ehrlichen Gefühlen oder Zuneigung. Es ist euer Glanz, der mich anzieht.« Mein Herzschlag beschleunigte sich mit jedem Wort und meine Handflächen waren nass geschwitzt. Dennoch war es mir unmöglich, mich zu bewegen.

»Dann gibst du also zu, dass du etwas für mich empfindest?« Nox schnurrte selbstzufrieden, als wäre er eine Katze, die mit einer Maus spielte, bevor sie sich über ihr Opfer hermachte.

»Hast du mir nicht zugehört? Das ...«

»Natürlich habe ich dir zugehört. Und du hast zugegeben, dass ich recht habe.« Nox kam noch ein wenig näher. »Ich höre deinen rasenden Puls. Dein Mund öffnet sich in freudiger Erwartung. Du willst meine Lippen auf deinen spüren.« Er hob seine Hand. Langsam, beinahe in Zeitlupentempo, kam sie näher, bis seine Fingerspitzen über mein nacktes Schlüsselbein strichen und mich erschaudern ließen. »Obwohl du behauptest, mich nicht zu mögen, wünschst du dir das hier.« Seine Finger strichen über meine Schulter bis hinauf zu meinem Nacken. »Sag es, Kleines. Ich weiß, dass du es willst.« Inzwischen schwebte sein Gesicht dicht über meinem und ich spürte seinen Atem, wie er über meine Haut strich.

»Ich …«

»Ja?« Nox grinste noch breiter und seine Augen funkelten, als würden Sterne das satte Grün von innen heraus beleuchten.

»… will …«

»Sag es, Kleines. Ich erfülle dir jeden Wunsch. Egal, was es ist. Du musst es nur aussprechen.«

Verführerisch erklang seine Stimme und ein weiterer Schauder jagte durch meinen Körper. Meine Gedanken rasten im Takt meines Herzschlags und ich zitterte wie vom Wind gepeinigtes Espenlaub.

»… dass du mich in Ruhe lässt!« So fest ich konnte, stieß ich meine Hände gegen Nox' Brust und schaffte es tatsächlich, etwas Abstand zwischen uns zu bringen. Überrascht lehnte sich der Höllendiener zurück und ich nutzte den Moment, um aufzuspringen und ihm gleichzeitig den Rücken zu kehren. Im Stand schloss ich die Augen und presste mir meine Handballen gegen die pochende Brust. Gierig sog ich Luft in meine Lungen, um den Nebel aus meinem Kopf zu vertreiben. Auch das Schwindelgefühl legte sich allmählich und das Wummern in meinem Brustkorb kam langsam zur Ruhe.

Ich habe es geschafft! Ich war dem Sog entkommen und würde nie wieder zulassen, dass es noch einmal so weit kam. Ich hatte es Adam versprochen. Und davon abgesehen war ich es mir auch selbst schuldig. Ich wollte nicht als Spielzeug für einen gelangweilten Höllendiener enden.

»Was stimmt nicht mit dir?« Nox war dicht hinter mich getreten und ich spürte seine nackte, warme Haut, als sie meinen Arm streifte. »Was ist so besonders an dir? Wieso reagierst du nicht wie alle anderen Frauen?«

Er klang deutlich gereizt und ich musste mir ein albernes Lachen verkneifen. Seine Irritation passte perfekt zu meiner eigenen. Denn in Wirklichkeit war ich kurz davor gewesen, ihm nachzugeben. Jeden Augenblick hätte ich meinen Verstand ausgeschaltet und den Kuss zugelassen.

Tatsächlich hatte Nox recht.

Ich wollte diesen Kuss.

Wollte, dass er mich berührte.

Wollte *ihn*.

Nur verstand ich nicht, weshalb das so war.

Und das machte mir Angst.

Große Angst.

Feige, wie ich war, drängte ich meine wirren Gedanken in die hinterste Ecke, die ich finden konnte, und ging in den Angriffsmodus über. Mit einem übertriebenen Schnaufen drehte ich mich zu Nox herum. »Das ist dein Problem?« Lachend rollte ich die Augen. »Gott! Da gibt es eine einzige Frau auf der Welt, die nicht auf deinen vermeintlichen Charme reinfällt, und für dich bricht eine Welt zusammen?« Ich ballte meine zitternden Hände zu Fäusten. »Vielleicht hilft dir diese Info: Ich bin nicht wie andere Frauen, Nox. Ich stehe nicht auf arrogante Typen, die sich für unwiderstehlich halten und andere wie Dreck behandeln. Du hast keinerlei Respekt vor Adam oder mir!«

Meine Stimme wurde immer lauter und ich bemerkte aus den Augenwinkeln, dass wir beobachtet wurden.

Aber es war mir egal.

Diese Erkenntnis verblüffte mich so sehr, dass ich verstummte. Normalerweise hätte ich jetzt mit hochrotem Kopf das Weite gesucht. Aber ich hatte keine Lust mehr, mich zu verstecken. Sollten sie doch glotzen und sich anschließend das Maul zerreißen. Im Augenblick hatte ich größere Probleme zu bewältigen.

Nox erwiderte meinen Blick unnachgiebig und nicht weniger erzürnt. »Das ist es ja, was mich so wahnsinnig macht! Ich weiß, dass du auf mich stehst! Deine Blicke und dein Herzschlag verraten dich. Dein Körper reagiert auf mich. Alles an dir reagiert auf mich! Und trotzdem …« Stöhnend fuhr er sich mit seiner Hand durchs Haar und biss sich auf die Unterlippe, während er seinen Nacken mit einem ekelerregenden Geräusch knacken ließ. »Goldlöckchen hat mir erzählt, dass du etwas Besonderes an dir hast. Aber ich dachte, er sagt das nur, weil er dir an die Wäsche will, und nicht …«

»Adam will mir nicht an die Wäsche, Himmel noch mal!« Auch ich fuhr mir durch die Haare und ein unangenehmes Ziepen erinnerte mich daran, dass sie mit Unmengen von Gel und Haarspray gestylt waren. Wahrscheinlich sah ich jetzt so aus, als hätte ich einen Stromschlag kassiert. »Wir sind nur Freunde«, fügte ich mit erschöpfter Stimme hinzu.

Nox lachte abfällig. »Ach ja? Bist du dir sicher, dass er das auch so sieht?« Wieder stellte er seine arrogante Miene zur Schau und bedachte mich mit einem allwissenden Lächeln. »Was denkst du, weshalb er dir von den Prüfungen erzählt hat? Er riskiert nicht nur sein und auch mein Leben, um dich freizukaufen! Selbst wenn wir erfolgreich sein sollten, verändert sich unser aller Leben für immer. Aber so wie ich den Harfenquäler kenne, hat er dir nichts davon erzählt, oder?« Nox schüttelte lächelnd den Kopf und gab mir keine Möglichkeit zu antworten. »Glaub mir, Kleines, das, was er als Spieleinsatz in die Runde geworfen hat, riskiert man nicht aus reiner Freundschaft!«

Jedes seiner Worte war wie ein Schlag ins Gesicht. Nicht nur, dass er meine Freundschaft zu Adam in den Dreck zog, er behauptete auch noch, Adam hätte mich wieder einmal belogen.

Lodernde Wut brandete in unbändigen Wellen durch meinen Körper und trieb mich dicht vor den Höllendiener. Am liebsten hätte ich ihm auf der Stelle sein überhebliches Grinsen aus dem Gesicht geprügelt, aber ich gab mich mit einem vor Abscheu triefenden Blick zufrieden. Niemals würde ich es zulassen, dass er einen Keil zwischen Adam und mich trieb.

»Du hast doch überhaupt keine Ahnung, was Freundschaft bedeutet! Oder was man aus Liebe füreinander tut!« Meine Stimme war nicht mehr als ein drohendes Zischen. »Du bist kaltherzig, egoistisch und ein Arschloch, Nox! Und ehe ich auf dich reinfalle und mich verliebe, lernen Pferde zu fliegen!«

Nox erwiderte nichts auf meine Worte, sondern stierte mich ebenfalls wutschnaubend an.

Wie lange wir in dieser Position verharrten und uns gegenseitig die Pest an den Hals wünschten, war unmöglich einzuschätzen. Mir war jegliches Zeitgefühl verloren gegangen. Aber gerade als ich mich so weit beruhigt hatte, um die Möglichkeit in Betracht zu ziehen, Nox einfach stehen zu lassen und Adam und Alyssa zu suchen, unterbrach eine bekannte und zutiefst unwillkommene Stimme die angespannte Situation.

»Avery, belästigt dich der Typ hier?«

EINUNDDREISSIG

Ich stöhnte innerlich auf und drehte im selben Moment meinen Kopf zur Seite. Offenbar hatte das Schicksal heute besonders gute Laune, denn meine Wahrnehmung hatte mich nicht getäuscht. Vor mir stand tatsächlich David Sinclaire und sah irritiert zwischen Nox und mir hin und her. Ich öffnete den Mund, um ihn mit einer patzigen Antwort zu vergraulen, als mir Nox mit seiner kalten und schneidenden Stimme zuvorkam.

»Wir kommen schon klar, *Dandy*.«

David hob eine Augenbraue und betrachtete Nox abfällig. Natürlich war ihm der beleidigende Spitzname nicht entgangen. »Und wer bist du, wenn ich fragen darf?« Typisch testosterongesteuerter Mann, verschränkte David seine Arme vor der Brust und plusterte sich vor Nox auf.

»Nein, darfst du nicht. Und jetzt verschwinde hier.«

Die Stimme des Höllendieners wurde leiser, bedrohlicher und ich nahm die darin mitschwingende Aggression wahr. Doch das Letzte, was wir jetzt gebrauchen konnten, war eine Schlägerei. Also unterdrückte ich ein Augenrollen – *Männer!* – und wandte mich mit einem künstlichen Lächeln an David. Gleichzeitig stellte ich mich zwischen die beiden Männer und hoffte, dass sie sich benehmen würden.

»Schon gut, David. Es ist wirklich okay. Das hier war nur ein Missverständnis.« Die Worte hinterließen einen bitteren Geschmack in meinem Mund, aber ich hatte die Hoffnung, dass sie ausreichten, damit David uns allein ließ. *Dann kann ich Nox gepflegt in den Arsch treten!*

David schien immer noch nicht überzeugt zu sein, doch seine Mimik wandelte sich von Skepsis zu Verblüffung, als Nox mir einen Arm über die Schulter legte und mich an seine breite Brust zog. Von der Geste überrumpelt, ließ ich sie geschehen.

»Du hast die Kleine gehört. Es war ein Missverständnis. Sie wollte mir nur ihre Krallen zeigen.«

Auch wenn ich Nox' Gesicht nicht sah, hörte ich deutlich die Anzüglichkeit in seiner Stimme und konnte nicht verhindern, dass meine Wangen heiß wurden. Nach der Situation, in der David uns entdeckt hatte, nahm ich alles an Nox intensiver wahr.

Für einen Augenblick herrschte Stille und David musterte Nox von Kopf bis Fuß, ehe er sich mir zuwandte. »Soll ich Adam holen? Ich habe ihn vorhin mit Alyssa hinten am Ufer gesehen. Er würde deine Begleitung sicher gern kennenlernen.«

Auch ohne dass David den Subtext aussprach, wusste ich, was er andeutete. *Ich traue dem Kerl nicht und Adam sicherlich auch nicht.*

Ich schüttelte den Kopf, doch ehe ich mir eine gute Ausrede einfallen lassen konnte, übernahm Nox erneut das Gespräch.

»Spar dir die Mühe, Dandy. Adam kennt mich besser als jeder andere. Er ist mein Bruder. Und jetzt, da du meine ganze Lebensgeschichte kennst, kannst du wieder abhauen und ein anderes Date sabotieren.«

Nox' Finger strichen sanft über meinen Arm und ich erschauderte ungewollt.

»Was?« David sah mich fassungslos an. »Das ist dein Date? Das ist der Collegetyp, von dem du gesprochen hast?«

Die Alarmsirene in meinem Kopf schrillte erneut los und ich musste einschreiten. Sofort! »Nein, ganz sich...«

»Such dir eine eigene Freundin, die du nerven kannst!« Nox verstärkte seine besitzergreifende Geste. »Ich würde mich jetzt gern wieder dem Temperament dieser kleinen Kratzbürste widmen.«

Es gelang mir nicht, meine Gedanken in geeignete Worte zu fassen. Nox hatte David fest im Visier und mir war nicht klar, was hier los war und weshalb sich der Höllendiener derart aufspielte. Ich wollte es jedoch nicht länger kommentarlos stehen lassen.

Mein Versuch, mich aus Nox' Griff herauszuwinden, scheiterte. Als einzige Möglichkeit blieb mir mein Mundwerk, das jedoch, wie ich feststellen musste, offensichtlich seinen Dienst quittiert hatte.

»Schon gut, schon gut. Ich will keinen Ärger. Wenn Avery meint, dass alles okay ist, mische ich mich nicht ein.«

David warf mir einen letzten fragenden Blick zu, den ich mit einem mechanischen, steifen Kopfnicken beantwortete. Solange er uns endlich in Ruhe ließ, würde ich ihm selbst die Existenz von Marsmenschen bestätigen. Tatsächlich hob er abwehrend die Hände und trat einen Schritt zurück. Dem folgte ein weiterer und erst dann drehte er sich um und ließ uns allein.

Kaum war er ein paar Meter weit gegangen, lockerte Nox seinen Griff und ich nutzte die Gelegenheit, mich aus meinem Gefängnis zu befreien. Fluchtartig machte ich zwei Schritte von ihm weg und starrte ihn voller Wut an. Mir fehlten die Worte, um das brennende Gefühl in meinem Inneren zu beschreiben. »Demütigung« traf die Intensität nicht ansatzweise.

»Bist du wahnsinnig geworden, Nox? Was sollte der Mist?« Um meinen zitternden Körper zu beruhigen, ballte ich die Hände zu Fäusten und vergrub sie mit verschränkten Armen unter meinen Achseln. »Wieso hast du David in dem Glauben gelassen, dass ich deine Freundin bin?« Allein bei dem Gedanken daran wurde ich rasend vor Wut. *Vielleicht hilft ein ordentlicher Schlag an den Hinterkopf.*

»Hey, bleib mal auf dem Teppich, Kleines. Ich habe nur meinen Job gemacht. Goldlöckchen hat mir aufgetragen, auf dich aufzupassen. Und genau das habe ich getan!« Er wich nicht zurück, senkte nicht einmal den Blick. Nein, er stellte sich meinem Zorn, wie Adam es getan hätte. »Du hast keine Ahnung, wer dieser Typ wirklich ist. Aber ich gebe dir einen Tipp. Er ist nicht so normal, wie er aussieht.«

»Was?« Meine Wut wandelte sich in Irritation und als mir klar wurde, worauf Nox anspielte, erlosch augenblicklich die kochende Lava in meinem Inneren. »Er ist kein Mensch?«

Das letzte Wort flüsterte ich tonlos, obwohl die Geräuschkulisse um uns herum inzwischen so laut und dröhnend war, dass mich sowieso niemand gehört hätte.

Automatisch sah ich in die Richtung, in die David verschwunden war. Der Gedanke, dass er ein übernatürliches Wesen sein könnte, war mir zuvor gar nicht gekommen. Als ich mich wieder zu Nox umdrehte, entfloh mir meine Frage, ehe ich sie zurückhalten konnte. »Was ist er dann?«

Einen Bewohner des Lichten Volks konnte ich zumindest ausschließen. *Bleiben nur unendlich viele andere magische Kreaturen übrig.*

Nox lachte kehlig und unterbrach meine zynischen Gedanken. »Hat dir der Harfenquäler etwa nicht gesagt, dass wir über andere Wesen nicht reden dürfen?« Er schüttelte den Kopf, ohne dass sein Lächeln verblasste. »Sorry, Kleines. Aber glaub mir, du willst gar nicht wissen, was sein wahres Wesen ist. Es ist noch langweiliger als sein menschliches.«

Ich überging Nox' Worte und bemühte mich, meine schlechte Laune im Zaum zu halten. Diese Geheimniskrämerei ging mir gehörig auf den Keks. »Schön, aber musstest du trotzdem diese Boyfriend-Nummer abziehen?« Zum Selbstschutz wandte ich mich von ihm ab und starrte auf das lodernde Lagerfeuer. Zumindest lief ich auf diese Weise nicht Gefahr, der ätzenden Anziehung zu erliegen.

»Hey, das war die einzige Möglichkeit, um dir diesen Typen vom Hals zu halten.« Nox trat wieder dicht vor mich, behielt jedoch diesmal seine Hände bei sich. »Ich habe nur das getan, was Goldlöckchen von mir wollte.«

Verdutzt sah ich auf. *Was hat er gesagt?* Noch vor wenigen Wochen hatte Adam genau das Gleiche getan. Auch er hatte behauptet, dass wir ein Paar waren. Damals hatte er mir sein Handeln als eine Ehrentat erklärt. Doch was, wenn es einen ganz anderen Grund gehabt hatte? *Aber wieso hat er dann am Samstag vor meinem Geburtstag gesagt, dass wir beide uns getrennt haben?* Die Antwort auf die Frage folgte prompt. *Weil er dachte, dass ich sterbe, und mir David dann nicht mehr gefährlich werden konnte. Natürlich!* Ich musste den Impuls unterdrücken, mir gegen die Stirn zu schlagen. *O mein Gott! Wieso bin ich nicht schon früher darauf gekommen?*

»Kleines? Alles klar bei dir?« Nox sah mich besorgt an. Zumindest nahm ich an, dass in seiner ungewohnten Mimik Sorge lag.

Ich musste ein paarmal blinzeln, ehe ich mein Gegenüber richtig wahrnehmen konnte. »Was?« Für einen winzigen Moment hatte ich alles um mich herum ausgeblendet. »Jaja. Alles bestens.«

Ich senkte den Blick und ließ mich auf den nächstbesten freien Platz fallen. Mit einem Mal war ich schrecklich müde und erschöpft. Ich vergrub mein Gesicht in den Händen und wünschte mir nichts mehr als eine kleine Atempause von meinem Leben. *Wann hört dieser ganze Irrsinn wieder auf?*

Nox setzte sich neben mich, wieder viel zu dicht, aber diesmal ließ ich es ihm durchgehen. Mir war nicht nach einer Wiederholung unseres Streits, denn mittlerweile war ich es leid, mich mit dem Höllendiener zu zoffen. Auch wenn es gelegentlich ganz lustig war, raubte es mir unendlich viel Kraft. Außerdem hatte ich keine Chance, gegen ihn zu gewinnen. Für ihn war es nur eine Art Spiel. Eine Herausforderung, wie Adam mir versichert hatte.

»Hör mal, Kleines, ich weiß ...«

Doch ich sollte nie erfahren, was Nox mir mit diesem überraschend sanften und einfühlsamen Ton sagen wollte, denn in diesem Moment wehte eine andere Stimme zu uns herüber, die so einmalig war, dass ich auch ohne hinzusehen sofort wusste, wem sie gehörte. Wie eine Symphonie mischte sie sich unter die Geräusche der Party, die stetig leiser wurden, bis sie mit dem letzten Wort verklangen und nichts als erdrückende Stille zurückließen.

»Stören wir eure traute Zweisamkeit?«

Überrascht sah ich auf. Als Erstes bemerkte ich, dass die feiernde Meute um uns herum in ihrer Bewegung erstarrt war. Sogar die tanzenden Flammen des Lagerfeuers waren eingefroren. *Was zur Hölle?!*

Suchend sah ich mich um, bis ich Alyssa entdeckte, die aus der Dunkelheit in den Lichtkegel trat, der vom erstarrten Feuer ausging. Sofort erstrahlten ihre gelockten aquamarinblauen Haare in einem wunderschönen, sanften Meeresgrün. Sie trug einen himmelblauen Rock aus Seide, der tief auf ihren Hüften saß und knapp bis zur Mitte ihrer Oberschenkel reichte. Ihre Brüste waren von einem knappen weißen Bikinioberteil verdeckt und sie präsentierte einen flachen, wohlgeformten Bauch.

Direkt hinter ihr entdeckte ich Adam. Er wirkte blass und erschöpft. Seine Locken hingen schlaff herab und einzelne Strähnen klebten an seiner schweißfeuchten Stirn. Sein Hemd war aufgeknöpft und ich konnte rote

Striemen auf seiner Brust entdecken, die im Feuerschein wie frische, offene Wunden leuchteten. Trotzdem lächelte er selig und zufrieden.

Sein Anblick verunsicherte mich. Ich wusste nicht, ob ich mich sorgen oder ekeln sollte.

»Ist alles okay bei dir, Goldlöckchen?« Offenbar hatte Nox denselben Gedanken wie ich gehabt. Doch im Gegensatz zu mir hatte er sich bereits für eine Emotion entschieden. Zumindest nahm ich das aufgrund seiner angespannten Stimme und Körperhaltung an.

Anstatt Adam antwortete Alyssa auf die Frage. »Natürlich! Ihm geht es bestens. Nicht wahr, mein Engel?«

Sie schmiegte sich an Adams Seite und strich mit ihren langen Fingernägeln zärtlich über seine Brust. Dabei fuhr sie exakt die roten Linien nach, was mir ein angewidertes Schaudern entlockte. Auch wenn ich wollte, dass Adam glücklich war, konnte mir niemand weismachen, dass das dort das war, was er wirklich wollte.

Als hätte Adam meine Gedanken gelesen, legte er demonstrativ einen Arm um Alyssa und zog sie zärtlich näher zu sich heran. Und als wäre das noch nicht genug, strich er mit seinen Fingerspitzen über ihren Arm und hauchte ihr zu allem Überfluss auch noch einen sanften Kuss auf den Scheitel.

»Goldlöckchen?« Nox verfolgte das Schauspiel mit gerunzelter Stirn. Offenbar glaubte er Alyssas Worten ebenso wenig wie ich.

Adam seufzte, als wäre es für ihn die reinste Qual, seine Liebkosungen für einen Moment zu unterbrechen und sich uns zuzuwenden. »Was?« Schnell hatte er seine Mimik wieder unter Kontrolle. Mit einem Lächeln und rauer Stimme sprach er weiter. »Sorry. Ja, mir geht's gut. Warum auch nicht? Immerhin halte ich die Frau meiner Träume im Arm.«

Adam wandte sich wieder Alyssa zu, aber es war zu spät. Ich hatte seinen glasigen Blick bereits bemerkt. *Ist er high?*

Nox betrachtete die beiden Turteltäubchen noch einen Moment lang argwöhnisch, dann wandte er sich betont lässig dem Lagerfeuer zu und stieß einen anerkennenden Pfiff aus. »Ich habe bereits vermutet, dass du starke Kräfte besitzt, Prinzessin, trotzdem hast du mich mit dieser kleinen

Einlage überrascht. Leider sind ›überraschen‹ und ›beeindrucken‹ nicht dasselbe.«

Alyssa stieß ein Lachen aus, das mich an ein lieblich klingendes Windspiel erinnerte. »Aus deinem Mund sollte ich das wohl als Kompliment deuten, Dämon.«

Nox zuckte nur mit den Schultern, aber ich spitzte die Ohren. Jetzt nannte sie Nox auch noch »Dämon«. Ebenso wie Harmony letztens. Inzwischen konnte ich mir die Mühe wohl sparen zu hinterfragen, ob Nox tatsächlich einer war. *Meine Intuition hat mich getäuscht.*

Alyssa überspielte die angespannte Situation mit einem Lächeln, das ihre Gesichtszüge kalt, hart und dennoch wunderschön erscheinen ließ. »Was ist los, Dämon? Heute nicht in Flirtlaune? Oder hat bereits ein anderes Objekt der Begierde meinen Platz eingenommen?«

Alyssas Blick huschte zu mir herüber und ich erwiderte ihn standhaft. Von der Zicke würde ich mich nicht einschüchtern lassen. Ich straffte meine Schultern, hob das Kinn und legte all mein Selbstbewusstsein in meine Stimme. »Ich gehe davon aus, dass Adam dir erzählt hat, weshalb wir mit dir reden wollen?!«

Nox warf mir einen warnenden Blick zu. »Bist du wahnsinnig geworden, Kleines? Halt die Klappe und überlass mir das Reden!«

Ich ignorierte ihn.

Auch Alyssa überging Nox' Einwand und ließ mich nicht aus dem Blick. »Du bist nicht auf den Mund gefallen, Avery. Und wie ich sehe, kannst du dich gegen den Dämon behaupten. Das ist mutig. Dumm, aber mutig. Eine Kombination, die dir das Leben retten oder es dich kosten kann. Ich bin neugierig, wie es ausgehen wird.«

Ich biss meine Zähne fest zusammen und ballte im Schoß meine Hände zu Fäusten. Wenn ich Nox bisher für überheblich und arrogant gehalten hatte, so verblasste er im Vergleich zu Alyssa. »Wie was ausgehen wird?«

Die Feenprinzessin ließ Adam los, als wäre er eine leblose Wand, an die sie sich zuvor angelehnt hatte, und trat zwei Schritte auf uns zu. Nox spannte seine Muskeln an, aber seine Miene blieb ausdruckslos, ja fast gelangweilt.

Ich bekam die subtile Änderung nur mit, weil sich unsere Arme immer noch berührten, was mir in dieser Situation überraschenderweise Trost spendete.

Alyssa verschränkte ihre Arme unter der Brust, was ihr Dekolleté zusätzlich betonte. Gleichzeitig zog sie nachdenklich die Augenbrauen zusammen. »Adam hat mir tatsächlich gesagt, worüber du mit mir reden möchtest, Avery. Und ich habe eingewilligt.«

Mit einem Schlag war da nichts mehr außer Leere in meinem Kopf. Erleichterung durchströmte mich und meine Fingerspitzen begannen vor Aufregung zu kribbeln. Sollte es wirklich so einfach gewesen sein? Ich wagte es kaum, die Hoffnung zuzulassen, dennoch öffneten sich meine Lippen und entließen ein paar gestammelte Worte. »Du wirst uns helfen?«

Alyssas Antwort bestand in einem hellen, amüsierten Lachen. Dabei legte sie den Kopf in den Nacken und ihre Hand theatralisch auf ihre Brust. Als sie sich wieder beruhigt hatte, sah sie zu mir herab und lächelte auf eine Art, die mein Blut in Eiswürfel verwandelte. »Das kommt drauf an, Liebes.«

Irritiert kräuselte ich die Stirn. *Hat sie nicht gerade ...*

Alyssa schien meinen Gesichtsausdruck richtig interpretiert zu haben, denn sie beantwortete meine unausgesprochene Frage. »Ich sagte, ich habe in Adams Wunsch eingewilligt. Und der bestand darin, mit dir zu reden. Genau das tue ich gerade, nicht wahr, Darling?« Alyssas Lächeln wurde zu einer bösartigen Fratze, auch wenn sie mich noch immer engelhaft anlächelte.

Mit jedem Wort, das über ihre perfekten, vollen Lippen kam, verstärkte sich der Schmerz in meiner Brust, als hätte sie mich hinterrücks mit einem Messer niedergestochen. Aber vermutlich war das nur das große, blutende Loch in meinem Inneren, wo gerade eben noch meine Hoffnung gewesen war.

Zähneknirschend verdrängte ich diesen Rückschlag. Ich war selbst schuld, wenn ich in meiner Naivität Alyssa auch nur einen winzigen Augenblick lang geglaubt hatte. Doch diesen Fehler würde ich nicht wiederholen.

»Gut, dann reden wir jetzt über das eigentliche Thema. Wir möchten, dass du für uns das Tor nach Galoai öffnest.« Da ich mir nicht sicher war, was

Adam ihr bereits erzählt hatte, hielt ich den Grund für unseren Wunsch lieber erst einmal zurück.

Nox stieß einen Laut aus, der mich zusammenfahren ließ. Ich hatte den Höllendiener zwar bereits fluchen hören, aber bisher noch nie so leidenschaftlich und voller Inbrunst.

»Was hast du vor, Kleines? Willst du uns alle ins Verderben stürzen?« Sein lodernder Blick keilte sich in meinen, als ich mich zu ihm herumdrehte.

Ich wollte ihm sagen, dass er sich nicht einmischen und mir stattdessen vertrauen solle, doch leider war das unmöglich, ohne dass Alyssa es mitbekam. Daher erwiderte ich nichts auf seine Worte und widmete mich stattdessen der Feenprinzessin, die ich nur ungern aus den Augen ließ. *Ausnahmsweise ist Nox nicht mein größtes Problem.*

Alyssa bedachte mich mit einem gönnerhaften Lächeln und es schien, als würde die Spannung zwischen Nox und mir sie amüsieren. »Möchtest du denn gar nicht plaudern, Avery? Willst du wirklich gleich zum ernsten Teil des Abends schreiten?« Doch sie ließ mir keine Möglichkeit, auf ihre Frage zu antworten, und zuckte nur mit den Schultern. »Ganz wie du möchtest.« Sie trat einen weiteren Schritt auf uns zu, ihren Blick pausenlos auf mich gerichtet, als wäre Nox nicht anwesend oder für diese Unterhaltung irrelevant. »Ich öffne eins der Tore nach Galoai für euch. Doch dieser Gefallen hat seinen Preis. Bist du bereit, diesen zu bezahlen, kleine Avery?«

ZWEIUNDDREISSIG

»Was ist der Preis, Prinzessin? Was forderst du dafür?«

Die Frage kam von Nox, obwohl ich ebenfalls bereits den Mund geöffnet hatte, um etwas auf Alyssas Frage zu erwidern. Der Höllendiener war mir nur zuvorgekommen.

Alyssa sah zu ihm hinüber . Auch wenn sich ihre Mimik nicht veränderte, erschien sie mir dennoch kälter und grausamer.

»Das Zepter.«

Zwei unschuldige, harmlose Worte, und doch schlugen sie wie eine Bombe ein und hinterließen nichts als Stille und Chaos. Zumindest bei mir. Nox hatte entweder mit so etwas gerechnet oder er hatte sich schneller gefangen.

»Das kannst du vergessen, Prinzessin!« Er unterstrich seine Worte mit einem hohlen, sarkastischen Lachen, das unangenehm in meinen Ohren kratzte.

Alyssa verengte die Augen und ihre Lippen bildeten eine schmale Linie. Falls sie ihren Unmut bis eben nicht gezeigt hatte, verschwendete sie jetzt keine Mühe mehr darauf.

»Vergiss nicht, mit wem du hier redest, Dämon. Ich bin Prinzessin Alyssandra Chiaralina Feodora vom Sommerhof. Tochter von König Oberon und Königin Titania.«

Alyssa – ich entschied mich, weiterhin ihren menschlichen Namen zu verwenden, die anderen würde ich mir niemals merken können – trat einen weiteren Schritt auf uns zu. Auch wenn sie nicht besonders groß war, blickte sie auf uns herab, was ihren Status verdeutlichte.

»Und als solche solltest du mir den Respekt entgegenbringen, der mir zusteht. Sonst ...«

Das feine Lächeln, das sich um ihre Mundwinkel abzeichnete, verursachte mir mehr Gänsehaut als ihr kurzer Ausbruch eben.

»Ally.« Adam erwachte aus seiner Lethargie und trat hinter Alyssa. Er schlang ihr einen Arm um die Taille und zog ihren Körper ohne einen Widerstand ihrerseits an seinen. Gleichzeitig legte er seine Lippen an ihren Hals und liebkoste ihre Haut. Währenddessen sah er nicht eine Sekunde lang in unsere Richtung. »Ärgere dich nicht, Liebste. Ich habe dir doch versprochen, dass du das Zepter erhältst.«

Mit vor Schreck geweiteten Augen starrte ich Adam an. Ich hoffte, mich verhört zu haben. *Hat er gerade ernsthaft gesagt, dass ...*

Alyssa kicherte und schloss genießerisch die Augen. Wie ein hormongesteuerter Teenager schmiegte sie sich an Adams breite Statur und verrenkte regelrecht ihren Nacken, damit er mehr Fläche zum Verwöhnen hatte. »Ich weiß, mein Engel. Aber leider reicht mir dein Wort nicht. Ich muss es von Avery hören.« Als würde Alyssa jetzt erst wieder in den Sinn kommen, dass sie und Adam nicht allein waren, öffnete sie die Augen und sah uns mit einem nicht ernst zu nehmenden verlegenen Blick an.

Ich war wie paralysiert und unfähig, auch nur einen klaren Gedanken zu fassen. Der Abend lief aus dem Ruder und ich hatte längst die Kontrolle verloren. Leider wusste ich nicht, wie ich das Chaos wieder bereinigen konnte. Ich wusste ja nicht einmal, was mit Adam los war.

Nox musste dieselben Gedanken gehabt haben, denn er betrachtete Alyssa und Adam aus verengten Augen. »Wie ich sehe, versteht ihr zwei euch sehr gut. Fast zu gut, würde ich meinen.« Er stieß ein leises Knurren aus. »Adam? Warst du wirklich so blöd?!«

Alyssa unterbrach Nox, ehe er seine Frage zu Ende führen konnte. »Mach ihm keine Vorwürfe, Dämon. Der Engel kann nichts dafür. Tatsächlich muss ich zugeben, dass er sich sehr lange und standhaft gegen meine Avancen gewehrt hat. Doch seit ein paar Tagen«, sie schnurrte ihre Worte, was Adam mit einem verliebten Lächeln kommentierte und in mir den Wunsch nach einer Kotzorgie weckte, »kann er mir nicht länger widerstehen. Und das habe ich dir zu verdanken.«

Sie schenkte mir ein Lächeln, das wohl Dankbarkeit ausdrücken sollte, doch an Blasiertheit nicht zu übertrumpfen war. Dabei war das noch nicht einmal das Schlimmste an der Situation. Wenn Alyssa die Wahrheit sagte, hatte ich Adam in diese Lage gebracht. *Wenn ich ihn nicht dazu überredet hätte …*

Nox' Fluch lenkte meine Aufmerksamkeit zurück auf die Gegenwart. Er hatte seine Lippen zu einer harten Linie zusammengepresst und seine Augen zu drohenden Schlitzen verengt. Zorn strahlte ihm aus jeder Pore. »Das darf nicht wahr sein! Goldlöckchen, bist du eigentlich …«

Ich fühlte mich wie ein kleines Kind, das einem erwachsenen Gespräch lauschte und kein Wort verstand. Alyssa hatte etwas mit Adam angestellt. Das war eindeutig. Doch mal wieder war ich die Einzige, die nicht wusste, worum es sich handelte.

»Was ist mit Adam? Was hast du ihm angetan?« Am liebsten wäre ich aufgesprungen und hätte die Antwort aus Alyssa herausgeprügelt. Doch ich war nicht so dumm, mich blindwütig auf eine mächtige Feenprinzessin zu stürzen. Denn auch wenn Nox nicht so leicht zu beeindrucken war, hatte Alyssa mich mit ihrer kleinen Show gewaltig eingeschüchtert.

Sie zuckte bescheiden mit den Schultern, was ihre Arroganz noch verstärkte. Sie konnte doch nicht ernsthaft glauben, dass ihr jemand diese Tour abkaufte, oder?

»Mach dir keine Sorgen, Avery. Deinem Freund geht es gut. Zumindest solange ich bekomme, was ich will. Denn als mir klar wurde, was ihr vorhabt, dachte ich mir, dass auch ich einen Vorteil aus der Sache ziehen könnte. Und so entschloss ich mich, gewisse Sicherheitsvorkehrungen zu treffen.« Nachdenklich schürzte Alyssa die Lippen, ehe sie weitersprach. »Du kannst dir Adam als eine Art Pfand vorstellen. Sobald ich bekommen habe, was ich begehre, gehört er wieder ganz dir.«

In meinem Inneren kochte lodernde Wut und vernebelte meine Gedanken. Ich konnte nicht mehr klar denken und musste mich auf meine Atmung konzentrieren, um nicht die Fassung zu verlieren und damit die Situation noch zu verschlimmern.

Zumindest Nox gelang es, sein aufgebrachtes Gemüt ruhig zu halten.

»Wofür brauchst du das Zepter überhaupt? Wirst du es Oberon geben, damit er noch mehr Macht erhält? Soll er zum alleinigen Herrscher in Galoai werden?«

Alyssa schüttelte entrüstet den Kopf, als würde die Frage sie beleidigen. »Nicht doch, Dämon. Mein Vater ist der Letzte, dem ich das Zepter geben würde. Er ist ebenso unfähig wie Königin Mab, das Feenreich zu regieren. Das haben beide inzwischen oft genug bewiesen. Aber wenn du es unbedingt wissen willst …« Sie seufzte, als hätten Nox und ich ihr mit unserem Gequengel ewig in den Ohren gelegen. »Ich benötige das Zepter, um endlich nach Hause zurückzukönnen.«

Ihre Worte verblüfften mich. »Und was hat dich bisher davon abgehalten?« Meine Neugier war aufrichtig. Wenn ich es richtig im Kopf hatte, musste Alyssa regelmäßig zurück nach Galoai, um ihren Glanz aufrechtzuerhalten. Warum blieb sie dann nicht einfach dort, wenn sie es doch so gern wollte?

In Alyssas Gesichtszüge mischte sich Schmerz und ich konnte nicht erkennen, ob dieser ehrlich gemeint oder nur Teil ihrer Show war. »Meine Zukunft. Um das Schicksal von Galoai günstig zu beeinflussen, zwingen mich meine Eltern, Prinz Xantasan Tamesis Nivian vom Winterhof zu heiraten.«

Ich konnte Alyssa nur verblüfft ansehen, während Nox ein ungläubiges Auflachen zum Besten gab.

»Du sollst den Winterprinz heiraten? Wieso? Versuchen deine Eltern dich auf diese Art loszuwerden? Benötigen sie einen Vorwand, um dich verbannen zu können?«

»Spotte nicht, Dämon! Sonst sehe ich mich gezwungen, mein Versprechen Adam gegenüber zu brechen und seinen Freunden doch etwas anzutun.«

Ein gefährliches Funkeln trat in Alyssas Blick und diesmal wusste ich mit Sicherheit, dass sie ihre Worte ernst meinte. Um die Eskalation zu vermeiden, die sich ankündigte, als Nox Alyssa mit einem feixenden Grinsen auf den Lippen betrachtete, kam ich seinen nächsten Worten zuvor.

»Ich dachte, auf eine Verbindung zwischen Winter- und Sommerhof würde die Todesstrafe stehen.«

Zumindest hat Harmony das gesagt.

Alyssa nickte ernst. Offenbar hatte sie für den Augenblick beschlossen, keine weitere Demonstration ihrer Macht folgen zu lassen. »Das stimmt auch, Avery. Zumindest war es bisher so. Doch mein Vater und Königin Mab können die immer lauter werdenden Stimmen im Volk nicht länger ignorieren. Unmut und Rufe nach einem vereinten Galoai werden stärker. Durch diese Heirat erhoffen sich beide Herrscher, das Volk zu besänftigen und den Frieden zu festigen.«

Ich betrachtete Alyssa mit einer Mischung aus Mitleid und Argwohn. Mit politischen Dingen kannte ich mich nicht aus, doch ihre Geschichte klang logisch. Besonders wenn ich bedachte, dass Feen nicht lügen konnten, musste ich Alyssa glauben.

Nox hingegen schien damit noch seine Probleme zu haben. Er sah Alyssa mit gefurchter Stirn und deutlichem Unglauben im Blick an. »Das heißt, du willst das Zepter für dich selbst? Damit du über Galoai herrschen kannst und den Winterprinzen nicht heiraten musst?«

Alyssa nickte. »Ja. Das ist die einzige Chance, meinem Schicksal zu entkommen. Sehr lange kann ich nicht mehr in der Menschenwelt bleiben, ohne dass meine Kräfte darunter leiden.«

Nox verlagerte sein Gewicht und stützte sich auf seinen ausgestreckten Armen nach hinten ab. Aus welchen Gründen auch immer schien er die Situation zu genießen. »Tja, das tut mir leid, aber …«

»Stopp!«

Das Wort war mir ungewollt über die Lippen gekommen, doch ich musste das, was Nox vorhatte, abwenden, ehe es zu spät war. Nur wusste ich nicht, was ich als Nächstes tun sollte. Besonders unter den Blicken, die nun auf mich gerichtet waren, fiel es mir schwer, einen klaren Gedanken zu fassen. *Ich brauche Zeit zum Nachdenken!*

»Du würdest also das Tor für uns öffnen, wenn du dafür das Zepter bekämst?«

Alyssa nickte knapp.

»Und dann würdest du Adam auch wieder freigeben?«

Im Augenblick konnte ich an nichts anderes als an meinen Freund denken, den ich unter allen Umständen befreien musste. Schließlich war er nur meinetwegen in dieser Lage.

Alyssa lachte glockenhell und schüttelte amüsiert den Kopf. »Aber ich halte ihn doch nicht gefangen, Avery. Das verstehst du falsch. Er möchte bei mir sein. Er ist glücklich. Immerhin wünschte er sich das schon sehr lange. Nur seine Vernunft und sein Ehrgefühl hielten ihn bisher von mir ab.«

Alyssa klang ehrlich überzeugt von ihren Worten und ich konnte nur mit Mühe ein Augenrollen unterdrücken.

Du solltest auf deine Wortwahl achten, Avery! Adam hatte mehr als einmal gesagt, wie wichtig die richtigen Worte in Gegenwart des Lichten Hofs waren.

»Sorry. Mein Fehler.« Ich zwang mich zu einem Lächeln, auch wenn es sich anfühlte, als würden zwei Angelhaken in meinen Mundwinkeln stecken, die wiederum an fahrenden Panzern befestigt waren. »Wenn man dir das Zepter also überreichen würde, verschwände dann dein Zauber von Adam und du würdest uns für immer in Ruhe lassen? Lebendig?!«

Fluchend drehte Nox sich zu mir herum. »Halt die Klappe, Kleines! Du hast keine Ahnung, was du da tust!«

Vermutlich hatte er recht, doch ich ignorierte seinen Einwand. Das Schlimmste, was passieren konnte, war unser Tod. Aber der stand uns sowieso bevor. Wenn dem Höllendiener nicht spontan eine andere Lösung einfiel, würde ich meinen verrückten und sicherlich zum Scheitern verurteilten Plan durchziehen müssen. *Mir bleibt keine Wahl!*

Alyssa betrachtete mich, als würde sie über meine Worte nachdenken. »Wenn das Zepter in meinen Besitz übergeht, werde ich zurück nach Galoai gehen und ihr werdet nie wieder von mir hören.«

Vielleicht war meine Vorsicht übertrieben, aber in diesem Fall durfte ich keinen Fehler machen. »Wirst du den Zauber, oder womit auch immer du Adam belegt hast, rückgängig machen und ihn freilassen?«

Alyssa schnalzte mit der Zunge und rollte mit den Augen. »Ja. Sobald ich das Zepter in meinen Händen halte, wird Adam frei sein und ich werde euch nie wieder belästigen. Bist du jetzt zufrieden, Avery?«

In Gedanken ging ich ihre Worte durch. Immer und immer wieder, aber mir fiel nichts auf, das auf eine Falle hindeutete.

Los! Wag es!

Mit einem Kopfnicken bestätigte ich den Deal. »Abgemacht. Du erhältst das Zepter und lässt im Gegenzug Adam frei und uns für immer in Ruhe.«

Augenblicklich zeigte sich ein Lächeln auf Alyssas Gesicht, wie ich es zuvor noch nie gesehen hatte. Es ließ sie regelrecht erstrahlen. Zum ersten Mal meinte ich ehrliche Freude zu erkennen. »Wunderbar. Es freut mich, dass du so einsichtig bist, Avery. Für einen Menschen bist du klüger, als man meinen könnte.«

Ich sparte mir einen Kommentar zu Alyssas vermeintlichem Kompliment. Dafür konnte ich Nox nicht länger ignorieren, der inzwischen so dicht an mich herangerückt war, dass ich fürchten musste, er würde mir auf den Schoß klettern wollen.

Als ich mich ihm zuwandte, um ein wenig Abstand zu fordern, ließ er mich gar nicht erst zu Wort kommen.

»Bist du völlig durchgeknallt, Kleines? Wie konntest du …«

»Wir haben keine Wahl, Nox. Es geht hier um Adam. Ich werde ihn nicht im Stich lassen! Alyssa sitzt nun mal am längeren Hebel.«

Nox schüttelte ungläubig den Kopf und fuhr sich mit einer Hand durch die blonden Strähnen. Seine gemurmelten Worte waren entweder nicht auf Englisch oder undeutlich gesprochen. So oder so, ich verstand nicht, was er sagte. Und im Grunde war ich ganz froh darüber.

Da ich von Nox keine Antwort auf meine nächste Frage erwarten konnte, wandte ich mich an Alyssa. »Und wie geht es jetzt weiter? Wo befindet sich das Tor?«

Nachdem sie zugesagt hatte, uns zu helfen, wollte ich keine Sekunde mehr verlieren. Wir mussten uns beeilen, Harmony in ihre Heimat zu bringen, bevor es zu spät war.

Die Feenprinzessin blickte mich mit einem Lächeln an, das mich unseren Deal bereits bereuen ließ. »Jetzt, kleine Avery, wirst du auf deinen Dämon hören müssen. Er wird dir den Weg zu deinem Abenteuer zeigen.«

DREIUNDDREISSIG

Nox gab sich keine Mühe, seinen Unmut zu verbergen. Während wir zum Parkplatz liefen, hörte er nicht auf zu reden, auch wenn er keins seiner Worte direkt an mich richtete. Stattdessen schimpfte und fluchte er immer wieder lauthals über Alyssa, Adam und mich. In seinen Augen hatte jeder von uns einen langen und qualvollen Tod verdient. Nur konnte er sich nicht entscheiden, in welcher Reihenfolge er sich persönlich darum kümmern wollte.

In mich gekehrt dachte ich über den Verlauf des heutigen Abends nach und war mir nicht sicher, welches unserer aktuellen Probleme das vermeintlich größte war. Dass Adam zu einem gedankenlosen Zombie geworden war und ich mich jetzt allein mit Nox rumschlagen musste oder dass ich Alyssa das Zepter versprochen hatten, ohne zu wissen, wie ich es in meinen Besitz bringen sollte. Harmony würde es mir sicherlich nicht einfach so geben. Auch nicht, wenn es unsere einzige Chance war, Adam zu befreien. In diesem Punkt musste ich realistisch denken. Das Risiko, das ich bereit war einzugehen, um meinen besten Freund aus den Klauen dieser Hexe zu befreien, war hoch. Und ich konnte nicht von Harmony erwarten, dass sie ihre Heimat und alle anderen Feen verriet, indem sie uns half.

Harmony kann das nicht tun. Aber ich habe keine Wahl! Ich muss das Risiko eingehen!

Dabei basierte meine gesamte Hoffnung auf einem Plan, der so brüchig und instabil war, dass bereits die kleinste Abweichung alles zunichtemachen würde.

Doch waren das nicht meine einzigen Gedanken. Nox' Worte gingen mir nicht mehr aus dem Kopf. Wieso sagte er, Adam hätte mir wieder etwas verschwiegen? Und was sollte das sein? *Adam riskiert mehr als nur sein Leben?! Was heißt das?*

Jede dieser Fragen versetzte mir einen Stich, der schmerzhafter war als der vorherige. Doch ich ignorierte sie alle. Jetzt war nicht der richtige Zeitpunkt, über mein angeknackstes Vertrauensproblem mit Adam nachzudenken. Das musste warten, bis die Prüfung bestanden war und ich dem Engel ordentlich in den Arsch treten konnte.

Falls wir nicht vorher sterben.

Ich stöhnte leise. Jetzt hatte Nox mich auch noch mit seiner negativen Einstellung angesteckt.

Von meinem Laut animiert unterbrach der Höllendiener sein Schweigen mit einem unmenschlichen Knurren. »Seit wann?«

Wie seinen bisherigen Worten hörte ich ihm auch jetzt nicht zu. Erst als ich aus dem Augenwinkel seinen hassvollen Blick bemerkte, verstand ich, dass er eine Antwort erwartete.

Perplex drehte ich meinen Kopf zu ihm herum. »Seit wann *was*?«

Wir hatten mein Auto erreicht und ich entriegelte die Türen. Unser Zeitfenster war eng und wir hatten noch einen langen Weg vor uns. Unnötigen Zeitverlust konnten wir uns nicht leisten.

Doch Nox hatte nicht vor einzusteigen. Er blieb mit vor der Brust verschränkten Armen an der Beifahrerseite stehen und stierte mich über den Wagen hinweg zornig an. »Seit wann du über Goldlöckchen und die Prinzessin Bescheid weißt.«

Auch wenn mich sein harscher Ton traf und ich am liebsten mit einer patzigen Antwort gekontert hätte, musste ich ihm seinen Zorn zugestehen. Hätte ich Adams Gefühle für Alyssa nicht gedeckt, hätte vielleicht wenigstens dieses Problem verhindert werden können.

Ich seufzte leise und spielte gedankenverloren mit meinem Schlüsselbund, während ich Nox' erbosten Blick erwiderte. Leider war es zu spät für diese Art von Gedanken. Stattdessen schlichen sich andere Überlegungen in meinen Verstand. Hätte ich Adams Flirterei mit Alyssa ernster nehmen sollen? Anzeichen hatte es genug gegeben, aber er hatte stets alles abgestritten. *Und ich habe ihm vertraut.*

»Die Vermutung hatte ich schon länger. Aber Ad hat immer behauptet, dass es harmlos und unbedeutend ist.« Ich zuckte mit den Schultern und Nox gab einen Grunzlaut von sich, der wohl ein abfälliges Schnauben darstellen sollte.

Seine Reaktion ärgerte mich. Er tat ja gerade so, als hätte ich uns absichtlich in diese Situation manövriert.

»Ja, ich weiß, du kannst das nicht verstehen, aber Adam ist mein Freund und ich respektiere seine Privatsphäre. Er wollte nicht darüber reden und ich wollte ihn nicht mit einem Thema nerven, das mich im Grunde nichts angeht.«

Nox verengte die Augen und ich fühlte mich verpflichtet, mein Handeln weiter zu rechtfertigen.

»Außerdem wusste ich damals nicht, dass Alyssa eine Fee ist. Ich hatte keine Ahnung, was das alles zu bedeuten hat und wie gefährlich sie in Wirklichkeit ist.«

Nox' Blick wurde kälter und passte perfekt zu seiner schneidenden Stimme. »Du hättest es mir sagen müssen, nachdem du es herausgefunden hast. Inzwischen solltest selbst du begriffen haben, dass solche Geheimnisse unseren Tod bedeuten können.«

Ich schluckte, wandte jedoch den Blick nicht von ihm ab. Er sollte nicht merken, wie sehr seine Worte mich trafen und meine Schuldgefühle befeuerten. Dass ich falsch gehandelt hatte, wusste ich selbst. Immerhin hatte Adam oft genug erwähnt, wie gefährlich Alyssa war und dass wir sie nicht in die Sache hineinziehen sollten.

Aber ich habe darauf bestanden.

Da ich schwieg, nahm Nox den Faden nach einer kurzen Pause wieder auf. Der Groll war aus seiner Stimme gewichen, dafür klang er wieder ekelerregend arrogant und überheblich. »Aber das ist jetzt auch egal. Mit deinem Versprechen an die Prinzessin hast du sowieso unseren Untergang besiegelt.«

Ohne mir eine Chance zu geben, auf seine Worte zu reagieren, riss Nox die Beifahrertür auf und stieg in den Wagen. Ein paar Sekunden lang starrte ich fassungslos auf die Stelle, an der er eben noch gestanden hatte. Seine Unverfrorenheit war unglaublich!

Es reicht! Ich bin nicht sein persönlicher Punchingball!

Wutschnaubend folgte ich Nox ins Wageninnere, stieß aufgebracht den Schlüssel ins Zündschloss und startete den Wagen. »Es tut mir leid, okay?!« Ich heftete meinen Blick auf die Windschutzscheibe und fuhr vom Parkplatz. Die Fahrt zum Haus der Jaramangos würde ungefähr zwanzig Minuten dauern und wir hatten keine davon zu verlieren. »Ja, vermutlich hätte ich mit dir darüber reden sollen, aber bisher hast du mir nicht gerade das Gefühl gegeben, mich dir anvertrauen zu können.« Leise murmelnd fügte ich hinzu: »Oder dass ich dir generell vertrauen sollte.«

Nox stieß ein trockenes Lachen hervor. »Sorry, Kleines, wenn ich nicht zur besten Freundin des Jahres gekürt wurde. Aber eins solltest du dir lieber gleich merken: In der aktuellen Situation bin ich der Einzige, dem du vertrauen kannst.«

Da ich mich auf den Verkehr konzentrieren musste, konnte ich Nox nur einen kurzen, irritierten Seitenblick zuwerfen. Seine Mimik war ernst und in seinen Worten, so harsch sie auch geklungen hatten, schwang diesmal weder Spott noch Provokation mit.

Er meint das wirklich ernst!

So verrückt und abgedreht die Situation auch sein mochte, Nox hatte es geschafft, mich mit seiner Aussage zu verblüffen. »Ach ja? Und wieso?«

»Weil ich im Augenblick der Einzige bin, dem es nicht egal ist, ob du stirbst, in einen Rosenbusch verwandelt oder von irgendwelchen wilden Tieren zerfleischt wirst.« Auch diesmal klang der Höllendiener überraschend ernst.

Da ich nicht wusste, was ich auf seine Worte erwidern sollte, wandte ich mich wieder der Straße zu. Natürlich war sein Interesse an meinem Überleben einzig und allein darin begründet, dass dadurch sein eigenes gesichert wurde. Trotzdem überrumpelte mich die Ehrlichkeit seiner Worte. *Er hätte es nicht extra betonen müssen.*

Mit einem Mal verrauchte das Adrenalin in meinem Körper und Erschöpfung füllte die Leere aus. »In Ordnung.« Ich seufzte ergeben. »Vermutlich hast du recht. Es tut mir leid, Nox. Ehrlich. Wir sollten wirklich keine Geheimnisse mehr voreinander haben. Nicht jetzt. Stattdessen sollten wir versuchen, als Team zu agieren.« So schwer es mir auch fiel, die Worte auszusprechen, meinte ich sie ernst.

Nox schwieg und starrte weiter in die Nacht hinaus.

Auch gut! Dann sei eben beleidigt! Ich würde den Höllendiener nicht zu einem Gespräch zwingen. Lieber nutzte ich die Zeit, um unser weiteres Vorgehen zu durchdenken.

Wir brauchen einen Schlachtplan!

Die erste Hürde lag nämlich bereits vor uns.

Wie sollen wir Harmony aus dem Haus bekommen?

Nox unterbrach die Stille, bevor ich eine Antwort auf diese Frage fand. »Gibt es sonst noch irgendwelche Dinge, die ich wissen sollte?«

Ich öffnete den Mund, um zu antworten, doch er unterbrach mich.

»Denk gründlich über die Antwort nach, Kleines. Auch wenn wir wahrscheinlich in wenigen Stunden sterben und in der Hölle landen werden, will ich nicht noch so eine Überraschung wie vorhin erleben.«

Ich krallte meine Finger um das Lenkrad und biss die Zähne fest zusammen. Nox war manchmal wie ein juckender Ausschlag. Wenn man ihn in Ruhe ließ und er den Mund hielt, war er zeitweise erträglich. Doch sobald er etwas sagte, konnte man unmöglich wissen, ob seine Worte das Jucken lindern oder verschlimmern würden. Und nach seiner letzten Aussage weckte er in mir den Wunsch, mir die Haut vom Fleisch zu kratzen. Dennoch bemühte ich mich um einen beherrschten Tonfall, nachdem ich mich mit einem tiefen Atemzug zur Ruhe gemahnt hatte.

»Nein, von meiner Seite war das alles. Aber vielleicht ist jetzt der richtige Moment, mir zu erzählen, was du und Adam die ganze letzte Woche zusammen gemacht habt. Denn wenn man bedenkt, wie viel Zeit ihr gemeinsam verbracht habt, hätte dir auffallen müssen, dass er sich verändert hat.«

Mir ist es aufgefallen, aber da war es schon zu spät.

Nox schnaubte. Oder war es ein Lachen? Im Augenblick konnte ich das nur schwer einschätzen. »Was wir die ganze Zeit getan haben? Meinst du, in den wenigen Minuten, die er jeden Abend vorbeikam und in denen er mich ignorierte, um mich kurz darauf mit den Abschiedsworten zu verlassen, dass ich euch bloß in Ruhe lassen soll?!«

Ungeachtet des Straßenverkehrs riss ich meinen Blick zu Nox und sah ihn mit geweiteten Augen an. »Was? Adam war immer nur wenige Minuten bei dir? Aber wo …?« Ich verstummte und sparte mir die Energie, die sinnlose Frage zu beenden. Die Antwort war eindeutig. Und eigentlich hätte sie mich nicht überraschen dürfen. Tief in meinem Inneren hatte ich es wohl bereits vermutet. *Das ist die Strafe für mein blindes, naives Vertrauen.*

Nox blickte mich mit gerunzelter Stirn an. Offenbar wurde auch ihm erst in diesem Moment die Reichweite von Adams Handeln bewusst. Daher war ich ziemlich überrascht, als er die Gelegenheit für einen weiteren beleidigenden und verletzenden Kommentar verstreichen ließ und sich schweigsam nach vorn drehte, während er die Arme vor der Brust verschränkte.

Auch ich richtete meinen Blick wieder nach vorn, um mich auf den Straßenverkehr zu konzentrieren. Aber es war verschwendete Energie.

Adam, wie konntest du nur?

Minuten verstrichen, ehe ich es schaffte, meine wirbelnden Gedanken mit tiefen Atemzügen zu sortieren. Das alles musste warten. Unsere Prioritäten waren eindeutig und traurigerweise war Adam nicht die oberste.

»Okay, hör zu, Nox. Die Sache ist verdammt ätzend gelaufen, das gebe ich zu. Aber jetzt ist es eben so und wir sollten versuchen, miteinander auszukommen. Deswegen bin ich dafür, dass wir ein paar Regeln aufstellen.«

Mit erhobener Augenbraue wandte Nox sich wieder in meine Richtung. Eine Mischung aus Neugier, Argwohn und Erheiterung spiegelte sich in seinem Blick. »Regeln?«

Ich nickte ernst, ohne auf den undefinierbaren Ton in seiner Stimme einzugehen. »Ja. Zum einen solltest du aufhören, mich ständig zu provozieren. Ich weiß, es ist dein größtes Hobby, mich bis aufs Blut zu reizen, aber ich bitte dich, damit aufzuhören. Zum anderen, wenn du schon von mir erwartest, dass ich dir vertraue, gilt das Gleiche für dich. Ich weiß, es fällt dir schwer, das zu glauben, aber ich bin nicht so dämlich, wie du vielleicht denkst.«

Nox grinste und präsentierte zwei Grübchen, die mir zuvor noch nie aufgefallen waren. »Ach, ist das so?«

Wieder nickte ich und verdrängte die Frage nach dem Grund für seinen plötzlichen Stimmungsumschwung. »Ja, das ist so. Denn stell dir vor, als ich mit Alyssa den Deal vereinbarte, habe ich mir tatsächlich etwas dabei gedacht. Und zwar nicht, wie ich uns alle am schnellsten umbringen kann.«

Nox gab ein Brummen von sich, das ich als unterdrücktes Lachen einschätzte. Da ich mich jedoch auf die Straße und die anderen Verkehrsteilnehmer konzentrieren musste, konnte ich den Höllendiener nicht ansehen, was mich ungemein nervte. Ich hatte meine Gesprächspartner gern im Blick, um ihre Mimik lesen zu können.

»Ja, das ist tatsächlich so. Ich habe nämlich darauf geachtet, wie die Bedingungen ausgehandelt wurden. Und wir haben abgemacht, dass Alyssa Adam freigibt und uns in Ruhe lässt, sobald sie das Zepter in ihren Händen hält. Mit keinem Wort wurde erwähnt, dass es ihr auch möglich sein muss, es zu benutzen.«

Als Nox nicht reagierte, drehte ich mich zu ihm um und blickte in seine stechend grünen Augen. Sein abfälliges Grinsen war gewichen und wenn ich es nicht besser gewusst hätte, hätte ich annehmen können, so etwas wie Anerkennung in seinem Blick zu entdecken.

»Nicht schlecht, Kleines. Aber wie kommst du darauf, dass sie es nicht benutzen kann? Immerhin hast du selbst gesehen, wie mächtig die Prinzessin ist. Sie hat eindeutig mehr von Daddys Macht, als wir anfangs dachten.«

»Ja, ich weiß«, gab ich widerstrebend zu. »Aber Harmony hat gesagt ...«

Nox' tiefes und kehliges Lachen ließ mich verstummen. »Du bist diesen Deal eingegangen, weil du dich auf das Wort einer anderen Fee verlässt?« Sein zweites Lachen strotzte nur so vor Arroganz und Hochmut. »Offenbar bist du doch so dämlich, wie ich denke. Oder dein Drang zum Suizid ist noch ausgeprägter als der des Harfenquälers.«

Als wäre das Gespräch damit für Nox beendet, wandte er sich wieder ab und blickte aus dem Seitenfenster, sodass ich nur seinen Hinterkopf sehen konnte. Doch ich war noch lange nicht fertig. Immer wenn ich mich der trügerischen Hoffnung hingab, endlich einmal ein vernünftiges Gespräch mit dem Höllendiener führen zu können, sagte oder tat er etwas, das diesen Gedanken schlagartig zunichtemachte.

»Und was hätte ich deiner Meinung nach tun sollen? Einfach aufgeben, nur weil du denkst, dass wir bereits verloren haben?« Ich schüttelte den Kopf, obwohl Nox mich gar nicht beachtete. »Nein, das ist nicht meine Art. Ich sage es dir noch einmal. Ich gebe nicht kampflos auf. Auch wenn die aktuelle Lage nicht besonders rosig erscheint, leben wir noch. Und zumindest ich werde alles dafür tun, damit das auch so bleibt.«

Um meinen brodelnden Zorn zu kanalisieren, verstärkte ich den Griff um das Lenkrad. Meine Fingerspitzen begannen zu kribbeln, aber ich verdrängte das Gefühl und konzentrierte mich auf die von Laternen und Scheinwerfern beleuchtete Straße.

Nox sprach leise und ohne sich zu mir umzudrehen. »Ich habe dem idiotischen Harfenquäler versprochen, auf dich aufzupassen. Und da ich meine Versprechen niemals breche, werde ich mich deinem Selbstmordkommando wohl oder übel anschließen müssen.« Nun wandte er sich gnädigerweise wieder in meine Richtung. »Aber wenn wir schon zusammenarbeiten müssen, dann habe ich auch eine Bedingung, Kleines.«

Ich presste meine Lippen fest zusammen. Nox' selbstgefälliges Grinsen konnte nichts Gutes verheißen. »Welche?«

»Du gibst endlich zu, dass du auf mich stehst.«

VIERUNDDREISSIG

Wäre die Situation nicht so verfahren, hätte ich vermutlich herzlich über Nox' Forderung gelacht. Doch so kam nur ein trockenes, abfälliges Schnauben über meine Lippen.

»Hast du es echt so nötig?« Ich schüttelte mitleidig den Kopf. »Brauchst du diese Bestätigung so dringend? Selbst wenn du genau weißt, dass es nicht der Wahrheit entspricht?«

Bisher war mir der Höllendiener nicht als jemand erschienen, dessen Ego künstlich gestreichelt werden musste. Darum kümmerte er sich bestens allein. Doch seine Beharrlichkeit bezüglich dieses Themas begann mich ehrlich zu amüsieren.

Nox blieb ernst, auch wenn er immer noch siegessicher lächelte. »Hier geht es nicht um mich, Kleines. Ich brauche keine Bestätigung für etwas, das ich längst mit Sicherheit weiß. Aber es würde dir helfen, das Chaos in deiner Gefühlswelt zu lichten, wenn du dir endlich eingestehen würdest, was für jeden anderen längst offensichtlich ist.«

Dieses Gespräch, insbesondere Nox' vermeintliches Argument, war so absurd, dass meine Mundwinkel zuckten und ich das Grinsen nicht zurückhielt. »Danke, ich weiß deine Sorge um mein Wohlbefinden wirklich zu schätzen, aber glaub mir, ich komme sehr gut zurecht. Immerhin weiß ich, dass diese Anziehung zwischen uns nichts bedeutet. Es ist nicht echt. Und das habe ich dir bereits mehrfach erklärt.«

Nox ließ sich von meinen Worten nicht beirren. »Dass du dich immer noch an diese Ausrede klammerst, beweist nur, dass dir der Harfenquäler mehr verschwiegen hat, als ich dachte. Aber vielleicht ist es auch besser so. Nicht jeder erträgt die Wahrheit.« Mit einer unglaublichen Selbstzufriedenheit, die sich deutlich in seiner Mimik widerspiegelte, wandte sich Nox ab und blickte lächelnd nach vorn.

Unter normalen Umständen hätte ich ihn einfach ignoriert und seine Worte an mir abprallen lassen. Doch leider war das diesmal nicht so einfach. Nox hatte einen Nerv getroffen und das wusste er auch. Adam hatte mir in der Vergangenheit einfach zu viel verheimlicht. Deswegen war es mir unmöglich, nicht nach diesem offensichtlichen Köder zu schnappen.

Ich seufzte und ärgerte mich ungemein über mich selbst. »Schön! Du hast gewonnen. Was hat Adam mir dieses Mal nicht erzählt?«

Nox antwortete nicht sofort, sondern kostete seinen Triumph in vollen Zügen aus. Als er sich endlich dazu bequemte, mich doch mit einer Antwort zu beglücken, triefte seine Stimme vor Arroganz. »Hast du dich jemals gefragt, weshalb so ziemlich jede Frau, die dem Harfenquäler begegnet, ihm gleich zu Füßen liegt, du für ihn jedoch nicht mehr als langweilige und platonische Freundschaft empfindest? Und bei diesem Trottel, der uns vorhin am Strand belästigt hat, war es sogar Gereiztheit, wenn ich mich nicht täusche.«

»David?« Mit gerunzelter Stirn sah ich zu Nox. »Was hat er denn mit all dem zu tun?« Ich verstand beim besten Willen nicht, worauf Nox hinauswollte, und das machte mir Angst. Auf diese Art war ich seiner Bösartigkeit wehrlos ausgeliefert.

»Wenn der Typ so heißt, von mir aus. Aber beantworte mir einfach die Frage, Kleines. Hast du dich nie darüber gewundert?«

Ungewollt dachte ich tatsächlich über seine Frage nach. Natürlich hatte es in der Vergangenheit Situationen gegeben, in denen mich solche Gedanken beschäftigt hatten. Einmal war ich sogar der Meinung gewesen, in Adam verliebt zu sein. Doch das hatte sich schnell erledigt und danach war diese Idee nie wieder aufgekommen. Und David hatte mich noch nie wirklich interessiert. Seine Beliebtheit und sein Image als umschwärmter Rockstar schreckten mich sogar eher ab, anstatt dass sie mich anzogen.

Als ich nicht reagierte, lachte Nox leise und unterbrach meine Gedanken. »Tja, dann beantworte ich mir die Frage eben selbst: Natürlich hast du bereits darüber nachgedacht. Aber Adam hat dich jedes Mal erfolgreich von diesem

Thema abgelenkt. Er dachte, so wäre es einfacher und du würdest nie davon erfahren. Doch jetzt hat sich einiges geändert und ich finde, es ist an der Zeit, dass du die Wahrheit erfährst.« Er drehte sich auf dem Sitz zu mir herum und zog ein Bein auf das Polster, als würde er es bequem haben wollen.

Zu gern hätte ich scharf gebremst, um seinen nicht angeschnallten Körper ins Wanken zu bringen, aber ich war neugierig, was er mir zu sagen hatte. *Verdammt!*

Statt meinem kindlichen Wunsch nachzukommen, versuchte ich möglichst unbeteiligt dreinzublicken, während ich die Spur wechselte. Wenn ich mich schon seiner Gunst aussetzen musste, konnte ich wenigstens versuchen, ihm den Spaß daran zu verderben.

Nox beobachtete mich intensiv, aber ich gab dem Reflex, ihn anzusehen, nicht nach. »Wie ich dir bereits erzählt habe, werden alle übernatürlichen Wesen von einem speziellen Glanz umgeben.«

»Ja, ich weiß«, unterbrach ich ihn rüde. Auf eine Wiederholung seiner Geschichtsstunde verzichtete ich gern. »Offenbar wirkt dieser aber nicht bei allen gleich stark.«

Genau dieses Gespräch hatte ich bereits vor einigen Tagen mit Adam geführt. Da hatte ich ihm erklärt, dass er keinerlei Anziehung auf mich ausübte, im Gegensatz zu Nox, wie ich zu meinem Leidwesen hatte zugeben müssen.

Der Höllendiener lachte trocken und schüttelte amüsiert den Kopf. »Sorry, Kleines, aber so funktioniert das nicht. Auch wenn die Intensität des Glanzes bei jedem Wesen variiert, wirkt er sich dennoch auf euch Menschen gleich aus. Ihr seid zu schwach, um die feinen Abstufungen wahrzunehmen.« Er zuckte mit den Schultern. »Zumindest ist es bei allen Menschen so, die ich in den letzten Jahrhunderten getroffen habe. Aber du bist – warum auch immer – anders.«

Ungewollt drehte ich meinen Kopf zu Nox herum und sah ihn verblüfft an. »Anders?« Das bedeutete selten etwas Gutes. »Was meinst du damit?« Als ob ein Engel als bester Freund und ein Kopfgeldjäger aus der Hölle als Weggefährte für einen Status als Sonderling nicht reichten, hatte ich offenbar auch noch den Jackpot als Super-Freak gewonnen.

Nox intensivierte seinen Blick und ich spürte ein nervöses Kribbeln in der Brust. Egal, was er jetzt sagte, ich war mir sicher, es würde mir nicht gefallen.

»Ich meine damit, dass du nicht wie andere Menschen auf uns reagierst. Weil du gegen unseren Glanz immun bist.«

»Immun?« Entweder hatte ich mich verhört oder Nox nahm mich auf den Arm. So oder so hatte er das verächtliche Lachen verdient, das in diesem Moment über meine Lippen kam. »Natürlich.« Ungläubig schüttelte ich den Kopf. »Glaubst du ernsthaft, ich kaufe dir das ab?! Immerhin hast du gerade selbst zugegeben, dass sich kein Mensch gegen euren Glanz wehren kann. Dass es keine Ausnahmen gibt. Wieso also sollte es bei mir anders sein?«

Nox musterte mich noch einen Moment, ehe er sich wortlos von mir abwandte und aus dem Fenster sah. »Genau das versuche ich herauszufinden. Aber es ist deine Sache, ob du mir glaubst oder nicht. Bedenke jedoch zwei Dinge, Kleines. Erstens: Abgesehen davon, dass ich nicht lügen kann, gibt es für mich auch keinen Grund, in diesem Punkt unehrlich zu sein. Ganz im Gegenteil. Wenn ich dich belügen könnte, würde ich dir eher einreden, dass du mir willenlos gehorchen musst. Das würde nämlich vieles einfacher machen. Und zweitens: Wenn du mir nicht glauben willst, okay. Aber Goldlöckchen hat mich erst auf diesen Umstand aufmerksam gemacht. Er sagte, dass du ...«

Ich hörte nicht weiter zu.

Du bist etwas Besonderes, Avery.

Adams Worte, die er neulich im Auto an mich gerichtet hatte, drängten sich in meinen Verstand und übertönten Nox' Stimme. Hatte er das damit andeuten wollen? Dass ich *immun* gegen diese Art von magischer Anziehung war? Zumindest wäre das eine Erklärung dafür, dass ich niemals romantische Gefühle für Adam verspürt hatte. Oder für David, wie Nox mir auf seine unnachahmliche Art vermittelt hatte.

Aber wieso hat Adam mir nichts davon erzählt? Und wenn das stimmt, wieso reagiere ich dann auf Nox? Warum spüre ich diese Verbindung, diese Anziehung, wenn ich ihm in die Augen blicke?

Wie ein Blitz schoss mir die Antwort in den Sinn und ließ mich zusammenzucken.

Nein!

Ich schüttelte den Kopf, um diesen Gedanken schnell wieder zu vertreiben.

Das ist Quatsch!

Unmöglich!

Schwachsinn!

Das konnte nicht wahr sein! Nur weil es die offensichtlichste Erklärung war, musste sie nicht stimmen!

Es muss einfach einen anderen Grund geben!

Krampfhaft versuchte ich meine flache und hektische Atmung zu beruhigen. Nox sollte auf keinen Fall an meinem verräterischen Puls oder meiner Stimme erkennen, wie sehr mich seine Worte verunsicherten. Er würde das nur in den falschen Hals bekommen und sich in dieser absurden Behauptung bestätigt fühlen.

Nach mehreren tiefen Atemzügen schaffte ich es, das Zittern in meiner Stimme unter Kontrolle zu bekommen. Zum Glück lagen meine Hände auf dem Lenkrad und würden meinen immer noch aufgewühlten Gemütszustand nicht verraten.

»Angenommen, ich glaube dir diesen Quatsch – also dass ich eine bisher unbekannte Ausnahme bin –, woher wollt ihr dann wissen, dass ich immun bin? Vielleicht reagiere ich einfach nur anders?! Offenbar habt ihr so etwas noch nie erlebt und könnt es dementsprechend auch gar nicht vergleichen.«

Zu gern hätte ich meine Arme vor der Brust verschränkt, aber da das nicht möglich war, gab ich mich damit zufrieden, mich noch fester am Lenkrad festzukrallen. Irgendwie musste ich mein Adrenalin abbauen.

Nox sah wieder in meine Richtung. Der Spott und die Erheiterung in seinem Blick waren gewichen. Er wirkte seltsam ernst, als wäre es ihm ehrlich wichtig, dass ich ihm in diesem Punkt glaubte. »Vertrau mir, Kleines. Goldlöckchen hat recht. Du bist immun. Ehe ich es ihm abnahm, habe ich es selbst mehrfach getestet – und das, obwohl ich weiß, dass er mich nicht belügen kann. Denn wenn du auch nur im Geringsten empfänglich wärst, hättest du mir nicht widerstehen können. Vertrau mir. Ich habe alle Register gezogen.«

Nox' Stimme wurde mit jedem Wort dunkler und rauer. Offenbar ärgerte ihn mein Widerstand, was mir unter normalen Umständen ein zufriedenes Grinsen entlockt hätte. Doch im Augenblick war ich zu durcheinander, um mich daran zu erfreuen.

»Vielleicht hat es aber auch mit euren geraubten Fähigkeiten zu tun.« Ich griff nach der nächsten Rettungsleine, die mir in den Sinn kam. »Immerhin habt ihr auch eure Unsterblichkeit verloren. Vielleicht …«

Ich ließ den Satz unausgesprochen. Ich wusste ja selbst nicht genau, was ich sagen wollte.

Nox antwortete nicht und ich blickte ihn verunsichert an. Sein Schweigen bereitete mir mehr Unbehagen als Wut oder Spott. Ja, selbst wenn er mich mit anzüglichen Kommentaren nervte, war mir das lieber als dieser ernste und eindringliche Blick.

»Du kannst so lange du willst nach Ausreden, Erklärungen oder sonst etwas suchen, Kleines. Doch das alles ändert nichts an dem Fakt: Deine Gefühle für mich sind echt. Wie auch immer sie aussehen mögen. Und je schneller du dir das eingestehst, desto besser ist es. Für uns alle.«

FÜNFUNDDREISSIG

Während der restlichen Fahrt schwieg Nox und ich hatte Gelegenheit, seine Worte zu verdrängen, um mich auf unser Hauptproblem zu konzentrieren.

Harmony.

Doch egal, wie standhaft ich auch versuchte, den Höllendiener aus meinen Gedanken zu verbannen, er schlich sich immer wieder ein. Dabei war ich mir über meine Gefühle sehr wohl im Klaren.

Ich konnte Nox nicht leiden. Er war ein arroganter Kotzbrocken und Dämon! Und wären wir nicht zwangsweise aneinander gebunden, hätte ich alles dafür gegeben, nichts mit ihm zu tun haben zu müssen! Aber gleichzeitig erinnerte ich mich an Momente, in denen ich etwas ganz anderes als Abstand von dem Höllendiener gewollt hatte. Unweigerlich dachte ich an die Szene vorhin am Strand oder letztens in der Cafeteria zurück. Ich konnte selbst jetzt noch Nox' Berührungen auf meiner Haut und seinen Atem in meinem Nacken spüren. Ebenso wie die knisternde Spannung, die geherrscht hatte, und das Versprechen eines Kusses. Und bei der Erinnerung an seinen Blick, der so sanft und warm gewesen war, durchlief mich abermals ein wohliger Schauder.

Mit einem innerlichen Stöhnen verließ ich die Hauptstraße und bog in eine kleine Wohnsiedlung ein. Es war Zeit, die Karten auf den Tisch zu legen und den Tatsachen ins Auge zu blicken. Wenn Nox tatsächlich die Wahrheit sagte und ich ernsthaft gegen diesen Glanz immun war, gab es nur einen Grund für die widersprüchlichen Gefühle, die ich für den Höllendiener empfand.

Ich musste verrückt geworden sein.

Anders konnte ich es mir nicht erklären. Warum sonst sollten meine Hormone ausgerechnet bei einem solchen Vollidioten durcheinandergeraten und in mir den Wunsch nach Nähe und Zärtlichkeiten wecken?

Er ist nicht immer ein Vollidiot. Er hat auch eine andere Seite.

Welcher masochistische Teil von mir auch immer plötzlich auf Nox' Seite stand, war mir egal. Ich ignorierte ihn wie jedes andere Problem, dem ich mich im Augenblick nicht stellen wollte oder konnte.

Ich habe keine Zeit für diesen Mist!

Mit einer hastigen Bewegung lenkte ich den Wagen um eine Kurve, was den Reifen ein protestierendes Quietschen entlockte.

Bitte geh nicht. Verlass mich nicht.

Diesmal stöhnte ich deutlich hörbar. »Schluss! Es reicht! Das ändert überhaupt nichts!« Ich wusste ja nicht einmal, was diese Worte bedeuteten und warum sie mir ständig in den Sinn kamen.

»Führst du öfter Selbstgespräche oder verarbeitest du auf diese Art deine Gefühle?« Nox sah irritiert in meine Richtung, auch wenn seine Lippen ein feines Lächeln umspielte.

Ich ignorierte seine Frage, parkte stattdessen den Wagen nahe am Bürgersteig und fokussierte mich auf das große, fröhlich gelb gestrichene Haus, das zwei Stockwerke hoch vor uns aufragte. Ich kannte den Weg zu diesem Haus auswendig und würde ihn jederzeit blind finden. Und das musste ich auch getan haben, denn ich konnte mich nicht bewusst an die Fahrt erinnern. Zumindest was die Straßen und Wege anging, die wir soeben hinter uns gebracht hatten. Der Rest war leider sehr präsent.

Auch wenn ich froh war, gezwungen zu sein, mich von meiner angeknacksten Psyche abzulenken, blieb die Frage nach unserem weiteren Vorgehen. Denn anstatt die Fahrzeit für das Schmieden eines Plans zu nutzen, hatte ich sie mit so etwas Abwegigem wie meinen vermeintlichen Gefühlen für Nox verplempert.

Um dessen Aufmerksamkeit von mir abzulenken, deutete ich mit einem Nicken nach vorn. »Hier wohnt Harmony. Und? Was sollen wir jetzt machen?«

Es dauerte einen Moment, ehe Nox mich in Ruhe ließ und ebenfalls zum Haus sah, in dem nur in der untersten Etage Licht brannte. Er lehnte sich nach vorn und stützte sich mit seinen Unterarmen auf dem Armaturenbrett ab. »Wo ist ihr Zimmer?«

»Im Obergeschoss. Zweite Tür rechts. Ihr Fenster geht aber nach hinten raus, deswegen weiß ich nicht ...«

Während des Sprechens angelte ich mein Handy aus der Hosentasche. Ein kurzer Blick auf das Display verriet mir, dass Killian sich nicht gemeldet hatte.

War das ein gutes oder ein schlechtes Zeichen? Er hatte zwar versprochen anzurufen, wenn sich Harmonys Zustand verschlimmerte, aber vielleicht war dies so rapide geschehen, dass er mich vergessen hatte?!

Ehe ich zu viel Zeit darauf verwendete, mir alle möglichen Horrorszenarien vorzustellen, entsperrte ich das Display und öffnete mein Telefonbuch. Eigentlich kannte ich Harmonys Nummer auswendig, aber mein Verstand war gerade nicht in der Lage, eine längere Zahlenkombination in der richtigen Reihenfolge aufzurufen.

Nox beobachtete mich, als ich das tutende Telefon an mein Ohr führte. »Was hast du vor?«

Ich antwortete nicht, sondern lauschte dem Freizeichen, das wie eine Feuerwehrsirene in meinem Kopf schrillte. Nach dem sechsten Klingeln meldete sich die Mailbox und ich ließ das Telefon mit einem Seufzen sinken.

Nox sah mich immer noch fragend an und ich verdrehte genervt die Augen. »Ich bestell mir eine Pizza. Was denkst du denn, was ich vorhabe?«

Zu meiner Überraschung reagierte Nox mit einem tiefen und ehrlichen Lachen. »Gute Idee. Ich nehme eine mit Salami und doppelt Käse.« Mit diesen Worten stieg er aus und steuerte wie selbstverständlich das Haus meiner Freunde an.

Ich starrte ihm perplex hinterher, während in meiner Hand noch immer das Handy lag. *Was war das denn gerade?*

Von Adam war ich es gewohnt, dass er meine sarkastischen Kommentare mit einem Augenrollen strafte und gleich danach zum eigentlichen Thema zurückkehrte. Doch Nox hatte meine Worte wie bei einem Tennismatch an mich zurückgegeben, als wollte er sagen: Du bist dran!

Immer noch perplex, schaffte ich es zumindest, mich aus meiner Starre zu lösen, mein Handy in das Ablagefach der Mittelkonsole zu werfen, auszusteigen und Nox zu folgen. Nach wenigen Schritten hatte ich ihn eingeholt.

»Okay, da nun die Frage nach der perfekten Pizza geklärt ist, verrätst du mir vielleicht, was du vorhast?!«

Nox zuckte lässig mit den Schultern und ging, seinen Blick auf das Haus gerichtet, weiter. »Während wir auf das Essen warten, wollte ich mal eben das Feenreich retten. Oder hast du im Moment etwas Besseres vor?« Er unterstrich seine Worte mit einem anzüglichen Grinsen.

»Haha, du Witzbold!« Auch wenn ich mir Mühe gab, konnte ich meine zuckenden Mundwinkel nicht unter Kontrolle bringen. Verdammt, war das unfair. Unter anderen Umständen, und wenn Nox nicht so ein riesengroßer Blödmann wäre, hätten wir uns vielleicht verstehen können. Immerhin hatten wir dieselbe Art von Humor, was eine gute Grundlage für …

Als mir bewusst wurde, worüber ich gerade nachdachte, mahnte ich mich zur Konzentration. »Jetzt mal im Ernst, Nox. Du kannst nicht einfach klingeln, das Haus stürmen und Harmony entführen.« Auch wenn dieses Szenario überspitzt und unrealistisch war, wollte ich es dennoch angesprochen haben. Nox traute ich alles zu.

Abrupt blieb er stehen und drehte sich zu mir um. Mit angehobener Augenbraue und vor der Brust verschränkten Armen sah er auf mich herab. »Ach, und wieso kann ich das nicht?«

Mit dieser Frage hatte er mich überrumpelt, weshalb ich nicht auf Anhieb eine plausible Antwort parat hatte. Ein einfaches »Das macht man eben nicht!« reichte in diesem Fall nicht. Immerhin ging es hier um Leben und Tod, auch wenn dieser Satz abgedroschen und klischeehaft klang. Zudem hatte ich die vage Vermutung, dass Nox sich nicht um menschliche Konventionen scherte.

Als mir keine Antwort in den Sinn kam, mit der ich ihn von seinem Vorhaben abhalten konnte, setzte der Höllendiener seinen Marsch fort. Den restlichen Weg zum Haus hatte er mit wenigen Schritten hinter sich gebracht und stand nun vor dem Eingang. Ehe ich ihm folgen konnte, hatte er bereits laut an die Tür gehämmert. Es fehlte nur noch ein »Aufmachen! Polizei!« und das Überfallkommando wäre perfekt gewesen.

Von dem Lärm animiert sprintete ich ihm hinterher und schaffte es gerade noch an seine Seite, bevor die Tür von einem verblüfft dreinblickenden Killian geöffnet wurde.

»Avery? Was machst du denn hier?« Dann sah er zu Nox. Mit deutlichem Argwohn im Blick musterte er meinen Begleiter.

Killian war Fremden gegenüber schon immer sehr vorsichtig gewesen, was ich mit seiner Kindheit im Heim erklärte. Doch wenn er einen Menschen erst mal ins Herz geschlossen hatte, ging er für ihn durchs Feuer.

»Ähm, ja, hi, Killian.« Ich lachte verlegen. Künstlich. Falsch. Wegen Nox' übereiltem Handeln hatte ich keine Zeit gehabt, mir einen Plan zurechtzulegen, und musste jetzt improvisieren. Etwas, das bereits beim letzten Mal in die Hose gegangen war. »Tut mir leid, dass wir so spät noch stören. Das ist Nox, Adams Bruder. Und wir müssen dringend mit Harmony reden. Können wir reinkommen?«

Killian riss seinen Blick von dem blonden Hünen, der mit verschränkten Armen einschüchternd auf ihn herabblickte, und sah mich mit großen Augen an. »Ihr wollt zu Mony? Jetzt? Weißt du, wie spät es ist?« Unbarmherzig schüttelte er den Kopf. »Vergiss es, Ave. Sorry, aber das geht echt nicht. Mony geht es immer noch nicht besser. Mom hat sogar schon im Krankenhaus angerufen. Dort sagte man ihr, dass wir sie hinbringen sollen, wenn morgen früh das Fieber immer noch nicht gesunken ist.«

Die Anspannung in seiner Stimme war ein deutliches Zeichen dafür, dass die Lage ernst war. Leider hatte er keine Ahnung, wie kritisch sie tatsächlich war und dass sich das nicht ändern würde, wenn wir nicht handelten.

Ich biss mir auf die Lippe und dachte fieberhaft über eine Lösung nach. Natürlich würde Killian uns nicht einfach so reinlassen. Das hatte ich auch nicht ernsthaft gedacht, insgeheim jedoch gehofft.

»Ja, ich weiß, es ist spät, aber …«

Nox unterbrach mich mit einem Knurren. »Wir haben keine Zeit für diesen Scheiß!« Er ließ seine Arme sinken und trat wie eine Dampfwalze über die Schwelle. Den verdutzten Killian schob er wie eine lästige Fliege aus dem Weg.

»Nox!«, rief ich entsetzt.

»Hey! Was soll das?«, schrie Killian nicht minder bestürzt.

Nox ignorierte uns, als wäre er schlagartig taub geworden. Dabei war ich mir sicher, dass selbst Killians Eltern uns gehört haben mussten, wenn sie wach waren. Doch zu meiner Erleichterung blieb es ruhig, von Nox' schweren, stampfenden Schritten auf der Holztreppe abgesehen.

»Avery! Was ist hier los?« Killian blickte erst zu mir, dann zur Treppe hinauf. Er schien sich nicht sicher zu sein, wie er handeln sollte. Nox hinterherrennen oder eine Erklärung fordern. Da Killian kein Freund von körperlichen Auseinandersetzungen war und wir beide wussten, dass er niemals eine Chance gegen Nox gehabt hätte, entschied er sich für die zweite Alternative und stellte sich frontal vor mich. Verwirrung und Sorge standen ihm deutlich ins Gesicht geschrieben. »Was wollt ihr von Mony? Und wo ist Adam? Wieso bist du allein mit diesem Lackaffen unterwegs?«

Ich erwiderte Killians Blick und versuchte gleichzeitig meine wirren Gedanken zu sortieren. Doch das Chaos ließ sich nicht bändigen und ich brachte nur ein erschöpftes Seufzen zustande.

»Es tut mir leid, Killian. Ehrlich. Aber ich kann es dir nicht erklären. Du musst mir einfach vertrauen. Wir wollen Harmony helfen. Wenn wir sie jetzt nicht wegbringen, stirbt sie. Noch heute Nacht.«

»Was?« Killians Augen weiteten sich eine Spur und er erinnerte mich an eine Mangafigur. »Ihr wollt sie wegbringen? Wohin? Und wieso stirbt sie sonst?«

Ich sah ihm deutlich an, wie seine Emotionen Pingpong spielten. Irritation, Sorge und Unglaube mischten sich in seine Mimik, ehe er skeptisch die Augenbrauen zusammenzog. Offenbar hatte er sich dafür entschieden, mir nicht zu glauben.

»Bist du betrunken, Ave? Oder hat dich dieser Typ unter Drogen gesetzt? Soll ich die Polizei rufen? Dad ist bei Onkel Mike, aber ich kann diesen Typen sicherlich auch allein rausschmeißen. Dann rufen wir deine Mom an und holen Hilfe, okay?!«

Killian wollte sich bereits von mir abwenden, als ich nach seinem Arm griff und energisch den Kopf schüttelte. Jede weitere Einmischung würde das Ganze nur weiter verkomplizieren und wir hatten auch so nur begrenzt Zeit.

»Bitte, Killian. Ich weiß, ich verlange viel von dir, aber du musst mir einfach vertrauen. Es geht nicht and…«

Das laute Knarzen der Treppe ließ mich verstummen. Gemeinsam mit Killian blickte ich ins Hausinnere. Nox erschien in unserem Blickfeld, auf den Armen eine zierliche Person, die sich zu einer Kugel an seiner Brust zusammengerollt hatte. Aus dem obersten Stock hörte ich empörte Schreie. Offenbar war Nox Mrs Jaramango begegnet.

»Hey, bist du verrückt, Mann? Was machst du da mit meiner Schwester?« Aufgebracht lief Killian Nox entgegen und stellte sich dem Dämon in den Weg. Der ließ sich davon jedoch nicht abhalten. Ohne seinen Blick von mir zu wenden, verlagerte er Harmonys Körper auf einen Arm und schob mit dem anderen Killian zur Seite. Auch wenn es wie eine schwache Geste aussah, geriet er ins Stolpern und stieß gegen eine Kommode, die an der Flurwand stand. Eine dunkelblaue Vase, die dort ihr Dasein fristete, solange ich mich erinnern konnte, wankte und fiel um. Das Klirren, als sie auf dem Boden aufschlug und in Dutzende Scherben zerbrach, erklang unnatürlich laut in der angespannten Stille.

Nox schien der Lärm nicht im Geringsten zu beeindrucken. »Los! Beeil dich! Wir haben keine Stunde mehr!«

Er knurrte seine Worte und als er näher kam, erkannte ich den Grund für sein Drängen. Harmonys Körper war so durchsichtig, dass er mich an eine Qualle erinnerte. An den Körperstellen, die nicht von Stoff bedeckt waren, konnte ich problemlos hindurchsehen und Nox erkennen.

Der Anblick war derart verstörend, dass ich mich nicht rühren konnte. Erst als der Höllendiener vor mir stand und mich eindringlich ansah, registrierte ich, dass wir handeln mussten.

Wir können keine Rücksicht nehmen!

Mechanisch drehte ich mich zur Seite, damit Nox an mir vorbeigehen konnte. Als ich aufsah, entdeckte ich Mrs Jaramango, die in einem dunkelblauen Morgenmantel und dazu passendem Nachthemd panisch die Treppe heruntergelaufen kam und dabei ununterbrochen auf Spanisch sprach. Als sich unsere Blicke trafen, lag Irritation in ihrem, die kurz darauf von Unglauben abgelöst wurde. Ehe sie sich zu einer weiteren Emotion durchringen konnte, wandte ich den Blick ab und sah in Killians weit aufgerissene Augen, der nichts als Schmerz, Furcht und Abscheu für mich übrighatte. Ich konnte es ihm nicht verdenken. Jemand, den er für einen Freund hielt, kam mitten in der Nacht in sein Haus und half einem Fremden, seine Schwester zu entführen.

Das verzeiht er mir nie.

Aber mir blieb keine Wahl.

»Es tut mir leid, Killian.« Meine Worte waren nicht mehr als ein Flüstern, aber der faustgroße Kloß in meinem Hals machte es mir unmöglich, einen verständlichen Satz hervorzubringen. Ohne Killian die Chance zu geben, zu reagieren, wandte ich mich der Tür zu und folgte Nox zu meinem Wagen.

Das lief doch super! Ein perfekter Start für den Rest unserer Mission.

SECHSUNDDREISSIG

Zum ersten Mal, seit ich meinen Führerschein hatte, betrachtete ich die Straßenverkehrsordnung eher als eine nett gemeinte Richtlinie. Ich rauschte mit einer Geschwindigkeit durch die Straßen, die mich nicht nur meine Fahrerlaubnis, sondern auch meine Freiheit und im schlimmsten Fall mein Leben kosten konnte. Doch das alles drängte ich in die dunkle Ecke meines Verstandes, wo zurzeit alle meine nicht ganz akuten Probleme warteten. *Adam. Nox. Killian. Die Frage, wie ich das alles bei unserer Rückkehr erklären sollte.*

Doch im Augenblick galt meine gesamte Aufmerksamkeit Harmony und unserer Mission. *Sonst brauche ich mir über eine Rückkehr keine Gedanken zu machen.*

Da ich keine Ahnung hatte, wo oder was unser Ziel war, musste ich mich an Nox' Anweisungen halten, die er mir wortkarg zubellte, ansonsten jedoch den Mund hielt. Dabei ärgerte mich seine rüde Art weniger, als dass sie mir Sorgen bereitete. Nox war wirklich niemand, den man leicht aus der Fassung bringen konnte, doch wenn selbst er dermaßen angespannt war, musste die Lage noch ernster sein, als ich angenommen hatte.

Ich warf einen Blick in den Rückspiegel. Harmony lag schlafend – oder war sie bewusstlos? – auf der Rückbank und atmete beängstigend flach. Ihre Konturen waren bereits stark verschwommen und ihr Körper derart durchsichtig, dass es in dem fahlen Licht, das der Mond durch die Fenster warf, so aussah, als läge nichts als ein einsamer hellblauer Flanellpyjama auf den Polstern. Doch als hätte sie meinen Blick gespürt, öffnete sie in diesem Moment flatternd die Lider und sah mich mit traurigen Augen an. Ihr Blick zeigte mir deutlich, dass sie von ihrem schlechten Gesundheitszustand wusste und bereit war, den Kampf aufzugeben. Trotzdem, oder vielleicht auch gerade deswegen, versuchte sie sich an einem Lächeln, das jedoch so qualvoll wirkte, dass es einer schmerzverzerrten Maske glich und den Klumpen Eis in meinem Magen schlagartig auf die doppelte Größe anschwellen ließ. Das grauenvolle Gefühl wurde noch verstärkt, als Harmony ein tonloses »Ich hab dich lieb, Ave« murmelte, als würde sie sich endgültig verabschieden wollen, ehe sie wieder die Augen schloss und ihr Kopf kraftlos zur Seite rollte.

Schnell wandte ich den Blick ab und konzentrierte mich auf die schmale Landstraße, zu der Nox mich geleitet hatte. Auf keinen Fall würde ich zulassen, dass Harmony hier auf meiner Rückbank einfach starb.

Ich fokussierte meinen Blick auf die Dunkelheit vor uns. Dabei hatte ich keinen blassen Schimmer, wo wir uns befanden. Die Stadt hatten wir lange hinter uns gelassen und wir durchfuhren gerade eine einsame und verlassene Landstraße, die im Umkreis von mehreren Meilen nur von kniehohem Gras umgeben war. Im Schein des Mondes, der die Umgebung in ein romantisches Licht tauchte, versuchte ich etwas Vertrautes oder Bekanntes zu erkennen, musste jedoch erfolglos aufgeben.

Wir sind mitten in der Pampa! Wenn man mich hier aussetzen würde, fände ich niemals den Weg nach Hause. *Wahrscheinlich habe ich hier nicht einmal GPS-Empfang!*

»Halt an!« Als hätte Nox mein Unbehagen gespürt und würde mich ärgern wollen, knurrte er seinen Befehl.

»Was? Hier? Wieso?« Ich bemühte mich, die Angst in meiner Stimme zu verbergen, aber auch das war nicht von Erfolg gekrönt. *Genauso fangen Adams liebste Horrorfilme an!*

Nox hatte offenbar nicht vor, auf meine Frage einzugehen. »Bleib im Wagen und sperr ab!« Ehe ich fragen konnte, was er vorhatte, öffnete er die Beifahrertür und stieg aus. Eine Sekunde später öffnete sich die hintere Wagentür.

»Was machst du da?« Wir konnten unmöglich am Ziel sein. *Hier gibt es doch gar nichts!*

Ich drehte mich auf meinem Sitz nach hinten und sah, wie Nox meine

Freundin vorsichtig aus dem Wagen hob. Erneut blieb er mir eine Antwort schuldig und stieß stattdessen die Wagentür mit seinem Fuß zu. Mit Harmony auf seinem Arm ging er um den Wagen herum und steuerte die linke Seite des weiten Feldes an.

»Was zum …?«, murmelte ich fassungslos, während ich dem immer kleiner werdenden Punkt nachsah, der Nox' Haare darstellte. Denn das war das Einzige, was ich in der Finsternis ausmachen konnte. Mit seiner dunklen Jeans und der Lederjacke verschmolz der Höllendiener perfekt mit seiner Umgebung. »Er kann mich doch nicht einfach hier allein lassen!«

Bereits bei dem Gedanken, auf wen oder was ich hier alles treffen konnte, begann mein Puls zu rasen. Schweißperlen bildeten sich in meinem Nacken. *O nein! Ohne mich, Nox! Ganz bestimmt bleibe ich nicht hier!*

Mit zitternden Fingern drehte ich den Schlüssel im Zündschloss um und der Motor erstarb. Das Lösen meines Sicherheitsgurts gelang mir erst beim dritten Versuch und so verlor ich weitere kostbare Sekunden, ehe ich die Wagentür aufstoßen und Nox hektisch hinterhersprinten konnte. Dieser hatte sich in der Zwischenzeit zu einem winzigen, fast unsichtbaren Punkt in der Ferne entwickelt.

Verdammt seien seine langen Beine!

Bei dem Versuch, zu ihm aufzuschließen, geriet ich mehrmals ins Stolpern. Der weiche Untergrund und das hohe Gras erschwerten mein Vorankommen. Doch dann gelang es mir, einen ausdauernden Sprint hinzulegen und ihn einzuholen.

»Verdammt, Nox! Kannst du nicht warten?« Mein Herz hämmerte schmerzhaft in meiner Brust und ich hatte Mühe, meine Lungen mit Sauerstoff zu füllen. Ich war nicht wirklich unsportlich, aber mein Körper war einfach nicht fürs Joggen gemacht.

Nox warf nur einen kurzen Blick zurück, ehe er seine Aufmerksamkeit wieder auf einen Punkt in der Ferne richtete. »Nein. Wieso sollte ich? Immerhin habe ich dir klar und deutlich gesagt, dass du im Auto bleiben sollst. Tust du eigentlich nie das, was man dir sagt?«

Ich sparte mir eine Antwort auf seine pampigen Worte und folgte stattdessen seinem Blick. Doch selbst als ich die Augen zukniff, konnte ich nichts außer schwarzer Fläche und dunkelblauem Himmel erkennen.

»Wo sind wir hier?«

Wieder hoffte ich auf eine Antwort, doch auch dieses Mal schwieg Nox beharrlich und beschleunigte stattdessen seine Schritte, als wäre er auf der Zielgeraden. Anstatt die nächste Frage hinterherzuschieben, konzentrierte ich mich darauf, mit dem Höllendiener Schritt zu halten und nicht zu stolpern.

Nach ein paar Minuten hob ich irritiert den Kopf und strauchelte. Wie aus dem Nichts war eine kleine weiße Kapelle vor uns aufgetaucht. *Wo kommt die denn her?* Ich war mir sicher, dass sie mir aufgefallen wäre, wenn sie schon die ganze Zeit hier gestanden hätte, schließlich war es nahezu unmöglich, sie zu übersehen. Ihre helle Fassade bildete einen deutlichen Kontrast zu ihrer Umgebung und dank des gerade einsetzenden Mondlichts konnte ich Details erkennen.

Ich schätzte ihre Größe auf etwa sechsunddreißig Quadratmeter. Sie war einstöckig, doch durch den spitzen Turm an der uns abgewandten Seite wirkte sie höher. An der Längsseite besaß sie drei Fenster, die mit Holzbrettern vernagelt waren. Das rot gedeckte Dach wies große Lücken auf und auch die Eingangstür hatte bereits bessere Tage gesehen. Generell machte das Gebäude einen trostlosen und wenig einladenden Eindruck.

»Was ist das für eine Kapelle und wieso sind wir hier?«

Okay, den zweiten Teil der Frage hätte ich mir sparen können, immerhin hatte Nox mich sicherlich nicht zu einem mitternächtlichen Spaziergang hergeführt. Aber da ich Alyssa nirgendwo entdecken konnte, hegte ich berechtigte Zweifel, dass dies unser Ziel war.

»Das ist eine katholische Kirche. Zumindest war sie das früher. Jetzt besteht ihr einziger Zweck darin, eins der Tore ins Feenreich zu verstecken.«

Während Nox' Erklärung hatten wir den Fuß der Kapelle erreicht. Zum Eingang gelangte man nur über eine kleine Treppe, die aus zwei Betonstufen bestand. Der Höllendiener sah sich mit verengten Augen um, dann trat er ein paar Schritte zur Seite und legte Harmony mit einer vorsichtigen Bewegung ins weiche Gras. Kurz darauf stand er vor der Kapellentür. Gespannt beobachtete ich, was er vorhatte.

Nox schloss die Augen und hob seine linke Hand. Behutsam legte er erst die Fingerspitzen, dann die gesamte Handfläche auf das Holz und begann etwas vor sich hin zu murmeln. Leider verstand ich keins seiner Worte, aber der Anblick hatte etwas zutiefst Intimes. Ein Teil von mir wollte wegsehen, doch es war mir unmöglich. Wahrscheinlich wartete irgendetwas in mir darauf, dass er in Flammen aufging.

Nach ein paar Sekunden war Nox mit seinem *was-auch-immer* fertig und öffnete die Augen. Er blinzelte ein paarmal, als würde er aus einer Art Trance erwachen, und glitt erst dann mit seiner Hand hinunter zur Klinke. Mit einem tiefen Atemzug drückte er das Metall herunter und die Tür öffnete sich einen Spalt. Nox hielt in der Bewegung inne, als wäre er überrascht, dass es funktioniert hatte, dann drückte er die Tür auf, die mit einem lauten, unangenehmen Quietschen protestierend nachgab. Kurz darauf stand er vor einem großen schwarzen Loch, das nichts von seinem Inneren preisgab.

Die entstandene Stille bereitete mir eine Gänsehaut. Kein Mucks war zu hören, nur das Zirpen der Grillen und mein viel zu schnell schlagendes Herz.

Und jetzt? Ich hatte keine Ahnung, wie es weitergehen sollte. *Soll Harmony allein dort hineingehen?* Das war unmöglich! Sie war dem Tod näher als dem Leben, wie ich mit einem besorgten Blick feststellte. Sie schaffte es ja nicht einmal, die Augen zu öffnen. Wie sollte ich ihr in diesem Zustand erklären, dass wir das Zepter brauchten, um Adam zu befreien?

Nox drehte sich herum, ohne mich anzusehen, und eilte die zwei Stufen der Steintreppe herunter. Ich dachte, er würde mir erklären, was er vorhatte, doch stattdessen ging er zielstrebig auf Harmony zu, hob sie in einer geschmeidigen Bewegung wieder auf seine Arme und wandte sich erneut dem Eingang der Kapelle zu. Doch anstatt die Stufen wieder hochzusteigen, blieb er stehen und sah mich auffordernd an.

»Was ist? Worauf wartest du? Oder willst du hier draußen festwachsen?« Auch wenn der Spott nicht wie sonst locker über seine Lippen kam, konnte ich ihn dennoch deutlich hören.

Offenbar hatte Nox' größte Sorge darin bestanden, dass die Tür zur Kapelle verschlossen sein würde. Da sich diese als unnötig herausgestellt hatte, entspannte er sich, was den Knoten in meiner Brust etwas lockerte und mich ebenfalls zu einem erleichterten Witz hinreißen ließ.

»Nein, ich wollte dir den Vortritt lassen. Immerhin sieht man nicht jeden Tag einen Dämon in einer Kirche. Wer weiß, was passiert, wenn du die Schwelle übertrittst.« Betont lässig zuckte ich mit den Schultern, konnte mir ein Grinsen aber nicht verkneifen. »Vielleicht leuchtest du wie diese Wunderkerzen zu Silvester, bevor du in Flammen aufgehst.«

Auch wenn ich meine Worte scherzhaft meinte, blieb dennoch ein Funken Neugier. Konnte Nox tatsächlich ohne Schwierigkeiten die Kapelle betreten?

Der Höllendiener knurrte etwas Unverständliches und trat dicht vor mich. Die Erheiterung war schlagartig aus seinem Gesicht gewichen und er blickte mich zornig an. Dank Harmonys Körper blieb etwas Abstand zwischen uns, dennoch musste ich meinen Kopf anheben, um Nox in die Augen sehen zu können.

»Du solltest dir abgewöhnen, diesen ganzen Hollywoodscheiß zu glauben, den man euch Menschen präsentiert. Nichts davon ist wahr. Himmel und Hölle, Gott und Luzifer, Engel und Dämonen haben eine stärkere Verbindung zueinander, als du denkst. Und nicht alles, was du über mich zu wissen glaubst, entspricht der Wahrheit.«

Ich erwiderte Nox' Blick perplex. Mit diesem Themen- und vor allem Stimmungswechsel hatte ich nicht gerechnet. Ebenso wenig mit seiner plötzlichen Nähe. Dementsprechend irritiert reagierte mein Körper. Mein Herz wummerte und meine Knie wurden weich. Mein Mund fühlte sich an, als hätte ich Sand gegessen, doch das hielt mich nicht davon ab, das Erstbeste zu sagen, was mir in den Sinn kam.

»Das ist ja das Problem, Nox. Ich weiß gar nichts über dich!« Die Worte waren kaum mehr als ein leises Wispern und wurden von der Stimme in meinem Kopf übertönt.

Geh nicht!

Verlass mich nicht!

Nox' Miene wurde weicher. Nur eine winzige Spur, aber dennoch erkennbar. »Wenn wir lebend aus dieser Prüfung herauskommen, darfst du mir eine Frage stellen, Kleines. Vielleicht hast du Glück und ich beantworte sie dir sogar.«

Auch wenn ich auf seine schimmernden grünen Augen fokussiert war, entging mir nicht, dass seine Mundwinkel zuckten und eine Spur Wärme in seine Iris zauberten.

»Ist das nicht süß, Darling? Die beiden scheinen sich tatsächlich zu mögen.«

Eine Stimme, süß wie Honig, kalt wie Eis und giftig wie der Stachel eines Skorpions, ertönte und zerstörte augenblicklich, was auch immer gerade zwischen mir und Nox hatte entstehen wollen.

Obwohl ich Alyssa bereits aus den Augenwinkeln wahrgenommen hatte, drehte ich meinen Kopf dennoch automatisch in ihre Richtung. Sie trat an Adams Arm hinter der Kapelle hervor und lächelte selig, als würde sie etwas sehen, was ihr gefiel.

Ich entfernte mich einen Schritt von Nox und wandte mich ganz Alyssa zu. Es behagte mir nicht, ihr den Rücken zuzukehren. Gleichzeitig huschte mein Blick zu Adam, in der Hoffnung, eine Veränderung an ihm zu bemerken. Doch er sah nur mit leerem Blick in unsere Richtung und machte nicht den Eindruck, als würde er uns oder überhaupt irgendetwas außer Alyssa wahrnehmen. Keinerlei Regung oder das Anzeichen eines Erkennens war in seiner Mimik zu sehen.

»Ihr seid spät.« Alyssa ließ Adams Arm los und machte zwei Schritte auf uns zu. Ihr Anhängsel – anders konnte ich Adam nicht bezeichnen – blieb dabei wie eine Wachsfigur bewegungslos stehen. »Aber ich will mal nicht so sein.« Sie lächelte säuerlich, so als hätte sie in eine Zitrone gebissen, und ihre strahlenden Augen, die sich unnatürlich von der Dunkelheit abhoben, fixierten Harmony, die immer noch wie eine leblose Puppe in Nox' Armen lag. »Wie ich sehe, habt ihr die Mischlingsfee mitgebracht. Dann seid ihr wohl bereit für eure Reise.«

Weder Nox noch ich antwortete auf Alyssas Worte. Aber offenbar war das auch nicht nötig, denn die Feenprinzessin schritt mit der Hüfte wackelnd und einem deutlich künstlichen Lächeln auf uns zu. Erst als sie eine Armlänge von uns entfernt stand, drehte sie sich mit einer scharfen Bewegung zur Seite und erklomm wie ein Model auf dem Laufsteg die Stufen zum Kapelleneingang. Sie hatte offenbar nicht vor, Zeit zu verlieren.

Gespannt folgte ich ihren Bewegungen.

Jetzt war es so weit.

Seit Tagen hatte ich auf diesen Moment gewartet und endlich war er gekommen.

Leider waren Euphorie oder Freude keines der Gefühle, die ich empfand. Furcht, Sorge und Argwohn hatten von mir Besitz ergriffen und ließen mich nicht einen einzigen klaren Gedanken fassen. Ich fühlte mich wie ein Kinobesucher, der gespannt auf die Leinwand blickte und dabei in dieser unwirklichen Welt zwischen Realität und Fiktion gefangen war.

Alyssa blieb vor dem Eingang der Kapelle stehen, der wie ein gefräßiges Maul aussah, und hob in einer theatralischen Geste ihre Arme seitlich in die Höhe. Ihren Kopf hatte sie in den Nacken gelegt und ihre blauen Locken fielen ihr sanft über den nackten Rücken.

Dann kam das Unwetter.

Dicke, dichte Regenwolken drängten sich vor den Mond und raubten das Licht, das er zuvor gespendet hatte. Ein starker Wind kam auf und zerrte an unserer Kleidung und den Haaren. Irgendwo im Hintergrund hörte ich lautes Donnergrollen und kurz darauf erhellte ein greller Blitz das Feld. Alyssas Rock wurde von einer Böe erfasst und bauschte sich um ihre Hüften. Dabei gab der knapp sitzende Stoff noch mehr von ihrer perfekten Haut frei. Ihre Locken peitschten um ihren Kopf, als wären sie wütende Schlangen, die bereit waren, jeden Augenblick zuzuschnappen, wenn wir es gewagt hätten, der Feenprinzessin zu nahe zu kommen.

Das Szenario konnte nur wenige Sekunden gedauert haben, ehe der Wind wieder abebbte und die Wolken sich vollends verzogen. Sogar die Grashalme, die zuvor fast waagerecht auf der Erde gelegen hatten, standen wieder aufrecht.

»Das Tor ist geöffnet. Ihr könnt nun nach Galoai.« Mit einer perfekten Pirouette drehte Alyssa sich zu uns herum und gab den Weg zum Kapelleneingang frei. Auf ebendiesen deutete sie nun mit einer einladenden Geste.

Auch wenn das Adrenalin all meine Sinne schärfte, konnte ich keinerlei Veränderung erkennen. Das schwarze Loch wirkte immer noch gespenstisch und Furcht einflößend.

Nox, der neben mir stand und Harmony auf seinen Armen trug, was ihm offenbar keinerlei Mühe bereitete, drehte seinen Kopf in meine Richtung. »Du bleibst hier, Kleines. Ich bringe nur eben deine Freundin ins Feenreich und komme gleich danach zurück. Du bewegst dich keinen Millimeter vom Fleck. Hast du mich verstanden?«

Während er mir einen eindringlichen Blick zuwarf, der mir verdeutlichte, dass ich mich dieses Mal an seinen Befehl zu halten hatte, trat er auf die Kapelle zu. Doch ich konnte ihn nicht gehen lassen.

»Warte!« Einem Impuls folgend griff ich nach seinem Bizeps. »Wir können Harmony nicht allein ins Feenreich lassen.«

Nox sah sich zu mir um. Seine Augen waren verengt und seine Lippen fest zusammengepresst. »Und warum nicht?«

»Sie weiß nichts von unserer Abmachung mit Alyssa. Sie wird das Zepter zur Dryade bringen, aber wir brauchen es!«

Mein Blick huschte zu Adam, der wie eine Schaufensterpuppe teilnahmslos in der Gegend herumstand. Sein Anblick brach mir das Herz und ich musste mich abwenden.

Nox presste einen Fluch hervor und ich war mir nicht sicher, ob sich seine offensichtliche Wut gegen mich oder die Situation im Ganzen richtete.

»Das Tor beginnt sich zu schließen, Dämon. Entscheidet euch schnell! Ihr bekommt keine zweite Chance.«

Alyssas Worte klangen gut gelaunt und meine Abneigung gegen die Zicke stieg weiter. Nur ein krankes Miststück konnte in der aktuellen Situation so gute Laune haben.

Das werde ich dir heimzahlen! Versprochen!

Die Unentschlossenheit in Nox' Blick war deutlich zu erkennen. Immer wieder sah er zwischen mir und dem Kapelleneingang hin und her. »Schön! Dann gehe ich mit der Fee nach Galoai und beschaffe das Zepter. Du fährst nach Hause und schließt dich ein. Wenn wir Glück haben, solltest du dort bis zu meiner Rückkehr in Sicherheit sein.«

Nox riss sich aus meinem Griff und setzte seinen Weg zur Kapelle fort.

»Ich soll hierbleiben?«, fragte ich, von Panik ergriffen, und folgte Nox die Stufen zur Kapelle hinauf. Ich erwischte ihn, als er mit Alyssa auf einer Höhe war. Wieder packte ich seinen Oberarm. »Ich kann mich nicht zu Hause verstecken, Nox! Ich habe ein Leben, das ich führen muss! Und vielleicht haben wir verschiedene Definitionen von Sicherheit, aber solange hier irgendwelche Kreaturen unterwegs sind, die es auf mich abgesehen haben, bin ich nicht in Sicherheit!«

Ich hasste mich dafür, wie ängstlich ich klang, aber Adam und Nox hatten meine Fantasie mit grausamen Horrorszenarien gefüttert. Wer wusste schon, welche abscheulichen und tödlichen Wesen in dieser Welt nur darauf warteten, dass ich mich ihnen schutzlos entgegenstellen musste. Und das war ich, so ungern ich es zugab. Ohne Adam oder Nox an meiner Seite würde ich wahrscheinlich keinen Tag überleben.

Der Höllendiener sah mich an und öffnete den Mund, vermutlich um zu widersprechen. Aber ich schüttelte vehement den Kopf.

»Nein, spar dir die Worte. Ich bleibe nicht allein hier. Ich komme mit!« Um die Unbeugsamkeit meiner Entscheidung zu unterstreichen, verschränkte ich die Arme vor der Brust. Ich hatte zwar keine Ahnung, ob ich überhaupt so einfach ins Feenreich gelangen konnte, aber ich wollte es wenigstens versuchen.

In einer ruckartigen Bewegung drehte sich Nox ganz zu mir herum. »Bist du wahnsinnig geworden, Kleines? Im Vergleich zu dem, was dich im Feenreich erwartet, sind die Kreaturen hier so gefährlich wie frisch geföhnte Wattebällchen.« Er beugte seinen Kopf zu mir herunter und sein erboster Blick bohrte sich in meinen. »Du wirst mir nur im Weg stehen. Dann muss ich nicht nur auf die Fee hier aufpassen, sondern auch noch auf dich. Auf diese Art werden wir bereits in der ersten Stunde sterben!«

Ich schluckte hart. Das waren keine rosigen Aussichten, aber sie schreckten mich nicht so sehr ab, wie Nox es sich vermutlich erhoffte. Trotzig reckte ich ihm das Kinn entgegen und legte mein gesamtes Selbstbewusstsein in meine Stimme. »Dann habe ich ja noch eine Stunde, um dir auf den Keks zu gehen. Denn ich werde gewiss nicht hier rumsitzen und Däumchen drehen, während du versuchst, unser Leben zu retten!«

Erneut presste Nox seine Lippen zusammen und blähte seine Nasenflügel. Ein wenig erinnerte er mich an eine angriffswütige Kobra, die ihre Haube aufspannte. »Du bist ...«

»Unglaublich mutig? Willensstark? Eine Bereicherung für dein Leben?« Auch wenn es unpassend war, konnte ich mir diesen Spruch nicht verkneifen. Ebenso wie das Zucken meiner Mundwinkel. *Ich habe vom Meister gelernt, Nox.*

Der Höllendiener antwortete nicht sofort, aber ich sah an seinem Blick, dass er wusste, worauf ich anspielte. »Nein! Du bist eine Landplage!«

Ich keuchte überrascht, amüsiert und ein wenig verletzt auf. Doch ehe ich antworten konnte, ertönte abermals Alyssas Stimme.

»Ich unterbreche euren Flirt wirklich nur ungern, aber euch läuft die Zeit davon!« Die Feenprinzessin wedelte gelangweilt mit ihrer Hand. »Sollte sich das Tor schließen, ohne dass ihr hindurchgegangen seid, werde ich persönlich dafür sorgen, dass euch weniger als eine Stunde bleibt!«

Auch ohne Alyssa anzusehen, nahm ich ihr die Drohung ab. Aber das war nicht der Grund, weshalb ich das Blickduell mit Nox nicht unterbrach. Wieder einmal bemerkte ich, wie viel leichter es mir fiel, ihm in die Augen zu sehen, wenn er aufgebracht war. Dann war die sonst so starke Anziehung nicht mehr als ein sanftes Ziepen.

Leider bringt mich das kein Stück weiter! Ich weiß immer noch nicht, was ich davon halten soll!

Nox schien keinen Gefallen an unserem stummen Kräftemessen zu finden. Mit einem Fluch auf seinen Lippen wandte er sich ab. »Schön, dann komm mit! Aber ich warne dich, Kleines. Wenn du nicht genau das tust, was ich dir sage und wann ich es dir sage, werde ich dich eigenhändig umbringen, hast du mich verstanden?!«

SIEBENUNDDREISSIG

Ich weiß nicht, wie ich mir den Weg ins Feenreich vorgestellt hatte, aber die Realität, sofern man in diesem Zusammenhang überhaupt davon sprechen konnte, enttäuschte mich doch ein wenig. Ich spürte kein unangenehmes Ziehen, Drücken oder Quetschen der inneren Organe, sah keine bunten Lichter, die mich umwirbelten, als würde ich betrunken in ein Kaleidoskop schauen, und spürte auch nicht das Gefühl von Leichtigkeit, das mich immer dann erfüllte, wenn ich mit einem Fahrstuhl in ein höheres Stockwerk fuhr. Auch das aufgeregte Kribbeln, das ich vom Achterbahnfahren kannte, blieb aus.

Es war einfach langweilig.

Ich war hinter Nox in die Kapelle getreten und befand mich in undurchdringlicher Schwärze. Dieser Art von Schwärze, die einen nicht einmal die eigene Hand vor Augen sehen ließ. Um mich zu orientieren, sah ich zurück zum Kapelleneingang, doch er war verschwunden. Irritiert wandte ich meinen Blick wieder nach vorn. Hatte ich mich vertan und der Eingang befand sich doch vor mir? Aber war das nicht meine Laufrichtung? Schlagartig war ich mir unsicher und begann mich im Kreis zu drehen. Doch egal, in welche Richtung ich auch blickte, ich erspähte nichts als Finsternis.

Verdammt!

Gern hätte ich mein Handy gezückt und mir etwas Licht gemacht, doch es lag im Auto.

Verdammt! Verdammt! Verdammt!

Mein Puls beschleunigte sich und meine Füße machten sich selbstständig. Mit ausgestreckten Armen tastete ich mich ein paar Schritte vor, blieb jedoch wie angewurzelt stehen, als ich ein Geräusch hörte. Es klang wie eine Vielzahl kleiner spitzer Krallen, die über Betonboden liefen. Ein aufgeregtes Fiepen ließ mein Blut zu Eis gefrieren.

O bitte nicht! Ich schickte ein Stoßgebet gen Himmel. *Alles, nur bitte keine Ratten!* Schon seit meiner Kindheit hatte ich eine Abneigung gegen diese Viecher mit ihren langen, dünnen, nackten Schwänzen. Selbst der Disney-Film »Ratatouille« hatte mich nicht von der vermeintlichen Niedlichkeit dieser Tiere überzeugen können. Ein Schauder durchlief mich allein bei der Vorstellung, dass eins dieser Tiere in meiner unmittelbaren Umgebung sein könnte. Ganz zu schweigen von der Möglichkeit einer riesigen Horde.

»Nox?« Das Echo meiner Stimme klang noch dünner und piepsiger als das Original, aber darauf nahm ich keine Rücksicht. Das Kratzen und Fiepen wiederholte sich und ich hatte nur noch einen Gedanken: *Weg hier!*

Ich streckte einen Arm nach vorn, den zweiten zur Seite und tastete mich Schritt für Schritt weiter vor. Vielleicht konnte ich auf diese Weise eine der Wände erreichen und für ein wenig Orientierung sorgen.

»Nox? Hörst du mich?« Mühselig schob ich meine Füße dicht über den Boden. Ich wollte um jeden Preis vermeiden, über etwas zu stolpern oder auf etwas zu treten, das mich als Dank dafür beißen oder kratzen würde. »Verdammt, Nox, antworte mir!«

Doch der Höllendiener schwieg beharrlich.

Mit jeder Sekunde, die ich in dieser vermeintlichen Rattenhochburg verbrachte, allein, mit reichlich nackter Angriffsfläche und einer Finsternis, die nicht menschlich sein konnte, beschleunigte sich mein Herzschlag noch weiter, bis er schließlich die Frequenz einer Kettensäge erreichte. Inzwischen verfluchte ich meinen Starrsinn. Wieso hatte ich nicht auf Nox gehört und war zu Hause geblieben?

Ich schüttelte den Gedanken ab und straffte innerlich die Schultern. Nein, zu Hause zu bleiben und mich zu verstecken wäre auch keine Option gewesen. Ich musste das hier tun. Auch wenn ich mir einen schöneren Tod vorstellen konnte, als von einer Horde gefräßiger Ratten überfallen und bei lebendigem Leib angenagt zu werden.

»Nox, es reicht! Wenn du mir Angst machen willst, kannst du dir die Mühe sparen. Das wird dir nicht gelingen!« Auch wenn ich abgeklärt und gelangweilt klingen wollte, verriet meine zitternde Stimme, wie groß meine Furcht in Wahrheit war.

Schritt für Schritt schlurften meine Schuhsohlen über den Boden und übertönten fast das Kratzen und Fiepen, das mir nun lauter, aggressiver und vor allem näher erschien.

Aber nur fast.

»Nox?! Das ist echt kein Spaß mehr! Wo bist du, zur Hölle?«

Ungeachtet der Gefahr, über eins der Tiere zu fallen, die in meiner Vorstellung so lang und dick wie mein Unterarm waren, lief ich los. Meinen Kopf hatte ich zwischen die Schultern gezogen und meine Arme schützend darüber verschränkt.

»Nox?« Ich klang wie ein verängstigtes kleines Schulmädchen. Leider glaubte ich inzwischen nicht mehr daran, dass der Höllendiener mir einen Schrecken einjagen wollte. Ich musste ihn verloren haben. Wie auch immer mir das in dieser winzigen Kapelle gelungen war. »Nox, bitte sag was!« Tränen brannten mir in den Augen und meine Stimmbänder waren belegt. Die Gummisohlen meiner Turnschuhe gaben schmatzende Geräusche von sich, als sie klatschend auf den Boden trafen, und übertönten dabei sogar beinahe meine Rufe.

Klatsch!

Klatsch!

Klatsch!

Dann Stille.

Mein linker Fuß schwebte in der Luft, fand keinen Halt und ich trat ins Leere. Der Schwung des Laufens katapultierte mich nach vorn und ich verlor das Gleichgewicht. Mit den Armen rudernd versuchte ich nach irgendetwas zu greifen, an dem ich mich festhalten konnte, doch da war nichts.

Ich fiel.

Jeden Moment rechnete ich mit einem Aufprall und heftigen Schmerzen, doch anstatt eine lange, gewundene Steintreppe herunterzufallen – zumindest stellte ich mir so den Ort vor, den ich gleich mit meinem gesamten Körper abstauben würde –, stieß ich gegen etwas Hartes, aber angenehm Warmes. Als folgten sie einem Reflex, schossen meine Arme nach vorn und umklammerten den rettenden Widerstand. Im Augenblick wäre es mir sogar egal gewesen, wenn es sich um eine riesige, fette Ratte auf zwei Beinen gehandelt hätte. Solange sie mich vor einem Genickbruch bewahrte, würde ich sie wie meinen liebsten Stoffbären Addy an mich drücken.

»Wow, so eine stürmische Begrüßung bin ich gar nicht von dir gewohnt, Kleines.«

Nox! Zum Glück ist es Nox!

Seiner Stimme war das Grinsen deutlich anzuhören und erst jetzt bemerkte ich, dass nicht nur ich mich an ihm festklammerte, als würde mein Leben davon abhängen, sondern dass auch er mich mit starken, muskulösen Armen festhielt.

Ein Teil meines Verstandes registrierte, dass Nox und ich uns in einer engen und intimen Umarmung befanden, aber das war mir egal. In dieser Sekunde war ich unendlich froh, nicht mehr allein zu sein.

»Ich bin gestolpert.« Nach ein paar Sekunden, die ich brauchte, um wieder richtig atmen zu können, schaffte ich es, Nox zu antworten. Meine Wange war an seine Brust gepresst und ich spürte den weichen Stoff seines T-Shirts. Gleichzeitig vernahm ich seinen starken Herzschlag.

Ich wusste, jetzt war der richtige Moment, um ihn loszulassen. Aber ich wagte es nicht. Meine Beine waren weich wie Pudding und meine Knie zitterten, als würden sie jeden Moment nachgeben, sollte ich auch nur in Erwägung ziehen, allein stehen bleiben zu wollen.

»Schade. Ich dachte, du hättest dir endlich eingestanden, dass du auf mich stehst, und wolltest keine Zeit mehr verlieren.«

Ich hob den Kopf, um Nox ins Gesicht zu sehen, konnte aber nichts erkennen. Nicht einmal vage Schemen oder Konturen.

Anstatt auf seinen blöden Kommentar einzugehen, der mich insgeheim erleichterte, da ich mit dieser Laune besser umgehen konnte als mit seiner ernsten und angespannten Art, löste ich meinen Schraubstockgriff um seine Taille. Doch anstatt einen angemessenen Schritt von dem Höllendiener weg zu machen, wollte ich nach seinem Arm greifen, der noch immer um meine Mitte geschlungen war. Ein weiteres Mal würde ich sicherlich nicht riskieren, ihn zu verlieren. Doch in dem Moment, als ich mich an seinen Jackenärmel heften wollte, ließ Nox seine Arme sinken und ich verlor den Kontakt zu ihm. Augenblicklich schoss meine Hand hervor und landete auf seiner Brust. Ich hörte ein überraschtes Zischen, ignorierte das Geräusch jedoch und konzentrierte mich stattdessen darauf, Nox' Hand zu finden. Leider war das in dieser Finsternis unmöglich, also tastete ich mich an seinem Körper entlang. Erst strichen meine Finger über sein T-Shirt und spürten dabei jeden einzelnen Muskel, der sich unter dem weichen Stoff befand. Kurz darauf stieß ich gegen den kühlen Reißverschluss, ehe ich das geschmeidige Leder seiner Jacke erreichte.

Trotz der Dunkelheit senkte ich meinen Blick, als ich an seinem Arm entlangfuhr, bis ich endlich seine warme und überraschend zarte Haut spürte, die unter dem Jackenärmel hervorlugte. Kurz entschlossen umfasste ich sein Handgelenk, während Nox ein leises, amüsiertes Lachen von sich gab.

»Wo sind wir eigentlich?«, fragte ich, um einen Themenwechsel bemüht. Mir war die Situation schrecklich unangenehm, aber mein Überlebensinstinkt hatte mein Handeln übernommen und zwang mich dazu, mein Ego herunterzuschlucken und die Klappe zu halten. Sollte der Höllendiener doch denken, was er wollte. Ich hielt sicher nicht seine Hand, weil ich die ach so romantische Stimmung genoss!

Gerade als Nox antworten wollte, kam mir ein Gedanke.

»Wo ist Harmony?« Ich keuchte geräuschvoll auf, denn Nox hatte mich mit beiden Armen umfangen. Er musste Harmony irgendwo abgelegt haben.

Anstatt einer Antwort spürte ich Nox' freie Hand auf meiner, die ihn umklammerte. Die Sanftheit seiner Geste ließ meine Wangen erneut heiß werden, denn sie wirkte merkwürdig intim in dieser alles verschlingenden Dunkelheit. Abermals dankte ich dem Schicksal, dass es mich vor Nox' hämischen Blicken schützte.

»Erstens bezog ich meine Aussage neulich auf eine andere Situation, Kleines. Jetzt ist nicht der richtige Augenblick, deine Krallen in meine Haut zu bohren.« Nox löste meine Hand von seinem Handgelenk, doch anstatt sie loszulassen, verschränkte er seine Finger mit meinen. »Aber du darfst das gern ein anderes Mal wiederholen, wenn dir wieder der Sinn danach steht. Mein Körper steht dir jederzeit zur Verfügung.«

Abermals schwang ein eindeutig doppeldeutiger Unterton in seinen Worten mit. Doch ehe ich darauf reagieren konnte – mit einem abfälligen Schnauben oder einem bissigen Kommentar zum Beispiel –, sprach Nox bereits weiter.

»Und zweitens …« Er bewegte sich. Ich wusste zwar nicht, was er tat, aber es fühlte sich an, als würde er sich von mir wegdrehen. »… ist deine Freundin dort, wo sie hingehört. In Galoai. Ich dachte, du wärst direkt hinter mir, deswegen habe ich nicht auf dich geachtet. Dabei muss ich vergessen haben, wie blind ihr Menschen seid. Als du nicht aus dem Tor kamst, ging ich zurück, um dich zu holen. In dem Moment flogst du mir bereits entgegen.«

Ich konnte mir ein Grinsen nicht verkneifen. Mich ärgerte das ungemein. Seit wann musste ich bei seinen blöden Sprüchen grinsen? Ich schob es auf die Erleichterung, dass ich Nox wiedergefunden hatte und wahrscheinlich doch nicht in dieser Kapelle sterben würde. Befanden wir uns überhaupt noch dort? Es kam mir so vor, als wäre ich bereits meilenweit gerannt. Auch meine Furcht, von Ratten gefressen zu werden, hatte sich auf ein erträgliches Maß reduziert.

»Gewöhn dich lieber nicht daran. So schnell lande ich nicht erneut in deinen Armen.« Ungewollt waren mir die Worte aus meinem losen Mundwerk entflohen. Dabei ärgerte ich mich besonders darüber, dass sie nicht zickig oder sarkastisch geklungen hatten, sondern keck. *Na toll! Jetzt denkt er, dass ich mit ihm flirte!*

Mit seinen nächsten Worten bestätigte Nox meinen Verdacht. »Abwarten, Kleines. Irgendwann wirst du dir eingestehen müssen, dass du mich magst. Und ich habe es nicht eilig.« Sein Arm ruckte und es fühlte sich an, als würde er mit den Schultern zucken. »Aber bis es so weit ist, sollten wir uns um die Fee kümmern. Sie wird nicht mehr lange bewusstlos bleiben und ich habe keine Lust, sie in ganz Galoai suchen zu müssen.«

Ohne weitere Ankündigung machte Nox sich auf den Weg und zog mich hinter sich her. Ich war so überrascht, dass ich ins Stolpern geriet und einen Moment brauchte, bis ich mich seinen Schritten angepasst hatte. Dabei musste ich gegen meinen Instinkt ankämpfen, dem es gar nicht gefiel, wenn ich in einer derartigen Dunkelheit so schnell einem Dämon folgte.

Nach ungefähr einer halben Minute blieb Nox stehen. Ich verstärkte meinen Griff um seine Finger und achtete auf verräterische Geräusche, die jedoch ausblieben. Vermutlich hatten die Ratten Angst vor Nox. *Ich kann es ihnen nicht verübeln!*

Auch wenn ich dem Höllendiener für den Schutz, den er mir bot, dankbar war, hoffte ich, dass wir für unseren Rückweg eine Alternative finden würden. Noch einmal wollte ich nicht Händchen haltend durch die Finsternis spazieren. Mich verwirrte dieser überraschend angenehme Körperkontakt bereits jetzt so sehr, dass ich eine Therapie nötig hätte, wenn wir jemals lebend in die Wirklichkeit zurückkehren würden. Dabei gab ich ganz allein Nox die Schuld an meiner Verwirrung. Er hatte mir diesen albernen Floh ins Ohr gesetzt, der sich zu einem ganzen Zirkus entwickelt hatte und meine Gedanken derart verdrehte, dass ich selbst nicht mehr wusste, was real und was Einbildung war.

Nox drehte sich zu mir herum. Zumindest nahm ich das an, da sein Arm sich bewegte und seine Stimme auf einmal näher klang. »Eine letzte Warnung, bevor wir Galoai betreten.« Er machte einen tiefen Atemzug. »Jeder Schritt kann dein letzter sein, jedes Wort unseren Tod bedeuten. Daher empfehle ich dir, nicht von meiner Seite zu weichen, mit niemandem außer mir zu reden und keinem Versprechen, egal wie verlockend es auch klingen mag, zu glauben. Wenn du dich an meine Worte hältst, haben wir eine reelle Chance.«

»Auf Erfolg?«

Nox lachte. Tief und kehlig. »Nein. Aufs Überleben.«

Mit diesen Worten drehte er sich wieder um und wir gingen weiter. Kurz darauf sah ich direkt vor uns in all dem Dunkel einen schmalen Spalt grell leuchtenden Lichts. Er begann auf Augenhöhe und reichte bis zum Boden.

Als sich dieser vergrößerte, kniff ich die Augen zusammen. Doch selbst durch die geschlossenen Lider nahm ich die Helligkeit wahr. Zum Schutz hob ich meinen Arm und hielt ihn vors Gesicht.

»Willkommen in Galoai, Kleines. Der Ort, an dem du auf die vermeintlich glücklichste und schönste Art sterben kannst.«

ENDE von Band 1

Impress
Die Macht der Gefühle

Impress
Ein Imprint der CARLSEN Verlag GmbH
Februar 2020

Lektorat: Birgit Rentz
Umschlagbild: shutterstock.com / © 55th / © dome studio / © BoxerX
Umschlaggestaltung: formlabor
Satz und Umsetzung: readbox publishing, Dortmund
Druck und Bindung: CPI Books GmbH, Birkach
ISBN 978-3-551-30234-2
Printed in Germany
www.carlsen.de/impress

Alle Bücher im Internet: www.carlsen.de